Theodor Storm
Der Schimmelreiter

Theodor Storm

Der Schimmelreiter

und andere Novellen

marixverlag

Neu gesetzte Ausgabe für
Marix Verlag GmbH, Wiesbaden 2007
nach den Ausgaben Berlin 1906, Braunschweig 1909 und Nürnberg 1913
Covergestaltung: Thomas Jarzina, Köln
Bildnachweis: akg-images, Berlin
Korrekturen: Ortrun Cramer, Wiesbaden
Satz und Bearbeitung: C&H Typo-Grafik, Miesbach
Gesamtherstellung: GGP Media GmbH, Pößneck
Printed in Germany

ISBN: 978-3-86539-134-6

www.marixverlag.de

Inhalt

Immensee

Der Alte

An einem Spätherbstnachmittage ging ein alter wohlgekleideter Mann langsam die Straße hinab. Er schien von einem Spaziergange nach Hause zurückzukehren; denn seine Schnallenschuhe, die einer vorübergegangenen Mode angehörten, waren bestäubt. Den langen Rohrstock mit goldenem Knopf trug er unter dem Arm; mit seinen dunkeln Augen, in welche sich die ganze verlorene Jugend gerettet zu haben schien und welche eigentümlich von den schneeweißen Haaren abstachen, sah er ruhig umher oder in die Stadt hinab, welche im Abendsonnendufte vor ihm lag. – Er schien fast ein Fremder; denn von den Vorübergehenden grüßten ihn nur wenige, obgleich mancher unwillkürlich in diese ernsten Augen zu sehen gezwungen wurde. Endlich stand er vor einem hohen Giebelhause still, sah noch einmal in die Stadt hinaus und trat dann in die Hausdiele. Bei dem Schall der Türglocke wurde drinnen in der Stube von einem Guckfenster, welches nach der Diele hinausging, der grüne Vorhang weggeschoben und das Gesicht einer alten Frau dahinter sichtbar. Der Mann winkte ihr mit seinem Rohrstock. „Noch kein Licht!“ sagte er in einem etwas südlichen Akzent; und die Haushälterin ließ den Vorhang wieder fallen. Der Alte ging nun über die weite Hausdiele, dann durch einen Pesel, wo große Eichschränke mit Porzellanvasen an den Wänden standen; durch die gegenüberstehende Tür trat er in einen kleinen Flur, von wo aus eine enge Treppe zu den oberen Zimmern des Hinterhauses führte. Er stieg sie langsam hinauf, schloss oben eine Türe auf und trat dann in ein mäßig großes Zimmer. Hier war es heimlich und still; die eine Wand war fast mit Repositorien und Bücherschränken bedeckt; an der andern hingen Bilder von Menschen und Gegenden; vor einem Tische mit grüner Decke, auf dem einzelne aufgeschlagene Bücher umherlagen, stand ein schwerfälliger Lehnstuhl mit rotem Sammetkissen. – Nachdem der Alte Hut und Stock in die Ecke gestellt hatte, setzte er sich in den Lehnstuhl und schien mit gefalteten Händen von seinem Spaziergange auszuruhen. – Wie er so saß, wurde es allmählich dunkler; endlich fiel ein Mondstrahl durch die Fensterscheiben auf die Gemälde an der Wand, und wie der helle Streif langsam weiterrückte, folgten die Augen des Mannes unwillkürlich. Nun trat er über ein kleines Bild in schlichtem schwarzem Rahmen. „Elisabeth!" sagte der Alte leise; und wie er das Wort gesprochen, war die Zeit verwandelt – er war in seiner Jugend.

Die Kinder

Bald trat die anmutige Gestalt eines kleinen Mädchens zu ihm. Sie hieß Elisabeth und mochte fünf Jahre zählen; er selbst war doppelt so alt. Um den Hals trug sie ein rotseidenes Tüchelchen; das ließ ihr hübsch zu den braunen Augen.

„Reinhard", rief sie, „wir haben frei, frei! Den ganzen Tag keine Schule, und morgen auch nicht."

Reinhard stellte die Rechentafel, die er schon unterm Arm hatte, flink hinter die Haustür, und dann liefen beide Kinder durchs Haus in den Garten und durch die Gartenpforte hinaus auf die Wiese. Die unverhofften Ferien kamen ihnen herrlich zustatten. Reinhard hatte hier mit Elisabeths Hülfe ein Haus aus Rasenstücken aufgeführt; darin wollten sie die Sommerabende wohnen; aber es fehlte noch die Bank. Nun ging er gleich an die Arbeit; Nägel, Hammer und die nötigen Bretter lagen schon bereit. Währenddessen ging Elisabeth an dem Wall entlang und sammelte den ringförmigen Samen der wilden Malve in ihre Schürze; davon wollte sie sich Ketten und Halsbänder machen; und als Reinhard endlich trotz manches krummgeschlagenen Nagels seine Bank dennoch zustande gebracht hatte und nun wieder in die Sonne hinaustrat, ging sie schon weit davon am andern Ende der Wiese.

„Elisabeth!" rief er, „Elisabeth!", und da kam sie, und ihre Locken flogen. „Komm", sagte er, „nun ist unser Haus fertig. Du bist ja ganz heiß geworden; komm herein, wir wollen uns auf die neue Bank setzen. Ich erzähl dir etwas."

Dann gingen sie beide hinein und setzten sich auf die neue Bank. Elisabeth nahm ihre Ringelchen aus der Schürze und zog sie auf lange Bindfäden; Reinhard fing an zu erzählen: „Es waren einmal drei Spinnfrauen – –"

„Ach", sagte Elisabeth, „das weiß ich ja auswendig; du musst auch nicht immer dasselbe erzählen."

Da musste Reinhard die Geschichte von den drei Spinnfrauen stecken lassen, und statt dessen erzählte er die Geschichte von dem armen Mann, der in die Löwengrube geworfen war.

„Nun war es Nacht", sagte er, „weißt du? ganz finstere, und die

Löwen schliefen. Mitunter aber gähnten sie im Schlaf und reckten die roten Zungen aus; dann schauderte der Mann und meinte, dass der Morgen komme. Da warf es um ihn her auf einmal einen hellen Schein, und als er aufsah, stand ein Engel vor ihm. Der winkte ihm mit der Hand und ging dann gerade in die Felsen hinein."

Elisabeth hatte aufmerksam zugehört. „Ein Engel?" sagte sie. „Hatte er denn Flügel?"

„Es ist nur so eine Geschichte", antwortete Reinhard; „es gibt ja gar keine Engel."

„O pfui, Reinhard!" sagte sie und sah ihm starr ins Gesicht. Als er sie aber finster anblickte, fragte sie ihn zweifelnd: „Warum sagen sie es denn immer? Mutter und Tante und auch in der Schule?"

„Das weiß ich nicht", antwortete er.

„Aber du", sagte Elisabeth, „gibt es denn auch keine Löwen?"

„Löwen? Ob es Löwen gibt! In Indien; da spannen die Götzenpriester sie vor den Wagen und fahren mit ihnen durch die Wüste. Wenn ich groß bin, will ich einmal selber hin. Da ist es vieltausendmal schöner als hier bei uns; da gibt es gar keinen Winter. Du musst auch mit mir. Willst du?"

„Ja", sagte Elisabeth; „aber Mutter muss dann auch mit, und deine Mutter auch."

„Nein", sagte Reinhard, „die sind dann zu alt, die können nicht mit."

„Ich darf aber nicht allein."

„Du sollst schon dürfen; du wirst dann wirklich meine Frau, und dann haben die andern dir nichts zu befehlen."

„Aber meine Mutter wird weinen."

„Wir kommen ja wieder", sagte Reinhard heftig; „sag es nur gradeheraus: willst du mit mir reisen? Sonst geh ich allein; und dann komme ich nimmer wieder."

Der Kleinen kam das Weinen nahe. „Mach nur nicht so böse Augen", sagte sie; „ich will ja mit nach Indien."

Reinhard fasste sie mit ausgelassener Freude bei beiden Händen und zog sie hinaus auf die Wiese. „Nach Indien, nach Indien!" sang er und schwenkte sich mit ihr im Kreise, dass ihr das rote Tüchelchen vom Halse flog. Dann aber ließ er sie plötzlich los und sagte ernst: „Es wird doch nichts daraus werden; du hast keine Courage."

„Elisabeth! Reinhard!" rief es jetzt von der Gartenpforte. „Hier! Hier!" antworteten die Kinder und sprangen Hand in Hand nach Hause.

Im Walde

So lebten die Kinder zusammen; sie war ihm oft zu still, er war ihr oft zu heftig, aber sie ließen deshalb nicht voneinander; fast alle Freistunden teilten sie, winters in den beschränkten Zimmern ihrer Mütter, sommers in Busch und Feld. – Als Elisabeth einmal in Reinhards Gegenwart von dem Schullehrer gescholten wurde, stieß er seine Tafel zornig auf den Tisch, um den Eifer des Mannes auf sich zu lenken. Es wurde nicht bemerkt. Aber Reinhard verlor alle Aufmerksamkeit an den geographischen Vorträgen; statt dessen verfasste er ein langes Gedicht; darin verglich er sich selbst mit einem jungen Adler, den Schulmeister mit einer grauen Krähe, Elisabeth war die weiße Taube; der Adler gelobte, an der grauen Krähe Rache zu nehmen, sobald ihm die Flügel gewachsen sein würden. Dem jungen Dichter standen die Tränen in den Augen; er kam sich sehr erhaben vor. Als er nach Hause gekommen war, wusste er sich einen kleinen Pergamentband mit vielen weißen Blättern zu verschaffen; auf die ersten Seiten schrieb er mit sorgsamer Hand sein erstes Gedicht. – Bald darauf kam er in eine andere Schule; hier schloss er manche neue Kameradschaft mit Knaben seines Alters; aber sein Verkehr mit Elisabeth wurde dadurch nicht gestört. Von den Märchen, welche er ihr sonst erzählt und wieder erzählt hatte, fing er jetzt an, die, welche ihr am besten gefallen hatten, aufzuschreiben; dabei wandelte ihn oft die Lust an, etwas von seinen eigenen Gedanken hineinzudichten; aber, er wusste nicht weshalb, er konnte immer nicht dazu gelangen. So schrieb er sie genau auf, wie er sie selber gehört hatte. Dann gab er die Blätter an Elisabeth, die sie in einem Schubfach ihrer Schatulle sorgfältig aufbewahrte; und es gewährte ihm eine anmutige Befriedigung, wenn er sie mitunter abends diese Geschichten in seiner Gegenwart aus den von ihm geschriebenen Heften ihrer Mutter vorlesen hörte.

Sieben Jahre waren vorüber. Reinhard sollte zu seiner weiteren Ausbildung die Stadt verlassen. Elisabeth konnte sich nicht in den Gedanken finden, dass es nun eine Zeit ganz ohne Reinhard geben werde. Es freute sie, als er ihr eines Tages sagte, er werde, wie sonst, Märchen für sie aufschreiben; er wolle sie ihr mit den Briefen an seine Mutter schicken; sie müsse ihm dann wieder schreiben, wie sie ihr gefallen hätten. Die Abreise rückte heran; vorher aber kam noch mancher Reim in den Pergamentband. Das allein war für Elisabeth ein Geheimnis, obgleich sie die Veranlassung zu dem ganzen Buche und zu den meisten Liedern war, welche nach und nach fast die Hälfte der weißen Blätter gefüllt hatten.

Es war im Juni; Reinhard sollte am andern Tage reisen. Nun wollte man noch einmal einen festlichen Tag zusammen begehen. Dazu wurde eine Landpartie nach einer der nahe belegenen Holzungen in größerer Gesellschaft veranstaltet. Der stundenlange Weg bis an den Saum des Waldes wurde zu Wagen zurückgelegt; dann nahm man die Proviantkörbe herunter und marschierte weiter. Ein Tannengehölz musste zuerst durchwandert werden; es war kühl und dämmerig und der Boden überall mit feinen Nadeln bestreut. Nach halbstündigem Wandern kam man aus dem Tannendunkel in eine frische Buchenwaldung; hier war alles licht und grün, mitunter brach ein Sonnenstrahl durch die blätterreichen Zweige; ein Eichkätzchen sprang über ihren Köpfen von Ast zu Ast. – Auf einem Platze, über welchem uralte Buchen mit ihren Kronen zu einem durchsichtigen Laubgewölbe zusammenwuchsen, machte die Gesellschaft halt. Elisabeths Mutter öffnete einen der Körbe; ein alter Herr warf sich zum Proviantmeister auf. „Alle um mich herum, ihr jungen Vögel!“ rief er. „Und merket genau, was ich euch zu sagen habe. Zum Frühstück erhält jetzt ein jeder von euch zwei trockene Wecken; die Butter ist zu Hause geblieben, die Zukost müsst ihr euch selber suchen. Es stehen genug Erdbeeren im Walde, das heißt, für den, der sie zu finden weiß. Wer ungeschickt ist, muss sein Brot trocken essen; so geht es überall im Leben. Habt ihr meine Rede begriffen?“

„Jawohl!“ riefen die Jungen.

„Ja, seht“, sagte der Alte, „sie ist aber noch nicht zu Ende. Wir Alten haben uns im Leben schon genug umhergetrieben; darum bleiben wir jetzt zu Haus, das heißt, hier unter diesen breiten Bäumen, und schälen die Kartoffeln und machen Feuer und rüsten die Tafel, und wenn die Uhr zwölf ist, sollen auch die Eier gekocht werden. Dafür seid ihr uns von euren Erdbeeren die Hälfte schuldig, damit wir auch einen Nachtisch servieren können. Und nun geht nach Ost und West und seid ehrlich!“

Die Jungen machten allerlei schelmische Gesichter. „Halt!“ rief der alte Herr noch einmal. „Das brauche ich euch wohl nicht zu sagen: wer keine findet, braucht auch keine abzuliefern; aber das schreibt euch wohl hinter eure feinen Ohren, von uns Alten bekommt er auch nichts. Und nun habt ihr für diesen Tag gute Lehren genug; wenn ihr nun noch Erdbeeren dazu habt, so werdet ihr für heute schon durchs Leben kommen.“

Die Jungen waren derselben Meinung und begannen sich paarweise auf die Fahrt zu machen.

„Komm, Elisabeth", sagte Reinhard, „ich weiß einen Erdbeerenschlag; du sollst kein trockenes Brot essen."

Elisabeth knüpfte die grünen Bänder ihres Strohhutes zusammen und hing ihn über den Arm. „So komm", sagte sie, „der Korb ist fertig."

Dann gingen sie in den Wald hinein, tiefer und tiefer; durch feuchte undurchdringliche Baumschatten, wo alles still war, nur unsichtbar über ihnen in den Lüften das Geschrei der Falken; dann wieder durch dichtes Gestrüpp, so dicht, dass Reinhard vorangehen musste, um einen Pfad zu machen, hier einen Zweig zu knicken, dort eine Ranke beiseite zu biegen. Bald aber hörte er hinter sich Elisabeth seinen Namen rufen. Er wandte sich um. „Reinhard!" rief sie. „Warte doch, Reinhard!" Er konnte sie nicht gewahr werden; endlich sah er sie in einiger Entfernung mit den Sträuchern kämpfen; ihr feines Köpfchen schwamm nur kaum über den Spitzen der Farrenkräuter. Nun ging er noch einmal zurück und führte sie durch das Wirrnis der Kräuter und Stauden auf einen freien Platz hinaus, wo blaue Falter zwischen den einsamen Waldblumen flatterten. Reinhard strich ihr die feuchten Haare aus dem erhitzten Gesichtchen; dann wollte er ihr den Strohhut aufsetzen, und sie wollte es nicht leiden; dann aber bat er sie, und dann ließ sie es doch geschehen.

„Wo bleiben denn aber deine Erdbeeren?" fragte sie endlich, indem sie stehenblieb und einen tiefen Atemzug tat.

„Hier haben sie gestanden", sagte er; „aber die Kröten sind uns zuvorgekommen, oder die Marder, oder vielleicht die Elfen."

„Ja", sagte Elisabeth, „die Blätter stehen noch da; aber sprich hier nicht von Elfen. Komm nur, ich bin noch gar nicht müde; wir wollen weitersuchen."

Vor ihnen war ein kleiner Bach, jenseits wieder der Wald. Reinhard hob Elisabeth auf seine Arme und trug sie hinüber. Nach einer Weile traten sie aus dem schattigen Laube wieder in eine weite Lichtung hinaus. „Hier müssen Erdbeeren sein", sagte das Mädchen, „es duftet so süß."

Sie gingen suchend durch den sonnigen Raum; aber sie fanden keine. „Nein", sagte Reinhard, „es ist nur der Duft des Heidekrautes."

Himbeerbüsche und Hülsendorn standen überall durcheinander; ein starker Geruch von Heidekräutern, welche abwechselnd mit kurzem Grase die freien Stellen des Bodens bedeckten, erfüllte die Luft. „Hier ist es einsam", sagte Elisabeth; „wo mögen die andern sein?"

An den Rückweg hatte Reinhard nicht gedacht. „Warte nur; woher kommt der Wind?" sagte er und hob seine Hand in die Höhe. Aber es kam kein Wind.

„Still", sagte Elisabeth, „mich dünkt, ich hörte sie sprechen. Rufe einmal dahinunter."

Reinhard rief durch die hohle Hand: „Kommt hieher!" – „Hieher!" rief es zurück.

„Sie antworten!" sagte Elisabeth und klatschte in die Hände.
„Nein, es war nichts, es war nur der Widerhall."

Elisabeth fasste Reinhards Hand. „Mir graut!" sagte sie.

„Nein", sagte Reinhard, „das muss es nicht. Hier ist es prächtig. Setz dich dort in den Schatten zwischen die Kräuter. Lass uns eine Weile ausruhen; wir finden die andern schon."

Elisabeth setzte sich unter eine überhängende Buche und lauschte aufmerksam nach allen Seiten; Reinhard saß einige Schritte davon auf einem Baumstumpf und sah schweigend nach ihr hinüber. Die Sonne stand gerade über ihnen; es war glühende Mittagshitze; kleine goldglänzende, stahlblaue Fliegen standen flügelschwingend in der Luft; rings um sie her ein feines Schwirren und Summen, und manchmal hörte man tief im Walde das Hämmern der Spechte und das Kreischen der andern Waldvögel.

„Horch!" sagte Elisabeth. „Es läutet."

„Wo?" fragte Reinhard.

„Hinter uns. Hörst du? Es ist Mittag."

„Dann liegt hinter uns die Stadt; und wenn wir in dieser Richtung gradedurchgehen, so müssen wir die andern treffen."

So traten sie ihren Rückweg an; das Erdbeerensuchen hatten sie aufgegeben, denn Elisabeth war müde geworden. Endlich klang zwischen den Bäumen hindurch das Lachen der Gesellschaft; dann sahen sie auch ein weißes Tuch am Boden schimmern, das war die Tafel, und darauf standen Erdbeeren in Hülle und Fülle. Der alte Herr hatte eine Serviette im Knopfloch und hielt den Jungen die Fortsetzung seiner moralischen Reden, während er eifrig an einem Braten herumtranchierte.

„Da sind die Nachzügler", riefen die Jungen, als sie Reinhard und Elisabeth durch die Bäume kommen sahen.

„Hieher!" rief der alte Herr, „Tücher ausgeleert, Hüte umgekehrt! Nun zeigt her, was ihr gefunden habt."

„Hunger und Durst!" sagte Reinhard.

„Wenn das alles ist", erwiderte der Alte und hob ihnen die volle

Schüssel entgegen, „so müsst ihr es auch behalten. Ihr kennt die Abrede; hier werden keine Müßiggänger gefüttert." Endlich ließ er sich aber doch erbitten, und nun wurde Tafel gehalten; dazu schlug die Drossel aus den Wacholderbüschen.

So ging der Tag hin. – Reinhard hatte aber doch etwas gefunden; waren es keine Erdbeeren, so war es doch auch im Walde gewachsen. Als er nach Hause gekommen war, schrieb er in seinen alten Pergamentband:

Hier an der Bergeshalde
Verstummet ganz der Wind;
Die Zweige hängen nieder,
Darunter sitzt das Kind.

Sie sitzt in Thymiane,
Sie sitzt in lauter Duft;
Die blauen Fliegen summen
Und blitzen durch die Luft.

Es steht der Wald so schweigend,
Sie schaut so klug darein;
Um ihre braunen Locken
Hinfließt der Sonnenschein.

Der Kuckuck lacht von ferne,
Es geht mir durch den Sinn:
Sie hat die goldnen Augen
Der Waldeskönigin.

So war sie nicht allein sein Schützling; sie war ihm auch der Ausdruck für alles Liebliche und Wunderbare seines aufgehenden Lebens.

Da stand das Kind am Wege

Weihnachtabend kam heran. – Es war noch nachmittags, als Reinhard mit andern Studenten im Ratskeller am alten Eichentisch zusammensaß. Die Lampen an den Wänden waren angezündet, denn hier unten dämmerte es schon; aber die Gäste waren sparsam versammelt, die Kellner lehnten müßig an den Mauerpfeilern. In einem Winkel des Gewölbes saßen ein Geigenspieler und ein Zithermädchen mit feinen zigeunerhaften Zügen; sie hatten ihre Instrumente auf dem Schoße liegen und schienen teilnahmlos vor sich hinzusehen.

Am Studententische knallte ein Champagnerpfropfen. „Trinke, mein böhmisch Liebchen!“ rief ein junger Mann von junkerhaftem Äußern, indem er ein volles Glas zu dem Mädchen hinüberreichte.

„Ich mag nicht“, sagte sie, ohne ihre Stellung zu verändern.

„So singe!“ rief der Junker und warf ihr eine Silbermünze in den Schoß. Das Mädchen strich sich langsam mit den Fingern durch ihr schwarzes Haar, während der Geigenspieler ihr ins Ohr flüsterte; aber sie warf den Kopf zurück und stützte das Kinn auf ihre Zither. „Für den spiel ich nicht“, sagte sie.

Reinhard sprang mit dem Glase in der Hand auf und stellte sich vor sie.

„Was willst du?“ fragte sie trotzig.

„Deine Augen sehn.“

„Was gehn dich meine Augen an?“

Reinhard sah funkelnd auf sie nieder. „Ich weiß wohl, sie sind falsch!“ – Sie legte ihre Wange in die flache Hand und sah ihn lauernd an. Reinhard hob sein Glas an den Mund. „Auf deine schönen, sündhaften Augen!“ sagte er und trank.

Sie lachte und warf den Kopf herum. „Gib!“ sagte sie, und indem sie ihre schwarzen Augen in die seinen heftete, trank sie langsam den Rest. Dann griff sie einen Dreiklang und sang mit tiefer, leidenschaftlicher Stimme:

Heute, nur heute
Bin ich so schön;
Morgen, ach morgen
Muss alles vergehn!

Nur diese Stunde
Bist du noch mein;
Sterben, ach sterben
Soll ich allein.

Während der Geigenspieler in raschem Tempo das Nachspiel einsetzte, gesellte sich ein neuer Ankömmling zu der Gruppe.

„Ich wollte dich abholen, Reinhard“, sagte er. „Du warst schon fort; aber das Christkind war bei dir eingekehrt.“

„Das Christkind?“ sagte Reinhard, „das kommt nicht mehr zu mir.“

„Ei was! Dein ganzes Zimmer roch nach Tannenbaum und braunen Kuchen.“

Reinhard setzte das Glas aus der Hand und griff nach seiner Mütze.

„Was willst du?“ fragte das Mädchen.

„Ich komme schon wieder.“

Sie runzelte die Stirn. „Bleib!“ rief sie leise und sah ihn vertraulich an.

Reinhard zögerte. „Ich kann nicht“, sagte er.

Sie stieß ihn lachend mit der Fußspitze. „Geh!“ sagte sie. „Du taugst nichts; ihr taugt alle miteinander nichts.“ Und während sie sich abwandte, stieg Reinhard langsam die Kellertreppe hinauf.

Draußen auf der Straße war es tiefe Dämmerung; er fühlte die frische Winterluft an seiner heißen Stirn. Hie und da fiel der helle Schein eines brennenden Tannenbaums aus den Fenstern, dann und wann hörte man von drinnen das Geräusch von kleinen Pfeifen und Blechtrompeten und dazwischen jubelnde Kinderstimmen. Scharen von Bettelkindern gingen von Haus zu Haus oder stiegen auf die Treppengeländer und suchten durch die Fenster einen Blick in die versagte Herrlichkeit zu gewinnen. Mitunter wurde auch eine Tür plötzlich aufgerissen, und scheltende Stimmen trieben einen ganzen Schwarm solcher kleinen Gäste aus dem hellen Hause auf die dunkle Gasse hinaus; anderswo wurde auf dem Hausflur ein altes Weihnachtslied gesungen; es waren klare Mädchenstimmen darunter. Reinhard hörte sie nicht, er ging rasch an allem vorüber, aus einer Straße in die andere. Als er an seine Wohnung gekommen, war es fast völlig dunkel geworden; er stolperte die Treppe hinauf und trat in seine Stube. Ein süßer Duft schlug ihm entgegen; das heimelte ihn an, das roch wie zu Haus der Mutter Weihnachtsstube. Mit zitternder Hand zündete er sein Licht an; da lag ein mächtiges Paket auf dem Tisch, und als er es öffnete, fielen die wohlbekannten braunen Festkuchen heraus; auf einigen waren die Anfangsbuchstaben seines Namens in Zucker ausgestreut; das konnte niemand anders als Elisabeth getan haben. Dann kam ein Päckchen mit feiner gestickter Wäsche zum Vorschein, Tücher und Manschetten, zuletzt Briefe von der Mutter und von Elisabeth. Reinhard öffnete zuerst den letzteren; Elisabeth schrieb:

„Die schönen Zuckerbuchstaben können Dir wohl erzählen, wer bei den Kuchen mitgeholfen hat; dieselbe Person hat die Manschetten für Dich gestickt. Bei uns wird es nun Weihnachtabend sehr still werden; meine Mutter stellt immer schon um halb zehn ihr Spinnrad in die Ecke; es ist gar so einsam diesen Winter, wo Du nicht hier bist. Nun ist auch vorigen Sonntag der Hänfling gestorben, den Du mir geschenkt hattest; ich habe sehr geweint, aber ich hab ihn doch immer gut gewartet. Der sang sonst immer nachmittags, wenn die Sonne auf sein Bauer schien; Du weisst, die Mutter hing oft ein Tuch über, um ihn zu geschweigen, wenn er so recht aus Kräften sang. Da ist es nun noch stiller in der Kammer, nur dass Dein alter Freund Erich uns jetzt mitunter besucht. Du sagtest einmal, er sähe seinem braunen Überrock ähnlich. Daran muss ich nun immer denken, wenn er zur Tür hereinkommt, und es ist gar zu komisch; sag es aber nicht zur Mutter, sie wird dann leicht verdrießlich. – Rat, was ich Deiner Mutter zu Weihnachten schenke! Du rätst es nicht? Mich selber! Der Erich zeichnet mich in schwarzer Kreide; ich habe ihm schon dreimal sitzen müssen, jedesmal eine ganze Stunde. Es war mir recht zuwider, dass der fremde Mensch mein Gesicht so auswendig lernte. Ich wollte auch nicht, aber die Mutter redete mir zu; sie sagte, es würde der guten Frau Werner eine gar große Freude machen.

Aber Du hältst nicht Wort, Reinhard. Du hast keine Märchen geschickt. Ich habe Dich oft bei Deiner Mutter verklagt; sie sagt dann immer, Du habest jetzt mehr zu tun als solche Kindereien. Ich glaub es aber nicht; es ist wohl anders."

Nun las Reinhard auch den Brief seiner Mutter, und als er beide Briefe gelesen und langsam wieder zusammengefaltet und weggelegt hatte, überfiel ihn unerbittliches Heimweh. Er ging eine Zeitlang in seinem Zimmer auf und nieder; er sprach leise und dann halb verständlich zu sich selbst:

Er wäre fast verirret
Und wusste nicht hinaus;
Da stand das Kind am Wege
Und winkte ihm nach Haus!

Dann trat er an sein Pult, nahm einiges Geld heraus und ging wieder auf die Straße hinab. – Hier war es mittlerweile stiller geworden; die Weihnachtsbäume waren ausgebrannt, die Umzüge der Kinder hatten aufgehört. Der Wind fegte durch die einsamen Straßen; Alte und Junge saßen in ihren Häusern familienweise zusammen; der zweite Abschnitt des Weihnachtabends hatte begonnen.

Als Reinhard in die Nähe des Ratskellers kam, hörte er aus der Tiefe herauf Geigenstrich und den Gesang des Zithermädchens; nun klingelte unten die Kellertür, und eine dunkle Gestalt schwankte die breite, matt erleuchtete Treppe herauf. Reinhard trat in den Häuserschatten und ging dann rasch vorüber. Nach einer Weile erreichte er den erleuchteten Laden eines Juweliers; und nachdem er hier ein kleines Kreuz von roten Korallen eingehandelt hatte, ging er auf demselben Wege, den er gekommen war, wieder zurück.

Nicht weit von seiner Wohnung bemerkte er ein kleines, in klägliche Lumpen gehülltes Mädchen an einer hohen Haustür stehen, in vergeblicher Bemühung, sie zu öffnen. „Soll ich dir helfen?" sagte er. Das Kind erwiderte nichts, ließ aber die schwere Türklinke fahren. Reinhard hatte schon die Tür geöffnet. „Nein", sagte er, „sie könnten dich hinausjagen; komm mit mir! Ich will dir Weihnachtskuchen geben." Dann machte er die Tür wieder zu und fasste das kleine Mädchen an der Hand, das stillschweigend mit ihm in seine Wohnung ging.

Er hatte das Licht beim Weggehen brennen lassen. „Hier hast du Kuchen", sagte er und gab ihr die Hälfte seines ganzen Schatzes in ihre Schürze, nur keine mit den Zuckerbuchstaben. „Nun geh nach Hause und gib deiner Mutter auch davon." Das Kind sah mit einem scheuen Blick zu ihm hinauf; es schien solcher Freundlichkeit ungewohnt und nichts darauf erwidern zu können. Reinhard machte die Tür auf und leuchtete ihr, und nun flog die Kleine wie ein Vogel mit ihren Kuchen die Treppe hinab und zum Hause hinaus.

Reinhard schürte das Feuer in seinem Ofen an und stellte das bestaubte Dintenfass auf seinen Tisch; dann setzte er sich hin und schrieb, und schrieb die ganze Nacht Briefe an seine Mutter, an Elisabeth. Der Rest der Weihnachtskuchen lag unberührt neben ihm; aber die Manschetten von Elisabeth hatte er angeknüpft, was sich gar wunderlich zu seinem weißen Flausrock ausnahm. So saß er noch, als die Wintersonne auf die gefrorenen Fensterscheiben fiel und ihm gegenüber im Spiegel ein blasses, ernstes Antlitz zeigte.

Daheim

Als es Ostern geworden war, reiste Reinhard in die Heimat. Am Morgen nach seiner Ankunft ging er zu Elisabeth. „Wie groß du geworden bist!" sagte er, als das schöne schmächtige Mädchen ihm lächelnd entgegenkam. Sie errötete, aber sie erwiderte nichts; ihre Hand, die er beim Willkommen in die seine genommen, suchte sie ihm sanft zu entziehen. Er sah sie zweifelnd an; das hatte sie früher nicht getan; nun war es, als träte etwas Fremdes zwischen sie. – Das blieb auch, als er schon länger dagewesen und als er Tag für Tag immer wiedergekommen war. Wenn sie allein zusammensaßen, entstanden Pausen, die ihm peinlich waren und denen er dann ängstlich zuvorzukommen suchte. Um während der Ferienzeit eine bestimmte Unterhaltung zu haben, fing er an, Elisabeth in der Botanik zu unterrichten, womit er sich in den ersten Monaten seines Universitätslebens angelegentlich beschäftigt hatte. Elisabeth, die ihm in allem zu folgen gewohnt und überdies lehrhaft war, ging bereitwillig darauf ein. Nun wurden mehrere Male in der Woche Exkursionen ins Feld oder in die Heiden gemacht; und hatten sie dann mittags die grüne Botanisierkapsel voll Kraut und Blumen nach Hause gebracht, so kam Reinhard einige Stunden später wieder, um mit Elisabeth den gemeinschaftlichen Fund zu teilen.

In solcher Absicht trat er eines Nachmittags ins Zimmer, als Elisabeth am Fenster stand und ein vergoldetes Vogelbauer, das er sonst nicht dort gesehen, mit frischem Hühnerschwarm besteckte. Im Bauer saß ein Kanarienvogel, der mit den Flügeln schlug und kreischend nach Elisabeths Finger pickte. Sonst hatte Reinhards Vogel an dieser Stelle gehangen. „Hat mein armer Hänfling sich nach seinem Tode in einen Goldfinken verwandelt?“ fragte er heiter.

„Das pflegen die Hänflinge nicht“, sagte die Mutter, welche spinnend im Lehnstuhle saß. „Ihr Freund Erich hat ihn heut mittag für Elisabeth von seinem Hofe hereingeschickt.“

„Von welchem Hofe?“

„Das wissen Sie nicht?“

„Was denn?“

„Dass Erich seit einem Monat den zweiten Hof seines Vaters am Immensee angetreten hat?“

„Aber Sie haben mir kein Wort davon gesagt.“

„Ei“, sagte die Mutter, „Sie haben sich auch noch mit keinem Worte nach Ihrem Freunde erkundigt. Er ist ein gar lieber, verständiger junger Mann.“

Die Mutter ging hinaus, um den Kaffee zu besorgen; Elisabeth hatte Reinhard den Rücken zugewandt und war noch mit dem Bau ihrer kleinen Laube beschäftigt. „Bitte, nur ein kleines Weilchen“, sagte sie; „gleich bin ich fertig.“ – Da Reinhard wider seine Gewohnheit nicht antwortete, so wandte sie sich um. In seinen Augen lag ein plötzlicher Ausdruck von Kummer, den sie nie darin gewahrt hatte. „Was fehlt dir, Reinhard?“ fragte sie, indem sie nahe zu ihm trat.

„Mir?“ fragte er gedankenlos und ließ seine Augen träumerisch in den ihren ruhen.

„Du siehst so traurig aus.“

„Elisabeth“, sagte er, „ich kann den gelben Vogel nicht leiden.“ Sie sah ihn staunend an; sie verstand ihn nicht. „Du bist so sonderbar“, sagte sie.

Er nahm ihre beiden Hände, die sie ruhig in den seinen ließ. Bald trat die Mutter wieder herein.

Nach dem Kaffee setzte diese sich an ihr Spinnrad; Reinhard und Elisabeth gingen ins Nebenzimmer, um ihre Pflanzen zu ordnen. Nun wurden Staubfäden gezählt, Blätter und Blüten sorgfältig ausgebreitet und von jeder Art zwei Exemplare zum Trocknen zwischen die Blätter eines großen Folianten gelegt. Es war sonnige Nachmittagsstille; nur nebenan schnurrte der Mutter Spinnrad, und von Zeit zu Zeit wurde Reinhards gedämpfte Stimme gehört, wenn er die Ordnungen und Klassen der Pflanzen nannte oder Elisabeths ungeschickte Aussprache der lateinischen Namen korrigierte.

„Mir fehlt noch von neulich die Maiblume“, sagte sie jetzt, als der ganze Fund bestimmt und geordnet war.

Reinhard zog einen kleinen weißen Pergamentband aus der Tasche. „Hier ist ein Maiblumenstengel für dich“, sagte er, indem er die halbgetrocknete Pflanze herausnahm.

Als Elisabeth die beschriebenen Blätter sah, fragte sie: „Hast du wieder Märchen gedichtet?“

„Es sind keine Märchen“, antwortete er und reichte ihr das Buch.

Es waren lauter Verse, die meisten füllten höchstens eine Seite. Elisabeth wandte ein Blatt nach dem andern um; sie schien nur die Überschriften zu lesen: „Als sie vom Schulmeister gescholten war.“ „Als sie sich im Walde verirrt hatten.“ „Mit dem Ostermärchen.“ „Als sie mir zum erstenmal geschrieben hatte“; in der Weise lauteten fast alle. Reinhard blickte forschend zu ihr hin, und indem sie immer weiterblätterte, sah er, wie zuletzt auf ihrem klaren Antlitz ein zartes Rot hervorbrach und es allmählich ganz überzog. Er wollte ihre Augen sehen; aber Elisabeth sah nicht auf und legte das Buch am Ende schweigend vor ihm hin.

„Gib es mir nicht so zurück!“ sagte er.

Sie nahm ein braunes Reis aus der Blechkapsel. „Ich will dein Lieblingskraut hineinlegen“, sagte sie und gab ihm das Buch in seine Hände. – –

Endlich kam der letzte Tag der Ferienzeit und der Morgen der

Abreise. Auf ihre Bitte erhielt Elisabeth von der Mutter die Erlaubnis, ihren Freund an den Postwagen zu begleiten, der einige Straßen von ihrer Wohnung seine Station hatte. Als sie vor die Haustür traten, gab Reinhard ihr den Arm; so ging er schweigend neben dem schlanken Mädchen her. Je näher sie ihrem Ziele kamen, desto mehr war es ihm, er habe ihr, ehe er auf so lange Abschied nehme, etwas Notwendiges mitzuteilen – etwas, wovon aller Wert und alle Lieblichkeit seines künftigen Lebens abhänge, und doch konnte er sich des erlösenden Wortes nicht bewusst werden. Das ängstigte ihn; er ging immer langsamer.

„Du kommst zu spät“, sagte sie, „es hat schon zehn geschlagen auf St. Marien.“

Er ging aber darum nicht schneller. Endlich sagte er stammelnd: „Elisabeth, du wirst mich nun in zwei Jahren gar nicht sehen – – wirst du mich wohl noch ebenso lieb haben wie jetzt, wenn ich wieder da bin?“

Sie nickte und sah ihm freundlich ins Gesicht. – „Ich habe dich auch verteidigt“, sagte sie nach einer Pause.

„Mich? Gegen wen hattest du das nötig?“

„Gegen meine Mutter. Wir sprachen gestern abend, als du weggegangen warst, noch lange über dich. Sie meinte, du seist nicht mehr so gut, wie du gewesen.“

Reinhard schwieg einen Augenblick; dann aber nahm er ihre Hand in die seine, und indem er ihr ernst in ihre Kinderaugen blickte, sagte er: „Ich bin noch ebenso gut, wie ich gewesen bin; glaube du das nur fest! Glaubst du es, Elisabeth?“

„Ja“, sagte sie. Er ließ ihre Hand los und ging rasch mit ihr durch die letzte Straße. Je näher ihm der Abschied kam, desto freudiger ward sein Gesicht; er ging ihr fast zu schnell.

„Was hast du, Reinhard?“ fragte sie.

„Ich habe ein Geheimnis, ein schönes!“ sagte er und sah sie mit leuchtenden Augen an. „Wenn ich nach zwei Jahren wieder da bin, dann sollst du es erfahren.“

Mittlerweile hatten sie den Postwagen erreicht; es war noch eben Zeit genug. Noch einmal nahm Reinhard ihre Hand. „Leb wohl!“ sagte er, „leb wohl, Elisabeth. Vergiss es nicht.“

Sie schüttelte mit dem Kopf. „Leb wohl!“ sagte sie. Reinhard stieg hinein, und die Pferde zogen an.

Als der Wagen um die Straßenecke rollte, sah er noch einmal ihre liebe Gestalt, wie sie langsam den Weg zurückging,

Ein Brief

Fast zwei Jahre nachher saß Reinhard vor seiner Lampe zwischen Büchern und Papieren in Erwartung eines Freundes, mit welchem er gemeinschaftliche Studien übte. Man kam die Treppe herauf. „Herein!" – Es war die Wirtin. „Ein Brief für Sie, Herr Werner!" Dann entfernte sie sich wieder.

Reinhard hatte seit seinem Besuch in der Heimat nicht an Elisabeth geschrieben und von ihr keinen Brief mehr erhalten. Auch dieser war nicht von ihr; es war die Hand seiner Mutter. Reinhard brach und las, und bald las er folgendes:

„In Deinem Alter, mein liebes Kind, hat noch fast jedes Jahr sein eigenes Gesicht; denn die Jugend lässt sich nicht ärmer machen. Hier ist auch manches anders geworden, was Dir wohl erstan weh tun wird, wenn ich Dich sonst recht verstanden habe. Erich hat sich gestern endlich das Jawort von Elisabeth geholt, nachdem er in dem letzten Vierteljahr zweimal vergebens angefragt hatte. Sie hat sich immer nicht dazu entschließen können; nun hat sie es endlich doch getan; sie ist auch noch gar so jung. Die Hochzeit soll bald sein, und die Mutter wird dann mit ihnen fortgehen."

Immensee

Wiederum waren Jahre vorüber. – Auf einem abwärts führenden schattigen Waldwege wanderte an einem warmen Frühlingsnachmittage ein junger Mann mit kräftigem, gebräuntem Antlitz. Mit seinen ernsten grauen Augen sah er gespannt in die Ferne, als erwarte er endlich eine Veränderung des einförmigen Weges, die jedoch immer nicht eintreten wollte. Endlich kam ein Karrenfuhrwerk langsam von unten herauf. „Holla! guter Freund", rief der Wanderer dem nebengehenden Bauer zu, „geht's hier recht nach Immensee?"

„Immer gradaus", antwortete der Mann und rückte an seinem Rundhute.

„Hat's denn noch weit bis dahin?"

„Der Herr ist dicht davor. Keine halbe Pfeif Tobak, so haben S' den See; das Herrenhaus liegt hart daran."

Der Bauer fuhr vorüber; der andere ging eiliger unter den Bäumen entlang. Nach einer Viertelstunde hörte ihm zur Linken plötzlich der Schatten auf; der Weg führte an einem Abhang, aus dem die Gipfel hundertjähriger Eichen nur kaum hervorragten. Über sie hinweg öffnete sich eine weite, sonnige Landschaft. Tief unten lag der See, ruhig, dunkelblau, fast ringsum von grünen, sonnbeschienenen Wäldern umgeben; nur an einer Stelle traten sie auseinander und gewährten eine tiefe Fernsicht, bis auch diese durch blaue Berge geschlossen wurde. Quer gegenüber, mitten in dem grünen Laub der Wälder, lag es wie Schnee darüber her; das waren blühende Obstbäume, und daraus hervor auf dem hohen Ufer erhob sich das Herrenhaus, weiß mit roten Ziegeln. Ein Storch flog vom Schornstein auf und kreiste langsam über dem Wasser. – „Immensee!" rief der Wanderer. Es war fast, als hätte er jetzt das Ziel seiner Reise erreicht; denn er stand unbeweglich und sah über die Gipfel der Bäume zu seinen Füßen hinüber ans andere Ufer, wo das Spiegelbild des Herrenhauses leise schaukelnd auf dem Wasser schwamm. Dann setzte er plötzlich seinen Weg fort.

Es ging jetzt fast steil den Berg hinab, so dass die untenstehenden Bäume wieder Schatten gewährten, zugleich aber die Aussicht auf den See verdeckten, der nur zuweilen zwischen den Lücken der Zweige hindurchblitzte. Bald ging es wieder sanft empor, und nun verschwand rechts und links die Holzung; statt dessen streckten sich dichtbelaubte Weinhügel am Wege entlang; zu beiden Seiten desselben standen blühende Obstbäume voll summender, wühlender Bienen. Ein stattlicher Mann in braunem Überrock kam dem Wanderer entgegen. Als er ihn fast erreicht hatte, schwenkte er seine Mütze und rief mit heller Stimme: „*Willkommen,* willkommen, Bruder Reinhard! Willkommen auf Gut Immensee!"

„Gott grüß dich, Erich, und Dank für dein Willkommen!" rief ihm der andere entgegen.

Dann waren sie zueinander gekommen und reichten sich die Hände. „Bist du es denn aber auch?" sagte Erich, als er so nahe in das ernste Gesicht seines alten Schulkameraden sah.

„Freilich bin ich's, Erich, und du bist es auch; nur siehst du noch fast heiterer aus, als du schon sonst immer getan hast."

Ein frohes Lächeln machte Erichs einfache Züge bei diesen Worten noch um vieles heiterer. „Ja, Bruder Reinhard", sagte er, diesem noch einmal seine Hand reichend, „ich habe aber auch seitdem das große Los gezogen, du weißt es ja." Dann rieb er sich die Hände und rief vergnügt: „Das wird eine Überraschung! Den erwartet sie nicht, in alle Ewigkeit nicht!"

„Eine Überraschung?" fragte Reinhard. „Für wen denn?"

„Für Elisabeth."

„Elisabeth! Du hast ihr nicht von meinem Besuch gesagt?"

„Kein Wort, Bruder Reinhard; sie denkt nicht an dich, die Mutter auch nicht. Ich hab dich ganz im geheim verschrieben, damit die Freude desto größer sei. Du weißt, ich hatte immer so meine stillen Plänchen."

Reinhard wurde nachdenklich; der Atem schien ihm schwer zu werden, je näher sie dem Hofe kamen. An der linken Seite des Weges hörten nun auch die Weingärten auf und machten einem weitläufigen Küchengarten Platz, der sich bis fast an das Ufer des Sees hinabzog. Der Storch hatte sich mittlerweile niedergelassen und spazierte gravitätisch zwischen den Gemüsebeeten umher. „Holla!" rief Erich, in die Hände klatschend, „stiehlt mir der hochbeinige Ägypter schon wieder meine kurzen Erbsenstangen!" Der Vogel erhob sich langsam und flog auf das Dach eines neuen Gebäudes, das am Ende des Küchengartens lag und dessen Mauern mit aufgebundenen Pfirsich- und Aprikosenbäumen überzweigt waren. „Das ist die Spritfabrik", sagte Erich; „ich habe sie erst vor zwei Jahren angelegt. Die Wirtschaftsgebäude hat mein Vater selig neu aufsetzen lassen; das Wohnhaus ist schon von meinem Großvater gebaut worden. So kommt man immer ein bisschen weiter."

Sie waren bei diesen Worten auf einen geräumigen Platz gekommen, der an den Seiten durch die ländlichen Wirtschaftsgebäude, im Hintergrunde durch das Herrenhaus begrenzt wurde, an dessen beide Flügel sich eine hohe Gartenmauer anschloss; hinter dieser sah man die Züge dunkler Taxuswände, und hin und wieder ließen Syringenbäume ihre blühenden Zweige in den Hofraum hinunterhängen. Männer mit sonnen- und arbeitsheißen Gesichtern gingen über den Platz und grüßten die Freunde, während Erich dem einen und dem andern einen Auftrag oder eine Frage über ihr Tagewerk entgegenrief. – Dann hatten sie das Haus erreicht. Ein hoher, kühler Hausflur nahm sie auf, an dessen Ende sie links in einen etwas dunkleren Seitengang einbogen. Hier öffnete Erich eine Tür, und sie traten in einen geräumigen Gartensaal, der durch das Laubgedränge, welches die gegenüberliegenden Fenster bedeckte, zu beiden Seiten mit grüner Dämmerung erfüllt war; zwischen diesen aber ließen zwei hohe, weit geöffnete Flügeltüren den vollen Glanz der Frühlingssonne hereinfallen und gewährten die Aussicht in einen Garten mit gezirkelten Blumenbeeten und hohen steilen Laubwänden, geteilt durch einen graden breiten Gang, durch welchen man auf den See und weiter auf die gegenüberliegenden Wälder hinaussah. Als die Freunde hineintraten, trug die Zugluft ihnen einen Strom von Duft entgegen.

Auf einer Terrasse vor der Gartentür saß eine weiße, mädchenhafte Frauengestalt. Sie stand auf und ging den Eintretenden entgegen; aber auf halbem Wege blieb sie wie angewurzelt stehen und starrte den Fremden unbeweglich an. Er streckte ihr lächelnd die Hand entgegen. „Reinhard!" rief sie, „Reinhard! Mein Gott, du bist es! – Wir haben uns lange nicht gesehen."

„Lange nicht", sagte er und konnte nichts weiter sagen; denn als er ihre Stimme hörte, fühlte er einen feinen körperlichen Schmerz am Herzen, und wie er zu ihr aufblickte, stand sie vor ihm, dieselbe leichte zärtliche Gestalt, der er vor Jahren in seiner Vaterstadt Lebewohl gesagt hatte.

Erich war mit freudestrahlendem Antlitz an der Tür zurückgeblieben. „Nun, Elisabeth", sagte er, „gelt! den hättest du nicht erwartet, den in alle Ewigkeit nicht!"

Elisabeth sah ihn mit schwesterlichen Augen an. „Du bist so gut, Erich!" sagte sie.

Er nahm ihre schmale Hand liebkosend in die seinen. „Und nun wir ihn haben", sagte er, „nun lassen wir ihn so bald nicht wieder los. Er ist so lange draußen gewesen, wir wollen ihn wieder heimisch machen. Schau nur, wie fremd und vornehm er aussehen worden ist."

Ein scheuer Blick Elisabeths streifte Reinhards Antlitz. „Es ist nur die Zeit, die wir nicht beisammen waren", sagte er.

In diesem Augenblick kam die Mutter mit einem Schlüsselkörbchen am Arm zur Tür herein. „Herr Werner", sagte sie, als sie Reinhard erblickte, „ei, ein ebenso lieber als unerwarteter Gast." – Und nun ging die Unterhaltung in Fragen und Antworten ihren ebenen Tritt. Die Frauen setzten sich zu ihrer Arbeit, und während Reinhard die für ihn bereiteten Erfrischungen genoss, hatte Erich seinen soliden Meerschaumkopf angebrannt und saß dampfend und diskurrierend an seiner Seite.

Am andern Tage musste Reinhard mit ihm hinaus; auf die Äcker, in die Weinberge, in den Hopfengarten, in die Spritfabrik. Es war alles wohlbestellt: die Leute, welche auf dem Felde und bei den Kesseln arbeiteten, hatten alle ein gesundes und zufriedenes Aussehen. Zu Mittag kam die Familie im Gartensaal zusammen, und der Tag wurde dann, je nach der Muße der Wirte, mehr oder minder gemeinschaftlich verlebt. Nur die Stunden vor dem Abendessen, wie die ersten des Vormittags, blieb Reinhard arbeitend auf seinem Zimmer. Er hatte seit Jahren, wo er deren habhaft werden konnte, die im Volke lebenden Reime und Lieder gesammelt und ging nun daran, seinen Schatz zu ordnen und womöglich mit neuen Aufzeichnungen aus der Umgegend zu vermehren. – Elisabeth war zu allen Zeiten sanft und freundlich; Erichs immer gleichbleibende Aufmerksamkeit nahm sie mit einer fast demütigen Dankbarkeit auf, und Reinhard dachte mitunter, das heitere Kind von ehedem habe wohl eine weniger stille Frau versprochen.

Seit dem zweiten Tage seines Hierseins pflegte er abends einen Spaziergang an dem Ufer des Sees zu machen. Der Weg führte hart unter dem Garten vorbei. Am Ende desselben, auf einer vorspringenden Bastei, stand eine Bank unter hohen Birken; die Mutter hatte sie die Abendbank getauft, weil der Platz gegen Abend lag und des Sonnenuntergangs halber um diese Zeit am meisten benutzt wurde. – Von einem Spaziergange auf diesem Wege kehrte Reinhard eines Abends zurück, als er vom Regen überrascht wurde. Er suchte Schutz unter einer am Wasser stehenden Linde; aber die schweren Tropfen schlugen bald durch die Blätter. Durchnässt, wie er war, ergab er sich darein und setzte langsam seinen Rückweg fort. Es war fast dunkel; der Regen fiel immer dichter. Als er sich der Abendbank näherte, glaubte er zwischen den schimmernden Birkenstämmen eine weiße Frauengestalt zu unterscheiden. Sie stand unbeweglich und, wie er beim Näherkommen zu erkennen meinte, zu ihm hingewandt, als wenn sie jemanden erwarte. Er glaubte, es sei Elisabeth. Als er aber rascher zuschritt, um sie zu erreichen und dann mit ihr zusammen durch den Garten ins Haus zurückzukehren, wandte sie sich langsam ab und verschwand in die dunklen Seitengänge. Er konnte das nicht reimen; er war aber fast zornig auf Elisabeth, und dennoch zweifelte er, ob sie es gewesen sei; aber er scheute sich, sie danach zu fragen; ja, er ging bei seiner Rückkehr nicht in den Gartensaal, nur um Elisabeth nicht etwa durch die Gartentür hereintreten zu sehen.

Meine Mutter hat's gewollt

Einige Tage nachher, es ging schon gegen Abend, saß die Familie, wie gewöhnlich um diese Zeit, im Gartensaal zusammen. Die Türen standen offen; die Sonne war schon hinter den Wäldern jenseit des Sees.

Reinhard wurde um die Mitteilung einiger Volkslieder gebeten, welche er am Nachmittage von einem auf dem Lande wohnenden Freunde geschickt bekommen hatte. Er ging auf sein Zimmer und kam gleich darauf mit einer Papierrolle zurück, welche aus einzelnen sauber geschriebenen Blättern zu bestehen schien.

Man setzte sich an den Tisch, Elisabeth an Reinhards Seite. „Wir lesen auf gut Glück", sagte er, „ich habe sie selber noch nicht durchgesehen."

Elisabeth rollte das Manuskript auf. „Hier sind Noten", sagte sie, „das musst du singen, Reinhard."

Und dieser las nun zuerst einige Tiroler Schnaderhüpferl, indem er beim Lesen je zuweilen die lustige Melodie mit halber Stimme anklingen ließ. Eine allgemeine Heiterkeit bemächtigte sich der kleinen Gesellschaft. „Wer hat doch aber die schönen Lieder gemacht?" fragte Elisabeth.

„Ei", sagte Erich, „das hört man den Dingern schon an; Schneidergesellen und Friseure und derlei luftiges Gesindel."

Reinhard sagte: „Sie werden gar nicht gemacht; sie wachsen, sie fallen aus der Luft, sie fliegen über Land wie Mariengarn, hierhin und dorthin, und werden an tausend Stellen zugleich gesungen. Unser eigenstes Tun und Leiden finden wir in diesen Liedern; es ist, als ob wir alle an ihnen mitgeholfen hätten."

Er nahm ein anderes Blatt: „Ich stand auf hohen Bergen …"

„Das kenne ich!" rief Elisabeth. „Stimme nur an, Reinhard, ich will dir helfen." Und nun sangen sie jene Melodie, die so rätselhaft ist, dass man nicht glauben kann, sie sei von Menschen erdacht worden; Elisabeth mit ihrer etwas verdeckten Altstimme dem Tenor sekundierend.

Die Mutter saß inzwischen emsig an ihrer Näherei. Erich hatte die Hände ineinandergelegt und hörte andächtig zu. Als das Lied zu Ende war, legte Reinhard das Blatt schweigend beiseite. – Vom Ufer des Sees herauf kam durch die Abendstille das Geläute der Herdenglocken; sie horchten unwillkürlich; da hörten sie eine klare Knabenstimme singen:

Ich stand auf hohen Bergen
Und sah ins tiefe Tal …

Reinhard lächelte: „Hört ihr es wohl? So geht's von Mund zu Mund."

„Es wird oft in dieser Gegend gesungen", sagte Elisabeth.

„Ja", sagte Erich, „es ist der Hirtenkaspar; er treibt die Starken heim."

Sie horchten noch eine Weile, bis das Geläute oben hinter den Wirtschaftsgebäuden verschwunden war. „Das sind Urtöne", sagte Reinhard; „sie schlafen in Waldesgründen; Gott weiß, wer sie gefunden hat."

Er zog ein neues Blatt heraus.

Es war schon dunkler geworden; ein roter Abendschein lag wie Schaum auf den Wäldern jenseit des Sees. Reinhard rollte das Blatt auf, Elisabeth legte an der einen Seite ihre Hand darauf und sah mit hinein. Dann las Reinhard:

Meine Mutter hat's gewollt,
Den andern ich nehmen sollt;
Was ich zuvor besessen,
Mein Herz sollt es vergessen;
Das hat es nicht gewollt.

Meine Mutter klag ich an,
Sie hat nicht wohlgetan;
Was sonst in Ehren stünde,
Nun ist es worden Sünde.
Was fang ich an!

Für all mein Stolz und Freud
Gewonnen hab ich Leid.
Ach, wär das nicht geschehen,
Ach, könnt ich betteln gehen
Über die braune Heid!

Während des Lesens hatte Reinhard ein unmerkliches Zittern des Papiers empfunden; als er zu Ende war, schob Elisabeth leise ihren Stuhl zurück und ging schweigend in den Garten hinab. Ein Blick der Mutter folgte ihr. Erich wollte nachgehen; doch die Mutter sagte: „Elisabeth hat draußen zu tun." So unterblieb es.

Draußen aber legte sich der Abend mehr und mehr über Garten und See, die Nachtschmetterlinge schossen surrend an den offenen Türen vorüber, durch welche der Duft der Blumen und Gesträuche immer stärker hereindrang; vom Wasser herauf kam das Geschrei der Frösche, unter den Fenstern schlug eine Nachtigall, tiefer im Garten eine andere; der Mond sah über die Bäume. Reinhard blickte noch eine Weile auf die Stelle, wo Elisabeths feine Gestalt zwischen den Laubgängen verschwunden war; dann rollte er sein Manuskript zusammen, grüßte die Anwesenden und ging durchs Haus an das Wasser hinab.

Die Wälder standen schweigend und warfen ihr Dunkel weit

auf den See hinaus, während die Mitte desselben in schwüler Mondesdämmerung lag. Mitunter schauerte ein leises Säuseln durch die Bäume; aber es war kein Wind, es war nur das Atmen der Sommernacht. Reinhard ging immer am Ufer entlang. Einen Steinwurf vom Lande konnte er eine weiße Wasserlilie erkennen. Auf einmal wandelte ihn die Lust an, sie in der Nähe zu sehen; er warf seine Kleider ab und stieg ins Wasser. Es war flach, scharfe Pflanzen und Steine schnitten ihn an den Füßen, und er kam immer nicht in die zum Schwimmen nötige Tiefe. Dann war es plötzlich unter ihm weg, die Wasser quirlten über ihm zusammen, und es dauerte eine Zeitlang, ehe er wieder auf die Oberfläche kam. Nun regte er Hand und Fuß und schwamm im Kreise umher, bis er sich bewusst geworden, von wo er hineingegangen war. Bald sah er auch die Lilie wieder; sie lag einsam zwischen den großen blanken Blättern. – Er schwamm langsam hinaus und hob mitunter die Arme aus dem Wasser, dass die herabrieselnden Tropfen im Mondlicht blitzten; aber es war, als ob die Entfernung zwischen ihm und der Blume dieselbe bliebe; nur das Ufer lag, wenn er sich umblickte, in immer ungewisserem Dufte hinter ihm. Er gab indes sein Unternehmen nicht auf, sondern schwamm rüstig in derselben Richtung fort. Endlich war er der Blume so nahe gekommen, dass er die silbernen Blätter deutlich im Mondlicht unterscheiden konnte; zugleich aber fühlte er sich wie in einem Netze verstrickt; die glatten Stengel langten vom Grunde herauf und rankten sich an seine nackten Glieder. Das unbekannte Wasser lag so schwarz um ihn her, hinter sich hörte er das Springen eines Fisches; es wurde ihm plötzlich so unheimlich in dem fremden Elemente, dass er mit Gewalt das Gestrick der Pflanzen zerriss und in atemloser Hast dem Lande zuschwamm. Als er von hier auf den See zurückblickte, lag die Lilie wie zuvor fern und einsam über der dunklen Tiefe. – Er kleidete sich an und ging langsam nach Hause zurück. Als er aus dem Garten in den Saal trat, fand er Erich und die Mutter in den Vorbereitungen einer kleinen Geschäftsreise, welche am andern Tage vor sich gehen sollte.

„Wo sind denn Sie so spät in der Nacht gewesen?“ rief ihm die Mutter entgegen.

„Ich?“ erwiderte er; „ich wollte die Wasserlilie besuchen; es ist aber nichts daraus geworden.“

„Das versteht wieder einmal kein Mensch!“ sagte Erich. „Was Tausend hattest du denn mit der Wasserlilie zu tun?“

„Ich habe sie früher einmal gekannt“, sagte Reinhard; „es ist aber schon lange her.“

Elisabeth

Am folgenden Nachmittag wanderten Reinhard und Elisabeth jenseit des Sees, bald durch die Holzung, bald auf dem hohen vorspringenden Uferrande. Elisabeth hatte von Erich den Auftrag erhalten, während seiner und der Mutter Abwesenheit Reinhard mit den schönsten Aussichten der nächsten Umgegend, namentlich von der andern Uferseite auf den Hof selber, bekannt zu machen. Nun gingen sie von einem Punkt zum andern. Endlich wurde Elisabeth müde und setzte sich in den Schatten überhängender Zweige, Reinhard stand ihr gegenüber an einen Baumstamm gelehnt; da hörte er tiefer im Walde den Kuckuck rufen, und es kam ihm plötzlich, dies alles sei schon einmal ebenso gewesen. Er sah sie seltsam lächelnd an. „Wollen wir Erdbeeren suchen?“ fragte er.

„Es ist keine Erdbeerenzeit“, sagte sie.

„Sie wird aber bald kommen.“

Elisabeth schüttelte schweigend den Kopf; dann stand sie auf, und beide setzten ihre Wanderung fort; und wie sie so an seiner Seite ging, wandte sein Blick sich immer wieder nach ihr hin; denn sie ging schön, als wenn sie von ihren Kleidern getragen würde. Er blieb oft unwillkürlich einen Schritt zurück, um sie ganz und voll ins Auge fassen zu können. So kamen sie an einen freien, heidebewachsenen Platz mit einer weit ins Land reichenden Aussicht. Reinhard bückte sich und pflückte etwas von den am Boden wachsenden Kräutern. Als er wieder aufsah, trug sein Gesicht den Ausdruck leidenschaftlichen Schmerzes. „Kennst du diese Blume?“ sagte er.

Sie sah ihn fragend an. „Es ist eine Erika. Ich habe sie oft im Walde gepflückt.“

„Ich habe zu Hause ein altes Buch“, sagte er; „ich pflegte sonst allerlei Lieder und Reime hineinzuschreiben; es ist aber lange nicht mehr geschehen. Zwischen den Blättern liegt auch eine Erika; aber es ist nur eine verwelkte. Weißt du, wer sie mir gegeben hat?“

Sie nickte stumm; aber sie schlug die Augen nieder und sah nur auf das Kraut, das er in der Hand hielt. So standen sie lange. Als sie die Augen gegen ihn aufschlug, sah er, dass sie voll Tränen waren.

„Elisabeth“, sagte er, „hinter jenen blauen Bergen liegt unsere Jugend. Wo ist sie geblieben?“

Sie sprachen nichts mehr; sie gingen stumm nebeneinander zum See hinab. Die Luft war schwül, im Westen stieg schwarzes

Gewölk auf. „Es wird Gewitter", sagte Elisabeth, indem sie ihren Schritt beeilte. Reinhard nickte schweigend, und beide gingen rasch am Ufer entlang, bis sie ihren Kahn erreicht hatten.

Während der Überfahrt ließ Elisabeth ihre Hand auf dem Rande des Kahnes ruhen. Er blickte beim Rudern zu ihr hinüber; sie aber sah an ihm vorbei in die Ferne. So glitt sein Blick herunter und blieb auf ihrer Hand; und diese blasse Hand verriet ihm, was ihr Antlitz ihm verschwiegen hatte. Er sah auf ihr jenen feinen Zug geheimen Schmerzes, der sich so gern schöner Frauenhände bemächtigt, die nachts auf krankem Herzen liegen. – Als Elisabeth sein Auge auf ihrer Hand ruhen fühlte, ließ sie sie langsam über Bord ins Wasser gleiten.

Auf dem Hofe angekommen, trafen sie einen Scherenschleiferkarren vor dem Herrenhause; ein Mann mit schwarzen niederhängenden Locken trat emsig das Rad und summte eine Zigeunermelodie zwischen den Zähnen, während ein eingeschirrter Hund schnaufend daneben lag. Auf dem Hausflur stand in Lumpen gehüllt ein Mädchen mit verstörten schönen Zügen und streckte bettelnd die Hand gegen Elisabeth aus.

Reinhard griff in seine Tasche; aber Elisabeth kam ihm zuvor und schüttete hastig den ganzen Inhalt ihrer Börse in die offene Hand der Bettlerin. Dann wandte sie sich eilig ab, und Reinhard hörte, wie sie schluchzend die Treppe hinaufging.

Er wollte sie aufhalten, aber er besann sich und blieb an der Treppe zurück. Das Mädchen stand noch immer auf dem Flur, unbeweglich, das empfangene Almosen in der Hand. „Was willst du noch?" fragte Reinhard.

Sie fuhr zusammen. „Ich will nichts mehr", sagte sie; dann, den Kopf nach ihm zurückwendend, ihn anstarrend mit den verirrten Augen, ging sie langsam gegen die Tür. Er rief einen Namen aus, aber sie hörte es nicht mehr; mit gesenktem Haupte, mit über der Brust gekreuzten Armen schritt sie über den Hof hinab.

Sterben, ach sterben
Soll ich allein!

Ein altes Lied brauste ihm ins Ohr, der Atem stand ihm still; eine kurze Weile, dann wandte er sich ab und ging auf sein Zimmer.

Er setzte sich hin, um zu arbeiten, aber er hatte keine Gedanken. Nachdem er es eine Stunde lang vergebens versucht hatte, ging er ins Familienzimmer hinab. Es war niemand da, nur kühle grüne Dämmerung; auf Elisabeths Nähtisch lag ein rotes

Band, das sie am Nachmittag um den Hals getragen hatte. Er nahm es in die Hand, aber es tat ihm weh, und er legte es wieder hin. Er hatte keine Ruhe, er ging an den See hinab und band den Kahn los; er ruderte hinüber und ging noch einmal alle Wege, die er kurz vorher mit Elisabeth zusammen gegangen war. Als er wieder nach Hause kam, war es dunkel; auf dem Hofe begegnete ihm der Kutscher, der die Wagenpferde ins Gras bringen wollte; die Reisenden waren eben zurückgekehrt. Bei seinem Eintritt in den Hausflur hörte er Erich im Gartensaal auf und ab schreiten. Er ging nicht zu ihm hinein; er stand einen Augenblick still und stieg dann leise die Treppe hinauf nach seinem Zimmer. Hier setzte er sich in den Lehnstuhl ans Fenster; er tat vor sich selbst, als wolle er die Nachtigall hören, die unten in den Taxuswänden schlug; aber er hörte nur den Schlag seines eigenen Herzens. Unter ihm im Hause ging alles zur Ruh, die Nacht verrann, er fühlte es nicht. – So saß er stundenlang. Endlich stand er auf und legte sich ins offene Fenster. Der Nachttau rieselte zwischen den Blättern, die Nachtigall hatte aufgehört zu schlagen. Allmählich wurde auch das tiefe Blau des Nachthimmels von Osten her durch einen blassgelben Schimmer verdrängt; ein frischer Wind erhob sich und streifte Reinhards heiße Stirn; die erste Lerche stieg jauchzend in die Luft. – Reinhard kehrte sich plötzlich um und trat an den Tisch; er tappte nach einem Bleistift, und als er diesen gefunden, setzte er sich und schrieb damit einige Zeilen auf einen weißen Bogen Papier. Nachdem er hiermit fertig war, nahm er Hut und Stock, und das Papier zurücklassend, öffnete er behutsam die Tür und stieg in den Flur hinab. – Die Morgendämmerung ruhte noch in allen Winkeln; die große Hauskatze dehnte sich auf der Strohmatte und sträubte den Rücken gegen seine Hand, die er ihr gedankenlos entgegenhielt. Draußen im Garten aber priesterten schon die Sperlinge von den Zweigen und sagten es allen, dass die Nacht vorbei sei. Da hörte er oben im Hause eine Tür gehen; es kam die Treppe herunter, und als er aufsah, stand Elisabeth vor ihm. Sie legte die Hand auf seinen Arm, sie bewegte die Lippen, aber er hörte keine Worte. „Du kommst nicht wieder", sagte sie endlich. „Ich weiß es, lüge nicht; du kommst nie wieder."

„Nie", sagte er. Sie ließ die Hand sinken und sagte nichts mehr. Er ging über den Flur der Tür zu; dann wandte er sich noch einmal. Sie stand bewegungslos an derselben Stelle und sah ihn mit toten Augen an. Er tat einen Schritt vorwärts und streckte die Arme nach ihr aus. Dann kehrte er sich gewaltsam ab und ging zur Tür hinaus. – Draußen lag die Welt im frischen Morgenlichte, die

Tauperlen, die in den Spinngeweben hingen, blitzten in den ersten Sonnenstrahlen. Er sah nicht rückwärts; er wanderte rasch hinaus; und mehr und mehr versank hinter ihm das stille Gehöft, und vor ihm auf stieg die große weite Welt. – – –

Der Alte

Der Mond schien nicht mehr in die Fensterscheiben, es war dunkel geworden; der Alte aber saß noch immer mit gefalteten Händen in seinem Lehnstuhl und blickte vor sich hin in den Raum des Zimmers. Allmählich verzog sich vor seinen Augen die schwarze Dämmerung um ihn her zu einem breiten dunkeln See; ein schwarzes Gewässer legte sich hinter das andere, immer tiefer und ferner, und auf dem letzten, so fern, dass die Augen des Alten sie kaum erreichten, schwamm einsam zwischen breiten Blättern eine weiße Wasserlilie.

Die Stubentür ging auf, und ein heller Lichtstrahl fiel ins Zimmer. „Es ist gut, dass Sie kommen, Brigitte", sagte der Alte. „Stellen Sie das Licht nur auf den Tisch."

Dann rückte er auch den Stuhl zum Tische, nahm eins der aufgeschlagenen Bücher und vertiefte sich in Studien, an denen er einst die Kraft seiner Jugend geübt hatte.

Angelika

Seit Jahren hatten im Stillen seine Augen an ihren feinen Zügen gehangen; denn sie war aufgewachsen, während er, wie auch noch jetzt, fast täglich in ihrem mütterlichen Hause verkehrte. Aber er war in einer erst in spätester Jugend eingeschlagenen Laufbahn, welche ihm die Aussicht auf Begründung einer Familie für immer oder wenigstens innerhalb der Jahre zu verwehren schien, in welchen Sitte und Gefühl dies gestatten. Noch jetzt nach fast geschlossener Jugend ein anderes zu versuchen, vergönnte ihm der Umfang seiner Bildung und seiner äußern Mittel nicht. – Alles dessen war er sich bewusst; oft und vergeblich hatte er auf Mittel gedacht, wie er die Geliebte, wenn sie ja sonst die Seine würde, vor der geistigen und körperlichen Verkümmerung zu bewahren vermöchte, welche in dem Staate, dem seine Heimat angehörte, das gewöhnliche Los der Frauen seines Standes war. So gelangte er endlich dahin, in allen Gedanken an die Zukunft sein Leben von dem ihrigen zu trennen. Schon als sie noch kaum erwachsen war und während ihre Jungfräulichkeit noch in fester Knospe lag, hatte er oftmals ihrer dargereichten Hand die seinige mit einer Ängstlichkeit entzogen, über deren Ursache sie vergeblich nachgesonnen. Als aber allmählich Angelika groß und selbstständig geworden war, als auch ihre Augen die seinen zu suchen begannen, und erschrocken zurückfuhren, wenn sie ertappt wurden; als anderseits ihm die Möglichkeit des Verlustes immer näher rückte und er mitunter schon die Gestalt dessen zu erkennen glaubte, an den er sie verlieren würde, da war endlich aller Erkenntnis und allen Willens unerachtet der Augenblick gekommen, in dem die Liebe ihr leidevolles Wunder zwischen ihnen vollbracht hatte. – –

Der Mond stand über dem Garten; aber er drang nicht durch die Blätterfülle des Bosketts, welches die beiden und ihr atemloses Geheimnis vor aller Welt verbarg. Sie hatten endlich auch zueinander geredet, einzelne scheue Worte, kaum halb gesprochen und dennoch ganz verstanden. Sie lag so leicht, so fest in seinen Armen; er sah plötzlich über alle Gegenwart hinweg bis an das Ziel seines Lebens, und glaubte auch dort sie ebenso zu halten. Aber er war von jenen Menschen, deren Wesen auf die nächsten Dinge zwar mit Sorgfalt und Ausdauer gerichtet, denen aber der Glaube an die Erreichung eines Außerordentlichen versagt ist, weil ihre Phantasie ihnen die vielfachen Möglichkeiten nicht vorzuhalten vermag, durch deren Verwirklichung sie allein dazu gelangen könnten. – Er ließ das Mädchen sanft aus seinen Armen und setzte sich auf die nebenstehende Gartenbank. Seine Augen ruhten auf ihrem jungen Antlitz; aber seine Gedanken forschten schon wieder grübelnd an der herben, unüberwindlichen Gegenwart.

Angelika mochte allmählich, während sie an seine Knie gelehnt vor ihm stand, sich selber unbewusst sein Schweigen als einen Ausdruck der Sorge und des Kampfes empfinden; denn sie legte wie zur Kühlung die Fläche ihrer Hand auf seine Augen.

Er zog die Hand hinweg und sagte: „Du darfst mich nicht blind machen, Angelika; um deinetwillen nicht! – Du weißt es, oder vielleicht du weißt es nicht: es sind in unsern Tagen der Menschen auf Erden so viele geworden, dass einem jeden unter ihnen ein volles Lebenslos nicht mehr zuteil werden kann. Aber das weißt du, unter welche Zahl ich gehöre, wenn du dir zurückrufst, was in deiner Gegenwart oft genug unter uns geredet worden.“

Sie neigte ihre Stirn auf die seine und schüttelte den Kopf.
„Du weißt es nicht, Angelika?"
„Nein", sagte sie schüchtern, „was meinst du, Ehrhard?"
Er schwieg einen Augenblick, um sich zu sammeln; dann aber sagte er ihr alles mit klaren Worten, die Ungunst seiner vergangenen Jahre, sowie die Öde und Kargheit seiner Zukunft, die er sicher, und als wäre sie bereits Vergangenheit, vor ihr beschrieb.
Er fühlte das Zittern ihrer Hände; aber er ließ sich dadurch nicht irren, sondern setzte noch hinzu: „Was zwischen uns geschehen, das hätte nicht geschehen sollen; denn es ist ohne Frucht für die Bildung deines ferneren Lebens. Wir werden nie bekennen können, dass wir uns gehören; jetzt nicht und auch in Zukunft nicht, so lange es sonst geschehen darf. Und nun – Angelika, vergib mir, dass ich einen Augenblick dies alles habe vergessen können!"
Er hatte ihre Hand losgelassen, und es war ein kleiner Raum zwischen ihnen, so dass sie sich nicht berührten.
„Hast du mir nichts zu sagen?"
„Nichts!" sagte sie, während er ihre Tränen auf seiner Hand fühlte. „Es ist nun einmal so – wir müssen doch auch hoffen."
Ehe er hierauf zu erwidern vermochte, hörten sie von der Hoftür her die Mutter rufen, und standen auf, um ins Haus zurückzukehren. Als sie aber an den Ausgang des Gebüsches kamen und nun das volle Mondlicht seine Stirn beschien, da legte Angelika plötzlich die Arme um seinen Nacken, und indem sie ihn mit klaren Augen ansah, presste sie ihre Lippen auf die seinen. „Dein!" sagte sie; und mit der Hand die Tränen von den Wangen trocknend, entriss sie sich ihm und lief in den Garten hinab, dass ihre feine Gestalt seinen Augen in der Mondesdämmerung verschwand.

Und dieser Augenblick wurde das erste Glied einer Kette, von der sie nicht bedachten, ob die Kraft ihres Wesens sie zu tragen ausreichen würde. Zwar verlieh das Gefühl, sich ganz in dessen Hand gegeben zu haben, in dessen Liebe und Verehrung sie sich für immer gesichert fühlte, ihr Dritten gegenüber ein erhöhtes Bewusstsein der Persönlichkeit; ihr Gang wurde fester und sie trug, wenn sie mit andern Männern sprach, den Kopf ein wenig höher als zuvor. Allein die Not des Lebens, die ihnen verwehrte, auch vor den Menschen Hand in Hand zu sein und eines für das andere einzustehen, wurde unmerklich zu einem Abgrund zwischen ihnen, über dessen Rand sie in dem einen Augenblick sehnsüchtig und vergebens die Arme nach einander ausstreckten, um gleich darauf wie Kinder ratlos und grollend sich gegenüberzustehen.

Dazwischen kamen Augenblicke, glimmten Funken auf, flüchtig und unerkennbar fast, die aber dennoch sie immer wieder dahin verlockten, wo nichts ist als das dunkle unwiderstehliche Walten der Naturkräfte.

Es war spätnachmittags auf dem Wasser; das Boot fuhr weich und lautlos darüber hin, nur in langen Pausen und wie zum Zeitvertreib tauchte der Schiffer die Ruder ein. Die junge Gesellschaft, die im Boote war, blickte seitwärts auf den See hinaus und rief und lockte nach den Schwänen, welche feierlich und immer ferner in das aufsteigende Abendrot hineinschwammen. Angelika und Ehrhard saßen nebeneinander an der Bordseite; aber sie waren nur für sich. Um sie her war es so still, das Wasser ohne Wind und ohne Welle; nur bisweilen von unten herauf stieg ein Bläschen an die Oberfläche und blinkte und verschwand. Angelika zeigte mit der Hand danach, als frage sie, was das bedeute.

„Geheimnis!" sagte Ehrhard.

„Geheimnis?"

„Es blüht etwas im Grunde!" – Und ihre Augen hielten ihm stand, dass er bis in die allerdunkelsten Tiefen sehen konnte. Sie lächelte, ihre Lippen waren rot, ihr Atem ging schwer wie Sommerluft. Er ließ seine Hand über Bord ins Wasser gleiten, die ihre folgte ihm, und während die Flut durch ihre Finger quoll, hielten sie sich gefasst, und fühlten das geheimste Klopfen ihres Lebens.

Am Himmel drangen einzelne Sterne hervor, der See wurde dunkel vom Abendrot; die Mädchen hatten die Hände in den Schoß gelegt und begannen mehrstimmige Lieder zu singen. Einzelne andere Böte, die noch auf dem See waren, nahten sich und folgten ihnen mit leisem Ruderschlag.

Allmählich wurde es kühler; der Abendwind erhob sich und Ehrhard nahm ein Tuch von der Bank, um es über Angelikas Schoß zu legen. Aber sie setzte sich plötzlich auf die andere Seite, dass das Tuch wie zufällig zwischen ihnen niederfiel. Als er aufsah, bemerkte er, wie der Blick eines schon älteren Frauenzimmers auf ihm verweilte und dann ebenso zu Angelika hinüberglitt. Ein Gefühl von Unbehaglichkeit überkam ihn; er wusste selbst nicht, war es das spürende Auge jener Fremden, war es die Leichtigkeit, womit Angelika jetzt zu dieser ein Gespräch begann.

Nach einer Weile stieß das Boot ans Ufer und die Gesellschaft stieg aus, um zu Lande nach der noch eine halbe Stunde weit entlegenen Stadt zurückzukehren. Auf halbem Wege wurde Rast gemacht; man setzte sich in bunter Reihe auf einen kleinen Rasenabhang, der im Rücken durch eine Tannenwand geschützt war. In der Tiefe zu ihren Füßen jenseit eines abschüssigen Wiesengrundes lag die finstere Masse eines Buchenwaldes; von dort aus wetterleuchtete es manchmal; dazwischen flogen die Fledermäuse. Ehrhard saß an dem einen, Angelika wie auf Verabredung an dem andern Ende der ziemlich langen Reihe. Als er sich mit dem Arm auf den Rasen zurücklehnte, sah er wie durch einen Schleier die Umrisse ihres Nackens und ihres hellen Kleides; nur die weiße Rose, die sie im Haar trug, schimmerte ein wenig deutlicher. Soeben legte sie die Hand daran, die Finger nestelten in ihrem Haar. – Es wetterleuchtete wieder. „Sieh, sieh!" riefen die Mädchen; und in demselben Augenblick flog hinter ihrem Rücken die Rose zu Ehrhard hinüber. Angelika hatte sich zurückgeneigt; in dem plötzlichen Wetterschein sah er ihr lächelndes Angesicht, ihre Hand, die ihm die Blume zuwarf. Dann war alles wieder dunkel; einzelne Tropfen fielen; ein dumpfes Donnern rollte in der Ferne.

Man stand auf, um noch beizeiten die Stadt zu erreichen. Ein süßer, schwerer Sommerduft stieg aus den Wiesen, an denen der Weg entlangführte. Ehrhard ging langsam hinten nach, in dem träumerischen Bewusstsein, dass eine jener jugendlichen Gestalten, deren Geplauder dort aus dem Dunkel zu ihm herüberklang, so ganz und aller Welt geheim die Seine sei.

Zu Hause angelangt, setzte er sich an seinen Schreibtisch und begann eine Arbeit, die in den nächsten Tagen abzuliefern war. Die Fenster standen offen, das Gewitter hatte sich verzogen; nur manchmal blätterte der Nachtwind in den vor ihm liegenden Papieren.

Plötzlich war es ihm, als spüre er Angelikas Nähe. Er sah sich unwillkürlich um; aber das Zimmer war leer und still wie immer. Die Uhr wies schon auf Mitternacht. – Es war nicht Angelika; es war nur der Duft der Rose, die vor ihm auf dem Tische lag.

Angelikas Mutter hatte für die Zukunft ihrer Tochter nur den einfachen Wunsch, sie Gattin und Mutter werden zu sehen, wie sie es selbst geworden war, ohne sich noch des der Jugend eingeborenen Gefühles bewusst zu sein, dass auch diese sittlichen Verhältnisse zu ihrer keuschen und vollen Entwicklung der Leidenschaft als ihres natürlichen Einganges bedürfen. Sie sah es daher gern, und gab auch wohl Gelegenheit dazu, dass Angelika in geselligen Verkehr trat, welcher eine Verwirklichung jenes Wunsches herbeiführen konnte. Diese selbst, wie es der sinnlichen Empfänglichkeit der Jugend und dem Gefühl der Schönheit entsprechend ist, sah sich gern in Gewändern, die gleich ihren Gliedern zart und schmiegsam waren, und konnte sich ein Gefühl glückseligen Übermutes nicht versagen, wenn dann auch andere Augen an ihr hingen, als die des resignierten Mannes, in welchem gleichwohl ihr Herz allein bestehen wollte. Ehrhard dagegen suchte umsonst einen eifersüchtigen Unmut zu bekämpfen, wenn ihr selbst auch von Frauen Vertraulichkeiten erwiesen wurden, mit denen er vor anderen ihr nicht begegnen durfte. Es tat ihm weh, wenn in seiner Gegenwart von ihr gesprochen wurde als von einer Dritten, an der er keinen nähern Anteil habe, so dass er oft wie durch einen körperlichen Schmerz zusammenschrak, wenn nur der Name Angelika genannt wurde.

Sie tanzte gern, und wenn nun er, den die Beschränktheit seines Lebens von solchen Dingen ausgeschlossen hatte, auch sie davon zurückzuhalten suchte, so konnte sie nicht umhin, dies als eine Laune zu empfinden, wodurch sie ohne Grund in dem Gefühle ihrer Jugend verkümmert werde; um so mehr, als er durch sein Verhältnis zu ihr sie für derartige Entsagungen nicht zu entschädigen vermochte.

Während das heimliche Wachsen und Drängen solcher Gegensätze die Sicherheit ihres Herzens störte und sie wenig geneigt machte, für den Freund in den seltenen Minuten des Alleinseins ein offenes Ohr zu haben, war der Tag einer Herbstfeier herangekommen, bei welcher die jungen Leute sich abends im Saale des Stadthauses zum Tanze zu versammeln pflegten. Unaufgefordert hatte Angelika: „Ich gehe nicht!“ gesagt; als jedoch späterhin einige der Tänzer ihre Teilnahme von der Mutter erbeten und von dieser ohne der Tochter Zuziehung und Mitwissen eine bereitwillige Zusage erhalten hatten, wusste sie, da sie den eigentlichen Grund ihrer Weigerung nicht offenbaren durfte, der also entschiedenen Frau nichts entgegenzusetzen, weshalb diese einer nach ihrer Ansicht so unjugendlichen Grille hätte nachgeben sollen. So musste denn die Tochter nachgeben; nicht ohne dieses und die Freudigkeit, womit sie sich gezwungen sah, wie eine geheime Schuld gegen den Geliebten und wiederum zugleich eine Gereiztheit gegen ihn zu empfinden, dass er sie in diese Gemütslage gebracht und sie daher das ihr nur gleichsam aufgedrungene Vergnügen dennoch nicht ungetrübt werde genießen können.

Es war einige Tage vor dem Festabende, als Ehrhard das Resultat dieser Vorgänge im Gespräch mit Dritten erfuhr. Mit dem Scharfsinn der Leidenschaft erkannte er sogleich, was hier geschehen war; dennoch aber, oder vielleicht deshalb und weil er alles bis in die dunkelsten Motive nachempfand, suchte er umsonst sich selbst zu überzeugen, dass in einer solchen Sache Angelika den Willen der Mutter, der in letzter Verwirklichung doch nur ihre Trennung beabsichtige, als eine Notwendigkeit habe anerkennen müssen. – Er hatte eben zu ihr gehen wollen; nun ging er nicht. Denn er sah sehr wohl, dass hier nichts mehr zu ändern sei, und so wollte er, wie jede Äußerung darüber, so auch jede Bestätigung aus ihrem Munde vermeiden, und lieber, was geschehen würde, wie ein Ganzes und Unabwendliches über sich kommen lassen.

Als der Abend des Festes da war, saß Ehrhard zwischen weitschichtigen Arbeiten an seinem Schreibtisch, in die er sich gewaltsam zu vertiefen suchte. Bald aber störte ihn das Rollen der Wagen, die durch die sonst so stille Straße nach dem Stadthause fuhren. Er stand auf und trat ans Fenster. Es war dunkel draußen; nur wenn eine Kutsche im raschen Trabe vorüberfuhr, warfen die Laternen einen flüchtigen Schein an die Mauer der gegenüberstehenden Häuser. Ehrhard rätselte vergebens, ob auch Angelika dort unten in der Dunkelheit an ihm vorüberfliege. Er hielt den Atem an, er horchte auf jedes Rollen, das von unten aus der Stadt heraufdrang; und wenn es näher kam, wenn schon der Hufschlag auf dem Pflaster hallte, passte er gespannt auf die Kutschenfenster und suchte im Fluge den mattbeleuchteten Fond des Wagens zu durchdringen; aber ein Häufchen Flor, der Schimmer eines weißen Gewandes oder eines Blumenstraußes war alles, was seine Augen erhaschten. Als auch der letzte Wagen vorüber war, und nachdem er das Fenster geöffnet und lange Zeit vergebens in die Stadt hinabgelauscht hatte, setzte er sich aufs neue an seinen Schreibtisch und hörte zwischen der Arbeit, die er mit Mühe wieder aufgenommen, nur noch die Menschen auf der Straße hin und wider gehen, und endlich, als es später geworden war, das Klappen der Läden und das Schließen der Haustüren in der Nachbarschaft. Dann drang unmerklich ein anderer Laut zu ihm herüber – von dorther, wohin vor Stunden er die Wagen hatte fahren sehen – und drängte sich dunkel in seine Vorstellungen. Er legte die Feder nieder; er besann sich, dass das Musik sei, und bald hörte er es deutlicher; denn der Wind erhob sich, oder vielleicht eine Tür im Festhause drunten war geöffnet worden. Er arbeitete nicht mehr; er vermochte es nicht. Ihm war, als stehe seine Jugend in unendlicher Ferne hinter ihm, und strecke mit schmerzlicher Gebärde die Arme nach ihm aus.

Die Stunden vergingen. Als er aber endlich von seinem Tische aufstand, da war es doch nur die feine, zärtliche Gestalt Angelikas gewesen, auf der sein inneres Auge so lang und voll Sehnsucht geruht hatte. Ein Gefühl unnennbaren, unverhofften Glückes überkam ihn, als er sich dessen bewusst wurde; was auch geschehen sei, sie war ihm nicht verloren. Die Uhr wies weit nach Mitternacht; es wurde wieder lauter in der Stadt, die ersten Wagen begannen zu rollen. In einem plötzlichen Entschluss, voll Ungeduld, kleidete er sich an und ging auf die Straße hinab. Er gedachte nicht mehr dessen, was kurz zuvor geschehen war; er hatte keinen Wunsch und keine Gedanken, als sie zu sehen.

Die Fenster des Stadthauses leuchteten weit durch das Dunkel hinaus. Ehrhard hörte die Musik und sah in den Vorhängen die Schatten der Tanzenden. Er hielt sich nicht auf, er trat unter das Portal, als eben ein Wagen vor der breiten hell erleuchteten Treppe anfuhr. Oben im Hause wurden Türen auf- und zugeschlagen, dann rauschte es am Treppengeländer und eine jugendliche Gestalt stieg herab, mit leichtem Tritt Stufe um Stufe messend; den Kopf in einem weißen Tüchlein ein wenig zurückgeneigt, dass die blonden Locken von den Schläfen auf den Nacken fielen. Er hatte sich nicht getäuscht, das war Angelika; nur eine Magd ging hinter ihr, sonst niemand. Als sie die Schwelle überschritt, trat er aus dem Dunkel ihr entgegen und reichte ihr die Hand, um sie in den Wagen zu heben. Sie sah ihn mit großen erschrockenen Augen an: „Ehrhard!" rief sie, und ihre Hand zuckte wie unwillkürlich nach der seinen; aber sie schien sich plötzlich zu besinnen und zog die Hand zurück; die Züge des jungen Antlitzes verwandelten sich. Er erschrak und langte nach ihr hin mit beiden Armen. Aber sie zog die seidene Mantille fester um die Schulter. „Nein, nein!" rief sie, „was willst du hier?"

Er verstummte. – „Dich, dich Angelika!" rief er endlich. Es war zu spät; nur der Wind wehte durchs Portal; der Wagen mit Angelika war nicht mehr da.

Am Nachmittage darauf wanderte Ehrhard, nachdem er seine amtlichen Geschäfte abgetan, einem unwillkürlichen Antriebe folgend, nach einem unweit der Stadt an einem Landsee belegenen Dörfchen. Hier hinaus hatte er oft Angelika und ihre Mutter begleitet, wo sie dann hart am Wasser in einer kleinen Schenkwirtschaft eingekehrt waren, um sich von dort aus in der anmutigen Gegend umzutun. – Es war spät am Nachmittage, aber die Sonne schien noch warm und golden; der herbstkräftige Duft des fallenden Laubes erfüllte die Luft; vom See herüber, an dem der Weg durch Laubgehölz entlangführte, kam ein sanfter frischer Hauch.

Als er nach halbstündiger Wanderung zwischen den Buchen heraustrat, sah er in einiger Entfernung das bekannte Häuschen mit dem bunten Fachwerk und den weißen Fensterladen; davor, dem Wasser zugekehrt, saßen zwei Frauen, in denen er bald Angelika und ihre Mutter erkannte.

Er zweifelte einen Augenblick, ob er zu ihnen gehen oder unter die Bäume zurücktreten und einen andern Weg einschlagen solle. Aber in dem Bedenken, er könne von ihnen schon bemerkt worden sein, tat er das erstere.

Nachdem zwischen ihm und der Mutter die alltäglichen Gespräche hin und wider gegangen waren, trat diese ins Haus, um die kleine Zeche zu berichtigen und dann die gemeinschaftliche Rückkehr anzutreten.

Ehrhard saß Angelika gegenüber. Als die Tür hinter der Mutter zugefallen war, sah er ihr voll und bittend ins Gesicht. Sie war so blass geworden, dass die Züge des feinen Gesichtchens in markierter Schärfe hervortraten.

Der Abendwind erhob sich; und Musik, von der Luft getragen, vom Wasser her, ganz aus der Ferne kam herangeweht. Er legte die Arme weit vor sich auf den Tisch; seine Augen glänzten. „Musik!" sagte er; „törichtes Entzücken befällt mich; – mir ist, als müsse nun noch einmal alles wiederkommen."

Sie sah in seine Augen, sie konnte nicht anders; aber während er die Hand nach der ihrigen ausstreckte, die ohne Handschuh auf dem Tische lag, stand sie auf und ging über den kurzen Rasen nach dem See hinab. Er gesellte sich zu ihr. Sie sprachen nicht, sie sahen vor sich hinaus auf das Wasser; es war so still, dass sie die Ruderschläge der fernsten Kähne hörten. Er pflückte einen Immortellenstengel, wie deren viele auf dem Rasen waren, und gab ihr den. Sie nahm ihn, ohne hinzusehen und drehte ihn langsam zwischen den Fingern. So gingen sie nebeneinander her; vom Rasen auf die Kiesel und auf den Sand hinunter, und standen erst still, als schon das Wasser ihre Schuh' benetzte.

Da sie so weit gekommen waren sagte Ehrhard, und sie musste es fühlen, wie mühsam er es sagte: „Angelika, war das ein Abschied gestern?"

Sie antwortete nicht; sie sah ins Wasser zu ihren Füßen, und bohrte mit der Spitze ihres Sonnenschirmes in dem feuchten Sande.

„Antworte mir, Angelika!"

Sie öffnete, ohne aufzusehen, ihre Hand und ließ die Blume, die er ihr gegeben, in den See fallen.

Er fühlte einen Schrei in seiner Brust aufsteigen; aber er biss die Zähne zusammen und erstickte ihn. Dann wandte er sich von ihr ab, und nachdem er einige hundert Schritte am Ufer entlang gegangen war, stieg er in einen am Landungsplatze angeketteten Kahn, um hier den Fährknecht zu erwarten, der eben von jenseits zurückruderte.

Es wurde bereits abendlich; die Wälder rauchten, das gegenüberliegende Ufer war schon im tiefen Schatten. Nachdem seine Augen eine Weile in dieser blauen Dämmerung geruht hatten, konnte er sich nicht enthalten, noch einmal nach der Stelle zurückzublicken, die er soeben verlassen hatte. Angelika war nicht mehr dort; aber als er langsam an dem Strand entlang zurückblickte, sah er sie in nächster Nähe auf sich zukommen. Sie lief wie gejagt über den ebenen Sand, und während er in unwillkürlichem Antrieb den Kahn dichter an das Land zog, sprang sie, ohne darauf zu achten, dass ihr Kleid an den Ruderpflöcken zerrissen wurde, zu ihm herein und fasste mit Heftigkeit seine Arme. Sie wollte sprechen; aber Anstrengung und Schmerz hatten ihr den Atem geraubt; sie stammelte, ihre Pulse flogen. Wie ein verzweifelndes Kind wand sie ihr Schnupftuch um seine Hände, während ihr erhitztes Gesichtchen voll Angst zu ihm emporschaute.

„Sei ruhig“, sagte er, „sei ruhig!“ und strich ihr mit zitternder Hand über das heiße Haar. Aber derselbe Augenblick, in welchem sie so die Kränkung der letzten Tage von ihm nahm, legte mit einem Male all ihren Zwiespalt und ihre Unruhe wie eine Last auf seine Seele, so dass er nur mit Zagen die in seinen Armen hielt, die jetzt mit vollem ungestümen Herzen zu ihm drängte.

In der Zeit, die hierauf folgte, vermied Ehrhard, so viel dies möglich war, das Zusammentreffen mit Angelika; dagegen suchte er mit Anstrengung seine äußeren Verhältnisse zu fördern; selbst die Verpflichtungen der Dankbarkeit, so schwer er sie seinem Wesen nach empfinden musste, hatte er nicht gescheut; denn er war keine geringe Natur. Allein es war nichts dadurch gewonnen worden. – Dann endlich versuchte er ein anderes, was ihm gelang. Auf sein Ansuchen erhielt er die Versicherung, dass er seiner hiesigen Verhältnisse in nächster Zeit enthoben und dass er dieselben an einem sehr entfernten Orte wiederfinden werde.

Für Angelika nahm indessen das Drängen der Verhältnisse zu; ein junger Arzt hatte seit einiger Zeit unter unverkennbarer Begünstigung der Mutter so deutlich um den Besitz des Mädchens geworben, dass eine Erklärung nach irgend einer Seite hin in nächster Zukunft unvermeidlich schien.

Es war eines Nachmittags in dieser Zeit. Ehrhard war auf dem Wege zu Angelika; er wollte sie auf seine Abreise vorbereiten, er wollte, wenn der rechte Augenblick sich böte, ihr sagen, dass sie scheiden müssten. Als er in den Flur des befreundeten Hauses trat, begegnete ihm der junge Arzt, der soeben die Treppe herabgekommen war. Ehrhard redete ihn an, wie es in solchem Falle zu geschehen pflegt. Er erhielt jedoch keine Antwort; der andere ging mit stummem Gruß und unverkennbar eilig an ihm vorüber.

Nachdenklich stieg er die Treppe hinauf. – Drinnen im Wohnzimmer fand er Angelika vor dem offenen Klavier sitzend; aber sie spielte nicht. Ihre Gesichtszüge trugen wieder den Ausdruck der Schärfe, der ihn schon einmal erschreckt hatte. Als er sie grüßte, neigte sie ohne aufzusehen den Kopf, und ließ die eine Hand, die auf den Tasten lag, in ihren Schoß fallen. Es war sehr still im Zimmer; man hörte nur das Knistern einer Bernsteinperlenschnur, mit der ein kleines Mädchen, Ehrhards Schwesterkind, in dem Schoße der Mutter spielte, die scheinbar unbeschäftigt auf dem Sofa saß.

Die alte Frau blickte über die vor ihr stehende Kleine nach ihrer Tochter, deren Antlitz sie nicht zu sehen vermochte. Sie rührte sich nicht aus ihrer Stellung, als Ehrhard ihr über den Tisch hinweg die Hand entgegenreichte.

„Ich bin eine alte, einsame Frau, Ehrhard!“ sagte sie, während sie seine Hand ein Weilchen in der ihren hielt.

Er wusste hierauf nicht zu erwidern; aber unwillkürlich sprach er den Namen „Angelika“ aus.

„Angelika!“ wiederholte die Mutter. „Sie wird es auch sein. – Sie will es sein!“ fügte sie leiser hinzu, indem sie mit einem Ausdruck von Kummer und Zärtlichkeit das Haar des ruhig fortspielenden Kindes streichelte.

Angelika, die bei diesen Worten aufgestanden war, hob die Kleine mit Heftigkeit auf den Arm und ging schweigend in das Nebenzimmer, ihr blondes Haar in das noch blondere des Kindes drückend.

Es trat eine Pause zwischen den Zurückbleibenden ein.

Als Angelikas Mutter reden wollte, unterbrach Ehrhard sie. „Es bedarf dessen nicht“, sagte er, und blickte dabei zu Boden, als würden ihm die Worte schwer, „ich werde gehen; nicht heute oder morgen schon, aber um einige Wochen und für immer; es ist alles vorbereitet. Sie können recht haben, dass ich es muss.“

„Aber“, fuhr er fort und legte seine Hand auf den Arm der alten Frau, die ihm, wie er nicht verkennen konnte, ihre Zufriedenheit und ihren Dank für diese Worte aussprechen wollte, „aber für den

Mann, der vor einer Stunde Ihr Haus verlassen hat, wird es dasselbe bleiben."

„Gehen Sie nur, gehen Sie nur, Ehrhard", sagte sie schüchtern, „es kann mit Gottes Hilfe noch alles wieder gut werden."

Er blickte ratlos um sich her, als suchte er nach Worten der Verständigung, die von ihm zu dieser Frau doch nirgends in der Welt zu finden waren.

Es war um die fünfte Stunde; die Magd brachte des Teegeschirr und auch Angelika trat wieder herein und ließ das Kind aus ihren Armen an die Erde gleiten. Ehrhard konnte sich nicht entschließen, jetzt zu gehen: er hoffte noch aus ihrem Wesen heraus eine Bestätigung seiner letzten Worte zu gewinnen. So blieb er denn und begann, so gut es gehen wollte, über andere Dinge zu sprechen, während Angelika den Tee bereitete und die Kleine zwischen ihnen hin und wider ging. Als aber jene, nachdem sie ihr häusliches Geschäft beendet, das kleine Mädchen auf den Schoß nahm und sich bald darauf mit ihr abseits unter den Akazienbaum ans Fenster setzte, flüsternd und erzählend, das Kind mit beiden Armen an sich drückend, da fühlte er wohl, sie wolle sich vor allen Ansprüchen verschließen, die er oder andere an sie machen könnten.

Seitdem hatte Angelika die Kleine noch öfterer um sich. – Eines Abends kam Ehrhard, um sie abzuholen und dann mit ihr zu seiner Schwester zu gehen. Sie war aber schon mit dem Mädchen fortgeschickt. Angelika, die auf sein Schellen die Flurtür öffnete, sagte ihm das. Er zögerte einen Augenblick. „Willst du nicht eintreten?" fragte sie, indem sie den Türgriff in der Hand behielt.

Er dankte. „Die Schwester wartet; ich kam nur des Kindes wegen."

„Du wirst sie noch einholen", erwiderte Angelika, „sie sind erst eben fort."

Er sagte gute Nacht, stieg die Treppe hinab und ging eilig die Straßen entlang, bis er vor der Wohnung seiner Schwester stand. – Aber wie so oft das innere Erlebnis erst eine ganze Weile nach dem äußern eintritt, so fühlte er auch erst jetzt, dass Angelika vorhin eine andere, als sonst ihm gegenüber, gewesen sei. Nun in der Erinnerung erst hörte er deutlich den Ton ihrer Stimme und sah ihre Gestalt im trüben Schimmer des Flurlämpchens vor sich stehen. Er erschrak; denn er wusste plötzlich, dass er heute nicht willkommen gewesen wäre, wenn er Angelikas Einladung angenommen hätte.

Als er in die Wohnung seiner Schwester kam, war die Kleine schon eine geraume Zeit zu Hause gewesen, und saß plaudernd auf dem Schoße der Mutter. Ehrhard trat zu ihnen und ließ sich erzählen.

„Waren denn Fremde bei der Tante?“ fragte er.

Die Kleine nickte. „Ein Doktor!“ sagte sie wichtig. „Der ist schön! Er hat mir Bonbons gegeben.“

Wieder kam ein Augenblick des Alleinseins für die Liebenden. Das Gebüsch des Gartens schützte sie wieder einmal vor der Mittagssonne und vor den Augen der Welt; sie waren aber nicht wie früher Hand in Hand; es schien kein Geheimnis, das sich mit ihnen hier verbarg.

„Und wenn er noch einmal um dich werben sollte?“ fragte Ehrhard, während sie sich an dem steinernen Gartentischchen gegenüberstanden.

„Er wird nicht wieder um mich werben.“

„Aber wenn er es dennoch täte?“

„Du quälst mich!“ sagte sie, indem sie einen Zweig mit ihren Fingern knickte und einige Schritte von ihm abwärts ins Gebüsch ging.

„O Angelika!“ rief er, „sage, dass es nie geschehen könne! Denn wenn du es begangen, davon ist keine Rückkehr.“

Sie sagte: „Wie ich jetzt lebe, so kann ich nicht fortleben. Was soll ich tun?“

„Antworte mir eines: Ist jener Mann dir mehr, als einer von den andern?“

Sie antwortete ihm nicht; aber ein Tropfen Blutes sprang zwischen den Zähnen hindurch auf ihre Lippen. – Es war wie Zorn, das ihn bei diesem Anblick überkam, und er schüttelte ihren Arm, dass sie ihm Rede stehe. Aber sie sagte nur: „Du kannst nichts für mich tun; – du darfst das nicht von mir verlangen.“

„Angelika!“ schrie er; aber sie sah ihn mit müden, ausdruckslosen Augen an; er begrub sein Gesicht in ihre Hände und sagte leise: „Du liebst mich ja, Angelika!“ Aber sie hatte sich schon losgerissen; sie hörte es nicht mehr.

Währenddessen näherten sich ihr manche, die sie sonst fern gehalten, die sich instinktmäßig nicht in ihre Nähe gewagt hatten. Sie neigte sich dem und jenem; nicht weil ihr Herz seiner Liebe oder ihre Sinne ihrem Herzen treulos geworden wären; sondern weil sie es so wollte, weil sie glaubte, das Leben weise sie auf diesen Weg.

So zersplitterte sie allmählich ihr schönes festes Herz, so verlor sich bei ihr das Gefühl, dass Liebe nichts wollen dürfe, als nur dem Geliebten angehören, dass in ihm das kleinste Regen der Neigung Anfang und Ende haben müsse.

Auch in ihrem Äußern wurde es andres; sie hatte sich früher in Farben und Stoffe gekleidet, hatte solche Kleinigkeiten zu ihrem Putze genommen, von denen sie wusste, dass sie ihm an ihr gefielen, und dann die Freude über dieses ihr Verständnis in seinen Augen nachgesucht. Nun sah er Bänder und Farben, von denen er ihr gesagt hatte, sie seien ihm leid an ihrem Körper; ihre Hände, die sie ihm zuliebe sonst gepflegt hatte, wurden jetzt vernachlässigt.

Sie sah ihn dabei leiden; das schlimmste Leiden, das eines Menschen Brust zerreißen kann; sie sah es, aber sie änderte nichts, denn sie hatte schon nicht mehr das Bedürfnis, für sein Herz zu sorgen. Der Reiz der Neuheit, der stets mit dem Alltäglichen sich einstellt, kam an sie heran; ein Ausdruck von Missbehagen oder Trauer, den sie auf dem Gesichte eines fremden Menschen wahrnahm, wenn seine Huldigungen nicht von ihr erwidert wurden, konnte ihr Herz zu einer Art mitleidiger Liebe bewegen, während sie in demselben Augenblicke übersah, wie auf dem Antlitz des geliebten, ihr ganz gehörenden Mannes die tödlichsten Qualen zu kämpfen begannen.

War dann ein Abend in seiner stummen verzweifelnden Gegenwart dahingegangen, so sprach er später wohl zu ihr; schmerzlich oder heftig, wie eines Menschen Brust in solchem Weh bewegt wird. Sie schwieg meistens ganz darauf, oder antwortete ebenfalls heftig; aber das Verständnis der Liebe war von ihnen gewichen. Sie konnten sich anschauen mit unendlichem Groll, aber mit noch unendlicherem Schmerz; sie vergingen in Qual, dass sie nicht eins im andern selig sein konnten, wie sie es einst gekonnt; das erlösende Wort schwebte auf ihren Lippen, in ihren Augen; aber sie fanden es nicht mehr. So entstand allmählich eine doppelte Angelika; beide hatten sie die zarte schmächtige Gestalt, das sonnenblonde Haar, das er vor allem liebte; aber die eine hing an seinen Augen, seinen Lippen und hatte nichts, was nicht auch ihm gehörte; die andere wusste nichts von seinem Herzen, sie wandte, wenn er ihren Arm, ihren Nacken berührte, sich unwillig von ihm ab, wie von einem Frechen, und er, mit ersticktem Wehschrei in der Brust, erkannte das fremde Wesen in der geliebtesten Gestalt.

Spät abends vor der Abreise nach seinem neuen Bestimmungsorte sah er Angelika noch einmal in ihrer Wohnung. Als sie ihn beim Abschiede, wie sie es seit ihren Kinderjahren gewöhnt war, die Treppe hinunter und bis vor die Haustür begleitet hatte, – noch dieses Mal, zum letzten Male Hand in Hand – und als er schon, ehe sie sich dessen recht bewusst geworden, „Leb wohl, Angelika!“ gesagt hatte, und während sie ihm nachschaute, vor ihr im Dunkel verschwunden war, kam er plötzlich noch einmal zurück, als wolle er etwas sagen, das er vergessen habe und das sie dennoch wissen müsse. Aber er bat sie nur: „Bleib noch ein Weilchen stehen, Angelika! – und“, fügte er leise hinzu, „wenn du hineingehst, zieh nicht zu hart die Tür hinter dir zu!“ Sie nickte, und nun ging er wirklich fort.

In den meisten Häusern waren schon die Lichter ausgetan; nur seine Schritte hallten noch auf den Steinen. – Da er tief unten in der Straße war, hörte er die Hausglocke. Er schrak zusammen, als sei hinter ihm die Tür seines Glückes zugefallen.

In dem Jahre, welches diesen Vorgängen folgte, war in den öffentlichen Dingen eine Sturm- und Drangperiode eingetreten, welche jede bisherige Berechnung in den Verhältnissen der Einzelnen über den Haufen warf. Ehrhard, der in seiner neuen Heimat nur seltene und allgemeine Kunde über Angelika erhalten hatte, mühte sich einer Zukunft zu gedenken, an der sie keinen Anteil habe; gleichwohl aber hatte er nicht verhindern können, dass er fortwährend und sich selber kaum bewusst auf irgendeinen unerhörten Zufall hoffte, der sie ihm dennoch zu eigen geben würde. Und dieser Zufall war nun wirklich da; er sah sich plötzlich in einer äußeren Lage, welche seine früheren Wünsche in dieser Beziehung bei weitem übertraf.

Sobald er die Gewissheit dieses Umstandes in der Hand hielt, machte er sich reisefertig, und fuhr Tag und Nacht, bis er seinen früheren Wohnort erreicht hatte. Es begann schon wieder Abend zu werden, als er an den Gärten der Stadt vorbeifuhr, welche gegen die Landstraße hinaus liegen. Hier kannte er jeden Baum, jedes hölzerne Pförtchen, das an ihm vorüberflog; und eines, ihm das vertrauteste, stand offen; er konnte in das Boskett hinein bis auf die Gartenbank sehen; aber es war niemand da. Der Wagen rollte vorüber.

Bald darauf stieg er in einem Gasthofe ab; denn er wollte seine Schwester nicht sehen, ehe alles entschieden wäre.

Nachdem er seine Reisekleider gewechselt, ging er in die dunkle Stadt hinaus; in atemloser Hast aus einer Gasse in die andere, während er mit Gewalt die eindringende Fülle der Gedanken und Vorstellungen von sich abzuwehren suchte; denn ihm war, als dürfe er seine Phantasie der überschwänglichen Wirklichkeit nicht vorgreifen lassen, in welche ihm nun nach wenigen Augenblicken leibhaft einzutreten bestimmt sei. Endlich stand er vor dem wohlbekannten Hause, dessen zwei obere Fenster auch jetzt, wie zur Zeit, da er hier zuletzt gewesen, erleuchtet waren; wo ihm auch jetzt, wie so manches Mal zuvor, der Schatten des Akazienbaumes in den vorgezogenen Gardinen anzudeuten schien, dass hier noch alles auf dem alten Platze stehe.

Er läutete an der Hausglocke; und als er es bald darauf im Hause die Treppe herunterkommen hörte, dachte er: „Es ist Angelika."

Aber sie war es nicht; ein Dienstmädchen, das er zuvor im Hause nicht gesehen, öffnete die Tür und erkundigte sich nach seinem Begehren. Er fragte nach Angelika.

„Fräulein sind mit dem Herrn Doktor im Theater", sagte das Mädchen.

„Wer ist der Herr Doktor?"

„Herr Doktor sind Fräuleins Bräutigam."

„So!" – Als er aber die Augen des Mädchens in seinem Antlitz forschen fühlte, setzte er hinzu: „Wie heißt denn der Bräutigam deines Fräuleins?"

Ihm wurde der Name des Mannes genannt, der in jener letzten Zeit zu so schmerzlichen Erörterungen zwischen ihnen Veranlassung gegeben hatte; und während diese Erinnerung ihn mit allem Grimm der Leidenschaft anfiel, nahm er beim Schein der Gaslaterne eine Karte aus seinem Portefeuille und schrieb darauf unter seinen Namen: „Um Glück zu wünschen."

Aber schon im Begriff, sie abzugeben, zog er plötzlich die Hand zurück, zerriss die Karte vor den Augen des erstaunten Mädchens und ging, ohne einen Auftrag zu hinterlassen und ohne seinen Namen zu nennen, in den Gasthof zurück.

Bald saß er wieder im Wagen und fuhr, wie am Nachmittag, hinter den Gärten der Stadt vorüber. Das hölzerne Pförtchen warf jetzt im Mondschein seinen Schatten auf den Weg hinaus; ein Streifen Lichtes fiel auf die kleine Bank, die einsam zwischen den dunklen Büschen des Gartens stand. – Wo war Angelika? – Einst war sie da gewesen; ihre zarten Gliedmaßen, ihr weißes Gewand waren da gewesen, wo jetzt das wesenlose Mondlicht war; sie hatte um seinen Nacken die Hände ineinander gefaltet und die Berührung ihrer Lippen hatte ihm die Kraft geraubt zu gehen, wie er doch so fest gewollt. – Unerbittliche, vergebliche Gedanken suchten ihn heim: Wie, wenn er gegangen wäre, was würde jetzt gewesen sein? Oder da er zu gehen damals nicht vermochte, wenn er nie gegangen wäre? Wenn er den rücksichtslosen Mut gewonnen, sie aller Welt zum Trotz in seinen Armen festzuhalten? – Wie dann Angelika, wie alles dann geworden wäre?

Längst lag die Stadt im Rücken und immer weiter fuhr der Wagen in das stille Land hinaus. Er hatte sich in die eine Ecke zusammengedrückt; und während der Mond durch die Fenster hereinspielte und die Dinge draußen wie Schatten an ihm vorüberflogen, maß er mit grausamem Scharfsinn die Schwäche seiner Natur und die Schwere seiner Schuld.

Die Zeit verstrich. Er ging seinem Berufe nach, einen Tag wie den andern, und alle Tage waren sich gleich; denn in der Brust dieses Menschen war ein toter Fleck, welcher alles, was ihm auch geschehen mochte und was die anderen Freude nannten, in ein graues Einerlei verwandelte.

So saß er eines Spätherbstabends allein in seinem weiten Zimmer, den Kopf gestützt, an einem Tisch, der mit Büchern und Schriften bedeckt war. Die Lampe brannte, es war tiefe Stille, nur zuweilen unterbrochen durch den draußen gehenden Wind und durch das Fallen einer späten Frucht im Garten; dann hob er den Kopf von seiner Hand und sah durch die unverhangenen Fenster in die Dunkelheit hinaus; lange, sehr lange. Als er die Augen abwandte, blieben sie auf dem Flügel haften, der verschlossen in der Ecke des Zimmers stand. Es lagen Briefe darauf; er hatte sie bei seiner Heimkunft in der Dämmerung übersehen. Nun legte er sie vor sich hin und brach sie; es waren fremde, gleichgültige Namen darunter, nur einer von bekannter Hand; er hatte sie lange nicht gesehen, von Freundeshand. Er zögerte, ihn zu brechen, er besah die Aufschrift, den Stempel; sein Herz klopfte hörbar, der Brief wurde schwer in seiner Hand. Endlich brach er ihn doch und las; und als er die erste Seite umgewandt hatte, las er auf der zweiten:

„Angelikas Verbindung ist vor der Hochzeit durch den Tod des Bräutigams gelöst; komm nun und hole Dir Dein Glück!—“

Die Schrift verschwamm ihm vor den Augen, das Papier flog in seiner Hand; dann überfiel ihn unerbittliche Wehmut. Heimweh, flehend mit Kinderstimme, kam an ihn heran und führte ihn seine träumerischen Irrgänge; weit, weit aus seiner Einsamkeit – in einen stillen Garten – über einen See im klaren Mittagssonnenschein – dann hinein in den Abend auf dunklem Waldpfad, wo sich das Mondlicht durch die Blätter stahl, wo er ihre Gestalt kaum sah, nur die schmale Hand in der seinen fühlend, die sie heimlich ihm zurückgereicht – dann zurück in frühe, früheste Zeit – sie hatte ihn einst daran erinnert, das Haar an seine Wange lehnend – in ein Zimmer ihres elterlichen Hauses; das kleine blasse Mädchen in den blonden Flechten beim Vorlesen ihr Schemelchen an seine Knie rückend, andächtig aufhorchend, zu ihm emporschauend, bis er die Hand auf ihr Köpfchen legte und sie endlich, wie sie es wollte, im Stillen zu sich auf den Schoß nahm – dann wieder, wie er sie nie gesehen – aber es war ein Geständnis der innigsten Stunde – das leidenschaftliche Kind, schlaflos die Nacht durchweinend, der zufälligen Nähe des heimlich Geliebten sich bewusst, die Händchen an die kleine Brust gepresst, die schon so früh den Gott in sich empfangen – und später dann, ihm ganz gehörend, über ihn gebeugt, das Haar über ihn herabfallend, er selbst an ihrem Leibe hängend, nur eins im andern, Aug in Auge untergehend.

Er sank auf seine Knie, er streckte die Arme nach ihr aus und rief stammelnd vor Schmerz und Leidenschaft ihren Namen. – Aber sie kam nicht, die er rief, sie konnte nicht mehr kommen; der Zauber ihres Wesens, wie er noch einmal vom Abendschein erinnernder Liebe angestrahlt erschien, war in der ganzen Welt nur noch in seiner Brust zu finden.

Die Lampe brannte schon nicht mehr, ein trüber Mond war draußen aufgegangen und sah herein. Da stand er auf und, seine Schreibschatulle aufschließend, nahm er ein Päckchen Briefe aus einer Schublade und löste die Schnur, womit sie zusammengebunden waren; dann nahm er den eben gelesenen Brief, legte ihn zu den anderen und verschloss das Päckchen wieder an seinen alten Ort.

Nachdem er das getan, öffnete er das Fenster und lehnte sich weit hinaus. Es regnete, die schweren Tropfen fielen in sein Haar, auf seine heißen Schläfen. So lag er lange regungslos, gedankenlos; nur im Innern das heimliche Toben seines Blutes fühlend und mechanisch unter sich auf das Rauschen der Blätter horchend. Aber die Natur, in der er schon so oft sich selber wiedergefunden, kam ihm auch hier zu Hülfe; sie zwang ihn nicht, sie wollte nichts von ihm; aber sie machte ihn allmählich kühl und still. Und als er endlich seiner Sinne und seiner Seele wieder Herr geworden war, da wusste er auch, dass er erst jetzt Angelika verloren und dass sein Verhältnis zu ihr erst jetzt für immer abgeschlossen und zu Ende sei.

Auf dem Staatshof

Ich kann nur Einzelnes sagen; nur was geschehen, nicht wie es geschehen ist; ich weiß nicht, wie es zu Ende ging und ob es eine Tat war oder nur ein Ereignis, wodurch das Ende herbeigeführt wurde. Aber wie es die Erinnerung mir tropfenweise hergibt, so will ich es erzählen.

Die kleine Stadt, in der meine Eltern wohnten, lag hart an der Grenze der Marschlandschaft, die bis ans Meer mehrere Meilen weit ihre grasreiche Ebene ausdehnt. Aus dem Nordertor führt die Landstraße eine Viertelstunde Wegs zu einem Kirchdorf, das mit seinen Bäumen und Strohdächern weithin auf der ungeheueren Wiesenfläche sichtbar ist. Seitwärts von der Straße, hinter dem weißgetünchten Pastorate, geht quer durchs Land ein Fußsteig über die Fennen, wie hier die einzelnen, fast nur zur Viehweide benutzten Landflächen genannt werden; von einem Heck zum andern oder auf schmalem Steg über die Gräben, durch welche überall die Fennen voneinander geschieden sind.

Hier bin ich in meiner Jugend oft gegangen; ich mit einer andern. Ich sehe noch das Gras im Sonnenscheine funkeln und fernab um uns her die zerstreuten Gehöfte mit ihren weißen Gebäuden in der klaren Sommerluft. Die schweren Rinder, welche wiederkäuend neben dem Fußsteige lagen, standen auf, wenn wir vorübergingen, und gaben uns das Geleite bis zum nächsten Heck; mitunter in den Trinkgruben erhob ein Ochse seine breite Stirn und brüllte weit in die Landschaft hinaus.

Zu Ende des Weges, der fast eine halbe Stunde dauert, unter einer düsteren Baumgruppe von Rüstern und Silberpappeln, wie sie kein anderes Besitztum dieser Gegend aufzuweisen hat, lag der „Staatshof". Das Haus war auf einer mäßig hohen Werfte nach der Weise des Landes gebaut, eine sogenannte Hauberg, in welcher die Wohnungs- und Wirtschaftsräume unter einem Dache vereinigt sind; aber die Graft, welche sich ringsumher zog, war besonders breit und tief, und der weitläufige Garten, der innerhalb derselben die Gebäude umgab, war vorzeiten mit patrizischem Luxus angelegt.

Das Gehöfte war einst nebst vielen andern in Besitz der nun

gänzlich ausgestorbenen Familie van der Roden, aus der während der beiden letzten Jahrhunderte eine Reihe von Pfennigmeistern und Ratmännern der Landschaft und von Bürgermeistern meiner Vaterstadt hervorgegangen ist. – Neunzig Höfe, so hieß es, hatten sie gehabt und sich im Übermut vermessen, das Hundert vollzumachen. Aber die Zeiten waren umgeschlagen; es war unrecht Gut dazwischengekommen, sagten die Leute; der liebe Gott hatte sich ins Mittel gelegt, und ein Hof nach dem andern war in fremde Hände übergegangen. Zur Zeit, wo meine Erinnerung beginnt, war nur der Staatshof noch im Eigentum der Familie; von dieser selbst aber niemand übriggeblieben als die alternde Besitzerin und ein kaum vierjähriges Kind, die Tochter eines früh verstorbenen Sohnes. Der letzte männliche Sprosse war als fünfzehnjähriger Knabe auf eine gewaltsame Weise ums Leben gekommen; auf der Fenne eines benachbarten Hofbesitzers hatte er ein einjähriges Füllen ohne Zaum oder Halfter bestiegen, war dabei von dem scheuen Tier in die Trinkgrube gestürzt und ertrunken.

Mein Vater war der geschäftliche Beistand der alten Frau Ratmann van der Roden. – Gehe ich rückwärts mit meinen Gedanken und suche nach den Plätzen, die von der Erinnerung noch ein spärliches Licht empfangen, so sehe ich mich als etwa vierjährigen Knaben mit meinen beiden Eltern auf einem offenen Wagen über den ebenen Marschweg dahinfahren; ich fühle plötzlich den Sonnenschein mit einem kühlen Schatten wechseln, der an der einen Seite von ungeheuren Bäumen auf den Weg hinausfällt; und während ich meinen kleinen Kopf über die Lehne des Wagenstuhls recke, um den breiten Graben zu sehen, der sich neben den Bäumen hinzieht, biegen wir grade in die Schatten hinein und durch ein offenstehendes Gittertor. Ein großer Hund fährt wie rasend an der Kette aus seinem beweglichen Hause auf uns zu; wir aber kutschieren mit einem Peitschenknall auf den Hof hinauf bis vor die Haustür, und ich sehe eine alte Frau im grauen Kleide, mit einem feinen blassen Gesicht und mit besonders weißer Fräse auf der Schwelle stehen, während Knecht und Magd eine Leiter an den Wagen legen und uns zur Erde helfen. Noch rieche ich auf dem dunkeln Hausflur den strengen Duft der Alantwurzel, womit die Marschbewohner zur Abwehr der Mücken allabendlich zu räuchern pflegen; ich sehe auch noch meinen Vater der alten Dame die Hand küssen; dann aber verlässt mich die Erinnerung, und ich finde mich erst nach einigen Stunden wieder, auf Heu gebettet, eine warme sommerliche Dämmerung um mich her. Ich sehe an den aus Heu und Korngarben gebildeten Wänden empor, die um mich her zwischen vier großen Ständern in die Höhe ragen, so hoch, dass der Blick durch ein wüstes Dunkel hindurch muss, bis er aufs neue in eine matte Dämmerung gelangt, die zwischen zahllosen Spinngeweben aus einem Dachfensterchen hereinfällt. Es ist das sogenannte Vierkant, worin ich mich befinde. Der zum Bergen des Heues bestimmte Raum im Innern des Hauses, wovon das Hofgebäude in unsern Marschen die eigentümlich hohe Bildung des Daches und seinen Namen „Heuberg" oder „Hauberg" erhalten hat. – Es ist volle Sonntagsstille um mich her. Aber ich bin hier nicht allein; in der gedämpften Helligkeit, die durch die offene Seitenwand aus der angrenzenden Loodiele hereinfällt, steht ein Mädchen meines Alters; die blonden Härchen fallen über ein blaues Blusenkleid. Sie streckt ihre kleinen Fäuste über mir aus und bestreut mich mit Heu; sie ist sehr eifrig, sie stöhnt und bückt sich wieder und wieder. „So", sagt sie endlich und atmet dabei aus Herzensgrunde, „so, nun bist du bald begraben!" Und wie ich eine Weile regungslos daliege, sehe ich durch die lose mich bedeckenden Halme, wie sie ihr Köpfchen zu mir niederbeugt und wie sie dann plötzlich kehrtmacht und sich zu einer alten Bäuerin hinarbeitet, die mit einem Strickstrumpf in der Hand uns gegenübersitzt. „Wieb", sagt sie, indem sie der Alten die Hand von der Wange zieht, „Wieb, ist er tot?"

Was die Alte hierauf geantwortet, dessen entsinne ich mich nicht mehr; wohl aber, dass wir bald darauf durch einen dunkeln Gang auf den Hausflur und von dort eine breite Treppe hinauf in die oberen Räume des Hauses geführt wurden, in ein großes Zimmer mit goldgeblümten Tapeten, in welchem viele Bilder von alten weiß gepuderten Männern und Frauen an den Wänden hingen. Meine Eltern und die übrigen Gäste sind eben von einer gedeckten Tafel aufgestanden, die sich mitten im Zimmer unter einer großen Kristallkrone befindet. Bald sitze ich in eine Serviette geknüpft der kleinen Anne Lene gegenüber; Wieb steht dabei und serviert uns von den Resten. Ich befinde mich sehr wohl; nur zuweilen stört mich ein Krächzen, das aus der Ferne zu uns herüberdringt. „Höre!" sag ich und hebe meine kleinen Finger auf. Die alte Wieb aber kennt das schon lange. „Das sind die Raben", sagt sie, „sie sitzen im Baumgarten, wir wollen sie nachher besuchen." – Aber ich vergesse die Raben wieder; denn Wieb teilt zum Dessert noch die Zuckertauben von einer Konditortorte zwischen uns; nur scheint es nicht ganz unparteiisch herzugehen, denn Anne Lene erhält immer die Hahnenschwänze und die Kragentauben.

Etwas später sehe ich die Gesellschaft auf den geschlungenen

Gartenwegen zwischen den blühenden Büschen promenieren; die alte Dame mit der Fräse, welche am Arme meines Vaters geht, beugt sich zu mir nieder und sagt, indem sie mir den Kopf aufrichtet: „Du musst dich immer hübsch gradehalten, Kind!“ – Ich glaube noch jetzt, dass von dieser kleinen Ermahnung sich der fast scheue Respekt herschreibt, den ich, solange sie lebte, vor dieser Frau behalten habe. – Doch schon fasst Wieb mich bei der Hand und führt uns weit umher auf den sonnigen Steigen; zuletzt bis zur Graft hinunter, an der ein grader Steig entlangführt. So gelangen wir zu einem Gartenpavillon, in welchem die Gesellschaft bei offenen Türen am Kaffeetische sitzt. Wir werden hereingerufen, und, da ich zögere, nimmt meine Mutter einen Zuckerkringel aus dem silbernen Kuchenkorb und zeigt mir den. Aber ich fürchte mich; ich habe gesehen, dass das hölzerne Haus auf dünnen Pfählen über dem Wasser steht; bis endlich doch die vorgehaltene Lockspeise und die bunten Schäferbilder, die drinnen auf die Wände gemalt sind, mich bewegen hineinzutreten.

Mir ist, als hätte ich es mit einem besonders angenehmen Gefühl mit angesehen, wie Anne Lene von meiner Mutter auf den Schoß genommen und geküsst wurde. Späterhin mögen die Männer, wie es dort gebräuchlich ist, zur Besichtigung der Rinder auf das Land hinausgegangen sein; denn ich habe die Erinnerung, als sei bald eine Stille um mich gewesen, in der ich nur die sanfte Stimme meiner Mutter und andere Frauenstimmen hörte. Anne Lene und ich spielten unter dem Tisch zu ihren Füßen; wir legten den Kopf auf den Fußboden und horchten nach dem Wasser hinunter. Zuweilen hörten wir es plätschern; dann hob Anne Lene ihr Köpfchen und sagte: „Hörst du, das tut der Fisch!“ Endlich gingen wir ins Haus zurück; es war kühl, und ich sah die Büsche des Gartens alle im Schatten stehen. Dann fuhr der Wagen vor; und in dem Schlummer, der mich schon unterwegs überkam, endete dieser Tag, von dem ich bei ruhigem Nachsinnen nicht außer Zweifel bin, ob er ganz in der erzählten Weise jemals dagewesen oder ob nur meine Phantasie die zerstreuten Vorfälle verschiedener Tage in diesen einen Rahmen zusammengedrängt hat.

Späterhin, als sich allmählich die Hülfsbedürftigkeit des Alters einstellte, zog die Frau Ratmann van der Roden mit ihrer Enkelin in die Stadt und ließ den Hof unter der Aufsicht des früheren Bauknechtes Marten und seiner Ehefrau, der alten Wieb. Vor dem Hause, welches sie einige Straßen von dem unseren entfernt bewohnte, standen granitne Pfeilersteine, die durch schwere eiserne

Ketten miteinander verbunden waren. Wir Jungen, wenn wir auf unserm Schulwege vorübergingen, unterließen selten, uns auf diese Ketten zu setzen und, mit Tafel und Ranzen auf dem Rücken, einige Male hin und her zu schaukeln. Aber ich entsinne mich noch gar wohl, wie wir auseinanderstoben, wenn einer von uns das Gesicht der alten Dame hinter den Geranienbäumen am Fenster gewahrte, oder gar, wenn sie mit einer gemessenen Bewegung den Finger gegen uns erhoben hatte.

Desungeachtet ließ ich mir gern, was öfters geschah, vom Vater eine Bestellung an sie auftragen. Ich weiß nicht mehr, war es das kleine zierliche Mädchen, das mich anzog, oder war es die alte Schatulle, deren Raritäten ich in besonders begünstigter Stunde mit ihr beschauen durfte; die goldenen Schaumünzen, die seidenen, buntbemalten Fächer oder oben auf dem Aufsatz der Schatulle die beiden Pagoden von chinesischem Porzellan, die schon vom Flur aus durch die Fenster der Stubentür meine Augen auf sich zogen. Am Sonnabendnachmittag stellte ich mich regelmäßig ein, um die Frau Ratmann mit der kleinen Anne Lene zum Sonntag auf den Kaffee einzuladen, was bis zur letzten Zeit vor ihrem Absterben ebenso regelmäßig von ihr angenommen wurde. Am Tage darauf präzise um drei Uhr hielt dann die schwere Klosterkutsche vor unserer Haustreppe; unsere Mägde hoben die alte Dame und ihr Enkelchen aus dem Wagen, und meine Mutter führte sie in das Festzimmer des Hauses, das schon von dem Dufte des Kaffees und des sonntäglichen Gebäckes erfüllt war. Wenn dann die Enveloppen und Tücher abgelegt waren und die beiden Damen sich gegenüber an dem sauber servierten Tische Platz genommen hatten, durften auch wir Kinder uns an ein Nebentischchen setzen und erhielten unsern Anteil an den „Eiermahnen“ und „Bieschen“, oder wie sonst die schönen Sachen heißen mochten. Mir ist indessen, wenn ich dieser Sonntagnachmittage gedenke, als sei ich niemals unglücklicher in den Versuchen gewesen, meinen Kaffee aus der Ober- in die Untertasse umzuschütten; und ich fühle noch die strengen Blicke, die mir die alte Dame von ihrem Sitze aus hinübersandte, während meine Mutter mir meine kleine Gespielin zum Muster aufstellte, von der ich mich nicht entsinne, dass sie jemals beim Trinken die Serviette oder ihr weißes Kleid befleckt hätte.

Ein solcher Sonntagnachmittag, nachdem schon einige Jahre in dieser Weise vorübergegangen waren, ist mir besonders im Gedächtnis geblieben. – Ich hatte mich in dem angenehmen Bewusstsein des Feiertages in unserm Hofe umhergetrieben und war endlich in das Waschhaus gelangt, das am Ende desselben lag. Auch hier hatte sich der Sonntag bemerklich gemacht; die föhrenen Tische waren gescheuert, die holländischen Klinker, womit der Boden gepflastert war, sahen so feucht und frisch gespült aus; dabei war eine so liebliche Kühle, dass ich mich fast gedankenlos an einen Tisch lehnte und auf das träumerische Gackeln der Hühner lauschte, das aus dem anstoßenden Hühnerhof zu mir hereindrang. Nach einer Weile hörte ich drunten im Wohnhause aus der im Erdgeschoss befindlichen Küche das Kaffeegeschirr herauftragen, das Klirren der Tassen und Kaffeelöffel; und endlich vernahm ich auch von der Straße her das Anfahren der Kutsche und bald darauf das Aufschlagen der Haustür. Aber das süße Gefühl, die Nachmittagsfeier so ganz unangebrochen vor mir zu haben, ließ mich immer noch zögern, ins Haus hinabzugehen. Da vernahm ich das Summen des Fliegenschwarms, der in der Sonne an der offenen Tür gesessen. – Anne Lene war unbemerkt herangetreten. Noch sehe ich sie vor mir, die kleine leichte Gestalt, wie sie ruhig auf der Schwelle stand, den Strohhut am Bande in der Hand hin und her schwenkend, während die Sonne auf das goldklare Haar schien, das ihr in kleinen Locken um das Köpfchen ging. Sie nickte mir zu, ohne weiter heranzutreten, und sagte dann: „Du solltest hereinkommen!"

Ich kam noch nicht; meine Augen hafteten noch an dem weißen Sommerkleidchen, an der himmelblauen Schärpe und zuletzt an einem alten Fächer, den sie in der Hand hielt. „Willst du nicht kommen, Marx?" fragte sie endlich, „Großmutter hat gesagt, wir sollten einmal die Menuett wieder miteinander üben."

Ich war das wohl zufrieden. Wir hatten vor einigen Wochen in der Tanzschule diese altfränkischen Künste auf den gemeinsamen Wunsch der Frau Ratmann und meines Vaters mit besonderer Sorgfalt eingeübt. Wir gingen also hinein; ich machte meine Reverenz vor Anne Lenes Großmutter und trank, um mich schon jetzt meiner zierlichen Partnerin würdig zu zeigen, meinen Kaffee mit besonderer Behutsamkeit. Späterhin, als mein Vater ins Zimmer getreten war und sich mit seiner alten Freundin in geschäftliche Angelegenheiten vertiefte, nahm meine Mutter uns mit in die gegenüberliegende Stube und setzte sich an das aufgeschlagene Klavier. Sie hatte den „Don Juan" aufs Tapet gelegt. Wir traten einander gegenüber, und ich machte mein Kompliment, wie der Tanzmeister es mich gelehrt hatte. Meine Dame nahm es huldvoll auf, sie neigte sich höfisch, sie erhob sich wieder, und als die Melodie erklang: „Du reizest mich vor allen; Zerlinchen, tanz mit mir", da glitten die kleinen Füße in den Korduanstiefelchen über den Boden, als ginge es über eine Spiegelfläche hin. Mit der einen Hand hielt sie den aufgeschlagenen Fächer gegen die Brust gedrückt, während die Fingerspitzen der anderen das Kleid emporhoben. Sie lächelte; das feine Gesichtchen strahlte ganz von Stolz und Anmut. Meine Mutter, während wir hin und her chassierten, uns näherten und verneigten, sah schon lange nicht mehr auf ihre Tasten; auch sie, wie ihr Sohn, schien die Augen nicht abwenden zu können von der kleinen schwebenden Gestalt, die in graziöser Gelassenheit die Touren des alten Tanzes vor ihr ausführte.

Wir mochten auf diese Weise bis zum Trio gelangt sein, als die Stubentür sich langsam öffnete und ein dickköpfiger Nachbarsjunge hereintrat, der Sohn eines Schuhflickers, der mir an Werkeltagen bei meinem Räuber- und Soldatenspiel die vortrefflichsten Dienste leistete. „Was will der?" fragte Anne Lene, als meine Mutter einen Augenblick innehielt. – „Ich wollte mit Marx spielen", sagte der Junge und sah verlegen auf seine groben Nagelschuhe.

„Setz dich nur, Simon", erwiderte meine Mutter, „bis der Tanz aus ist; dann könnt ihr alle miteinander in den Garten gehn." Damit nickte sie zu uns hinüber und begann das Trio zu spielen. Ich avancierte; aber Anne Lene kam mir nicht entgegen; sie ließ die Arme herabhängen und musterte mit unverkennbarer Verdrossenheit den struppigen Kopf meines Spielkameraden.

„Nun", fragte meine Mutter, „soll Simon nicht sehen, was ihr gelernt habt?"

Allein die kleine Patrizierin schien durch die Gegenwart dieser Werkeltags-Erscheinung in ihrer idealen Stimmung auf eine empfindliche Weise gestört zu sein. Sie legte den Fächer auf den Tisch und sagte: „Laß Marx nur mit dem Jungen spielen."

Ich fühle noch jetzt mit Beschämung, dass ich dem schönen Kinde zu Gefallen, wenn auch nicht ohne ein deutliches Vorgefühl von Reue, meinen plebejischen Günstling fallenließ. „Geh nur, Simon", sagte ich mit einiger Beklemmung, „ich habe heute keine Lust zu spielen!" Und der arme Junge rutschte von seinem Stuhl und schlich sich schweigend wieder von dannen.

Meine Mutter sah mich mit einem durchdringenden Blick an; und sowohl ich wie Anne Lene, als diese späterhin in ein näheres Verhältnis zu unserem Hause trat, haben noch manche kleine Predigt von ihr hören müssen, die aus dieser Geschichte ihren Text genommen hatte. Damals aber hatten die kleinen tanzenden Füße mein ganzes Knabenherz verwirrt. Ich dachte nichts als Anne Lene; und als ich ihr am Montage darauf ein vergessenes Arbeitskörbchen ins Haus brachte, hatte ich es zuvor ganz mit Zuckerplätzchen angefüllt, deren Ankauf mir nur durch Aufopferung meiner ganzen kleinen Barschaft möglich geworden war.

Etwa ein Jahr später kam ich eines Nachmittags auf der Heimkehr von einer Ferienreise an Anne Lenes Wohnung vorüber. Da die Haustüre offenstand, so fiel es mir ein hineinzugehen, um eine Kleinigkeit, die ich unterwegs für sie eingehandelt hatte, schon jetzt in ihre Hand zu legen. Ich trat in den Flur und blickte durch die Glasscheiben der Stubentür; aber ich gewahrte niemanden. Es war eine seltsame Einsamkeit im Zimmer; der weiße Sand lag so unberührt auf der Diele, und drüben der Spiegel war mit weißen Damasttüchern zugesteckt. Während ich dies betrachtete und eine unbewusste Scheu mich hinderte hineinzutreten, hörte ich in der Tiefe des Hauses eine Tür gehen, und bald darauf sah ich meinen Vater mit einem schwarzgekleideten Kinde an der Hand auf mich zukommen. Es war Anne Lene; ihre Augen waren vom Weinen gerötet, und über der schwarzen Florkrause erschienen das blasse Gesichtchen und die feinen goldklaren Haare noch um vieles zärtlicher als sonst. Mein Vater begrüßte mich und sagte dann, indem er seine Hand auf den Kopf des Mädchens legte: „Ihr werdet jetzt Geschwister sein; Anne Lene wird als meine Mündel von nun an in unserem Hause leben, denn ihre Großmutter, deine alte Freundin, ist gestorben."

Ich hörte eigentlich nur den ersten Teil dieser Nachricht, denn die bestimmte Aussicht, nun fortwährend in Gesellschaft des anmutigen Mädchens zu sein, erregte in meiner Phantasie eine Reihe von heiteren Vorstellungen, die mich den Ort, an welchem wir uns befanden, vollständig vergessen machten. Ich merkte es kaum, als Anne Lene ihre Arme um meinen Hals legte und mich küsste, während ihre Tränen mein Gesicht benetzten.

Einige Tage darauf fand das Leichenbegängnis statt, mit aller Feierlichkeit patrizischen Herkommens, so wie die Verstorbene es bei Lebzeiten in allen Punkten selbst verordnet hatte. Ich befand mich mit meiner Mutter und Anne Lene im Sterbehause. Noch sehr wohl erinnere ich mich, wie das Geläute der Glocken, die gedämpfte Redeweise, in der alle die schwarzen Leute miteinander verkehrten, und die kolossalen, florbehangenen Wachskerzen, welche brennend vor dem Sarge hinausgetragen wurden, ein angenehmes Feiertagsgefühl in mir erregten, das dem unwillkürlichen Grauen vor diesem Gepränge vollkommen die Waage hielt.

Am andern Tage begann der werktägige Gang des Lebens wieder. Anne Lene war nun zwar mit mir in einem Hause, aber die Zeit unseres Beisammenseins bestand nicht mehr wie sonst nur in sonntäglichen Spielstunden. Meine Hausarbeiten für das Gymnasium wurden von meinem Vater noch strenger überwacht als sonst, und Anne Lene war außer ihren Schulstunden meist unter der Aufsicht der Mutter beschäftigt. Während meiner Freistunden nahmen die eigentlichen Knabenspiele einen immer größeren Raum ein, und ich habe meine kleine Freundin nie bewegen können, unsere Räuberspiele mitzumachen oder auch nur in dem türkischen Zelte Platz zu nehmen, das ich von alten Teppichen in der Spitze eines Birnbaumes aufgeschlagen hatte.

Nur eine Freude blieb uns fast während unserer ganzen Jugend gemeinschaftlich. Die Ländereien des Staatshofes waren seit dem Tode der alten Frau Ratmann an einen benachbarten Hofbesitzer verpachtet, während man das Wohnhaus mit der Werfte unter der Aufsicht der alten Wieb und ihres Mannes ließ. Da der Hof nur eine halbe Stunde von der Stadt lag, so war uns ein für allemal erlaubt, sonntags nach Tische dort hinaus zu gehen. Und wie oft sind wir diesen Weg gegangen! Auf der ebenen Marschlandstraße bis zum Dorfe und dann seitwärts über die Fennen von einem Heck zum andern, bis wir die dunkle Baumgruppe des Hofes erreicht hatten, die schon beim Austritt aus der Stadt auf der weiten Ebene sichtbar war. Wie oft beim Gehen wandten wir uns um und maßen die Strecke, die wir schon zurückgelegt hatten, und sahen zurück nach den Türmen der Stadt, die im Sonnendufte hinter uns lagen! Denn mir ist, als habe an jenen Sonntagnachmittagen immer die Sonne geschienen und als sei die Luft über dieser endlosen grünen Wiesenfläche immer voll von Lerchengesang gewesen.

Den alten Eheleuten auf dem Hofe war im unteren Stock des Hauses ein früher von der Familie bewohntes Zimmer zur Benutzung angewiesen; allein sie bewohnten nach eigener Wahl nach wie vor das Gesindezimmer, da dieses mit dem Stall und den übrigen Wirtschaftsräumen in Verbindung stand. Gewöhnlich kam uns der alte Marten in sonntäglich weißen Hemdärmeln schon vor dem Tore entgegen und reichte uns in seiner schweigsamen Art die Hand; er konnte es nicht lassen, nach seinen jungen Gästen auszusehen. Hatten wir uns etwas verspätet, so trafen wir ihn wohl schon auf unserem Wege draußen auf den Fennen, seinen unzertrennlichen Begleiter, den Springstock, auf der Schulter; und während Anne Lene auf dem Fußbrett um die Hecken ging, lehrte er mich, nach Landesweise über die Gräben zu setzen. Im Zimmer drinnen pflegte dann auf dem langen blankgescheuerten

Tische schon der Kaffeekessel seinen Duft zu verbreiten, und die alte Wieb, wenn sie mir die Hand gegeben und ihrem Lieblingskinde die heißen Haare von der Stirn gestrichen hatte, schenkte uns viele Tassen ein, so viele, als wir immer trinken konnten, und dann noch eine „fürs Nötigen", wie sie sagte. Wenn wir uns auf diese Weise erquickt hatten und das Geschirr wieder abgeräumt war, holte die Alte ihr Rad aus dem Winkel hinter der Tragkiste hervor und begann zu spinnen. Sie ließ dann wohl den Faden durch Anne Lenes Finger gleiten und zeigte uns die Glätte und Feinheit desselben; denn, wie sie mir später einmal vertraute, es sollte aus dem Flachse, den sie sonntags spann, das Brautlinnen für ihre junge Herrschaft gewebt werden. – Aber es duldete uns nicht lange neben ihr; wir ruhten nicht, bis sie uns ihr großes Schlüsselbund eingehändigt hatte, in dessen Besitz wir dann die dunkle Treppe nach dem oberen Stockwerk hinaufstiegen und eine nach der andern die Türen zu den verödeten Zimmern aufschlossen, in denen die feuchte Marschluft schon längst an Decken und Wänden ihren Zerstörungsprozess begonnen hatte. Wir betraten diese Räume mit einer lüsternen Neugierde, obgleich wir wussten, dass nichts darin zu sehen sei als die halberloschenen Tapeten und etwa in dem einen Seitenzimmer das leere Bettgestell der verstorbenen Besitzer. Wenn wir zu lange blieben, rief die Alte uns wohl herunter und schickte uns in den Garten, der vor dem Hause lag. Aber die Einsamkeit, die oben in den verlassenen Zimmern herrschte, war auch dort. Wohin man sehen mochte, zwischen den hohen Sträuchern hing das Gespinst der Jungfernrebe; über den mit Gras bewachsenen Steigen in den rotblühenden Himbeerbüschen hatten die Wespen ihre pappenen Nester aufgehangen. Obwohl seit Jahren keine pflegende Hand dort gewaltet, so wuchs doch alles in der größten Üppigkeit durcheinander, und mittags in der schwülen Sommerzeit, wenn Jasmin und Kaprifolien blühten, lag die alte Hauberg wie im Duft begraben. – Anne Lene und ich drangen gern aufs Geratewohl in diesen Blütenwald hinein, um uns den Reiz eines gefahrlosen Irregehens zu verschaffen; und nicht selten glückte es, dass wir uns nach der feuchten Laube im Winkel des Gartens hinzuarbeiten meinten und statt dessen unerwartet vor dem alten Pavillon standen, welcher jetzt zur zeitweisen Aufbewahrung von Sommerfrüchten diente. Dann sahen wir durch die erblindeten Fensterscheiben nach dem zärtlichen Schäferpaar hinüber, das noch immer, wie vor Jahren, auf der Mitte der Wand im Grase kniete, und rüttelten vergebens an den Türen, welche von der alten Wieb sorgfältig verschlossen gehalten wurden; denn der Fußboden drinnen war unsicher geworden, und hier und dort konnte man durch die Ritzen in den Dielen auf das darunter stehende Wasser sehen.

So verging die Zeit. – Anne Lene war, ehe ich mich dessen versehen, ein erwachsenes Mädchen geworden, während ich noch kaum zu den jungen Menschen zählte. Ich bemerkte dies eigentlich erst, als sie eines Tages mit veränderter Frisur ins Zimmer trat. Seitdem sie selbst für ihre Kleidung sorgte, war diese fast noch einfacher als zuvor; besonders liebte sie die weiße Farbe, so dass mir diese in der Erinnerung von der Vorstellung ihrer Persönlichkeit fast unzertrennbar geworden ist. Nur einen Luxus trieb sie; sie trug immer die feinsten englischen Handschuhe, und da sie dessenungeachtet sich nicht scheute, überall damit hinzufassen, so musste das getragene Paar bald durch ein neues ersetzt werden. Meine bürgerlich sparsame Mutter schüttelte vergebens darüber den Kopf. Aus dem nachgelassenen Schmuckkästchen ihrer Großmutter nahm sie an ihrem Konfirmationstage ein kleines Kreuz von Diamanten, das sie seitdem an einem schwarzen Bande um den Hals trug. Sonst habe ich niemals einen Schmuck an ihr gesehen.

Die Zeit rückte heran, wo ich zum Studium der Arzneiwissenschaft die Universität besuchen sollte. – In Anne Lenes Gesellschaft machte ich meinen Abschiedsbesuch bei unsern alten Freunden auf dem Staatshof. Wir kamen eben von einer Fenne, wo der Pächter, wie es dort gebräuchlich ist, seine Rapssaaternte auf einem großen Segel ausdreschen ließ. Nach der Sitte des Landes, die bei der schweren Arbeit den Leuten in jeder Weise gestattet, sich die Brust zu lüften, waren wir mit einem ganzen Schauer von Schimpf- und Neckworten überschüttet worden; weder meine rote Schülermütze noch meine damals allerdings „ins Kraut geschossene“ Figur war verschont geblieben. Auch Anne Lene hatte ihr Teil bekommen; aber man wusste kaum, waren es Spottreden oder unbewusste Huldigungen; denn alles bezog sich am Ende doch nur auf den Gegensatz ihres zarten Wesens zu der derben und etwas schwerfälligen Art des Landes. Und in der Tat, wenn man sie betrachtete, wie der Sommerwind ihr die kleinen goldklaren Locken von den Schläfen hob und wie ihre Füße so leicht über das Gras dahinschritten, so konnte man kaum glauben, dass sie hier zu Haus gehöre. Das kleine Kreuz, welches an dem schwarzen Bändchen an ihrem Halse funkelte, mochte bei den Arbeitern diesen Eindruck noch vermehren helfen.

Als wir auf die Werfte kamen, fanden wir die alte Wieb in Zank mit einer Bettlerin vor der Haustür stehen, die sie vergeblich abzuweisen suchte. Die leidenschaftlichen Gebärden dieses noch ziemlich jungen Weibes waren mir wohlbekannt; sie ging auch in der Stadt alle Sonnabend von Tür zu Tür und zehrte dabei seit Jahren an dem Gedanken, dass sie von dem alten Ratmann van der Roden, dem in seiner Amtsführung die obervormundschaftlichen Angelegenheiten übertragen waren, um ihr mütterliches Erbteil betrogen sei. Sie war infolge derartiger Äußerungen schon mehrfach zur Strafe gezogen; und jetzt schien sie, nach dem beiderseitigen Betragen zu urteilen, fest entschlossen, auch der alten Dienerin der van der Rodenschen Familie diese verhasste Geschichte vorzutragen.

Die Streitenden rührten sich bei unsrer Ankunft in ihrem Eifer nicht von der Stelle, und da wir nach dem Flur zwischen beiden hindurchmussten, so nahm Anne Lene ihr Kleid zusammen, um nicht an das der Bettlerin zu streifen.

Aber diese vertrat ihr den Weg. „Ei, schöne Mamsell“, sagte sie, indem sie einen tiefen Knicks vor ihr machte und mit einer abscheulichen Koketterie ihre durchlöcherten Röcke schwenkte, „habe Sie keine Angst, meine Lumpen sind alle gewaschen! Freilich die seidenen Bändchen sind längst davon, und die Strümpfe, die hat dein Großvater selig mir ausgezogen; aber wenn dir die Schuhe noch gefällig sind?“

Und bei diesen Worten zog sie die Schlumpen von den nackten Füßen und schlug sie aneinander, dass es klatschte. „Greif zu, Goldkind“, rief sie, „greif zu! Es sind Bettelmannsschuhe, du kannst sie bald gebrauchen.“

Anne Lene stand ihr völlig regungslos gegenüber; Wieb aber, deren Augen mit großer Ängstlichkeit an ihrer jungen Herrin hingen, griff in die Tasche und drückte der Bettlerin eine Münze in die Hand. „Geh nun, Trin’“, sagte sie, „du kannst zur Nacht wiederkommen; was hast du nun noch hier zu suchen?“

Allein diese ließ sich nicht abweisen. Sie richtete sich hoch auf, indem sie mit einem Ausdruck überlegenen Hohnes auf die Alte herabsah. „Zu suchen?“ rief sie und verzog ihren Mund, dass das blendende Gebiss zwischen den Lippen hervortrat. „Mein Muttergut such ich, womit ihr die Löcher in eurem alten Dache zugestopft habt.“

Wieb machte Miene, Anne Lene ins Haus zu ziehen.

„Bleib Sie nur, Mamsell“, sagte das Weib und ließ die empfangene Münze in die Tasche gleiten, „ich gehe schon; es ist hier doch nichts mehr zu finden. Aber“, fuhr sie fort, mit einer geheimnisvollen Gebärde sich gegen die Alte neigend, „auf deinem

Heuboden schlafe ich nicht wieder. Es geht was um in eurem Hause, das pflückt des Nachts den Mörtel aus den Fugen. Wenn nur das alte hoffärtige Weib noch mit daruntersäße, damit ihr alle auf einmal euren Lohn bekämet!"

Auf Anne Lenes Antlitz drückte sich ein Erstaunen aus, als sei sie durch diese Worte wie von etwas völlig Unmöglichem betroffen worden. „Wieb", rief sie, „was sagt sie? Wen meint sie, Wieb?"

Mich übermannte bei dem Anblick meiner jungen hülflosen Freundin der Zorn; und ehe das Weib zu einer Antwort Zeit gewann, packte ich sie am Arm und zerrte sie den Hof hinunter bis hinaus auf den Weg. Aber noch als ich das Gittertor hinter ihr zugeworfen hatte und wieder auf die Werfte hinaufging, hörte ich sie ihre leidenschaftlichen Verwünschungen ausstoßen. „Geh nach Haus, Junge", schrie sie mir nach, „dein Vater ist ein ehrlicher Mann; was läufst du mit der Dirne in der Welt umher!"

Drinnen im Gesindezimmer fand ich Anne Lene vor ihrer alten Wärterin auf den Knien liegen, den Kopf in ihren Schoß gedrückt. „Wieb", sprach sie leise, „sag mir die Wahrheit, Wieb!"

Die Alte schien um Worte verlegen. Sie schalt auf die Bettlerin und redete dies und das von allgemeinen Dingen, indem sie ihre raue Hand liebkosend über das Haar ihres Lieblings hingleiten ließ. „Was wird es sein", sagte sie, „dein Großvater und dein Urgroßvater waren große Leute; die Armen sind immer den Reichen heimlich feind!"

Anne Lene, die bis dahin ruhig zugehört hatte, erhob den Kopf und sah sie zweifelnd an. „Es mag doch wohl anders gewesen sein, Wieb", sagte sie traurig, „du musst mich nicht belügen!"

Was weiter zwischen den beiden gesprochen worden, weiß ich nicht; denn ich verließ nach diesen Worten das Zimmer, da ich glaubte, die Alte werde das Gemüt des Mädchens leichter zur Ruhe sprechen, wenn sie allein sich gegenüber wären. – Aber nach einigen Tagen war das Diamantkreuz von Anne Lenes Hals verschwunden, und ich habe dieses Zeichen alten Glanzes niemals wieder von ihr tragen sehen.

Ich mochte etwa ein Jahr lang in der Universitätsstadt gewesen sein, als ich durch einen Brief meines Vaters die Nachricht von Anne Lenes Verlobung mit einem jungen Edelmann erhielt. Er teilte mir die Sache mit, ohne ein Wort der Billigung oder Missbilligung von seiner Seite hinzuzufügen. – Der Bräutigam war mir wohlbekannt; seine Familie stammte aus unserer Stadt, und er selbst hatte sich kurz vor meiner Abreise wegen einer Erbschaftsangelegenheit dort aufgehalten. Da er sich meines Vaters als Geschäftsbeistandes bediente und keine weiteren Bekanntschaften in der Stadt hatte, so war er in unserem Hause ein oft gesehener Gast geworden. – Mir waren die blanken braunen Augen dieses Menschen vom ersten Augenblick an zuwider gewesen; und auch jetzt noch schienen sie mir nichts Gutes zu versprechen. Doch sagte ich mir selbst, dass diese Meinung keine unparteiische sei. Ich war von dem Herrn Kammerjunker als ein junger bürgerlicher Mensch von vornherein mit einer mir sehr empfindlichen Oberflächlichkeit behandelt worden; er hatte in meiner Gegenwart in der Regel getan, als ob ich gar nicht vorhanden sei; was aber das Schlimmste war, ich hatte zu bemerken geglaubt, dass er meiner jungen Freundin nicht in gleichem Grade wie mir missfallen wollte.

Obgleich die seit meiner Knabenzeit in mir keimende Neigung für Anne Lene, da sie keine Erwiderung gefunden, niemals zur Entfaltung gekommen war, so wurde ich doch jetzt durch die Nachricht ihrer Verbindung mit einem mir so verhassten Manne auf das heftigste erschüttert und, ich darf wohl sagen, beunruhigt. Meine Phantasie ließ nicht nach, mir die kleinsten Züge seines Wesens wieder und wieder vor Augen zu führen; und besonders musste ich mich eines übrigens geringfügigen Vorfalles erinnern, der mich gegen die Natur dieses Menschen in völligen Widerspruch setzte.

Es war im Spätsommer; unsere Familie saß in der Ligusterlaube beim Nachmittagskaffee, wozu außer dem alten Syndikus auch der Kammerjunker sich eingefunden hatte. Die Herren mochten, ehe ich hinzukam, geschäftliche Sachen erörtert haben; denn das alte Porzellanschreibzeug meines Vaters stand neben dem übrigen Geschirr auf dem Tische. Anne Lene ging in stiller Geschäftigkeit ab und zu; bald um im Hause die Bunzlauer Kanne aufs neue zu füllen, bald um die Wachskerze für die Tonpfeife des Syndikus anzuzünden, die über dem Plaudern immer wieder ausging. Das Gespräch der beiden älteren Herren hatte sich mittlerweile auf städtische Angelegenheiten gewandt, welche für den Fremden wenig Interesse boten. Er hatte die Arme vor sich auf den Tisch gestreckt und schien seinen eigenen Gedanken nachzugehen; nur wenn draußen zwischen den sonnigen Beeten das Kleid des jungen Mädchens sichtbar wurde, hob er die Augenlider und sah nach ihr hinüber. Es war in diesem lässigen Anschauen etwas, das mich in einen ohnmächtigen Zorn versetzte; zumal als ich sah, wie Anne Lene die Augen niederschlug und sich, wie um Schutz zu suchen, an meiner Mutter Seite auf das äußerste Ende der Bank setzte. Der

Kammerjunker, ohne sie weiter zu beachten, haschte eine Mücke, die eben an ihm vorüberflog. Ich sah, wie er sie an den Flügeln sorgsam zwischen seinen Fingern hielt; wie er den Kopf herabneigte und die hülflosen Bewegungen des Geschöpfes mit Aufmerksamkeit zu betrachten schien. Nach einer Weile nahm er die neben ihm liegende Schreibfeder, tauchte sie in das Dintenfass und begann nun nacheinander Kopf und Brustschild seines kleinen Opfers in langsamen Zügen damit zu bestreichen. Bald aber änderte er sein Verfahren; er zog die Feder zurück und führte sie wie zum Stoße wiederholt gegen die Brust der Kreatur, welche mit den feinen Füßen die auf sie eindringende Spitze vergebens abzuwehren strebte. Seine blanken Augen waren ganz in dies Geschäft vertieft. Endlich aber schien er dessen überdrüssig zu werden; er durchstach das Tier und ließ es vor sich auf den Tisch fallen, indem er zugleich eine Frage meines Vaters beantwortete, die seine Aufmerksamkeit erregt haben mochte. – Ich hatte wie gebannt diesem Vorgange zugesehen, und Anne Lene schien es ebenso ergangen; denn ich hörte sie aufatmen, wie jemand, der von einem auf ihm lastenden Druck mit einem Male befreit wird.

Einige Tage darauf vermissten wir Anne Lene bei der Mittagstafel, was sonst niemals zu geschehen pflegte. – Als ich, um sie zu suchen, in den Garten trat, begegnete mir der Kammerjunker, der wie gewöhnlich mit einem halben Kopfnicken an mir vorbeipassierte. Da ich Anne Lene nicht gewahrte, so ging ich in den untern Teil des Gartens, in welchem mein Vater eine kleine Baumschule angelegt hatte. Hier stand sie mit dem Rücken an einen jungen Apfelbaum gelehnt. Sie schien ganz einem innern Erlebnis zugewendet; denn ihre Augen starrten unbeweglich vor sich hin, und ihre kleinen Hände lagen fest geschlossen auf der Brust. Ich fragte sie: „Was ist denn dir begegnet, Anne Lene?" Aber sie sah nicht auf; sie ließ die Arme sinken und sagte: „Nichts, Marx, was sollte mir begegnet sein?" Zufällig aber hatte ich bemerkt, dass die Krone des kleinen Baumes wie von einem Pulsschlage in gleichmäßigen Pausen erschüttert wurde, und es überkam mich eine Ahnung dessen, was hier geschehen sein könne; zugleich ein Reiz, Anne Lene fühlen zu lassen, dass sie mich nicht zu täuschen vermöge. Ich zeigte mit dem Finger in den Baum und sagte: „Sieh nur, wie dir das Herz klopft!"

Diese Vorfälle, welche damals bei der kurz danach erfolgten Abreise des Kammerjunkers bald von mir vergessen waren, ließen nun nicht ab, mich zu beunruhigen, bis sie endlich von den Leiden und Freuden des Studentenlebens aufs neue in den Hintergrund gedrängt wurden.

Ich habe nicht von mir zu reden.

Etwa zwei Jahre später um Ostern kehrte ich als junger Doctor promotus in die Heimat zurück. Schon vorher hatte man mir geschrieben, dass das fortdauernde Sinken der Landpreise den Verkauf des Staatshofes nötig machen werde und dass Anne Lene aus einer immerhin noch reichen Erbin wahrscheinlich ein armes Mädchen geworden sei. Nun erfuhr ich noch dazu, dass auch ihre Verlobung sich aufzulösen scheine. Die Briefe des Bräutigams waren allmählich seltener geworden und seit einiger Zeit ganz ausgeblieben. Anne Lene hatte das ohne Klage ertragen; aber ihre Gesundheit hatte gelitten, und sie befand sich gegenwärtig schon seit einigen Wochen zu ihrer Erholung draußen auf dem Staatshof, wo man eins der kleineren Zimmer in dem oberen Stockwerk für sie instand gesetzt hatte.

Obwohl ich seit ihrem Brautstande nicht an sie geschrieben, so konnte ich doch nicht unterlassen, noch am Tage meiner Ankunft zu ihr hinauszugehen. – Es war schon spät nachmittags, als ich den Staatshof erreichte. Die alte Wieb fand ich draußen auf dem Wege an einem Heck stehend, von wo ein Fußsteig über die Fennen nach dem Deiche zu führte. Sie hatte mich nicht kommen sehen, da sie den Rücken gegen den Weg kehrte, und als ich unvermerkt ihre harte Hand erfasste, vermochte sie mich erst nicht zu erkennen. Bald aber trat ein Ausdruck der Freude in das alte Gesicht, und sie sagte: „Gott sei Dank, dass du da bist, Marx! So eine treue Seele tut uns grade not!“

„Wo ist Anne Lene?“ fragte ich. Die Alte zeigte mit der Hand ins Land hinaus und sagte bekümmert: „Da geht sie wieder in der Abendluft!“

Etwa auf dem halben Wege nach dem Haffdeiche, der hier nördlich von dem Hofe die Landschaft gegen das Meer hin abschließt, sah ich eine weibliche Gestalt über die Fennen gehen. „Setz nur den Kessel ans Feuer, Wieb“, sagte ich, „ich will sie holen, wir kommen bald zurück.“ – Nach einer Weile hatte ich Anne Lene erreicht. Als ich ihren Namen rief, stand sie still und wandte den Kopf nach mir zurück. Ich fühlte plötzlich, wieviel von ihrem Bilde in meiner Erinnerung erloschen sei. So lieblich hatte ich sie mir nicht gedacht; und doch war sie dieselbe noch; nur ihre Augen schienen dunkler geworden, und die Linien des zarten Profils waren ein wenig schärfer gezogen als vor Jahren. Ich fasste ihre beiden Hände. „Liebe Anne Lene“, sagte ich, „ich bin eben angekommen; ich wollte dich noch heute sehen!“

„Ich danke dir, Marx“, erwiderte sie, „ich wusste, dass du dieser

Tage kommen würdest." – Aber ihre Gedanken schienen nicht bei diesem Willkommen zu sein; denn sie wandte die Augen sogleich wieder von mir ab und begann auf dem Fußsteige weiterzugehen. „Begleite mich noch ein wenig", fuhr sie fort, „wir gehen dann zusammen nach dem Hof zurück."

„Aber es wird kalt, Anne Lene!"

„Oh, es ist nicht so kalt", sagte sie, indem sie das große Schaltuch fester um die Schultern zog. – So gingen wir denn weiter. Ich suchte allerlei Gespräch; aber keines wollte gelingen. Es wurde schon abendlich; ein feuchter Nordwest wehte vom Meer über die Landschaft, und vor uns auf dem Haffdeich sah man gegen den braunen Abendhimmel einzelne Fuhrwerke wie Schattenspiel vorbeipassieren. Nach einer Weile bemerkte ich einen Mann an der Seite des Deiches herabsteigen und uns auf dem Fußwege entgegengehen. Es war der Postbote, der zweimal in der Woche für die Hofbesitzer die Briefe aus der Stadt holte. Ich fühlte, wie Anne Lene ihren Schritt beeilte, da er in unsere Nähe kam. „Hast du etwas für mich, Carsten?" fragte sie und suchte dabei in ihrer Stimme vergebens eine innere Unruhe zu verbergen.

Der Bote blätterte in seiner Ledertasche zwischen den Briefen umher. „Für dieses Mal nicht, liebe Mamsell!" sagte er endlich mit einer verlegenen Freundlichkeit, indem er die aufgehobene Klappe wieder über seine Tasche fallen ließ. Er mochte ihr diese Antwort schon oft gegeben haben. Anne Lene schwieg einen Augenblick. „Es ist gut, Carsten", sagte sie dann, „du kannst erst mit uns gehen und Abendbrot essen." – Sie schien das Ziel ihrer Wanderung erreicht zu haben; denn sie kehrte bei diesen Worten um, und wir gingen mit dem Boten nach dem Hofe zurück. Die Dämmerung war schon stark hereingebrochen. Von dem Ackerstück, an welchem wir vorüberkamen, vernahm man die kurzen Laute der Brachvögel, die unsichtbar in den Furchen lagen; mitunter flog ein Kiebitz schreiend vor uns auf, und auf den Weiden stand das Vieh in dunkeln unkenntlichen Massen beisammen. – Wir hatten auf dem Rückwege, als geschehe es im Einverständnis, kein Wort miteinander gewechselt; als wir schon fast im Dunkeln auf der Werfte angelangt waren, ergriff Anne Lene meine Hand. „Gute Nacht, Marx", sagte sie, „verzeihe mir; ich bin müde, ich muss schlafen; nicht wahr, du kommst recht bald einmal wieder zu uns heraus!" Mit diesen Worten trat sie in die Haustür, und bald hörte ich, wie sie die Treppe nach ihrem Zimmer hinaufging.

Ich begab mich zu den alten Hofleuten, die in Gesellschaft des Boten am warmen Ofen bei ihrem Abendtee saßen. Wieb entfernte sich einen Augenblick, um Anne Lene ein Licht hinaufzubringen; dann nötigte sie mich, an ihrer Mahlzeit teilzunehmen, und ich musste erzählen und mir erzählen lassen. Darüber war es spät geworden, so dass ich nicht mehr zur Stadt zurückgehen mochte. Ich bat meine alte Freundin, mir eine Streu in ihrer Stube aufzuschütten, und schlenderte, während dies geschah, in den Garten hinaus. Da ich in das Boskett an der nördlichen Seite kam, bemerkte ich, dass Anne Lene noch Licht in ihrem Zimmer habe. Ich lehnte mich an einen Baum und blickte hinauf. Es schien alles still darinnen. Plötzlich aber entstand hinter den Fenstern eine starke Helligkeit, die eine Zeitlang in die kahlen Büsche des Gartens hinausleuchtete und dann allmählich wieder verschwand. Mich überkam, während ich so im Dunkeln stand, eine unbestimmte Besorgnis, und ohne mich lange zu bedenken, ging ich durch die Hintertür ins Haus und die Treppe nach Anne Lenes Zimmer hinauf.

Die Türe war nur angelehnt. Anne Lene saß an einem Tischchen mit den Füßen gegen den Ofen, in welchem ein helles Feuer brannte. Unter der Schnur eines Päckchens, das auf ihrem Schoße lag, zog sie einen Brief hervor; sie entfaltete ihn und schien aufmerksam darin zu lesen. Nach einer Weile bewegte sie die Hand ein wenig, so dass das Papier von der Flamme des neben ihr auf dem Tische stehenden Lichtes ergriffen wurde. Ihr Gesicht trug dabei einen solchen Ausdruck von Trostlosigkeit, dass ich unwillkürlich ausrief: „Anne Lene, was treibst du da?"

Sie blieb ruhig sitzen, ohne sich nach mir umzuwenden, und ließ den Brief in ihrer Hand verbrennen.

„Sie sind kalt", sagte sie, „sie sollen heiß werden!"

Ich war mittlerweile ins Zimmer getreten und hatte mich neben ihren Stuhl gestellt. Plötzlich, wie von einem raschen Entschluss getrieben, stand sie auf und legte beide Hände fest um meinen Hals; sie wollte zu mir sprechen, aber ihre Tränen brachen unaufhaltsam hervor, und so drückte sie den Kopf gegen meine Brust und weinte eine lange Zeit, in welcher ich nichts tun konnte, als sie still in meinen Armen halten. „Nein, Marx", sagte sie endlich und mühte sich, ihrer Stimme einen festeren Klang zu geben, „ich verspreche es dir, ich will nicht länger auf ihn warten."

„Hast du ihn denn so sehr geliebt, Anne Lene?"

Sie richtete sich auf und sah mich an, als müsse sie erst nachsinnen über diese Frage. Dann sagte sie langsam: „Ich weiß es nicht – das ist auch einerlei."

Ich blieb noch eine Weile bei ihr, und allmählich wurde sie ruhiger. Sie versprach mir, Mut zu fassen, mir und unserer Mutter zuliebe; sie wollte arbeiten, sie wollte in der kleinen Wirtschaft der alten Wieb die Anfänge des Landhaushaltes lernen, damit sie einmal als Wirtschafterin ihr Brot verdienen könne. Sie sah dabei fast mitleidig auf ihre kleinen Hände, deren Schönheit sie der Not des Lebens opfern wollte. Nur zur Rückkehr nach der Stadt vermochte ich sie nicht zu bewegen. „Nein, nicht unter Menschen!“ sagte sie und sah mich bittend an, „lass mich hier, Marx, solange es mir noch gestattet ist; aber komm oft einmal heraus zu uns!“

So verließ ich sie an diesem Abend; aber ich ging von nun an häufig den Weg über die Fennen nach dem Staatshof. – Anne Lene schien ihr Versprechen halten zu wollen; ich fand sie mehrere Male beim Sahnen in der Milchkammer oder am Butterfasse, wo sie abwechselnd mit der alten Wieb den Stempel führte; ja, sie ließ es sich nicht nehmen, die Butter zum Kneten in die Mulde zu tun, ganz wie sie es von ihrer alten Wärterin gesehen hatte; sie schien es auch nicht zu merken, dass diese hinterher ganz im geheim die letzte Hand an ihre Arbeit legte. Allein man fühlte leicht, dass die Teilnahme an diesen Dingen nur eine äußerliche war; eine Anstrengung, von der sie bald in der Einsamkeit ausruhen musste.

Es war schon in der heißen Sommerzeit, als einige junge Leute aus unserer Stadt mit ihren Schwestern und Bekannten eine Landpartie nach dem Staatshofe hinaus zu machen wünschten. Man bat mich um meine Vermittlung bei Anne Lene; und mit einiger Mühe erhielt ich ihre Einwilligung. – So waren denn eines Sonntagnachmittags die verwilderten Gänge des Gartens wieder einmal von geputzten Leuten belebt, und man sah zwischen den Büschen die weißen Kleider und die bunten Schärpen der Mädchen. Die alte Wieb musste den großen Kaffeekessel hervorsuchen; dann wurden die mitgebrachten Körbe ausgepackt und alles vor der Haustür dem Garten gegenüber serviert. Als der Kaffee vorüber war, stiegen die besten Kletterer unter uns in den Gipfel der beiden alten Linden, die zu den Seiten des Hoftores standen, indem jeder das Ende eines ungeheueren Taues mit sich hinaufnahm. Bald war zwischen den höchsten Ästen eine Schaukel festgeknüpft, und die Mädchen wurden eingeladen, sich hineinzusetzen. „Komm, Anne Lene“, rief ein junger, robust aussehender Mensch, indem er fast mitleidig auf ihre feine Gestalt herabsah, „setz dich hinein; ich will dir einmal eine ordentliche Motion machen!“

Anne Lene bedankte sich, aber ein munteres schwarzäugiges Mädchen ließ sich williger finden; und bald schwenkte Klaus Peters die Schaukel, bis die kleine Juliane wie ein Vogel zwischen den Zweigen saß und endlich flehentlich um Gnade schrie. – Klaus Peters war der Sohn eines reichen Brauers, und es hieß, sein Vater werde ihm den Staatshof kaufen, sobald er zum Aufstrich komme, und ihm eine glänzende Wirtschaft einrichten. Auch schien er in seinen Gedanken sich schon als den künftigen Besitzer zu betrachten; denn als wir später in Begleitung des Hofmanns zwischen den Baulichkeiten umhergingen, fand er überall etwas zu tadeln und sprach von Verbesserungen, die hier vorgenommen werden müssten, während der alte Marten mit einem missvergnügten Brummen nebenherging.

Es war allmählich spät geworden. Als wir von unserer Umschau zurückkehrten, fanden wir die Mädchen vor der Haustür versammelt und Anne Lene unter ihnen.

Zwei derselben hatten ihre Hände gefasst, als könnte sie nur mit zärtlicher Gewalt hier zurückgehalten werden. „Ja, wenn wir Musik hätten!“ sagte die eine. – „Musik!“ rief Peters, indem er an den dicken Goldberlocks seine Uhr aus der Tasche zog. „Ihr sollt bald Musik haben; in einer halben Stunde bin ich wieder da!“

Er war zu Pferde herausgekommen und rief nun ins Haus nach dem Hofmann. „Bring mir den Braunen, Marten; aber brauch deine Beine!“ Der Alte knurrte etwas vor sich hin, aber er tat doch, wie ihm geheißen, und bald ritt Peters im Galopp zum Tore hinaus. Wir andern gingen ins Haus und besichtigten oben den Tanzsaal. Es kam uns eine dumpfe Luft entgegen, als wir die Tür des alten Prunkgemaches geöffnet hatten.

Die goldgeblümten Tapeten waren von der Feuchtigkeit gelöst und hingen teilweise zerrissen an den Wänden; überall stachen noch die Stellen hervor, wo vor Zeiten die Familienporträts gehangen hatten. Wir gingen wieder hinab und trugen einen Tisch und einige Gartenbänke in das leere Zimmer; dann öffneten wir die Fenster, durch welche es von den draußen stehenden Bäumen schon hereinzudunkeln begann, und die Mädchen umfassten sich und tanzten miteinander! – „Wartet!“ rief ich, „wir wollen einen Kronleuchter machen!“ Denn oben an der Zimmerdecke gewahrte ich noch die Krampe, an der einst die Kristallkrone über der Festtafel des Hauses gehangen hatte. Bald waren zwei Holzleisten aufgefunden und kreuzweis übereinandergenagelt.

Anne Lene ging mit den Mädchen in den Garten hinab; und aus dem Fenster sah ich, wie sie die Blumen von den Jasminbüschen und von den rotblühenden Himbeersträuchen brachen. „Pflückt nur“, sagte Anne Lene, als eins der Mädchen fragend zu ihr umschaute, „es blüht hier doch für sich allein.“ Aber sie selber stand nur dabei; sie pflückte nichts. – Nach einer Weile kamen alle wieder herauf und machten sich daran, meinen Kronleuchter eins ums andere mit weißen und roten Blüten zu bewinden; dann, nachdem an jedem Ende eine Kerze befestigt und angezündet war, wurde das Kunstwerk aufgehangen. Die wenigen Lichter konnten den weiten Raum nicht erhellen; aber draußen war schon der Mond aufgegangen und schien durch die Fenster, und es war anmutig, wie die Blumenleuchte mitten in dem öden Zimmer schwebte und wie der Duft erregt wurde, wenn die Mädchen unten durchtanzten. Plötzlich hörten wir ein Pferd auftraben und einen lauten Peitschenknall.

„Da kommt die Musik!“ hieß es; und alle drängten an die Fenster. – Draußen unter den Bäumen hielt Peters; eine kleine dürre Gestalt klebte hinter ihm auf dem Pferde, Geige und Bogen in der Hand.

Bei näherem Hinschauen erkannte ich wohl, dass es der alte Drees-Schneider war, ein vielgewandtes Männchen, das bald mit der Nadel, bald mit dem Fiedelbogen für seinen Unterhalt sorgte und den die harte Zeit gelehrt hatte, sich manchen derben Spaß gefallen zu lassen. – „Nun, Drees, spiel eins auf!“ rief Peters. „Mach dein Kompliment vor den Damen!“ Aber sowie der Alte die Hand vom Sattel ließ und seine Geige unters Kinn stützte, rührte Peters das Pferd mit den Sporen, dass es ausschlug; und der Alte schwankte und griff wieder hastig nach dem Sattel. Anne Lene stand vor mir; ich sah in der schwachen Beleuchtung, wie die Röte ihr in die Schläfen hinaufstieg.

„Drees“, rief sie, „komm herab, Drees!“ – Der Alte machte Anstalt hinabzuklimmen, aber der Reiter lachte und gab seinem Pferde die Sporen. „Marten“, sagte Anne Lene zu dem Hofmann, der mit seiner alten Frau vor der Tür stand, „halte das Pferd, Marten!“ – „Oho, Anne Lene!“ rief Peters; allein er machte doch keinen Versuch, seine Späße fortzusetzen, und ließ es geschehen, dass Marten dem alten Drees herunterhalf.

Gleich darauf waren alle oben im Saal, und nachdem Peters dem alten Musikanten seine Angst durch einige Gläser Wein vergütet hatte, setzte dieser sich auf ein kleines Fass und begann seine Stücke aufzustreichen. Die Paare traten an, und bald wurde unsere Blumenleuchte vom Wirbel der Tanzenden hin und her bewegt. Ich suchte Anne Lene, aber sie musste unbemerkt hinausgegangen sein, und da für mich keine Tänzerin übriggeblieben war, so verließ ich ebenfalls den Saal, in der Meinung, sie unten bei den alten Hofleuten anzutreffen.

Als ich in das Gesindezimmer trat, sah ich indessen nur die alte Wieb, welche eifrig an ihrem Strickstrumpf arbeitete. Sie zog eine Nadel aus dem Brustlatz und störte damit in der Lampe, die den ziemlich großen Raum nur spärlich erhellte. Dann sah sie zu mir auf und sagte: „Ihr seid ja gewaltig lustig, Marx! Klaus Peters spielt wohl schon den Herrn im Staatshof?“

„Er wird es bald genug sein“, antwortete ich, „das ist nicht mehr zu ändern!“

Die Alte schwieg eine Weile, und ihre Gedanken schienen sich von dem alten Besitztum der Familie zu dem letzten Nachkommen derselben hinzuwenden. „Marx“, sagte sie, indem sie den Strickstrumpf auf den Tisch legte, „warum bist du auch so lange fortgewesen?“

„Was hätte ich denn ändern können, Wieb?“

„Und die zwei langen Jahre! – Wenn nur der Unglücksmensch nicht gekommen wäre!“ fuhr sie fort, wie zu sich selber redend. „Sie war dazumal noch die reiche Erbtochter; heißt das, sie war so in der Leute Mäuler; aber schon als die alte Frau in die Ewigkeit ging, ist nichts übrig gewesen als die schweren Hypotheken. Gott besser's! Nun soll gar der Hof verkauft werden. – Nicht meinetwegen, Marx, nicht meinetwegen; Marten und ich helfen uns schon durch, die übrigen paar Jahre.“

„Es ist wohl so am besten, Wieb“, sagte ich; „vielleicht bleibt noch ein Restchen übrig für Anne Lene, so dass sie nicht ganz verarmt ist.“

Die alte Frau wischte sich mit der Schürze über die Augen. „Es ist grausam“, sagte sie kopfschüttelnd, „so eine Familie!“

Von oben schallte das Scharren der Tanzenden; im anstoßenden Stalle hörte ich, wie täglich um diese Zeit, den Hofmann den Karren und die übrigen Geräte für die Nacht an ihren Platz bringen.

Als ich aufsah, stand Anne Lene in der Tür. Sie war blass, aber sie nickte freundlich nach uns hin und sagte: „Willst du nicht tanzen, Marx? Ich bin oben gewesen; die kleine Juliane sucht dich mit ihren braunen Augen schon in allen Ecken!“

„Du scherzest, Anne Lene; was geht mich Juliane an?“

„Nein, nein, Marx! Nimm dich in acht; Klaus Peters tanzt schon den zweiten Tanz mit ihr.“

„Aber Anne Lene!“ – Ich trat zu ihr. „Willst du mit mir tanzen?“

„Weshalb denn nicht?“

„Aber ein Menuett, Anne Lene!“

„Ein Menuett, Marx! – Und“, fügte sie lächelnd hinzu, „nicht wahr, Freund Simon darf dabeisein?“

Als wir gehen wollten, fasste die Alte Anne Lenes Hand. „Kind“, sagte sie besorgt, „der Doktor hat’s dir ja verboten!“

Aber Anne Lene erwiderte: „Oh, gute Wieb, es schadet nicht; ich weiß das besser als der Doktor!“ Und mein Verlangen, mit ihr zu tanzen, war so groß, dass ich mir diese Versicherung gefallen ließ.

Als wir oben in den Saal getreten waren, ging ich in die Ecke zu dem kleinen Drees und bestellte ein Menuett. Er blätterte in seinen Büchern umher; aber er hatte den alten Tanz nicht mehr darin; wir mussten uns mit einem Walzer begnügen. Klaus Peters trat an den Tisch, schenkte ihm das Glas voll und stieß mit ihm an. „Aufgespielt, Drees!“ rief er, „aber kratze nicht so, es kommen feine Leute an den Tanz.“

Der Alte setzte sein Glas an den Mund. „Nun, Herr Peters“, sagte er, indem er den jungen Menschen mit seinen kleinen scharfen Augen ansah, „auf dass es uns wohl gehe auf unsern alten Tagen!“

„Weshalb sollte es uns nicht wohl gehen, Drees?“ erwiderte Peters, indem er der kleinen Juliane die Hand bot und sich mit ihr an die Spitze der Tanzkolonne stellte.

Ich trat mit Anne Lene in die Reihe. Der Alte begann seine Geige zu streichen und nickte uns freundlich zu, als wir im Tanz an ihm vorüberkamen. – Ich glaube noch jetzt, dass er damals vortrefflich spielte; denn er war nicht ungeschickt in seiner Kunst, und eingedenk mancher kleinen Freundlichkeit, die er von uns empfangen, mochte er nun sein Bestes versuchen.

Wir hatten lange nicht zusammen getanzt, Anne Lene und ich. Aber es war nicht vergessen; ich fühlte bald, sie tanzte noch wie sonst. Es ging so leicht zwischen den übrigen Paaren hin; ihre Augen glänzten; sie lächelte, und ihr Mund war geöffnet, so dass die weißen Zähne hinter den feinen roten Lippen sichtbar wurden; ich glaubte es zu fühlen, wie die Lebenswärme durch ihre jungen Glieder strömte. Bald sah ich nichts mehr von allem, was sich um uns her bewegte; ich war allein mit ihr; diese festen klingenden Geigenstreiche hatten uns von der Welt geschieden; sie lag verschollen, unerreichbar weit dahinter.

Dann pausierten wir. An dem offenen Fenster, wo wir standen, floss das Mondenlicht mit dem dürftigen Kerzenschein zu einer unbestimmten Dämmerung zusammen. Anne Lene stand atmend neben mir, sie schien mir ungewöhnlich blass. „Wollen wir aufhalten?“ fragte ich sie.

„Weshalb, Marx? Es tanzt sich heut so schön!“

„Aber du verträgst es nicht!“

„O doch! – Was liegt daran!“

Wir tanzten schon wieder, als sie die letzten Worte sprach. Wir tanzten noch lange. Als aber Anne Lene mit der Hand nach dem Herzen griff und zitternd mit dem Atem rang, da bat ich sie, mit mir in den Garten hinabzugehen. Sie nickte freundlich, und wir gingen aus dem Saal nach ihrem Zimmer, um ein Umschlagetuch für sie zu holen. – Ich fühlte wohl damals schon, dass die Sorge um Anne Lenes Gesundheit mich nicht allein zu jener Bitte veranlasst hatte; denn als wir die Treppe zu dem dunkeln Flur hinabstiegen, war mir, als wenn ich mit einem glücklich geraubten Schatz ins Freie flüchtete.

Mir ist aus jenen Stunden noch jeder kleine Umstand gegenwärtig; ich glaube noch durch die Fensterscheiben der altmodischen Haustüre das Mondlicht zu sehen, das draußen wie Schnee auf den Steinfliesen vor dem Hause lag; im Heraustreten hörten wir drinnen in der Gesindestube die alte Wieb den Schrank verschließen, in welchem sie das Brautlinnen ihres Lieblingskindes aufgespeichert hatte. – Es war eine laue Nacht; über unsern Köpfen surrten die Nachtschmetterlinge, die den erleuchteten Fenstern des oberen Stockwerks zuflogen; die Luft war ganz von jenem süßen Duft durchwürzt, den in der warmen Sommerzeit die wolligen Blütenkapseln der roten Himbeere auszuströmen pflegen. Anne Lene knüpfte ihr Schnupftuch um den Kopf; dann gingen wir, wie wir es oft getan, um die Ecke des Hauses und über die Werfte nach dem Baumgarten zu. Wir sprachen nicht; ich wollte Anne Lene bitten, ihre Augen wieder nach der Welt zurückzuwenden und nicht mehr in den Schatten der Vergangenheit zu leben; aber das beunruhigende Bewusstsein einer eigennützigeren Bitte, die ich für günstigere Zeiten im Grunde meines Herzens zurückbehielt, raubte mir den Atem und ließ kein Wort über meine Lippen kommen. Das Herz klopfte mir so laut, dass ich immer fürchtete, es werde auch ohne Worte meine innersten Gedanken kundmachen. Wir gingen durch die kleine Pforte in den Baumgarten hinein, zwischen die schimmernden Stämme der ungeheueren Silberpappeln, deren Laubkronen keinen Lichtstrahl durchließen. Die dürren Zweige, welche überall den Boden bedeckten, knickten unter unsern Füßen; und über uns, von dem Geräusche aufgestört, flogen die Raben von ihren Nestern und rauschten mit den Flügeln in den Blättern. Anne Lene ging schweigend und in sich verschlossen neben mir; ihre Gedanken mochten dort sein, von wo ich sie so sehnlich zurückzurufen wünschte. – So waren wir bis zur Graft hinabgekommen, welche auch hier die Grenze des eigentlichen Hofes bildete.

Zwischen den Bäumen, welche jenseit des Wassers standen, sah man wie durch einen dunkeln Rahmen in die weite mondhelle Landschaft hinaus, in welcher hie und da die einzelnen Gehöfte wie Nebelflecken aus der Ebene ragten. Es war so still, dass man nichts hörte als das Säuseln des Schilfs, das in den Gräben stand. „Sieh, Anne Lene", sagte ich, „die Erde schläft; – wie schön sie ist!"

„Ja, Marx", erwiderte sie leise, „und du bist noch so jung!" „Bist du denn das nicht mehr?"

Sie schüttelte langsam den Kopf. „Komm", sagte sie, „es ist hier feucht." – Und wir gingen weiter durch eine verfallene Umzäunung in den seitwärts vom Hause liegenden Gemüsegarten und unten an dem Wasser entlang nach den Boskettpartien, die vor dem Hause lagen. Hier waren wir auf unserem alten Spielplatz; es waren noch dieselben Büsche, zwischen denen wir einst als Kinder in die Irre gegangen waren; nur hingen ihre Zweige noch tiefer in den Weg als damals. Wir gingen auf dem breiten Steige neben der Graft, die sich im Schatten der Bäume breit und schwarz an unserer Seite hinzog. Man hörte das leise Rupfen des Viehes, welches jenseits auf der Fenne im Mondschein graste, und drüben von der Rohrpflanzung her scholl das Zwitschern des Rohrsperlings, des kleinen wachen Nachtgesellen. Bald aber horchte ich nur dem Geräusch der kleinen Füße, die in einiger Entfernung so leicht vor mir dahinschritten.

In diese heimlichen Laute der Nacht drang plötzlich von der Gegend des Deiches her der gellende Ruf eines Seevogels, der hoch durch die Luft dahinfuhr. Da mein Ohr einmal geweckt war, so vernahm ich nun auch aus der Ferne das Branden der Wellen, die in der hellen Nacht sich draußen über der wüsten geheimnisvollen Tiefe wälzten und von der kommenden Flut dem Strande zugeworfen wurden. Ein Gefühl der Öde und Verlorenheit überfiel mich; fast ohne es zu wissen, stieß ich Anne Lenes Namen hervor und streckte beide Arme nach ihr aus.

„Marx, was ist dir?" rief sie und wandte sich nach mir um. „Hier bin ich ja!"

„Nichts, Anne Lene", sagte ich, „aber gib mir deine Hand; ich hatte das Meer vergessen, da hörte ich es plötzlich!"

Wir standen auf einem freien Platze vor dem alten Gartenpavillon, dessen Türen offen in den zerbrochenen Angeln hingen. Der Mond schien auf Anne Lenes kleine Hand, die ruhig in der meinen lag. Ich hatte nie das Mondlicht auf einer Mädchenhand gesehen, und mich überschlich jener Schauer, der aus dem Verlangen nach Erdenlust und dem schmerzlichen Gefühl ihrer Vergänglichkeit so wunderbar gemischt ist. Unwillkürlich schloss ich die Hand des Mädchens heftig in die meine; doch mit der Scheu, die der Jugend eigen, sah ich in demselben Augenblick zu Boden. Als aber Anne Lene ihre Hand schweigend in der meinen ließ, wagte ich es endlich, zu ihr emporzusehen. Sie hatte ihr Gesicht zu mir gewandt und sah mich traurig an; mitleidig, ich weiß noch jetzt nicht, ob mit mir oder mit sich selbst. Dann entzog sie sich mir sanft und trat auf die Schwelle des Pavillons.

Ich sah durch die Lücken des Fußbodens das vom Mond beleuchtete Wasser glitzern und fasste Anne Lenes Kleid, um sie zurückzuhalten. „Sorge nicht, Marx!“ sagte sie, indem sie hineintrat und ihre leichte Gestalt auf den losen Brettern wiegte. „Holz und Stein bricht nicht mit mir zusammen.“ – Sie ging an das gegenüberliegende Fenster und sah eine Weile in die helle Nacht hinaus, dann hob sie mit der Hand ein Stück der alten Tapete empor, das neben ihr an der Wand herabhing, und betrachtete im Mondlicht die halb erloschenen Bilder. „Es hat ausgedient“, sagte sie, „die schönen Schäferpaare wollen sich auch empfehlen. Es mag ihnen doch allmählich aufgefallen sein, dass die sauberen, weiß toupierten Herren und Damen so eines nach dem andern ausgeblieben sind, mit denen sie einst zur Sommerzeit so muntere Gesellschaft hielten. – Einmal“ – und sie ließ die Stimme sinken, als rede sie im Traume –, „einmal bin ich auch noch mit dabeigewesen; aber ich war noch ein kleines Kind, Wieb hat es mir oft nachher erzählt. – Nun fällt alles zusammen! Ich kann es nicht halten, Marx; sie haben mich ja ganz allein gelassen.“

Mir war, als dürfe sie so nicht weiterreden. „Lass uns ins Haus gehen“, sagte ich, „die andern werden bald zur Stadt zurück wollen.“

Sie hörte nicht auf mich; sie ließ die Arme an ihrem Kleide herabsinken und sagte langsam: „Er hat so unrecht nicht gehabt; – wer holt sich die Tochter aus einem solchen Hause!“

Ich fühlte, wie mir die Tränen in die Augen schossen. „O Anne Lene“, rief ich und trat auf die Stufen, die zu dem Pavillon hinanführten, „ich – hole sie! Gib mir die Hand, ich weiß den Weg zur Welt zurück!“

Aber Anne Lene beugte den Leib vor und machte mit den Armen eine hastige abwehrende Bewegung nach mir hin. „Nein“, rief sie, und es war eine Todesangst in ihrer Stimme, „du nicht, Marx; bleib! Es trägt uns beide nicht.“

Noch auf einen Augenblick sah ich die zarten Umrisse ihres lieben Antlitzes von einem Strahl des milden Lichts beleuchtet; dann aber geschah etwas und ging so schnell vorüber, dass mein Gedächtnis es nicht zu bewahren vermocht hat. Ein Brett des Fußbodens schlug in die Höhe; ich sah den Schein des weißen Gewandes, dann hörte ich es unter mir im Wasser rauschen. Ich riss die Augen auf; der Mond schien durch den leeren Raum. Ich wollte Anne Lene sehen, aber ich sah sie nicht. Mir war, als renne in meinem Kopfe etwas davon, das ich um jeden Preis wieder einholen müsste, wenn ich nicht wahnsinnig werden wollte. Aber während meine Gedanken diesem Unding nachjagten, hörte ich plötzlich vom Hause her die Tanzmusik. Das brachte mich zur Besinnung; ich stieß einen gellenden Schrei aus und sprang neben dem Pavillon hinab ins Wasser. Die Graft war tief; aber ich war kein ungeübter Schwimmer; ich tauchte unter, und meine Hände griffen zwischen dem schlüpfrigen Kraut umher, das auf dem Grunde wucherte. Ich öffnete die Augen und versuchte zu sehen; aber ich fühlte nur wie über mir ein trübes Leuchten. Meine Kleider, deren ich keins abgeworfen, zwangen mich, auf die Oberfläche zurückzukehren. Hier suchte ich wieder Atem zu gewinnen und wiederholte dann noch einmal meinen Versuch. – Es war vergebens. Bald stand ich wieder auf dem abschüssigen Uferrande und blickte ratlos über die Graft entlang. Da fühlte ich eine Hand sich schwer auf meine Schulter legen, und eine Stimme rief: „Marx, Marx, was macht ihr da? Wo ist das Kind?“ Ich erkannte, dass es Wieb war. „Dort, dort!“ schrie ich und streckte die Hände nach dem Graben zu. Die Alte fasste mich unter den Arm und zog mich gewaltsam an den Rand der Graft hinunter. Endlich brachte ich es heraus; und wir liefen an dem Wasser entlang, bis an die Laube in der Gartenecke, wo die großen alten Erlen ihre Zweige in die Flut hinabhängen lassen. Wir haben sie dann endlich auch gefunden; die Augen waren zu, und die kleine Hand war fest geschlossen.

Ich gab der alten Wieb einige Anordnungen zu dem, was jetzt geschehen musste, dann zog ich den Braunen aus dem Stall und jagte nach der Stadt, um einen Arzt zu holen; denn ich traute meiner jungen Kunst in diesem Falle nicht. Wir waren bald zurück; aber die Schatten der Vergänglichkeit, die schon so früh in dieses junge Leben gefallen waren, ließen sie nun nicht mehr los.

Als wir einige Stunden später zur Stadt zurückkehrten, war die Marsch so feierlich und schweigend, und die Rufe der Vögel, die des Nachts am Meere fliegen, klangen aus so unermesslicher Ferne, dass mein unerfahrenes Herz verzweifelte, jemals die Spur derjenigen wiederzufinden, die sich nun auch in diesen ungeheueren Raum verloren hatte.

Der jetzige Besitzer des Staatshofes ist Klaus Peters. Er hat die alte Hauberg niederreißen lassen und ein modernes Wohnhaus an die Stelle gesetzt. Die Wirtschaftsgebäude liegen getrennt daneben. – Er hat recht gehabt, es geht ihm wohl; er liefert die größten Mastochsen zum Transport nach England, in seinen Zimmern stehen die kostbarsten Möbeln, und er und seine Juliane glänzen von Gesundheit und Wohlbehagen. Ich aber bin niemals wieder dort gewesen.

Drüben am Markt

Schon wieder stand der kleine Herr im blauen Frack an der Wehle, unterhalb des Deiches zu fischen. Vier Angelruten hatte er ausgelegt; die Korke mit den Federposen schwammen auf der blanken Wasserfläche, während die Stöcke in dem üppigen Marschgrase ruhten. Auch der kleine schwarze Hund saß wieder daneben, wie es schien, in die Betrachtung des vor ihm liegenden Netzes versunken, das schon zur Hälfte mit Weißfischen und Aalen gefüllt war; nur zuweilen warf er den Kopf herum und schnappte nach den Schmeißfliegen, die um seine Nase schwärmten. Sein Herr hatte die ausgerauchte Meerschaumpfeife neben sich gelegt und blickte, die Hände auf den Rücken gefaltet, aus seinen kleinen runden Augen gleichgültig vor sich hin; bald auf die schwimmenden Korke, bald über die Wehle nach dem spitzen Turm der nicht gar fernen Stadt. Die Sonne blitzte in den blanken Knöpfen seines Fracks und vor ihm auf dem stillen Wasser; mitunter zog er ein blaugedrucktes Schnupftuch aus der Tasche und trocknete sich damit den Schweiß aus seinen schon ergrauten Haaren. Das Schilf duftete, es war ein heißer Septembernachmittag.

Aus dem Häuschen, das droben auf dem Deiche lag, trat ein bejahrtes Frauenzimmer und stieg eilig an dem abwärts führenden Fußwege hinunter. Der alte Herr hatte sie nicht bemerkt; denn an der einen Angel begann eben die Federpose zu zucken. Als aber jetzt die Frau laut redend und jammernd auf ihn zukam, wandte er sich um und winkte ihr heftig mit der Hand. „Schrei Sie nicht so, alte Person!“ sagte er und bückte sich nach seiner Angel. „Hat denn die Mixtur von gestern noch nicht angeschlagen?“

Das Weib schwieg plötzlich und strich sich verlegen mit der Hand über ihre Schürze.

„Ja so“, sagte er, „ich kann's mir denken; Ihr habt wieder einmal selbst gedoktert! – Da habt Ihr mir nun auch den Fisch verjagt!“

Indem hatte er sich aufgerichtet; und in seine kleinen Augen trat ein Ausdruck von Schelmerei, der vorzeiten diesem unschönen Antlitz eine vorübergehende Anmut mochte verliehen haben. „Kleine Frau“, sagte er, „kennt Ihr das Gebet der Ärzte?“

Die Frau sah ihn verdutzt an. „Nur das Vaterunser, Herr Doktor, und die hinterm Gesangbuch.“

„Nun, so will ich es Euch sagen: Gott behüte uns vor den alten Weibern!“

Die Alte lächelte. „Herr Doktor sind allzeit so spaßig.“

„Und nun“, fuhr der Doktor fort, indem er seinen alten Hut aus dem Grase aufsammelte, „nun bleib Sie hier und pass Sie mir auf meine Fischerei!“ – Der kleine Hund sprang gegen ihn empor. „Leg dich, Pankraz!“ sagte er und bückte sich, um ihn zu streicheln, mit jener hastigen Innigkeit, womit in Gegenwart anderer einsame Menschen den an sie gewöhnten Tieren zu begegnen pflegen. Dann, während der Hund sich legte und das Weib, seinem Befehl gehorchend, sich vor den Angelruten an das Wasser stellte, stieg er langsam den Deich hinauf und verschwand in der Tür des kleinen Hauses.

Es war tiefe Dämmerung, als der Doktor, aus seinem Meerschaumkopfe rauchend, auf dem Fahrweg des Deiches nach der Stadt zurückkehrte. Neben ihm ging die alte Frau, in der einen Hand ein Rezept, in der andern das schwergefüllte Fischnetz; der kleine Hund sprang kläffend hin und wider. – So erreichten sie die Stadt. Im Schifferhause am Hafen brannten schon die Lichter und warfen ihren Schein auf die Gasse. Der Doktor tat einen Blick in die Gaststube, wo an dem rotangestrichenen Tisch schon ein Frühgast dem Wirte gegenübersaß; dann beschleunigte er seinen Schritt und ging durch die dunkle Twiete dem Markte zu, wo er mit seiner Begleiterin in ein schmales altertümliches Haus trat, vor dem eine Linde ihre Zweige bis an die Fenster des oberen Stocks hinaufstreckte.

Während noch die Hausglocke läutete, öffnete sich im Hintergrund der Diele eine Tür, und ein schon ältliches, bürgerlich gekleidetes Mädchen leuchtete mit einer Schirmlampe den Kommenden entgegen. „Bist du es, Onkel?“ fragte sie.

„Freilich; nimm nur der Frau die Fische ab.“

Dann, nachdem die Alte gute Nacht gewünscht, gingen beide in das geräumige Hinterzimmer. Das Mädchen trug ihr Spinnrad in die Ecke und setzte die Lampe auf des Onkels Schreibtisch, während dieser seine Taschen von dem mitgenommenen Angelgeräte leerte. „Ist jemand dagewesen?“ fragte er.

„Ja, Onkel, die arme Frau, der du das Kleid von selig Tante schenktest.“

„Sonst wer?“

„Die alte Kammerherrin hat geschickt, sie hat wieder ihren Zufall.“

Der Doktor setzte sich auf den harten lederbezogenen Stuhl, der vor dem Schreibtisch stand. „So?“ sagte er. „Schicken die feinen Leute auch noch! Nun“, fügte er brummend hinzu, „der andere wird nicht um den Weg gewesen sein. – Wann war der Diener hier?“

„Du warst nur eben fort.“

„So – nun, da brauchen Ihro Gnaden mich schon nicht mehr.“

„Der Justizrat“, sagte das Mädchen, „ist auch dagewesen; du hättest doch nicht vergessen, dass es heute der Geburtstag seiner Frau sei.“

Der Doktor schwieg eine Weile. – „Es ist gut“, sagte er, „bring nur die Fische in die Küche!“

Das Mädchen ging; der Doktor blieb auf seinem Stuhle sitzen und streichelte mit der Hand den kleinen Hund, der ihm auf den Schoß gesprungen war. Seine Augen hafteten an der Messingklinke der nach dem Flur hinausgehenden Tür, als denke er, sie werde sich im nächsten Augenblick bewegen und jemand, den er erwarte, in das dürftig ausgestattete Gemach hereintreten. Aber es kam niemand; er blieb allein. Endlich, nachdem er das Tier behutsam auf den Fußboden gesetzt hatte, stand er auf und nahm aus dem Repositorium des Schreibtisches einen der Quartbände, welche seine ärztliche Buchführung enthielten. Das Blatt, welches er aufschlug, trug eine Jahreszahl, die der ersten Zeit seiner Praxis angehörte. – „Handlungsdiener Friedeberg“ stand darüber; darunter waren viele Visiten eingetragen, sie folgten sich fast Tag um Tag; zum Schluss aber war die Rechnung mit einer verhältnismäßig sehr geringen Summe abgeschlossen.

Der alte Friedeberg war längst begraben; aber der Doktor sah ihn noch vor sich, den kleinen Mann im leberfarbenen Rock, wie er an sonnigen Sonntagnachmittagen drüben am Markt vor der Tür des großen Giebelhauses stand und ihm, wenn er vorüberging, sein „Servus, Herr Doktor!“ zurief. – Der alte Friedeberg war es jedoch nicht, um dessen willen die kleine runde Hand des Doktors nach diesem Folium zurückgeblättert hatte. Er war nur der

Diener gewesen; das große Giebelhaus hatte derzeit dem zweiten Bürgermeister, seinem Prinzipal, gehört; der alte Friedeberg führte nur das kleine Ladengeschäft, das der reiche Kaufherr zugleich mit jenem treuen Mann nach seinen Eltern überkommen hatte. Auch der stattliche Bürgermeister wohnte seit lange nicht mehr in seinem sonnigen Hause; er lag nicht weit davon auf dem Klosterkirchhof in der Familiengruft, die er selbst hatte bauen lassen. – Es war aber auch nicht sein Gedächtnis, das die Hand des Doktors geleitet hatte; der Doktor war nicht einmal sein Hausarzt gewesen; denn der Bürgermeister hatte sich wie alle Honoratioren des Physikus bedient. Aber der Physikus war einmal über Land gewesen, und – der Herr Bürgermeister hatte eine Tochter gehabt.

Das war es. – –

Der Doktor hatte sich umgewandt. Seine Augen ruhten auf dem leeren Polsterstuhl, der ihm gegenüber zwischen dem Ofen und dem Tassenschränkchen stand. – Spät an einem Februarabend war es gewesen. Dort hatte seine Mutter, die alte Schneiderswitwe, gesessen, mit gefalteten Händen, das Spinnrad neben sich. Sie war schon ein wenig eingenickt gewesen, wie es ihr vor dem Schlafengehen zu geschehen pflegte; aber sie war wieder munter geworden und saß nun nach ihrer Gewohnheit aufrecht und ohne sich anzulehnen. „Und du willst ein Doktor sein", sagte sie, „und weißt nicht, dass alte Leute nicht mehr jung sind!" – Der Doktor zog seine silberne Taschenuhr auf und hing sie an die Wand. „Es wird Schlafenszeit, Mutter!" sagte er lächelnd; denn er wusste alles, was noch folgen würde. Aber die Alte ließ nicht ab; sie schenkte ihm nichts, er musste alles hören: ihr Alter und das seinige, dann alle Mühen des kleinen Haushalts und das gesamte Inventar an Leinen und Bettstücken, das droben in den beiden eichenen Schränken lagerte. „Denn", sagte sie, „wir sind immer auskömmliche Leute gewesen, ich und dein seliger Vater; und das Notwendige wäre schon beisammen, wenn die junge Frau ins Haus käme." – Der Doktor hatte schon fast ein wenig ungeduldig werden wollen; da plötzlich hatte die Hausglocke geschellt, und da nach einigen Augenblicken war sie hereingetreten. Sie hatte das blonde Haar zurückgeschüttelt und ein weißes Tüchlein vom Kopf genommen und sich dann einen Augenblick schweigend und aufatmend im Zimmer umgesehen. Die kleine behende Alte war fast erschrocken aus ihrem Lehnstuhl aufgesprungen; denn solch einen Gast hatte sie noch niemals in dem Zimmer ihres Doktors erscheinen sehen. Aber es war Notsache gewesen; der alte Friedeberg war plötzlich schwer erkrankt, eine tiefe Ohnmacht, ein

Schlaganfall, die junge Dame wusste es selber nicht. Der Lehrling war um den Kranken beschäftigt, die Mägde schon in den Betten gewesen; in ihrer Angst und ohne zu fragen war sie fortgelaufen. Beim Physikus hatte sie vergebens angeklopft; nun sollte der junge Doktor kommen; aber sogleich, es war kein Augenblick zu verlieren. – Der Doktor stand vor ihr in seinem abgetragenen Schlafrock, der die kleine pralle Gestalt nur kaum bedeckte, und fragte und ließ sich berichten. Die alte Frau ging währenddessen im Zimmer umher und brachte hier eine Weste, dort ein Schnupftuch auf die Seite, die er wie gewöhnlich auf den Stühlen umhergestreut hatte; sie wischte mit ihrer Schürze über das Polster des alten Lehnstuhls und lud die junge Dame zum Sitzen ein. Aber die junge Dame wollte sich nicht setzen, und bald, nachdem der Doktor in die Kammer gegangen und in seinem blauen Kleidrock wieder zum Vorschein gekommen war, machten beide sich auf den Weg.

Die Alte hatte ihnen geleuchtet. „Fallen Sie nicht, Mamsell", hatte sie gesagt, „der Ring an der Kellerluke steht vor!" Der Doktor entsann sich alles dessen noch genau; er meinte noch zu hören, wie sie hinter ihnen die Kette vor die Haustür legte.

Draußen standen schon alle Häuser dunkel; nur drüben unweit der Twiete in dem großen Giebelhause waren unten noch die Fenster hell. Eben schlug es von der Kirchenuhr an der andern Seite des Marktes. Unwillkürlich standen sie und sahen an dem alten Turm empor, der mit seiner dunkeln Spitze in den Sternenhimmel hinaufragte. Hoch überhin steuerte ein Zug von Wildgänsen durch die Luft; ihr gellender Schrei und der Klang ihrer Flügel fuhr weithin über die schlafende Stadt.

Der Doktor ließ sein Bambusrohr auf der Steinplatte klingen. „Kommen Sie, Mamsell Sophie", sagte er, „es wird Frühling! Wir müssen dem alten Friedeberg helfen."

Und nun gingen sie, das Mädchen immer einen Schritt voraus. Er aber in dem ungewissen Sternenschimmer sah zum ersten Mal auf sie und wie fest und jugendlich sie daherging.

Jene Nacht war längst dahin. Der Doktor war seitdem fast noch einmal so alt geworden; aber die Leute sagten, er habe dazumal nicht anders ausgesehen, nur sein Haar sei etwas grau und der blaue Frack ein paarmal neu und dann wiederum alt geworden. Auch im Hause in dem großen Hinterzimmer war es ebenso geblieben; derselbe alte Tisch mit den geschweiften Beinen und dem bunten Wachstuchbezug; dasselbe Tassenschränkchen und der weiße Sand auf dem Fußboden. Freilich in dem Polsterstuhl am

Ofen saß jetzt nicht mehr wie sonst die alte strickende Frau, sondern ein kleiner schwarzer Hund, den der Doktor nach ihrem Tode sich herangezogen hatte.

Auch in diesem Augenblick behauptete der kleine Hausgenosse seinen ererbten Platz. Er hatte sich schlafen gelegt und schien noch von den Schmeißfliegen zu träumen, die draußen an der Wehle ihn umschwärmt hatten; denn er kläffte und schnappte ein paarmal um sich her in die leere Luft. Der Doktor ging auf ihn zu und streichelte ihn: „Lass doch, Pankraz, lass doch", sagte er, „du träumst ja nur!" Der Hund sah mit trüben Augen zu ihm auf, leckte einen Augenblick die liebkosende Hand seines Herrn und schob dann die Schnauze wieder zum Schlaf unter seinen Schenkel.

Der Doktor trat wieder an seinen Schreibtisch, und nachdem er das vorhin aufgeschlagene Buch zugemacht und an seinen Platz getan hatte, holte er aus dem hintersten Fache einer Schublade das Bruchstück einer roten Hummerschere hervor, an welcher mit einem Bindfaden ein großer Schlüssel befestigt war. Dann nahm er die Lampe und ging zur Tür hinaus, durch den schmalen Gang auf den Hausflur, und stieg von dort die Treppe hinauf, die zwischen weißgetünchten Wänden in das obere Stockwerk führte.

Die Stufen knarrten, die einsame Hauskatze, die auf dem Treppenabsatz eingedämmert war, sprang vor ihm auf und stob die Bodentreppe hinan. Oben auf dem engen Flur zwischen zwei dunkeln ungeheuren Schränken stand der Doktor still und öffnete mit seinem Schlüssel die Tür eines nach der Straße hinausführenden geräumigen Zimmers, dessen Fußboden mit einem wollenen Teppich belegt war. Der Schein der Lampe fiel auf eine Tapete, wie man sie vor einem Vierteljahrhundert wohl zu sehen pflegte; eine Südseelandschaft mit den Figuren Pauls und Virginiens, die sich in bunten, jetzt freilich verblichenen Farben oberhalb des hohen Paneels wie ein Panorama an der Wand entlangzog. Das mit Mahagoni furnierte, jetzt tiefdunkle Gerät des Zimmers schien im Gegensatz zu der unteren Wohnung einst mit besonderer Sorgfalt ausgewählt. – Der Doktor setzte die Lampe auf den länglichen, mit einem bunten Teppich behangenen Sofatisch. Seine Augen ruhten eine Weile auf dem mit Buchsbaum eingelegten Jagdstückchen in der Lehne des Sofas; dann breitete er sein Schnupftuch auf das Sitzpolster, stieg hinauf und hob die bestaubte Glasglocke von einer Tafeluhr, die mitten in dem hartblauen Himmel der Südsee insel auf einem kleinen Postamente stand. Er nahm den verrosteten Stahlschlüssel, und nachdem er langsam aufgezogen und den Perpendikel angestoßen hatte, horchte er auf das plötzlich laut werdende Ticken. Die Uhr ging wieder, sie ging ganz wie vor fünfundzwanzig Jahren; es war wieder etwas lebendig in dem Zimmer, worin es sonst so still war.

Er hatte die Glasglocke wieder aufgesetzt und ging jetzt wie vorsichtig über den weichen Teppich zu einem Sessel, der in einer der beiden tiefen Fensternischen stand. Es war schon dunkel draußen; aus den einzelnen Fenstern und von den hie und da stehenden Gassenlaternen fielen spärliche Lichter; nur drüben rechts hinab über den Markt in dem großen Giebelhause waren alle Fenster des oberen Stockwerks erleuchtet. Der Doktor stützte den Arm auf die Fensterbank und sah nach dem hellen Schein, der von dort in das Dunkel hinausbrach.

Damals, an einem Vormittag vor vielen Jahren, acht Tage mochte es gewesen sein nach jener Februarnacht, hatte das Haus drüben in vollem Sonnenlicht gestanden; auf die spiegelblanken Ladenfenster und an der andern Seite auf die Fenster des vorspringenden Ausbaues und zwischen ihnen auf die Fliesen des weitgeöffneten großen Hausflurs war der goldene Schein gefallen.

Der Doktor erinnerte sich dessen wohl.

An einem Markttage war es gewesen; er hatte sich von seinem Hause an durch die Reihen der Bauernwagen und der Eier- und Gemüsekörbe durchgedrängt; er hatte hier und dort einer Marschbäuerin die Hand geschüttelt und sie bei Vor- und Zunamen begrüßt; ja sogar ein Rezept hatte er stehend und aus freier Hand auf seine Brieftafel schreiben müssen. Nun trat er in das große Giebelhaus, um nach dem alten Friedeberg zu sehen. Es hatte keine Gefahr mehr, er war schon in der Besserung. Auf dem Flur vor dem Laden drängten sich die Käufer. Der Lehrling konnte nicht allen Händen genügen, die ihre Körbe und Kannen vor ihm hinschoben. Aber er hatte eine Gehülfin bekommen; dort auf dem Ladentritt stand eine schlanke Mädchengestalt und hantierte in den obersten Schubladen des Repositoriums.

„Ei was, Mamsell Sophie!“ rief der Doktor.

Sie wandte den Kopf zurück; ein Paar helle Augen sahen auf ihn herab. „Guten Morgen!“ rief sie.

„Was treiben Sie denn da?“

„Sie wissen ja“, sagte sie und sprang mit einem leichten Satz zu Boden, „der alte Friedeberg ist invalid; da muss ich der alte Friedeberg sein!“

„Das seh ich“, sagte der Doktor, und seine kleinen Augen folgten ihr mit Verwunderung, wie sie mit den flinken Fingern die Ware in Papier schlug, wie sie den Bindfaden von der Rolle schnurrte, ihn um das Päckchen knüpfte und dann so resolut an dem großen Ladenmesser abschnitt.

Als sie die Ware aus der Hand legte, setzte schon wieder ein Arbeiter seine Branntweinflasche vor sie hin. Sie blickte einen Augenblick wie hülfesuchend nach dem Lehrling. Als sie ihn beschäftigt sah, kniete sie seitwärts vor das Ankerfass und hielt das zinnerne Maß unter das Messinghähnchen. Aber während die Flüssigkeit hineinrann, bog sie den Kopf zurück und schüttelte sich unmerklich, als widre sie der Dunst des Alkohols.

Der Doktor stand noch immer und ließ kein Auge von ihr. Und schon plauderte sie mit einem Haufen Kinder, die, ungeduldig mit ihren Sechslingen klopfend, vor dem Ladentisch standen. Sie neigte sich herüber und nahm das pausbackige Gesicht eines Nachbarknabens zwischen ihre Hände. „Junge, was du für ein Kerl geworden bist!“ sagte sie und sah ihm ernsthaft in die Augen. „Du hast wohl gar den Nachtwächter schon gesehen?“

Der Junge schüttelte den Kopf. „Der tutet bloß!“ sagte er und sah sie trotzig an.

Sie lachte und steckte ihm sein Päckchen in die Tasche. „Halt, du vergisst ja was!“ Dann nahm sie ein Glas mit Bonbons aus dem Schaufenster. „Nun greif einmal, aber herzhaft!“ Und der Kleine ließ es daran nicht fehlen. Der Ladenbursche warf einen bedenklichen Blick auf seine junge Prinzipalin, als sie ihm das Glas zum Wegsetzen in die Hand gab; der Doktor aber lächelte still in sich hinein und blickte unvermerkt zurück, als er durch den Laden nach dem dahinterliegenden Zimmer des alten Friedeberg ging. –

Der kleine Greis saß aufrecht in den Kissen und zählte mit den Fingern an seinen Knöcheln, während er durch die Fenster nach dem dunkeln Packhofe sah, in dessen engem Raume er einen so großen Teil seines Lebens zugebracht hatte.

„Nun, Friedeberg“, sagte der Doktor, „laßt einmal die Rechenmaschine stillstehen! Ihr habt ja Euern Stellvertreter draußen.“

Der Alte nickte, und ein sanftes Lächeln trat in das kleine faltenreiche Gesicht. „Freilich, Doktor!“ sagte er, „aber es schickt sich nur nicht so recht, und der Herr Bürgermeister sehen es auch nicht gern.“

Der Doktor warf noch einen Blick durch das Türfensterchen in den Laden; dann aber nahm er den Puls seines Patienten und examinierte und schalt ihn freundlich, wie es seine Art war.

Indessen knarrte die Tür, und das junge Mädchen trat still herein, indem sie fragend zu dem Arzt hinübersah.

Dann setzte sie sich zu dem Alten auf die Bettkante und drohte ihm mit dem Finger. „Halt dich nur ruhig, Friedeberg“, sagte sie, „da les ich dir nachmittag wieder aus dem Theatrum mundi; die Belagerung Magdeburgs, oder was du sonst mir aufschlägst! – Nein, nein, sprich nur nicht! Ich weiß schon alles, was du fragen kannst. Deinen faulen Burschen halt ich auch in Respekt; es wird alles sauber eingetragen, es geht alles nach deiner Vorschrift. Und verkauft haben wir heute morgen! Ich bekomme noch die ganze Kinderkundschaft.“

„Traut ihr nicht, Friedeberg!“ sagte der Doktor, „ein Viertel Zichorie und eine Tasche voll Bonbons als Draufgabe, das gibt eine schlechte Rechnung!“

Der Alte nahm ihre kleinen Finger und drückte sie zärtlich zwischen seine alten arbeitsmüden. „Lassen Sie sie, Doktor“, sagte er, „das ist eine gesegnete Hand.“

Das Mädchen lächelte. „Ja, alter Friedeberg“, sagte sie, indem sie eine kleine Münze auf dem neben dem Bette stehenden Tisch klingen ließ, „sogar einen falschen Schilling habe ich eingenommen! Du kannst ihn hernach auf deinen Ladentisch nageln; da hast du das Dutzend voll.“

„Die falschen Stücke“, erwiderte er langsam, „die sind schon alt; das war in meiner Jugend; da nahm ich auch alles unbesehen.“

Sie sah ihn mit klugen Augen an. „Es ist von meiner Kinderkundschaft“, sagte sie.

Der Doktor konnte noch nicht wegfinden. Er hatte sich unter dem Fenster auf den Drehstuhl des alten Friedeberg gesetzt und begann zu plaudern; er wagte es sogar, die junge Dame an den Contretanz zu erinnern, den sie letzthin im Kasino mit ihm getanzt hatte.

Sie hörte ihm ruhig zu. „Ja“, sagte sie, „und dann das Solo; vergessen Sie das Solo nicht!“

Der Doktor fand auch gar keine Veranlassung, das Solo zu vergessen. Er lachte; denn er sah sich selbst mit den Händen balancierend durch den Saal schreiten; aber trotz seiner kleinen, kurzen Füße, er hatte doch das Gleichgewicht behalten, und das war nicht allemal so ganz geglückt. – Und dann klatschten sie ein wenig über die roten Schuhe der Frau Kammerrätin und über den mathematischen Diener seines Freundes, des Justizrats; und der Doktor lachte ebenso harmlos über die andern, wie er zuvor über sich selbst gelacht hatte. Ein paarmal, wenn die schönen Mädchenaugen so frisch gegen ihn herausschauten, versuchte er auch einen ernsten Ton anzustimmen; aber er plagte sich umsonst, es schlug ihm immer wieder alles in Spaß und Gelächter aus.

Das Mädchen, deren Hände auf ihrem sauberen Morgenkleide ruhten, musterte währenddessen die kleine untersetzte Gestalt des ihr gegenübersitzenden Mannes. Es entging ihr nichts; weder die Bänder des bescheidenen Vorhemdchens, die über den Rockkragen hervorsahen, noch der ungepflegte Zustand des Haupthaares, von dem unzählige Spitzen wie Flammen in die Höhe ragten. Zuletzt blieben ihre Augen an zwei kleinen Daunen haften, die, je nachdem der Doktor den Kopf bewegte, entweder wie aufstrebende Räupchen in der Luft gaukelten oder in das allgemeine Wirrsal wieder hinabtauchten. Mamsell Sophie strich sich unwillkürlich mit den Fingern über ihren seidenen Scheitel, und in ihrem Gesichtchen zuckte es wieder wie vorhin, da sie vor dem Branntweinfässchen kniete.

Der Doktor bemerkte nichts dergleichen. Als er aber die blauen Augen so unablässig auf sich gerichtet sah, warf er den Kopf zurück und schaute über sich und fuhr sich ein paarmal mit der Hand durch die Haare; und da er hier nichts Ungewohntes zu entdecken vermochte, so verstummte er plötzlich und schaute fest und fragend in das Angesicht des Mädchens.

Allein er bekam keine Antwort. Wie ein ertapptes Kind wandte sie den Kopf; und der Doktor sah nur noch, wie es ihr blutrot bis an die krausen Stirnhärchen ins Gesicht stieg. Er wusste nicht mehr, wie er das zu deuten habe; sein Scharfsinn begann seltsame Wege zu wandeln, und eine Reihe lieblicher, erschreckender Gedanken tauchten in ihm auf. Er schlug seine kleinen tapferen Augen nicht zu Boden; er wollte abwarten, dass sich das blonde Köpfchen wieder zu ihm wende.

Der alte Friedeberg sah indes von seinem Kissen, was der Doktor nicht zu sehen vermochte. Aber auch er wusste nicht, weshalb die Augen seines Lieblings und mit solchem Ausdruck von Schelmerei auf die nackte Wand gerichtet waren und weshalb sie sich mit den Zähnen den lachenden Mund festhielt. Und bevor er noch zu fragen vermochte, stand sie schon an der Stubentür, die Klinke in der Hand. „Ich muss nach deiner Suppe sehen, Vater Friedeberg!“ und mit einer leichten Verbeugung gegen den Doktor war sie zum Zimmer hinaus.

Der Doktor stand vor dem Bette seines Patienten, knöpfte seinen blauen Frack zu und ließ sich noch einmal die halbgeleerte Medizinflasche zeigen; dann nahm er Hut und Stock und empfahl sich. Kaum hörte er noch das „Servus, servus!“, das ihm der kleine Greis mit einer verbindlichen Handbewegung nachrief.

Vor dem Rathause begegnete ihm der Herr Bürgermeister, der

mit seinem Portefeuille unter dem Arm soeben aus der Ratssitzung kam. Es war eine stattliche Gestalt; er trug den starken Kopf aufrecht und trat so fest einher, dass ihm bei jedem Schritt die wohlgenährten Wangen schütterten. – Nachdem er den jungen Arzt nicht ohne eine gewisse Herablassung gegrüßt hatte, erkundigte er sich eingehend nach dem Befinden seines alten Handlungsdieners, und so schritten beide im Gespräche miteinander über den Markt. Der Doktor aber wusste nicht, weshalb es ihm heute unbehaglich war, sich diesen huldreich zu ihm redenden Herrn als den Vater jenes hübschen Mädchens zu denken; immer wieder, bis vor der Tür des großen Giebelhauses, zu der er ihn zurückbegleitete, stand es vor seiner Seele, wie unbequem es sein müsse, diesem gewichtigen Mann eine Bitte vorzutragen oder im geheimen Zwiegespräch gegenüberzustehen.

An diesem Tage war der Doktor nicht, wie er sonst zu tun pflegte, nach dem Abendessen wieder ausgegangen; er hatte sich ein Gläschen Grog im Hause präpapieren lassen und saß nun, seine Pfeife rauchend, der Mutter gegenüber an dem kleinen Wachstuchtische. Die alte Frau hatte ihr wollenes Strickzeug mit den hölzernen Nadeln neben sich gelegt und las in ihrer Bibel, im ersten Buch Mose, von der Erschaffung des Weibes: „Es ist nicht gut, dass der Mensch allein sei." Mitunter seufzte sie und sah nach ihrem Sohn hinüber. – „Hast du den alten Friedeberg denn bald wieder auf dem Schick?" fragte sie unter dem Lesen.

„Den alten Friedeberg? – Freilich, Mutter; er hat ja gute Pflege."

„War denn die junge Mamsell heut wieder da?"

Der Doktor setzte plötzlich das Glas, das er eben an seine Lippen führen wollte, wieder auf den Tisch. Denn er sah sie vor sich, die junge Mamsell, wie sie vor dem Branntweinfässchen kniete, wie sie das Hähnchen drehte, wie sie schauderte.

Die Alte hatte währenddes ihr Leseglas auf die Bibel gelegt; ihre Gedanken waren schon wieder um einige Schritte vorwärts. „Die würde eine alte Frau auch nicht verkommen lassen!" sagte sie seufzend und stützte den Kopf in ihre Hand.

„Ich hoffe nicht, Mutter, dass sie sich so etwas würde zuschulden kommen lassen", erwiderte der Doktor.

Die Alte blickte auf, als wolle sie sich versichern, wie das gemeint sei.

Der Doktor hielt ihr anfangs sein ehrlichstes Gesicht entgegen; bald aber mühte er sich vergebens, ein leises Zucken um seinen Mund zu unterdrücken; es war nicht mehr zu halten, es stieg ihm über die Wangen, in die Augen; und als er endlich das Gesicht der alten Frau von derselben Unruhe ergriffen sah, da brach es hervor, sein volles herzliches Lachen, dem weder seine Mutter noch einer seiner Freunde widerstehen konnte.

So lachten sie beide eine ganze Weile miteinander, und die Alte schüttelte den Kopf und wischte sich mit der Schürze die Tränen aus den Augen. „Kind, Kind! Doktor“, rief sie, „was lachst du denn so gefährlich?“

Ihr Sohn war aufgesprungen, er nahm den Kopf der Mutter zwischen beide Hände und drückte ihn gegen seine Brust. „Mutter“, sagte er, indem er ihr auf die Wangen klatschte, „du bist eine kluge Frau! So welche gibt es heutzutage doch nicht mehr!“

„Ei was“, rief sie und suchte ihn mit beiden Armen von sich abzuwehren, „ich lass mich nicht dumm machen! Ihr habt ja doch zusammen getanzt; warum redst du nicht? Wie dann, wenn dein Vater selig auch den Mund nicht aufgetan hätte? Was treibt ihr denn, wenn ihr beisammen seid?“

Der Doktor schmunzelte. – „Geh!“ rief sie, „es ist mit dir kein Fertigwerden; das kommt davon, wenn simple Leute studierte Kinder haben wollen!“

Er ließ noch einen Augenblick die zärtlichen Augen seiner Mutter in den seinen ruhen; dann trat er an sein Bücherbrett und stöberte zwischen den bestaubten Bänden. Er suchte nach einer alten Ausgabe von Bürgers Gedichten, des einzigen deutschen Dichters, der jemals in seinem Besitz gewesen war. Da er indes den Bürger nicht zu finden vermochte, so begnügte er sich mit einer kleinen Elzevirausgabe des Horaz, die ihm aus seinen Primanerjahren zurückgeblieben war. Nachdem er den Deckel an seinem Schlafrock abgestäubt hatte, setzte er sich wieder an seinen Platz. Er begann in dem Büchlein zu blättern, bis er endlich eine der Oden aufschlug und sich ganz darin vertiefte. „Lalagen amabo!“ Er murmelte die Worte halblaut vor sich hin. „Ich liebe Lalagen! Wie lächelt sie und, oh, wie plaudert sie so süß!“ – Und während des Lesens langte seine Hand unwillkürlich nach dem vor ihm stehenden Glase, und er las und trank, und trank und las, bis die Ode zu Ende und das Glas geleert war.

Das Blechkästchen, worin der Doktor die Ersparnisse seiner Praxis aufgespeichert hatte, stand in dem untersten, wohlverschlossenen Schubfache seines Schreibtisches. Am andern Vormittage, als er von seinen Berufsgängen heimgekehrt war und während die Mutter draußen in der Küche hantierte, wurde es behutsam hervorgenommen. Er löste die Bindfäden, mit denen die Wertpapiere zusammengebunden waren, schüttelte aus einem leinenen Beutel ein Häufchen Dukaten und andere Goldmünzen auf den Tisch und notierte die einzelnen Beträge auf ein Papierblättchen. Dann, nachdem er noch eine Weile gerechnet und hierauf alles wieder an seinen Ort verschlossen hatte, ging er durch den schmalen, hinter dem Hause befindlichen Garten und von dort durch die noch unbelaubte Lindenallee nach dem alten Schlosse, welches derzeit dem Herrn Kammerherrn und Amtmann zur Wohnung und zum Geschäftslokale eingeräumt war.

Der Doktor wollte den Justizrat besuchen, einen jungen Juristen, der es bislang freilich nur noch zum Amtssekretär gebracht hatte, der aber in seiner goldenen Brille und in seinem wohltoupierten Haar die später erlangte Würde so deutlich vorgezeichnet trug, dass seine Freunde ihn schon jetzt damit belehnt hatten. – Als der Doktor in das hohe düstere Wohnzimmer trat, fand er den Justizrat, in seinen türkischen Schlafrock gewickelt, mit einem Aktenstück beschäftigt, in der Sofaecke sitzen. Von oben durch die Zimmerdecke, über welcher sich die Gesellschaftsräume des Kammerherrn befanden, drangen kaum vernehmbar die Töne eines Klaviers. Der Doktor stand still und horchte; er liebte Musik, er blies sogar selbst ein wenig auf der Flöte.

Der Amtssekretär, ohne aufzustehen, nahm seine goldene Brille herunter und polierte die Gläser mit einem gelben Glacéhandschuh, der neben ihm auf dem Sofa lag. „Das hättest du Sonntag bequemer haben können!" sagte er lächelnd, „die alte Exzellenz, unsere grand'mère, träufte nur so von Gnade und Leutseligkeit. Wo steckst du denn? Du warst doch auch befohlen!"

„Ich, Justizrat?" und der Doktor rieb sich mit seiner runden Hand das unrasierte Kinn, „du weisst, die Wahrheit zu sagen, ich bin nicht gern geniert."

„So?" sagte der andere trocken und ließ einen scharfen Blick auf seinen Freund hinübergleiten. „Aber im Schifferhause war Picknick; unser Schreiber erzählte mir davon. Er war ja auch wohl dort?"

Der Doktor schlug seine kleinen ehrlichen Augen gegen ihn auf. „Lass das Pulsfühlen, Eduard!" sagte er und reichte ihm die Hand über den Tisch hinüber.

Der Justizrat drückte sie flüchtig, indem er zugleich die Brille wieder aufsetzte und die goldenen Stäbchen an seinen Schläfen zurechtrückte. „Nun, Doktor! Aber meine Schwester und die kleine Bürgermeistertochter hatten auf deine Flöte gerechnet. – Du verstehst dich nicht auf derlei Dinge; aber" – und er richtete sich ein wenig in seiner Sofaecke auf – „du hättest sie sehen sollen, wie sie beim Singen ihr feines Näschen emporhob und wie im Affekt die schlanken Finger so eigensinnig in der Luft spielten!" Und der Justizrat drückte hinter seinen Brillengläsern die Augen zusammen und blickte vor sich hin, als sähe er dort alles leibhaftig vor sich stehen.

Der Doktor legte die Hand, in der er seinen Rohrstock hielt, auf den Rücken und begann plötzlich im Zimmer auf und ab zu wandeln. „Justizrat", sagte er endlich, „du hast Geschmack, du bist mit solchen Sachen aufgewachsen."

Der Amtssekretär zog die Schöße seines Schlafrocks noch dichter um seine etwas hagere Gestalt. „Nur weiter, Doktor", sagte er.

Der Doktor war wieder einigemal auf und ab gegangen. „Es ist nämlich, Justizrat; du kennst doch das alte Zimmer oben in meinem Hause?"

„Freilich, Doktor; wir haben ja neulich deinen Geburtstagskommers darin gefeiert!"

Der Doktor räusperte sich ein paarmal und blieb dann vor seinem Freunde stehen: „Du musst mir helfen, das Geräte zu bestellen!" sagte er mit einem kleinen resoluten Schwingen seines Rohrstocks. „Die Mittel sind nun beisammen, dass ich es endlich kann instand setzen lassen."

„Ernstlich, Christoph?" fragte der Justizrat, während er dem andern mit unverkennbarer Verwunderung ins Gesicht blickte.

Der Doktor nickte. „Ernstlich, Eduard!" Dann setzte er sich lächelnd in einen vor dem Tische stehenden Lehnstuhl und wartete geduldig, bis der Justizrat sich erhoben und mit gewohnter Sorgfalt seinen Anzug vollendet hatte.

Nach einiger Zeit traten beide in die Werkstatt eines ihnen bekannten Tischlermeisters. – Ein Sofagestelle, für lose Polster und Lehnkissen bestimmt, war eben in Arbeit und wurde sofort erhandelt. Der Meister legte ihnen mehrere Einsatzstücke von Buchsbaum vor, aus denen der Justizrat zwei schwebende Gestalten, diese mit einer Blumen-, jene mit einer Obstgirlande, für die vorderen Flächen der Seitenlehnen auswählte; überdies ein Täfelchen mit einer Hirschjagd für die Mitte der Rücklehne. Die Furnierung des Ganzen sollte von Mahagoni sein. – Aus der Werkstatt gingen sie in das dahinterliegende Magazin, wo sie die meisten zur Ausstattung eines Zimmers erforderlichen Stücke bereits fertig und in entsprechender Arbeit vorfanden. Ein Postament mit eingelegten Stäbchen für eine Tafeluhr wurde noch bestellt; außerdem zwei Lehnsessel, von denen je einer in den tiefen Fensternischen des Zimmers seinen Platz finden sollte.

Während in einiger Entfernung von ihm der Justizrat mit dem Meister über einen großen Wandspiegel unterhandelte, war der Doktor vor einem zierlichen Nähtischchen stehengeblieben. Er hatte die Platte aufgeklappt, er bückte sich und tastete an den Rollen und Sternchen umher, die in den schmalen Seitenfächern angebracht waren, und betrachtete dann wieder mit augenscheinlichem Wohlbehagen das unter dem Tischkasten hängende grünseidene Arbeitssäckchen. Als er jedoch plötzlich das lächelnde Gesicht des Justizrats vor sich sah und daneben den Meister, der ihm den Preis des Stückes nannte und die Vorzüge der Arbeit auseinanderzusetzen begann, klappte er hastig die Platte wieder zu und erkundigte sich angelegentlich nach dem Preise eines in der Nähe stehenden Pfeifenhalters. Der Justizrat klopfte ihm auf die Schulter. „Ich seh es schon“, sagte er, „die Pfeife tut's nicht mehr allein.“

In der Tapetenhandlung, welche sie hierauf besuchten, bestand der Doktor auf einer Landschaftstapete, zu der Bernardins einst so beliebte Erzählung die Staffage geliefert hatte. Das Buch selbst kannte er nicht; aber als Knabe, da er für seinen Vater noch die fertigen Kleidungsstücke auszubringen pflegte, hatte er in dem Wohnzimmer eines reichen Kaufherrn oft eine Reihe kolorierter Kupferstiche angestaunt, in welchen die Hauptszenen dieser rührenden Geschichte dargestellt waren. Die Gestalten des etwas schmächtigen jungen Liebespaares, des alten Negers, wie er in Begleitung des großen Hundes den im Walde Verirrten mit vorgestreckten Armen entgegeneilt, waren ihm seitdem von der Vorstellung eines behaglich eingerichteten Wohngemachs unzertrennlich geblieben. Er äußerte freilich hiervon nichts; aber er ließ sich auch durch keine Einwendungen seines Freundes von der einmal getroffenen Wahl zurückbringen.

Auf ihrem Heimwege lag die Wohnung eines bei den jungen Herren der Stadt beliebten Schneidermeisters. Der Justizrat blieb stehen. „Was meinst du, Doktor“, sagte er, indem er mit seinem Fischbeinstöckchen über dessen abgetragene und übelgehaltene Kleidung hinstrich, „wir sind einmal beim Tapezieren!“

Der Doktor, wie er in bedenklichen Fällen zu tun pflegte, fasste mit der Hand in seine Lastinghalsbinde und stieß ein kurzes Husten aus. Bald aber begann er, nicht ohne eine kleine Begehrlichkeit, eine kaffeebraune Sammetweste zu betrachten, die nebst andern fertigen Arbeiten vor dem Fenster hing, und erkundigte sich bei seinem Freunde nach dem Preise und der Dauerhaftigkeit eines solchen Kleidungsstückes.

Der Justizrat, nachdem er die verlangte Auskunft erteilt hatte, glaubte eine solche anscheinend günstige Stimmung benutzen zu müssen. „Und wenn du", setzte er wie beiläufig hinzu, „meinem Friseur noch eine Kleinigkeit zuwenden möchtest – der Laden ist hier nebenan."

Aber er war schon zu weit gegangen; der Doktor hatte sich schon besonnen, er sah plötzlich den ganzen überlegten Plan des andern vor sich. „Wir wollen's nur dabei bewenden lassen, Justizrat!" sagte er und sah seinen Freund mit einem Ausdruck der überlegensten Heiterkeit aus seinen kleinen Augen an.

Nun wurden für eine Zeitlang Tischler und Maler in dem obern Stockwerk des schmalen Hauses geschäftig, und der Doktor stieg oft die dunkle Treppe hinauf und betrachtete den Fortgang der Arbeiten. – Wieder einige Wochen später, nachdem an Fenstern und Paneelen der rötlich graue Anstrich getrocknet, nachdem die Tapeten aufgezogen und endlich noch der Fußboden mit einem einfachen Teppich belegt war, langten nacheinander auch die von dem Tischler gefertigten Geräte an. Die Mutter des Doktors stand, während sie ins Haus getragen wurden, neben ihrem Sohn im Zuge der offenen Haustür, strich sich dann und wann die grauen Härchen unter ihre Haube und betrachtete kopfschüttelnd die zierlichen Dinge. Schon ein paarmal, wenn wieder ein neues Stück angelangt war, hatte sie den Mund zum Reden geöffnet; aber ebensooft die schon halbbegonnenen Worte wieder hinabgeschluckt. Endlich, als auch der große, aus einem Stück bestehende Wandspiegel gebracht wurde, schien sie es länger nicht verschweigen zu können. „Kind, Doktor", sagte sie, „was machst du dir für Unkosten; so was gehört ja alles doch zur Aussteuer!" Aber der Sohn wollte ihr heute nicht standhalten; er stieg schon, als hätte er nichts gehört, hinter den Trägern die Treppe hinauf und stellte sich zu ihnen, um das Aufhängen des Spiegels zu beaufsichtigen. – In den folgenden Tagen, nachdem alle Dinge an ihren Ort gestellt waren, saß in der neben dem Hinterzimmer befindlichen Schlafkammer der Mutter eine Näherin, um die neuen Vorhänge anzufertigen; und die alte Frau, da es denn doch einmal sein sollte, ließ es sich nicht nehmen, sie selbst an die dazu bestimmten Brettchen anzustecken.

So war nun in dem Zimmer oben alles fertig, und die Mittagssonne, die jetzt schon warm durch die Fenster schien, beleuchtete an den Wänden eine fremde, aber liebliche Welt. Die Kokospalmen ragten so still in den blauen Himmel, die Papageien und Kakadus schwebten lautlos in der Luft, und in der Lianenlaube mit den scharlachroten Blüten, zu den Füßen Pauls und Virginiens, lag schlafend der große Hund. Das Sofa mit seinem Überzug von feingeblümtem Zitz stimmte wohl zu den lebhaften Farben der Tapete, und die eingelegten Figuren der Flora und Pomona in den flachen Säulen der Seitenlehne, das Jagdstückchen über dem Rücksitze hoben sich zart von dem lichtbraunen Mahagoni ab. Darüber an der Wand von dem zierlichen Postamente herab pickte die neue Tafeluhr, auf der von mattem Porzellan die spinnende Gestalt einer Parze saß; „eine rechte Doktoruhr“, wie der Justizrat sagte, der auch dieses Stück im Auftrag seines Freundes besorgt hatte. Draußen aber, an den Lindenzweigen, deren Spitzen bis an die Fenster reichten, waren schon die grünen Blätter aufgebrochen.

Fast täglich in der Mittagsstunde, wenn er von seinen Berufsgängen nach Hause gekehrt war und bis ihn seine alte Mutter zum Essen hinunterrief, pflegte der Doktor sich hier aufzuhalten. Ein sanftes Feiertagsgefühl überkam ihn, wenn beim Eintritt in das Zimmer seine Schritte auf dem weichen Teppich plötzlich unhörbar wurden. Er setzte sich dann wohl in einer der Fensternischen in den Lehnsessel und sah über den Markt hinüber nach dem großen Giebelhause und folgte mit den Augen den Käufern, die dort aus und ein gingen, oder den Kindern, die vor dem Ladenfenster spielten.

Mitunter wurde auch eine Mädchengestalt in einem hellen Sommerkleide auf wenige Augenblicke sichtbar; und wenn sie wieder verschwunden war, wandte der Doktor seine Augen in das Zimmer zurück nach der Laube Pauls und Virginiens und horchte auf das Schreien des Heimchens, das von unten aus der Küche zu ihm heraufdrang. – Oder er war aufgestanden und blickte auf das frische Grün seiner Linde oder in den blauen Frühlingshimmel nach den Schwalben, die droben im Sonnenschein um den goldenen Knopf des Turmes flogen.

Der alte Friedeberg war währenddessen wieder gesund geworden, und die Besuche in dem großen Giebelhause hatten aufgehört. Aber diese glückliche Kur schien dem Arzte keine Freude gebracht zu haben; denn er ging still umher, und die Mutter klagte, ihr Doktor habe das Lachen ganz verlernt.

Die junge Dame von drüben hatte er in der letzten Zeit nur einmal wieder gesprochen. Es war eines Nachmittags im elterlichen Garten des Justizrats, die weißen Rosen waren eben aufgeblüht.

Die Freunde saßen, ihre Zigarren rauchend, in der Lindenlaube, während unten auf dem Rasen die Tochter des Hauses eine Gesellschaft junger Mädchen um sich versammelt hatte. Durch die Büsche des Bosketts hörten sie das Lachen der Mädchen und den lauten Ruf der jugendlichen Stimmen.

Da, während der Doktor schweigend die blauen Tabakswolken vor sich hinblies, stand sie plötzlich vor ihnen.

„Wir sind beim Pfänderspiel", rief sie und streckte ihm lächelnd die Hand entgegen. „Sie sollen Zweitritt mit mir tanzen!"

Er blickte auf. Ihr Antlitz war gerötet vom Spiel und von der Sommerluft, ihre Augen glänzten; der weiße Florschal hatte sich verschoben und hing über die Schulter hinab. – Der Doktor schwieg noch eine Weile. „Sie dürfen es mir nicht übel deuten, Mamsell Sophie", sagte er dann, ohne die dargebotene kleine Hand zu nehmen, „ich tanzte lieber nicht."

„Also ein Korb, Herr Doktor?"

Der Justizrat legte beide Hände auf die Schultern seines Freundes. „Doktor", sagte er, indem er langsam den Kopf schüttelte, „ich glaube fast, die Luft in deinem Prunksaal hat dich krank gemacht!"

Der Doktor fühlte, wie ihm die Röte ins Gesicht stieg, und er neigte den Kopf, um es zu verbergen.

„Krank?" erwiderte er, nicht ohne dass ein Ausdruck von Gereiztheit in seiner Stimme bemerkbar gewesen wäre; „du weißt es wohl, Justizrat, die Gesundheit habe ich vor euch feinen Leuten voraus."

Die andern antworteten nicht darauf. Als er wieder aufblickte, waren die Augen des Mädchens mit einem Ausdruck von Güte auf ihn gerichtet. „Ich habe noch vergessen", sagte sie, „der alte Friedeberg lässt Sie grüßen; er dankt Ihnen noch so sehr!"

Dann ging sie, aber im Fortgehen wandte sie noch einmal den Kopf zurück. „Ich habe warten gelernt", rief sie, „wir tanzen doch noch miteinander!" – –

Die beiden Freunde blieben noch lange im geheimen Zwiegespräch in der Laube sitzen. Einige Tage später aber ging auch der Justizrat in auffallender Nachdenklichkeit umher; sein indisches Schnupftuch hing ihm ungewöhnlich lang aus der Tasche, und mehr als sonst schob er die goldene Brille auf die Stirn und rieb sich kopfschüttelnd mit der Hand die Augen.

Die Zeit verging; die Linde unter dem Fenster der neuen Stube stand schon in dunkeln Blättern. Dann war es eines Sonntags, früh noch am Vormittag; durch das offene Fenster kam der Klang des Orgelspiels aus der nahen Kirche. Auf einem Stuhle in der Mitte des Zimmers saß der Doktor und hörte auf einen Bericht seines Freundes, des Justizrats, der mit untergeschlagenen Armen vor ihm stand. Es musste aber nichts Frohes gewesen sein, das er erfahren hatte; denn er blieb, als der Justizrat seine Mitteilung beendete, stumm und mit zitternden Lippen sitzen; nur zuweilen hob er die Hand und trocknete mit seinem Schnupftuch sich den Schweiß von den Wangen. Und es war doch kühl genug im Zimmer; die Sonne streifte eben erst die Fensterstäbe. – „Und weiter", fragte er endlich, „weiter sagte sie nichts, Justizrat? Weiter nichts als nur: Ich kann es nicht?"

„Nein, Doktor, sie hatte auf alle meine Reden nur diese eine Antwort; aber missverstehen konnte ich sie nicht; denn sie hat es oft genug gesprochen."

„Und weshalb", fuhr der Doktor zaghaft fort, „weshalb – das hat sie nicht gesagt?"

Der Justizrat schüttelte den Kopf. „Es war in unserm Garten, hinten an dem Steintischchen"; sagte er; „was die kleine Hand in der weißen Manschette dort auf die Marmorplatte mag geschrieben haben, das hab ich freilich nicht entziffern können; aber gesprochen hat sie nichts hierüber."

Der Doktor war aufgestanden. Ihm gegenüber in dem großen Spiegel stand noch einmal dieselbe unscheinbare, vernachlässigte Gestalt; das wirre Haar, das runde ausdruckslose Gesicht, aus dem die kleinen Augen jetzt trübselig auf den draußen stehenden Doppelgänger hinausstarrten. Der Freund sah gespannt zu ihm hinüber. Jetzt, jetzt musste er selbst die Antwort auf seine Frage finden. – – Aber er fand sie nicht; er wandte sich und begann zu sprechen. „Eduard", sagte er leise, und es war, als blieben ihm die Worte in der Kehle hängen, „ich denke wohl kaum, dass es wegen meiner alten Mutter ist."

Der Justizrat richtete sich fast wie erschrocken in die Höhe; über seine regelmäßigen und sonst wohl kalten Züge zuckte es wie etwas, das er nicht bekämpfen könne. Mit raschen Schritten, ohne zu antworten, ging er ein paarmal im Zimmer auf und ab. Dann blieb er vor dem Doktor stehen. „Christoph", rief er, „frage so nicht mehr! – Komm, hier! Wir beide, wir bleiben die Alten!" Und er drängte seine schlanke Hand in die kleine festgeschlossene Faust seines Freundes. – – –

Als der Justizrat fortgegangen war, stand der Doktor noch lange unbeweglich und ließ seinen Blick über die bunten Tapeten und über das zierliche Geräte des Zimmers gleiten. Dann setzte er sich an das Fenster in den Sessel und blickte mit trüben Augen auf die Straße hinaus. Der Sommerwind rauschte in den Blättern seiner Linde; drüben jenseit des Marktes in dem großen Giebelhause flatterte eine Gardine aus dem offenen Fenster und wehte in der Luft; vor der Tür im Sonnenscheine stand wieder wie sonst der alte Friedeberg in seinem leberfarbenen Rock.

Der Doktor verschloss das Fenster und verließ dann sein neues Zimmer. Als er draußen vor der Tür stand, horchte er noch einmal, wie drinnen die Uhr pickte; dann schloss er ab und nahm den Schlüssel mit herunter. – –

Kurz darauf konnte man ihn, wie auch wohl an anderen Tagen, auf dem Deichwege in die Marsch hinauswandern sehen. Aber er hatte diesmal keine Augen, weder für die grüne, heimatliche Ebene zu seinen Füßen, auf der das Gras im Sonnenscheine blitzte, noch für die ans Meer fliegenden schlanken Seeschwalben, denen er sonst stillstehend bis in die weiteste Ferne nachzusehen pflegte. Als er das Häuschen oberhalb der Wehle erreicht hatte, an der er sonst wohl zu fischen pflegte, stieg er an der Binnenseite des Deiches hinab und streckte sich neben dem Wasser in das hohe Gras.

Er hatte den Kopf in die Hand gestützt und blickte bewegungslos auf das Schilf, das leis im Winde rauschte. Neben ihn um einen blühenden Distelbusch flogen zwei Schmetterlinge; Brennnesselfalter, die in den Marschen häufig sind. Erst gaukelten sie lange umeinander in der Luft; dann aber setzte sich der eine auf die Distelblüte, und während er zitternd die Flügel auf und nieder schlug, schwebte der andere über ihm und suchte sich ihm zu nähern. Es schien ein Paar zu sein, ein Liebesspiel, das diese kleinen stummen Sommergäste vor den Augen des neben ihnen ruhenden Menschen aufführten.

Der Doktor hatte sich aufgerichtet; seine Blicke folgten unwillkürlich jeder Bewegung der beiden Kreaturen. „Papilio urticae!" murmelte er. „Was das für ein glücklicher Kerl ist! – Und doch", setzte er nach einer Weile hinzu, „ein Mannsbild höherer Gattung, so ein gewöhnlicher Engel etwa, würde hinwieder vielleicht für die kleine Sophie nichts mehr empfinden als ich für diesen Sommervogel; – – er würde sie vielleicht nur mit einer besondern naturwissenschaftlichen Neugierde betrachten und nicht ohne ein gewisses Grauen vor dem fremdartigen Wesen den ambrosischen Finger an ihre kleine Schulter legen." – – Und nachdem er solchergestalt das Gleichgewicht seines Herzens wiederhergestellt zu haben glaubte, warf er sich auf den Rücken und starrte gedankenlos in die weißen Wolken, die über ihn hinwegzogen.

Aber der Doktor war kein Engel; die kleinen Schultern, über denen der Sommerwind mit dem leichten Flortuch spielte, das heitere, gütige Mädchenantlitz standen vor ihm und ließen nicht ab, ihn zu quälen.

Jetzt waren viele Jahre seitdem vergangen.

Der feine Metallschlag der Uhr klang durch das Zimmer.

Der Doktor blickte auf. Er zählte; es schlug zwölf. Aber so weit in der Nacht konnte es noch nicht sein. Und jetzt besann er sich, er hatte ja vorhin den Weiser nicht gestellt; draußen vom Turm schlug es jetzt eben auch, es war erst neun Uhr. Er stand auf und blickte auf die Gasse hinaus. Der alte Kirchturm hob sich nur dunkel aus der Finsternis hervor; aber drüben aus dem großen Giebelhause drang noch der helle Lichterschein in das Dunkel hinaus. Dort wohnte sie noch jetzt, wie sie es einst getan; sie wohnte dort mit dem Justizrat, den sie im Lauf der Jahre geheiratet hatte, noch jetzt im Alter heiter und geliebt, wie sie es einst in ihrer Jugend gewesen war. Oft hatte seitdem in Tagen der Krankheit der Doktor an ihrem und ihrer Kinder Bette gesessen; er hatte auch einigemal auf Bitten seines mittlerweile zum wirklichen Justizrat avancierten Freundes an ihrer Geburtstagsfeier teilgenommen; nur in den letzten Jahren war er dazu nicht mehr zu bewegen gewesen. – –

Es wurde leise an die Tür geklopft. – „Sie haben wieder geschickt, Onkel!“ sagte das vorsichtig eintretende Mädchen. Der Doktor wandte den Kopf. „Von drüben?“ fragte er. Das Mädchen bejahte es.

Er hatte sich wieder nach dem Fenster gewandt und blickte, ohne etwas zu erwidern, in die Dunkelheit hinaus. – Eine Strecke unterhalb der hellen Fenster in der gegenüberliegenden Häuserreihe, welche von einer einsamen Straßenlaterne beleuchtet wurde, zeigte sich der finstere Raum der nach dem Hafen hinabführenden Twiete. Dann und wann trat eine Gestalt in den Dämmerschein der Laterne und verschwand zwischen den Häusern.

„Ich habe nicht gesagt, dass du schon heim bist!“ begann das Mädchen wieder.

Der Doktor richtete sich auf. „Nun, Christine“, sagte er, indem er seinen blauen Frack zuknöpfte, „so sag auch jetzt nichts davon. Geh! Sie sollen mich in Ruhe lassen!“

Kurze Zeit darauf trat er in Begleitung seines kleinen schwarzen Hundes in die mit Gästen angefüllte Schenkstube des Schifferhauses. „Nun, Doktor, wo bleibst du?“ fragte eine etwas raue Stimme, und eine derbe Hand streckte sich ihm entgegen. „Setz dich auf deinen Platz!“ und dann, zu dem Wirte gewandt: „Jan Ohm, ein Glas Grog! Aber ein blasses, für den Doktor!“

Auf der Universität

Lore

Ich hatte keine Schwester, welche mir den Verkehr mit Mädchen meines Alters hätte vermitteln können; aber ich ging in die Tanzschule. Sie wurde zweimal wöchentlich im Saale des städtischen Rathauses gehalten, welches zugleich die Wohnung des Bürgermeisters bildete. Mit dessen Sohn, meinem treusten Kameraden, waren wir acht Tänzer, sämtlich Sekundaner der Lateinischen Schule unserer Vaterstadt. Nur in Betreff der Tänzerinnen hatte sich anfänglich eine scheinbar unüberwindliche Schwierigkeit herausgestellt; die achte standesmäßige Dame war nicht zu beschaffen gewesen.

Allein Fritz Bürgermeister wusste Rat. Eine frühere, bei allen Festschmäusen von der Frau Bürgermeisterin noch immer zugezogene Köchin seiner Eltern war an einen Flickschneider verheiratet, einen gelben hageren Menschen mit französischem Namen, der lieber im Wirtshaus das große Wort als auf seinem Schneidertisch die Nadel führte. Die Leute wohnten am Ende der Stadt, dort wo die Straße dem Schlossgarten gegenüberliegt. Das schmale Häuschen mit der großen Linde davor, welche das einzige neben der Tür befindliche Fenster fast ganz beschattete, war uns wohlbekannt; wir waren oft daran vorübergegangen, um einen Blick des hübschen Mädchens zu erhaschen, das hinter den Reseda- und Geranientöpfen an einer Näharbeit zu sitzen pflegte und in unsern Knabenphantasien eine nicht unbedeutende Rolle spielte. Es war das einzige Kind des französischen Schneiders, ein dreizehnjähriges zierliches Mädchen, das auch in der Kleidung, trotz der geringen Mittel, von der Mutter in großer Sauberkeit gehalten wurde. Die bräunliche Hautfarbe und die großen dunkeln Augen bekundeten die fremdländische Abkunft ihres Vaters; und ich entsinne mich noch, dass sie ihr schwarzes Haar sehr tief und schlicht an den Schläfen herabgestrichen trug, was dem ohnehin kleinen Kopfe ein besonders feines Aussehen gab. Fritz und ich waren bald miteinander einig, dass Lenore Beauregard die achte Dame werden müsse. Zwar hatten wir mit Hindernissen zu kämpfen; denn die übrigen kleinen Fräulein und „gnädigen" Fräulein wurden sehr seriös und einsilbig, als wir unsern Vorschlag mitzuteilen wagten; allein die Künste ihres Lieblingssohnes hatten die Bürgermeisterin auf unsere Seite gebracht, und vor dem heitern und resoluten Wesen dieser wackern Frau vermochten weder die gerümpften Näschen der kleinen Damen noch, was gefährlicher war, die bestimmten Einwendungen ihrer Mütter standzuhalten.

So waren wir denn eines Nachmittags unterwegs nach dem Häuschen des französischen Schneiders. – Sonst hatte ich oft wohl bedauert, dass meine Kameradschaft mit dem Sohne unseres Haustischlers eingegangen war, dessen Schwester fast täglich mit der kleinen Beauregard verkehrte; ich hatte auch wohl daran gedacht, die Bekanntschaft wieder anzuknüpfen und mich in der Werkstatt seines Vaters in der Schreinerei unterweisen zu lassen; denn Christoph war im übrigen ein ehrlicher Junge und keineswegs auf den Kopf gefallen; nur dass er auf die Schüler der Gelehrtenschule, „die Lateiner", wie er mit einer unangenehmen Betonung zu sagen liebte, einen wunderlichen Hass geworfen hatte; auch pflegte er sich unter Beihülfe gleichgesinnter Freunde auf dem Exerzierplatze von Zeit zu Zeit mit den Lateinern nach Leibeskräften durchzuprügeln, ohne dass jedoch durch diese Schlachten ein Ende des Krieges erzielt wäre.

Nun bedurfte ich jener Vermittlung nicht; denn schon waren wir vor dem Hause und schritten über die gelben Blätter der Linde, die der Novemberwind herabgefegt hatte, auf die niedrige Haustür zu. Bei dem Klingeln der Schelle kam uns Frau Beauregard aus der Küche entgegen, und nachdem sie sich sorgsam ihre Hände an der weißen Schürze abgetrocknet, wurden wir in das kleine Wohnstübchen genötigt.

Es war schwer, in dieser blonden untersetzten Frau die Mutter der zarten dunkeln Mädchengestalt zu erkennen, die jetzt bei unserm Eintritt von der Näharbeit aufsprang und sich dann mit einem Ausdruck zwischen Neugier und Verlegenheit an die Schatulle lehnte. Während Fritz unser Anliegen vorbrachte, überflog ein helles Rot ihr Gesichtchen, und ich sah, wie ihre Augen leuchteten und größer wurden; als aber die Mutter schwieg und nachdenklich den Kopf schüttelte, stahl sie sich leise hinter ihrem Rücken fort und verschwand durch eine anscheinend in die Schlafkammer führende Tür. – Ich warf einen Blick nach dem Tische, vor dem sie bei unserm Eintritt gesessen hatte. Zwischen Bändern und anderm Mädchenkram standen ein Paar schmale Lastingschühchen, fertig bis auf die Einfassung, womit, wie es schien, das Mädchen sich soeben noch beschäftigt hatte. Die Dinger waren beunruhigend klein, und meine Knabenphantasie ließ nicht nach, sich die Füßchen vorzustellen, die mutmaßlich dahinein gehörten; mir war, als säh ich sie schon im Tanze um die meinen herumwechseln, ich hätte sie bitten mögen, nur einen Augenblick standzuhalten; aber sie waren da und waren wieder fort und neckten mich unaufhörlich.

Während dieser visionären Träumerei hatte die Frau Beauregard mit meinem Freunde, dem ich, wie billig, das Wort überlassen musste, Gründe und Gegengründe auszutauschen begonnen, bis sich die Sache, nachdem auch der Name der Bürgermeisterin in die Waagschale gelegt war, mehr und mehr zu unsern Gunsten neigte.

„Und da stehen ja schon die Tanzschuhe!“ sagte Fritz. „Ist Herr Beauregard denn auch ein Schuhmacher?“

Die Frau schüttelte den Kopf. „Sie wissen ja wohl, Fritz, dass er, leider Gottes, ein Tausendkünstler ist! Er musste Ihnen doch auch Ihre Taschenuhr im Frühjahr reparieren! – Die Schühchen hat er dem Kinde auf Weihnachten schon im voraus gemacht.“

„Nun, Margret, und meine Mutter hat einen ganzen Koffer voll schöner alter Kleider; da könnt Ihr neue daraus schneidern für die Lore; es reicht jedes wenigstens ein vierteldutzendmal für sie.“

Die Alte lächelte; aber sie wurde wieder ernst. „Ich weiß nicht“, sagte sie, „es sollte nicht sein; aber wenn die Frau Bürgermeisterin es meint!“

Das Mädchen war indessen wieder eingetreten und hatte sich neben die Mutter gestellt. Es entging mir nicht, dass sie ein weißes Krägelchen umgetan hatte; auch meinte ich, die Ohrringe mit den roten Korallenknöpfchen vorhin nicht an ihr gesehen zu haben.

„Was meinst du, Lore?“ sagte Fritz, während die Mutter noch immer nachdenklich und unschlüssig dreinsah, „hast du Lust, mit uns zu tanzen!“

Sie antwortete nicht; aber sie fasste die Mutter mit beiden Händen um den Hals und flüsterte ihr zu, während ihr Antlitz mit immer tieferm Rot überzogen wurde.

„Fritz“, sagte die Alte, indem sie sich sanft des ungestümen Mädchens erwehrte, „ich wollte, Sie hätten mir die Geschichte erst allein erzählt; es wäre dann nichts daraus geworden. So habt ihr mir nun einmal das Mädel auf den Hals gehetzt; ich weiß es schon, sie lässt mir keine Ruh!" – –

Wir hatten also gesiegt. „Mittwoch abend um sieben Uhr!" rief Fritz noch im Fortgehen; dann traten wir, von Mutter und Tochter zur Tür begleitet, aus dem Hause. – Als wir uns nach einer Weile umblickten, stand nur noch unsere junge Freundin da; sie nickte uns ein paarmal zu und lief dann rasch ins Haus zurück.

In der Tanzstunde

Am Tage darauf war, wie mir Fritz vertraute, die Frau Beauregard bei seiner Mutter gewesen, hatte mit ihr eine geraume Zeit in der Kleiderkammer gekramt und dann mit einem wohlgefüllten Päckchen das Haus verlassen.

Am Mittwochabend war die Tanzstunde. Ich hatte mir die lackierten Schuhe mit Stahlschnallen und die neue Jacke erst im letzten Augenblick von Schuster und Schneider herausgepocht und fand schon alles versammelt, als ich in den Saal trat. Meine Kameraden standen am Fenster um den alten Tanzmeister, der mit den Fingern auf seiner Geige klimperte und dabei die Wünsche seiner jungen Scholaren entgegennahm. Unsere Tänzerinnen gingen in Gruppen, die Arme ineinander verschränkt, im Saale auf und ab.

Lenore war nicht unter ihnen; sie stand allein unweit der Tür und blickte finster zu den lebhaft plaudernden Mädchen hinüber, die sich so frei und unbehindert in dem fremden vornehmen Hause zu fühlen schienen und sich so gar nicht um sie kümmerten.

Nichts ist selbstsüchtiger und erbarmungsloser als die Jugend. Aber gleich nach mir war die Bürgermeisterin eingetreten. Nachdem sie die junge Gesellschaft begrüßt und, wie Fritz sich ausdrückte, einen ihrer Generalsblicke im Saal umhergeworfen hatte, schritt sie auf Lore zu und nahm sie bei der Hand. „Damit die Pärchen zueinander passen!" sagte sie zu dem Tanzmeister. „Rangieren Sie einmal die Kavaliere!" – Dann, während dieser ihrem Auftrag Folge leistete, wandte sie sich zu den Mädchen und begann mit ihnen dieselbe Prozedur. Die blonde Postmeistertochter war die Längste, fast um einen Kopf höher als alle übrigen. Sie wurde uns gegenüber an der Wand aufgestellt; dann aber war die Sache zweifelhaft. „Ich weiß nicht, Charlott'", sagte die Bürgermeisterin, „du oder Lore! Ihr scheint mir ziemlich egal zu sein!"

Die Angeredete, die Tochter des Kammerherrn und Amtmanns,

retirierte einen Schritt. „Mamsell Lore wird wohl die größere sein“, sagte sie leichthin.

„Ei was, kleine Gnädige“, rief die Mutter meines Freundes, „komm nur heraus aus deiner Ecke und miss dich einmal mit der Mamsell Lore!“

Und die kleine Dame musste hervor und sich dos-à-dos mit der Schneidertochter messen; aber – ich hatte ein scharfes Auge darauf – sie wusste es dennoch so zu machen, dass sie den dunkeln Kopf der Handwerkertochter mit dem ihrigen kaum berührte.

Das junge Fräulein war in lichte Farben gekleidet; Lenore trug ein schwarz und rot gestreiftes Wollenkleid, um den Hals einen weißen Florschal. Die Kleidung war fast zu dunkel; sie sah fremdartig aus; aber es stand ihr gut.

Die Bürgermeisterin musterte die beiden Mädchen. „Charlott’“, sagte sie, „du bist sonst immer die Meisterin gewesen; nimm dich in acht, dass die dir nicht den Rang abläuft; sie sieht mir grade danach aus.“

Mir war, als säh ich bei diesen Worten die schwarzen Augen des Mädchens blitzen.

Nach einer Weile wurden die Paare formiert. Ich war der zweite in der Reihe der Knaben, und Lore wurde meine Dame. Sie lächelte, als sie ihre Hand in meine legte. „Wir wollen sie um und um tanzen!“ sagte ich. – Und wir hielten Wort. Es sollte zunächst eine Mazurka eingeübt werden, und schon zu Ende dieser ersten Lehrstunde, da eine Tour nicht gehen wollte, klopfte unser alter Maestro mit dem Bogen auf den Geigendeckel: „Kleine Beauregard! Herr Philipp! Machen Sie einmal vor!“ und während er die Melodie zugleich geigte und sang, tanzten wir. – Es war keine Kunst, mit ihr zu tanzen, ich glaube, es hätte niemandem missglücken können; aber der alte Herr rief ein begeistertes „Bravo!“ nach dem andern, und die wackere Frau Bürgermeisterin lehnte sich, vor Behagen lächelnd, weit zurück in ihren Sofa, wo sie seit Beginn des Unterrichts als aufmerksame Zuschauerin Platz genommen hatte.

Fräulein Charlotte war meinem Freunde Fritz als Partnerin zugefallen, und ihr lebhaftes Wesen schien, wie ich gern bemerkte, ihn bald seine anfängliche Begeisterung für die Schneidertochter vergessen zu machen. Da ich die letztere aber jetzt gewissermaßen als mein Eigentum betrachtete, so war ich eifersüchtig auf die Schönheit und Eleganz meiner Dame, und ein verweilender Blick ihrer tadellos gekleideten Nebenbuhlerin, dem meine Augen gefolgt waren, hatte mich belehrt, dass die Beschützerin des schönen Mädchens dennoch eines nicht genügend bedacht hatte. Die

Handschuhe waren zu groß für diese schmalen Hände; sie waren offenbar auch schon gewaschen.

Am andern Morgen, sobald ich aus der Klasse kam, ließ es mir keine Ruhe mehr. Ich machte mich über den Schrank, worin meine blecherne Sparbüchse aufbewahrt wurde, und grub und schüttelte so lange, bis ich aus dem Spalt einen harten Taler neben der roten Tuchzunge hervorgearbeitet hatte. Dann rannte ich in einen Kaufladen. – „Ich wollte kleine weiße Handschuhe!“ sagte ich nicht ohne Beklommenheit.

Der Ladendiener warf einen sachverständigen Blick auf meine Hand. „Nummer sechs!“ meinte er, während er die Handschuhschachtel auf den Tisch stellte. „Geben Sie mir Nummer fünf!“ bemerkte ich kleinlaut.

„Nummer fünf? – Wird wohl nicht passen!“ und er machte Anstalt, die Handschuhe über meine Hand zu spannen.

Es stieg mir siedend heiß ins Gesicht. „Sie sollen nicht für mich!“ sagte ich und bedauerte mehr als jemals den Mangel einer Schwester, auf die ich den Handel hätte bringen können. Aber ich war entzückt von den kleinen Handschuhen mit den weißen seidenen Bändchen, die nun vor mir ausgebreitet lagen. Ich kaufte zwei Paar, und bald nachdem ich den Laden verlassen, hatte ich einen Jungen von der Straße aufgefischt. „Bring das an die Lore Beauregard“, sagte ich, „einen Gruß von der Frau Bürgermeisterin, hier wären die Handschuhe für die Tanzstunde! Und dann bring mir Bescheid; ich warte hier an der Ecke auf dich.“

Nach zehn Minuten war der Junge wieder da.

„Nun?“

„Ich hab sie der Alten gegeben.“

„Was sagte die Alte?“

„Es wäre zuviel; die Frau Bürgermeisterin hätte diesen Morgen ja schon ein Paar geschickt.“

„Gut!“ dachte ich; „so merkt sie nichts.“

In der nächsten Tanzstunde trug Lore die neuen Handschuhe; ich weiß nicht, ob die meinen oder die von der Bürgermeisterin; aber sie lagen wie angegossen um das schlanke Handgelenk; und nun sah keine vornehmer aus als Lore in ihrem dunkeln Kleide.

Die Lehrstunden gingen nun ihren ebenen Lauf. Nachdem die Mazurka eingeübt war, kam ein Contretanz an die Reihe, in welchem Fritz und Lore zusammen tanzten. – Ein Verhältnis dieser zu den andern Mädchen wollte sich indessen nicht herausstellen; nur mit der langen Jenni, welche die älteste und, wie ich glaube, die klügste von ihnen war, sah ich sie ein paarmal im Gespräch zusammensitzen; auch auf dem Heimwege, der beiden bis auf eine kleine Strecke gemeinschaftlich war, legte Jenni wohl einmal ihren Arm auf den der Schneidertochter. Sonst stand diese zwischen dem Tanzen meist allein, wenn nicht der alte Lehrer mit seiner Geige einmal zu ihr trat und ihr einen oder andern Ballettsprung aus den Zeiten seiner Jugend vormachte, um seinen Liebling in die äußersten Feinheiten der Kunst einzuweihen. Oft habe ich verstohlen zu ihr hinübergeblickt, wie sie scheinbar teilnahmlos dem alten Mann zuhörte, nur mitunter die schwarzen Augen zu ihm aufschlagend oder still und wie nur andeutungsweise eine seiner künstlichen Figuren nachmachend. Aber wenn wir angetreten waren und der Maestro seine Geige zu streichen begann, wurde es anders. Zwar schien sie an nichts weniger zu denken als an die Tritte und Wendungen des Tanzes, es war fast, als blickten ihre Augen in entlegene Fernen; aber, während ihre Gedanken weit entrückt schienen, lächelte ihr Mund, und ihre kleinen Füße streiften lautlos und spielend über den Boden. – „Lenore, wo bist du?" fragte ich dann wohl, während ich ihr in der Tour die Hand reichte. – „Ich?" rief sie und strich, wie aus Träumen auffahrend, ihr schwarzes Haar zurück, während die Wendung des Tanzes sie mir schon wieder entführt hatte. – Noch jetzt, wenn ich die spanische Tanzweise in Silchers ausländischen Volksmelodien höre, kann ich immer nur an sie denken.

Einigermaßen hinderlich – ich will es nicht leugnen – war es mir, dass seit den Tanzstunden der französische Schneider mich mit einer auffälligen Gunst beehrte. Wo er mir nur begegnete, auf Straßen oder Spazierwegen, suchte er mich zu stellen und ein möglichst lautes und langes Gespräch mit mir anzuknüpfen. Schon das erste Mal erzählte er mir, dass sein Großvater unter Louis seize Ofenheizer in den Tuilerien gewesen war.

„Ja, Monsieur Philipp", sagte er mit einem Seufzer und präsentierte mir seine porzellanene Schnupftabaksdose, „so kann eine Familie herunterkommen! – – – Aber meine Lore – Sie verstehen mich, Monsieur Philipp!" – Er zog ein buntgewürfeltes Schnupftuch aus der Tasche und trocknete sich die kleinen schwarzen Augen. „Was wollen Sie! Ich bin ein armer Kerl, aber das Kind – – sie ist mein Bijou, der Abgott meines Herzens!" Und dabei blinzelte er und warf mir einen so väterlichen Blick zu, als gedenke er auch mich in die heruntergekommene Familie aufzunehmen.

Mittlerweile kam die letzte Tanzstunde heran, die zu einem kleinen Ball erweitert werden sollte. Die Eltern waren eingeladen, um uns tanzen zu sehen; von den meinigen hatte indessen nur meine Mutter zugesagt, mein Vater wurde durch seinen Beruf als Arzt und Bezirksphysikus von jeder Geselligkeit ferngehalten. Da meine Ungeduld, sobald der Abend anbrach, mir keine Ruhe ließ, so trat ich schon vor der angesetzten Stunde in den Saal, in welchem heute auf den Wandleuchtern und in den Glaskronen alle Kerzen brannten. Als ich mich umblickte, bemerkte ich Lore ganz allein mit dem Rücken gegen mich an einem Fenster stehend. Bei dem Geräusch der zufallenden Tür schrak sie sichtlich zusammen, während sie mit Hast bemüht schien, einen goldenen Schmuck von ihrer Hand zu streifen. Als ich zu ihr getreten, sah ich, dass es ein Armband war, dessen Schloss sie vergeblich zu öffnen sich bemühte.

„So lass doch sitzen, Lore!“ sagte ich.

„Es gehört nicht mein!“ antwortete sie verlegen, „Jenni hat es hier vergessen.“

Die feine Blumenrosette von mattem venezianischem Golde lag so schimmernd auf dem braunen schlanken Handgelenk. „Es sollte bleiben, wo es ist“, sagte ich leise.

Lore schüttelte traurig den Kopf, und ihre Finger begannen aufs neue, an dem Schloss zu nesteln.

„Komm“, sagte ich, „es geht ja nicht; ich will dir helfen!“ – Ich fühlte die leichte Last ihrer schmalen Hand in der meinen; ich zögerte, meine Augen waren wie verzaubert.

„Oh, bitte, geschwind!“ bat sie. Mit niedergeschlagenen Augen, wie mit Blut übergossen stand das Mädchen vor mir.

Endlich sprang das Schloss auf, und Lore legte den goldenen Schmuck schweigend zwischen die Blumentöpfe auf die Fensterbank.

Gleich darauf füllte sich der Saal. Auch Frau Beauregard hatte es sich nicht nehmen lassen, wenigstens als Aufwärterin an dem Ehrenfeste ihres Kindes teilzunehmen. In einer frischgestärkten Haube, bald mit Kuchenkörben, bald mit einem großen Präsentierteller beladen, ging sie zwischen den Gästen ab und zu. – Endlich begannen die Musikanten aufzustreichen, deren heute vier an einem Tische saßen. Der alte Tanzmeister klopfte auf den Geigendeckel, und Lore reichte mir die Hand zur Mazurka. – Und, oh, wie tanzten wir! Wie sicher lag sie in meinem Arm, mit welcher Verachtung stampften die kleinen Füße den Boden! Auch mich riss es hin, als wenn ich von den Rhythmen der Musik getragen würde. Es war wie eine schmerzliche Leidenschaft; denn wir tanzten heute, vielleicht auf immer, zum letzten Mal zusammen.

Erst jetzt hatte ich bemerkt, dass Lore ein Kleid von leichtem hellgeblümten Wollenstoff trug. Es war wie das vorige augenscheinlich aus der Garderobe ihrer Gönnerin hervorgegangen; denn auf der breiten Brust und bei den etwas kupferigen Wangen der Frau Bürgermeisterin hatten diese farbigen Rosenbuketts im letzten Winter eine Art von komischer Berühmtheit erlangt; nun aber kam das zarte Muster zu seiner Geltung; dem frischen braunen Mädchenantlitz stand es wunderhübsch.

Die Mazurka war getanzt; Lore ließ wieder ihr dunkles Köpfchen und die schlanken Arme sinken, und ich führte sie an ihren Platz. – Fritz und Charlotte, die ebenfalls abgetreten waren, saßen dicht daneben. In demselben Augenblick kam auch Frau Beauregard mit Tee und Kuchen; sie sprach nicht zu ihrer Tochter, sie warf nur einen lächelnden stolzen Blick auf sie, als sie nach der vornehmen Dame auch ihr präsentieren durfte. Die kleine Gnädige hatte schon eine Weile beide mit der ihr eigentümlichen Lässigkeit gemustert. „Ihre Tochter ist ja heute sehr schön, Frau Beauregard!“ sagte sie, während sie den Zucker in die Tasse fallen ließ.

Die geschmeichelte Frau neigte sich verbindlich. „Gnädiges Fräulein, Frau Bürgermeisterin haben auch ausgeholfen.“

„Ach! – Darum auch! – Die Rosenbuketts!“ – Und sie ließ einen langen Blick über Lenore hingleiten. Diese wollte ihn erwidern, aber ihre Augen verdunkelten sich; ich sah, wie ein paar Tränen ihr über die Wangen herabfielen.

Charlotte schien dies nicht zu bemerken; ihre Aufmerksamkeit hatte sich nach der offenstehenden Tür gerichtet, wo ich zu meinem Schrecken unter den Köpfen der zuschauenden Dienstboten das gelbe Gesicht des französischen Schneiders auftauchen sah.

Er schien ganz à son aise, drehte die Porzellandose in der Hand und blickte mit seinen schwarzen Augen freudestrahlend in den Saal hinein.

„Ist das Ihr Vater, Mamsell Lore?“ fragte Charlotte, indem sie mit dem Finger nach der Tür wies.

Lenore blickte hin und fuhr zusammen. „Mutter!“ rief sie und fasste wie unwillkürlich den Arm der noch vor uns beschäftigten Frau.

Frau Beauregard, als nun auch sie ihren lebhaft gestikulierenden Eheherrn bemerkte, schien von dessen Anwesenheit keineswegs erbaut; aber sie nahm sich zusammen. „Er kommt aus der Herberge“, sagte sie, „er will dich einmal tanzen sehen.“

Während Lore, der ich unwillkürlich folgte, sich der Tür genähert hatte, war schon der Bürgermeister zu ihrem Vater getreten und lud ihn ein, sich ein Glas Punsch im Saal gefallen zu lassen. Aber der Schneider war nicht zu bewegen. „Submissester Serviteur, Herr Bürgermeister!“ sagte er, indem er mit einem Katzenbuckel noch einen Schritt weiter retirierte. „Wenn ich mein Großvater vom Hofe Ludwigs des Sechzehnten wäre! – So aber kenne ich meine Stellung.“

Als der Bürgermeister weggegangen, brachte Fritz ihm ein Glas an die Tür. „Wohl bekomm's, Meister!“ sagte er gutmütig. „Jetzt werd ich mit der Lore tanzen! Die versteht's.“

Aber in demselben Augenblick war auch der Schwarm der andern Knaben mit vollen Gläsern in der Hand herangekommen. Sie stießen mit ihm an, machten ihm seinen Katzenbuckel nach, den er ihnen jedesmal beim Anklingen zum besten gab, und ergingen sich in allerlei possenhaften Komplimenten.

Lore stand, ohne sich zu rühren, und ließ kein Auge von ihrem Vater; aber ich hörte, wie ihre kleinen Zähne aufeinanderknirschten.

Als die Musikanten wieder zu stimmen begannen, liefen die übrigen Knaben in den Saal zurück. Ich stand noch mit Lore an der Tür.

„Ah, Monsieur Philipp“, rief der Schneider, während er mir die Hand reichte, „lauter liebe, charmante junge Herren! Aber im Vertrauen – Sie und die Lore, Sie und die Lore, Monsieur Philipp!“ Die kleinen schwarzen Augen richteten sich dabei mit bewundernder Zärtlichkeit auf das Antlitz seines Kindes; wie aus unwiderstehlichem Antrieb streckte er seinen langen Arm in den Saal hinein und zog sie an seine Brust. „Mein Kind, mon bijou!“ flüsterte er. Und das Mädchen küsste ihn und warf ihre Arme mit leidenschaftlicher, schmerzlicher Zärtlichkeit um seinen Hals, während ihr feines Köpfchen an seiner Schulter ruhte. Dann aber machte sie sich los und fasste seine Hände und sprach leise und eindringlich zu ihm. Ich verstand ihre Worte nicht; aber ich sah ihre Augen bittend auf die seinen gerichtet und ihre kleine Hand, die mitunter, als wolle sie ihm ein Leid vergüten, zitternd über seine hagern Wangen hinstrich. Zuerst schüttelte er lächelnd und wie ungläubig den Kopf; allmählich aber verschwand aus seinen Augen die freudestrahlende Sicherheit, womit er bisher seinen Platz behauptet hatte. „Ich weiß, ich weiß“, murmelte er, „du liebst deinen armen alten Vater!“ Und als nun die Musik zum Contretanz begann, drückte er seiner Tochter die Hand und ging stumm, ohne auch nur einen Blick noch in den Saal hineinzuwerfen, den langen Hausflur hinab.

In diesem Augenblick kam Fritz und holte seine Dame. – Sie tanzte mit der gewohnten Sicherheit; nur war es nicht die sonstige sorglose Träumerei als vielmehr eine graziöse Feierlichkeit, womit sie die Touren dieses Tanzes ausführte. Mitunter in den Pausen blickte sie wie versteinert vor sich hin, während sie mit beiden Händen ihr glänzend schwarzes Haar an den Schläfen zurückstrich. Die Scherze ihres Tänzers schienen ungehört ihrem Ohr vorbeizugehn.

Mit dem Contretanz waren unsere einstudierten Tänze zu Ende; aber nicht unsere Tanzlust. Wir hatten noch Walzer, Schottisch und Galoppaden auf unserm Zettel; sogar einen Kotillon, wozu ich in Gedanken an Lore einen ausgesuchten Beitrag an Schleifen und frischen Blumensträußen geliefert hatte.

Aber Lore war nicht mehr im Saal. Die andern Mädchen standen bei ihren Müttern und ließen sich von ihnen die verschobenen Schärpen und Haarbänder zurechtzupfen. Frau Beauregard kam eben mit neuen Erfrischungen zur Tür herein; sie hatte ihre Tochter nicht gesehen. Nun suchte ich Fritz. Er stand in der Ecke am Musikantentisch und füllte die leeren Gläser wieder. „Wo ist Lore?“ fragte ich.

„Ich weiß nicht“, erwiderte er verdrießlich; „sie war verdammt einsilbig, mir hat sie’s nicht verraten.“

Ich zog ihn mit auf den Flur hinaus. Als wir an die Kammer kamen, worin die Gesellschaft ihre Mäntel abgelegt hatte, trat sie uns entgegen; sie hatte ihr Mäntelchen umgetan und ihr schwarzes Seidenkäppchen auf dem Kopf. „Lore!“ rief ich und suchte ihre Hand zu fassen; aber sie entzog sie mir und ging an uns vorbei.

„Lass!“ sagte sie kurz. „Ich will nach Haus!“

Einen Augenblick später hatte sie die schwere, nach der Straße führende Tür aufgerissen und sprang draußen an dem Eisengeländer die Steintreppe hinab, und als auch Fritz neben mir draußen auf den Fliesen stand, war sie schon weit drunten in der Straße, dass wir in der Dunkelheit ihre leichte flüchtige Gestalt nur kaum noch zu erkennen vermochten.

„Lass sie!“ sagte Fritz. „Oder hast du Lust auf die Wilde-Gans-Jagd?“

Ich hatte zwar die Lust; ich wusste aber nicht recht, wie ich es mit Fug beginnen sollte. – So kehrten wir denn in den Saal zurück. Frau Beauregard ging nach ihrer Wohnung; aber sie kehrte unverrichteter Sache wieder. Der Lore sei unwohl geworden, sagte sie; sie liege schon im Bett, der Vater sitze bei ihr.

Mir war nun der Rest des Abends verdorben; und als der Kotillon beginnen sollte, den ich mit Lore zu tanzen gedachte, schlich ich mich still und trübselig nach Hause.

Auf dem Mühlenteich

Neujahr war vorüber. Schon längst hatte ich mit der glatten Stahlsohle meiner holländischen Schlittschuhe geliebäugelt, nicht ohne eine kleine Verachtung gegen meine Kameraden, welche sich noch der hergebrachten scharfkantigen Eisen zu bedienen pflegten. Aber erst jetzt war ein dauernder Frost eingetreten.

Es war an einem Sonntagnachmittage; über dem Mühlenteich, einem mittelgroßen Landsee unweit der Stadt, lag ein glänzender Eisspiegel. Die halbe Einwohnerschaft versammelte sich draußen in der frischen Winterluft; von alt und jung, auf zweien und auf einem Schlittschuh, sogar auf einem untergebundenen Kalbsknöchlein, wurde die edle Kunst des Eislaufs geübt. – In der Nähe des Ufers waren Zelte aufgeschlagen, daneben auf dem Lande über flackerndem Feuer dampften die Kessel, mit deren Hülfe allerlei wärmendes Getränk verabreicht wurde. Hie und da sah man einen Schiebschlitten, in dem eine eingehüllte Mädchengestalt saß, aus dem Gewühl auf die freie Fläche hinausschießen; aber alle hielten sich am Rande des Sees; die Mitte mochte noch nicht geheuer scheinen.

Ich schnallte meine Stahlschuhe unter und machte einen einsamen Lauf an dem Ufer entlang. – Als ich zurückkehrte, fand ich fast die ganze Gesellschaft unserer Tanzstunde bei den Zelten versammelt; prüfend mit vorgestreckten Händen schritten die kleinen Damen in ihren neuen Weihnachtsmänteln über die dort bereits ziemlich zerfahrene Eisdecke. Fritz, der schon abends zuvor seinen gelben Schlitten mit dem geschnitzten Hirschkopfe in der Mühle eingestellt hatte, war eben von einer Fahrt mit Fräulein Charlotte zurückgekehrt; und schon hatte eine andere unserer Tänzerinnen den Platz unter der prächtigen Tigerdecke einge nommen. Der Kavalier zögerte indessen noch und schien sich nach einem Gehülfen für den anstrengenden Damendienst umzusehen; aber ich schwenkte zeitig ab; denn weiterhin unter einer Gesellschaft von Frauen und Mädchen aus dem Handwerkerstande hatte ich Lenore Beauregard bemerkt, mit der ich seit jenem letzten Tanzabende nicht wieder zusammengetroffen war. Die jungen Dirnen ließen sich, eine nach der andern, von einem Lehrburschen unseres Haustischlers in einem leichten Schiebschlitten fahren, den ich sofort als den meines früheren Spielgenossen Christoph erkannte. Auch seine Schwester bemerkte ich; er selbst war nicht dabei. Der Glanz des Eisspiegels mochte ihn weiter auf den See hinausgelockt haben; denn er war einer der besten Schlittschuhläufer unter den Knaben der Stadt.

Ich schwärmte eine Zeitlang umher, unschlüssig, wie ich am manierlichsten Lenore meine Dienste anbieten möchte; aber jedes Mal, wenn ich mich näherte, wich sie sichtlich aus und verbarg sich zwischen den andern. Eben kam der Bursche wieder von einer Fahrt zurück. „Lore ist an der Reihe!" hieß es; aber Lore wollte nicht. „Barthel muss erst einmal trinken", sagte sie und drückte dem Jungen etwas in die Hand.

Ich hörte dies kaum, so hatte ich auch schon meinen Plan gefasst. Als ginge mich alles nichts mehr an, lief ich so rasch wie möglich nach den Zelten zu. Dicht davor wurde ich von Fritzens Mutter angerufen. „Philipp", sagte sie neckend und mit dem Daumen nach der Seite weisend, von wo ich hergekommen, „wenn du die Lenore wieder fangen willst – da ist sie!"

„Freilich will ich sie fangen!" rief ich und segelte vorbei.

„Ja, ja; aber sie will nichts mehr wissen von euch jungen Herren!"

Ich hörte nur noch aus der Ferne. Schon stand ich vor dem großen Weinzelte; und als auch Barthel sich bald darauf einfand, hatte ich mit dem Opfer meiner ganzen Barschaft ein Glas Punsch und ein mit Wurst belegtes Butterbrot für ihn in Bereitschaft. „Lass dir's schmecken", sagte ich, indem ich beides vor ihn hinschob, „die Mädchen machen dir das Leben gar zu sauer."

Der Junge aß und trank mit solchem Appetit, dass ich meinen Bestechungsversuch fortzusetzen wagte. „Wir wär es, Barthel, wenn ich dich einmal ablöste?"

Er wischte sich mit der Hand den Schweiß von der Stirn und kaute ruhig weiter; nur mitunter, während ich ihm meine Verhaltungsregeln auseinandersetzte, nickte er zum Zeichen, dass er mich verstanden habe. Als seine Mahlzeit beendigt war, kehrte er zu seiner Gesellschaft zurück, und bald darauf sah ich Lore, ihr schwarzseidenes Pelzkäppchen auf dem Kopf, die Hände in ihren kleinen Muff gesteckt, im Schlitten sitzen, und Barthel steuerte langsam und schwerfällig am Rande des Sees dahin. – Als sie aus dem Menschengewühl heraus waren, fuhr ich unhörbar auf meinen ebenen Schlittschuhen hinterher. Noch ein paar Augenblicke; dann legte meine Hand sich auf den Schlitten, und der Bursche blieb zurück. Ich hätte aufjauchzen mögen; aber ich biss die Zähne zusammen; und fort wie auf Flügeln schoss das leichte Gefährt über die glänzende Eisfläche.

„Barthel, du fliegst ja!“ sagte Lore.

Ich hielt ein wenig inne; ich fürchtete, mich verraten zu haben, und suchte, so gut es gehen wollte, das Scharren von Barthels rostigen Schlittschuhen nachzuahmen. Aber meine Besorgnis war unnötig. Lore steckte ihre Hände tiefer in den Muff und lehnte sich behaglich zurück, so dass das Pelzkäppchen fast auf meinem Arm ruhte. „Nur immer zu, Barthell“ sagte sie. Und Barthel ließ sich das nicht zweimal sagen.

Schon hatten wir den Bereich der gewöhnlichen Schlittschuhläufer hinter uns gelassen; kein Lüftchen regte sich, das weißbereifte Schilf, das sich weithin dem Ufer entlangzieht, glitzerte blendend in den schräg fallenden Sonnenstrahlen. Immer weiter ging es; wenn ich niederblickte, konnte ich die schlangenartigen Triebe des Aalkrauts unter der durchsichtigen Glasdecke erkennen.

Aber die Mitte des Sees lockte mich; unmerklich wandte ich den Schlitten, und immer größer wurde der Raum, der uns vom Ufer trennte. Schon konnte ich beim Zurückblicken nur noch kaum das Blinken des Schilfes unterscheiden; geheimnisvoll dehnte sich die dunkle Spiegelfläche bis zum andern, weit entfernten Ufer, kaum erkennbar, ob eine feste tragende Eisdecke oder nur ein regungsloses trügliches Gewässer. Endlich war die Mitte erreicht. Jede Spur eines menschlichen Fußes hatte aufgehört; wie verloren schwebte der Schlitten über der schwarzen Tiefe. Keine Pflanze streckte ihr Blatt hinauf an die dünne kristallene Decke; denn der See soll hier ins Bodenlose gehen. Nur mitunter war es mir, als huschte es dunkel unter uns dahin. – – War das vielleicht der Sargfisch, der in den untersten Gründen dieses Wassers hausen soll, der nur heraufsteigt, wenn der See sein Opfer haben will? – „Wenn es wäre“, dachte ich, „wenn es bräche!“ Und meine Augen suchten die dunkeln Hüllen zu durchdringen, in denen ich die liebliche Gestalt verborgen wusste. – – Wieder hatte ich den Schlitten gewandt und fuhr jetzt gradeaus, mich immer in der Mitte haltend. Vor uns, dort, wo der See seine Ufer zu einem schmalen Strom zusammendrängt, war in der Ferne schon die Brücke zu erkennen; wie ein Schatten stand sie in der grauen Luft.

„Mach zurück, Barthel! Es wird kalt!“ sagte Lore.

Ich achtete nicht darauf. „Mag sie sich umblicken!“ dachte ich und schob nur um so rascher vorwärts. Ich wartete jetzt fast mit Ungeduld darauf. Aber sie schien ihre Mahnung schon vergessen zu haben; denn sie senkte schweigend den Kopf und wickelte sich fester in ihren Mantel. – Und weiter flog der Schlitten. Mitunter war mir, als spürte ich unter uns eine leise Wellenbewegung, als hebe und senke sich die dünne Kristalldecke unter der über sie hinfliegenden Last; aber ich hatte keine Furcht, ich wusste, was man dem jungfräulichen Eise bieten darf.

Der kurze Winternachmittag war indessen fast zu Ende gegangen; schon lag der Sonnenball glühend am Rande des Horizonts. Es wurde kalt, das Eis tönte. Und jetzt, in stetem Wachsen, lief ein donnerndes Krachen von einem Ufer zum andern über den ungeheuern, immer dunkler werdenden Eisspiegel.

Lore warf sich zurück und stieß einen lauten Schrei aus.

„Erschrick nicht!“ sagte ich leise, „es hat nicht Not, es kommt nur von der Abendluft.“

Sie wandte sich um und starrte mich wie verwirrt an. „Du!“ rief sie, „was willst du hier?“

„So mach doch nicht so böse Augen!“ sagte ich und suchte ihre Hand zu fassen.

Sie entriss sie mir. „Wo ist Barthel?“

„Er ist zurückgeblieben; ich habe dich über den See gefahren.“ Sie richtete sich auf. „Lass mich hinaus!“ rief sie, indem ihr die Tränen aus den Augen sprangen.

Ich hörte nicht auf sie; ich wandte nur den Schlitten nach der Stadt zurück. „Lore“, sagte ich, „was habe ich dir getan?“

Aber sie stieß mich mit der kleinen geballten Faust vor die Brust. „Geh doch zu deinen feinen Damen! Ich will nichts mit euch zu tun haben; mit dir nicht, mit keinem von euch!“

Es war wie Wut, was mich überfiel. Ich fasste sie mit beiden Armen und drückte sie hart auf den Sitz nieder.

„Du bist ruhig, Lore“, sagte ich, und die Stimme bebte mir, „oder ich wende noch einmal den Schlitten, und ich fahre dich in die Nacht hinaus, unter der Brücke durch, soweit der Strom ins Land hinaus reicht; mir gleich, ob es hält oder bricht!“

Sie hatte währenddessen, fast als beachte sie meine Worte nicht, seitwärts über den See geblickt; aber sie blieb sitzen und ließ sich ruhig von mir fahren. Nur fiel es mir auf, dass sie bald darauf wiederholt und wie verstohlen nach derselben Seite blickte. Als auch ich den Kopf dahin wandte, sah ich einen Schlittschuhläufer in nicht gar weiter Ferne auf uns zustreben. Er musste bemerkt haben, was soeben vorgefallen; denn er strengte sich augenscheinlich an, uns zu erreichen.

Und schon hatte ich ihn erkannt; es war Christoph, mein alter Spielkamerad, der große Feind der Lateiner. Ich wusste auch wohl, was jetzt bevorstand; es galt nur noch, wer von uns der Schnellste sei.

„Nur zu!“ sagte Lore, indem sie ihr Pelzkäppchen zurückschob, dass ihr schwarzes Haar sichtbar wurde. „Er kriegt dich doch!“

Ich konnte nicht antworten; schneller als je zuvor trieb ich den Schlitten vorwärts; aber ich keuchte, und meine Kräfte, von der langen Fahrt geschwächt, begannen nachzulassen. Immer näher hörte ich den Verfolger hinter mir; rastlos und schweigend war er uns auf den Fersen; dann plötzlich hörte ich dicht an meiner Seite seine Schlittschuhe scharf im Eise hemmen, und eine schwere Hand fiel neben der meinen auf die Lehne des Schlittens. „Halbpart, Philipp!“ rief er, indem er mit der andern an meine Brust griff.

Ich riss seine Hand los und stieß den Schlitten fort, dass er weit vor uns hinflog. Aber in demselben Augenblick erhielt ich einen Faustschlag und stürzte rücklings mit dem Hinterkopf auf das Eis. Nur undeutlich hörte ich noch das Fortschurren des Schlittens; dann verlor ich die Besinnung.

Ich blieb indes nicht lange in dieser Lage. Wie ich später von ihm hörte, hatte Christoph bald darauf sich nach mir umgesehen und war, da er mich nicht nachkommen sah, auf den Platz unseres Kampfes zurückgekehrt. Nicht ohne große Bestürzung hatten dann beide, nachdem Lore ausgestiegen, mich in den Schlitten gehoben. – Mir selbst kam nur ein dunkles Gefühl von alledem; es war wie Traumwachen. Mitunter verstand ich einzelne Worte ihres Gesprächs. „Behalt doch deinen Mantel, Lore!“ hörte ich Christoph sagen. – „O nein; ich brauch ihn nicht; ich laufe ja.“

– Und zugleich fühlte ich, dass etwas Warmes auf mich niedersank. Der Schlitten bewegte sich langsam vorwärts. Dann kam es wieder wie Dämmerung über mich; immer aber war es mir, als ginge ein leises Weinen neben mir her.

Zum völligen Bewusstsein erwachte ich erst in der Wohnstube und auf dem Sofa des Wassermüllers, der hart am Ufer des Mühlenteichs wohnte. Lore hatte mit ihrer Mutter, die mittlerweile auch herausgekommen war, nach Hause gehen müssen; Christoph aber war zurückgeblieben und hatte sich auf den Rat der Müllersfrau damit beschäftigt, mir nasse Umschläge auf den Kopf zu legen. Als ich die Augen aufschlug, saß er neben mir auf dem Stuhl, eine irdene Schüssel mit Wasser zwischen den Knien. Er wollte eben das Leintuch erneuern, aber er zog jetzt die Hand zurück und fragte schüchtern: „Darf ich dir helfen, Philipp?“

Ich setzte mich aufrecht und suchte meine Gedanken zu sammeln; der Kopf schmerzte mich. „Nein“, sagte ich dann, „ich brauche deine Hülfe nicht.“

„Soll ich jemand für dich aus der Stadt holen?“

„Geh nur; ich werde schon allein nach Hause kommen.“ Christoph stand zögernd auf und setzte die Schüssel auf den Tisch.

Bald darauf knarrte die Stubentür; er hatte die Klinke in der Hand; aber er ging nicht fort. Als ich mich umwandte, sah ich die Augen meines alten Kameraden mit dem Ausdruck der ehrlichsten Traurigkeit auf mich gerichtet.

Nur eine Sekunde noch war ich unschlüssig. „Christoph“, sagte ich, indem ich aufstand und ihm die Hand entgegenstreckte, „wenn du Zeit hast, so bleibe noch ein wenig bei mir; du kannst mir deinen Arm geben; wir gehen dann zusammen in die Stadt.“

Wie ein Blitz der Freude fuhr es über sein Gesicht. Er ergriff meine Hand und schüttelte sie. „Es war ein schändlicher Stoß, Philipp!“ sagte er.

Eine halbe Stunde später, da es schon völlig finster war, wanderten wir langsam nach der Stadt zurück.

Aber die Sache ging nicht so leicht vorüber. Ich konnte am folgenden Morgen das Bett nicht verlassen und musste meinen Eltern gestehen, dass ich einen schweren Fall auf dem Eise getan habe.

Am Abend des folgenden Tages, da ich schon fast wiederhergestellt war, setzte meine Mutter ein Federkästchen von poliertem Zuckerkistenholz vor mir auf den Tisch. „Der Christoph Werner hat es gebracht“, sagte sie; „er habe es selbst für dich gearbeitet.“

Ich nahm das Kästchen in die Hand. Es war zierlich gemacht, sogar auf dem Deckel mit einer kleinen Bildschnitzerei versehen.

„Er hat sich auch nach deinem Befinden erkundigt“, fuhr meine Mutter fort; „habt ihr denn draußen eure alte Freundschaft wieder neu besiegelt?“

„Besiegelt, Mutter? – Wie man's nehmen will“, sagte ich lächelnd.

Und nun ließ die gute Frau nicht nach, bis ich, von manchen Fragen und zärtlichen Vorwürfen unterbrochen, ihr mein ganzes kleines Abenteuer gebeichtet hatte. – Aber es wurde, wie sie gesagt; der Lateiner und der Tischlerlehrling erneuerten ihre Kameradschaft, und zweimal wöchentlich zur bestimmten Stunde ging ich von nun an regelmäßig in die Werkstatt des alten Tischlers Werner, um unter der Anleitung des geschickten Mannes wenigstens die Anfangsgründe seines Handwerks zu erlernen.

Im Schlossgarten

Das ist die Drossel, die da schlägt,
Der Frühling, der mein Herz bewegt,
Ich fühle, die sich hold bezeigen,
Die Geister aus der Erde steigen;
Das Leben fließet wie ein Traum.
Mir ist wie Blume, Blatt und Baum.

Es war Frühling geworden. Die Nachtigall zwar verkündigte ihn nicht; denn, wenn auch mitunter eine sich zu uns verflog, die Nordwestwinde unserer Küste hatten sie bald wieder hinweggeweht; aber die Drossel schlug in den Baumgängen des alten Schlossgartens, der im Schutze der Stadt, in dem Winkel zweier Straßen lag. Dem Haupteingange gegenüber, auf einem Rasenplatz hinter den Gärten der großen Marktstraße, war seit gestern ein Karussell aufgeschlagen; denn es war nicht nur Frühling, es war auch Jahrmarkt, eine ganze Woche lang. Die Leierkastenmänner waren eingezogen und vor allem die Harfenmädchen; die Schüler mit ihren roten Mützen streiften Arm in Arm zwischen den aufgeschlagenen Marktbuden umher, um womöglich einen Blick aus jungen asiatischen Augen zu erhaschen, die zu gewöhnlichen Zeiten bei uns nicht zu finden waren. – Dass während des Jahrmarktes die Gelehrtenschule, wie alle andern, Ferien machte, verstand sich von selbst. – Ich hatte das vollste Gefühl dieser Feiertage, zumal ich seit kurzem Primaner war und infolgedessen neben meiner roten Mütze einen schwarzen Schnürenrock nach eigener Erfindung trug. Brauchte ich nun doch auch nicht mehr wie sonst abends an dem Treppeneingang des erleuchteten Ratskellers stehenzubleiben, wo sich allzeit das schönste luftigste Gesindel bei Musik und Tanz zusammenfand; ich konnte, wenn ich ja wollte, nun selbst einmal hinabgehen und mich mit einem jener fremdartigen Mädchen im Tanze wiegen, ohne dass irgend jemand groß danach gefragt hätte. – Aber grade zu solchen Zeiten liebte ich es mitunter, allein ins Feld hinauszustreifen und in dem sichern Gefühl, dass sie da seien und dass ich sie zu jeder Stunde wieder erreichen könne, alle diese Herrlichkeiten für eine Zeitlang hinter mir zu lassen.

So geschah es auch heute. Unter der Beihülfe meines Vaters, der ein leidlicher Entomologe war, hatte ich vor einigen Jahren eine

Schmetterlingssammlung angelegt und bisher mit Eifer fortgeführt. Ich war nach Tische auf mein Zimmer gegangen und stand vor dem einen Glaskasten, deren schon drei dort an der Wand hingen. Die Nachmittagssonne schimmerte so verlockend auf den blauen Flügeln der Argusfalter, auf dem Sammetbraun des Trauermantels; mich überkam die Lust, einmal wieder einen Streifzug nach dem noch immer vergebens von mir gesuchten Brombeerfalter zu unternehmen. Denn dieses schöne olivenbraune Sommervögelchen, welches die stillen Waldwiesen liebt und gern auf sonnigen Gesträuchen ruht, war in unserer baumlosen Gegend eine Seltenheit. – Ich nahm meinen Ketscher vom Nagel; dann ging ich hinab und ließ mir von meiner Mutter ein Weißbrötchen in die Tasche stecken und meine Feldflasche mit Wein und Wasser füllen. So ausgerüstet, schritt ich bald über den Karussellplatz nach dem Schlossgarten, dessen Baumgänge schon von jungem Laube beschattet waren, und von dort weiter durch die dem Haupteingang gegenüberliegende Pforte ins freie Feld hinaus. Es hatte die Nacht zuvor geregnet, die Luft war lau und klar; ich sah drüben am Rande des Horizonts auf der hohen Geest die Mühle ihre Flügel drehen.

Eine kurze Strecke führte noch der Weg an der Außenseite des Schlossgartens entlang; dann wanderte ich aufs Geratewohl auf Feldwegen oder Fußsteigen, welche quer über die Äcker führten, in die sonnige schattenlose Landschaft hinaus. Nur selten, so weit das Auge reichte, stand auf den Sand- und Steinwällen, womit die Grundstücke umgeben sind, ein wilder Rosenstrauch oder ein anderes dürftiges Gebüsch; aber hier, wo in der Morgenfrühe die rauen Seewinde ungehindert überhin fahren, waren nur kaum die ersten Blätter noch entfaltet. Ich schlenderte behaglich weiter; mehr die Augen in die Ferne als nach dem gerichtet, was etwa neben mir am Wege zwischen Gräsern und rotblühenden Nesseln gaukeln mochte.

So war, ohne dass ich es merkte, der halbe Nachmittag dahin. Ich hörte es von der Stadt her vier schlagen, als ich mich an dem Ufer des Mühlenteichs ins Gras warf und mein bescheidenes Vesperbrot verzehrte. Eine angenehme Kühlung wehte von dem Wasserspiegel auf mich zu, der groß und dunkel zu meinen Füßen lag. Dort in der Mitte, wo jetzt über der Tiefe die kleinen Wellen trieben, musste der Schlitten gestanden haben, als Lore ihren Mantel über mich legte. Ich blickte eine ganze Weile nach dem jetzt unerreichbaren Punkte, den meine Augen in dem Fluten des Wassers nur mit Mühe festzuhalten vermochten. – –

Aber ich wollte ja den Brombeerfalter fangen! Hier, wo es weit umher kein Gebüsch, kein stilles, vor dem Winde geschütztes Fleckchen gab, war er nicht zu finden. Ich entsann mich eines andern Ortes, an dem ich vor Jahren unter der Anführung eines älteren Jungen einmal Vogeleier gesucht hatte. Dort waren Koppel an Koppel die Wälle mit Hagedorn und Nussgebüsch bewachsen gewesen; an den Dornen hatten wir hie und da eine Hummel aufgespießt gefunden, wie dies nach der Naturgeschichte von den Neuntötern geschehen sollte; bald hatten wir auch die Vögel selbst aus den Zäunen fliegen sehen und ihre Nester mit den braungesprenkelten Eiern zwischen dem dichten Laub entdeckt. Dort, in dem heimlichen Schutz dieser Hecken, war vielleicht auch das Reich des kleinen seltenen Sommervogels! Das „Sietland" hatte der Junge jene Gegend genannt, was wohl soviel wie Niederung bedeuten mochte. Aber wo war das Sietland? – Ich wusste nur, dass wir in derselben Richtung, wie ich heute, zur Stadt hinausgegangen waren und dass es unweit der großen Heide gelegen, welche etwa eine Meile weit von der Stadt beginnt.

Nach einigem Besinnen nahm ich mein Fanggerät vom Boden und machte mich wieder auf die Wanderung. Durch einen Hohlweg, in den sich das Ufer hier zusammendrängt, gelangte ich auf eine Höhe, von der ich die vor mir liegende Ebene weithin übersehen konnte; aber ich sah nichts als Feld an Feld die kahlen ebenmäßigen Sandwälle, auf denen die herbe Frühlingssonne flimmerte. Endlich, dort in der Richtung nach einem Häuschen, wie sie am Rande der Heide zu stehen pflegen, glaubte ich etwas wie Gebüsch zu entdecken. – Es war mindestens noch eine halbe Stunde bis dahin, aber ich hatte heute Lust zum Wandern und schritt rüstig darauf los. Hie und da flog ein gelber Zitronenfalter oder ein Kressweißling über meinen Weg, oder eine graue Leineule kletterte an einem Grasstengel; von einem Brombeerfalter aber war keine Spur.

Doch ich musste schon mehr in einer Niederung sein; denn die Luft wurde immer stiller; auch ging ich schon eine Zeitlang zwischen dichten Hagedornhecken. Ein paarmal, wenn sich ein Lufthauch regte, hatte ich einen starken lieblichen Geruch verspürt, ohne dass ich den Grund davon zu entdecken vermocht hätte; denn das Gebüsch an meiner Seite verwehrte mir die Aussicht. Da plötzlich sprang zur Rechten der Wall zurück, und vor mir lag ein Fleckchen hügeligen Heidelandes. Brombeerranken und Bickbeerengesträuch bedeckte hie und da den Boden; in der Mitte aber an einem schwarzen Wässerchen stand vereinzelt im hellsten Sonnenglanz ein schlanker Baum. Aus den blendend grünen Blättern, durch die er ganz belaubt war, sprang überall eine Fülle von zarten weißen Blütentrauben hervor; unendliches Bienengesumme klang wie Harfenton aus seinem Wipfel. Weder in den Gärten der Stadt noch in den entfernteren Wäldern hatte ich jemals seinesgleichen gesehen. Ich staunte ihn an; wie ein Wunder stand er da in dieser Einsamkeit.

Eine Strecke weiter, nur durch ein paar dürftige Ackerfelder von mir getrennt, dehnte sich unabsehbar der braune Steppenzug der Heide; die äußersten Linien des Horizonts zitterten in der Luft. Kein Mensch, kein Tier war zu sehen, so weit das Auge reichte. – Ich legte mich neben dem Wässerchen im Schatten des schönen Baumes in das Kraut. Ein Gefühl von süßer Heimlichkeit beschlich mich; aus der Ferne hörte ich das sanfte träumerische Singen der Heidelerche; über mir in den Blüten summte das Bienengetön; zuweilen regte sich die Luft und trieb eine Wolke von Duft um mich her; sonst war es still bis in die tiefste Ferne. Am Rand des Wassers sah ich Schmetterlinge fliegen; aber ich achtete nicht darauf, mein Ketscher lag müßig neben mir. – Ich gedachte eines Bildes, das ich vor kurzem gesehen hatte. In einer Gegend, weit und unbegrenzt wie diese, stand auf seinen Stab gelehnt ein junger Hirte, wie wir uns die Menschen nach den ersten Tagen der Weltschöpfung zu denken gewohnt sind, ein rauhes Ziegenfell als Schurz um seine Hüften; zu seinen Füßen saß – er sah auf sie herab – eine schöne Mädchengestalt; ihre großen dunkeln Augen blickten in seliger Gelassenheit in die morgenhelle Einsamkeit hinaus. – „Allein auf der Welt“ stand darunter. – – Ich schloß die Augen; mir war, als müsse aus dem leeren Raum dies zweite Wesen zu mir treten, mit dem selbander jedes Bedürfnis aufhöre, alle keimende Sehnsucht gestillt sei. „Lore!“ flüsterte ich und streckte meine Arme in die laue Luft.

Indessen war die Sonne hinabgesunken, und vor mir leuchtete das Abendrot über die Heide. Der Baum war stumm geworden, die Bienen hatten ihn verlassen; es war Zeit zur Heimkehr. Meine Hand fasste nach dem Ketscher. – Aber was kümmerte mich jetzt dies Knabenspielzeug. Ich sprang auf und hängte ihn hoch, so hoch, wie ich vermochte, zwischen den dichtbelaubten Zweigen des Baumes auf. Dann, das Bild der schönen Schneidertochter vor meinen trunknen Augen, machte ich mich langsam auf den Rückweg.

Die Dämmerung war stark hereingebrochen, als ich aus dem Portal des Schlossgartens trat. Drüben am Karussell waren schon die Lampen angezündet; Leierkastenmusik, Lachen und Stimmengewirr scholl zu mir herüber; dazwischen das Klirren der Floretts an den eisernen Ringhaltern. Ich blieb stehen und blickte durch die Linden, welche den Platz umgaben, in das bewegte Bild hinein. Das Karussell war in vollem Gange; Sitzplätze und Pferde, alles schien besetzt, und ringsumher drängte sich eine schaulustige Menge jedes Alters und Geschlechts. Jetzt aber wurde die Bewegung langsamer, so dass ich unter den grünen Zweigen durch die einzelnen Gestalten ziemlich bestimmt erkennen konnte.

Unwillkürlich war ich indessen näher getreten und hatte mich bis an den Eisendraht gedrängt, der ringsherum gezogen war. – Das Mädchen dort auf dem braunen Pferde war die Schwester meines Freundes Christoph. Aber es kam noch eine Reiterin, eine feinere Gestalt; sie saß seitwärts, ein wenig lässig, auf ihrem hölzernen Gaule. Und jetzt, während sie langsam nähergetragen wurde, wandte sie den Kopf und blickte lächelnd in die Runde. Es war Lore; fast wie ein Schrecken schlug es mir durch die Glieder. Auch sie hatte mich erkannt; aber nur eine Sekunde lang hafteten ihre Augen wie betroffen in den meinen; dann bückte sie sich zur Seite und machte sich an ihrem Kleide zu schaffen. Das schwere eiserne Florett, das sie in der kleinen Faust hielt, schien nicht umsonst von ihr geführt zu sein; denn es war fast bis an den Knopf mit Ringen angefüllt.

Mittlerweile war der Eigentümer des Karussells herangetreten, um für die neue Runde einzusammeln. Sie richtete sich auf und hielt ihm ihr Florett entgegen. „Freigeritten!" sagte sie, indem sie es umstürzte und die Ringe in die Hand des Mannes gleiten ließ.

Er nickte und ging an den nächsten Stuhl, wo eine Anzahl Kinder sich um die besten Plätze zankten. – Als ich von dort wieder zu Lore hinübersah, stand Christophs Schwester neben ihr; aber sie wandte mir den Rücken und schien mich nicht bemerkt zu haben.

„Gehst du mit, Lore?" hörte ich sie fragen; „ich muss nach Hause."

Lore antwortete nicht sogleich; ihre Augen streiften mit einem unsichern Blick zu mir hinüber. Ich wagte mich nicht zu rühren; aber meine Augen antworteten den ihren, und mir selber kaum vernehmlich flüsterten meine Lippen: „Bleib!"

„So sprich doch!" drängte die andere. „Es hat schon acht geschlagen." Lore steckte ihr Füßchen wieder in den Steigbügel, den sie hatte fahrenlassen, und die Augen auf mich gerichtet, erwiderte sie: „Ich bleibe noch, ich hab mich freigeritten!" Und leise setzte sie hinzu: „Meine Mutter wollte vielleicht noch hier vorüberkommen!“

Ich fühlte, dass das gelogen sei. Das Blut schoss mir siedendheiß ins Gesicht, es brauste mir vor den Ohren; die kleine Lügnerin hatte plötzlich den Schleier des Geheimnisses über uns beide geworfen. Es war zum ersten Mal in meinem Leben, dass ich eine so berauschende Zusage erhielt; bisher hatte ich nur manchmal darüber nachgesonnen, wie in der Welt so etwas möglich sei.

Christophs Schwester hatte sich entfernt. Der Leierkasten begann wieder seine Musik, die Peitsche klatschte über dem alten Gaul, und unter dem Zuruf der Bauerburschen und -mädchen, die inzwischen die meisten Plätze eingenommen hatten, setzte das Karussell sich wieder in Bewegung. Lore sah nach mir zurück, sie hatte ihr Florett in den Sattelknopf gestoßen und saß wie in sich versunken, die Hände vor sich auf dem Schoß gefaltet. Das rote Tüchelchen an ihrem Halse wehte in der Luft, und in immer rascherem Kreisen wurde die leichte Gestalt an mir vorübergetragen; kaum fühlte ich den Blitz ihres Auges in den meinen, so war sie schon fort, und nur der Schimmer ihres hellen Kleides tauchte in der trüben Lampenbeleuchtung noch ein paarmal flüchtig aus den immer tiefer fallenden Schatten auf. – Plötzlich krachte etwas; die in den Stühlen sitzenden Mädchen kreischten, und das Karussell stand.

„Bleiben Sie sitzen, meine Herrschaften“, rief der Eigentümer, indem er mit seinem Gehülfen über die Querbalken stieg, um den Schaden zu untersuchen. Eine Laterne wurde heruntergenommen, es wurde geklopft und gehämmert; aber es schien sich so bald nicht wieder fügen zu wollen. Mir wurde die Zeit lang; meine Augen suchten vergebens nach der kleinen Reiterin. Ich drängte mich aus der Menschenmasse heraus, in die ich eingekeilt war, und ging von außen nach der gegenüberliegenden Seite des Platzes. Als ich mich hier mit Bitten und Gewalt bis an die Barriere durchgearbeitet hatte, stand ich dicht neben ihr. Sie war von dem Holzgaul herabgestiegen und blickte wie suchend um sich her.

Nach einer Weile steckte sie das Florett, das sie spielend in der Hand gehalten, wieder in den Sattelknopf und machte Miene, herabzuspringen. Aber während sie ihre Kleider zusammennahm, war ich in den Kreis geschlüpft.

„Guten Abend, Lore!“

„Guten Abend!“ sagte sie leise.

Dann, während die Bauerburschen immer lauter ihr Eintrittsgeld zurückforderten, fasste ich ihre Hand und zog sie mit mir hinaus ins Freie. Aber hier war meine Verwegenheit zu Ende. Lore hatte mir ihre Hand entzogen, und wir gingen wortlos und befangen nebeneinander der Straße zu, an deren äußerstem Ende sich das Haus ihrer Eltern befand. – Als wir den zur Seite liegenden Eingang des Schlossgartens erreicht hatten, kam uns von der Straße her ein Trupp von Menschen entgegen, an deren lauten Stimmen ich einzelne meiner ausgelassensten Kommilitonen erkannte. Unwillkürlich blieben wir stehen.

„Wir wollen durch den Schlossgarten!" sagte ich.

„Es ist so weit!"

„Oh, es ist nicht so viel weiter!"

Und wir gingen durch das Portal in den breiten Steig hinab, welcher zwischen niedrigen Dornhecken zu einem Laubgang von dicht verwachsenen Hagebuchen führte. Da hier vorne auch hinter den Zäunen nur bebautes baumloses Gartenland lag, so verhinderte mich die einbrechende Dunkelheit nicht, die neben mir wandelnde Mädchengestalt zu betrachten. Mich schauerte, dass sie jetzt wirklich in solcher Einsamkeit mir nahe war.

Kein Mensch außer uns schien in dem alten Park zu sein; es war so still, dass wir jeden unserer Tritte auf dem Sande hörten. „Willst du mich nicht anfassen?" fragte ich.

Sie schüttelte den Kopf.

„Warum nicht?"

„Nein – wenn jemand käme!"

Wir hatten den gewölbten Buchengang erreicht. Es war sehr dunkel hier; denn in geringer Entfernung zu beiden Seiten waren ähnliche Laubgänge, und auf den dazwischen befindlichen Rasenflecken lagerten undurchdringliche Schatten. Ich wusste nur noch, dass Lore neben mir ging; denn ich hörte ihren Atem und ihren leichten Schritt; zu sehen vermochte ich sie nicht. Wie neckend schoss es mir durch den Kopf, dass ich am Nachmittage auf einen Sommervogel ausgegangen war. „Nun bist du doch gefangen!" sagte ich, und durch die Dunkelheit ermutigt, ergriff ich ihre herabhängende Hand und hielt sie fest. Sie duldete es; aber ich fühlte, wie sie zitterte, und auch mir schlug mein Knabenherz bis in den Hals hinauf.

So gingen wir langsam weiter. Von der Stadt her kam der gedämpfte Ton der Drehorgeln und das noch immer fortdauernde Getöse des Jahrmarkttreibens; vor uns am Ende der Allee in unerreichbarer Ferne stand noch ein Stückchen goldenen Abendhimmels. Ich legte ihre Hand in meinen Arm und fasste sie dann wieder. In diesem Augenblick trollte vor uns etwas über den Weg;

es mag ein Igel gewesen sein, der auf die Mäusejagd ging. – Sie schrak ein wenig zusammen und drängte sich zu mir hin, und als ich, unabsichtlich fast, den Arm um sie legte, fühlte ich, wie ihr Köpfchen auf meine Schulter glitt.

Als aber dann, nur eine flüchtige Sekunde lang, ein junger Mund den andern berührt hatte, da trieb es uns wie töricht aus den schützenden Baumschatten ins Freie. So hatten wir bald, während ich nur noch ihre Hand gefasst hielt, das Ende der Allee erreicht und traten durch eine Pforte auf einen Feldweg hinaus, der seitwärts auf die letzten Häuser der Stadt zuführte. Wir gingen eilig nebeneinander her, als könnten wir das Ende unseres Beisammenseins nicht rasch genug herbeiführen.

„Mein Vater wird mich suchen; es ist gewiss schon spät!" sagte Lore, ohne aufzusehen.

„Ich glaube wohl!" erwiderte ich. Und wir gingen noch eiliger als zuvor.

Schon standen wir am Ausgang des Weges, den letzten Häusern der Straße gegenüber. In dem Lichtschein, der unter der Linde aus dem Fenster des Schneiderhäuschens fiel, sah ich unweit davon ein Mädchen an einem Brunnen stehen. Ich durfte nicht weiter mit. Als aber Lore den Fuß auf das Straßenpflaster hinaussetzte, war mir, als dürfe ich sie so nicht von mir gehen lassen.

„Lore", sagte ich beklommen, „ich wollte dir noch etwas sagen."

Sie trat einen Schritt zurück. „Was denn?" fragte sie. „Warte noch eine Weile!"

Sie wandte sich um und blieb ruhig vor mir stehen. Ich hörte, wie sie mit den Händen über ihr Haar strich, wie sie ihr Tüchelchen fester um den Hals knüpfte; aber ich suchte lange vergebens des Gedankens habhaft zu werden, der wie ein dunkler Nebel vor meinen Augen schwamm. „Lore", sagte ich endlich, „bist du noch bös mit mir?"

Sie blickte zu Boden und schüttelte den Kopf.

„Willst du morgen wieder hier sein?"

Sie zögerte einen Augenblick. „Ich darf des Abends sonst nicht ausgehen", sagte sie dann.

„Lore, du lügst; das ist es nicht, sag mir die Wahrheit!" Ich hatte ihre Hand gefasst; aber sie entzog sie mir wieder. „So sprich doch, Lore! – Willst du nicht sprechen?"

Noch eine Weile stand sie schweigend vor mir; dann schlug sie die Augen auf und sah mich an. „Ich weiß es wohl", sagte sie leise, „du heiratest doch einmal nur eine von den feinen Damen."

Ich verstummte. Auf diesen Einwurf war ich nicht gefasst; an so ungeheuere Dinge hatte ich nie gedacht und wusste nichts darauf zu antworten.

Und ehe ich mich dessen versah, hörte ich ein leises „Gute Nacht" des Mädchens; und bald sah ich sie drüben in dem Schatten der Häuser verschwinden. Ich vernahm noch das vorsichtige Aufdrücken einer Haustür, das leise Anschlagen der Türschelle; dann wandte ich mich und ging langsam durch den Schlossgarten zurück.

Ohne erst zum Abendessen in die Wohnstube meiner Eltern zu gehen, schlich ich die Treppe hinauf in meine Kammer. Wie trunken warf ich mich in die Kissen. Nach einer Viertelstunde hörte ich die Stubentür gehen, und durch die halbgeöffneten Augenlider sah ich meine Mutter mit einer Lampe an mein Bett treten. Sie beugte sich über mich; aber ich schloss die Augen und träumte weiter. Trotz des wenig verheißenden Abschiedes war mir doch, als hätte meine Hand eine volle Rosengirlande gefasst, an welcher nun in alle Zukunft hinein der Lebensweg entlanggehen müsse.

Sosehr ich aber an diesem Abend den Drang, allein zu sein, empfunden, ebensosehr trieb es mich am andern Morgen unter Menschen. Ich hatte ein neues Gefühl der Freiheit und Überlegenheit in mir, das ich nun auch andern gegenüber empfinden wollte. Sobald ich gefrühstückt und den etwas unbequemen Fragen meiner Mutter notdürftig genuggetan hatte, ging ich in die Werkstatt meines Freundes Christoph. Er war eifrig beschäftigt, kleine Mahagonifurniere auszuwählen und zu schneiden. „Was machst denn du da für Schönes?" fragte ich.

„Ein Nähkästchen", sagte er, ohne aufzublicken.

„Ein Nähkästchen? Für wen denn?"

„Für Lenore Beauregard; meine Schwester will's ihr zum Geburtstag schenken."

Ich sah ihn von der Seite an; ein übermütiges Lächeln stieg in mir auf. „Die Lore ist wohl dein Schatz, Christoph?"

Der eckige Kopf des guten Jungen wurde bis unter die Stirnhaare wie mit Blut übergossen bei dieser treulosen Frage. Er schien selbst über seine Verlegenheit in Zorn zu geraten. „Ihr hättet sie nur aus eurer lateinischen Tanzschule fortlassen sollen!" sagte er, indem er mit seinem Messer grimmig in die Furnierblättchen hineinfuhr.

„Du bist wohl eifersüchtig, Christoph?" fragte ich.

Aber er antwortete nicht; er brummte nur halb für sich: „Das hätte meine Schwester sein sollen!" –

Dieser Triumph sollte indessen mein einzigster bleiben; denn ich mühte mich vergebens, wieder allein mit Lore zusammenzutreffen. Ein paarmal zwar im Laufe des Sommers begegnete sie mir an Sonntagnachmittagen hinter den Gärten auf dem Bürgersteige; aber Christoph und seine Schwester begleiteten sie, und der gute Junge ging so trotzig neben ihr, als wenn er sie einer ganzen Welt von Lateinern hätte streitig machen wollen; auch suchte sie selbst, wenn ich ein Gespräch mit ihnen begann, augenscheinlich die andern zum Weitergehen zu veranlassen.

Als späterhin bei Beginn des Michaelismarktes das Karussell wieder aufgeschlagen wurde, wagte ich noch einmal zu hoffen. Einen Abend nach dem andern, sobald die Dämmerung anbrach, fand ich mich auf dem Platze ein; zum großen Verdrusse meines Freundes Fritz, von dem ich mich unter immer neuen Vorwänden loszumachen suchte. Aber ebensooft spähte ich vergebens unter den jungen Reiterinnen, die sich zuweilen einfanden, die schlanke Braune zu entdecken, um deren willen ich allein gekommen war. Einsam wanderte ich durch die dunkeln Gänge des Schlossgartens und zehrte trübselig von der Erinnerung eines entflohenen Glückes.

Dies alles nahm ein plötzliches Ende, als ich zu Anfang des Winters nach dem Willen meines Vaters die Gelehrtenschule unserer Heimat verließ und zu meiner weitern Ausbildung auf ein Gymnasium des mittleren Deutschlands geschickt wurde. – Ob mein Schmetterlingsketscher noch in dem blühenden Baum am Rande der Heide hängt? – Ich weiß es nicht; ich bin nicht wieder dort gewesen; auch den Brombeerfalter habe ich bis auf heute noch nicht gefangen.

Auf der Universität

Jahre waren seitdem vergangen.

Als ich den Zwang der klösterlichen Schulanstalt hinter mir hatte, brachte ich zum ersten Mal wieder einige Herbstwochen im elterlichen Hause zu. Von allen meinen Kameraden fand ich nur noch Christoph im heimatlichen Neste; die übrigen, auch Fritz, waren alle schon ausgeflogen; ins lustige Studentenleben, aufs weite Meer hinaus, in die dunkle Schreibstube eines Kaufmanns, oder wohin sonst Wahl und Verhältnisse sie geführt hatten. Auch Christoph, der zum stattlichen, etwas untersetzten jungen Mann herangewachsen war, rüstete sich zum Abzug; er war Gesell geworden und wollte wandern. Aber zuvor arbeiteten wir noch einmal gemeinschaftlich in der Werkstatt seines Vaters, und ein ungeheuerer Tabakskasten, der mit mir die Universität beziehen sollte, war das Resultat unserer Bemühungen. – Von meiner Mutter erfuhr ich, dass die rüstige Frau Beauregard vor Jahresfrist eines plötzlichen Todes verblichen und ihre Tochter bald darauf nach der kleinen Landesuniversitätsstadt zu einer alten unverheirateten Tante gezogen sei, die sie testamentarisch zur Universalerbin ihres kleinen Vermögens eingesetzt hatte. Das schmale Häuschen mit der Linde war nach dem Tode der Mutter Schulden halber verkauft worden, und der französische Schneider hatte froh sein müssen, bei einem der andern Meister als Gesell ein Unterkommen gefunden zu haben. Ich traf ihn am Sonntagnachmittage in einer Ecke des Kirchhofs auf der Bank sitzend. Seine Haut über den scharfen Backenknochen war noch gelber geworden, und sein schwarzes Haar war stark ergraut; er hustete, aber die Sonne schien ihm wohlzutun. „Ah, Monsieur Philipp!“ rief er, da er mich erkannte, und streckte mir zwei Finger seiner langen knöchernen Hand entgegen, während die andern die alte wohlbekannte Porzellandose umklammert hielten. „Damals – das waren andere Zeiten, Monsieur Philipp!“ fuhr er seufzend fort. „Meine Alte, sie hat sich mit ihrer Menage unter die schwarzen Kreuze dort begeben; und das Kind, die Lore“ – er schluckte ein paarmal und nahm eine starke Prise –, „Sie werden es ja gehört haben! Sie wollte nicht, sie wollte ihren armen Vater nicht allein lassen, ich musste mit Gewalt ihre kleinen Hände von mir losreißen; aber was hilft es denn! Das Kind musste doch sein Glück machen!“ Er ließ den Kopf sinken und legte schlaff seine Hände auf die Knie. „Ich werde Ihnen ihre Briefe zeigen!“ begann er dann wieder. „Sie werden sehen, Monsieur Philipp, Sie sind ja ein Gelehrter! Die allerliebsten Buchstaben, und all die lieben guten Worte; eine Marquise könnte es nicht besser.“ –

– – So sprach er noch eine Weile fort, bis ich ihn verließ.

Ich habe den französischen Schneider nicht wiedergesehen; denn einige Tage darauf reiste ich ab, um zunächst auf einer ausländischen Universität meine juristischen Studien zu beginnen, und schon nach einem halben Jahre schrieb mir meine Mutter, der ich diese Begegnung erzählt hatte, dass auch Monsieur Beauregard, der Enkel des Ofenheizers vom Hofe Ludwigs des Sechzehnten, unter den schwarzen Kreuzen eine Stelle gefunden habe.

Drei Jahre später befand ich mich auf der Landesuniversität, um vor dem Examen noch das gesetzlich vorgeschriebene Jahr hier zu absolvieren. Fritz, mit dem ich das letzte Semester in Heidelberg zusammen gewohnt, wollte erst im nächsten Herbst zurückkehren. Aber mein Freund Christoph hatte die Universität bezogen; er war erster Arbeiter in einem großen Möbelmagazin. Ich traf ihn eines Nachmittags in einem öffentlichen Garten, wo er allein vor einem Seidel Lagerbier saß und, scheinbar in Sinnen verloren, den Rauch seiner Zigarre vor sich hinblies. Sein starker blonder Backenbart und seine feine bürgerliche Kleidung ließen mich ihn erst in nächster Nähe erkennen. Als ich schweigend meine Hand auf seine Schulter legte, warf er den Kopf rasch und trotzig nach mir herum; denn, wenn ich jetzt auch keine farbige Mütze trug, so gehörte ich doch unverkennbar genug zu den mutmaßlich noch immer nicht von ihm geliebten Lateinern. Allein, kaum hatte er mich angesehen, als auch sogleich die freudigste Überraschung aus seinen Augen leuchtete. „Philipp, du bist es?“ sagte er, indem er mit einer fast mädchenhaften Bescheidenheit meine dargebotene Hand nahm und sie dann desto kräftiger drückte. – Wir sprachen lange zusammen; über unsere Heimat, über Eltern und Altersgenossen; als ich mich dann der verhängnisvollen Eisfahrt erinnerte, fragte ich auch nach unserer gemeinschaftlichen Knabenliebe.

Lenore lebte noch im Hause ihrer Verwandten, einer alten Schneiderin, mit der sie zum Nähen in die Häuser der vornehmen Einwohner ging. Aber Christoph wurde bei den Antworten auf diese Fragen immer wortkarger und suchte endlich mit einer gewissen Hast das Gespräch auf andere Dinge zu bringen. Er schien in seinem treuen Gemüte noch immer die Fesseln des schönen Mädchens zu tragen, die ich mit dem Staub der Heimat schon längst von mir abgeschüttelt zu haben glaubte.

Ich mochte mich darin indessen irren. – Einige Zeit darauf hatte ich mit befreundeten Damen jenseit der Meeresbucht, an welcher die Stadt liegt, einen damals beliebten Vergnügungsort besucht. Der Nachmittag war zu Ende, und wir gingen an den Strand hinab, um nach einem Fahrzeug für die Heimkehr auszuschauen. – Zwei Boote, beide schon fast besetzt, lagen zur Abfahrt bereit. Neben dem einen, das etwa dreißig Schritte von uns entfernt sein mochte, stand an der Seite einer ältlichen lahmen Nähterin, die ich mitunter im Wohnzimmer meines Hauswirts gesehen hatte, eine auffallend schöne Mädchengestalt. Sie hatte schon den Fuß auf den Rand des Bootes gesetzt und schien im Begriff hineinzusteigen; aber sie zögerte plötzlich, da sie den Kopf nach uns zurückwandte. Zwei schwarze fremdartige Augen, wie ich sie lange nicht, aber wie ich sie einst gesehen, trafen in die meinen; ich wusste jetzt, dass es Lenore Beauregard sei. Sie war größer geworden, und unter den braunen Wangen schimmerte das Rot der vollsten Jungfräulichkeit; aber noch immer war ihr in der Haltung jene graziöse Lässigkeit eigen, die mir unbewusst schon einst mein Knabenherz entführt hatte. Es wallte heiß in mir auf, und ich hatte der Damen neben mir fast ganz vergessen. Denn jene dunkeln Augen schienen mich bittend anzublicken; ich hörte, wie die alte Nähterin ihr zusprach, wie der Schiffer sie nicht eben in den höflichsten Worten zum Einsteigen drängte; aber noch immer stand die schlanke Mädchengestalt unbeweglich, wie im Traum, die Augen nach mir hingewandt.

Schon hatte ich, wie von dunkler Naturgewalt getrieben, ein paar Schritte nach dem Boote zu getan; aber ich bezwang mich; ich dachte an Christoph; seine ehrlichen blauen Augen schienen mich plötzlich anzusehen. „Es wird nicht Platz dort für uns alle sein“, sagte ich zu den Damen. Dann gingen wir seitwärts nach dem andern Fahrzeug am Wasser entlang. – Doch noch einmal musste ich nach Lore zurückblicken. Sie hatte den Kopf auf die Brust sinken lassen und stieg eben langsam über den Bord in das Innere des Bootes, das im Gold der Abendsonne auf dem regungslosen Wasser lag.

Bei der Heimfahrt saß ich am Steuer, wortkarg und innerlich erregt; meine Augen mochten wohl mitunter auf dem andern, in ziemlicher Entfernung vor uns rudernden Boote ruhen, während die jungen Damen mich vergebens in ihre Plaudereien zu ziehen suchten.

„Aber Sie sind heut nicht zu gebrauchen!“ sagte die eine; „unsere schöne Nähterin scheint Sie stumm gemacht zu haben!“ „Ist Lore Ihre Nähterin?“ fragte ich noch halb in Gedanken. „Lore! Woher wissen Sie denn, dass sie Lore heisst?“

„Wir sind aus einer Stadt; ich habe in der Tanzschule meine erste Mazurka mit ihr getanzt.“

„So! – Sie soll auch jetzt noch gern mit Studenten tanzen.“ Unser Gespräch über Lore war zu Ende; aber ich wusste jetzt, weshalb Christoph nicht hatte reden mögen.

Dennoch sah ich ihn später im Lauf des Winters mehrmals an öffentlichen Orten mit Lore zusammen, meistens in Gesellschaft der lahmen Marie oder einer ältern Person, welche niemand anders als die Erbtante sein konnte, die dem armen Schneider noch so kurz vor seinem Ende das Kleinod seines Herzens entführt hatte.

Eines Abends, es mochte einige Wochen nach Neujahr sein, hörte ich von meinem Zimmer aus einen Tumult auf der Straße. Als ich das Fenster öffnete, bemerkte ich unter dem vorbeiziehenden Haufen hie und da rote Studentenmützen; endlich erkannte ich beim Schein der Straßenlaterne auch einen unserer Pedelle.

„Was gibt's, Dose?" rief ich hinunter.

„Holz hat's gegeben, Herr Doktor." – Dose nannte mich au einem nur uns beiden bekannten Grunde allzeit Herr Doktor. „So? Und wohl wieder auf dem Ballhaus?" fragte ich. „Nun, wo denn anders?"

Das Ballhaus war ein öffentliches Tanzlokal, wo die altherkömmliche Feindschaft zwischen Studenten und Handwerksgesellen sich zuzeiten Luft zu machen pflegte. Es schien diesmal indessen arg geworden zu sein; denn Dose machte andeutungsweise eine höchst kräftige Bewegung mit der Faust.

„Wer hat's denn gekriegt?" fragte ich noch.

Der Alte hielt die Hand vor den Mund und flüsterte mir zu: „Es ist auf die rechte Stelle gekommen, Herr Doktor." Ein Bekannter, der unser Gespräch hörte, rief im Vorübergehen „Es ist der Raugraf; die Knoten haben ihm auf Abschlag gezahlt."

Der sogenannte „Raugraf" war ein ebenso schöner als wüster junger Mann, der in den Hörsälen der Professoren selten, dagegen häufig auf der Mensur und regelmäßig auf der Kneipe zu finden war; einer von denen, die auf Universitäten eine Rolle spielen, um dann im späteren Leben spurlos zu verschwinden. Von den jungen Handwerkern, denen er ihre Mädchen abspenstig machte, wurde er ebensosehr gehasst, als er für die größere Anzahl der jüngeren Studenten der Gegenstand einer scheuen Bewunderung war. Nachdem er eine Reihe anderer Universitäten besucht und, teilweise durch Relegation gezwungen, wieder verlassen hatte, fand er für gut, auch die unsrige zu versuchen, und bald gingen von seinem großen Wechsel und dann von seinen noch größeren Schulden die mannigfaltigsten Gerüchte im Schwange. Der Titel „Raugraf", den er mitbrachte, passte insofern für ihn, als er an die Zeiten des Faustrechts erinnert und allerdings die Weise der alten Junker, die Schwächeren rücksichtslos für ihre Leidenschaften zu verbrauchen, sich vollständig auf ihn vererbt zu haben schien.

Da ich den Raugrafen weder genauer kannte noch ein Interesse an seiner Person nahm, so schloss ich das Fenster und begab mich zur Ruhe, ohne des Vorfalles weiter zu gedenken.

Am Nachmittage darauf sollte ich indessen aufs Neue daran erinnert werden. – Ich hatte eben meinen Kaffee getrunken und saß im Sofa über einer Pandektenkontroverse, als an die Stubentür gepocht wurde.

Auf mein „Herein!“ trat die stattliche Gestalt meines Freundes Christoph vorsichtig und etwas zögernd in das Zimmer. „Bist du allein?“ fragte er.

„Wie du siehst, Christoph.“

Er schwieg einen Augenblick. „Ich muss fort von hier, Philipp“, sagte er dann, „noch heute abend; weit fort, an den Rhein zu meinem Mutterbruder; er ist schwächlich und braucht einen Gesellen, der nach dem Rechten sehen kann. Aber ich fürchte, meine Barschaft reicht nicht für die Reise, und Fechten, das ist nicht meine Sache.“

Ich war schon an mein Pult gegangen und hatte eine kleine Geldsumme auf den Tisch gezählt. „Reicht es, Christoph?“

„Ich danke dir, Philipp.“ Und er steckte das Geld sorgsam in seine Börse, die schon einen kleinen Schatz an Gold- und Silbermünzen enthielt. Erst jetzt sah ich, dass er in seiner schwarzen Sonntagskleidung vor mir stand.

„Aber du bist ja in vollem Wichs“, fragte ich; „wo bist du denn gewesen?“

„Nun“, sagte er und rieb sich nachdenklich mit der Hand seine breite Stirn, „ich komme eben von der Polizei!“

„Du hast schon deinen Pass geholt?“

„Jawohl; meinen Laufpass.“

Ich sah ihn fragend an.

„Es ist wegen der dummen Geschichte auf dem Ballhaus.“ Mir ging ein Licht auf. „So! Also du bist es gewesen?“ sagte ich. „Dass mir das nicht sogleich eingefallen ist!“

„Freilich bin ich dort gewesen, Philipp.“

„Lenore war wohl mit dir?“

Er nickte.

„Und da hast du den Raugrafen durchgeprügelt?“

Ein Lächeln befriedigten Hasses legte sich um seinen Mund. „Sie sagen ja, dass ich's gewesen sei“, erwiderte er.

Der alte Feind der Gymnasiasten sprach dies in solchem Tone der Genugtuung, dass ich über den Sachverhalt nicht mehr zweifelhaft sein konnte.

Ich musste laut auflachen. „So erzähl mir doch! Wie kam denn die Geschichte?“

„Nun, Philipp – du weisst doch, dass ich mit der Lore gehe?“

„Seid ihr denn einig miteinander?“

„Es ist wohl so was“, erwiderte er. – „Sie ist eine anstellige Person; und nach dem Tode der alten Tante bekommt sie auch noch eine Kleinigkeit.“

Ich sah ihn lächelnd an. „Nun, Christoph, sie ist auch sonst so übel nicht; du hättest so überzeugend sonst auch schwerlich zugeschlagen!"

Er blickte einen Augenblick vor sich hin. „Ich weiß es kaum", sagte er, „wir standen in der Reihe, Lore und ich – es geschah nur ihr zu Gefallen, dass ich hingegangen war –, da kam der lange blasse Kerl, der schon immer auf sie gemustert und dabei mit einem andern getuschelt hatte, und wollte extra mit ihr tanzen."

„War er denn unverschämt gegen deine Dame?" „Unverschämt? – Sein Gesicht ist unverschämt genug!"

„Und Lore?" sagte ich, meinen Freund scharf fixierend. „Sie hätte wohl gern mit dem schmucken Kavalier getanzt?"

Er zog die Stirnfalten zusammen, und ich sah, wie sich eine trübe Wolke über seinen Augen lagerte.

„Ich weiß es nicht", sagte er leise. – – „Es war nicht gut, dass ihr das Mädchen damals in euerer lateinischen Tanzschule den Notknecht spielen ließet."

Er reichte mir die Hand. „Leb wohl, Philipp", sagte er, „das Geld schicke ich dir; sonst wirst du wohl nicht viel von mir zu hören bekommen; aber um Jahresfrist, so Gott will, bin ich wieder hier oder bei uns daheim."

Er ging. – Ich suchte vergebens mich wieder in meine unterbrochenen Arbeiten zu vertiefen; eine unbestimmte Sorge um die Zukunft meines Jugendgespielen hatte mein Herz beschlichen. Ich wusste nur zu wohl, was seine Worte nicht verraten sollten, dass seine Phantasie von jenem Mädchen ganz erfüllt war und dass alle Kräfte dieses tüchtigen Kopfes darauf hinarbeiteten, sein Leben mit dem ihren zu vereinigen.

Bald darauf ging ich in die Wohnung meiner Hauswirte hinab, bei denen ich damals meinen Mittagstisch hatte. Es mochte etwas frühzeitig sein; denn von den Hausgenossen hatte sich noch niemand eingestellt; aber in der Nebenstube traf ich die kleine Näherin, die „lahme Marie", welche stumm und einsam inmitten einer Wolke weißer Stoffe mit der Nadel hantierte. – Da ich sie oft in Gesellschaft der beiden Menschen gesehen hatte, deren Geschick mich jetzt beschäftigte, so erzählte ich ihr den gestrigen Vorfall, in der Hoffnung, über die Ursache desselben Näheres zu erfahren.

„Ich hab das kommen sehn!" sagte sie, die dünnen Lippen zusammenkneifend; „der Tischler ist wohl sonst ein ganzer Kerl; aber gegen das Mädchen ist er zu gutwillig; – was wollt er mit ihr auf dem Ballhaus!"

Ich fragte näher nach.

Sie räumte eine Partie Zeuge von einem Stuhl, damit ich mich setzen könne. – „Sie kennen vielleicht das kleine Haus in der Pfaffengasse“, begann sie dann, als ich ihrem Wink gefolgt war; „die alte Schmieden, die Tante von der Lore, hat es vor Jahren von dem Pferdeverleiher nebenan gekauft; aber den Hof dahinter, weil er zu seinem Geschäft doch großen Raum gebraucht, hat der Verkäufer sich vorbehalten, so dass er mit seinem nun in eins zusammengeht; nur in der Mitte auf einem Stückchen Rasen darf die Alte ihre Waschsachen trocknen und bleichen, soweit es damit reichen will. Sie ist Geschwisterkind mit meiner seligen Mutter, und seit ich konfirmiert war, bin ich oft mit ihr zum Nähen ausgegangen.

Ich denk, es war kurz vor Martini vorigen Jahrs; ich machte mich gleich nach Mittag zu der Schmieden; denn wir hatten eine große Seidenwäsche zusammen. Unterwegs begegn' ich dem Tischler, der damals schon mit der Lore ging. Wir sprechen ein Wort zusammen, und im Weggehen ruft er mir noch lachend zu: ‚Bei Feierabend komm ich und helf euch die Klammern aufsetzen!‘ Ich sagt's auch der Lore; aber sie schien nicht groß darauf zu achten.

Spät nachmittags, da wir drinnen fertig waren, gingen wir hinaus, um die Leine zwischen den Pfählen aufzuscheren, die draußen auf dem Grasrondell stehen. Lore, das Kleid über ihre Halbstiefelchen aufgeschürzt, die schwarzen Haare hinter die Ohren gestrichen, ging mit dem kleinen hölzernen Tritt von einem zum andern. Die Alte hatte sich drinnen in ihren Lehnstuhl schlafen gesetzt; ich – ich bin die Größte nicht und konnte ihr eben nicht viel dabei helfen.“

Und die Erzählerin suchte ihren dürftigen Körper möglichst gradezurichten.

„Ich hatte mich neben dem Waschkorb auf einen Prellstein gesetzt und sah mir's an, wie vor dem Stall der Knecht des Nachbars einen Goldfuchs striegelte. – Ich habe die Pferde gern, wissen Sie, denn mein Vater ist auch ein Fuhrmann gewesen. – Es war gar ein schönes Tier; und wenn es so den Kopf aus dem Schatten in die Sonne hinauswarf, glänzten die Haare wie Metall; aber an dem feinen Beinwerk merkte ich wohl, dass es keines von des Nachbars Mietgäulen sei. – ‚Wem gehört das Pferd?‘ fragte ich Lore, die eben ihr Holztreppchen hart neben mir an den letzten Pfahl gerückt hatte. – ‚Das Pferd?‘ sagte sie, indem sie sich auf den Fußspitzen hebt und die Leine um das Querholz schlingt; ‚das gehört dem fremden Studenten; ich weiß nicht, wie er heißt.‘ – Ich sah zu ihr hinauf; aber sie wandte nicht den Kopf und wickelte noch immer fort mit der Leine. Als ich eben ungeduldig werden wollte, sagt hinter mir eine Stimme: ‚Es ist genug, Fräulein Lorchen!‘

Ich seh noch, wie sie die Arme sinken lässt und hastig das aufgeschürzte Kleid herunterzupft, und da ich den Kopf wende, steht der blasse vornehme Student vor mir, und Lore, ohne ein Wort zu sagen, springt von ihrem Tritt herunter und stellt sich neben mich. – Der junge Herr steht auch nur und macht scharfe Augen auf die Lore, als wenn er das Anschauen ganz umsonst hätte. ‚Dass dich!‘ dacht ich und fing aufs Geratewohl einen lauten Diskurs über den Goldfuchs an, und red’te so lang, bis ich Antwort hatte, und ehe ich mich’s versehen, waren wir alle drei auf den Hof hinübergetreten. Das Pferd scharrte mit den Hufen und sah seinen Herrn mit den klugen Augen an; Lore stand daneben, und recht als trüge sie Verlangen nach dem Tier, ließ sie ihre flache Hand an dem spiegelblanken Hals herabgleiten. ‚Es ist lammfromm‘, sagte der junge Herr; ‚was meinen Sie, Fräulein Lore, drinnen im Stall hängt noch ein Damensattel!‘ – Sie schüttelte den Kopf; aber ich hörte, wie ihr der Atem versetzte, und ihre Augen blitzten ordentlich vor Lust. Der Herr Graf hatte das auch wohl verstanden; denn auf seinen Wink wurde der Sattel aufgeschnallt und ein leichter Zaum angelegt. Lore sah darauf hin, als wenn ihr die Augen verhext wären. Als aber der Knecht ihr das Holztreppchen zum Aufsteigen hinstellte, warf es der junge Herr beiseite. ‚Pfui doch, Johann!‘ rief er; und als wenn sich’s nur von selbst verstände, fasst er das Mädchen unterm Arm. ‚Treten Sie fest!‘ sagte er und hielt die andere Hand vor sie hin, indem er mit seinen durchdringenden Augen zu ihr aufsah. Und Lore, als müsse sie nur immer tun, wie der es wollte, setzt ihr Füßchen in seine Hand. Ich merkte wohl, er zögerte; aber es war nur ein Augenblick; dann hob er sie mit einem raschen Schwung hinauf.

Sie sah ganz verwirrt aus und schlug die Augen nieder, als sie droben saß, und ließ sich geduldig den Zaum zwischen den Fingern von ihm zurechtlegen. Der Fuchs schüttelte den Kopf und stieß ein lautes Wiehern aus. Sein Herr strich ihm ein paarmal liebkosend über das seidene Fell; dann legte er die Hand hinter Lore auf den Sattel; mit der andern fasste er den Zaum und führte das Pferd langsam um das Rondell herum.

Ich muss es selbst sagen, sie machten ein stolzes Paar zusammen, und es hätte wohl keiner gedacht, der sie so gesehen, dass die feine Person nur eine arme Nähterin und eines Schneiders Tochter sei.

Bald ging es ihr schon nicht rasch genug. Sie warf die Hand empor, das Pferd fing an zu traben, und der junge Herr trat auf das Rondell zurück. Aber er ließ kein Auge von ihr; wie das Pferd lief, so ging er, die Reitpeitsche in der Hand, im Kreise mit umher; als sei es ihm angetan, so flogen seine Blicke an dem Mädchen hin und wider, von ihren schwarzen wehenden Haaren bis zu dem Füßchen, das oben an dem Sattel unter dem Kleide hervorsah. Bald rief er ihr, bald seinem Fuchs ein kurzes Wort hinüber. Das Tier lief immer schneller; es schnob und peitschte mit dem Schweife in die Luft. Lenore sah gar nicht darauf hin. Sie saß nur wie angeflogen und lächelte und sah auf den jungen Herrn, grad als wären's seine Augen, die sie auf dem Sattel festhielten.

So ging es eine Weile. ‚Wenn die Alte herauskäme!' dachte ich. ‚Es gäb ein böses Wetter!' Aber sie kam nicht. Da plötzlich schwenkt eine Flucht Tauben mit großem Geklapper über den Hof, und der Fuchs stutzt und macht einen Satz. Ich denk, die Lore stürzt herunter; aber nein, sie hing noch an dem Hals des Pferdes; nur blass war sie geworden wie der Tod.‚Oho, Virginier!' ruft der Herr, und gleich ist er auch drüben, hat die Lore auf seinen Armen, sieht sie einen Augenblick mit den scharfen Augen an und lässt sie dann sanft zu Boden gleiten. – Eh ich mich noch besinne, hör ich die Hoftür gehen. ‚Da ist die Alter!' denk ich; aber als ich mich umkehre, steht der Tischler vor mir. – Wär's nur die Alte gewesen, ich hätte mich nicht so alteriert; denn ganz wie versteinert sah der Mensch aus. ‚Ist denn schon Feierabend, Herr Werner?' ruf ich. Aber er achtet gar nicht darauf. ‚Guten Abend, Marie!' sagt er mit ganz heiserer Stimme, und er würgte ordentlich daran, als wenn ihm das Wort im Halse steckenbleiben müsste. – ‚Wollen wir nicht ins Haus gehen?' sag ich wieder. ‚Ich danke', antwortet er; ‚ihr habt da schon Gesellschaft.' – Und ohne das Mädchen anzusehen oder eine Silbe an sie zu verlieren, kehrt er sich um und geht durch den großen Torweg der Straße zu.

Lore stand, ohne sich zu rühren, neben dem schnaubenden Pferde. ‚Was wollte der Mensch?' fragte der Graf. ‚Es ist ein Landsmann von mir', erwiderte sie leise. ‚Es ist Herr Werner', sagte ich, ‚der erste Arbeiter in dem großen Möbelmagazin'; denn mich ärgerte das spöttische Gesicht, womit der Herr dem Tischler nachgesehen hatte."

Die Erzählerin hatte eine Arbeit vollendet; sie stand auf und legte die Stoffe zusammen. Nebenan im Wohnzimmer fanden sich die Hausgenossen zum Mittagstisch zusammen.

„Was ist denn daraus geworden?" fragte ich noch.

„Was ist daraus geworden?" wiederholte sie. „Ich habe eine

Zeitlang hin und wider geredet; am Ende – der Tischler kann ja doch nicht von ihr lassen, und sie, wenn ihr nicht just der Kopf verrückt ist, weiß auch wohl, was sie an ihm hat. Die schönen vornehmen jungen Herren sind ja nun doch einmal nicht für sie gewachsen."

Wir gingen zu Tische. Aber die Geschichte der lahmen Marie lag mir schwer auf dem Herzen. – Lore und Christoph! Ich konnte mir die beiden Menschen nicht zusammendenken.

Ein Spaziergang

Bald nach Ostern hatte eine plötzliche Erkrankung meiner Mutter mich nach Hause gerufen. Erst im August, da ich die völlig Genesende mit Ruhe der Sorge meines Vaters und der Heilkraft der milden Lüfte überlassen konnte, kehrte ich auf die Universität zurück. Als ich fortreiste, war auf der weiten Seebucht neben der Stadt noch kaum das Eis verschwunden; nun rauschte über allen Wegen das volle Laub des Sommers.

Es war am Vormittage nach meiner Ankunft; von meinen Bekannten hatte ich noch keinen gesprochen. Ich stand nachdenklich in der Mitte meines einsamen Studentenstübchens; das ausgetrocknete Dintenfass auf dem Schreibtisch und die bestaubten Bücher sahen mich unbehaglich an; der halb ausgepackte Koffer auf dem Fußboden machte es nicht besser. Aber die Sonne schien durch die Fensterscheiben und lockte mich hinaus, und bald ging ich, wie ich es schon als Knabe liebte, nur mit mir allein, im Schatten der breiten Ulmenallee, welche eine Strecke oberhalb des Wassers am Seestrande entlangführt.

Wie ein düsteres Gewölbe standen die ungeheuern Bäume über mir, während zu beiden Seiten auf Laub und Gräsern und in den Fenstern der hier überall im Grün versteckten Gartenhäuser die helle Morgensonne funkelte; mitunter, wo er durch die Büsche sichtbar wurde, traf auch ein Blitz des Meeresspiegels meine Augen. – Ich ging langsam weiter, die frische Luft mit vollen Zügen atmend; nur einzelne unbekannte Menschen begegneten mir, denn die Stunde des Spazierengehens hatte noch nicht geschlagen.

Allmählich aber hörten die Gärten auf; statt der Ulmen waren es hier schlanke, aufstrebende Buchen, die zur Seite standen. Noch eine kurze Strecke, und ich ging in einem kühlen Walde, der zur Linken eine Anhöhe hinansteigt, während ich nach der andern Seite durch die Bäume auf die See hinabblicken konnte. Vor mir aus dem Dickicht klang der Silberschlag des Buchfinken und der Lockruf der Schwarzamsel; dazwischen wie Musik hörte ich fortwährend das Lispeln der Blätter und drunten zu meinen Füßen das Anrauschen des Wassers. Mir kam plötzlich die Erinnerung an ein halbverfallenes Haus, das hier im Walde liegen musste. Vor Jahren als Sekundaner war ich einmal mit einem mir verwandten Studenten dort gewesen, den ich von der Schule aus besucht hatte. Es war, so erfuhr ich damals, von einem spekulierenden Schenkwirt gebaut worden; aber die Spekulation missglückte; es war ihm nicht gelungen, den großen Zug der Gäste in seine Einsamkeit hinauszulocken. Er hatte verkaufen müssen, und der neue Eigentümer ließ derzeit die spärliche Wirtschaft durch einen Kellner verwalten.

Ich entsann mich des langen blassen Menschen sehr wohl, und auch das einstöckige Gebäude, welches zwischen den hohen Buchen etwa auf der Hälfte der Anhöhe lag, stand jetzt mit Deutlichkeit vor meinen Augen. Unter der kleinen Säulenhalle, welche die Mitte der Fronte einnahm, hatte ich damals mein erstes Glas Grog getrunken; von hier aus waren wir durch eine große Flügeltür in einen hohen düstern Saal getreten, dessen Fenster nach hinten in den Wald hinaussahen. Mich überkam ein Verlangen, den einsamen Ort wieder aufzusuchen; zugleich eine Besorgnis, er möge jetzt verschwunden oder für mich nicht mehr zu finden sein.

Während ich so meinen Gedanken nachhing, bemerkte ich aufblickend einen schmalen Fußweg, der sich links vom Wege zwischen den Bäumen hinaufschlang. Ich stand einen Augenblick; so war es damals auch gewesen; dann stieg ich langsam den Berg hinauf. Nach einiger Zeit sah ich vor mir zwischen den Stämmen ein graues Schieferdach auftauchen, allmählich wurden auch die Kapitäle einer kleinen Säulenhalle und zu jeder Seite derselben der obere Teil eines Fensters sichtbar. Noch ein paar Schritte, und eine breite Steintreppe führte aus dem Baumschatten auf einen kleinen ebenen Platz hinaus.

Da lag es vor mir; mitten im Walde, im stillsten Sonnenschein. Die Zeit schien hier kaum etwas verändert zu haben; wie damals war der ursprünglich rötliche Anwurf der Mauern, wo er nicht abgeblättert an der Erde lag, überall mit grünem Moos bezogen, und aus den Spalten der hölzernen Säulen drängte sich braunes wucherndes Schwammgewächs; auch jetzt noch stand unter der kleinen Halle eine dunkelgrüne Bank zu jeder Seite der halbgeöffneten Flügeltür. – Ich setzte mich auf eine derselben und blickte durch die Lücken des Gehölzes auf die See hinab, wo eben ein Fischerboot im Sonnenschein vorüberglitt. – Menschen schienen hier oben nicht zu hausen, es rührte sich nichts; auch hinter mir aus dem Hause vernahm ich keinen Laut; nur eine Waldbiene summte in raschem Flug vorüber, und an den Grasrändern der Steintreppe gaukelten zwei dunkle Schmetterlinge.

Nach einer Weile stand ich auf und ging in den Saal. Er schien mir noch düsterer fast, als ich ihn mir gedacht hatte; die dicht vor dem Fenster stehenden Bäume schienen ihre Zweige bis über das Dach zu breiten. Ich schlug mit meinem Stock auf einen Tisch, dass es an der hohen Decke widerhallte; aber es kam niemand. – Zur Linken in einem Nebenzimmer, in das ich hineinblickte, stand ein einsames Billard. Aber gegenüber, an der andern Seite des Saals, war noch eine Tür; ich öffnete sie und gelangte in einen schmalen Gang und durch diesen wiederum ins Freie. – Neben einer Kegelbahn, die dicht am Hause lag, fand ich einen schon ältlichen Menschen, mit einer grünen Schürze angetan, auf dem Rasen eingeschlafen. In der Tat, es schien auch derselbe Kellner noch von damals! – Als ich ihn mit meinem Stock berührte, riss er die Augen auf und sprang empor. „Ich bitte, mein Herr", sagte er, „ich habe wenig Ruhe gehabt die Nacht."

Ich sah ihn verwundert an.

„Sie wissen das nicht?" fuhr er fort, indem er mich von Kopf zu Füßen musterte. „Die Herren Korpsburschen haben ja seit Ostern ihren Kneipabend hieher verlegt."

Ich wusste das in der Tat nicht, obgleich die meisten meiner Bekannten zu dieser Verbindung gehörten.

Während ich einen Krug Bier und eine Schnitte Brot bestellte, waren wir in den Saal zurückgegangen. – Als der Tagesschein durch die geöffnete Tür fiel, wurden auf der Mitte des Fußbodens ein paar dunkle Flecke sichtbar, die mir keinen Zweifel ließen, dass nicht nur die Kneipabende, sondern auch die dazugehörigen „Paukereien" in diese Einsamkeit verlegt waren. – „Weshalb schafft ihr denn das Blut nicht fort?" fragte ich.

„Um Entschuldigung, mein Herr", erwiderte der blasse Kellner, „aber der Fleck kommt immer wieder; er ist von damals, als das Unglück hier passierte. – Es sah sich übel an, als der hitzige junge Herr auf einmal so still und weiß wurde."

Ich entsann mich sogleich jenes Vorfalles, der einer dürftigen Offizierswitwe ihren einzigen Sohn gekostet hatte. Es war bald nach meiner Abreise geschehen und hatte auf kurze Zeit die Teilnahme des ganzen kleinen Landes in Anspruch genommen.

Ich ging in die Halle hinaus und setzte mich auf eine der grünen Bänke, des armen heißblütigen Jungen gedenkend, dessen Leben hier die letzte unliebsame Spur zurückgelassen hatte.

Nach einer Weile brachte der Kellner das bestellte Frühstück. „Heut abend könnten Sie was Besseres haben", sagte er, indem er Krug und Teller vor mir auf den Tisch stellte. „Wir haben Ball; da schickt der Prinzipal allemal seine Köchin heraus."

„Ball?" fragte ich erstaunt. „Wer tanzt denn hier mitten im Walde?"

„Nun", erwiderte er und blickte fast ein wenig despektierlich auf meine nicht allzu moderne Kleidung, „die vornehmsten Herren Studenten haben das so eingerichtet."

Mir fiel plötzlich eine Stelle aus dem Briefe eines Freundes ein, den ich während meines Aufenthaltes in der Heimat erhalten hatte. „Zum Hexensabbat nennen wir es; und es geht toll genug her!" So lauteten die Worte. Ich wusste jetzt, wovon die Rede war; ich hatte nur den Ort vergessen.

Der Kellner schien übrigens jenen Namen nicht eben gern zu hören. Während ich ihn aber noch damit zu schrauben suchte, waren zwei junge, mir wenig bekannte Studenten den Berg heraufgekommen. Sie warfen sich, ohne von mir Notiz zu nehmen, an der andern Seite der Tür auf die Bank, während sie in scharf akzentuierten Worten und mit einem grimmigen Gesichtsausdruck jeder einen Seidel Bier bestellten. Dann, während der Kellner sich entfernte, kam in abgebrochenen Sätzen, mitunter durch Pfeifen oder lautes Gähnen unterbrochen, eine Unterhaltung über die bevorstehende Tanzfestlichkeit in Gang, die der eine, offenbar ein „Fuchs" von neuestem Datum, erst durch seinen etwas älteren Genossen kennenlernen sollte. Eine nach der andern wurden ihm die Tänzerinnen in knapper, nicht eben zartester Porträtierung vorgeführt; voran die Töchter eines Winkeltanzmeisters und eines trunkfälligen Polizisten, mit deren Hülfe das Institut begründet war; in ihrem Gefolge eine ganze Reihe freund- und elternloser Mädchen, die während des Tages mit ihrer Hände Arbeit sich ein kärgliches Brot verdienten.

Ich verzehrte indessen schweigend mein Frühstück und fütterte mitunter einen Buchfinken, der furchtlos neben mir auf den Fliesen umherlief und die ihm hingeworfenen Brotkrumen aufpickte.

„Die Gräfin sollst du erst sehen!" begann der Ältere meiner beiden Nachbarn wieder, indem er seinen kleinen Schnurrbart drehte.

Der andere tat eine verwunderte Frage.

Sein Freund lachte: „Es ist nur eine Nähterin, Ludwig; aber

wenn sie dich so kalt mit ihren schwarzen Augen ansieht! – Sie ist verdammt von oben herab."

„Aber warum nennt ihr sie denn die Gräfin?"

„Nun, siehst du – der Raugraf hat sie."

Ich weiß nicht, weshalb ich bei diesen Worten erschrak. Schon wollte ich nähere Erkundigungen bei dem jungen Renommisten einziehen, als mir einfiel, dass ich bei meinem Fortgehen die lahme Marie in der Hinterstube meiner Hauswirtin gesehen hatte.

Ich machte mich sofort auf den Rückweg; und eine halbe Stunde später stand ich neben ihr und hatte ein Gespräch mit ihr angeknüpft.

„Und Sie haben Lenore seit lange nicht gesehen?" fragte ich. Sie schwieg einen Augenblick. „Ich gehe nicht mehr mit ihr", sagte sie, indem sie auf ihre Arbeit blickte.

„Sie schienen doch sonst so gute Freunde!"

„Sonst, ja!" – Sie strich ein paarmal mit dem Nagel über die eben angefertigte Naht. „Aber seitdem sie draußen bei den Studenten tanzt – sie wird die längste Zeit bei der alten Tante gewesen sein; und mit dem Testament mag es nun auch wohl anders werden."

„Also doch!" dachte ich. – Christoph hatte mir das entlehnte Geld schon einige Zeit nach seiner Abreise mit der kurzen Bemerkung zurückgesandt, dass er im Hause seines Oheims eine freundliche Aufnahme, bei den beiden Alten nicht weniger als bei deren schon etwas ältlicher Tochter, und außerdem Arbeit vollauf gefunden habe. Seitdem hatte ich Näheres weder von ihm noch von Lore gehört.

„Aber, wie ist denn das gekommen?" fragte ich nach einer Weile, während die Nähterin emsig fortgearbeitet hatte.

„Nun!" sagte sie und steckte für einen Augenblick die Nähnadel ins Zeug. „Es war vierzehn Tage vor Pfingsten; die Lore war schon lange unwirsch gewesen; ich dachte erst, weil der Tischler ihr noch immer nicht geschrieben hatte; mitunter aber kam's mir vor, als sei das ganze Verlöbnis ihr leid geworden und als könne sie in sich selber darüber nicht zurechte kommen. Sie scherte sich auch keinen Deut darum, ob sie mich oder eine von ihren vornehmen Herrschaften mit den kurzen Worten vor den Kopf stieß; am schlimmsten war es aber, wenn sie gegenüber die Musik vom Ballhaus hörte; denn sie hatte dem Tischler doch versprechen müssen, nicht zu Tanze zu gehen. – Eines Abends nun, da wir vor meiner Tür auf der Bank sitzen, kommt mein Schwestersohn, der Schneider, der erst gestern aus der Fremde heim war, mit ein paar andern Gesellen zu uns. Er war den Rhein herabgekommen, hatte auch dort in zwei oder drei Städten, die er namhaft machte, gearbeitet. Die andern fragen; er erzählt. – ‚So hast du den Christoph Werner auch gesehen?' sagt der eine. – ‚Den Tischler, freilich hab ich ihn gesehen; der hat sein Glück gemacht.' – ‚Wie denn?' fragt der andere. – ‚Wie denn? Er heiratet die Meisterstochter; und sie hat – – – du verstehst mich!' Er machte wie Geldzählen mit den Fingern. Mir wurde himmelangst bei diesen Reden. ‚Du bist nicht gescheut, Junge', sag ich, ‚was schwatzest du da ins Gelag hinein!' – ‚Oho, Tante, gescheut genug!' ruft er, ‚bin ich doch dabeigestanden, dass er die Bretter zu seinem Hochzeitsbett gehobelt hat!' – – Lore, auf dieses Wort, ohne einen Laut zu geben, steht sie von der Bank auf, nimmt ihren Hut und geht, ohne sich umzusehen, die Straße hinab. ‚Was fehlt der?' sagt mein Schwestersohn noch. – ‚Ich weiß nicht, Dietrich.' – Und ich wusste es auch wirklich nicht. Es war nicht gar so heiß gewesen zwischen ihr und dem Tischler; denn er war ihr lange nachgegangen, und sie hatte sich zweimal bedacht, bevor sie ja gesagt; und wenn ich's auch schon wusste mit dem vornehmen jungen Herrn, dem Studenten, so dachte ich doch nicht, dass er ihr so ganz ihren eigensinnigen Kopf verrückt hätte.

Noch eine Weile saß ich bei den andern und hörte, was der Junge, der Schneider, zu erzählen wusste; aber ich hörte nur halbwege, und bald litt es mich nicht länger; denn ich sorgte doch um sie.

So ging ich denn hinterher und traf sie, wie ich es mir auch gedacht hatte, drunten im Haus der Tante, wo sie in einem Hinterkämmerchen ihre Menage hatte. Da stand sie mitten im Zimmer kreideweiß und nagte sich auf den Lippen, dass ihr das Blut übers Kinn lief; alle ihre Schubfächer und Schachteln hatte sie aufgerissen, und Tüll und Bänder lagen um sie her gestreut auf dem Fußboden. ‚Lore', rief ich, ‚was machst du, Lore?' Aber sie schien nicht auf mich zu hören. – ‚Ist Sonntag Tanz im Ballhaus?' fragte sie. – ‚Im Ballhaus? Was geht das dich an?' – ‚Ich will mittanzen!' – ‚Du? Was würde dein Schatz wohl dazu sagen?' – ‚Was geht mich mein Schatz an!' – Sie hatte währenddes ihren Hut aufgesetzt und ihr Umschlagetuch von der Kornmode genommen; dann schloss sie ein Kästchen auf, worin sie ihr Erspartes hineinzulegen pflegte; – denn wenn sie auch manchen Schilling für Putz vertat, so war sie doch stolz und hatte immer nicht so nackt und bloß zu ihrem Bräutigam kommen wollen. Nun riss sie das Papier, worin es eingewickelt war, herunter und ließ das lose Geld in ihre Tasche fallen. ‚Willst du mit?' fragte sie. ‚Ich muss Einkäufe machen.' – Ich wusste nicht, was sie wollte; aber sie dauerte mich, und so ging ich mit ihr; denn ich hoffte noch, das mit dem Tanzen ihr wieder auszureden. Aber es waren leere Worte; denn sie ging hastig neben mir die Straße hinab und antwortete nicht und sah nicht nach mir hin.

Als wir bei dem Schnittwarenhändler am Markte vor dem Ladentisch standen, ließ sie sich die dicksten seidenen Bänder und die modernsten Jakonetts vorlegen, wie sie deren sonst wohl nur zuzeiten für die Vornehmsten in der Stadt verarbeitet hatte. Sie suchte dazwischen umher und warf es durcheinander.

Der Ladendiener legte noch eine Ware vor. ‚Wenn es der Dame, die das Kleid bestellt hat, auf den Preis nicht ankommt!' sagte er und streckte die Hand unter den klaren durchsichtigen Stoff. ‚Nein', sagte Lore, ‚es kommt ihr auf den Preis nicht an.' – Ich stieß sie heimlich an; denn ich verstand es nun wohl, dass sie die kostbaren Zeuge für sich selber wollte. ‚Lore', sagte ich leise, ‚ich bitte dich, besinne dich doch, was willst du mit den feinen Sachen?' – Aber sie kehrte sich nicht daran, sie ließ den Ladendiener abschneiden und zählte das schöne harte Geld auf den Tisch, als wenn sie nicht mehr wüsste, wie viele Tage sie sich sauer darum hatte tun müssen. ‚So lass doch', sagte sie, als ich ihren Arm zurückhielt; ‚ich will auch einmal fein sein; ich bin nicht hässlicher als die Schönste hier!' – – –

Dann ist sie nach Haus gegangen und hat die ganze Nacht und den folgenden Tag gesessen und mit der heißen Nadel genäht, bis das teure Kleid fertig gewesen ist.

Am Sonntag darauf", fuhr die Erzählerin fort, nachdem sie zuvor einen neuen Faden durch ihre Nadel gezogen hatte, „abends, da es schon spät gewesen ist, hat sie sich von den weißen Maililien in ihr schwarzes Haar gesteckt und ist dann aufs Ballhaus gegangen.

Ich hab das alles nur von meinem Schwestersohn", setzte sie hinzu, „das ist auch einer, der keinen Tanz verpassen kann. – – Sie hat erst lange gesessen; denn die jungen Handwerksleute haben sich gar nicht an sie getraut, und die Studenten hat sie selber einen nach dem andern abgewiesen; es hätte nahezu wieder einen Aufruhr um sie gegeben. Der blasse vornehme Student, wie heißen sie ihn gleich?" – –

„Der Raugraf!" sagte ich.

„Freilich, der ist auch dagewesen; aber er hat sich wie gar nicht um sie gekümmert. Zuletzt hat er doch kommen müssen; denn zu schön hat sie ausgesehen; als wenn sie aus dem Morgenland gekommen wäre, haben sie gesagt. Sie ist blutrot geworden, als er zu ihrem Platz getreten ist, und hat am ganzen Leib gezittert. Aber nun ist sie aufgestanden und hat ihm die Hand gegeben, und er hat sie angesehen, sagt mein Schwestersohn, als wenn er sie hat verzehren sollen. Sie hat auch mit keinem sonst getanzt; denn bis die Musikanten ihre Geigen eingepackt haben, sind die beiden miteinander nicht wieder von der Diele gekommen."

Die lahme Marie schwieg; nur „Ja, ja!" sagte sie noch einmal, wie in Gedanken die Moral aus ihrer Erzählung ziehend; dann setzte sie eifriger als zuvor ihre Arbeit fort.

Ich wusste genug und beschloss, um nun auch mit eignen Augen zu sehen, mich heute abend selbst auf den „Hexensabbat" zu begeben.

Draußen im Walde

Es war schon dunkel; eine schwüle Luft lag über dem Walde, während ich die Anhöhe hinauf den Weg durch die Baumstämme zu finden suchte.

Als ich die Steintreppe erstiegen hatte, blieb ich unwillkürlich stehen. Neben mir sah ich ein paar weiße Mädchengestalten durch die Bäume schlüpfen und dann seitwärts im Hause verschwinden. Es schien eben eine Tanzpause zu sein; ich hörte drinnen in dem hell erleuchteten Saal die Musikanten ihre Geigen stimmen; an den offenen Flügeltüren vorbei trieben Studenten und Mädchen in lebhaftem Verkehr vorüber. Ich konnte mich nicht überwinden, sogleich hineinzugehen; vor meinem innern Auge stand die liebliche Kindesgestalt des Mädchens; ich sah sie wieder an dem Halse ihres armen Vaters hangen; ich dachte daran, wie sie so hartnäckig meiner knabenhaften Leidenschaft ausgewichen war. Ein plötzlicher Schmerz kämpfte in meiner Brust; ich weiß kaum, war es Mitleid oder Eifersucht.

Endlich stieg ich die beiden Stufen der kleinen Halle hinan und stellte mich unbemerkt an den Pfosten der offenen Tür. Die Pause dauerte noch fort; aber es schien darum nicht weniger lebendig; die Studenten, die an den Seitentischen oder im Nebenzimmer saßen, redeten und klappten mit ihren Seideln, die Mädchen trieben sich lachend auf und ab; mitunter fuhr ein übermütiger Schrei durch den Saal.

Es waren anmutige Gesichter unter diesen Mädchen; jugendliche Gestalten mit großen leidenschaftlichen Augen, die durch den Ausdruck sorglosen Lebensgenusses oder einen vorüberwandelnden Zug von Leide nicht weniger anziehend wurden. Trotz ihrer Armut waren sie alle sauber gekleidet, in hellen, durchsichtigen Stoffen, eine Blume oder einen frischen Kranz in dem sorgfältig geflochtenen Haar.

Dies hatte indessen bei ihren Tänzern nicht eine gleiche Rücksicht zu bewirken vermocht; denn namentlich die Jüngeren und einige der sogenannten „Haupthähne“ der Verbindung scheuten sich nicht, in Gegenwart ihrer Damen die Beine behaglich über Tisch und Bänke auszustrecken.

Meine Augen suchten Lore, und sie brauchten nicht lange zu suchen. Sie saß dem Billardzimmer gegenüber zwischen einem Paar jüngerer Mädchen, die lebhaft zu ihr sprachen, während sie teilnahmlos vor sich hinblickte.

Im Haar trug sie eine weiße Rose, eine Seltenheit in dieser Jahreszeit; aber auf ihrem Antlitz war die Rosenzeit vorüber; kein Rot schimmerte mehr durch diese zarten blassen Wangen.

Auch den Raugrafen sah ich; er saß mit übergeschlagenen Beinen, wie ermüdet, an der andern Seite des Saales. – Ich stand in seiner Nähe. Als die Musikanten ihre Instrumente zur Hand nahmen, trat einer der jüngeren Studenten zu ihm. „Laß mir die Lore für diesen Tanz!“ sagte er schüchtern.

„Ein andermal, Fuchs!“ erwiderte der Raugraf und lehnte seinen schönen, aber bleichen Kopf zurück gegen die Wand. Die Musik setzte ein; allein er stand nicht auf, um seine Tänzerin zu holen; er hob lässig die Hand und machte gegen sie hin ein Zeichen mit den Fingern. Ich sah, wie sie einen zornigen Blick zu ihm hinüberwarf und dann, ohne aufzustehen, ihre Augen in die aufgestützte Hand begrub. Der Raugraf faltete die Stirn, und nach einer Weile sprang er auf und schritt durch den Saal, bis er vor ihr stand. – Als sie auch jetzt nicht aufblickte, legte er den Arm um sie und zog sie mit einer raschen Bewegung zu sich empor. Er schien einige Worte mit Heftigkeit hervorzustoßen; ich war indes zu weit entfernt, um etwas davon verstehen zu können. Dann trat er mit ihr an die Spitze der übrigen Paare und eröffnete den Tanz.

Sie war eine voll ausgewachsene Mädchengestalt, aber gleichwohl reichte sie ihm nur bis an die Brust. Ich sah ihnen lange nach; sie hatte den Kopf in den Nacken fallen lassen, während sie fast von seinem Arm getragen wurde und nur mit den Fußspitzen den Boden berührte; er neigte sich über sie, und seine Augen lagen unbeweglich wie die eines jungen Raubvogels auf ihrem Antlitz, das sie mit geschlossenen Lidern ihm entgegenhielt. Als der Tanz zu Ende war, führte er sie an ihren Platz und ließ sie leicht aus seinen Armen auf den Stuhl gleiten.

Die Pause dauerte indes nicht lange. Bald entstand eine Unruhe im ganzen Saal; die Musik setzte in rasendem Tempo ein, und die Paare reihten sich stürmisch aneinander.

Der Tanz begann aufs neue, Gelächter und ausgelassene Rufe flogen durch die Runde; immer wilder sah ich die kleinen leichtfertigen Füßchen über die dunkeln Flecke des Fußbodens gleiten. Endlich kam es zu einer Tour, durch deren ungestüme Ausführung die ganze Reihe der armen Kinder unausbleiblich zu Fall gebracht wurde.

Dann wie auf einen Wink schwieg die Musik, und während ihre Tänzer lachend über sie hinwegsprangen, standen sie mit heißen Gesichtern auf und strichen sich das Haar aus der Stirn oder suchten den Staub von ihrem mühsam erarbeiteten Ballstaat abzuschlagen. – Ich weiß nicht, war es noch ein Rest von dem Zerstörungstriebe des Kindes oder war es der allen Menschen innewohnende Drang, sich gegen das aufzulehnen, dessen Einfluss man sich nicht entziehen kann; – es schien, als wenn die akademische Jugend sich in übermütiger Herabwürdigung des Weibes gar nicht genugtun konnte.

Lore, die ich nicht außer acht gelassen, saß einsam auf demselben Platze, wohin sie von dem Raugrafen geführt worden war. Sie schien es sich erzwungen zu haben, dass zu jenem Tanze niemand sie auch nur aufgefordert hatte.

Während bald darauf, vielleicht des Kontrastes halber, ein Contretanz mit aller Feierlichkeit ausgeführt wurde, ging ich mit einem Bekannten in das Seitenzimmer. Wir trafen mehrere ältere Studenten, und bald waren wir, unsere Bierseidel vor uns, in ein alle gleicherweise interessierendes Gespräch über die Eventualitäten des bevorstehenden Examens vertieft.

Als nebenan die Musik absetzte, kamen noch einige der Tanzpaare zu uns an den Tisch; der Raugraf mit Lore war auch darunter. – Sie setzte sich neben ihn, während er die Speisekarte musterte, und bald hatte der Kellner einige Schüsseln und eine Flasche Champagner vor den beiden hingestellt. Der Kork wurde behutsam abgenommen – der Raugraf ließ niemals einen Champagnerpfropfen knallen –, und der schäumende Wein floß in die Gläser. Die andern Mädchen, denen ein einfacheres Mahl serviert war, stießen ihre Tänzer heimlich mit den Ellenbogen; und auch meine Aufmerksamkeit war bald ausschließlich auf dieses Paar gerichtet. – Lore hatte ihr blasses Gesicht in die eine Hand gestützt, während die andere wie vergessen an dem Fuß des vollen Glases ruhte; der Raugraf beschäftigte sich behaglich mit seinem

Lerchensalmi und schlürfte schweigend seinen Wein dazu. „Willst du nicht essen, Lore?“ fragte er endlich.

Sie schüttelte den Kopf.

Er sah sie einen Augenblick an. „Du willst nicht? – Nun“, setzte er ruhig hinzu, „deine Sache!“ Dann schenkte er sich ein und setzte seine Mahlzeit fort.

Das Mädchen hatte indessen ihr Glas an die Lippen geführt und es mit einem durstigen Zug hinabgetrunken. Ohne den Kopf zu erheben, der noch immer müde in ihrer Hand ruhte, nahm sie die Flasche und hielt sie schwebend über dem leeren Glase, so dass der Wein langsam hineinfloss und nur allmählich schäumend in dem Kelche aufstieg. Ihre Augen blickten mit einem Ausdruck von Trostlosigkeit darauf, als sehe sie ihr Leben aus der Flasche rinnen. Sie achtete auch nicht darauf, als der Schaum aus dem Glase auf den Tisch und von diesem auf den Boden floss; nur ihre andere Hand schien sich immer fester in das schwarze seidige Haar hineinzuwühlen.

„Schöne Dame“, flüsterte ein hübscher milchbärtiger Junge, während er wie bettelnd ihr sein leeres Glas entgegenhielt, „einen Tropfen von Eurem Überfluss!“

Lore blickte nicht auf; aber ich sah, wie es flüchtig um ihre Lippen zuckte.

„Was denn, Fuchs, was hast du?“ fragte einer von den Alten, der sich bisher nur mit seinem Glase beschäftigt hatte. „Oho, Stoffvergeudung!“ rief er plötzlich und legte seine Hand auf den Arm des Mädchens.

Der Raugraf war nur ein wenig zur Seite gerückt, als der Wein neben ihm zu Boden tropfte. „Lass sie“, sagte er, „es ist ihre Natur so. – Nicht wahr, Lore“, setzte er hinzu, indem er sich lächelnd zu ihr wandte, „wir beide, wir verstehen uns aufs Vergeuden!“

Sie setzte die Flasche auf den Tisch und warf ihm einen Blick voll unergründlichen Hasses zu. Dann stand sie auf und ging nach der Tür, die in den Saal führte. Aber er war zugleich mit ihr aufgesprungen. Ein Ausdruck verbissenen Jähzorns entstellte die schönen regelmäßigen Gesichtszüge. „Was fällt dir ein!“ flüsterte er und packte mit Heftigkeit ihren Arm. Sie blieb stehen, ohne dass sie Miene machte, sich von seiner Hand zu lösen; nur ihre dunkeln glänzenden Augen blickten ihn fragend und verachtend an. Eine Weile ertrug er es; dann zog er die Hand zurück, und indem er ein kurzes Lachen ausstieß, trat er wieder an den Tisch und schenkte langsam die Neige aus der Flasche. – Lore sah ich durch die Saaltür zwischen den Tanzenden verschwinden.

Mir quoll das Herz; ich hatte aus der Ecke, wo ich saß, alles genau beobachtet. Nach einer Weile machte ich mich los und trat in den Saal, um sie zu suchen.

Sie war nicht unter den Tanzenden; als ich mich aber zwischen den walzenden Paaren durchgedrängt hatte, sah ich sie in einer Fensternische stehen und scheinbar regungslos in das Gewühl hineinstarren; sie war fast so blass wie die weiße Rose in ihrem Haar.

„Sie erinnern sich meiner wohl nicht mehr?" fragte ich, indem ich auf sie zutrat.

Eine tiefe Röte überzog auf einen Augenblick ihr Antlitz. „Oh, doch!" sagte sie leise.

„Wollen wir tanzen, Lore?"

Sie senkte, während sie mir die Hand reichte, den Kopf so tief, dass ich ihre Augen nicht zu sehen vermochte; aber ich sah, wie ihre kleinen weißen Zähne sich tief in ihre Lippe gruben. So tanzten wir denn zusammen; nur ein paar Runden; denn auch sie mochte fühlen, dass es mir nicht ums Tanzen war. Bald standen wir nebeneinander vor der großen Ausgangstür, deren beide Flügel weit geöffnet waren. Ich blickte unwillkürlich hinaus; es war sehr finster, nur die Stämme der nächsten Buchen waren von dem herausfallenden Schein beleuchtet. Aber ein Strom bewegter Nachtluft trieb erfrischend gegen uns heran, und während von der einen Seite das Kreischen der Geigen und das Scharren der Tanzenden an mein Ohr schlug, vernahm ich zugleich von draußen das traumhafte Rieseln in den Laubkronen des Waldes.

Das Mädchen stand neben mir, ohne zu sprechen, die Augen zu Boden geschlagen. – Ich fasste mir ein Herz. „Wie mag es Christoph gehen?" fragte ich.

Sie fuhr zusammen und murmelte etwas, das ich nicht verstand; aber auf ihren blassen Wangen wurden zwei dunkelrote Flecke sichtbar.

„Was würde er sagen", fuhr ich fort, „wenn er hier wäre!"

Ich sah, wie sie nach Atem rang und wie ihre herabhangende Hand krampfhaft an dem Kleide fingerte. „Oh, bitte", stieß sie leise hervor, „nicht hier, nur nicht hier!"

„Wo denn? Wollen Sie mich hören, Lore?"

Sie blickte zu mir auf. „Draußen", sagte sie leise, „ich werde gleich herauskommen; lassen Sie uns abtreten nach dieser Runde! – Ich habe Sie schon bitten wollen, als ich Sie vorhin im Nebenzimmer sitzen sah."

Wir tanzten noch einmal; dann führte ich sie zu Platz und trat durch die Tür in den kleinen Säulengang hinaus. – Es donnerte in der Ferne, und als ich die beiden Stufen ins Freie hinabstieg, wetterleuchtete es, dass ich auf einen Augenblick die einzelnen Baumstämme bis an die See hinab und drunten das Blinken des Wasserspiegels unterscheiden konnte.

Ich ging um das Haus herum bis an die Kegelbahn und wartete dort. Nicht lange, so sah ich auch den Schimmer eines weißen Kleides, ich hörte den leichten Schritt des Mädchens, und gleich darauf stand sie selbst tief aufatmend vor mir. – So war ich denn endlich wieder mit ihr allein, im Dunkel, in der Sommernacht; aber es waren andere Zeiten. Ehe ich sie anzureden vermochte, hatte sie ein Papier aus der Tasche gezogen, der Schein eines Blitzes fuhr darüber, und ich erkannte Poststempel und Siegel eines Briefes. „Er ist von Christoph“, sagte Lore, indem sie das Papier in meine Hand legte, die ich unwillkürlich danach ausgestreckt hatte.

„Von Christoph!“ rief ich. „Wann haben Sie den Brief erhalten?“

„Heute!“ erwiderte sie leise.

„Und Sie sind doch hieher gekommen?“

Sie schwieg.

„Darf ich den Brief lesen, Lenore?“

„Ich habe Sie darum bitten wollen.“

Ich ging an eines der erleuchteten Saalfenster in der hintern Fronte des Hauses. – Lenore war mir langsam gefolgt, und ich fühlte, wie während des Lesens ihre Augen unablässig auf mich gerichtet waren.

Es war ein langer Brief; Christoph gab von seinem Schweigen Rechenschaft. Er hatte das Geschäft seines Oheims übernommen; aber die Verhältnisse waren lange in der Schwebe gewesen, da alles von einer Verheiratung der Tochter mit einem wohlhabenden Schornsteinfegermeister abgehangen; schon sei er, da eben ein neugieriger Schneider aus der Heimat ihn besucht habe, mit dem Geräte zu ihrer Hochzeitskammer beschäftigt gewesen, als die ganze Sache noch einmal in Frage gestellt worden sei. Jetzt aber war endlich alles geordnet, die Tochter hatte Hochzeit gemacht, und er selbst sollte in den nächsten Tagen das Meisterrecht in der fremden Stadt erwerben. Dann lud er sie ein zu kommen, da er nicht fortkönne, um sie zu holen. „Sobald ich Deine Antwort habe“, das waren die letzten Worte des Briefes, „schicke ich Dir das Reisegeld; es liegt schon abgezählt und eingesiegelt. Das Haus wirst Du leicht erkennen; neben der grünen Bank, die vor der Tür ist, steht eine Linde, wie daheim vor Deinem Elternhaus; eine

Kammer, die ich selber für die jungen Meistersleute hergerichtet habe, ist ganz davon beschattet." – – –

Ich hatte den Brief. zusammengefaltet und reichte ihn zurück. Aber Lore schüttelte den Kopf. „Schreiben Sie ihm, Herr Philipp!" sagte sie, während eine Träne nach der andern über ihre Wangen tropfte, und leise und mühsam setzte sie hinzu: „Er hat es gut gemeint."

„Und Sie wollen nicht selber kommen?" fragte ich.

Sie sah mich an, mit einem Blick so voll flehender Verzweiflung, dass ich bereute, diese Frage an sie getan zu haben. „Lore", sagte ich, „kann denn niemand helfen?"

Sie senkte den Kopf, indem sie mit der Stirn an eine Fensterscheibe lehnte; die weiße Rose lag noch immer duftend auf dem glänzend schwarzen Haar. „Er war, da er noch lebte, nur ein armer Mann", sagte sie, und ihre Stimme brach fast in verhaltenem Schluchzen, „aber er war doch mein Vater, und es hat mich sonst doch keiner so geliebt – er würde mich auch jetzt noch nicht verstoßen."

Als sie das gesagt hatte, schwiegen wir beide; nur hatte ich, ohne dass ich es wusste, ihre beiden Hände ergriffen, und sie ließ sie mir. – Da hörte ich von der andern Seite des Hauses, von der Halle her, die Stimme des Raugrafen ihren Namen rufen.

Sie fuhr zusammen. „Lore", sagte ich, „können Sie denn nicht los von jenem Menschen?"

Ihre Augen blickten mich groß und traurig an. „O doch!" sagte sie leise, und mir war, als sähe ich ein Lächeln um ihren Mund; aber ein Lächeln wie in verhüllter Arglist. – Indem wurde noch einmal und mehr in unserer Nähe gerufen.

Sie trocknete hastig ihre Augen. „Leb wohl, Philipp, leb wohl!" flüsterte sie. Ich empfand den Druck der beiden kleinen Hände; dann war sie fort.

Wie lange ich noch unter den Bäumen auf und ab gegangen, weiß ich nicht. Ich kam erst wieder zum Bewusstsein der Dinge um mich her, als drinnen im Saale plötzlich die Tanzmusik aufhörte und ich statt dessen das Schreien der großen Eulen vernahm, die tiefer im Walde ihr Wesen trieben.

Als ich dann, um über die Steintreppe zu dem Fußweg zu gelangen, an der vorderen Fronte des Hauses vorüberging, sah ich Lore noch einmal. Sie stand unter der Halle, den Arm um eine der Säulen geschlungen, und blickte durch die Bäume auf die See hinab, wo eben ein Wetterschein blendend über das Wasser leuchtete.

Am Strande

Ich hatte lange schlaflos auf meinem Kissen gelegen, an einem Plane sinnend, wie ich Lore mit Hülfe meiner Mutter einen andern Zufluchtsort eröffnen möchte und, was vielleicht das schwierigste sei, wie ich sie überreden könne, einen solchen anzunehmen.

Als ich am andern Morgen spät erwachte, stand Fritz Bürgermeister, wie wir ihn als Knaben zu nennen pflegten, vor meinem Bett und lachte mich mit seinen treuen Augen an. – Bald saßen wir nebeneinander im Sofa, und Fritz hatte vollauf von gemeinschaftlichen Freunden zu erzählen, die er in Heidelberg zurückgelassen. Aber ich hörte nur mit halbem Ohr; meine Gedanken waren bei dem Erlebnis der vergangenen Nacht.

Einige Zeit nachher, als wir auf meinen Vorschlag das Haus verlassen und am Strande entlang in der schattigen Ulmenallee nebeneinander gingen, entlastete ich mein Herz und berichtete ihm alles, was ich über Lore und mit ihr selbst erfahren hatte. Fritz hörte schweigend zu, nur mitunter murmelte er halblaut einen derben Fluch, indem er die im Wege liegenden Steine mit dem Fuße fortstieß, oder er führte einen Hieb in die Luft, als hätte er einen Schläger in der Faust.

Es blieb auch nicht bei diesen Zeichen; acht Tage später stand er dem Raugrafen auf der Mensur gegenüber. Aber der Raugraf schlug eine gefährliche Terz, und Fritz erhielt einen „Schmiss", dessen Narbe noch jetzt, wenn der Zorn in ihm aufsteigt, wie ein roter Blitz über seine Stirn flammt. – –

Als wir aus der Allee in den Wald gekommen waren und fast die Stelle erreicht hatten, wo der Fußweg die Anhöhe nach dem Tanzhause hinaufgeht, sahen wir auf der andern Seite jenseit der Bäume mehrere Menschen auf dem Strande. Sie standen dicht am Wasser und schienen damit beschäftigt, etwas, das man nicht unterscheiden konnte, auf den Boden niederzulegen. In demselben Augenblick kam auch ein Mann in Fischerkleidung in den Weg hinauf. „Was gibt's da unten?" fragte ich im Vorübergehen.

„Nichts Gutes, Herr!" war die Antwort; „ein junges Frauenzimmer ist verunglückt."

„Lore!" rief ich und ergriff unwillkürlich die Hand meines Freundes.

Er stieß einen Laut des Schreckens aus. „Was redst du nur!" sagte er abwehrend.

Gleichwohl stiegen wir in stummem Einverständnis durch die Bäume an den Strand hinab. Ich hörte währenddes die Leute drunten miteinander reden. „Was der gefehlt haben mag?“ sagte eine rauhe Stimme. „Es muss doch eine von den vornehmen Fräuleins sein! – Und in vollem Staat ist sie ins Wasser gegangen.“ Dann wurde es wieder still; nur die Wellen rauschten in der Morgenluft.

Als wir zwischen den Bäumen heraustraten, wurde ich fast vom Sonnenschein geblendet, der in vollstem Glanze vor uns über die weite Meeresbucht gebreitet war. – Und in diesem Sonnenglanze lag auch sie; die Fischer traten bei unserer Annäherung zur Seite, und wir konnten sie ungestört betrachten. Es war kein Zweifel mehr. Das bleiche Gesichtchen ruhte auf dem Ufersande; die kleinen tanzenden Füße ragten jetzt regungslos unter dem Kleide hervor; Seetang und Muscheln hingen in den schwarzen triefenden Haaren. Die weiße Rose war fort; sie mochte ins Meer hinausgeschwommen sein.

Viele Jahre sind seit jenem Morgen vergangen. – Auf dem Kirchhofe der Universitätsstadt, abseits im hohen Grase, liegt eine weiße Marmortafel; „Lenore Beauregard“ steht darauf. – Drei Heimatsgenossen, in verschiedenen Teilen des deutschen Landes lebend, haben sie gestiftet.

Viola Tricolor

Es war sehr still in dem großen Hause; aber selbst auf dem Flur spürte man den Duft von frischen Blumensträußen. Aus einer Flügeltür, der breiten in das Oberhaus hinaufführenden Treppe gegenüber, trat eine alte sauber gekleidete Dienerin. Mit einer feierlichen Selbstzufriedenheit drückte sie hinter sich die Tür ins Schloss und ließ dann ihre grauen Augen an den Wänden entlangstreifen, als wolle sie auch hier jedes Stäubchen noch einer letzten Musterung unterziehen; aber sie nickte beifällig und warf dann einen Blick auf die alte englische Hausuhr, deren Glockenspiel eben zum zweitenmal seinen Satz abgespielt hatte.

„Schon halb!“ murmelte die Alte; „und um acht, so schrieb der Herr Professor, wollten die Herrschaften dasein!“

Hierauf griff sie in ihrer Tasche nach einem großen Schlüsselbund und verschwand dann in den hinteren Räumen des Hauses.

– Und wieder wurde es still; nur der Perpendikelschlag der Uhr tönte durch den geräumigen Flur und in das Treppenhaus hinauf; durch das Fenster über der Haustür fiel noch ein Strahl der Abendsonne und blinkte auf den drei vergoldeten Knöpfen, welche das Uhrgehäuse krönten.

Dann kamen von oben herab kleine leichte Schritte, und ein etwa zehnjähriges Mädchen erschien auf dem Treppenabsatz. Auch sie war frisch und festlich angetan; das rot und weiß gestreifte Kleid stand ihr gut zu dem bräunlichen Gesichtchen und den glänzend schwarzen Haarflechten. Sie legte den Arm auf das Geländer und das Köpfchen auf den Arm und ließ sich so langsam hinabgleiten, während ihre dunkeln Augen träumerisch auf die gegenüberliegende Zimmertür gerichtet waren.

Einen Augenblick stand sie horchend auf dem Flur; dann drückte sie leise die Tür des Zimmers auf und schlüpfte durch die schweren Vorhänge hinein. – Es war schon dämmerig hier, denn die beiden Fenster des tiefen Raumes gingen auf eine von hohen Häusern eingeengte Straße; nur seitwärts über dem Sofa leuchtete wie Silber ein venezianischer Spiegel auf der dunkelgrünen Sammettapete. In dieser Einsamkeit schien er nur dazu bestimmt, das Bild eines frischen Rosenstraußes zurückzugeben, der in einer Marmorvase auf dem Sofatische stand. Bald aber erschien in seinem Rahmen auch das dunkle Kinderköpfchen. Auf den Zehen war die Kleine über den weichen Fußteppich herangeschlichen; und schon griffen die schlanken Finger hastig zwischen die Stengel der Blumen, während ihre Augen nach der Tür zurückflogen. Endlich war es ihr gelungen, eine halb erschlossene Moosrose aus dem Strauße zu lösen; aber sie hatte bei ihrer Arbeit der Dornen nicht geachtet, und ein roter Blutstropfen rieselte über ihren Arm. Rasch – denn er wäre fast in das Muster der kostbaren Tischdecke gefallen – sog sie ihn mit ihren Lippen auf; dann leise, wie sie gekommen, die geraubte Rose in der Hand, schlüpfte sie wieder durch die Türvorhänge auf den Flur hinaus. Nachdem sie auch hier noch einmal gehorcht hatte, flog sie die Treppe wieder hinauf, die sie zuvor herabgekommen war, und droben weiter einen Korridor entlang, bis an die letzte Tür desselben. Einen Blick noch warf sie durch eines der Fenster, vor dem im Abendschein die Schwalben kreuzten; dann drückte sie die Klinke auf.

Es war das Studierzimmer ihres Vaters, das sie sonst in seiner Abwesenheit nicht zu betreten pflegte; nun war sie ganz allein zwischen den hohen Repositorien, die mit ihren unzähligen Büchern so ehrfurchtgebietend umherstanden. Als sie zögernd die

Tür hinter sich zugedrückt hatte, wurde unter einem zur Linken von derselben befindlichen Fenster der mächtige Anschlag eines Hundes laut. Ein Lächeln flog über die ernsten Züge des Kindes; sie ging rasch an das Fenster und blickte hinaus. Drunten breitete sich der große Garten des Hauses in weiten Rasen- und Gebüschpartien aus; aber ihr vierbeiniger Freund schien schon andere Wege eingeschlagen zu haben; so sehr sie spähte, nichts war zu entdecken. Und wie Schatten fiel es allmählich wieder über das Gesicht des Kindes; sie war ja zu was anderem hergekommen; was ging sie jetzt der Nero an!

Nach Westen hinaus, der Tür, durch welche sie eingetreten, gegenüber, hatte das Zimmer noch ein zweites Fenster. An der Wand daneben, so dass das Licht dem daran Sitzenden zur Hand fiel, befand sich ein großer Schreibtisch mit dem ganzen Apparat eines gelehrten Altertumsforschers; Bronzen und Terrakotten aus Rom und Griechenland, kleine Modelle antiker Tempel und Häuser und andere dem Schutt der Vergangenheit entstiegene Dinge füllten fast den ganzen Aufsatz desselben. Darüber aber, wie aus blauen Frühlingslüften heraustretend, hing das lebensgroße Brustbild einer jungen Frau; gleich einer Krone der Jugend lagen die goldblonden Flechten über der klaren Stirn. – „Holdselig", dies veraltete Wort hatten ihre Freunde für sie wieder hervorgesucht; – einst, da sie noch an der Schwelle dieses Hauses mit ihrem Lächeln die Eintretenden begrüßte. – Und so blickte sie noch jetzt im Bilde mit ihren blauen Kinderaugen von der Wand herab; nur um den Mund spielte ein leichter Zug von Wehmut, den man im Leben nicht an ihr gesehen hatte. Der Maler war auch derzeit wohl darum gescholten worden; später, da sie gestorben, schien es allen recht zu sein.

Das kleine schwarzhaarige Mädchen kam mit leisen Schritten näher; mit leidenschaftlicher Innigkeit hingen ihre Augen an dem schönen Bildnis.

„Mutter, meine Mutter!" sprach sie flüsternd; doch so, als wolle mit den Worten sie sich zu ihr drängen.

Das schöne Antlitz schaute, wie zuvor, leblos von der Wand herab; sie aber kletterte, behend wie eine Katze, über den davor stehenden Sessel auf den Schreibtisch und stand jetzt mit trotzig aufgeworfenen Lippen vor dem Bilde, während ihre zitternden Hände die geraubte Rose hinter der unteren Leiste des Goldrahmens zu befestigen suchten. Als ihr das gelungen war, stieg sie rasch wieder zurück und wischte mit ihrem Schnupftuch sorgsam die Spuren ihrer Füßchen von der Tischplatte.

Aber es war, als könne sie jetzt aus dem Zimmer, das sie zuvor so scheu betreten hatte, nicht wieder fortfinden; nachdem sie schon einige Schritte nach der Tür getan hatte, kehrte sie wieder um; das westliche Fenster neben dem Schreibtische schien diese Anziehungskraft auf sie zu üben.

Auch hier lag unten ein Garten, oder richtiger: eine Gartenwildnis. Der Raum war freilich klein; denn wo das wuchernde Gebüsch sie nicht verdeckte, war von allen Seiten die hohe Umfassungsmauer sichtbar. An dieser, dem Fenster gegenüber, befand sich, in augenscheinlichem Verfall, eine offene Rohrhütte; davor, von dem grünen Gespinste einer Klematis fast bedeckt, stand noch ein Gartenstuhl. Der Hütte gegenüber musste einst eine Partie von hochstämmigen Rosen gewesen sein; aber sie hingen jetzt wie verdorrte Reiser an den entfärbten Blumenstöcken, während unter ihnen mit unzähligen Rosen bedeckte Zentifolien ihre fallenden Blätter auf Gras und Kraut umherstreuten.

Die Kleine hatte die Arme auf die Fensterbank und das Kinn in ihre beiden Hände gestützt und schaute mit sehnsüchtigen Augen hinab.

Drüben in der Rohrhütte flogen zwei Schwalben aus und ein; sie mussten wohl ihr Nest darin gebaut haben. Die andern Vögel waren schon zur Ruhe gegangen; nur ein Rotbrüstchen sang dort noch herzhaft von dem höchsten Zweige des abgeblühten Goldregens und sah das Kind mit seinen schwarzen Augen an. –

– „Nesi, wo steckst du denn?“ sagte sanft eine alte Stimme, während eine Hand sich liebkosend auf das Haupt des Kindes legte.

Die alte Dienerin war unbemerkt hereingetreten. Das Kind wandte den Kopf und sah sie mit einem müden Ausdruck an. „Anne“, sagte es, „wenn ich nur einmal wieder in Großmutters Garten dürfte!“

Die Alte antwortete nicht darauf; sie kniff nur die Lippen zusammen und nickte ein paarmal wie zur Beistimmung. „Komm, komm!“ sagte sie dann. „Wie siehst du aus! Gleich werden sie dasein, dein Vater und deine neue Mutter!“ Damit zog sie das Kind in ihre Arme und strich und zupfte ihr Haar und Kleider zurecht. – „Nein, nein, Neschen! Du darfst nicht weinen; es soll eine gute Dame sein, und schön, Nesi; du siehst ja gern die schönen Leute!“

In diesem Augenblick tönte das Rasseln eines Wagens von der Straße herauf. Das Kind zuckte zusammen; die Alte aber fasste es bei der Hand und zog es rasch mit sich aus dem Zimmer. – Sie kamen noch früh genug, um den Wagen vorfahren zu sehen; die beiden Mägde hatten schon die Haustür aufgeschlagen. –

– Das Wort der alten Dienerin schien sich zu bestätigen. Von einem etwa vierzigjährigen Manne, in dessen ernsten Zügen man Nesis Vater leicht erkannte, wurde eine junge schöne Frau aus dem Wagen gehoben. Ihr Haar und ihre Augen waren fast so dunkel wie die des Kindes, dessen Stiefmutter sie geworden war; ja man hätte sie, flüchtig angesehen, für die rechte halten können, wäre sie dazu nicht zu jung gewesen. Sie grüßte freundlich, während ihre Augen wie suchend umherblickten; aber ihr Mann führte sie rasch ins Haus und in das untere Zimmer, wo sie von dem frischen Rosenduft empfangen wurde.

„Hier werden wir zusammen leben", sagte er, indem er sie in einen weichen Sessel niederdrückte, „verlass dies Zimmer nicht, ohne hier die erste Ruhe in deinem neuen Heim gefunden zu haben!"

Sie blickte innig zu ihm auf. „Aber du – willst du nicht bei mir bleiben?"

„Ich hole dir das Beste von den Schätzen unseres Hauses."

„Ja, ja, Rudolf, deine Agnes! Wo war sie denn vorhin?"

Er hatte das Zimmer schon verlassen. Den Augen des Vaters war es nicht entgangen, dass bei ihrer Ankunft Nesi sich hinter der alten Anne versteckt gehalten hatte; nun, da er sie wie verloren draußen auf dem Hausflur stehen fand, hob er sie auf beiden Armen in die Höhe und trug sie so in das Zimmer.

„Und hier hast du die Nesi!" sagte er und legte das Kind zu den Füßen der schönen Stiefmutter auf den Teppich; dann, als habe er Weiteres zu besorgen, ging er hinaus; er wollte die beiden allein sich finden lassen.

Nesi richtete sich langsam auf und stand nun schweigend vor der jungen Frau; beide sahen sich unsicher und prüfend in die Augen. Letztere, die wohl ein freundliches Entgegenkommen als selbstverständlich vorausgesetzt haben mochte, fasste endlich die Hände des Mädchens und sagte ernst: „Du weisst doch, dass ich jetzt deine Mutter bin, wollen wir uns nicht liebhaben, Agnes?"

Nesi blickte zur Seite.

„Ich darf aber doch Mama sagen?" fragte sie schüchtern.

– „Gewiss, Agnes; sag, was du willst, Mama oder Mutter, wie es dir gefällt!"

Das Kind sah verlegen zu ihr auf und erwiderte beklommen: „Mama könnte ich gut sagen!"

Die junge Frau warf einen raschen Blick auf sie und heftete ihre dunkeln Augen in die noch dunkleren des Kindes. „Mama; aber nicht Mutter?" fragte sie.

„Meine Mutter ist ja tot", sagte Nesi leise.

In unwillkürlicher Bewegung stießen die Hände der jungen

Frau das Kind zurück; aber sie zog es gleich und heftig wieder an ihre Brust.

„Nesi“, sagte sie, „Mutter und Mama ist ja dasselbe!“

Nesi aber erwiderte nichts; sie hatte die Verstorbene immer nur Mutter genannt.

– Das Gespräch war zu Ende. Der Hausherr war wieder eingetreten, und da er sein Töchterchen in den Armen seiner jungen Frau erblickte, lächelte er zufrieden.

„Aber jetzt komm“, sagte er heiter, indem er der letzteren seine Hand entgegenstreckte, „und nimm als Herrin Besitz von allen Räumen dieses Hauses!“

Und sie gingen miteinander fort; durch die Zimmer des unteren Hauses, durch Küche und Keller, dann die breite Treppe hinauf in einen großen Saal und in die kleineren Stuben und Kammern, die nach beiden Seiten der Treppe auf den Korridor hinausgingen.

Der Abend dunkelte schon; die junge Frau hing immer schwerer an dem Arm ihres Mannes, es war fast, als sei mit jeder Tür, die sich vor ihr geöffnet, eine neue Last auf ihre Schultern gefallen; immer einsilbiger wurden seine froh hervorströmenden Worte erwidert. Endlich, da sie vor der Tür seines Arbeitszimmers standen, schwieg auch er und hob den schönen Kopf zu sich empor, der stumm an seiner Schulter lehnte.

„Was ist dir, Ines?“ sagte er, „du freust dich nicht!“

„O doch, ich freue mich!“

„So komm!“

Als er die Tür geöffnet hatte, schien ihnen ein mildes Licht entgegen. Durch das westliche Fenster leuchtete der Schein des Abendgoldes, das drüben jenseit der Büsche des kleinen Gartens stand. – In diesem Lichte blickte das schöne Bild der Toten von der Wand herab; darunter auf dem matten Gold des Rahmens lag wie glühend die frische rote Rose.

Die junge Frau griff unwillkürlich mit der Hand nach ihrem Herzen und starrte sprachlos auf das süße lebensvolle Bild. Aber schon hatten die Arme ihres Mannes sie fest umfangen.

„Sie war einst mein Glück“, sagte er; „sei du es jetzt!“

Sie nickte, aber sie schwieg und rang nach Atem. Ach, diese Tote lebte noch, und für sie beide war doch nicht Raum in einem Hause!

Wie zuvor, da Nesi hier gewesen, tönte jetzt wieder aus dem großen, zu Norden belegenen Garten die mächtige Stimme eines Hundes.

Mit sanfter Hand wurde die junge Frau von ihrem Gatten an das dorthinaus liegende Fenster geführt. „Sieh einmal hier hinab!“ sagte er.

Drunten auf dem Steige, der um den großen Rasen führte, saß ein schwarzer Neufundländer; vor ihm stand Nesi und beschrieb mit einer ihrer schwarzen Flechten einen immer engeren Kreis um seine Nase. Dann warf der Hund den Kopf zurück und bellte, und Nesi lachte und begann das Spiel von neuem.

Auch der Vater, der diesem kindischen Treiben zusah, musste lächeln; aber die junge Frau an seiner Seite lächelte nicht, und wie eine trübe Wolke flog es über ihn hin. „Wenn es die Mutter wäre!“ dachte er; laut aber sagte er: „Das ist unser Nero, den musst du auch noch kennenlernen, Ines; der und Nesi sind gute Kameraden, sogar vor ihren Puppenwagen lässt sich das Ungeheuer spannen.“

Sie blickte zu ihm auf. „Hier ist so viel, Rudolf“, sagte sie wie zerstreut; „wenn ich nur durchfinde!“

– „Ines, du träumst! Wir und das Kind, der Hausstand ist ja so klein wie möglich.“

„Wie möglich?“ wiederholte sie tonlos, und ihre Augen folgten dem Kinde, das jetzt mit dem Hunde um den Rasen jagte; dann plötzlich, wie in Angst zu ihrem Mann emporsehend, schlang sie die Arme um seinen Hals und bat: „Halte mich fest, hilf mir! Mir ist so schwer.“

Wochen, Monate waren vergangen. – Die Befürchtungen der jungen Frau schienen sich nicht zu verwirklichen; wie von selber ging die Wirtschaft unter ihrer Hand. Die Dienerschaft fügte sich gern ihrem zugleich freundlichen und vornehmen Wesen, und auch wer von außen hinzutrat, fühlte, dass jetzt wieder eine dem Hausherrn ebenbürtige Frau im Innern walte. Für die schärfer blickenden Augen ihres Mannes freilich war es anders; er erkannte nur zu sehr, dass sie mit den Dingen seines Hauses wie mit Fremden verkehre, woran sie keinen Teil habe, das als gewissenhafte Stellvertreterin sie nur um desto sorgsamer verwalten müsse. Es konnte den erfahrenen Mann nicht beruhigen, wenn sie sich zuweilen mit heftiger Innigkeit in seine Arme drängte, als müsse sie sich versichern, dass sie ihm, er ihr gehöre.

Auch zu Nesi hatte ein näheres Verhältnis sich nicht gebildet. Eine innere Stimme – der Liebe und der Klugheit – gebot der jungen Frau, mit dem Kinde von seiner Mutter zu sprechen, an die es die Erinnerung so lebendig, seit die Stiefmutter ins Haus getreten war, so hartnäckig bewahrte. Aber – das war es ja! Das süße Bild, das droben in ihres Mannes Zimmer hing – selbst ihre inneren Augen vermieden es zu sehen. Wohl hatte sie mehrmals schon den Mut gefasst; sie hatte das Kind mit beiden Händen an sich gezogen, dann aber war sie verstummt; ihre Lippen hatten ihr den Dienst versagt, und Nesi, deren dunkle Augen bei solcher herzlichen Bewegung freudig aufgeleuchtet, war traurig wieder fortgegangen. Denn seltsam, sie sehnte sich nach der Liebe dieser schönen Frau; ja, wie Kinder pflegen, sie betete sie im Stillen an. Aber ihr fehlte die Anrede, die der Schlüssel jedes herzlichen Gespräches ist; das eine – so war ihr – durfte sie, das andre konnte sie nicht sagen.

Auch dieses letzte Hemmnis fühlte Ines, und da es das am leichtesten zu beseitigende schien, so kehrten ihre Gedanken immer wieder auf diesen Punkt zurück.

So saß sie eines Nachmittags neben ihrem Mann im Wohnzimmer und blickte in den Dampf, der leise singend aus der Teemaschine aufstieg.

Rudolf, der eben seine Zeitung durchgelesen hatte, ergriff ihre Hand. „Du bist so still, Ines; du hast mich heute nicht ein einzig Mal gestört!“

„Ich hätte wohl etwas zu sagen“, erwiderte sie zögernd, indem sie ihre Hand aus der seinen löste.

– „So sag es denn!“

Aber sie schwieg noch eine Weile.

„Rudolf“, sagte sie endlich, „lass dein Kind mich Mutter nennen!“

– „Und tut sie denn das nicht?“

Sie schüttelte den Kopf und erzählte ihm, was am Tage ihrer Ankunft vorgefallen war.

Er hörte ihr ruhig zu. „Es ist ein Ausweg“, sagte er dann, „den hier die Kindesseele unbewusst gefunden hat. Wollen wir ihn nicht dankbar gelten lassen?“

Die junge Frau antwortete nicht darauf, sie sagte nur: „So wird das Kind mir niemals nahekommen.“

Er wollte wieder ihre Hand fassen, aber sie entzog sie ihm.

„Ines“, sagte er, „verlange nur nichts, was die Natur versagt; von Nesi nicht, dass sie dein Kind, und nicht von dir, dass du ihre Mutter seist!“

Die Tränen brachen ihr aus den Augen. „Aber, ich soll doch ihre Mutter sein“, sagte sie fast heftig.

„Ihre Mutter? Nein, Ines, das sollst du nicht.“

„Was soll ich denn, Rudolf?“

Hätte sie die naheliegende Antwort auf diese Frage jetzt verstehen können, sie würde sie sich selbst gegeben haben. Er fühlte das und sah ihr sinnend in die Augen, als müsse er dort die helfenden Worte finden.

„Bekenn es nur!“ sagte sie, sein Schweigen missverstehend, „darauf hast du keine Antwort.“

„O Ines!“ rief er. „Wenn erst aus deinem eigenen Blut ein Kind auf deinem Schoße liegt!“

Sie machte eine abwehrende Bewegung; er aber sagte: „Die Zeit wird kommen, und du wirst fühlen, wie das Entzücken, das aus deinem Auge bricht, das erste Lächeln deines Kindes weckt und wie es seine kleine Seele zu dir zieht. – Auch über Nesi haben einst zwei selige Augen so geleuchtet; dann schlang sie den kleinen Arm um einen Nacken, der sich zu ihr niederbeugte, und sagte: ‚Mutter!‘ – Zürne nicht mit ihr, dass sie es zu keiner andern auf der Welt mehr sagen kann!“

Ines hatte seine Worte kaum gehört; ihre Gedanken verfolgten nur den einen Punkt. „Wenn du sagen kannst: Sie ist ja nicht dein Kind, warum sagst du denn nicht auch: Du bist ja nicht mein Weib!“

Und dabei blieb es. Was gingen sie seine Gründe an!

Er zog sie an sich; er suchte sie zu beruhigen; sie küsste ihn und sah ihn durch Tränen lächelnd an; aber geholfen war ihr damit nicht. – –

Als Rudolf sie verlassen hatte, ging sie hinaus in den großen Garten. Bei ihrem Entritt sah sie Nesi mit einem Schulbuche in der Hand um den breiten Rasen wandern, aber sie wich ihr aus und schlug einen Seitenweg ein, der zwischen Gebüsch an der Gartenmauer entlangführte.

Dem Kinde war beim flüchtigen Aufblick der Ausdruck von Trauer in den schönen Augen der Stiefmutter nicht entgangen, und wie magnetisch nachgezogen, immer lernend und ihre Lektion vor sich hermurmelnd, war auch sie allmählich in jenen Steig geraten.

Ines stand eben vor einer in der hohen Mauer befindlichen Pforte, die von einem Schlinggewächs mit lila Blüten fast verhangen war. Mit abwesenden Blicken ruhten ihre Augen darauf, und sie wollte schon ihre stille Wanderung wieder beginnen, als sie das Kind sich entgegenkommen sah.

Nun blieb sie stehen und fragte: „Was ist das für eine Pforte, Nesi?“

– „Zu Großmutters Garten!“

„Zu Großmutters Garten? – Deine Großeltern sind doch schon lange tot!“

„Ja, schon lange, lange.“

„Und wem gehört denn jetzt der Garten?“

– „Uns!“ sagte das Kind, als verstehe sich das von selbst.

Ines bog ihren schönen Kopf unter das Gesträuch und begann an der eisernen Klinke der Tür zu rütteln; Nesi stand schweigend dabei, als wolle sie den Erfolg dieser Bemühungen abwarten.

„Aber er ist ja verschlossen!“ rief die junge Frau, indem sie abließ und mit dem Schnupftuch den Rost von ihren Fingern wischte. „Ist es der wüste Garten, den man aus Vaters Stubenfenster sieht?“

Das Kind nickte.

– „Horch nur, wie drüben die Vögel singen!“

Inzwischen war die alte Dienerin in den Garten getreten. Als sie die Stimmen der beiden von der Mauer her vernahm, beeilte sie sich, in ihre Nähe zu kommen. „Es ist Besuch drinnen“, meldete sie.

Ines legte freundlich ihre Hand an Nesis Wange. „Vater ist ein schlechter Gärtner“, sagte sie im Fortgehen; „da müssen wir beide noch hinein und Ordnung schaffen.“

– Im Hause kam Rudolf ihr entgegen.

„Du weisst, das Müllersche Quartett spielt heute abend“, sagte er; „die Doktorsleute sind da und wollen uns vor Unterlassungssünden warnen.“

Als sie zu den Gästen in die Stube getreten waren, entspann sich ein langes, lebhaftes Gespräch über Musik; dann kamen häusliche Geschäfte, die noch besorgt werden mussten. Der wüste Garten war für heut vergessen.

Am Abend war das Konzert. – Die großen Toten, Haydn und Mozart, waren an den Hörern vorübergezogen, und eben verklang auch der letzte Akkord von Beethovens c-Moll-Quartett, und statt der feierlichen Stille, in der allein die Töne auf und nieder glänzten, rauschte jetzt das Geplauder der fortdrängenden Zuhörer durch den weiten Raum.

Rudolf stand neben dem Stuhle seiner jungen Frau. „Es ist aus, Ines“, sagte er, sich zu ihr niederbeugend; „oder hörst du noch immer etwas?“

Sie saß noch wie horchend, ihre Augen nach dem Podium gerichtet, auf dem nur noch die leeren Pulte standen. Jetzt reichte sie ihrem Manne die Hand. „Lass uns heimgehen, Rudolf“, sagte sie aufstehend.

An der Tür wurden sie von ihrem Hausarzte und dessen Frau aufgehalten, den einzigen Menschen, mit denen Ines bis jetzt in einen näheren Verkehr getreten war.

„Nun?" sagte der Doktor und nickte ihnen mit dem Ausdruck innerster Befriedigung zu. „Aber kommen Sie mit uns, es ist ja auf dem Wege; nach so etwas muss man noch ein Stündchen zusammensitzen."

Rudolf wollte schon mit heiterer Zustimmung antworten, als er sich leise am Ärmel gezupft fühlte und die Augen seiner Frau mit dem Ausdrucke dringenden Bittens auf sich gerichtet sah. Er verstand sie wohl. „Ich verweise die Entscheidung an die höhere Instanz", sagte er scherzend.

Und Ines wusste unerbittlich den nicht so leicht zu besiegenden Doktor auf einen andern Abend zu vertrösten.

Als sie am Hause ihrer Freunde sich von diesen verabschiedet hatten, atmete sie auf wie befreit.

„Was hast du heute gegen unsere lieben Doktorsleute?" fragte Rudolf.

Sie drückte sich fest in den Arm ihres Mannes. „Nichts", sagte sie; „aber es war so schön heute abend; ich muss nun ganz mit dir allein sein."

Sie schritten rascher ihrem Hause zu.

„Sieh nur", sagte er, „im Wohnzimmer unten ist schon Licht, unsere alte Anne wird den Teetisch schon gerüstet haben. Du hattest recht, daheim ist doch noch besser als bei andern."

Sie nickte nur und drückte ihm still die Hand. – Dann traten sie in ihr Haus; lebhaft öffnete sie die Stubentür und schlug die Vorhänge zurück.

Auf dem Tische, wo einst die Vase mit den Rosen gestanden hatte, brannte jetzt eine große Bronzelampe und beleuchtete einen schwarzhaarigen Kinderkopf, der schlafend auf die mageren Ärmchen hingesunken war; die Ecken eines Bilderbuches ragten nur eben darunter hervor.

Die junge Frau blieb wie erstarrt in der Tür stehen; das Kind war ganz aus ihrem Gedankenkreise verschwunden gewesen. Ein Zug herber Enttäuschung flog um ihre schönen Lippen. „Du, Nesi!" stieß sie hervor, als ihr Mann sie vollends in das Zimmer hineingeführt hatte. „Was machst du denn noch hier?"

Nesi erwachte und sprang auf. „Ich wollte auf euch warten", sagte sie, indem sie halb lächelnd mit der Hand über ihre blinzelnden Augen fuhr.

„Das ist unrecht von Anne; du hättest längst zu Bette sein sollen."

Ines wandte sich ab und trat an das Fenster; sie fühlte, wie ihr die Tränen aus den Augen quollen. Ein unentwirrbares Gemisch von bitteren Gefühlen wühlte in ihrer Brust; Heimweh, Mitleid mit sich selber, Reue über ihre Lieblosigkeit gegen das Kind des geliebten Mannes; sie wusste selber nicht, was alles jetzt sie überkam; aber – und mit der Wollust und der Ungerechtigkeit des Schmerzes sprach sie es sich selber vor – das war es: ihrer Ehe fehlte die Jugend, und sie selber war doch noch so jung!

Als sie sich umwandte, war das Zimmer leer. – Wo war die schöne Stunde, auf die sie sich gefreut? – Sie dachte nicht daran, dass sie sie selbst verscheucht hatte.

– – Das Kind, welches mit fast erschreckten Augen dem ihm unverständlichen Vorgange zugesehen hatte, war von dem Vater still hinausgeführt worden.

„Geduld!“ sprach er zu sich selber, als er, den Arm um Nesi geschlungen, mit ihr die Treppe hinaufstieg; und auch er, in einem andern Sinne, setzte hinzu: „Sie ist ja noch so jung.“

Eine Kette von Gedanken und Plänen tauchte in ihm auf; mechanisch öffnete er das Zimmer, wo Nesi mit der alten Anne schlief und in dem sie von dieser schon erwartet wurde. Er küsste sie und sprach: „Ich werde Mama von dir gute Nacht sagen.“ Dann wollte er zu seiner Frau hinabgehen; aber er kehrte wieder um und trat am Ende des Korridors in sein Studierzimmer.

Auf dem Aufsatze des Schreibtisches stand eine kleine Bronzelampe aus Pompeji, die er kürzlich erst erworben und Versuches halber mit Öl gefüllt hatte; er nahm sie herab, zündete sie an und stellte sie wieder an ihren Ort unter das Bildnis der Verstorbenen; ein Glas mit Blumen, das auf der Platte des Tisches gestanden, setzte er daneben. Er tat dies fast gedankenlos; nur, als müsse er auch seinen Händen zu tun geben, während es ihm in Kopf und Herzen arbeitete. Dann trat er dicht daneben an das Fenster und öffnete beide Flügel desselben.

Der Himmel war voll Wolken; das Licht des Mondes konnte nicht herabgelangen. Drunten in dem kleinen Garten lag das wuchernde Gesträuch wie eine dunkele Masse; nur dort, wo zwischen schwarzen pyramidenförmigen Koniferen der Steig zur Rohrhütte führte, schimmerte zwischen ihnen der weiße Kies hindurch.

Und aus der Phantasie des Mannes, der in diese Einsamkeit hinabsah, trat eine liebliche Gestalt, die nicht mehr den Lebenden angehörte; er sah sie unten auf dem Steige wandeln, und ihm war, als gehe er an ihrer Seite.

„Lass dein Gedächtnis mich zur Liebe stärken", sprach er; aber die Tote antwortete nicht; sie hielt den schönen, bleichen Kopf zur Erde geneigt; er fühlte mit süßem Schauder ihre Nähe, aber Worte kamen nicht von ihr.

Da bedachte er sich, dass er hier oben ganz allein stehe. Er glaubte an den vollen Ernst des Todes; die Zeit, wo sie gewesen, war vorüber. – Aber unter ihm lag noch wie einst der Garten ihrer Eltern; von seinen Büchern durch das Fenster sehend, hatte er dort zuerst das kaum fünfzehnjährige Mädchen erblickt; und das Kind mit den blonden Flechten hatte dem ernsten Manne die Gedanken fortgenommen, immer mehr, bis sie zuletzt als Frau die Schwelle seines Hauses überschritten und ihm alles und noch mehr zurückgebracht hatte. – Jahre des Glückes und freudigen Schaffens waren mit ihr eingezogen; den kleinen Garten aber, als die Eltern früh verstorben waren und das Haus verkauft wurde, hatten sie behalten und durch eine Pforte in der Grenzmauer mit dem großen Garten ihres Hauses verbunden. Fast verborgen war schon damals diese Pforte unter hängendem Gesträuch, das sie ungehindert wachsen ließen; denn sie gingen durch dieselbe in den traulichsten Ort ihres Sommerlebens, in welchen selbst die Freunde des Hauses nur selten hineingelassen wurden. – – In der Rohrhütte, in welcher er einst von seinem Fenster aus die jugendliche Geliebte über ihren Schularbeiten belauscht hatte, saß jetzt zu den Füßen der blonden Mutter ein Kind mit dunkeln, nachdenklichen Augen; und wenn er nun den Kopf von seiner Arbeit wandte, so tat er einen Blick in das vollste Glück des Menschenlebens. – – Aber heimlich hatte der Tod sein Korn hineingeworfen. Es war in den ersten Tagen eines Junimondes, da trug man das Bett der schwer Erkrankten aus dem daranliegenden Schlafgemach in das Arbeitszimmer ihres Mannes; sie wollte die Luft noch um sich haben, die aus dem Garten ihres Glückes durch das offene Fenster wehte. Der große Schreibtisch war beiseite gestellt; seine Gedanken waren nun alle nur bei ihr. – Draußen war ein unvergleichlicher Frühling aufgegangen; ein Kirschbaum stand mit Blüten überschneit. In unwillkürlichem Drange hob er die leichte Gestalt aus den Kissen und trug sie an das Fenster. „Oh, sieh es noch einmal! Wie schön ist doch die Welt!"

Aber sie wiegte leise ihren Kopf und sagte: „Ich sehe es nicht mehr." – –

Und bald kam es, da wusste er das Flüstern, welches aus ihrem Munde brach, nicht mehr zu deuten. Immer schwächer glimmte der Funken; nur ein schmerzliches Zucken bewegte noch die Lippen, hart und stöhnend im Kampfe um das Leben ging der Atem. Aber es wurde leiser, immer leiser, zuletzt süß wie Bienengetön. Dann noch einmal war's, als wandle ein blauer Lichtstrahl durch die offenen Augen; und dann war Frieden.

„Gute Nacht, Marie!" – Aber sie hörte es nicht mehr.

– – Noch ein Tag, und die stille, edle Gestalt lag unten in dem großen, dämmerigen Gemach in ihrem Sarge. Die Diener des Hauses traten leise auf; drinnen stand er neben seinem Kinde, das die alte Anne an der Hand hielt.

„Nesi", sagte diese, „du fürchtest dich doch nicht?"

Und das Kind, von der Erhabenheit des Todes angeweht, antwortete: „Nein, Anne, ich bete."

Dann kam der allerletzte Gang, welcher noch mit ihr zu gehen ihm vergönnt war; nach ihrer beider Sinn ohne Priester und Glockenklang, aber in der heiligen Morgenfrühe, die ersten Lerchen stiegen eben in die Luft.

Das war vorüber; aber er besaß sie noch in seinem Schmerze; wenn auch ungesehen, sie lebte noch mit ihm. Doch unbemerkt entschwand auch dies; er suchte sie oft mit Angst, aber immer seltener wusste er sie zu finden. Nun erst schien ihm sein Haus unheimlich leer und öde; in den Winkeln saß eine Dämmerung, die früher nicht dort gesessen hatte; es war so seltsam anders um ihn her; und sie war nirgends.

– – Der Mond war aus dem Wolkendust hervorgetreten und beleuchtete hell die unten liegende Gartenwildnis. Er stand noch immer an derselben Stelle, den Kopf gegen das Fensterkreuz gelehnt; aber seine Augen sahen nicht mehr, was draußen war.

Da öffnete sich hinter ihm die Tür, und eine Frau von dunkler Schönheit trat herein.

Das leise Rauschen ihres Kleides hatte den Weg zu seinem Ohr gefunden; er wandte den Kopf und sah sie forschend an.

„Ines!" rief er; er stieß das Wort hervor, aber er ging ihr nicht entgegen.

Sie war stehengeblieben. „Was ist dir, Rudolf? Erschrickst du vor mir?"

Er schüttelte den Kopf und versuchte zu lächeln. „Komm", sagte er, „lass uns hinuntergehen."

Aber während er ihre Hand fasste, waren ihre Augen auf das von der Lampe beleuchtete Bild und die daneben stehenden Blumen gefallen. – Wie ein plötzliches Verständnis flog es durch ihre Züge. – „Es ist ja bei dir wie in einer Kapelle", sagte sie, und ihre Worte klangen kalt, fast feindlich.

Er hatte alles begriffen. „Oh, Ines“, rief er, „sind nicht auch dir die Toten heilig!“

„Die Toten! Wem sollten die nicht heilig sein! Aber, Rudolf“ – und sie zog ihn wieder an das Fenster; ihre Hände zitterten und ihre schwarzen Augen flimmerten vor Erregung –, „sag mir, die ich jetzt dein Weib bin, warum hältst du diesen Garten verschlossen und lässest keines Menschen Fuß hinein?“

Sie zeigte mit der Hand in die Tiefe; der weiße Kies zwischen den schwarzen Pyramidensträuchern schimmerte gespenstisch; ein großer Nachtschmetterling flog eben darüber hin.

Er hatte schweigend hinabgeblickt. „Das ist ein Grab, Ines“, sagte er jetzt, „oder, wenn du lieber willst, ein Garten der Vergangenheit.“

Aber sie sah ihn heftig an. „Ich weiß das besser, Rudolf! Das ist der Ort, wo du bei ihr bist; dort auf dem weißen Steige wandelt ihr zusammen; denn sie ist nicht tot; noch eben, jetzt in dieser Stunde warst du bei ihr und hast mich, dein Weib, bei ihr verklagt. Das ist Untreue, Rudolf, mit einem Schatten brichst du mir die Ehe!“

Er legte schweigend den Arm um ihren Leib und führte sie, halb mit Gewalt, vom Fenster fort. Dann nahm er die Lampe von dem Schreibtisch und hielt sie hoch gegen das Bild empor. „Ines, wirf nur einen Blick auf sie!“

Und als die unschuldigen Augen der Toten auf sie herabblickten, brach sie in einen Strom von Tränen aus. „Oh, Rudolf, ich fühle es, ich werde schlecht!“

„Weine nicht so“, sagte er. „Auch ich habe unrecht getan; aber habe auch du Geduld mit mir!“ – Er zog ein Schubfach seines Schreibtisches auf und legte einen Schlüssel in ihre Hand. „Öffne du den Garten wieder, Ines! – – Gewiss, es macht mich glücklich, wenn dein Fuß der erste ist, der wieder ihn betritt. Vielleicht, dass im Geiste sie dir dort begegnet und mit ihren milden Augen dich so lange ansieht, bis du schwesterlich den Arm um ihren Nacken legst!“

Sie sah unbeweglich auf den Schlüssel, der noch immer in ihrer offenen Hand lag.

„Nun, Ines, willst du nicht annehmen, was ich dir gegeben habe?“

Sie schüttelte den Kopf.

„Noch nicht, Rudolf, ich kann noch nicht, später – später; dann wollen wir zusammen hineingehen.“ Und indem ihre schönen dunkeln Augen bittend zu ihm aufblickten, legte sie still den Schlüssel auf den Tisch.

Ein Samenkorn war in den Boden gefallen, aber die Zeit des Keimens lag noch fern.

Es war im November. – Ines konnte endlich nicht mehr daran zweifeln, dass auch sie Mutter werden solle, Mutter eines eigenen Kindes. Aber zu dem Entzücken, das sie bei dem Bewusstsein überkam, gesellte sich bald ein anderes. Wie ein unheimliches Dunkel lag es auf ihr, aus dem allmählich sich ein Gedanke gleich einer bösen Schlange emporwand. Sie suchte ihn zu verscheuchen, sie flüchtete sich vor ihm zu allen guten Geistern ihres Hauses, aber er verfolgte sie, er kam immer wieder und immer mächtiger. War sie nicht nur von außen wie eine Fremde in dies Haus getreten, das schon ohne sie ein fertiges Leben in sich schloss? – Und eine zweite Ehe – gab es denn überhaupt eine solche? Musste die erste, die einzige, nicht bis zum Tode beider fortdauern? – Nicht nur bis zum Tode! Auch weiter – weiter, bis in alle Ewigkeit! Und wenn das? – Die heiße Glut schlug ihr ins Gesicht; sich selbst zerfleischend, griff sie nach den härtesten Worten. – Ihr Kind – ein Eindringling, ein Bastard würde es im eigenen Vaterhause sein!

Wie vernichtet ging sie umher; ihr junges Glück und Leid trug sie allein; und wenn der, welcher den nächsten Anspruch hatte, es mit ihr zu teilen, sie besorgt und fragend anblickte, so schlossen sich ihre Lippen wie in Todesangst.

– – In dem gemeinschaftlichen Schlafgemache waren die schweren Fenstervorhänge heruntergelassen, nur durch eine schmale Lücke zwischen denselben stahl sich ein Streifen Mondlicht herein. Unter quälenden Gedanken war Ines eingeschlafen, nun kam der Traum; da wusste sie es: sie konnte nicht bleiben, sie musste fort aus diesem Hause, nur ein kleines Bündelchen wollte sie mitnehmen, dann fort, weit weg – – zu ihrer Mutter, auf Nimmerwiederkehr! Aus dem Garten, hinter den Fichten, welche die Rückwand desselben bildeten, führte ein Pförtchen in das Freie; den Schlüssel hatte sie in ihrer Tasche, sie wollte fort – – gleich. – –

Der Mond rückte weiter, von der Bettstatt auf das Kissen, und jetzt lag ihr schönes Antlitz voll beleuchtet in seinem blassen Schein. – Da richtete sie sich auf. Geräuschlos entstieg sie dem Bett und trat mit nackten Füßen in ihre davorstehenden Schuhe. Nun stand sie mitten im Zimmer in ihrem weißen Schlafgewand; ihr dunkles Haar hing, wie sie es nachts zu ordnen pflegte, in zwei langen Flechten über ihre Brust. Aber ihre sonst so elastische Gestalt schien wie zusammengesunken; es war, als liege noch die Last des Schlafes auf ihr. Tastend, mit vorgestreckten Händen, glitt sie durch das Zimmer, aber sie nahm nichts mit, kein Bündelchen, keinen Schlüssel. Als sie mit den Fingern über die auf einem Stuhle liegenden Kleider ihres Mannes streifte, zögerte sie einen Augenblick, als gewinne eine andere Vorstellung in ihr Raum; gleich darauf aber schritt sie leise und feierlich zur Stubentür hinaus und weiter die Treppe hinab. Dann klang unten im Flure das Schloss der Hoftür, kalte Luft blies sie an, der Nachtwind hob die schweren Flechten auf ihrer Brust.

– – Wie sie durch den finstern Wald gekommen, der hinter ihr lag, das wusste sie nicht; aber jetzt hörte sie es überall aus dem Dickicht hervorbrechen; die Verfolger waren hinter ihr. Vor ihr erhob sich ein großes Tor; mit aller Macht ihrer kleinen Hände stieß sie den einen Flügel auf; eine öde, unabsehbare Heide dehnte sich vor ihr aus, und plötzlich wimmelte es von großen schwarzen Hunden, die in emsigem Laufe gegen sie daherrannten; sie sah die roten Zungen aus ihren dampfenden Rachen hängen, sie hörte ihr Gebell immer näher – tönender – –

Da öffneten sich ihre halbgeschlossenen Augen, und allmählich begann sie es zu fassen. Sie erkannte, dass sie eben innerhalb des großen Gartens stehe; ihre eine Hand hielt noch die Klinke der eisernen Gittertür. Der Wind spielte mit ihrem leichten Nachtgewande; von den Linden, welche zur Seite des Einganges standen, wirbelte ein Schauer von gelben Blättern auf sie herab. – Doch – was war das? – Drüben aus den Tannen, ganz wie sie es vorhin zu hören glaubte, erscholl auch jetzt das Bellen eines Hundes, sie hörte deutlich etwas durch die dürren Zweige brechen. Eine Todesangst überfiel sie. – Und wieder erscholl das Gebell.

„Nero“, sagte sie; „es ist Nero.“

Aber sie hatte sich mit dem schwarzen Hüter des Hauses nie befreundet, und unwillkürlich lief ihr das wirkliche Tier mit den grimmigen Hunden des Traumes in eins zusammen; und jetzt sah sie ihn von jenseit des Rasens in großen Sprüngen auf sich zukommen. Doch er legte sich vor ihr nieder, und jenes unverkennbare Winseln der Freude ausstoßend, leckte er ihre nackten Füße. Zugleich kamen Schritte vom Hofe her, und einen Augenblick darauf umfingen sie die Arme ihres Mannes; gesichert legte sie den Kopf an seine Brust.

Vom Gebell des Hundes aufgewacht, hatte er mit jähem Schreck ihr Lager an seiner Seite leer gesehen. Ein dunkles Wasser glitzerte plötzlich vor seinem inneren Auge; es lag nur tausend Schritte hinter ihrem Garten an einem Feldweg unter dichten Erlenbüschen. Wie vor einigen Tagen sah er sich mit Ines an dem grünen

Uferrande stehen; er sah sie bis in das Schilf hinabgehen und einen Stein, den sie vorhin am Wege aufgesammelt, in die Tiefe werfen. „Komm zurück, Ines!“ hatte er gerufen, „es ist nicht sicher dort.“ Aber sie war noch immer stehengeblieben, mit den schwermütigen Augen in die Kreise starrend, welche langsam auf dem schwarzen Wasserspiegel ausliefen. „Das ist wohl unergründlich?“ hatte sie gefragt, da er sie endlich in seinen Armen fortgerissen.

Das alles war in wilder Flucht durch seinen Kopf gegangen, als er die Treppe nach dem Hofe hinabgestürmt. – Auch damals waren sie durch den Garten von ihrem Hause fortgegangen, und jetzt traf er sie hier, fast unbekleidet, das schöne Haar vom Nachttau feucht, der noch immer von den Bäumen tropfte.

Er hüllte sie in den Plaid, welchen er sich selbst vorm Hinuntergehen übergeworfen hatte. „Ines“, sagte er – das Herz schlug ihm so gewaltig, dass er das Wort fast rau hervorstieß – „was ist das? Wie bist du hierher gekommen?“

Sie schauerte in sich zusammen.

„Ich weiß nicht, Rudolf – – ich wollte fort – mir träumte; oh, Rudolf, es muss etwas Furchtbares gewesen sein!“

„Dir träumte? Wirklich, dir träumte!“ wiederholte er und atmete auf, wie von einer schweren Last befreit.

Sie nickte nur und ließ sich wie ein Kind ins Haus und in das Schlafgemach zurückführen.

Als er sie hier sanft aus seinen Armen ließ, sagte sie: „Du bist so stumm, du zürnst gewiss?“

„Wie sollt ich zürnen, Ines! Ich hatte Angst um dich. Hast du schon früher so geträumt?“

Sie schüttelte erst den Kopf, bald aber besann sie sich. „Doch – – einmal; nur war nichts Schreckliches dabei.“

Er trat ans Fenster und zog die Vorhänge zurück, so dass das Mondlicht voll ins Zimmer strömte.

„Ich muss dein Antlitz sehen“, sagte er, indem er sie auf die Kante ihres Bettes niederzog und sich dann selbst an ihre Seite setzte. „Willst du mir nun erzählen, was dir damals Liebliches geträumt hat? Du brauchst nicht laut zu sprechen; in diesem zarten Lichte trifft auch der leiseste Ton das Ohr.“

Sie hatte den Kopf an seine Brust gelegt und sah zu ihm empor.

„Wenn du es wissen willst“, sagte sie nachsinnend. „Es war, glaub ich, an meinem dreizehnten Geburtstag; ich hatte mich ganz in das Kind, in den kleinen Christus verliebt, ich mochte meine Puppen nicht mehr ansehen.“

„In den kleinen Christus, Ines?"

„Ja, Rudolf", und sie legte sich wie zur Ruhe noch fester in seinen Arm; „meine Mutter hatte mir ein Bild geschenkt, eine Madonna mit dem Kinde; es hing hübsch eingerahmt über meinem Arbeitstischchen in der Wohnstube."

„Ich kenne es", sagte er, „es hängt ja noch dort; deine Mutter wollte es behalten zur Erinnerung an die kleine Ines."

– „O meine liebe Mutter!"

Er zog sie fester an sich; dann sagte er: „Darf ich weiter hören, Ines?"

– „Doch! Aber ich schäme mich, Rudolf." Und dann leise und zögernd fortfahrend: „Ich hatte an jenem Tage nur Augen für das Christkind; auch nachmittags, als meine Gespielinnen da waren; ich schlich mich heimlich hin und küsste das Glas vor seinem kleinen Munde – – es war mir ganz, als wenn's lebendig wäre – – hätte ich es nur auch wie die Mutter auf dem Bild in meine Arme nehmen können!" – Sie schwieg; ihre Stimme war bei den letzten Worten zu einem flüsternden Hauch herabgesunken.

„Und dann, Ines?" fragte er. „Aber du erzählst mir so beklommen!"

– „Nein, nein, Rudolf! Aber – – in der Nacht, die darauf folgte, muss ich auch im Traume aufgestanden sein; denn am andern Morgen fanden sie mich in meinem Bette, das Bild in beiden Armen, mit meinem Kopf auf dem zerdrückten Glase eingeschlafen."

Eine Weile war es totenstill im Zimmer.

– „Und jetzt?" fragte er ahnungsvoll und sah ihr tief und herzlich in die Augen. „Was hat dich heute denn von meiner Seite in die Nacht hinausgetrieben?"

„Jetzt, Rudolf?" – – Er fühlte, wie ein Zittern über alle ihre Glieder lief. Plötzlich schlang sie die Arme um seinen Hals, und mit erstickter Stimme flüsterte sie angstvolle und verworrene Worte, deren Sinn er nicht verstehen konnte.

„Ines, Ines!" sagte er und nahm ihr schönes kummervolles Antlitz in seine beiden Hände.

„O Rudolf! Lass mich sterben; aber verstoße nicht unser Kind!"

Er war vor ihr aufs Knie gesunken und küsste ihr die Hände. Nur die Botschaft hatte er gehört und nicht die dunkeln Worte, in denen sie ihm verkündigt wurde; von seiner Seele flogen alle Schatten fort, und hoffnungsreich zu ihr emporschauend, sprach er leise:

„Nun muss sich alles, alles wenden!"

Die Zeit ging weiter, aber die dunkeln Gewalten waren noch nicht besiegt. Nur mit Widerstreben fügte Ines die noch aus Nesis Wiegenzeit vorhandenen Dinge der kleinen Ausrüstung ein, und manche Träne fiel in die kleinen Mützen und Jäckchen, an welchen sie jetzt stumm und eifrig nähte.

– – Auch Nesi war es nicht entgangen, dass etwas Ungewöhnliches sich vorbereite. Im Oberhause, nach dem großen Garten hinaus, stand plötzlich eine Stube fest verschlossen, in der sonst ihre Spielsachen aufbewahrt gewesen waren; sie hatte durchs Schlüsselloch hineingeguckt; eine Dämmerung, eine feierliche Stille schien darin zu walten. Und als sie ihre Puppenküche, die man auf den Korridor hinausgesetzt hatte, mit Hülfe der alten Anne auf den Hausboden trug, suchte sie dort vergebens nach der Wiege mit dem grünen Taffetschirme, welche, solange sie denken konnte, hier unter dem schrägen Dachfenster gestanden hatte. Neugierig spähte sie in alle Winkel.

„Was gehst du herum wie ein Kontrolleur?" sagte die Alte.

– „Ja, Anne, wo ist aber meine Wiege geblieben?"

Die Alte blickte sie mit schlauem Lächeln an. „Was meinst", sagte sie, „wenn dir der Storch noch so ein Brüderchen brächte?"

Nesi sah betroffen auf; aber sie fühlte sich durch diese Anrede in ihrer elfjährigen Würde gekränkt. „Der Storch?" sagte sie verächtlich.

„Nun freilich, Nesi."

– „Du musst nicht so was zu mir sprechen, Anne. Das glauben die kleinen Kinder; aber ich weiß wohl, dass es dummes Zeug ist."

„So? – Wenn du es besser weisst, Mamsell Naseweis, woher kommen denn die Kinderchen, wenn nicht der Storch sie bringt, der es doch schon die Tausende von Jahren her besorgt hat?"

– „Sie kommen vom lieben Gott", sagte Nesi pathetisch. „Sie sind auf einmal da."

„Bewahr uns in Gnaden!" rief die Alte. „Was doch die Guckindiewelte heutzutage klug sind! Aber du hast recht, Nesi; wenn du's gewiss weißt, dass der liebe Gott den Storch vom Amte gesetzt hat – ich glaub's selber, er wird es schon allein besorgen können. – Nun aber – wenn's denn so auf einmal da wär, das Brüderchen – oder wolltest du lieber ein Schwesterlein? – würd's dich freuen, Neschen?"

Nesi stand vor der Alten, die sich auf einen Reisekoffer niedergelassen hatte; ein Lächeln verklärte ihr ernstes Gesichtchen, dann aber schien sie nachzusinnen.

„Nun, Neschen“, forschte wieder die Alte. „Würd’s dich freuen, Neschen?“

„Ja, Anne“, sagte sie endlich, „ich möchte wohl eine kleine Schwester haben, und Vater würde sich gewiss auch freuen; aber – –“

„Nun, Neschen, was hast du noch zu abern?“

„Aber“, wiederholte Nesi und hielt dann wieder einen Augenblick wie grübelnd inne; – „das Kind würde ja dann doch keine Mutter haben!“

„Was?“ rief die Alte ganz erschrocken und strebte mühsam von ihrem Koffer auf; „das Kind keine Mutter! Du bist mir zu gelehrt, Nesi; komm, lass uns hinabgehen! – Hörst du? Da schlägt’s zwei! Nun mach, dass du in die Schule kommst!“

Schon brausten die ersten Frühlingsstürme um das Haus; die Stunde nahte. –

– „Wenn ich’s nicht überlebte“, dachte Ines, „ob er auch meiner dann gedenken würde?“

Mit scheuen Augen ging sie an der Tür des Zimmers vorüber, welches schweigend sie und ihr künftiges Geschick erwartete; leise trat sie auf, als sei darinnen etwas, was sie zu wecken fürchte.

Und endlich war dem Hause ein Kind, ein zweites Töchterchen geboren. Von außen pochten die lichtgrünen Zweige an die Fenster; aber drinnen in dem Zimmer lag die junge Mutter bleich und entstellt; das warme Sonnenbraun der Wangen war verschwunden; aber in ihren Augen brannte ein Feuer, das den Leib verzehrte. Rudolf saß an dem Bett und hielt ihre schmale Hand in der seinen.

Jetzt wandte sie mühsam den Kopf nach der Wiege, die unter der Hut der alten Anne an der andern Seite des Zimmers stand. „Rudolf“, sagte sie matt, „ich habe noch eine Bitte!“

– „Noch eine, Ines? Ich werde noch viel von dir zu bitten haben.“

Sie sah ihn traurig an; nur eine Sekunde lang; dann flog ihr Auge hastig wieder nach der Wiege. „Du weißt“, sagte sie, immer schwerer atmend, „es gibt kein Bild von mir! Du wolltest immer, es solle nur von einem guten Meister gemalt werden – –wir können nicht mehr warten auf die Meisterhand. – Du könntest einen Photographen kommen lassen, Rudolf; es ist ein wenig umständlich; aber – mein Kind, es wird mich nicht mehr kennenlernen; es muss doch wissen, wie die Mutter ausgesehen.“

„Warte noch ein wenig!“ sagte er und suchte einen mutigen Ton in seine Stimme zu legen. „Es würde dich jetzt zu sehr erregen; warte, bis deine Wangen wieder voller werden!“

Sie strich mit beiden Händen über ihr schwarzes Haar, das lang und glänzend auf dem Deckbette lag, indem sie einen fast wilden Blick im Zimmer umherwarf.

„Einen Spiegel!“ sagte sie, indem sie sich völlig in den Kissen aufrichtete. „Bringt mir einen Spiegel!“

Er wollte wehren; aber schon hatte die Alte einen Handspiegel herbeigeholt und auf das Bett gelegt. Die Kranke ergriff ihn hastig; aber als sie hineinblickte, malte sich ein heftiges Erschrecken in ihren Zügen; sie nahm ein Tuch und wischte an dem Glase; doch es wurde nicht anders; nur immer fremder starrte das kranke Leidensantlitz ihr entgegen.

„Wer ist das?“ schrie sie plötzlich. „Das bin ich nicht! – Oh, mein Gott! Kein Bild, kein Schatten für mein Kind!“

Sie ließ den Spiegel fallen und schlug die mageren Hände vors Gesicht.

Da drang ein Weinen an ihr Ohr. Es war nicht ihr Kind, das ahnungslos in seiner Wiege lag und schlief; Nesi hatte sich unbemerkt hereingeschlichen; sie stand mitten im Zimmer und sah mit düsteren Augen auf die Stiefmutter, während sie schluchzend in ihre Lippe biss.

Ines hatte sie bemerkt. „Du weinst, Nesi?“ fragte sie. Aber das Kind antwortete nicht.

„Warum weinst du, Nesi?“ wiederholte sie heftig.

Die Züge des Kindes wurden noch finsterer. „Um meine Mutter!“ brach es fast trotzig aus dem kleinen Munde.

Die Kranke stutzte einen Augenblick; dann aber streckte sie die Arme aus dem Bett, und als das Kind, wie unwillkürlich, sich genähert hatte, riss sie es heftig an ihre Brust. „O Nesi, vergiss deine Mutter nicht!“

Da schlangen zwei kleine Arme sich um ihren Hals, und nur ihr verständlich, hauchte es: „Meine liebe, süße Mama!“

– „Bin ich deine liebe Mama, Nesi?“

Nesi antwortete nicht; sie nickte nur heftig in die Kissen.

„Dann, Nesi“, und in traulich seligem Flüstern sprach es die Kranke, „vergiss auch mich nicht! Oh, ich will nicht gern vergessen werden!“

– – Rudolf hatte regungslos diesen Vorgängen zugesehen, die er nicht zu stören wagte; halb in tödlicher Angst, halb in stillem Jubel; aber die Angst behielt die Oberhand. Ines war in ihre Kissen zurückgesunken; sie sprach nicht mehr; sie schlief – plötzlich.

Nesi, die sich leise von dem Bett entfernt hatte, kniete vor der Wiege ihres Schwesterchens; voll Bewunderung betrachtete sie das winzige Händchen, das sich aus den Kissen aufreckte, und wenn das rote Gesichtlein sich verzog und der kleine unbeholfene Menschenlaut hervorbrach, dann leuchteten ihre Augen vor Entzücken. Rudolf, der still herangetreten war, legte liebkosend die Hand auf ihren Kopf; sie wandte sich um und küsste die andere Hand des Vaters; dann schaute sie wieder auf ihr Schwesterchen. –

Die Stunden rückten weiter. Draußen leuchtete der Mittagsschein, und die Vorhänge an den Fenstern wurden fester zugezogen. Längst schon saß er wieder an dem Bette der geliebten Frau, in dumpfer Erwartung; Gedanken und Bilder kamen und gingen; er schaute sie nicht an, er ließ sie kommen und gehen. Schon einmal früher war es so wie jetzt gewesen; ein unheimliches Gefühl befiel ihn; ihm war, als lebe er zum zweiten Mal. Er sah wieder den schwarzen Totenbaum aufsteigen und mit den düsteren Zweigen sein ganzes Haus bedecken. Angstvoll sah er nach der Kranken; aber sie schlummerte sanft; in ruhigen Atemzügen hob sich ihre Brust. Unter dem Fenster, in den blühenden Syringen sang ein kleiner Vogel immerzu; er hörte ihn nicht; er war bemüht, die trügerischen Hoffnungen fortzuscheuchen, die ihn jetzt umspinnen wollten.

Am Nachmittage kam der Arzt; er neigte sich über die Schlafende und nahm ihre Hand, die ein warmer feuchter Hauch bedeckte. Rudolf blickte gespannt in das Antlitz seines Freundes, dessen Züge den Ausdruck der Überraschung annahmen.

„Schone mich nicht!“ sagte er. „Lass mich alles wissen!“

Aber der Doktor drückte ihm die Hand.

– „Gerettet!“ – Das einzige Wort hatte er behalten. Er hörte auf einmal den Gesang des Vogels; das ganze Leben kam zurückgeflutet. „Gerettet!“ – Und er hatte auch sie schon verloren gegeben in die große Nacht; er hatte geglaubt, die heftige Erschütterung des Morgens müsse sie verderben; doch:

Es ward ihr zum Heil,
Es riss sie nach oben!

In diese Worte des Dichters fasste er all sein Glück zusammen; wie Musik klangen sie fort und fort in seinen Ohren.

– – Immer noch schlief die Kranke; immer noch saß er wartend an ihrem Bette. Nur die Nachtlampe dämmerte jetzt in dem stillen

Zimmer; draußen aus dem Garten kam statt des Vogelsangs nun das Rauschen des Nachtwindes; manchmal wie Harfenton wehte es auf und zog vorüber; die jungen Zweige pochten leise an die Fenster.

„Ines!“ flüsterte er; „Ines!“ Er konnte es nicht lassen, ihren Namen auszusprechen.

Da schlug sie die Augen auf und ließ sie fest und lange auf ihm ruhen, als müsse aus der Tiefe des Schlafes ihre Seele erst zu ihm hinauf gelangen.

„Du, Rudolf?“ sagte sie endlich. „Und ich bin noch einmal wieder aufgewacht!“

Er blickte sie an und konnte sich nicht ersättigen an ihrem Anblick. „Ines“, sagte er – fast demütig klang seine Stimme – „ich sitze hier, und stundenlang schon trage ich das Glück wie eine schwere Last auf meinem Haupte; hilf es mir tragen, Ines!“

„Rudolf –!“ Sie hatte sich mit einer kräftigen Bewegung aufgerichtet.

– „Du wirst leben, Ines!“

„Wer hat das gesagt?“

– „Dein Arzt, mein Freund; ich weiß, er hat sich nicht getäuscht.“

„Leben! O mein Gott! Leben! – Für mein Kind, für dich!“ – Es war, als käme ihr plötzlich eine Erinnerung; sie schlang die Hände um den Hals ihres Mannes und drückte sein Ohr an ihren Mund. „Und für deine – für euere, unsre Nesi!“ flüsterte sie.

Dann ließ sie seinen Nacken los, und seine beiden Hände ergreifend, sprach sie zu ihm sanft und liebevoll. „Mir ist so leicht!“ sagte sie. „Ich weiß gar nicht mehr, warum alles sonst so schwer gewesen ist!“ Und ihm zunickend: „Du sollst nur sehen, Rudolf; nun kommt die gute Zeit! Aber –“ und sie hob den Kopf und brachte ihre Augen ganz dicht an die seinen – „ich muss teilhaben an deiner Vergangenheit, dein ganzes Glück musst du mir erzählen! Und, Rudolf, ihr süßes Bild soll in dem Zimmer hängen, das uns gemeinschaftlich gehört; sie muss dabeisein, wenn du mir erzählst!“

Er sah sie an wie ein Seliger.

„Ja, Ines; sie soll dabeisein!“

„Und Nesi! Ich erzähl ihr wieder von ihrer Mutter, was ich von dir gehört habe; – was für ihr Alter passt, Rudolf, nur das – –“

Er konnte nur stumm noch nicken.

„Wo ist Nesi?“ fragte sie dann; „ich will ihr noch einen Gutenachtkuss geben!“

„Sie schläft, Ines“, sagte er und strich sanft mit der Hand über ihre Stirn. „Es ist ja Mitternacht!“

„Mitternacht! So musst auch du nun schlafen! Ich aber – lache mich nicht aus, Rudolf – mich hungert; ich muss essen! Und dann, nachher, die Wiege vor mein Bett; ganz nahe, Rudolf! Dann schlaf auch ich wieder; ich fühl's; gewiss, du kannst ganz ruhig fortgehen.“

Er blieb noch.

„Ich muss erst eine Freude haben!“ sagte er.

„Eine Freude?“

„Ja, Ines, eine ganz neue; ich will dich essen sehen!“

– „O du!“

– Und als ihm auch das geworden, trug er mit der Wärterin die Wiege vor das Bett.

„Und nun gute Nacht! Mir ist, als sollte ich noch einmal in unseren Hochzeitstag hineinschlafen.“

Sie aber wies glücklich lächelnd auf ihr Kind.

– Und bald war alles still. Aber nicht der schwarze Totenbaum streckte seine Zweige über das Dach des Hauses; aus fernen goldnen Ährenfeldern nickte sanft der rote Mohn des Schlummers. Noch eine reiche Ernte stand bevor.

Und es war wieder Rosenzeit. – Auf dem breiten Steige des großen Gartens hielt ein lustiges Gefährte. Nero war augenscheinlich avanciert; denn nicht vor einem Puppen-, sondern vor einem wirklichen Kinderwagen stand er angeschirrt und hielt geduldig still, als Nesi an seinem mächtigen Kopfe jetzt die letzte Schnalle zuzog. Die alte Anne beugte sich zu dem Schirm des Wägelchens und zupfte an den Kissen, in denen das noch namenlose Töchterchen des Hauses mit großen offenen Augen lag; aber schon rief Nesi: „Hü, hott, alter Nero!“ und in würdevollem Schritt setzte die kleine Karawane sich zu ihrer täglichen Spazierfahrt in Bewegung.

Rudolf und mit ihm Ines, die schöner als je an seinem Arme hing, hatten lächelnd zugeschaut; nun gingen sie ihren eigenen Weg; seitwärts schlugen sie sich durch die Büsche entlang der Gartenmauer, und bald standen sie vor der noch immer verschlossenen Pforte. Das Gesträuch hing nicht wie sonst herab; ein Gestelle war untergebaut, so dass man wie durch einen schattigen Laubengang hinangelangte. Einen Augenblick horchten sie auf den vielstimmigen Gesang der Vögel, die drüben in der noch ungestörten Einsamkeit ihr Wesen trieben. Dann aber, von Ines' kleinen kräftigen Händen bezwungen, drehte sich der Schlüssel, und kreischend sprang der Riegel zurück. Drinnen hörten sie die Vögel aufrauschen, und dann war alles still. Um eine Handbreit stand die Pforte offen; aber sie war an der Binnenseite von blühendem Geranke überstrickt; Ines wandte alle ihre Kräfte auf, es knisterte und knickte auch dahinter; aber die Pforte blieb gefangen.

„Du musst!“ sagte sie endlich, indem sie lächelnd und erschöpft zu ihrem Mann emporblickte.

Die Männerhand erzwang den vollen Eingang; dann legte Rudolf das zerrissene Gesträuch sorgsam nach beiden Seiten zurück.

Vor ihnen schimmerte jetzt in hellem Sonnenlicht der Kiesweg; aber leise, als sei es noch in jener Mondnacht, gingen sie zwischen den tiefgrünen Koniferen auf ihm hin, vorbei an den Zentifolien, die mit Hunderten von Rosen aus dem wuchernden Kraut hervorleuchteten, und am Ende des Steiges unter das verfallene Rohrdach, vor welchem jetzt die Klematis den ganzen Gartenstuhl besponnen hatte. Drinnen hatte, wie im vorigen Sommer, die Schwalbe ihr Nest gebaut; furchtlos flog sie über ihnen aus und ein.

Was sie zusammen sprachen? – Auch für Ines war jetzt heiliger Boden hier. – Mitunter schwiegen sie und hörten nur auf das Summen der Insekten, die draußen in den Düften spielten. Vor Jahren hatte Rudolf es schon ebenso gehört; immer war es so gewesen. Die Menschen starben; ob denn diese kleinen Musikanten ewig waren?

„Rudolf, ich habe etwas entdeckt!“ begann jetzt Ines wieder. „Nimm einmal den ersten Buchstaben meines Namens und setz ihn an das Ende! Wie heisst er dann?“

„Nesi!“ sagte er lächelnd. „Das trifft sich wunderbar.“

„Siehst du!“ fuhr sie fort, „so hat die Nesi eigentlich meinen Namen. Ist’s nicht billig, dass nun mein Kind den Namen ihrer Mutter erhält? – Marie! – Es klingt so gut und mild; du weisst, es ist nicht einerlei, mit welchem Namen die Kinder sich gerufen hören!“

Er schwieg einen Augenblick.

„Laß uns mit diesen Dingen nicht spielen!“ sagte er dann und sah ihr innig in die Augen. „Nein, Ines; auch mit dem Antlitz meines lieben kleinen Kindes soll mir ihr Bild nicht übermalt werden. Nicht Marie, auch nicht Ines – wie es deine Mutter wünschte – darf das Kind mir heißen! Auch Ines ist für mich nur einmal und niemals wieder auf der Welt.“ – Und nach einer Weile fügte er hinzu: „Wirst du nun sagen, dass du einen eigensinnigen Mann hast?“

„Nein, Rudolf; nur, dass du Nesis rechter Vater bist!" „Und du, Ines?"

„Hab nur Geduld; – ich werde schon dein rechtes Weib! –Aber –"

„Ist doch noch ein Aber da?"

„Kein böses, Rudolf! – Aber – wenn einst die Zeit dahin ist – denn einmal kommt ja doch das Ende – wenn wir alle dort sind, woran du keinen Glauben hast, aber vielleicht doch eine Hoffnung –, wohin sie uns vorangegangen ist, dann" – und sie hob sich zu ihm empor und schlang beide Hände um seinen Nacken – „schüttle mich nicht ab, Rudolf! Versuch es nicht; ich lasse doch nicht von dir!"

Er schloss sie fest in seine Arme und sagte: „Lass uns das Nächste tun; das ist das Beste, was ein Mensch sich selbst und andern lehren kann."

„Und das wäre?" fragte sie.

„Leben, Ines; so schön und lange, wie wir es vermögen!"

Da hörten sie Kinderstimmen von der Pforte her; kleine zum Herzen dringende Laute, die noch keine Worte waren, und ein helles „Hü!" und „Hott!" von Nesis kräftiger Stimme. Und unter dem Vorspann des getreuen Nero, behütet von der alten Dienerin, hielt die fröhliche Zukunft des Hauses ihren Einzug in den Garten der Vergangenheit.

Pole Poppenspäler

Ich hatte in meiner Jugend einige Fertigkeit im Drechseln und beschäftigte mich sogar wohl etwas mehr damit, als meinen gelehrten Studien zuträglich war; wenigstens geschah es, dass mich eines Tags der Subrektor bei Rückgabe eines nicht eben fehlerlosen Exerzitiums seltsamerweise fragte, ob ich vielleicht wieder eine Nähschraube zu meiner Schwester Geburtstag gedrechselt hätte. Solche kleine Nachteile wurden indessen mehr als aufgewogen durch die Bekanntschaft mit einem trefflichen Manne, die mir infolge jener Beschäftigung zuteil wurde. Dieser Mann war der Kunstdrechsler und Mechanikus Paul Paulsen, auch deputierter Bürger unserer Stadt. Auf die Bitte meines Vaters, der für alles, was er mich unternehmen sah, eine gewisse Gründlichkeit forderte, verstand er sich dazu, mir die für meine kleinen Arbeiten erforderlichen Handgriffe beizubringen.

Paulsen besaß mannigfache Kenntnisse und war dabei nicht nur von anerkannter Tüchtigkeit in seinem eigenen Handwerk, sondern er hatte auch eine Einsicht in die künftige Entwicklung der Gewerke überhaupt, so dass bei manchem, was jetzt als neue Wahrheit verkündigt wird, mir plötzlich einfällt: das hat dein alter Paulsen ja schon vor vierzig Jahren gesagt. – Es gelang mir bald, seine Zuneigung zu erwerben, und er sah es gern, wenn ich noch außer den festgesetzten Stunden am Feierabend einmal zu ihm kam. Dann saßen wir entweder in der Werkstätte oder sommers – denn unser Verkehr hat jahrelang gedauert – auf der Bank unter der großen Linde seines Gärtchens. In den Gesprächen, die wir dabei führten, oder vielmehr, welche mein älterer Freund dabei mit mir führte, lernte ich Dinge kennen und auf Dinge meine Gedanken richten, von denen, so wichtig sie im Leben sind, ich später selbst in meinen Primaner-Schulbüchern keine Spur gefunden habe.

Paulsen war seiner Abkunft nach ein Friese und der Charakter dieses Volksstammes aufs Schönste in seinem Antlitz ausgeprägt; unter dem schlichten blonden Haar die denkende Stirn und die blauen sinnenden Augen; dabei hatte, vom Vater ererbt, seine Stimme noch etwas von dem weichen Gesang seiner Heimatsprache.

Die Frau dieses nordischen Mannes war braun und von zartem Gliederbau, ihre Sprache von unverkennbar süddeutschem Klange. Meine Mutter pflegte von ihr zu sagen, ihre schwarzen Augen könnten einen See ausbrennen, in ihrer Jugend aber sei sie von seltener Anmut gewesen. – Trotz der silbernen Fädchen, die schon ihr Haar durchzogen, war auch jetzt die Lieblichkeit dieser Züge noch nicht verschwunden, und das der Jugend angeborene Gefühl für Schönheit veranlasste mich bald, ihr, wo ich immer konnte, mit kleinen Diensten und Gefälligkeiten an die Hand zu gehen.

„Da schau mir nur das Buberl", sagte sie dann wohl zu ihrem Mann; „wirst doch nit eifersüchtig werden, Paul?"

Dann lächelte Paul. Und aus ihren Scherzworten und aus seinem Lächeln sprach das Bewusstsein innigsten Zusammengehörens.

Sie hatten außer einem Sohne, der damals in der Fremde war, keine Kinder, und vielleicht war ich den beiden zum Teil deshalb so willkommen, zumal Frau Paulsen mir wiederholt versicherte, ich habe grad ein so lustigs Naserl wie ihr Joseph. Nicht verschweigen will ich, dass letztere auch eine mir sehr zusagende, in unserer Stadt aber sonst gänzlich unbekannte Mehlspeise zu bereiten verstand und auch nicht unterließ, mich dann und wann zu Gast zu bitten. – So waren denn dort der Anziehungskräfte für mich genug. Von meinem Vater aber wurde mein Verkehr in dem tüchtigen Bürgerhause gern gesehen. „Sorge nur, dass du nicht lästig fällst!“ war das einzige, woran er in dieser Beziehung zuweilen mich erinnerte. Ich glaube indessen nicht, dass ich meinen Freunden je zu oft gekommen bin.

Da geschah es eines Tages, dass in meinem elterlichen Hause einem alten Herrn aus unserer Stadt das neueste und wirklich ziemlich gelungene Werk meiner Hände vorgezeigt wurde.

Als dieser seine Bewunderung zu erkennen gab, bemerkte mein Vater dagegen, dass ich ja aber auch schon seit fast einem Jahr bei Meister Paulsen in der Lehre sei.

„So, so“, erwiderte der alte Herr; „bei Pole Poppenspäler!“

Ich hatte nie gehört, dass mein Freund einen solchen Beinamen führe, und fragte, vielleicht ein wenig naseweis, was das bedeuten solle.

Aber der alte Herr lächelte nur ganz hinterhaltig und wollte keine weitere Auskunft geben. –

Zum kommenden Sonntag war ich von den Paulsenschen Eheleuten auf den Abend eingeladen, um ihnen ihren Hochzeitstag feiern zu helfen. Es war im Spätsommer, und da ich mich frühzeitig auf den Weg gemacht und die Hausfrau noch in der Küche zu wirtschaften hatte, so ging Paulsen mit mir in den Garten, wo wir uns zusammen unter der großen Linde auf die Bank setzten. Mir war das „Pole Poppenspäler“ wieder eingefallen, und es ging mir so im Kopf herum, dass ich kaum auf seine Reden Antwort gab; endlich, da er mich fast ein wenig ernst wegen meiner Zerstreuung zurechtgewiesen hatte, fragte ich ihn gradezu, was jener Beiname zu bedeuten habe.

Er wurde sehr zornig. „Wer hat dich das dumme Wort gelehrt?“ rief er, indem er von seinem Sitze aufsprang. Aber bevor ich noch zu antworten vermochte, saß er schon wieder neben mir. „Lass, lass!“ sagte er, sich besinnend; „es bedeutet ja eigentlich das Beste, was das Leben mir gegeben hat. – Ich will es dir erzählen; wir haben wohl noch Zeit dazu. –

In diesem Haus und Garten bin ich aufgewachsen, meine braven Eltern wohnten hier, und hoffentlich wird einst mein Sohn hier wohnen! – Dass ich ein Knabe war, ist nun schon lange her; aber gewisse Dinge aus jener Zeit stehen noch, wie mit farbigem Stift gezeichnet, vor meinen Augen.

Neben unserer Haustür stand damals eine kleine weiße Bank

mit grünen Stäben in den Rück- und Seitenlehnen, von der man nach der einen Seite die lange Straße hinab bis an die Kirche, nach der andern aus der Stadt hinaus bis in die Felder sehen konnte. An Sommerabenden saßen meine Eltern hier, der Ruhe nach der Arbeit pflegend; in den Stunden vorher aber pflegte ich sie in Beschlag zu nehmen und hier in der freien Luft und unter erquickendem Ausblick nach Ost und West meine Schularbeiten anzufertigen.

So saß ich auch eines Nachmittags – ich weiß noch gar wohl, es war im September, eben nach unserem Michaelis-Jahrmarkte – und schrieb für den Rechenmeister meine Algebra-Exempel auf die Tafel, als ich unten von der Straße ein seltsames Gefährte heraufkommen sah. Es war ein zweirädriger Karren, der von einem kleinen rauhen Pferde gezogen wurde. Zwischen zwei ziemlich hohen Kisten, mit denen er beladen war, saß eine große blonde Frau mit steifen hölzernen Gesichtszügen und ein etwa neunjähriges Mädchen, das sein schwarzhaariges Köpfchen lebhaft von einer Seite nach der andern drehte; nebenher ging, den Zügel in der Hand, ein kleiner, lustig blickender Mann, dem unter seiner grünen Schirmmütze die kurzen schwarzen Haare wie Spieße vom Kopfe abstanden.

So, unter dem Gebimmel eines Glöckchens, das unter dem Halse des Pferdes hing, kamen sie heran. Als sie die Straße vor unserem Hause erreicht hatten, machte der Karren halt. „Du Bub“, rief die Frau zu mir herüber, „wo ist denn die Schneiderherberg?“

Mein Griffel hatte schon lange geruht; nun sprang ich eilfertig auf und trat an den Wagen. „Ihr seid grad davor“, sagte ich und wies auf das alte Haus mit der viereckig geschorenen Linde, das, wie du weisst, noch jetzt hier gegenüber liegt.

Das feine Dirnchen war zwischen den Kisten aufgestanden, streckte das Köpfchen aus der Kapuze ihres verschossenen Mäntelchens und sah mit ihren großen Augen auf mich herab; der Mann aber, mit einem „Sitz ruhig, Diendl!“ und „Schönen Dank, Bub!“ peitschte auf den kleinen Gaul und fuhr vor die Tür des bezeichneten Hauses, aus dem auch schon der dicke Herbergsvater in seiner grünen Schürze ihm entgegentrat.

Dass die Ankömmlinge nicht zu den zunftberechtigten Gästen des Hauses gehörten, musste mir freilich klar sein; aber es pflegten dort – was mir jetzt, wenn ich es bedenke, mit der Reputation des wohlehrsamen Handwerks sich keineswegs reimen will –auch andere, mir viel angenehmere Leute einzukehren. Droben im zweiten Stock, wo noch heute statt der Fenster nur einfache Holzluken auf die Straße gehen, war das hergebrachte Quartier aller fahrenden Musikanten, Seiltänzer oder Tierbändiger, welche in unserer Stadt ihre Kunst zum besten gaben.

Und richtig, als ich am andern Morgen oben in meiner Kammer vor dem Fenster stand und meinen Schulsack schnürte, wurde drüben eine der Luken aufgestoßen; der kleine Mann mit den schwarzen Haarspießen steckte seinen Kopf ins Freie und dehnte sich mit beiden Armen in die frische Luft hinaus; dann wandte er den Kopf hinter sich nach dem dunkeln Raum zurück, und ich hörte ihn „Lisei! Lisei!" rufen. – Da drängte sich unter seinem Arm ein rosiges Gesichtlein vor, um das wie eine Mähne das schwarze Haar herabfiel. Der Vater wies mit dem Finger nach mir herüber, lachte und zupfte sie ein paarmal an ihren seidenen Strähnen. Was er zu ihr sprach, habe ich nicht verstehen können; aber es mag wohl ungefähr gelautet haben: „Schau dir ihn an, Lisei! Kennst ihn noch, den Bubn von gestern? – Der arme Narr, da muss er nun gleich mit dem Ranzen in die Schule traben! – Was du für ein glücklich's Diendl bist, die du allweg nur mit unserem Braunen landab, landauf zu fahren brauchst!" – Wenigstens sah die Kleine ganz mitleidig zu mir herüber, und als ich es wagte, ihr freundlich zuzunicken, nickte sie sehr ernsthaft wieder.

Bald aber zog der Vater seinen Kopf zurück und verschwand im Hintergrund seines Bodenraumes. Statt seiner trat jetzt die große blonde Frau zu dem Kinde; sie bemächtigte sich ihres Kopfes und begann ihr das Haar zu strählen. Das Geschäft schien schweigend vollzogen zu werden, und das Lisei durfte offenbar nicht mucksen, obgleich es mehrmals, wenn ihr der Kamm so in den Nacken hinabfuhr, die eckigsten Figuren mit ihrem roten Mäulchen bildete. Nur einmal hob sie den Arm und ließ ein langes Haar über die Linde draußen in die Morgenluft hinausfliegen. Ich konnte von meinem Fenster aus es glänzen sehen; denn die Sonne war eben durch den Herbstnebel gedrungen und schien drüben auf den oberen Teil des Herberghauses.

Auch in den vorhin undurchdringlich dunkeln Bodenraum konnte ich jetzt hineinsehen. Ganz deutlich erblickte ich in einem dämmerigen Winkel den Mann an einem Tische sitzen; in seiner Hand blinkte etwas wie Gold oder Silber; dann wieder war's wie ein Gesicht mit einer ungeheueren Nase; aber so sehr ich meine Augen anstrengte, ich vermochte nicht klug daraus zu werden. Plötzlich hörte ich, als wenn etwas Hölzernes in einen Kasten geworfen würde, und nun stand der Mann auf und lehnte aus einer zweiten Luke sich wieder auf die Straße hinaus.

Die Frau hatte indessen der kleinen schwarzen Dirne ein verschossenes rotes Kleidchen angezogen und ihr die Haarflechten wie einen Kranz um das runde Köpfchen gelegt.

Ich sah noch immer hinüber. „Einmal“, dachte ich, „könnte sie doch wieder nicken.“

– – „Paul, Paul!“ hörte ich plötzlich unten aus unserem Hause die Stimme meiner Mutter rufen.

„Ja, ja, Mutter!“

Es war mir ordentlich wie ein Schrecken in die Glieder geschlagen.

„Nun“, rief sie wieder, „der Rechenmeister wird dir schön die Zeit verdeutschen! Weißt du denn nicht, dass es lang schon sieben geschlagen hat?“

Wie rasch polterte ich die Treppe hinunter!

Aber ich hatte Glück; der Rechenmeister war gerade dabei, seine Bergamotten abzunehmen, und die halbe Schule befand sich in seinem Garten, um mit Händen und Mäulern ihm dabei zu helfen. Erst um neun Uhr saßen wir alle mit heißen Backen und lustigen Gesichtern an Tafel und Rechenbuch auf unseren Bänken.

Als ich um elf, die Taschen noch von Birnen starrend, aus dem Schulhofe trat, kam eben der dicke Stadtsausrufer die Straße herauf. Er schlug mit dem Schlüssel an sein blankes Messingbecken und rief mit seiner Bierstimme:

„Der Mechanikus und Puppenspieler Herr Joseph Tendler aus der Residenzstadt München ist gestern hier angekommen und wird heute abend im Schützenhofsaale seine erste Vorstellung geben. Vorgestellt wird: Pfalzgraf Siegfried und die heilige Genoveva, Puppenspiel mit Gesang in vier Aufzügen.“

Dann räusperte er sich und schritt würdevoll in der meinem Heimwege entgegengesetzten Richtung weiter. Ich folgte ihm von Straße zu Straße, um wieder und wieder die entzückende Verkündigung zu hören; denn niemals hatte ich eine Komödie, geschweige denn ein Puppenspiel gesehen. – Als ich endlich umkehrte, sah ich ein rotes Kleidchen mir entgegenkommen; und wirklich, es war die kleine Puppenspielerin; trotz ihres verschossenen Anzugs schien sie mir von einem Märchenglanz umgeben.

Ich fasste mir ein Herz und redete sie an: „Willst du spazierengehen, Lisei?“

Sie sah mich misstrauisch aus ihren schwarzen Augen an. „Spazieren?“ wiederholte sie gedehnt. „Ach du – du bist g'scheit!“

„Wohin willst du denn?“

– „Zum Ellenkramer will i!“

„Willst du dir ein neues Kleid kaufen?“ fragte ich tölpelhaft genug.

Sie lachte laut auf. „Geh! lass mi aus! – Nein; nur so Fetz'ln!“

„Fetz'ln, Lisei?“

– „Freili! Halt nur so Resteln zu G'wandl für die Pupp'n; 's kost't immer nit viel!“

Ein glücklicher Gedanke fuhr mir durch den Kopf. Ein alter Onkel von mir hatte damals am Markte hier eine Ellenwarenhandlung, und sein alter Ladendiener war mein guter Freund. „Komm mit mir“, sagte ich kühn; „es soll dir gar nichts kosten, Lisei!“

„Meinst?“ fragte sie noch; dann liefen wir beide nach dem Markt und in das Haus des Onkels. Der alte Gabriel stand wie immer in seinem pfeffer- und salzfarbenen Rock hinter dem Ladentisch, und als ich ihm unser Anliegen deutlich gemacht hatte, kramte er gutmütig einen Haufen „Rester“ auf den Tisch zusammen.

„Schau, das hübsch Brinnrot!“ sagte Lisei und nickte begehrlich nach einem Stückchen französischen Kattuns hinüber.

„Kannst es brauchen?“ fragte Gabriel. – Ob sie es brauchen konnte! Der Ritter Siegfried sollte ja auf den Abend noch eine neue Weste geschneidert bekommen.

„Aber da gehören auch die Tressen noch dazu“, sagte der Alte und brachte allerlei Endchen Gold- und Silberflittern. Bald kamen noch grüne und gelbe Seidenläppchen und Bänder, endlich ein ziemlich großes Stück braunen Plüsches. „Nimm's nur, Kind!“ sagte Gabriel. „Das gibt ein Tierfell für euere Genoveva, wenn das alte vielleicht verschossen wäre!“ Dann packte er die ganze Herrlichkeit zusammen und legte sie der Kleinen in den Arm.

„Und es koset nix?“ fragte sie beklommen.

Nein, es kostete nichts. Ihre Augen leuchteten. „Schön' Dank, guter Mann! Ach, wird der Vater schauen!“

Hand in Hand, Lisei mit ihrem Päckchen unter dem Arm, verließen wir den Laden; als wir aber in die Nähe unserer Wohnung kamen, ließ sie mich los und rannte über die Straße nach der Schneiderherberge, dass ihr die schwarzen Flechten in den Nacken flogen.

– – Nach dem Mittagsessen stand ich vor unserer Haustür und erwog unter Herzklopfen das Wagnis, schon heute zur ersten Vorstellung meinen Vater um das Eintrittsgeld anzugehen; ich war ja mit der Galerie zufrieden, und die sollte für uns Jungens nur einen Doppeltschilling kosten. Da, bevor ich's noch bei mir ins Reine gebracht hatte, kam das Lisei über die Straße zu mir hergeflogen. „Der Vater schickt's!" sagte sie, und eh ich mich's versah, war sie wieder fort; aber in meiner Hand hielt ich eine rote Karte, darauf stand mit großen Buchstaben: Erster Platz.

Als ich aufblickte, winkte auch von drüben der kleine schwarze Mann mit beiden Armen aus der Bodenluke zu mir herüber. Ich nickte ihm zu; was mussten das für nette Leute sein, diese Puppenspieler! „Also heute abend", sagte ich zu mir selber; „heute abend und – Erster Platz!"

– – Du kennst unsern Schützenhof in der Süderstraße; auf der Haustür sah man damals noch einen schön gemalten Schützen in Lebensgröße, mit Federhut und Büchse; im übrigen war aber der alte Kasten damals noch baufälliger, als er heute ist. Die Gesellschaft war bis auf drei Mitglieder herabgesunken; die vor Jahrhunderten von den alten Landesherzögen geschenkten silbernen Pokale, Pulverhörner und Ehrenketten waren nach und nach verschleudert; den großen Garten, der, wie du weißt, auf den Bürgersteig hinausläuft, hatte man zur Schaf- und Ziegengräsung verpachtet. Das alte zweistöckige Haus wurde von niemandem weder bewohnt noch gebraucht; windrissig und verfallen stand es da zwischen den munteren Nachbarhäusern; nur in dem öden weißgekalkten Saale, der fast das ganze obere Stockwerk einnahm, produzierten mitunter starke Männer oder durchreisende Taschenspieler ihre Künste. Dann wurde unten die große Haustür mit dem gemalten Schützenbruder knarrend aufgeschlossen.

– – Langsam war es Abend geworden; und – das Ende trug die Last, denn mein Vater wollte mich erst fünf Minuten vor dem angesetzten Glockenschlage laufen lassen; er meinte, eine Übung in der Geduld sei sehr vonnöten, damit ich im Theater stille sitze.

Endlich war ich an Ort und Stelle. Die große Tür stand offen, und allerlei Leute wanderten hinein; denn derzeit ging man noch gern zu solchen Vergnügungen; nach Hamburg war eine weite Reise, und nur wenige hatten sich die kleinen Dinge zu Hause durch die dort zu schauenden Herrlichkeiten leid machen können. – Als ich die eichene Wendeltreppe hinaufgestiegen war, fand ich Liseis Mutter am Eingange des Saales an der Kasse sitzen. Ich näherte mich ihr ganz vertraulich und dachte, sie würde mich so recht als einen alten Bekannten begrüßen; aber sie saß stumm und starr und nahm mir meine Karte ab, als wenn ich nicht die geringste Beziehung zu ihrer Familie hätte. – Etwas gedemütigt trat ich in den Saal; der kommenden Dinge harrend, plauderte alles mit halber Stimme durcheinander; dazu fiedelte unser Stadtmusikus mit drei seiner Gesellen. Das erste, worauf meine Augen fielen, war in der Tiefe des Saales ein roter Vorhang oberhalb der Musikantenplätze. Die Malerei in der Mitte desselben stellte zwei lange Trompeten vor, die kreuzweise über einer goldenen Leier lagen; und, was mir damals sehr sonderbar erschien, an dem Mundstück einer jeden hing, wie mit den leeren Augen daraufgeschoben, hier eine finster, dort eine lachend ausgeprägte Maske. – Die drei vordersten Plätze waren schon besetzt; ich drängte mich in die vierte Bank, wo ich einen Schulkameraden bemerkt hatte, der dort neben seinen Eltern saß. Hinter uns bauten sich die Plätze schräg ansteigend in die Höhe, so dass der letzte, die sogenannte Galerie, welche nur zum Stehen war, sich fast mannshoch über dem Fußboden befinden mochte. Auch dort schien es wohlgefüllt zu sein; genau vermochte ich es nicht zu sehen, denn die wenigen Talglichter, welche in Blechlampetten an den beiden Seitenwänden brannten, verbreiteten nur eine schwache Helligkeit; auch dunkelte die schwere Balkendecke des Saales. Mein Nachbar wollte mir eine Schulgeschichte erzählen; ich begriff nicht, wie er an so etwas denken konnte, ich schaute nur auf den Vorhang, der von den Lampen des Podiums und der Musikantenpulte feierlich beleuchtet war. Und jetzt ging ein Wehen über seine Fläche, die geheimnisvolle Welt hinter ihm begann sich schon zu regen; noch einen Augenblick, da erscholl das Läuten eines Glöckchens, und während unter den Zuschauern das summende Geplauder wie mit einem Schlage verstummte, flog der Vorhang in die Höhe. – Ein Blick auf die Bühne versetzte mich um tausend Jahre rückwärts. Ich sah in einen mittelalterlichen Burghof mit Turm und Zugbrücke; zwei kleine ellenlange Leute standen in der Mitte und redeten lebhaft miteinander. Der eine mit dem schwarzen Barte, dem silbernen Federhelm und dem goldgestickten Mantel über dem roten Unterkleide war der Pfalzgraf Siegfried; er wollte gegen die heidnischen Mohren in den Krieg reiten und befahl seinem jungen Hausmeister Golo, der in blauem silbergesticktem Wamse neben ihm stand, zum Schutze der Pfalzgräfin Genoveva in der Burg zurückzubleiben. Der treulose Golo aber tat gewaltig wild, dass er seinen guten Herrn so allein in das grimme Schwerterspiel sollte reiten lassen. Sie drehten bei diesen Wechselreden die Köpfe hin und her und fochten heftig und ruckweise mit den Armen. – Da tönten kleine, langgezogene Trompetentöne von draußen hinter der Zugbrücke, und zugleich kam auch die schöne Genoveva in himmelblauem Schleppkleide hinter dem Turm hervorgestürzt und schlug beide Arme über des Gemahls Schultern: „Oh, mein herzallerliebster Siegfried, wenn dich die grausamen Heiden nur nicht massakrieren!“ Aber es half ihr nichts; noch einmal ertönten die Trompeten, und der Graf schritt steif und würdevoll über die Zugbrücke aus dem Hofe; man hörte deutlich draußen den Abzug des gewappneten Trupps. Der böse Golo war jetzt Herr der Burg. –

Und nun spielte das Stück sich weiter, wie es in deinem Lesebuch gedruckt steht. – Ich war auf meiner Bank ganz wie verzaubert; diese seltsamen Bewegungen, diese feinen oder schnarrenden Puppenstimmchen, die denn doch wirklich aus ihrem Munde kamen – es war ein unheimliches Leben in diesen kleinen Figuren, das gleichwohl meine Augen wie magnetisch auf sich zog.

Im zweiten Aufzuge aber sollte es noch besser kommen. – Da war unter den Dienern auf der Burg einer im gelben Nankinganzug, der hieß Kasperl. Wenn dieser Bursche nicht lebendig war, so war noch niemals etwas lebendig gewesen; er machte die ungeheuersten Witze, so dass der ganze Saal vor Lachen bebte; in seiner Nase, die so groß wie eine Wurst war, musste er jedenfalls ein Gelenk haben; denn wenn er so sein dumm-pfiffiges Lachen herausschüttelte, so schlenkerte der Nasenzipfel hin und her, als wenn auch er sich vor Lustigkeit nicht zu lassen wüsste; dabei riss der Kerl seinen großen Mund auf und knackte, wie eine alte Eule, mit den Kinnbacksknochen. „Pardauz!“ schrie es; so kam er immer auf die Bühne gesprungen; dann stellte er sich hin und sprach erst bloß mit seinem großen Daumen; den konnte er so ausdrucksvoll hin und wider drehen, dass es ordentlich ging wie „Hier nix und da nix! kriegst du nix, so hast du nix!“ Und dann sein Schielen; – das war so verführerisch, dass im Augenblick dem ganzen Publikum die Augen verquer im Kopfe standen. Ich war ganz vernarrt in den lieben Kerl!

Endlich war das Spiel zu Ende, und ich saß wieder zu Hause in unserer Wohnstube und verzehrte schweigend das Aufgebratene, das meine gute Mutter mir warm gestellt hatte. Mein Vater saß im Lehnstuhl und rauchte seine Abendpfeife. „Nun, Junge“, rief er, „waren sie lebendig?“

„Ich weiß nicht, Vater“, sagte ich und arbeitete weiter in meiner Schüssel; mir war noch ganz verwirrt zu Sinne.

Er sah mir eine Weile mit seinem klugen Lächeln zu. „Höre, Paul“, sagte er dann, „du darfst nicht zu oft in diesen Puppenkasten; die Dinger könnten dir am Ende in die Schule nachlaufen.“

Mein Vater hatte nicht unrecht. Die Algebraaufgaben gerieten mir in den beiden nächsten Tagen so mäßig, dass der Rechenmeister mich von meinem ersten Platz herabzusetzen drohte. – Wenn ich in meinem Kopfe rechnen wollte: „a + b gleich x – c", so hörte ich statt dessen vor meinen Ohren die feine Vogelstimme der schönen Genoveva: „Ach, mein herzallerliebster Siegfried, wenn dich die bösen Heiden nur nicht massakrieren!" Einmal – aber es hat niemand gesehen – schrieb ich sogar „x + Genoveva" auf die Tafel. – Des Nachts in meiner Schlafkammer rief es einmal ganz laut „Pardauz", und mit einem Satz kam der liebe Kasperl in seinem Nankinganzug zu mir ins Bett gesprungen, stemmte seine Arme zu beiden Seiten meines Kopfes in das Kissen und rief, grinsend auf mich herabnickend: „Ach, du liebs Brüderl! Ach, du herztausig liebs Brüderl!" Dabei hackte er mir mit seiner langen roten Nase in die meine, dass ich davon erwachte. Da sah ich denn freilich, dass es nur ein Traum gewesen war.

Ich verschloss das alles in meinem Herzen und wagte zu Hause kaum den Mund aufzutun von der Puppenkomödie. Als aber am nächsten Sonntag der Ausrufer wieder durch die Straßen ging, an sein Becken schlug und laut verkündigte: „Heute abend auf dem Schützenhof: Doktor Fausts Höllenfahrt, Puppenspiel in vier Aufzügen!" – da war es doch nicht länger auszuhalten. Wie die Katze um den heißen Brei, so schlich ich um meinen Vater herum, und endlich hatte er meinen stummen Blick verstanden. – „Pole", sagte er, „es könnte dir ein Tropfen Blut vom Herzen gehen; vielleicht ist's die beste Kur, dich einmal gründlich satt zu machen." Damit langte er in die Westentasche und gab mir einen Doppeltschilling.

Ich rannte sofort aus dem Hause; erst auf der Straße wurde es mir klar, dass ja noch acht lange Stunden bis zum Anfang der Komödie abzuleben waren. So lief ich denn hinter den Gärten auf den Bürgersteig. Als ich an den offenen Grasgarten des Schützenhofs gekommen war, zog es mich unwillkürlich hinein; vielleicht, dass gar einige Puppen dort oben aus den Fenstern guckten; denn die Bühne lag ja an der Rückseite des Hauses. Aber ich musste dann erst durch den oberen Teil des Gartens, der mit Linden- und Kastanienbäumen dicht bestanden war. Mir wurde etwas zag zumute; ich wagte doch nicht weiter vorzudringen. Plötzlich erhielt ich von einem großen, hier angepflockten Ziegenbock einen Stoß in den Rücken, dass ich um zwanzig Schritte weiter flog. Das half; als ich mich umsah, stand ich schon unter den Bäumen.

Es war ein trüber Herbsttag; einzelne gelbe Blätter sanken schon zur Erde; über mir in der Luft schrien ein paar Strandvögel, die ans Haff hinausflogen; kein Mensch war zu sehen noch zu hören. Langsam schritt ich durch das Unkraut, das auf den Steigen wucherte, bis ich einen schmalen Steinhof erreicht hatte, der den Garten von dem Hause trennte. – Richtig! Dort von oben schauten zwei große Fenster in den Hof herab; aber hinter den kleinen in Blei gefassten Scheiben war es schwarz und leer, keine Puppe war zu sehen. Ich stand eine Weile, mir wurde ganz unheimlich in der mich rings umgebenden Stille.

Da sah ich, wie unten die schwere Hoftür von innen eine Handbreit geöffnet wurde, und zugleich lugte auch ein schwarzes Köpfchen daraus hervor.

„Lisei!“ rief ich.

Sie sah mich groß mit ihren dunkeln Augen an. „B’hüt Gott!“ sagte sie; „hab i doch nit gewusst, was da außa rumkraxln tät! Wo kommst denn du daher?“

„Ich? – Ich geh spazieren, Lisei! – Aber sag mir, spielt ihr denn schon jetzt Komödie?“

Sie schüttelte lachend den Kopf.

„Aber, was machst du denn hier?“ fragte ich weiter, indem ich über den Steinhof zu ihr trat.

„I wart auf den Vater“, sagte sie; „er ist ins Quartier, um Band und Nagel zu holen; er macht’s halt firti für heunt Abend.“ „Bist du denn ganz allein hier, Lisei?“

– „O nei; du bist ja aa no da!“

„Ich meine“, sagte ich, „ob nicht deine Mutter oben auf dem Saal ist?“

Nein, die Mutter saß in der Herberge und besserte die Puppenkleider aus; das Lisei war hier ganz allein.

„Hör“, begann ich wieder, „du könntest mir einen Gefallen tun; es ist unter euren Puppen einer, der heisst Kasperl; den möcht ich gar zu gern einmal in der Nähe sehen.“

„Den Wurstl meinst?“ sagte Lisei und schien sich eine Weile zu bedenken. „Nu, es ging scho; aber g’schwind musst sein, eh denn der Vater wieder da ist!“

Mit diesen Worten waren wir schon ins Haus getreten und liefen eilig die steile Wendeltreppe hinauf. – Es war fast dunkel in dem großen Saale; denn die Fenster, welche sämtlich nach dem Hofe hinaus lagen, waren von der Bühne verdeckt; nur einzelne Lichtstreifen fielen durch die Spalten des Vorhangs.

„Komm!“ sagte Lisei und hob seitwärts an der Wand die dort aus einem Teppich bestehende Verkleidung in die Höhe; wir schlüpften hindurch, und da stand ich in dem Wundertempel. –

Aber von der Rückseite betrachtet und hier in der Tageshelle sah er ziemlich kläglich aus; ein Gerüst aus Latten und Brettern, worüber einige buntbekleckste Leinwandstücke hingen; das war der Schauplatz, auf welchem das Leben der heiligen Genoveva so täuschend an mir vorübergegangen war.

Doch ich hatte mich zu früh beklagt; dort, an einem Eisendrahte, der von einer Kulisse nach der Wand hinübergespannt war, sah ich zwei der wunderbaren Puppen schweben; aber sie hingen mit dem Rücken gegen mich, so dass ich sie nicht erkennen konnte.

„Wo sind die andern, Lisei?“ fragte ich; denn ich hätte gern die ganze Gesellschaft auf einmal mir besehen.

„Hier im Kast'l“, sagte Lisei und klopfte mit ihrer kleinen Faust auf eine im Winkel stehende Kiste; „die zwei da sind scho zug'richt; aber geh nur her dazu und schau's dir a; er is scho dabei, dei Freund, der Kasperl!“

Und wirklich, er war es selber. „Spielt denn der heute abend auch wieder mit?“ fragte ich.

„Freili, der is allimal dabei!“

Mit untergeschlagenen Armen stand ich und betrachtete meinen lieben lustigen Allerweltskerl. Da baumelte er, an sieben Schnüren aufgehenkt; sein Kopf war vornübergesunken, dass seine großen Augen auf den Fußboden stierten und ihm die rote Nase wie ein breiter Schnabel auf der Brust lag. „Kasperle, Kasperle“, sagte ich bei mir selber, „wie hängst du da elendiglich.“ Da antwortete es ebenso: „Wart nur, liebs Brüderl, wart nur bis heut Abend!“ – War das auch nur so in meinen Gedanken, oder hatte Kasperl selbst zu mir gesprochen?

Ich sah mich um. Das Lisei war fort; sie war wohl vor die Haustür, um die Rückkehr ihres Vaters zu überwachen. – Da hörte ich sie eben noch von dem Ausgang des Saales rufen: „Dass d' mir aber nit an die Puppen rührst!“ – – Ja – nun konnte ich es aber doch nicht lassen. Leise stieg ich auf eine neben mir stehende Bank und begann erst an der einen, dann an der andern Schnur zu ziehen; die Kinnladen fingen an zu klappen, die Arme hoben sich, und jetzt fing auch der wunderbare Daumen an, ruckweise hin und her zu schießen. Die Sache machte gar keine Schwierigkeit; ich hatte mir die Puppenspielerei doch kaum so leicht gedacht. – Aber die Arme bewegten sich nur nach vorn und hinten aus; und es war doch gewiss, dass Kasperle sie in dem neulichen Stück auch seitwärts ausgestreckt, ja, dass er sie sogar über dem Kopf zusammengeschlagen hatte! Ich zog an allen Drähten, ich versuchte mit der Hand die Arme abzubiegen; aber es wollte nicht gelingen. Auf einmal tat es einen leisen Krach im Innern der Figur. „Halt!“ dachte ich, „Hand vom Brett! Da hättst du können Unheil anrichten!“

Leise stieg ich wieder von meiner Bank herab, und zugleich hörte ich auch Lisei von außen in den Saal treten.

„G’schwind, g’schwind!“ rief sie und zog mich durch das Dunkel an die Wendeltreppe hinaus; „’s is eigentli nit recht“, fuhr sie fort, „dass i di eilass’n hab; aber, gel, du hast doch dei Gaudi g’habt!“

Ich dachte an den leisen Krach von vorhin. „Ach, es wird ja nichts gewesen sein!“ Mit dieser Selbsttröstung lief ich die Treppe hinab und durch die Hintertür ins Freie.

Soviel stand fest, der Kaspar war doch nur eine richtige Holzpuppe; aber das Lisei – was das für eine allerliebste Sprache führte! und wie freundlich sie mich gleich zu den Puppen mit hinauf genommen hatte! – Freilich, und sie hatte es ja auch selbst gesagt, dass sie es so heimlich vor ihrem Vater getan, das war nicht völlig in der Ordnung. Unlieb – zu meiner Schande muss ich’s gestehen – war diese Heimlichkeit mir grade nicht; im Gegenteil, die Sache bekam für mich dadurch noch einen würzigen Beigeschmack, und es muss ein recht selbstgefälliges Lächeln auf meinem Gesicht gestanden haben, als ich durch die Linden- und Kastanienbäume des Gartens wieder nach dem Bürgersteig hinabschlenderte.

Allein zwischen solchen schmeichelnden Gedanken hörte ich von Zeit zu Zeit vor meinem inneren Ohre immer jenen leisen Krach im Körper der Puppe; was ich auch vornahm, den ganzen Tag über konnte ich diesen jetzt aus meiner eigenen Seele herauftönenden unbequemen Laut nicht zum Schweigen bringen.

Es hatte sieben Uhr geschlagen; im Schützenhofe war heute, am Sonntagabend, alles besetzt; ich stand diesmal hinten, fünf Schuh hoch über dem Fußboden, auf dem Doppeltschillingsplatze. Die Talglichter brannten in den Blechlampetten, der Stadtmusikus und seine Gesellen fiedelten; der Vorhang rollte in die Höhe.

Ein hochgewölbtes gotisches Zimmer zeigte sich. Vor einem aufgeschlagenen Folianten saß im langen schwarzen Talar der Doktor Faust und klagte bitter, dass ihm all seine Gelehrsamkeit so wenig einbringe; keinen heilen Rock habe er mehr am Leibe, und vor Schulden wisse er sich nicht zu lassen; so wolle er denn jetzo mit der Hölle sich verbinden. – „Wer ruft nach mir?“ ertönte zu seiner Linken eine furchtbare Stimme von der Wölbung des Gemaches herab. – „Faust, Faust, folge nicht!“ kam eine andere feine

Stimme von der Rechten. – Aber Faust verschwor sich den höllischen Gewalten. – „Weh, weh deiner armen Seele!“ Wie ein seufzender Windeshauch klang es von der Stimme des Engels; von der Linken schallte eine gellende Lache durchs Gemach. – – Da klopfte es an die Tür. „Verzeihung, Euere Magnifizenz?“

Fausts Famulus Wagner war eingetreten. Er bat, ihm für die grobe Hausarbeit die Annahme eines Gehülfen zu gestatten, damit er sich besser aufs Studieren legen könne. „Es hat sich“, sagte er, „ein junger Mann bei mir gemeldet, welcher Kasperl heisst und gar fürtreffliche Qualitäten zu besitzen scheint.“ – Faust nickte gnädig mit dem Kopfe und sagte: „Sehr wohl, lieber Wagner, diese Bitte sei Euch gewährt.“ Dann gingen beide miteinander fort. – –

„Pardauz!“ rief es; und da war er. Mit einem Satz kam er auf die Bühne gesprungen, dass ihm das Felleisen auf dem Buckel hüpfte.

– – „Gott sei gelobt!“ dachte ich; „er ist noch ganz gesund; er springt noch ebenso wie vorigen Sonntag in der Burg der schönen Genoveva!“ Und seltsam, so sehr ich ihn am Vormittage in meinen Gedanken nur für eine schmähliche Holzpuppe erklärt hatte, mit seinem ersten Worte war der ganze Zauber wieder da.

Emsig spazierte er im Zimmer auf und ab. „Wenn mich jetzt mein Vater Papa sehen tät“, rief er, „der würd sich was Rechts freuen. Immer pflegt er zu sagen:‚Kasperl, mach, dass du dein Sach in Schwung bringst!‘ – Oh, jetzund hab ich's in Schwung; denn ich kann mein Sach haushoch werfen!“ – Damit machte er Miene, sein Felleisen in die Höhe zu schleudern; und es flog auch wirklich, da es am Draht gezogen wurde, bis an die Deckenwölbung hinauf; aber – Kasperles Arme waren an seinem Leibe kleben geblieben; es ruckte und ruckte, aber sie kamen um keine Handbreit in die Höhe.

Kasperl sprach und tat nichts weiter. – Hinter der Bühne entstand eine Unruhe, man hörte leise aber heftig sprechen, der Fortgang des Stückes war augenscheinlich unterbrochen.

Mir stand das Herz still; da hatten wir die Bescherung! Ich wäre gern fortgelaufen, aber ich schämte mich. Und wenn gar dem Lisei meinetwegen etwas geschähe!

Da begann Kasperl auf der Bühne plötzlich ein klägliches Geheule, wobei ihm Kopf und Arme schlaff herunterhingen, und der Famulus Wagner erschien wieder und fragte ihn, warum er denn so lamentiere.

„Ach, mei Zahnerl, mei Zahnerl!“ schrie Kasperl.

„Guter Freund“, sagte Wagner, „so laß Er sich einmal in das Maul sehen!“ – Als er ihn hierauf bei der großen Nase packte und ihm zwischen die Kinnladen hineinschaute, trat auch der Doktor Faust wieder in das Zimmer. – „Verzeihen Euere Magnifizenz“, sagte Wagner, „ich werde diesen jungen Mann in meinem Dienst nicht gebrauchen können; er muss sofort in das Lazarett geschafft werden!“

„Is das a Wirtshaus?“ fragte Kasperle.

„Nein, guter Freund“, erwiderte Wagner, „das ist ein Schlachthaus. Man wird Ihm dort einen Weisheitszahn aus der Haut schneiden, und dann wird er seiner Schmerzen ledig sein.“

„Ach, du liebs Herrgottl“, jammerte Kasperl, „muss mi arms Viecherl so ein Unglück treffen! Ein Weisheitszahnerl, sagt Ihr, Herr Famulus? Das hat noch keiner in der Famili gehabt! Da geht’s wohl auch mit meiner Kasperlschaft zu End?“

„Allerdings, mein Freund“, sagte Wagner; „eines Dieners mit Weisheitszähnen bin ich bass entraten; die Dinger sind nur für uns gelehrte Leute. Aber Er hat ja noch einen Bruderssohn, der sich auch bei mir zum Dienst gemeldet hat. Vielleicht“, und er wandte sich gegen den Doktor Faust, „erlauben Euere Magnifizenz!“

Der Doktor Faust machte eine würdige Drehung mit dem Kopfe.

„Tut, was Euch beliebt, mein lieber Wagner“, sagte er; „aber stört mich nicht weiter mit Eueren Lappalien in meinem Studium der Magie!“

– – „Heere, mei Gutester“, sagte ein Schneidergesell, der vor mir auf der Brüstung lehnte, zu seinem Nachbar, „das geheert ja nicht zum Stück, ich kenn’s, ich hab es vor ä Weilchen erst in Seifersdorf gesehn.“ – Der andere aber sagte nur: „Halt’s Maul, Leipziger!“ und gab ihm einen Rippenstoß.

– – Auf der Bühne war indessen Kasperle, der zweite, aufgetreten. Er hatte eine unverkennbare Ähnlichkeit mit seinem kranken Onkel, auch sprach er ganz genau wie dieser; nur fehlte ihm der bewegliche Daumen, und in seiner großen Nase schien er kein Gelenk zu haben.

Mir war ein Stein vom Herzen gefallen, als das Stück nun ruhig weiterspielte, und bald hatte ich alles um mich her vergessen. Der teuflische Mephistopheles erschien in seinem feuerfarbenen Mantel, das Hörnchen vor der Stirn, und Faust unterzeichnete mit seinem Blute den höllischen Vertrag:

„Vierundzwanzig Jahre sollst du mir dienen; dann will ich dein sein mit Leib und Seele.“

Hierauf fuhren beide in des Teufels Zaubermantel durch die Luft davon. Für Kasperle kam eine ungeheuere Kröte mit Fledermausflügeln aus der Luft herab. „Auf dem höllischen Sperling soll ich nach Parma reiten?" rief er, und als das Ding wackelnd mit dem Kopfe nickte, stieg er auf und flog den beiden nach.

– – Ich hatte mich ganz hinten an die Wand gestellt, wo ich besser über alle die Köpfe vor mir hinwegsehen konnte. Und jetzt rollte der Vorhang zum letzten Aufzug in die Höhe.

Endlich ist die Frist verstrichen. Faust und Kasper sind beide wieder in ihrer Vaterstadt. Kasper ist Nachtwächter geworden; er geht durch die dunkeln Straßen und ruft die Stunden ab:

„Hört, ihr Herrn, und lasst euch sagen,
Meine Frau hat mich geschlagen;
Hüt't euch vor dem Weiberrock!
Zwölf ist der Klock! Zwölf ist der Klock!"

Von fern hört man eine Glocke Mitternacht schlagen. Da wankt Faust auf die Bühne; er versucht zu beten, aber nur Heulen und Zähneklappen tönt aus seinem Halse. Von oben ruft eine Donnerstimme:

„Fauste, Fauste, in aeternum damnatus es!"

Eben fuhren im Feuerregen drei schwarzhaarige Teufel herab, um sich des Armen zu bemächtigen, da fühlte ich eins der Bretter zu meinen Füßen sich verschieben. Als ich mich bückte, um es zurechtzubringen, glaubte ich aus dem dunkeln Raume unter mir ein Geräusch zu hören; ich horchte näher hin; es klang wie das Schluchzen einer Kinderstimme. – „Lisei!" dachte ich; „wenn es Lisei wäre!" Wie ein Stein fiel meine ganze Untat mir wieder aufs Gewissen; was kümmerte mich jetzt der Doktor Faust und seine Höllenfahrt!

Unter heftigem Herzklopfen drängte ich mich durch die Zuschauer und ließ mich seitwärts an dem Brettergerüst herabgleiten. Rasch schlüpfte ich in den darunter befindlichen Raum, in welchem ich an der Wand entlang ganz aufrecht gehen konnte; aber es war fast dunkel, so dass ich mich an den überall untergestellten Latten und Balken stieß. „Lisei!" rief ich. Das Schluchzen, das ich eben noch gehört hatte, wurde plötzlich still; aber dort in dem tiefsten Winkel sah ich etwas sich bewegen. Ich tastete mich weiter bis an das Ende des Raumes, und – da saß sie, zusammengekauert, das Köpfchen in den Schoß gedrückt.

Ich zupfte sie am Kleide. „Lisei!" sagte ich leise, „bist du es? Was machst du hier?"

Sie antwortete nicht, sondern begann wieder vor sich hin zu schluchzen.

„Lisei“, fragte ich wieder; „was fehlt dir? So sprich doch nur ein einziges Wort!“

Sie hob den Kopf ein wenig. „Was soll i da red’n!“ sagte sie; „du weisst’s ja von selber, dass du den Wurstl hast verdreht.“

„Ja, Lisei“, antwortete ich kleinlaut; „ich glaub es selber, dass ich das getan habe.“

– „Ja, du! – Und i hab dir’s doch g’sagt!“

„Lisei, was soll ich tun?“

– „Nu, halt nix!“

„Aber was soll denn daraus werden?“

– „Nu, halt aa nix!“ Sie begann wieder laut zu weinen. „Aber i – wenn i z’ Haus komm – da krieg i die Peitsch’n!“

„Du die Peitsche, Lisei!“ – Ich fühlte mich ganz vernichtet. „Aber ist dein Vater denn so strenge?“

„Ach, mei guts Vaterl!“ schluchzte Lisei.

Also die Mutter! Oh, wie ich, außer mir selber, diese Frau hasste, die immer mit ihrem Holzgesichte an der Kasse saß!

Von der Bühne hörte ich Kasperl, den zweiten, rufen: „Das Stück ist aus! Komm, Gret’l, lass uns Kehraus tanzen!“ Und in demselben Augenblick begann auch über unsern Köpfen das Scharren und Trappeln mit den Füßen, und bald polterte alles von den Bänken herunter und drängte sich dem Ausgange zu; zuletzt kam der Stadtmusikus mit seinen Gesellen, wie ich aus dem Tönen des Brummbasses hörte, mit dem sie beim Fortgehen an den Wänden anstießen. Dann allmählich wurde es still, nur hinten auf der Bühne, hörte man noch die Tendlerschen Eheleute miteinander reden und wirtschaften. Nach einer Weile kamen auch sie in den Zuschauerraum; sie schienen erst an den Musikantenpulten, dann an den Wänden die Lichter auszuputzen; denn es wurde allmählich immer finsterer.

„Wenn i nur wüsst, wo die Lisei abblieben ist!“ hörte ich Herrn Tendler zu seiner an der gegenüberliegenden Wand beschäftigten Frau hinüberrufen.

„Wo sollt sie sein!“ rief diese wieder; „’s ist ’n störrig Ding; ins Quartier wird sie gelaufen sein!“

„Frau“, antwortete der Mann, „du bist auch zu wüst mit dem Kind gewesen; sie hat doch halt so a weichs Gemüt!“

„Ei was“, rief die Frau; „ihr’ Straf muss sie hab’n; sie weiß recht gut, dass die schöne Marionett noch von mei’m Vater selig ist! Du wirst sie nit wieder kurieren, und der zweit’ Kasper ist doch halt nur ein Notknecht!“

Die lauten Wechselreden hallten in dem leeren Saale wider. Ich hatte mich neben Lisei hingekauert; wir hatten uns bei den Händen gefasst und saßen mäuschenstille.

„G'schieht mir aber schon recht", begann wieder die Frau, die eben gerade über unsern Köpfen stand, „warum hab ich's gelitten, dass du das gotteslästerlich Stück heute wieder aufgeführt hast! Mein Vater selig hat's nimmer wollen in seinen letzten Jahren!"

„Nu, nu, Resel!" rief Herr Tendler von der andern Wand; „dein Vater war ein b'sondrer Mann. Das Stück gibt doch allfort eine gute Cassa; und ich mein', es ist doch auch a Lehr und Beispiel für die vielen Gottlosen in der Welt!"

„Ist aber bei uns zum letztenmal heut geb'n. Und nu red mir nit mehr davon!" erwiderte die Frau.

Herr Tendler schwieg. – Es schien jetzt nur noch ein Licht zu brennen, und die beiden Eheleute näherten sich dem Ausgange.

„Lisei", flüsterte ich, „wir werden eingeschlossen."

„Lass!" sagte sie, „i kann nit; i geh nit furt!"

„Dann bleib ich auch!"

– „Aber dei Vater und Mutter!"

„Ich bleib doch bei dir!"

Jetzt wurde die Tür des Saales zugeschlagen; – dann ging's die Treppe hinab, und dann hörten wir, wie draußen auf der Straße die große Haustür abgeschlossen wurde.

Da saßen wir denn. Wohl eine Viertelstunde saßen wir so, ohne auch nur ein Wort miteinander zu reden. Zum Glück fiel mir ein, dass sich noch zwei Heißewecken in meiner Tasche befanden, die ich für einen meiner Mutter abgebettelten Schilling auf dem Herwege gekauft und über all dem Schauen ganz vergessen hatte. Ich steckte Lisei den einen in ihre kleinen Hände; sie nahm ihn schweigend, als verstehe es sich von selbst, dass ich das Abendbrot besorge, und wir schmausten eine Weile. Dann war auch das zu Ende. – Ich stand auf und sagte: „Lass uns hinter die Bühne gehen; da wird's heller sein; ich glaub, der Mond scheint draußen!" Und Lisei ließ sich geduldig durch die kreuz und quer stehenden Latten von mir in den Saal hinausleiten.

Als wir hinter der Verkleidung in den Bühnenraum geschlüpft waren, schien dort vom Garten her das helle Mondlicht in die Fenster.

An dem Drahtseil, an dem am Vormittage nur die beiden Puppen gehangen hatten, sah ich jetzt alle, die vorhin im Stück aufgetreten waren. Da hing der Doktor Faust mit seinem scharfen blassen Gesicht, der gehörnte Mephistopheles, die drei kleinen schwarzhaarigen Teufelchen, und dort neben der geflügelten Kröte waren auch die beiden Kasperls. Ganz stille hingen sie da in der bleichen Mondscheinbeleuchtung; fast wie Verstorbene kamen sie mir vor. Der Hauptkasperl hatte zum Glück wieder seinen breiten Nasenschnabel auf der Brust liegen, sonst hätte ich geglaubt, dass seine Blicke mich verfolgen müssten.

Nachdem Lisei und ich eine Weile, nicht wissend, was wir beginnen sollten, an dem Theatergerüste umhergestanden und -geklettert waren, lehnten wir uns nebeneinander auf die Fensterbank. – Es war Unwetter geworden; am Himmel, gegen den Mond stieg eine Wolkenbank empor; drunten im Garten konnte man die Blätter zu Haufen von den Bäumen wehen sehen.

„Guck“, sagte Lisei nachdenklich, „wie's da aufi g'schwomma kimmt! Da kann mei alte gute Bas' nit mehr vom Himm'l abi schaun.“

„Was für eine alte Bas', Lisei?“ fragte ich.

– „Nu, wo i g'west bin, bis sie halt g'storb'n ist.“

Dann blickten wir wieder in die Nacht hinaus. – Als der Wind gegen das Haus und auf die kleinen undichten Fensterscheiben stieß, fing hinter mir an dem Drahtseil die stille Gesellschaft mit ihren hölzernen Gliedern an zu klappern. Ich drehte mich unwillkürlich um und sah nun, wie sie, vom Zugwind bewegt, mit den Köpfen wackelten und die steifen Arm' und Beine durcheinanderregten. Als aber plötzlich der kranke Kasperl seinen Kopf zurückschlug und mich mit seinen weißen Augen anstierte, da dachte ich, es sei doch besser, ein wenig an die Seite zu gehen.

Unweit vom Fenster, aber so, dass die Kulissen dort vor dem Anblick dieser schwebenden Tänzer schützen mussten, stand die große Kiste; sie war offen; ein paar wollene Decken, vermutlich zum Verpacken der Puppen bestimmt, lagen nachlässig darüber hingeworfen.

Als ich mich eben dorthin begeben hatte, hörte ich Lisei vom Fenster her so recht aus Herzensgrunde gähnen.

„Bist du müde, Lisei?“ fragte ich.

„O nein“, erwiderte sie, indem sie ihre Ärmchen fest zusammenschränkte; „aber i frier halt!“

Und wirklich, es war kalt geworden in dem großen leeren Raume, auch mich fror. „Komm hieher!“ sagte ich, „wir wollen uns in die Decken wickeln.“

Gleich darauf stand Lisei bei mir und ließ sich geduldig von mir in die eine Decke wickeln; sie sah aus wie eine Schmetterlingspuppe, nur dass oben noch das allerliebste Gesichtchen herausguckte. „Weisst“, sagte sie und sah mich mit zwei großen müden Augen an, „i steig ins Kistl, da hält's warm!“

Das leuchtete auch mir ein; im Verhältnis zu der wüsten Umgebung winkte hier sogar ein traulicher Raum, fast wie ein dichtes Stübchen. Und bald saßen wir armen törichten Kinder wohlverpackt und dicht aneinandergeschmiegt in der hohen Kiste. Mit Rücken und Füßen hatten wir uns gegen die Seitenwände gestemmt; in der Ferne hörten wir die schwere Saaltür in den Falzen klappen; wir aber saßen ganz sicher und behaglich.

„Friert dich noch, Lisei?“ fragte ich.

„Ka bisserl!“

Sie hatte ihr Köpfchen auf meine Schulter sinken lassen; ihre Augen waren schon geschlossen. „Was wird mei guts Vaterl –“ lallte sie noch; dann hörte ich an ihren gleichmäßigen Atemzügen, dass sie eingeschlafen war.

Ich konnte von meinem Platze aus durch die oberen Scheiben des einen Fensters sehen. Der Mond war aus seiner Wolkenhülle wieder hervorgeschwommen, in der er eine Zeitlang verborgen gewesen war; die alte Bas' konnte jetzt wieder vom Himmel herunterschauen, und ich denke wohl, sie hat's recht gern getan. Ein Streifen Mondlicht fiel auf das Gesichtchen, das nahe an dem meinen ruhte; die schwarzen Augenwimpern lagen wie seidene Fransen auf den Wangen, der kleine rote Mund atmete leise, nur mitunter zuckte noch ein kurzes Schluchzen aus der Brust herauf; aber auch das verschwand; die alte Bas' schaute gar so mild vom Himmel. – Ich wagte mich nicht zu rühren. „Wie schön müsste es sein“, dachte ich, „wenn das Lisei deine Schwester wäre, wenn sie dann immer bei dir bleiben könnte!“ Denn ich hatte keine Geschwister, und wenn ich auch nach Brüdern kein Verlangen trug, so hatte ich mir doch oft das Leben mit einer Schwester in meinen Gedanken ausgemalt und konnte es nie begreifen, wenn meine Kameraden mit denen, die sie wirklich besaßen, in Zank und Schlägerei gerieten.

Ich muss über solchen Gedanken doch wohl eingeschlafen sein; denn ich weiß noch, wie mir allerlei wildes Zeug geträumt hat. Mir war, als säße ich mitten in dem Zuschauerraum, die Lichter an den Wänden brannten, aber niemand außer mir saß auf den leeren Bänken. Über meinem Kopfe, unter der Balkendecke des Saales, ritt Kasperl auf dem höllischen Sperling in der Luft herum und rief einmal übers andere: „Schlimms Brüderl! Schlimms Brüderl!“ oder auch mit kläglicher Stimme: „Mein Arm! Mein Arm!“

Da wurde ich von einem Lachen aufgeweckt, das über meinem

Kopfe erschallte; vielleicht auch von dem Lichtschein, der mir plötzlich in die Augen fiel. „Nun seh mir einer dieses Vogelnest!“ hörte ich die Stimme meines Vaters sagen, und dann etwas barscher: „Steig heraus, Junge!“

Das war der Ton, der mich stets mechanisch in die Höhe trieb. Ich riss die Augen auf und sah meinen Vater und das Tendlersche Ehepaar an unserer Kiste stehen; Herr Tendler trug eine brennende Laterne in der Hand. Meine Anstrengung, mich zu erheben, wurde indessen durch Lisei vereitelt, die, noch immer fortschlafend, mit ihrer ganzen kleinen Last mir auf die Brust gesunken war. Als sich aber jetzt zwei knochige Arme ausstreckten, um sie aus der Kiste herauszuheben, und ich das Holzgesicht der Frau Tendler sich auf uns niederbeugen sah, da schlug ich die Arme so ungestüm um meine kleine Freundin, dass ich dabei der guten Frau fast ihren alten italienischen Strohhut vom Kopfe gerissen hätte.

„Nu, nu, Bub!“ rief sie und trat einen Schritt zurück; ich aber, aus unserer Kiste heraus, erzählte mit geflügelten Worten und ohne mich dabei zu schonen, was am Vormittag geschehen war.

„Also, Madame Tendler“, sagte mein Vater, als ich mit meinem Bericht zu Ende war, und machte zugleich eine sehr verständliche Handbewegung, „da könnten Sie es mir ja wohl überlassen, dieses Geschäft allein mit meinem Jungen abzumachen.“

„Ach ja, ach ja!“ rief ich eifrig, als wenn mir soeben der angenehmste Zeitvertreib verheißen wäre.

Lisei war indessen auch erwacht und von ihrem Vater auf den Arm genommen worden. Ich sah, wie sie die Arme um seinen Hals schlang und ihm bald eifrig ins Ohr flüsterte, bald ihm zärtlich in die Augen sah oder wie beteuernd mit dem Köpfchen nickte. Gleich darauf ergriff auch der Puppenspieler die Hand meines Vaters. „Lieber Herr“, sagte er, „die Kinder bitten füreinander. Mutter, du bist ja auch nit gar so schlimm! Lassen wir es diesmal halt dabei!“

Madame Tendler sah indes noch immer unbeweglich aus ihrem großen Strohhute. „Du magst selb schauen, wie du ohne den Kasperl fertig wirst!“ sagte sie mit einem strengen Blick auf ihren Mann.

In dem Antlitz meines Vaters sah ich ein gewisses lustiges Augenzwinkern, das mir Hoffnung machte, es werde das Unwetter diesmal so an mir vorüberziehen; und als er jetzt sogar versprach, am andern Tage seine Kunst zur Herstellung des Invaliden aufzubieten, und dabei Madame Tendlers italienischer Strohhut in die holdseligste Bewegung geriet, da war ich sicher, dass wir beiderseits im Trocknen waren.

Bald marschierten wir unten durch die dunkeln Gassen, Herr Tendler mit der Laterne voran, wir Kinder Hand in Hand den Alten nach. – Dann: „Gut Nacht, Paul! Ach, will i schlaf'n!" Und weg war das Lisei; ich hatte gar nicht gemerkt, dass wir schon bei unseren Wohnungen angekommen waren.

Am andern Vormittage, als ich aus der Schule gekommen war, traf ich Herrn Tendler mit seinem Töchterchen schon in unserer Werkstatt. „Nun, Herr Kollege", sagte mein Vater, der eben das Innere der Puppe untersuchte, „das sollte denn doch schlimm zugehen, wenn wir zwei Mechanici den Burschen hier nicht wieder auf die Beine brächten."

„Gel, Vater", rief das Lisei, „da werd aa die Mutter nit mehr brumm'n."

Herr Tendler strich zärtlich über das schwarze Haar des Kindes; dann wendete er sich zu meinem Vater, der ihm die Art der beabsichtigten Reparatur auseinandersetzte. „Ach, lieber Herr", sagte er, „ich bin kein Mechanikus, den Titel hab ich nur so mit den Puppen überkommen; ich bin eigentlich meines Zeichens ein Holzschnitzer aus Berchtesgaden. Aber mein Schwiegervater selig – Sie haben gewiss von ihm gehört – das war halt einer, und mein Reserl hat noch allweg ihr kleins Gaudi, dass sie die Tochter vom berühmten Puppenspieler Geißelbrecht ist. Der hat auch die Mechanik in dem Kasperl da g'macht; ich hab ihm derzeit nur 's G'sichtl ausgeschnitten."

„Ei nun, Herr Tendler", erwiderte mein Vater, „das ist ja auch schon eine Kunst. Und dann – sagt mir nur, wie war's denn möglich, dass Ihr Euch gleich zu helfen wusstet, als die Schandtat meines Jungen da so mitten in dem Stück zum Vorschein kam?"

Das Gespräch begann mir etwas unbehaglich zu werden; in Herrn Tendlers gutmütigem Angesicht aber leuchtete plötzlich die ganze Schelmerei des Puppenspielers. „Ja, lieber Herr", sagte er, „da hat man halt für solche Fäll sein G'spaßerl in der Taschen! Auch ist da noch so ein Bruderssöhnerl, ein Wurstl Nummer zwei, der grad 'ne solche Stimm hat wie dieser da!"

Ich hatte indessen die Lisei am Kleide gezupft und war glücklich mit ihr nach unserem Garten entkommen. Hier unter der Linde saßen wir, die auch über uns beide jetzt ihr grünes Dach ausbreitet; nur blühten damals nicht mehr die roten Nelken auf den Beeten dort; aber ich weiß noch wohl, es war ein sonniger Septembernachmittag. Meine Mutter kam aus ihrer Küche und begann ein Gespräch mit dem Puppenspielerkinde; sie hatte denn doch auch so ihre kleine Neugierde.

Wie es denn heiße, fragte sie, und ob es denn schon immer so von Stadt zu Stadt gefahren sei? – – Ja, Lisei heiße es – ich hatte das meiner Mutter auch schon oft genug gesagt – aber dies sei seine erste Reis'; drum könne es auch das Hochdeutsch noch nit so völlig firti krieg'n. – – Ob es denn auch zur Schule gegangen sei? – – Freili; es sei scho zur Schul gang'n; aber das Nähen und Stricken habe es von seiner alten Bas' gelernt; die habe auch so a Gärtl g'habt, da drin hätten sie zusammen auf dem Bänkerl gesessen; nun lerne es bei der Mutter, aber die sei gar streng!

Meine Mutter nickte beifällig. Wie lange ihre Eltern denn wohl hier verweilen würden? fragte sie das Lisei wieder. – – Ja, das wüsst es nit, das käme auf die Mutter an; doch pflegten sie so ein vier Wochen am Ort zu bleiben. – – Ja, ob's denn auch ein warmes Mäntelchen für die Weiterreise habe? denn so im Oktober würde es schon kalt auf dem offenen Wägelchen. – – Nun, meinte Lisei, ein Mäntelchen habe sie schon, aber ein dünnes sei es nur, es hab sie auch schon darin gefroren auf der Herreis'.

Und jetzt befand sich meine gute Mutter auf dem Fleck, wonach ich sie schon lange hatte zusteuern sehen. „Hör, kleine Lisei", sagte sie, „ich habe einen braven Mantel in meinem Schranke hängen, noch von den Zeiten her, da ich ein schlankes Mädchen war; ich bin aber jetzt herausgewachsen und habe keine Tochter, für die ich ihn noch zurechtschneidern könnte. Komm nur morgen wieder, Lisei, da steckt ein warmes Mäntelchen für dich darin."

Lisei wurde rot vor Freude und hatte im Umsehen meiner Mutter die Hand geküsst, worüber diese ganz verlegen wurde; denn du weisst, hierzulande verstehen wir uns schlecht auf solche Narreteien! – Zum Glück kamen jetzt die beiden Männer aus der Werkstatt. „Für diesmal gerettet", rief mein Vater; „aber – !" Der warnend gegen mich geschüttelte Finger war das Ende meiner Buße.

Fröhlich lief ich ins Haus und holte auf Geheiß meiner Mutter deren großes Umschlagetuch; denn um den kaum Genesenen vor dem zwar wohlgemeinten, aber immerhin unbequemen Zujauchzen der Gassenjugend zu bewahren, das ihn auf seinem Herwege begleitet hatte, wurde der Kasper jetzt sorgsam eingehüllt; dann nahm Lisei ihn auf den Arm, Herr Tendler das Lisei an der Hand, und so, unter Dankesversicherungen, zogen sie vergnügt die Straße nach dem Schützenhof hinab.

Und nun begann eine Zeit des schönsten Kinderglückes. – Nicht nur am andern Vormittage, sondern auch an den folgenden Tagen kam das Lisei; denn sie hatte nicht abgelassen, bis ihr gestattet worden, auch selbst an ihrem neuen Mäntelchen zu nähen. Zwar war's wohl mehr nur eine Scheinarbeit, die meine Mutter in ihre kleinen Hände legte; aber sie meinte doch, das Kind müsste recht ordentlich angehalten sein. Ein paarmal setzte ich mich daneben und las aus einem Bande von Weißens Kinderfreunde vor, den mein Vater einmal auf einer Auktion für mich gekauft hatte, zum Entzücken Liseis, der solche Unterhaltungsbücher noch unbekannt waren. „Das is g'schickt!" oder „Ei du, was geit's für Sachan auf der Welt!" Dergleichen Worte rief sie oft dazwischen und legte die Hände mit ihrer Näharbeit in den Schoß. Mitunter sah sie mich auch von unten mit ganz klugen Augen an und sagte: „Ja, wenn's Geschichtl nur nit derlog'n is!" – „Mir ist's, als hörte ich es noch heute."

– – Der Erzähler schwieg, und in seinem schönen männlichen Antlitz sah ich einen Ausdruck stillen Glückes, als sei das alles, was er mir erzählte, zwar vergangen, aber keineswegs verloren. Nach einer Weile begann er wieder:

„Meine Schularbeiten machte ich niemals besser als in jener Zeit; denn ich fühlte wohl, dass das Auge meines Vaters mich strenger als je überwachte und dass ich mir den Verkehr mit den Puppenspielerleuten nur um den Preis eines strengen Fleißes erhalten könne." „Es sind reputierliche Leute, die Tendlers", hörte ich einmal meinen Vater sagen; „der Schneiderwirt drüben hat ihnen auch heute ein ordentliches Stübchen eingeräumt; sie zahlen jeden Morgen ihre Zeche; nur, meinte der Alte, sei es leider blitzwenig, was sie draufgehen ließen. – Und das", setzte mein Vater hinzu, „gefällt mir besser als dem Herbergsvater; sie mögen an den Notpfennig denken, was sonst nicht die Art solcher Leute ist." – – Wie gern hörte ich meine Freunde loben! Denn das waren sie jetzt alle; sogar Madame Tendler nickte ganz vertraulich aus ihrem Strohhute, wenn ich – keiner Einlasskarte mehr bedürftig – abends an ihrer Kasse vorbei in den Saal schlüpfte. – Und wie rannte ich jetzt vormittags aus der Schule! Ich wusste wohl, zu Hause traf ich das Lisei entweder bei meiner Mutter in der Küche, wo sie allerlei kleine Dienste für sie zu verrichten wusste, oder es saß auf der Bank im Garten, mit einem Buche oder mit einer Näharbeit in der Hand. Und bald wusste ich sie auch in meinem Dienste zu beschäftigen; denn nachdem ich mich genügend in den innern Zusammenhang der Sache eingeweiht glaubte, beabsichtigte ich nichts Geringeres, als nun auch meinerseits ein Marionettentheater einzurichten. Vorläufig begann ich mit dem Ausschnitzen der Puppen, wobei Herr Tendler, nicht ohne eine gutmütige

Schelmerei in seinen kleinen Augen, mir in der Wahl des Holzes und der Schnitzmesser mit Rat und Hülfe zur Hand ging; und bald ragte auch in der Tat eine mächtige Kasperlenase aus dem Holzblöckchen in die Welt. Da aber andererseits der Nankinganzug des „Wurstl" mir zu wenig interessant erschien, so musste indessen das Lisei aus „Fetz'ln", die wiederum der alte Gabriel hatte hergeben müssen, gold- und silberbesetzte Mäntel und Wämser für Gott weiß welche andere künftige Puppen anfertigen. Mitunter trat auch der alte Heinrich mit seiner kurzen Pfeife aus der Werkstatt zu uns, ein Geselle meines Vaters, der, solang ich denken konnte, zur Familie gehörte; er nahm mir dann wohl das Messer aus der Hand und gab durch ein paar Schnitte dem Dinge hie und da den rechten Schick. Aber schon wollte meiner Phantasie selbst der Tendlersche Haupt- und Prinzipalkasperl nicht mehr genügen; ich wollte noch ganz etwas anderes leisten; für den meinigen ersann ich noch drei weitere, nie dagewesene und höchst wirkungsvolle Gelenke, er sollte seitwärts mit dem Kinne wackeln, die Ohren hin und her bewegen und die Unterlippe auf- und abklappen können; und er wäre auch jedenfalls ein ganz unerhörter Prachtkerl geworden, wenn er nur nicht schließlich über all seinen Gelenken schon in der Geburt zugrundegegangen wäre. Auch sollte leider weder der Pfalzgraf Siegfried noch irgendein anderer Held des Puppenspiels durch meine Hand zu einer fröhlichen Auferstehung gelangen. – Besser glückte es mir mit dem Bau einer unterirdischen Höhle, in der ich an kalten Tagen mit Lisei auf einem Bänkchen zusammensaß und ihr bei dem spärlichen Lichte, das durch eine oben angebrachte Fensterscheibe fiel, die Geschichten aus dem Weißeschen Kinderfreunde vorlas, die sie immer von Neuem hören konnte. Meine Kameraden neckten mich wohl und schalten mich einen Mädchenknecht, weil ich, statt wie sonst mit ihnen, jetzt mit der Puppenspielertochter meine Zeit zubrachte. Mich kümmerte das wenig; wusste ich doch, es redete nur der Neid aus ihnen, und wo es mir zu arg wurde, da brauchte ich denn auch einmal ganz wacker meine Fäuste.

– – Aber alles im Leben ist nur für eine Spanne Zeit. Die Tendlers hatten ihre Stücke durchgespielt; die Puppenbühne auf dem Schützenhofe wurde abgebrochen; sie rüsteten sich zum Weiterziehen.

Und so stand ich denn an einem stürmischen Oktobernachmittage draußen vor unserer Stadt auf dem hohen Heiderücken, sah bald traurig auf den breiten Sandweg, der nach Osten in die kahle Gegend hinausläuft, bald sehnsüchtig nach der Stadt zurück, die in Dunst und Nebel in der Niederung lag. Und da kam es herangetrabt, das kleine Wägelchen mit den zwei hohen Kisten darauf und dem munteren braunen Pferdchen in der Gabeldeichsel. Herr Tendler saß jetzt vorn auf einem Brettchen, hinter ihm Lisei in dem neuen warmen Mäntelchen neben ihrer Mutter. – Ich hatte schon vor der Herberge von ihnen Abschied genommen; dann aber war ich vorausgelaufen, um sie alle noch einmal zu sehen und, um Lisei, wozu ich von meinem Vater die Erlaubnis erhalten hatte, den Band von Weißens Kinderfreunde als Angedenken mitzugeben; auch eine Düte mit Kuchen hatte ich um einige ersparte Sonntagssechslinge für sie eingehandelt. „Halt! Halt!" rief ich jetzt und stürzte von meinem Heidehügel auf das Fuhrwerk zu. – Herr Tendler zog die Zügel an, der Braune stand, und ich reichte Lisei meine kleinen Geschenke in den Wagen, die sie neben sich auf den Stuhl legte. Als wir uns aber, ohne ein Wort zu sagen, an beiden Händen griffen, da brachen wir armen Kinder in ein lautes Weinen aus. Doch in demselben Augenblicke peitschte auch schon Herr Tendler auf sein Pferdchen. „Ade, mein Bub! Bleib brav und dank aa no schön dei'm Vaterl und dei'm Mutterl!"

„Ade! Ade!" rief das Lisei; das Pferdchen zog an, das Glöckchen an seinem Halse bimmelte; ich fühlte die kleinen Hände aus den meinen gleiten, und fort fuhren sie, in die weite Welt hinaus.

Ich war wieder am Rande des Weges emporgestiegen und blickte unverwandt dem Wägelchen nach, wie es durch den stäubenden Sand dahinzog. Immer schwächer hörte ich das Gebimmel des Glöckchens; einmal noch sah ich ein weißes Tüchelchen um die Kisten flattern; dann allmählich verlor es sich mehr und mehr in den grauen Herbstnebeln. – Da fiel es plötzlich wie eine Todesangst mir auf das Herz: du siehst sie nimmer, nimmer wieder! – „Lisei!" schrie ich, „Lisei!" – Als aber dessen ungeachtet, vielleicht wegen einer Biegung der Landstraße, der nur noch im Nebel schwimmende Punkt jetzt völlig meinen Augen entschwand, da rannte ich wie unsinnig auf dem Wege hinterdrein. Der Sturm riss mir die Mütze vom Kopf, meine Stiefel füllten sich mit Sand; aber so weit ich laufen mochte, ich sah nichts anderes als die öde baumlose Gegend und den kalten grauen Himmel, der darüberstand. – Als ich endlich bei einbrechender Dunkelheit zu Hause wieder angelangt war, hatte ich ein Gefühl, als sei die ganze Stadt indessen ausgestorben. Es war eben der erste Abschied meines Lebens.

Wenn in den nun folgenden Jahren der Herbst wiederkehrte, wenn die Krammetsvögel durch die Gärten unserer Stadt flogen und drüben vor der Schneiderherberge die ersten gelben Blätter von den Lindenbäumen wehten, dann saß ich wohl manches Mal auf unserer Bank und dachte, ob nicht endlich einmal das Wägelchen mit dem braunen Pferdchen wie damals wieder die Straße heraufgebimmelt kommen würde.

Aber ich wartete umsonst; das Lisei kam nicht wieder.

Es war um zwölf Jahre später. – Ich hatte nach der Rechenmeisterschule, wie es damals manche Handwerkersöhne zu tun pflegten, auch noch die Quarta unserer Gelehrtenschule durchgemacht und war dann bei meinem Vater in die Lehre getreten. Auch diese Zeit, in der ich mich, außer meinem Handwerk, vielfach mit dem Lesen guter Bücher beschäftigte, war vorübergegangen. Jetzt, nach dreijähriger Wanderschaft, befand ich mich in einer mitteldeutschen Stadt. Es war streng katholisch dort, und in dem Punkte verstanden sie keinen Spaß; wenn man vor ihren Prozessionen, die mit Gesang und Heiligenbildern durch die Straßen zogen, nicht selbst den Hut abnahm, so wurde er einem auch wohl heruntergeschlagen; sonst aber waren es gute Leute. – Die Frau Meisterin, bei der ich in Arbeit stand, war eine Witwe, deren Sohn gleich mir in der Fremde arbeitete, um die nach den Zunftgesetzen vorgeschriebenen Wanderjahre bei der späteren Bewerbung um das Meisterrecht nachweisen zu können. Ich hatte es gut in diesem Hause; die Frau tat mir, wovon sie wünschen mochte, dass es in der Ferne andere Leute an ihrem Kinde tun möchten, und bald war unter uns das Vertrauen so gewachsen, dass das Geschäft so gut wie ganz in meinen Händen lag. – Jetzt steht unser Joseph dort bei ihrem Sohn in Arbeit, und die Alte, so hat er oft geschrieben, hätschelt mit ihm, als wäre sie die leibhaftige Großmutter zu dem Jungen.

– – Nun, damals saß ich eines Sonntagnachmittags mit meiner Frau Meisterin in der Wohnstube, deren Fenster der Tür des großen Gefangenhauses gegenüberlagen. Es war im Januar; das Thermometer stand zwanzig Grad unter Null; draußen auf der Gasse war kein Mensch zu sehen; mitunter kam der Wind pfeifend von den nahen Bergen herunter und jagte kleine Eisstücke klingend über das Straßenpflaster.

„Da behagt 'n warmes Stübchen und 'n heißes Schälchen Kaffee", sagte die Meisterin, indem sie mir die Tasse zum dritten Male vollschenkte.

Ich war ans Fenster getreten. Meine Gedanken gingen in die Heimat; nicht zu lieben Menschen, die hatte ich dort nicht mehr, das

Abschiednehmen hatte ich jetzt gründlich gelernt. Meiner Mutter war mir noch vergönnt gewesen selbst die Augen zuzudrücken; vor einigen Wochen hatte ich nun auch den Vater verloren, und bei dem damals noch so langwierigen Reisen hatte ich ihn nicht einmal zu seiner Ruhestatt begleiten können. Aber die väterliche Werkstatt wartete auf den Sohn ihres heimgegangenen Meisters. Indes, der alte Heinrich war noch da und konnte mit Genehmigung der Zunftmeister die Sache schon eine kurze Zeitlang aufrechterhalten; und so hatte ich denn auch meiner guten Meisterin versprochen, noch ein paar Wochen bis zum Eintreffen ihres Sohnes bei ihr auszuhalten. Aber Ruhe hatte ich nicht mehr, das frische Grab meines Vaters duldete mich nicht länger in der Fremde.

In diesen Gedanken unterbrach mich eine scharfe scheltende Stimme drüben von der Straße her. Als ich aufblickte, sah ich das schwindsüchtige Gesicht des Gefängnisinspektors sich aus der halbgeöffneten Tür des Gefangenhauses hervorrecken; seine erhobene Faust drohte einem jungen Weibe, das, wie es schien, fast mit Gewalt in diese sonst gefürchteten Räume einzudringen strebte.

„Wird wohl was Liebes drinnen haben“, sagte die Meisterin, die von ihrem Lehnstuhle aus ebenfalls dem Vorgange zugesehen hatte; „aber der alte Sünder da drüben hat kein Herz für die Menschheit.“

„Der Mann tut wohl nur seine Pflicht, Frau Meisterin“, sagte ich, noch immer in meinen eigenen Gedanken.

„Ich möcht nicht solche Pflicht zu tun haben“, erwiderte sie und lehnte sich fast zornig in ihren Stuhl zurück.

Drüben war indes die Tür des Gefangenhauses zugeschlagen, und das junge Weib, nur mit einem kurzen wehenden Mäntelchen um die Schultern und einem schwarzen Tüchelchen um den Kopf geknotet, ging langsam die übereiste Straße hinab. – Die Meisterin und ich waren schweigend auf unserem Platz geblieben; ich glaube – denn auch meine Teilnahme war jetzt erweckt –, es war uns beiden, als ob wir helfen müssten und nur nicht wüssten, wie.

Als ich eben vom Fenster zurücktreten wollte, kam das Weib wieder die Straße herauf. Vor der Tür des Gefangenhauses blieb sie stehen und setzte zögernd einen Fuß auf den zur Schwelle führenden Treppenstein; dann aber wandte sie den Kopf zurück, und ich sah ein junges Antlitz, dessen dunkle Augen mit dem Ausdruck ratlosester Verlassenheit über die leere Gasse streiften; sie schien doch nicht den Mut zu haben, noch einmal der drohenden Beamtenfaust entgegenzutreten. Langsam und immer wieder nach der geschlossenen Tür zurückblickend, setzte sie ihren Weg fort; man sah es deutlich, sie wusste selbst nicht wohin. Als sie jetzt aber an der Ecke der Gefangenanstalt in das nach der Kirche hinaufführende Gäßchen einbog, riss ich unwillkürlich meine Mütze vom Türhaken, um ihr nachzugehen.

„Ja, ja, Paulsen, das ist das Rechte!“ sagte die gute Meisterin; „geht nur, ich werde derweil den Kaffee wieder heiß setzen!“

Es war grimmig kalt, als ich aus dem Hause trat; alles schien wie ausgestorben; von dem Berge, der am Ende der Straße die Stadt überragt, sah fast drohend der schwarze Tannenwald herab; vor den Fensterscheiben der meisten Häuser saßen die weißen Eisgardinen; denn nicht jeder hatte, wie meine Meisterin, die Gerechtigkeit von fünf Klaftern Holz auf seinem Hause. – Ich ging durch das Gässchen nach dem Kirchenplatz; und dort vor dem großen hölzernen Kruzifixe auf der gefrorenen Erde lag das junge Weib, den Kopf gesenkt, die Hände in den Schoß gefaltet. Ich trat schweigend näher; als sie aber jetzt zu dem blutigen Antlitz des Gekreuzigten aufblickte, sagte ich: „Verzeiht mir, wenn ich Eure Andacht unterbreche; aber Ihr seid wohl fremd in dieser Stadt?“

Sie nickte nur, ohne ihre Stellung zu verändern.

„Ich möchte Euch helfen“, begann ich wieder; „sagt mir nur, wohin Ihr wollt!“

„I weiß nit mehr wohin“, sagte sie tonlos und ließ das Haupt wieder auf ihre Brust sinken.

„Aber in einer Stunde ist es Nacht; in diesem Totenwetter könnt Ihr nicht länger auf der offenen Straße bleiben!“

„Der liebi Gott wird helfen“, hörte ich sie leise sagen.

„Ja, ja“, rief ich, „und ich glaube fast, er hat mich selbst zu Euch geschickt!“

Es war, als habe der stärkere Klang meiner Stimme sie erweckt; denn sie erhob sich und trat zögernd auf mich zu; mit vorgestrecktem Halse näherte sie ihr Gesicht mehr und mehr dem meinen, und ihre Blicke drangen auf mich ein, als ob sie mich damit erfassen wollte. „Paul!“ rief sie plötzlich, und wie ein Jubelruf flog das Wort aus ihrer Brust – „Paul! ja di schickt mir der liebi Gott!“

Wo hatte ich meine Augen gehabt! Da hatte ich es ja wieder, mein Kindsgespiel, das kleine Puppenspieler-Lisei! Freilich, eine schöne schlanke Jungfrau war es geworden, und auf dem sonst so lachenden Kindergesicht lag jetzt, nachdem der erste Freudenstrahl darüberhin geflogen, der Ausdruck eines tiefen Kummers.

„Wie kommst du so allein hieher, Lisei?“ fragte ich. „Was ist geschehen? Wo ist denn dein Vater?“

„Im Gefängnis, Paul."

„Dein Vater, der gute Mann! – Aber komm mit mir; ich stehe hier bei einer braven Frau in Arbeit; sie kennt dich, ich habe ihr oft von dir erzählt."

Und Hand in Hand, wie einst als Kinder, gingen wir nach dem Hause meiner guten Meisterin, die uns schon vom Fenster aus entgegensah. „Das Lisei ist's!" rief ich, als wir in die Stube traten, „denkt Euch, Frau Meisterin, das Lisei!"

Die gute Frau schlug die Hände über ihre Brust zusammen. „Heilige Mutter Gottes, bitt für uns! das Lisei! – also so hat's ausgeschaut! – Aber", fuhr sie fort, „wie kommst denn du mit dem alten Sünder da zusammen?" – und sie wies mit dem ausgestreckten Finger nach dem Gefangenhause drüben – „der Paulsen hat mir doch gesagt, dass du ehrlicher Leute Kind bist!"

Gleich darauf aber zog sie das Mädchen weiter in die Stube hinein und drückte sie in ihren Lehnstuhl nieder, und als jetzt Lisei ihre Frage zu beantworten anfing, hielt sie ihr schon eine dampfende Tasse Kaffee an die Lippen.

„Nun trink einmal", sagte sie, „und komm erst wieder zu dir; die Händchen sind dir ja ganz verklommen."

Und das Lisei musste trinken, wobei ihr zwei helle Tränen in die Tasse rollten, und dann erst durfte sie erzählen.

Sie sprach jetzt nicht, wie einst und wie vorhin in der Einsamkeit ihres Kummers, in dem Dialekt ihrer Heimat, nur ein leichter Anflug war ihr davon geblieben; denn waren ihre Eltern auch nicht mehr bis an unsere Küste hier hinabgekommen, so hatten sie sich doch meistens in dem mittleren Deutschland aufgehalten. Schon vor einigen Jahren war die Mutter gestorben. „Verlass den Vater nicht!" das hatte sie der Tochter im letzten Augenblicke noch ins Ohr geflüstert, „sein Kindsherz ist zu gut für diese Welt."

Lisei brach bei dieser Erinnerung in heftiges Weinen aus; sie wollte nicht einmal von der aufs neue vollgeschenkten Tasse trinken, mit der die Meisterin ihre Tränen zu stillen gedachte, und erst nach einer ziemlichen Weile konnte sie weiterberichten.

Gleich nach dem Tode der Mutter war es ihre erste Arbeit gewesen, an deren Stelle sich die Frauenrollen in den Puppenspielen von ihrem Vater einlernen zu lassen. Dazwischen waren die Bestattungsfeierlichkeiten besorgt und die ersten Seelenmessen für die Tote gelesen; dann, das frische Grab hinter sich lassend, waren Vater und Tochter wiederum ins Land hineingefahren und hatten, wie vorhin, ihre Stücke abgespielt: Den verlorenen Sohn, Die heilige Genoveva, und wie sie sonst noch heißen mochten.

So waren sie gestern auf der Reise in ein großes Kirchdorf gekommen, wo sie ihre Mittagsrast gehalten hatten. Auf der harten Bank vor dem Tische, an welchem sie ihr bescheidenes Mahl verzehrten, war Vater Tendler ein halbes Stündchen in einen festen Schlaf gesunken. während Lisei draußen die Fütterung ihres Pferdes besorgt hatte. Kurz darauf, in wollene Decken wohlverpackt, waren sie aufs neue in die grimmige Winterkälte hinausgefahren.

„Aber wir kamen nit weit“, erzählte Lisei; „gleich hinterm Dorf ist ein Landreiter auf uns zugeritten und hat gezetert und gemordiot. Aus dem Tischkasten sollt dem Wirt ein Beutel mit Geld gestohlen sein, und mein unschuldigs Vaterl war doch allein in der Stube dort gewesen! Ach, wir haben kei Heimat, kei Freund, kei Ehr; es kennt uns niemand nit!“

„Kind, Kind“, sagte die Meisterin, indem sie zu mir hinüberwinkte, „versündige dich auch nicht!“

Ich aber schwieg, denn Lisei hatte ja nicht unrecht mit ihrer Klage. – Sie hatten in das Dorf zurück gemusst; das Fuhrwerk mit allem, was daraufgeladen, war vom Schulzen dort zurückgehalten worden; der alte Tendler aber hatte die Weisung erhalten, den Weg zur Stadt neben dem Pferde des Landreiters herzutraben. Lisei, von dem letzteren mehrfach zurückgewiesen, war in einiger Entfernung hinterhergegangen, in der Zuversicht, dass sie wenigstens, bis der liebe Gott die Sache aufkläre, das Gefängnis ihres Vaters werde teilen können. Aber – auf ihr ruhte kein Verdacht; mit Recht hatte der Inspektor sie als eine Zudringliche von der Tür gejagt, die auf ein Unterkommen in seinem Hause nicht den geringsten Anspruch habe.

Lisei wollte das zwar noch immer nicht begreifen; sie meinte, das sei ja härter als alle Strafe, die später doch gewiss den wirklichen Spitzbuben noch ereilen würde; aber, fügte sie gleich hinzu, sie wolle ihm auch so harte Strafe nit wünschen, wenn nur die Unschuld von ihrem guten Vaterl an den Tag komme; ach, der werd's gewiss nit überleben!

Ich besann mich plötzlich, dass ich sowohl dem alten Korporal da drüben als auch dem Herrn Kriminalkommissarius eigentlich ein unentbehrlicher Mann sei; denn dem einen hielt ich seine Spinnmaschinen in Ordnung, dem andern schärfte ich seine kostbaren Federmesser; durch den einen konnte ich wenigstens Zutritt zu dem Gefangenen erhalten, bei dem andern konnte ich ein Leumundszeugnis für Herrn Tendler ablegen und ihn vielleicht zur Beschleunigung der Sache veranlassen. Ich bat Lisei, sich zu gedulden, und ging sofort in das Gefangenhaus hinüber.

Der schwindsüchtige Inspektor schalt auf die unverschämten Weiber, die immer zu ihren spitzbübischen Männern oder Vätern in die Zellen wollten. Ich aber verbat mir in Betreff meines alten Freundes solche Titel, solange sie ihm nicht durch das Gericht „von Rechts wegen“ beigelegt seien, was, wie ich sicher wisse, nie geschehen werde; und endlich, nach einigem Hin- und Widerreden, stiegen wir zusammen die breite Treppe nach dem Oberbau hinauf.

In dem alten Gefangenhause war auch die Luft gefangen, und ein widerwärtiger Dunst schlug uns entgegen, als wir oben durch den langen Korridor schritten, von welchem aus zu beiden Seiten Tür an Tür in die einzelnen Gefangenzellen führte. An einer derselben, fast zu Ende des Ganges, blieben wir stehen; der Inspektor schüttelte sein großes Schlüsselbund, um den rechten herauszufinden; dann knarrte die Tür, und wir traten ein.

In der Mitte der Zelle, mit dem Rücken gegen uns, stand die Gestalt eines kleinen mageren Mannes, der nach dem Stückchen Himmel hinaufzublicken schien, das grau und trübselig durch ein oben in der Mauer eingebrachtes Fenster auf ihn herabdämmerte. An seinem Haupte bemerkte ich sogleich die kleinen abstehenden Haarspieße; nur hatten sie, wie jetzt draußen die Natur, sich in die Farbe des Winters gekleidet. Bei unserem Eintritt wandte der kleine Mann sich um.

„Sie kennen mich wohl nicht mehr, Herr Tendler?“ fragte ich. Er sah flüchtig nach mir hin. „Nein, lieber Herr“, erwiderte er, „hab nicht die Ehre.“

Ich nannte ihm den Namen meiner Vaterstadt und sagte: „Ich bin der unnütze Junge, der Ihnen damals Ihren kunstreichen Kasperl verdrehte!“

„Oh, schad’t nichts, gar nichts!“ erwiderte er verlegen und machte mir einen Diener; „ist lange schon vergessen.“

Er hatte offenbar nur halb auf mich gehört; denn seine Lippen bewegten sich, als spräche er zu sich selber von ganz anderen Dingen.

Da erzählte ich ihm, wie ich vorhin sein Lisei aufgefunden habe, und jetzt erst sah er mich mit offenen Augen an. „Gott Dank! Gott Dank!“ sagte er und faltete die Hände. „Ja, ja, das kleine Lisei und der kleine Paul, die spielten derzeit miteinander! – Der kleine Paul! Seid Ihr der kleine Paul? Oh, i glaub’s Euch schon; das herzige G’sichtl von dem frischen Bub’n, das schaut da no heraus!“ Er nickte mir so innig zu, dass die weißen Haarspießchen auf seinem Kopfe bebten. „Ja, ja, da drunten an der See bei euch;

wir sind nit wieder hinkommen; das war no gute Zeit dermal; da war aa noch mein Weib, die Tochter vom großen Geißelbrecht, dabei! ‚Joseph!' pflegte sie zu sagen,‚wenn nur die Menschen aa so Dräht an ihre Köpf hätten, da könntst du aa mit ihne firti werd'n!' – Hätt sie nur heute noch gelebt, sie hätten mich nicht eingesperrt. Du lieber Gott; ich bin kein Dieb, Herr Paulsen."

Der Inspektor, der draußen vor der angelehnten Tür im Gange auf und ab ging, hatte schon ein paarmal mit seinem Schlüsselbund gerasselt. Ich suchte den alten Mann zu beruhigen und bat ihn, sich bei seinem ersten Verhör auf mich zu berufen, der ich hier bekannt und wohlgeachtet sei.

Als ich wieder zu meiner Meisterin in die Stube trat, rief diese mir entgegen: „Das ist ein trotzigs Mädel, Paulsen; da helft mir nur gleich ein wenig; ich hab ihr die Kammer zum Nachtquartier geboten; aber sie will fort, in die Bettelherberg oder Gott weiß wohin!"

Ich fragte Lisei, ob sie ihre Pässe bei sich habe.

„Mein Gott, die hat der Schulz im Dorf uns abgenommen!" „So wird kein Wirt dir seine Tür aufmachen", sagte ich, „das weißt du selber wohl."

Sie wusste es freilich, und die Meisterin schüttelte ihr vergnügt die Hände. „Ich denk wohl", sagte sie, „dass du dein eignes Köpfchen hast; der da hat mir's haarklein erzählt, wie ihr zusammen in der Kiste habt gesessen; aber so leicht wärst du doch nicht von mir fortgekommen!"

Das Lisei sah etwas verlegen vor sich nieder; dann aber fragte sie mich hastig aus nach ihrem Vater. Nachdem ich ihr Bescheid gegeben hatte, erbat ich mir ein paar Bettstücke von der Meisterin, nahm von den meinigen noch etwas hinzu und trug es selbst hinüber in die Zelle des Gefangenen, wozu ich vorhin von dem Inspektor die Erlaubnis erhalten hatte. – So konnten wir, als nun die Nacht herankam, hoffen, dass im warmen Bette und auf dem besten Ruhekissen, das es in der Welt gibt, auch unsern alten Freund in seiner öden Kammer ein sanfter Schlaf erquicken werde.

Am andern Vormittage, als ich eben, um zum Herrn Kriminalkommissarius zu gehen, auf die Straße trat, kam von drüben der Inspektor in seinen Morgenpantoffeln auf mich zugeschritten. „Ihr habt recht gehabt, Paulsen", sagte er mit seiner gläsernen Stimme, „für diesmal ist's kein Spitzbube gewesen; den Richtigen haben sie soeben eingebracht; Euer Alter wird noch heut entlassen werden."

Und richtig, nach einigen Stunden öffnete sich die Tür des Gefangenhauses, und der alte Tendler wurde von der kommandierenden Stimme des Inspektors zu uns hinübergewiesen. Da das Mittagsessen eben aufgetragen war, so ruhte die Meisterin nicht, bis auch er seinen Platz am Tische eingenommen hatte; aber er berührte die guten Speisen kaum, und wie sie sich auch um ihn bemühen mochte, er blieb wortkarg und in sich gekehrt neben seiner Tochter sitzen; nur mitunter bemerkte ich, wie er deren Hand nahm und sie zärtlich streichelte. Da hörte ich draußen vom Tore her ein Glöckchen bimmeln; ich kannte es ganz genau, aber es läutete mir weither aus meiner Kinderzeit.

„Lisei!“ sagte ich leise.

„Ja, Paul, ich hör es wohl.“

Und bald standen wir beide draußen vor der Haustür. Siehe, da kam es die Straße herab, das Wägelchen mit den beiden hohen Kisten, wie ich daheim es mir so oft gewünscht hatte. Ein Bauerbursche ging nebenher mit Zügel und Peitsche in der Hand; aber das Glöckchen bimmelte jetzt am Halse eines kleinen Schimmels.

„Wo ist das Braunchen geblieben?“ fragte ich Lisei.

„Das Braunchen“, erwiderte sie, „das ist uns eines Tags vorm Wagen hingefallen; der Vater hat sogleich den Tierarzt aus dem Dorf geholt; aber es hat nimmer leben können.“ Bei diesen Worten stürzten ihr die Tränen aus den Augen.

„Was fehlt dir, Lisei?“ fragte ich, „es ist ja nun doch alles wieder gut!“

Sie schüttelte den Kopf. „Mein Vaterl gefallt mir nit! er ist so still; die Schand, er verwind't es nit.“

– Und Lisei hatte mit ihren treuen Tochteraugen recht gesehen. Als kaum die beiden in einem kleinen Gasthause untergebracht waren und der Alte schon seine Pläne zur Weiterfahrt entwarf – denn hier wollte er jetzt nicht vor die Leute treten –, da zwang ihn ein Fieber, im Bett zu bleiben. Bald mussten wir einen Arzt holen, und es entwickelte sich ein längeres Krankenlager. In Besorgnis, dass sie dadurch in Not geraten könnten, bot ich Lisei meine Geldmittel zur Hilfe an; aber sie sagte: „I nimm's ja gern von dir; doch sorg nur nit, wir sind nit gar so karg.“ Da blieb mir denn nichts anderes zu tun, als in der Nachtwache mit ihr zu wechseln, oder, als es dem Kranken besser ging, am Feierabend ein Stündchen an seinem Bett zu plaudern.

So war die Zeit meiner Abreise herangenaht, und mir wurde das Herz immer schwerer. Es tat mir fast weh, das Lisei anzusehen; denn bald fuhr es ja auch mit seinem Vater von hier wieder in die weite Welt hinaus. Wenn sie nur eine Heimat gehabt hätten! Aber wo waren sie zu finden, wenn ich Gruß und Nachricht zu ihnen senden wollte! Ich dachte an die zwölf Jahre seit unserem ersten Abschied; – sollte wieder so lange Zeit vergehen oder am Ende gar das ganze Leben?

„Und grüß mir aa dein Vaterhaus, wenn du heimkommst!“ sagte Lisei, da sie am letzten Abend mich an die Haustür begleitet hatte. „I seh’s mit mein’ Augen, das Bänkerl vor der Tür, die Lind im Gart’l; ach, i vergiss es nimmer; so lieb hab ich’s nit wieder g’funden in der Welt!“

Als sie das sagte, war es mir, als leuchte aus dunkler Tiefe meine Heimat zu mir auf; ich sah die zärtlichen Augen meiner Mutter, das feste ehrliche Antlitz meines Vaters. „Ach, Lisei“, sagte ich, „wo ist denn jetzt mein Vaterhaus! es ist ja alles öd und leer.“

Lisei antwortete nicht; sie gab mir nur die Hand und blickte mich mit ihren guten Augen an.

Da war mir, als hörte ich die Stimme meiner Mutter sagen: „Halte diese Hand fest und kehr mit ihr zurück, so hast du deine Heimat wieder!“ – und ich hielt die Hand fest und sagte:

„Kehr du mit mir zurück, Lisei, und lass uns zusammen versuchen, ein neues Leben in das leere Haus zu bringen, ein so gutes, wie es die geführt haben, die ja auch dir einst lieb gewesen sind!“

„Paul“, rief sie, „was meinst du? I versteh di nit.“

Aber ihre Hand zitterte heftig in der meinen, und ich bat nur: „Ach, Lisei, versteh mich doch!“

Sie schwieg einen Augenblick. „Paul“, sagte sie dann, „i kann nit von mei’m Vaterl gehen.“

„Der muss ja mit uns, Lisei! Im Hinterhause, die beiden Stübchen, die jetzt leer stehen, da kann er wohnen und wirtschaften; der alte Heinrich hat sein Kämmerchen dicht daneben.“

Lisei nickte. „Aber Paul, wir sind landfahrende Leut. Was werden sie sagen bei dir daheim?“

„Sie werden mächtig reden, Lisei!“

„Und du hast nit Furcht davor?“

Ich lachte nur dazu.

„Nun“, sagte Lisei, und wie ein Glockenlaut schlug es aus ihrer Stimme, „wenn du sie hast, – i hab schon die Kuraschi!“ „Aber tust du’s denn auch gern?“

„Ja, Paul, wenn i’s nit gern tät“ – und sie schüttelte ihr braunes Köpfchen gegen mich –, „gel, da tät i’s nimmermehr!“ –

„Und mein Junge“, unterbrach sich hier der Erzähler, „wie einen bei solchen Worten ein Paar schwarze Mädchenaugen ansehen, das sollst du nun noch lernen, wenn du erst ein Stieg Jahre weiter bist!"

„Ja, ja", dachte ich, „zumal so ein Paar Augen, die einen See ausbrennen können!"

„Und nicht wahr", begann Paulsen wieder, „nun weißt du auch nachgerade, wer das Lisei ist?"

„Das ist die Frau Paulsen!" erwiderte ich. „Als ob ich das nicht längst gemerkt hätte! Sie sagt ja noch immer ‚nit' und hat auch noch die schwarzen Augen unter den feingepinselten Augenbrauen."

Mein Freund lachte, während ich mir im stillen vornahm, die Frau Paulsen, wenn wir ins Haus zurückkämen, doch einmal recht darauf anzusehen, ob noch das Puppenspieler-Lisei in ihr zu erkennen sei. – „Aber", fragte ich, „wo ist denn der alte Herr Tendler hingekommen?"

„Mein liebes Kind", erwiderte mein Freund, „wohin wir schließlich alle kommen. Drüben auf dem grünen Kirchhof ruht er neben unserem alten Heinrich; aber es ist noch einer mehr in sein Grab mit hineingekommen; der andre kleine Freund aus meiner Kinderzeit. Ich will dir's wohl erzählen; nur lass uns ein wenig hintenaus gehen; meine Frau könnte nachgerade einmal nach uns sehen wollen, und sie soll die Geschichte doch nicht wieder hören."

Paulsen stand auf, und wir gingen auf den Spazierweg hinaus, der auch hier hinter den Gärten der Stadt entlangführt. Nur wenige Leute kamen uns entgegen; denn es war schon um die Vesperzeit.

„Siehst du" – begann Paulsen seine Erzählung wieder –, „der alte Tendler war derzeit mit unserem Verspruch gar wohl zufrieden; er gedachte meiner Eltern, die er einst gekannt hatte, und er fasste auch zu mir Vertrauen. Überdies war er des Wanderns müde; ja, seit es ihn in die Gefahr gebracht hatte, mit den verworfensten Vagabonden verwechselt zu werden, war in ihm die Sehnsucht nach einer festen Heimat immer mehr heraufgewachsen. Meine gute Meisterin zwar zeigte sich nicht so einverstanden; sie fürchtete, bei allem guten Willen möge doch das Kind des umherziehenden Puppenspielers nicht die rechte Frau für einen sesshaften Handwerksmann abgeben. – Nun, sie ist seit lange schon bekehrt worden!

– – Und so war ich denn nach kaum acht Tagen wieder hier, von den Bergen an die Nordseeküste, in unserer alten Vaterstadt. Ich nahm mit Heinrich die Geschäfte rüstig in die Hand und richtete zugleich die beiden leerstehenden Zimmer im Hinterhause für den Vater Joseph ein. – Vierzehn Tage weiter – es strichen eben die Düfte der ersten Frühlingsblumen über die Gärten – da kam es die

Straße heraufgebimmelt. „Meister, Meister!“ rief der alte Heinrich, „sie kommen, sie kommen!“ Und da hielt schon das Wägelchen mit den zwei hohen Kisten vor unserer Tür. Das Lisei war da, der Vater Joseph war da, beide mit muntern Augen und roten Wangen; und auch das ganze Puppenspiel zog mit ihnen ein; denn ausdrückliche Bedingung war es, dass dies den Vater Joseph auf sein Altenteil begleiten solle. Das kleine Fuhrwerk dagegen wurde in den nächsten Tagen schon verkauft.

Dann hielten wir die Hochzeit; ganz in der Stille; denn Blutsfreunde hatten wir weiter nicht am Ort; nur der Hafenmeister, mein alter Schulkamerad, war als Trauzeuge mit zugegen. Lisei war, wie ihre Eltern, katholisch; dass aber das ein Hindernis für unsere Ehe sein könne, ist uns niemals eingefallen. In den ersten Jahren reiste sie wohl zur österlichen Beichte nach unserer Nachbarstadt, wo, wie du weißt, eine katholische Gemeinde ist; nachher hat sie ihre Kümmernisse nur noch ihrem Mann gebeichtet.

Am Hochzeitsmorgen legte Vater Joseph zwei Beutel vor mir auf den Tisch, einen größeren mit alten Harzdritteln, einen kleinen voll Kremnitzer Dukaten.

„Du hast nit danach fragt, Paul!“ sagte er. „Aber so völlig arm is doch mein Lisei dir nit zubracht. Nimm's! i brauch's allfurt nit mehr.“ –

Das war der Sparpfennig, von dem mein Vater einst gesprochen, und er kam jetzt seinem Sohne beim Neubeginn seines Geschäfts zu ganz gelegener Zeit. Freilich hatte Liseis Vater damit sein ganzes Vermögen hingegeben und sich selbst der Fürsorge seiner Kinder anvertraut; aber er war dabei nicht müßig; er suchte seine Schnitzmesser wieder hervor und wusste sich bei den Arbeiten in der Werkstatt nützlich zu machen.

Die Puppen nebst dem Theater-Apparat waren in einem Verschlage auf dem Boden des Nebenhauses untergebracht. Nur an Sonntagnachmittagen holte er bald die eine, bald die andere in sein Stübchen herunter, revidierte die Drähte und Gelenke und putzte oder besserte dies und jenes an denselben. Der alte Heinrich stand dann mit seiner kurzen Pfeife neben ihm und ließ sich die Schicksale der Puppen erzählen, von denen fast jede ihre eigene Geschichte hatte; ja, wie es jetzt herauskam, der so wirkungsvoll geschnitzte Kasper hatte einst für seinen jungen Verfertiger sogar den Brautwerber um Liseis Mutter abgegeben. Mitunter wurden zur besseren Veranschaulichung der einen oder andern Szene auch wohl die Drähte in Bewegung gesetzt; Lisei und ich haben oftmals draußen an den Fenstern gestanden, die schon aus grünem Weinlaub gar traulich auf den Hof hinausschauten; aber die alten Kinder drinnen waren meist so in ihr Spiel vertieft, dass ihnen erst durch unser Beifallklatschen die Gegenwart der Zuschauer bemerklich wurde. – – Als das Jahr weiterrückte, fand Vater Joseph eine andere Beschäftigung; er nahm den Garten unter seine Obhut, er pflanzte und erntete, und am Sonntage wandelte er, sauber angetan, zwischen den Rabatten auf und ab, putzte an den Rosenbüschen oder band Nelken und Levkojen an feine selbstgeschnitzte Stäbchen.

So lebten wir einig und zufrieden; mein Geschäft hob sich mehr und mehr. Über meine Heirat hatte unsere gute Stadt sich ein paar Wochen lebhaft ausgesprochen; da aber fast alle über die Unvernunft meiner Handlungsweise einig waren und dem Gespräche so die gedeihliche Nahrung des Widerspruches vorenthalten blieb, so hatte es sich bald selber ausgehungert.

Als es dann abermals Winter wurde, holte Vater Joseph an den Sonntagen auch wieder die Puppen aus ihrem Verschlage herunter, und ich dachte nicht anders, als dass in solchem stillen Wechsel der Beschäftigung ihm auch künftig die Jahre hingehen würden. Da trat er eines Morgens mit gar ernsthaftem Gesichte zu mir in die Wohnstube, wo ich eben allein an meinem Frühstück saß. „Schwiegersohn“, sagte er, nachdem er sich wie verlegen ein paarmal mit der Hand durch seine weißen Haarspießchen gefahren war, „ich kann's doch nit wohl länger ansehn, dass ich alleweil so das Gnadenbrot an euerm Tisch soll essen.“

Ich wusste nicht, wo das hinaus sollte, aber ich fragte ihn, wie er auf solche Gedanken komme; er schaffe ja mit in der Werkstatt, und wenn mein Geschäft jetzt einen größeren Gewinn abwerfe, so sei dies wesentlich der Zins seines eigenen Vermögens, das er an unserem Hochzeitsmorgen in meine Hand gelegt habe.

Er schüttelte den Kopf. Das reiche alles nicht; aber eben jenes kleine Vermögen habe er zum Teil einst in unserer Stadt gewonnen; das Theater sei ja noch vorhanden, und die Stücke habe er auch alle noch im Kopfe.

Da merkte ich's denn wohl, der alte Puppenspieler ließ ihm keine Ruhe; sein Freund, der gute Heinrich, genügte ihm nicht mehr als Publikum, er musste einmal wieder öffentlich vor versammeltem Volke seine Stücke aufführen.

Ich suchte es ihm auszureden; aber er kam immer wieder darauf zurück. Ich sprach mit Lisei, und am Ende konnten wir nicht umhin, ihm nachzugeben. Am liebsten hätte nun freilich der alte Mann gesehen, wenn Lisei wie vor unserer Verheiratung die Frauenrollen in seinen Stücken gesprochen hätte; aber wir waren übereingekommen, seine dahin zielenden Anspielungen nicht zu verstehen; für die Frau eines Bürgers und Handwerksmeisters wollte sich das denn doch nicht ziemen.

Zum Glück – oder, wie man will, zum Unglück – war derzeit ein ganz reputierliches Frauenzimmer in der Stadt, die einst bei einer Schauspielertruppe als Souffleuse gedient hatte und daher in derlei Dingen nicht unbewandert war. Diese – Kröpel-Lieschen nannten sie die Leute von wegen ihrer Kreuzlahmheit – ging sofort auf unser Anerbieten ein, und bald entwickelte sich am Feierabend und an den Sonntagnachmittagen die lebhafteste Tätigkeit in Vater Josephs Stübchen. Während vor dem einen Fenster der alte Heinrich an den Gerüststücken des Theaters zimmerte, stand vor dem andern zwischen frisch angemalten Kulissen, die von der Zimmerdecke herunterhingen, der alte Puppenspieler und exerzierte mit Kröpel-Lieschen eine Szene nach der andern. Sie sei ein dreimal gewürztes Frauenzimmer, versicherte er stets nach solcher Probe; nicht einmal die Lisei hab es so schnell kapiert; nur mit dem Singen ginge es nit gar so schön; sie grunze mit ihrer Stimme immer in der Tiefe, was für die schöne Susanne, die das Lied zu singen habe, nicht eben harmonierlich sei.

Endlich war der Tag der Aufführung festgesetzt. Es sollte alles möglichst reputierlich vor sich gehen; nicht auf dem Schützenhofe, sondern auf dem Rathaussaale, wo auch die Primaner um Michaelis ihre Redeübungen hielten, sollte jetzt der Schauplatz sein; und als am Sonnabendnachmittage unsere guten Bürger ihr frisches Wochenblättchen auseinanderfalteten, sprang ihnen in breiten Lettern die Anzeige in die Augen:

„Morgen Sonntagabend sieben Uhr auf dem Rathaussaale Marionetten-Theater des Mechanikus Joseph Tendler hieselbst. Die schöne Susanna, Schauspiel mit Gesang in vier Aufzügen."

Es war aber damals in unserer Stadt nicht mehr die harmlose schaulustige Jugend aus meinen Kinderjahren; die Zeiten des Kosakenwinters lagen dazwischen, und namentlich war unter den Handwerkslehrlingen eine arge Zügellosigkeit eingerissen; die früheren Liebhaber unter den Honoratioren aber hatten ihre Gedanken jetzt auf andere Dinge. Dennoch wäre vielleicht alles gut gegangen, wenn nur der schwarze Schmidt und seine Jungen nicht gewesen wären." –

Ich fragte Paulsen, wer das sei, denn ich hatte niemals von einem solchen Menschen in unserer Stadt gehört.

„Das glaub ich wohl", erwiderte er, „der schwarze Schmidt ist schon vor Jahren im Armenhaus verstorben; damals aber war er

Meister gleich mir; nicht ungeschickt, aber lüderlich in seiner Arbeit wie im Leben; der sparsame Verdienst des Tages wurde abends in Trunk und Kartenspiel vertan. Schon gegen meinen Vater hatte er einen Hass gehabt, nicht allein, weil dessen Kundschaft die seinige bei weitem überstieg, sondern schon aus der Jugend her, wo er dessen Nebenlehrling gewesen und wegen eines schlechten Streiches gegen ihn vom Meister fortgejagt worden war. Seit dem Sommer hatte er Gelegenheit gefunden, diese Abneigung in erhöhtem Maße auch auf mich auszudehnen; denn bei der damals hier neu errichteten Kattunfabrik war, trotz seiner eifrigen Bemühung um dieselbe, die Arbeit an den Maschinen allein mir übertragen worden, infolgedessen er und seine beiden Söhne, die bei dem Vater in Arbeit standen und diesen an wüstem Treiben womöglich überboten, schon nicht verfehlt hatten, mir ihren Verdruss durch allerlei Neckereien kundzugeben. Ich hatte indessen jetzt keine Gedanken an diese Menschen.

So war der Abend der Aufführung herangekommen. Ich hatte noch an meinen Büchern zu ordnen und habe, was geschah, erst später durch meine Frau und Heinrich erfahren, welche zugleich mit unserem Vater nach dem Rathaussaale gingen.

Der erste Platz dort war fast gar nicht, der zweite nur mäßig besetzt gewesen; auf der Galerie aber hatte es Kopf an Kopf gestanden. – Als man vor diesem Publikum das Spiel begonnen, war anfänglich alles in der Ordnung vorgegangen; die alte Lieschen hatte ihren Part fest und ohne Anstoß hingeredet. – Dann aber kam das unglückselige Lied! Sie bemühte sich vergebens, ihrer Stimme einen zarteren Klang zu geben; wie Vater Joseph vorhin gesagt hatte, sie grunzte wirklich in der Tiefe. Plötzlich rief eine Stimme von der Galerie: „Höger up, Kröpel-Lieschen! Höger up!" Und als sie, diesem Rufe gehorsam, die unerreichbaren Diskanttöne zu erklettern strebte, da scholl ein rasendes Gelächter durch den Saal.

Das Spiel auf der Bühne stockte, und zwischen den Kulissen heraus rief die bebende Stimme des alten Puppenspielers: „Meine Herrschaft'n, i bitt g'wogentlich um Ruhe!" Kasperl, den er eben an seinen Drähten in der Hand hielt und der mit der schönen Susanna eine Szene hatte, schlenkerte krampfhaft mit seiner kunstvollen Nase.

Neues Gelächter war die Antwort. „Kasperl soll singen!" – „Russisch! Schöne Minka, ich muss scheiden!" – „Hurra für Kasperl!" – „Nichts doch; Kasperl sein' Tochter soll singen!" – „Jawohl, wischt euch 's Maul! Die ist Frau Meisterin geworden, die tut's halt nimmermehr!"

So ging's noch eine Weile durcheinander. Auf einmal flog, in wohlgezieltem Wurfe, ein großer Pflasterstein auf die Bühne. Er hatte die Drähte des Kasperl getroffen; die Figur entglitt der Hand ihres Meisters und fiel zu Boden.

Vater Joseph ließ sich nicht mehr halten. Trotz Liseis Bitten hat er gleich darauf die Puppenbühne betreten. – Donnerndes Händeklatschen, Gelächter, Fußtrampeln empfing ihn, und es mag sich freilich seltsam genug präsentiert haben, wie der alte Mann, mit dem Kopf oben in den Suffiten, unter lebhaftem Händearbeiten seinem gerechten Zorne Luft zu machen suchte. – Plötzlich, unter allem Tumult, fiel der Vorhang, der alte Heinrich hatte ihn herabgelassen.

– – Mich hatte indes zu Hause bei meinen Büchern eine gewisse Unruhe befallen; ich will nicht sagen, dass mir Unheil ahnte, aber es trieb mich dennoch fort, den Meinigen nach. –

Als ich die Treppe zum Rathaussaal hinaufsteigen wollte, drängte eben die ganze Menge von oben mir entgegen. Alles schrie und lachte durcheinander. „Hurra! Kasper is dod! Lott is dod. Die Kamedie ist zu End!" – Als ich aufsah, erblickte ich die schwarzen Gesichter der Schmidt-Jungen über mir. Sie waren augenblicklich still und rannten an mir vorbei zur Tür hinaus; ich aber hatte für mich jetzt die Gewissheit, wo die Quelle dieses Unfugs zu suchen war.

Oben angekommen, fand ich den Saal fast leer. Hinter der Bühne saß mein alter Schwiegervater wie gebrochen auf einem Stuhl und hielt mit beiden Händen sein Gesicht bedeckt. Lisei, die auf den Knien vor ihm lag, richtete sich, da sie mich gewahrte, langsam auf. „Nun, Paul", fragte sie, mich traurig ansehend, „hast du noch die Kuraschi?"

Aber sie musste wohl in meinen Augen gelesen haben, dass ich sie noch hatte; denn bevor ich noch antworten konnte, lag sie schon an meinem Halse. „Lass uns nur fest zusammenhalten, Paul!" sagte sie leise.

– – Und siehst du! Damit und mit ehrlicher Arbeit sind wir durchgekommen.

– – Als wir am andern Morgen aufgestanden waren, da fanden wir jenes Schimpfwort „Pole Poppenspäler" – denn ein Schimpfwort sollte es ja sein – mit Kreide auf unsere Haustür geschrieben. Ich aber habe es ruhig ausgewischt, und als es dann später noch ein paarmal an öffentlichen Orten wieder lebendig wurde, da habe ich einen Trumpf daraufgesetzt; und weil man wusste, dass ich nicht spaße, so ist es danach still geworden. – – Wer dir es jetzt gesagt hat, der wird nichts Böses damit gemeint haben; ich will seinen Namen auch nicht wissen.

Unser Vater Joseph aber war seit jenem Abend nicht mehr der alte. Vergebens zeigte ich ihm die unlautere Quelle jenes Unfugs und dass derselbe ja mehr gegen mich als gegen ihn gerichtet gewesen sei. Ohne unser Wissen hatte er bald darauf alle seine Marionetten auf eine öffentliche Auktion gegeben, wo sie zum Jubel der anwesenden Jungen und Trödelweiber um wenige Schillinge versteigert waren; er wollte sie niemals wiedersehen. – Aber das Mittel dazu war schlecht gewählt; denn als die Frühlingssonne erst wieder in die Gassen schien, kam von den verkauften Puppen eine nach der andern aus den dunkeln Häusern an das Tageslicht. Hier saß ein Mädchen mit der heiligen Genoveva auf der Haustürschwelle, dort ließ ein Junge den Doktor Faust auf seinem schwarzen Kater reiten; in einem Garten in der Nähe des Schützenhofes hing eines Tages der Pfalzgraf Siegfried neben dem höllischen Sperling als Vogelscheuche in einem Kirschbaum. Unserem Vater tat die Entweihung seiner Lieblinge so weh, dass er zuletzt kaum noch Haus und Garten bei uns verlassen mochte. Ich sah es deutlich, dass dieser übereilte Verkauf an seinem Herzen nagte, und es gelang mir, die eine und die andere Puppe zurückzukaufen; aber als ich sie ihm brachte, hatte er keine Freude daran; das Ganze war ja überdies zerstört. Und, seltsam, trotz aller aufgewendeten Mühe konnte ich nicht erfahren, in welchem Winkel sich die wertvollste Figur von allen, der kunstreiche Kasperl, verborgen halte. Und was war ohne ihn die ganze Puppenwelt!

Aber vor einem andern, ernsteren Spiel sollte bald der Vorhang fallen. Ein altes Brustleiden war bei unserem Vater wieder aufgewacht, sein Leben neigte sich augenscheinlich zu Ende. Geduldig und voll Dankbarkeit für jeden kleinen Liebesdienst lag er auf seinem Bette. „Ja, ja“, sagte er lächelnd und hob so heiter seine Augen gegen die Bretterdecke des Zimmers, als sähe er durch dieselbe schon in die ewigen Fernen des Jenseits, „es is scho richtig g'wes'n: mit den Menschen hab ich nit immer könne firti werd'n; da drobn mit den Engeln wird's halt besser gehn; und – auf alle Fäll, Lisei, i find ja doch die Mutter dort.“

– – Der gute kindliche Mann starb; Lisei und ich, wir haben ihn bitterlich vermisst; auch der alte Heinrich, der ihm nach wenigen Jahren folgte, ging an seinen noch übrigen Sonntagnachmittagen umher, als wisse er mit sich selber nicht wohin, als wolle er zu einem, den er doch nicht finden könne.

Den Sarg unseres Vaters bedeckten wir mit allen Blumen des von ihm selbst gepflegten Gartens; schwer von Kränzen wurde er auf den Kirchhof hinausgetragen, wo unweit von der Umfassungsmauer das Grab bereitet war. Als man den Sarg hinabgelassen hatte, trat unser alter Propst an den Rand der Gruft und sprach ein Wort des Trostes und der Verheißung; er war meinen seligen Eltern stets ein treuer Freund und Rater gewesen; ich war von ihm konfirmiert, Lisei und ich von ihm getraut worden. Ringsum auf dem Kirchhofe war es schwarz von Menschen; man schien von dem Begräbnisse des alten Puppenspielers noch ein ganz besonderes Schauspiel zu erwarten. – Und etwas Besonderes geschah auch wirklich; aber es wurde nur von uns bemerkt, die wir der Gruft zunächst standen. Lisei, die an meinem Arme mit hinausgegangen war, hatte eben krampfhaft meine Hand gefasst, als jetzt der alte Geistliche dem Brauche gemäß den bereitgestellten Spaten ergriff und die erste Erde auf den Sarg hinabwarf. Dumpf klang es aus der Gruft zurück. „Von der Erden bist du genommen!" erscholl jetzt das Wort des Priesters; aber kaum war es gesprochen, als ich von der Umfassungsmauer her über die Köpfe der Menschen etwas auf uns zufliegen sah. Ich meinte erst, es sei ein großer Vogel; aber es senkte sich und fiel grade in die Gruft hinab. Bei einem flüchtigen Umblick – denn ich stand etwas erhöht auf der aufgeworfenen Erde – hatte ich einen der Schmidt-Jungen sich hinter die Kirchhofmauer ducken und dann davonlaufen sehen, und ich wusste plötzlich, was geschehen war. Lisei hatte einen Schrei an meiner Seite ausgestoßen, unser alter Propst hielt wie unschlüssig den Spaten zum zweiten Wurfe in den Händen. Ein Blick in das Grab bestätigte meine Ahnung: oben auf dem Sarge, zwischen den Blumen und der Erde, die zum Teil sie schon bedeckte, da hatte er sich hingesetzt, der alte Freund aus meiner Kinderzeit, Kasperl, der kleine lustige Allerweltskerl. – Aber er sah jetzt gar nicht lustig aus; seinen großen Nasenschnabel hatte er traurig auf die Brust gesenkt; der eine Arm mit dem kunstreichen Daumen war gegen den Himmel ausgestreckt; als solle er verkünden, dass, nachdem alle Puppenspiele ausgespielt, da droben nun ein anderes Stück beginnen werde.

Ich sah das alles nur auf einen Augenblick, denn schon warf der Propst die zweite Scholle in die Gruft: „Und zur Erde wieder sollst du werden!" – Und wie es von dem Sarg hinabrollte, so fiel auch Kasperl aus seinen Blumen in die Tiefe und wurde von der Erde überdeckt.

Dann mit dem letzten Schaufelwurf erklang die tröstliche Verheißung: „Und von der Erden sollst du auferstehen!"

Als das Vaterunser gesprochen war und die Menschen sich verlaufen hatten, trat der alte Propst zu uns, die wir noch immer in die Grube starrten. „Es hat eine Ruchlosigkeit sein sollen“, sagte er, indem er liebreich unsere Hände fasste. „Lasst uns es anders nehmen! In seiner Jugendzeit, wie ihr es mir erzähltet, hat der selige Mann die kleine Kunstfigur geschnitzt, und sie hat einst sein Eheglück begründet; später, sein ganzes Leben lang, hat er durch sie, am Feierabend nach der Arbeit, gar manches Menschenherz erheitert, auch manches Gott und den Menschen wohlgefällige Wort der Wahrheit dem kleinen Narren in den Mund gelegt; – ich habe selbst der Sache einmal zugeschaut, da ihr noch beide Kinder waret. – Lasst nur das kleine Werk seinem Meister folgen; das stimmt gar wohl zu den Worten unserer Heiligen Schrift! Und seid getrost; denn die Guten werden ruhen von ihrer Arbeit.“

Und so geschah es. Still und friedlich gingen wir nach Hause; den kunstreichen Kasperl aber, wie unsern guten Vater Joseph, haben wir niemals wiedergesehen.

– – „Alles das“, setzte nach einer Weile mein Freund hinzu, „hat uns manches Weh bereitet; aber gestorben sind wir beiden jungen Leute nicht daran. Nicht lange nachher wurde unser Joseph uns geboren, und wir hatten nun alles, was zu einem vollen Menschenglück gehört. An jene Vorgänge aber werde ich noch jetzt Jahr um Jahr durch den ältesten Sohn des schwarzen Schmidt erinnert. Er ist einer jener ewig wandernden Handwerksgesellen geworden, die, verlumpt und verkommen, ihr elendes Leben von den Geschenken fristen, die nach Zunftgebrauch auf ihre Ansprache die Handwerksmeister ihnen zu verabreichen haben. Auch meinem Hause geht er nie vorbei.“

Mein Freund schwieg und blickte vor sich in das Abendrot, das dort hinter den Bäumen des Kirchhofs stand; ich aber hatte’ schon eine Zeitlang über der Gartenpforte, der wir uns jetzt wieder näherten, das freundliche Gesicht der Frau Paulsen nach uns ausblicken sehen. „Hab ich’s nit denkt!“ rief sie, als wir nun zu ihr traten. „Was habt ihr wieder für ein Langes abzuhandeln?

Aber nun kommt ins Haus! Die Gottsgab steht auf dem Tisch; der Hafenmeister is auch schon da; und ein Brief vom Joseph und der alt Meisterin! – – Aber was schaust mi denn so an, Bub?“

Der Meister lächelte. „Ich hab ihm was verraten, Mutter. Er will nun sehen, ob du auch richtig noch das kleine Puppenspieler-Lisei bist!“

„Ja, freili!“ erwiderte sie, und ein Blick voll Liebe flog zu ihrem Mann hinüber. „Schau nur richti zu, Bub! Und wenn du es nit kannst find’n – der da, der weiß es gar genau!“

Und der Meister legte schweigend seinen Arm um sie. Dann gingen wir ins Haus zur Feier ihres Hochzeitstages. –

Es waren prächtige Leute, der Paulsen und sein Puppenspieler-Lisei.

Carsten Curator

Eigentlich hieß er Carsten Carstens und war der Sohn eines Kleinbürgers, von dem er ein schon vom Großvater erbautes Haus an der Twiete des Hafenplatzes ererbt hatte und außerdem einen Handel mit gestrickten Wollwaren und solchen Kleidungsstücken, wie deren die Schiffer von den umliegenden Inseln auf ihren Seefahrten zu gebrauchen pflegten. Da er indes von etwas grübelnder Gemütsart und ihm, wie manchem Nordfriesen, eine Neigung zur Gedankenarbeit angeboren war, so hatte er sich von jung auf mit allerlei Büchern und Schriftwerk beschäftigt und war allmählich unter seinesgleichen in den Ruf gekommen, dass er ein Mann sei, bei dem man sich in zweifelhaften Fällen sicheren Rat erholen möge. Gerieten, was wohl geschehen konnte, durch seine Leserei ihm die Gedanken auf einen Weg, wo seine Umgebung ihm nicht hätte folgen können, so lud er auch niemanden dazu ein und erregte folglich dadurch auch niemandes Misstrauen. So war er denn der Curator einer Menge von verwitweten Frauen und ledigen Jungfrauen geworden, welche nach der damaligen Gesetzgebung bei allen Rechtsgeschäften noch eines solchen Beistandes bedurften.

Da bei ihm, wenn er die Angelegenheiten anderer ordnete, nicht der eigene Gewinn, sondern die Teilnahme an der Arbeit selbst voranstand, so unterschied er sich wesentlich von denen, welche sonst derartige Dinge zu besorgen pflegten; und bald wussten auch die Sterbenden als Vormund ihrer Kinder und die Gerichte als Verwalter ihrer Konkurs- und Erbmassen keinen besseren Mann als Carsten Carstens an der Twiete, der jetzt unter dem Namen „Carsten Curator“ als ein unantastbarer Ehrenmann allgemein bekannt war.

Der kleine Handel freilich sank bei so vielen Vertrauensämtern, welche seine Zeit in Anspruch nahmen, zu einer Nebensache herab und lag fast nur in den Händen einer unverheirateten Schwester, welche mit ihm im elterlichen Hause zurückgeblieben war.

Im Übrigen war Carsten ein Mann von wenig Worten und kurzem Entschluss, und, wo er eine niedrige Absicht sich gegenüber fühlte, auch auf eigene Kosten unerbittlich. Als eines Tages ein sogenannter „Ochsengräser", der seit Jahren eine Fenne Landes, nach derzeitigen Verhältnissen zu billigem Zinse, von ihm in Heuer gehabt hatte, unter Beteuerungen versicherte, dass er für das nächste Jahr bei solchem Preise nicht bestehen könne, und endlich, als er damit kein Gehör fand, sich dennoch zu dem früheren und, da jetzt auch dieses Angebot zurückgewiesen wurde, sogar zu einem höheren Heuerzinse verstand, erklärte Carstens ihm, dass es keinesweges seine Sache sei, jemanden mit seiner Fenne in unbedachten Schaden zu bringen, und gab hierauf das Landstück zu dem alten Preise an einen Bürger, der ihn früher darum angegangen war.

Und dennoch hatte es einen Zeitraum in seinem Leben gegeben, wo man auch über ihn die Köpfe schüttelte. Nicht als ob er in den ihm anvertrauten Angelegenheiten etwas versehen hätte, sondern weil er in der Leitung seiner eigenen unsicher zu werden schien; aber der Tod, bei einer Gelegenheit, die er öfters wahrnimmt, hatte nach ein paar Jahren alles wieder ins Gleiche gebracht. – Es war während der Kontinentalsperre, in der hier so genannten Blockadezeit, wo die kleine Hafenstadt sich mit dänischen Offizieren und französischem Seevolk und andererseits mit mancher Art fremder Spekulanten gefüllt hatte, als einer der letzteren auf dem Boden seines Speichers erhängt gefunden wurde. Dass dies durch eigene Hand geschehen, war nicht anzuzweifeln, denn die Verhältnisse des Toten waren durch rasch folgende Verluste in Ruin geraten; der einzige Aktivbestand seines Nachlasses, so wurde gesagt, sei seine Tochter, die hübsche Juliane; aber bis jetzt hätten sich viele Beschauer und noch keine Käufer gefunden.

Schon am anderen Vormittag gelangte von dieser die Bitte an Carstens, sich der Regulierung ihrer Angelegenheiten zu unterziehen; aber er wies das Ansuchen kurz zurück: „Ich will mit den Leuten nichts zu tun haben." Als indessen der alte Hafenarbeiter, der dasselbe überbracht hatte, am Nachmittage wiederkam: „Seid nicht so hart, Carstens; es ist ja nur noch das Mädchen da; sie schreit, sie müsse sich ein Leides tun", da stand er rasch auf, nahm seinen Stock und folgte dem Boten in das Sterbehaus.

In der Mitte des Zimmers, wohinein ihn dieser führte, stand der offene Sarg mit dem Leichnam; daneben auf einem niedrigen Schemel, mit angezogenen Knien, saß halb angekleidet ein schönes Mädchen. Sie hatte einen schildpattenen Frisierkamm in der Hand und strich sich damit durch ihr schweres goldblondes Haar, das aufgelöst über ihren Rücken herabhing; dabei waren ihre Augen gerötet, und ihre Lippen zuckten von heftigem Weinen; ob aus Ratlosigkeit oder aus Trauer über ihren Vater, mochte schwer entscheidbar sein.

Als Carstens auf sie zuging, stand sie auf und empfing ihn mit Vorwürfen: „Sie wollen mir nicht helfen?“ rief sie; „und ich verstehe doch nichts von alledem. Was soll ich machen? Mein Vater hat viel Geld gehabt; aber es wird wohl nichts mehr da sein! Da liegt er nun; wollen Sie, dass ich auch so liegen soll?“

Sie setzte sich wieder auf ihren Schemel, und Carstens sah sie fast staunend an. „Sie sehen ja, Mamsell“, sagte er dann, „ich bin eben hier, um Ihnen zu helfen; wollen Sie mir die Bücher Ihres Vaters anvertrauen?“

„Bücher? Ich weiß nichts davon; aber ich will suchen.“ Sie ging in ein Nebenzimmer und kam bald wieder mit einem Schlüsselbund zurück. „Da“, sagte sie, indem sie es vor Carstens auf den Tisch legte; „Sie sollen ein guter Mann sein; machen Sie, was Sie wollen; ich kümmere mich nun um nichts.“

Carstens sah verwundert, wie anmutig es ihr ließ, da sie diese leichtfertigen Worte sprach; denn ein Aufatmen ging durch ihren ganzen Körper und ein Lächeln wie plötzlicher Sonnenschein über ihr hübsches Angesicht.

Und wie sie es gesagt hatte, so ward es: Carstens arbeitete, und sie kümmerte sich um nichts; wozu sie eigentlich ihre Zeit verbrauchte, konnte er nie erforschen. Aber die frischen roten Lippen lachten wieder, und der schwarze Traueranzug ward an ihr zum verführerischen Putze. Einmal, da er sie seufzen hörte, fragte er, ob sie Kummer habe; sie möge es ihm sagen. Sie sah ihn mit einem halben Lächeln an: „Ach, Herr Carstens“, sagte sie und seufzte noch einmal; „es ist so langweilig, dass man in den schwarzen Kleidern gar nicht tanzen darf!“ Dann, wie ein spiellustiges Kind, fragte sie ihn, was er meine, ob sie dieselben nicht bald, mindestens für einen Abend, einmal würde wechseln können; der Vater hab sie immer tanzen lassen, und nun sei er ja auch längstens schon begraben.

Als Carstens dem ungeachtet es verneinte, ging sie schmollend fort. Sie hatte längst gemerkt, dass sie ihn so für seine Sittenstrenge am besten strafen könne; denn während unter seiner Hand die Vermögensverwirrung des Toten sich wenigstens insoweit gelöst hatte, dass Gut und Schuld sich auszugleichen schienen, war er selbst in eine andere Verwirrung hineingeraten: die lachenden Augen der schönen Juliane hatten den vierzigjährigen

Mann betört. Was ihn sonst wohl stutzen gemacht hätte, erschien in dieser Zeit, wo der gleichmäßige Gang des bürgerlichen Lebens ganz zurückgedrängt war, weit weniger bedenklich, und da andererseits das der Arbeit ungewohnte Mädchen einen sicheren Unterschlupf den sie sonst erwartenden Mühseligkeiten vorzog, so kam trotz Schwester Brigittens Kopfschütteln zwischen diesen beiden ungleichen Menschen ein rasch geschlossener Ehebund zustande. Die Schwester freilich, die jetzt in der Wirtschaft nur um so unentbehrlicher war, hatte nichts als eine doppelte Arbeitslast dadurch empfangen; den Bruder aber erfüllte der plötzliche Besitz von so viel Jugend und Schönheit, worauf er nach seiner Meinung weder durch seine Person noch durch seine Jahre einen Anspruch hatte, mit einem überströmenden Dankgefühl, das ihn nur zu nachgiebig gegen die Wünsche seines jungen Weibes machte. So geschah es, dass man den sonst so stillen Mann bald auf allen Festlichkeiten finden konnte, mit denen die Stadt- und landfremden Offiziere bemüht waren, die Überfülle ihrer müßigen Stunden zu beseitigen; eine Geselligkeit, die nicht nur über seinen Stand und seine Mittel hinausging, sondern in die man ihn auch nur seines Weibes wegen hineinzog, während er selbst dabei eine unbeachtete und unbeholfene Rolle spielte.

Doch Juliane starb im ersten Kindbett. – „Wenn ich erst wieder tanzen kann!“ hatte sie während ihrer Schwangerschaft mehrmals geäußert; aber sie sollte niemals wieder tanzen, und somit war für Carsten die Gefahr beseitigt. Freilich auch zugleich das Glück; denn mochte sie auch kaum ihm angehört haben, wie sie vielleicht niemandem angehören konnte, und wie man sie auch schelten mochte, sie war es doch gewesen, die mit dem Licht der Schönheit in sein Werktagsleben hineingeleuchtet hatte; ein fremder Schmetterling, der über seinen Garten hinflog und dem seine Augen noch immer nachstarrten, nachdem er längst schon seinem Blick entschwunden war. Im Übrigen wurde Carstens wieder, und mehr noch, als er es zuvor gewesen, der verständige, ruhig abwägende Mann. Den von der Toten nachgelassenen Knaben, der sich bald als der körperliche und allmählich auch als der geistige Erbe seiner schönen Mutter herausstellte, erzog er mit einer seinem Herzen abgekämpften Strenge; dem gutmütigen, aber leicht verführbaren Liebling wurde keine verdiente Züchtigung erspart; nur wenn die schönen Kinderaugen, wie es in solchen Fällen stets geschah, mit einer Art ratlosen Entsetzens zu ihm aufblickten, musste der Vater sich Gewalt tun, um nicht den Knaben gleich wieder mit leidenschaftlicher Zärtlichkeit in seine Arme zu schließen.

Seit Julianens Tode waren über zwanzig Jahre vergangen. Heinrich – so hatte man nach seines Vaters Vater den Knaben getauft – war in die Schule und aus der Schule in die Kaufmannslehre gekommen; aber in seinem angeborenen Wesen hatte sich nichts Merkliches verändert. Seine Anstelligkeit ließ ihn sich leicht an jedem Platz zurechtfinden; aber auch ihm, wie einst seiner Mutter, stand es hübsch, wenn er den Kopf mit den lichtbraunen Locken zurückwarf und lachend seinen Kameraden zurief: „Muss gehen! Wir kümmern uns um nichts!“ Und in der Tat war dies der einzige Punkt, in dem er gewissenhaft sein Wort zu halten pflegte; er kümmerte sich um nichts oder doch nur um Dinge, um die er besser sich nicht gekümmert hätte.

Tante Brigitte weinte oftmals seinetwegen, und auch mit Carsten legte sich abends in seinem Alkovenbette etwas auf das Kissen, was ihm, er wusste nicht wie, den Schlaf verwehrte; und wenn er sich aufrichtete und sich besann, so sah er seinen Knaben vor sich, und ihm war, als sähe er mit Angst ihn größer werden.

Aber Heinrich blieb nicht das einzige Kind des Hauses. – Ein entfernter Verwandter, der mit Carstens durch gegenseitige Anhänglichkeit verbunden war, starb plötzlich mit Hinterlassung eines achtjährigen Mädchens; und da das Kind die Mutter bereits bei seiner Geburt verloren hatte, so wurde nach dem Wunsche des Verstorbenen Carstens nicht nur der Vormund der kleinen Anna, sondern sie kam auch völlig zu Kost und Pflege in sein Haus. Seine Treue gegen den Heimgegangenen aber bewies er insbesondere damit, dass er durch Leistung von Vorschüssen und derzeit nicht gefahrloser Bürgschaft für dessen Tochter derselben einen kleinen Landbesitz erhielt, der später unter verbesserten Zeitläuften zu erhöhtem Werte veräußert werden konnte.

Anna war einer andern Mutter nachgeartet als der um ein Jahr ältere Heinrich. Dieser, trotz des besten Willens, brachte es nie zustande, sowenig wie sein eigenes, so auch nur der Allernächsten Wohl und Wehe bei seinem Treiben zu bedenken; bei Anna dagegen – wie oft griff Tante Brigitte in die Tasche und gab ihr zur Schadloshaltung einen Dreiling und einen derben Schmatz dazu: „Du dumme Trine, hast dich denn richtig wieder selbst vergessen!“ Zu ihrem Bruder aber, wenn sie ihn erwischen konnte, sprach sie dann wohl: „Der Vetter Martin hat's doch gut mit uns gemeint; er hat uns seinen Segen nachgelassen!“

Bei aller Herzensgüte war das Wesen des Mädchens doch von einer frohen Sicherheit, und wenn Carstens auf seine mitunter ängstliche Erkundigung nach Heinrich von Brigitte die Antwort erhielt: „Er ist bei Anna; sie näht ihm Segel zu seinen Schiffen", oder: „Sie hat ihn sich geholt; er muss ihr die Kirschbaumnetze flicken helfen", dann nickte er und setzte sich beruhigt an seine Arbeit. – – Zur Zeit, wo wir diese Erzählung weiterführen, an einem Spätsommervormittage, war das Mädchen eben mündig geworden und stand, eine voll ausgewachsene blonde Jungfrau, mit ihrem grauhaarigen Vormunde auf dem Rathause vor dem Bürgermeister, um die infolgedessen nötigen Handlungen zu vollziehen.

„Ohm", hatte sie vor dem Eintritt in das Gerichtszimmer gesagt, „ich fürcht mich."

– „Du, Kind? Das ist nicht deine Art."

„Ja, Ohm; aber auf Herrendiele!"

Der alte hagere Mann, der dort ganz zu Hause war, hatte lächelnd auf das frische Mädchenantlitz geblickt, das mit heißen Wangen zu ihm aufsah, und, dann die Tür des Gerichtszimmers aufgedrückt.

Aber der Bürgermeister war ein alter jovialer Herr. „Mein liebes Kind", sagte er, mit Wohlgefallen sie betrachtend, „Sie wissen doch, dass Sie noch einmal wieder unmündig werden müssen; freilich nur, wenn Sie sich den goldenen Ring an den Finger stecken lassen! Mög dann Ihr Leben in ebenso getreue Hand kommen!"

Er warf einen herzlichen Blick zu Carstens hinüber. Dem Mädchen aber, obgleich ein leichtes Rot ihr hübsches Antlitz überflog, war bei diesem Lobe ihres Vormundes alle Befangenheit vergangen. Ruhig ließ sie sich den Bestand ihres Vermögens vorlegen und sah, wie man es von ihr verlangte, alles sorgfältig und verständig durch; dann aber sagte sie fast beklommen: „Achttausend Taler! Nein, Ohm, das geht nicht."

– „Was geht nicht, Kind?" fragte Carstens.

„Das da, Ohm, das mit den vielen Talern" – und sie richtete sich in ihrer ganzen jugendlichen Gestalt vor ihm auf – „was soll ich damit machen? Ihr habt mich das nicht lernen lassen; nein, Herr Bürgermeister, verzeiht, ich kann heute noch nicht mündig werden."

Da lachten die beiden Alten und meinten, das hülfe ihr nun nichts; mündig sei sie und mündig müsse sie für jetzt auch bleiben. Aber Carstens sagte: „Sei ruhig, Anna; ich werde dein Curator; bitte nur den Herrn Bürgermeister, dass er mich dazu bestelle."

– „Curator, Ohm? Ich weiß wohl, dass die Leute Euch so heißen."

„Ja, Kind; aber diesmal ist es so: du behältst mein und meiner alten Schwester Leib und Seele in deiner Obhut, und ich helfe dir wie bisher die bösen Taler tragen; so wird's wohl richtig sein."

„Amen", sagte der alte Bürgermeister; dann wurde die Quittung über richtige Verwaltung des Vermögens von Anna durch ihre saubere Namensunterschrift vollzogen.

Während sie und Carsten sich hierauf beurlaubten, hatte der Bürgermeister, wie von Geschäften aufatmend, einen Blick auf die Straße hinaus getan.

„O weh!" rief er; „Herr Makler Jaspers! Was mag der Stadtunheilsträger mir wieder aufzutischen haben!"

Carsten lächelte und fasste unwillkürlich die Hand seiner Pflegetochter.

Als die beiden draußen die breite Treppe ins Unterhaus hinabzusteigen begannen, stieg ein kleiner ältlicher Mann in einem braunen abgeschlissenen Rock dieselbe in die Höhe. Auf dem Treppenabsatz angelangt, stützte er sich keuchend auf sein schwankes Stöckchen und starrte aus kleinen grauen Augen zu den Herabsteigenden hinauf, indem er ein paarmal seinen hohen Zylinderhut über einer fuchsigen Perücke lüftete.

Carsten wollte mit einem kurzen „Guten Tag" vorbeipassieren; aber der andere streckte seinen Stock vor den beiden aus. „Oho, Freundchen!" – Und es war eine wirkliche Altweiberstimme, die aus dem kleinen faltigen Gesicht herauskrähte. – „So kommt Ihr mir nicht durch!"

„Der Bürgermeister wartet schon auf Euch", sagte Carsten und schob den Stock zur Seite.

„Der Bürgermeister?" Herr Jaspers lachte ganz vergnüglich. „Lasst ihn warten! Dieses Mal war's auf Euch abgesehen, Freundchen; ich wusste, dass Ihr hier herum zu haben waret."

„Auf mich, Jaspers?" wiederholte Carstens, und aus seiner Stimme klang eine Unsicherheit, die ihm sonst nicht eigen war. Wie schon seit lange bei allem Unerwarteten, das ihm angekündigt wurde, war der Gedanke an seinen Heinrich ihm durch den Kopf gefahren. Derselbe stand seit kurzem bei einem hiesigen Senator im Geschäft; aber der strenge alte Herr, mit dem Carstens selbst einst bei dessen Vater in der Kaufmannslehre gewesen war, hatte sich bis jetzt zufrieden gezeigt und nur einmal ein scharfes Wort über den jungen Menschen fallen lassen. Erst gestern, am Sonntag, war Heinrich von einer Geschäftsreise für seinen Prinzipal zurückgekehrt. Nein, nein; von Heinrich konnte Herr Jaspers nichts zu erzählen haben.

Dieser hatte indes mit offenem Munde zu dem weit größeren

Carstens aufgeblickt und voll augenscheinlichen Behagens dessen wechselnden Gesichtsausdruck beobachtet. „He, Freundchen!" rief er jetzt, und es klang eine einladende Munterkeit aus seiner Stimme. „Ihr wisst ja, 's kann immer noch schlimmer kommen; und wenn der Kopf auch weggeht, es bleibt doch immer noch ein Stummel sitzen."

„Was wollt Ihr von mir, Jaspers?" sagte Carstens düster. „Tut's nur hier gleich von Euch, so seid Ihr die Last ja los."

Doch Herr Jaspers zog ihn am Rockschoss zu sich herab. „Das sind nicht Dinge, von denen man hier im Rathaus spricht." Dann, sich zu dem Mädchen wendend, setzte er hinzu: „Die Mamsell Anna findet wohl allein den Weg nach Hause."

Und mit seiner haspeligen Hand, die immer nach etwas zu greifen schien, noch einmal den Zylinder lüftend, stapfte er geschäftig die Treppe wieder hinab.

Als sie aus dem Hause getreten waren, wies er mit seinem Stöckchen nach einer Nebengasse, an deren Ecke seine Wohnung lag. Anna blickte fragend ihren Vormund an; der aber winkte ihr schweigend mit der Hand und folgte wie unter lähmendem Bann dem „Stadtunheilsträger", der jetzt an seiner Seite eifrig die Straße hinaufstrebte.

In dem kleinen Hofe hinter dem Hause an der Twiete stand außer dem Kirschbaum, für den die Kinder einst die Netze flickten, an der Längsseite- eines schmalen Bleichplätzchens ein mächtiger Birnenbaum, der die Freude der Nachbarkinder und zugleich eine Art Familienheiligtum war, denn der Großvater des jetzigen Besitzers hatte ihn gepflanzt, der Vater selbst in seiner Lehrzeit ihn aus den in der Stadt beliebtesten Sorten mit drei verschiedenen Reisern gepfropft, die jetzt, zu vielverzweigten Ästen aufgewachsen, je nach der ihnen eigenen Zeit eine Fülle saftiger Früchte reiften. Was davon mit der Brunnenstange zu erreichen war, das pflegte freilich nicht ins Haus zu kommen; sonst hätten die Kinder bei Jungfer Anna nicht so freien Anlauf haben müssen. So aber, wenn von den nach Westen anliegenden Höfen aus die Nachbarn ein herzliches Mädchenlachen hörten, wussten sie auch schon, dass Anna an dem Baum zugange war und dass die junge Brut sich auf dem Rasen um die herabgeschlagenen Früchte balgte.

Auch jetzt, als sie vom Rathaus kommend ins Haus treten wollte, hatte Anna ein solches Nachbarspummelchen sich aufgesackt. Im Pesel, einem kühlen mit Fliesen ausgelegten Raume hinter dem Hausflur, legte sie Hut und Tuch ab und trat dann, das Kind rittlings vor sich auf den Armen haltend, durch die von hier nach dem Hofe führende Tür in den Schatten des mächtigen Baumes.

„Siehst du, Levke", sagte sie, „da oben liegt die Katz; die möchte auch die schöne gelbe Birne haben! Aber wart nur, ich will die Stange holen."

Als sie sich aber hierauf dem hinter der Hoftür des Hauses befindlichen Brunnen zuwandte, stieß sie einen Schrei aus und ließ das Kind fast hart zu Boden fallen. Auf der vermorschten Holzeinfassung, deren Erneuerung nur durch einen Zufall verzögert war, saß ihr Jugendgenosse, ihr Kindsgespiel, die Füße über der Tiefe hängend, den Kopf wie schon zum Sturze vorgebeugt.

Im selben Augenblicke aber war sie auch schon dort, hatte von hinten mit beiden Armen ihn umschlungen und zog ihn rückwärts, dass die morschen Bretter krachend unter ihm zusammenbrachen. Sie war in die Knie gesunken, während der blasse, fast weiblich hübsche Kopf des jungen Menschen noch an ihrer Brust ruhte.

Dieser rührte sich nicht; es war, als wenn er sich allem, was ihm geschähe, willenlos überlassen habe. Auch als das Mädchen endlich aufsprang, blieb er, ohne sie anzusehen, mit aufgestütztem Kopfe zwischen den Brettertrümmern liegen. Sie aber sah ihn fast zornig an, indem ein paar Tränen in ihre blauen Augen sprangen. „Was fehlt dir, Heinrich? Warum hast du mich so erschreckt? Weshalb bist du nicht auf deinem Kontor beim Senator?"

Da strich er sich das seidenweiche Haar aus der Stirn und sah sie müde an. „Zum Senator geh ich nicht wieder", sagte er. „Nicht wieder zum Senator?"

„Nein; denn ich habe nur noch zwei Wege; entweder hier in den Brunnen oder zum Büttel ins Gefängnis."

„Was sprichst du für dummes Zeug! Steh auf, Heinrich! Bist du toll geworden?"

Er stand gehorsam auf und ließ sich von ihr nach der kleinen Bank unter dem Birnbaum führen. – Aber da war noch das Kind, das mit verwunderten Augen dem allen zugesehen hatte. „Armes Ding", sagte Anna, „hast noch immer keine Birne! Da, kauf dir heute einen Dreilingskuchen!"

Und als das Kind mit der geschenkten Münze davongelaufen war, stand das Mädchen wieder vor dem jungen Menschen.

„Nun sprich!" sagte sie, während sie sich den dicken blonden Zopf wieder aufsteckte, der ihr vorhin in den Nacken gestürzt war. „Sprich rasch, bevor dein Vater wieder da ist!"

Mit fliegendem Atem harrte sie einer Antwort; aber er schwieg und sah zur Erde.

„Du kamst am Sonnabend von Flensburg!“ sagte sie dann. „Du hattest Geld für den Senator einzukassieren!“

Er nickte, ohne aufzublicken.

„Sag's nur! Ich kann's schon denken – du bist einmal wieder leichtsinnig gewesen; du hast das Geld umherliegen lassen, im Gastzimmer oder sonstwo! Und nun ist's fort!“

„Ja, es ist fort“, sagte er.

„Aber vielleicht ist es noch wiederzubekommen! Warum sprichst du nicht? So erzähl doch!“

„Nein, Anna – es ist nicht so verloren, wie du es meinst. Wir waren lustig; es wurde gespielt –“

„Verspielt, Heinrich? Verspielt?“ Die Tränen stürzten ihr aus den Augen, und sie warf sich an seine Brust, mit beiden Armen seinen Hals umschlingend.

Oben in der Krone des Baumes rauschte ein leiser Wind in den Blättern; sonst war nichts hörbar als dann und wann ein tiefes Schluchzen des Mädchens, in der alle kurz zuvor entwickelte Tätigkeit gebrochen schien.

Aber der junge Mensch selbst suchte sie jetzt mit sanfter Abwehr zu entfernen; die schöne Last, die das Mitleid ihm an die Brust geworfen hatte, schien ihn zu erdrücken. „Weine nicht so“, sagte er; „ich kann das nicht ertragen.“

Es hätte dieser Mahnung nicht bedurft; Anna war schon von selber aufgesprungen und suchte eilig ihre Tränen abzutrocknen. „Heinrich“, rief sie, „es ist schrecklich, dass du es getan hast; aber ich habe Geld, ich helfe dir!“

„Du, Anna?“

„Ja, ich! Ich bin ja mündig geworden. Sag nur, wieviel du dem Senator abzuliefern hast.“

„Es ist viel“, sagte er zögernd.

„Wieviel denn? Sprich nur rasch!“

Er nannte eine nicht eben kleine Summe.

„Nicht mehr? Gott sei Dank! Aber“ – und sie stockte, als sei ein neues Hindernis ihr aufgestiegen – „du hättest heute auf deinem Kontor sein sollen. Wenn er fragt, was willst du dem Senator sagen?“

Heinrich schüttelte sich die weichen Locken von der Stirn, und schon flog wieder der alte Ausdruck sorglosen Leichtsinns über sein Gesicht. „Dem Senator, Anna? Oh, der wird nicht fragen; und wenn auch, das lass meine Sorge sein.“

Sie blickte ihn ernsthaft an. „Siehst du; nun müssen wir auch schon lügen!“

„Nur ich, Anna; und ich versprech es dir, nicht mehr, als nötig ist. Und das Geld –"

„Ja, das Geld!"

„Ich verzins es dir, ich stelle dir einen Schuldschein aus; du sollst keinen Schaden bei mir leiden."

„Sprich nicht wieder so dummes Zeug, Heinrich. Bleib hier im Garten; wenn dein Vater kommt, werd ich ihn um die Summe bitten."

Er wollte etwas erwidern; aber sie war schon ins Haus zurückgegangen. Behutsam schlich sie an der Küche vorüber, wo heute Tante Brigitte für sie am Herd hantierte, und dann hinauf in ihre Kammer, um sich zunächst die verweinten Augen klar zu waschen.

Nicht viel jüngeren Datums als der alte Birnbaum waren Einrichtung und Gerät des schmalen Wohnzimmers, das mit seinen Ausbaufenstern nach dem Hafenplatz hinauslag. In dem Alkovenbette dort in der Tiefe desselben, dessen Glastüren über Tag geschlossen waren, hatten schon die Eltern des Hausherrn sich zum nächtlichen und nacheinander auch zum ewigen Schlafe hingelegt; schon derzeit, wie noch heute, stand in der Westecke des Ausbaues der lederbezogene Lehnstuhl, in dem nach beendigtem Einkauf die alten Kapitäne vor dem ihnen gegenübersitzenden Hausherrn ihr Gespinste abzuwickeln pflegten. Die Sachen waren dieselben geblieben; nur den Menschen hatten sich unmerklich andere untergeschoben; und während einst dem weiland Vater Carstens derlei Berichte aus fremden Welten nur einen Stoff zum behaglichen Weitererzählen geliefert hatten, regten sie in dem Sohne oft eine Kette von Gedanken an, für deren Verarbeitung er nur auf sich selber angewiesen war.

Auch der Tisch, der zwischen einem Stuhle und dem Ledersessel unter den Ausbaufenstern stand, hatte seinen alten Platz behauptet; nur waren die ausländischen Muscheln, welche jetzt auf demselben als Papierbeschwerer für allerlei Schriftwerk dienten, früher eine Zierde der seitwärts stehenden Schatulle gewesen; statt dessen hatte auf dieser der jetzige Besitzer ein kleines Regal errichten lassen, auf welchem außer einzelnen mathematischen Werken und den Chroniken von Stadt und Umgegend auch Bücher wie Lessings „Nathan" und Hippels „Lebensläufe in auf- und absteigender Linie" zu finden waren.

Ein Kanapee war nicht ins Zimmer gekommen; es wäre auch kein Platz dazu gewesen. Andererseits aber fehlte es nicht an einem ziemlich stattlichen Ahnenbilde, in dessen Anschauung der kleinbürgerliche Mann, wenn auch nicht in der französischen Formulierung „Noblesse oblige“, in schweren Stunden sein wankendes Gemüt zu stärken pflegte.

Es war dies freilich kein farbenbrennendes Ölbild, sondern ganz im Gegenteil nur eine mächtig große Silhouette, welche, in braun untermalten Glasleisten eingerahmt, an der westlichen Wand zunächst dem Ausbaue hing, so dass der Hausherr von seinem Arbeitstische aus die Augen darauf ruhen lassen konnte. Sein Vater, von dem freilich nicht viel mehr zu sagen ist, als dass er ein einfacher und sittenstrenger Mann gewesen, hatte es bald nach dem Tode seiner Ehefrau von einem durchreisenden Künstler anfertigen lassen; so zwar, dass es einen Abendspaziergang der nun halbverwaisten Familie darstellte. Voran ging der Vater selbst, wie jetzt der Sohn, eine hagere Gestalt, im Dreispitz und langem Rockelor, eine gebückte alte Frau, die Mutter der Verstorbenen, am Arme führend; dann kam ein hoher Baum von unbestimmter Gattung, sonst aber augenscheinlich auf den Spätherbst deutend; denn seine Äste waren fast entlaubt, und unter dem Glase der Schilderei klebten hier und dort kleine schwarze Fetzchen, die man mit einiger Phantasie als herabgewehte Blätter erkennen mochte. Dahinter folgte ein etwa vierjähriger Junge, gar munter mit geschwungener Peitsche auf einem Steckenpferde reitend; den Beschluss machten ein stakig aufgeschossenes Mädchen und ein anderer, etwa zehnjähriger Knabe mit einer tellerrunden Mütze, welche beiden, wie es schien, in bewundernder Betrachtung des munteren Steckenreiters, keinen Blick für die Anmut der Abendlandschaft übrig hatten. Und doch war hierzu just die rechte Stunde und solches auch in dem Bilde sinnig ausgeführt; denn während im Vordergrunde Baum und Menschen aus tiefschwarzem Papier geschnitten waren, zogen sich dahinter, abendliche Ferne andeutend, die Linien einer sanft gehobenen Ebene, aus dunkelm und dann aus lichtgrauem Löschpapier gebildet. Das übrige aber hatte die Malerei vollendet; hinter der letzten Ferne ergoss sich durch den ganzen Horizont ein mild leuchtendes Abendrot, das die Schatten der sämtlichen Spaziergänger nur um so schärfer hervortreten ließ; darüber in braunvioletter Dämmerung kam dann die Nacht herab.

Das lustige Reiterlein war bald nach Anfertigung des Bildes von den schwarzen Blattern hingerafft, und nur sein Steckenpferdchen hatte noch lange in dem Gehäuse der Wanduhr gestanden, die dem Bilde gegenüber noch jetzt wie damals mit gleichmäßigem Ticktack die fliegende Zeit zu messen suchte. Von den fünf Abendspaziergängern lebten nur noch die beiden älteren Geschwister, wie damals unter demselben Dache und, selbst während der kurzen Ehe des Bruders, ungetrennt. Manchmal, in stiller Abendstunde oder wenn ein Leid sie überfiel, hatten sie – sie wussten selbst kaum wie – sich vor dem Bilde Hand in Hand gefunden und sich der Eltern Tun und Wesen aus der Erinnerung wachgerufen. „Da sind wir übrigen denn noch beisammen", hatte der Vater gesagt, als er das Bild an demselben Stifte an die Wand hing, der es auch noch heute trug; „eure Mutter ist nicht mehr da, dafür ist nun das Abendrot am Himmel"; und dann nach einer Weile, nachdem er den Kindern sein Antlitz abgewendet und einige starke Hammerschläge auf den Stift getan: „Auch von den Toten bleibt auf Erden noch ein Schein zurück; und die Nachgelassenen sollen nicht vergessen, dass sie in seinem Lichte stehen, damit sie sich Hände und Antlitz rein erhalten."

Tante Brigitte, die als alte Jungfer von etwas seufzender Gemütsart war und es liebte, mit völliger Uneigennützigkeit Luftschlösser in die Vergangenheit hineinzubauen, pflegte nach solchen Erinnerungen, auf den Schatten des kleinen Steckenreiters deutend, wohl hinzuzusetzen:

„Ja, Carsten, wenn nur unser Bruder Peter noch am Leben wäre! Meinst du nicht auch, dass er von uns dreien doch der Klügste war?" Und das Gespräch der Geschwister mochte dann etwa folgenden Verlauf nehmen.

„Wie meinst du das, Brigitte?" entgegenredete der Bruder. „Er starb ja schon in seinem fünften Jahre."

„Freilich starb er leiderdessen, Carsten; aber du weisst doch, wie unsere große gelbbunte Henne immer ihre Eier hinter dem Aschberg weglegte! Er war erst vier Jahre alt, aber er war schon klüger als die Henne; er ließ sie erst ihre Eier legen, und dann eines schönen Morgens brachte er sein ganzes Schürzchen voll mir in die Küche. Ach, Carsten, des Senators Vater hatte ja zu ihm Gevatter gestanden; er würde gewiss auf die Lateinische Schule gekommen sein und nicht, wie du, bloß beim Rechenmeisten."

Und der lebende Bruder ließ sich eine solche Bevorzugung des früh Verstorbenen allzeit gern gefallen. – –

Das Zimmer mit seinem alten Geräte und seinen alten Erinnerungen war noch immer leer, obgleich nur die vor dem Hause stehende Lindenreihe die Strahlen der schon hochgestiegenen Mittagssonne abhielt. Der weiße Seesand, womit Anna vor ihrem Gange nach dem Rathause die Dielen bestreut hatte, zeigte noch fast keine Fußspur, und die alte Wanduhr tickte in der Einsamkeit so laut, als wolle sie ihren Herrn an die gewohnte Arbeit rufen. Da endlich schellte die Haustürglocke, und Anna, die oben harrend in ihrer Kammer saß, hörte den Schritt ihres Pflegevaters, der gleich darauf unten in dem Wohnzimmer verschwand. Noch eine kleine Weile, dann richtete sie sich zu raschem Entschluss auf, drückte noch ein paarmal mit einem feuchten Tuch auf ihre Augen und ging ins Unterhaus hinab.

Als sie das Wohnzimmer betrat, sah sie ihren Pflegevater noch mit Hut und Stock in der Hand stehen, fast als müsse er sich erst besinnen, was er in seinen eigenen Wänden jetzt beginnen solle. Eine Furcht befiel das Mädchen; es kam ihr vor, als sei er auf einmal unsäglich alt geworden. Gern wäre sie unbemerkt wieder fortgeschlichen; aber sie hatte ja keine Zeit zu verlieren.

„Ohm!" sagte sie leise.

Der Ton ihrer Stimme machte ihn fast zusammenschrecken; als er aber das Mädchen vor sich stehen sah, trat ein freundliches Licht in seine Augen. „Was willst du von mir, mein Kind?" sagte er milde.

„Ohm!" – Nur zögernd brachte sie es heraus. „Ich bin doch mündig; ich möchte etwas von meinem Vermögen haben; ich brauche es ganz notwendig."

„Jetzt schon, Anna? Das geht ja schnell."

„Nicht viel, Ohm; das heisst, ich habe ja noch so viel mehr; nur etwa hundert Taler."

Sie schwieg; und der alte Mann sah eine Weile stumm auf sie herab. „Und wozu wolltest du das viele Geld gebrauchen?" fragte er dann.

Ein flehender Blick traf ihn aus ihren Augen; sie murmelte etwas, das er nicht verstand.

Er fasste ihre Hand. „So sag es doch nur laut, mein Kind!"

„Ich wollte es nicht für mich", erwiderte sie zögernd. „Nicht für dich, für wen denn anders?"

Sie hob wie ein bittendes Kind beide Hände gegen ihn auf. „Lass mich's nicht sagen, Ohm! Oh, ich muss, ich muss es aber haben!"

„Und nicht für dich, Anna?" – Wie in plötzlichem Verständnis ließ er die Augen auf ihr ruhen. „Wenn du es für Heinrich wolltest – da sind wir beide schon zu spät gekommen."

„O nein, Ohm! O nein!" Und sie schlang ihre Arme um den Hals des alten Mannes.

„Doch, Kind! Was meinst du, dass Herr Jaspers mir anders zu erzählen hatte? Schon gestern war der Senator von allem unterrichtet."

„Aber wenn doch Heinrich ihm das Geld nun bringt?“

„Ich habe es ihm selber bringen wollen; aber er wollte weder mein Geld noch meinen Sohn. Und was das letzte anbelangt – ich konnte nichts dawider sagen.“

„Ach, Ohm, was wird mit ihm geschehen?“

„Mit ihm, Anna? Er wird mit Schande das ehrenwerte Haus verlassen.“

Als sie erschreckt das reine Antlitz zu dem ihres Pflegevaters emporhob, blickte ihr daraus ein Gram entgegen, wie sie ihn nie in einem Menschenangesichte noch gesehen hatte. „Ohm, Ohm!“ rief sie. „Was aber habt denn Ihr verbrochen?“ Und aus den jungfräulichen Augen brach ein so mütterliches Erbarmen, dass der alte Mann den grauen Kopf auf ihren Nacken senkte.

Dann aber, sich wieder aufrichtend und die Hand auf ihren blonden Scheitel legend, sprach er ruhig: „Ich, Anna, bin sein Vater. Geh nun und rufe mir meinen Sohn!“

Auch dieser Tag verging. Nach dem schweren Vormittag eine Mittags- und später ebenso eine Abendmahlzeit, bei der die Speisen, fast wie sie aufgetragen, wieder abgetragen wurden; dazwischen ein nicht enden wollender Nachmittag, währenddessen Heinrich, durch den überlegenen Willen des Vaters gezwungen, noch einmal zum Senator musste und von dem entlassen wurde. – Auch dieser Tag war endlich nun vergangen und die Nacht gekommen. Nur der Hausherr wanderte noch unten im Zimmer auf und ab; mitunter blieb er vor dem Bilde mit den Familienschatten stehen, bald aber strich er mit der Hand über die Stirn und setzte sein unruhiges Wandern fort. Dass Anna in raschem jugendlichem Entschlusse ebenfalls bei dem Senator gewesen war, davon hatte er ebensowenig etwas erfahren, als dass dieser ihr gegenüber nur kaum, aber schließlich dennoch seine Unerbittlichkeit behauptet hatte.

Die kleine Schirmlampe, welche auf dem Arbeitstische brannte, beleuchtete zwei Briefe, der eine nach Kiel, der andere nach Hamburg adressiert; denn für Heinrich mussten auswärts neue Wege aufgesucht werden.

Carsten war ans Fenster getreten und blickte in die mondhelle Nacht hinaus; es war so still, dass er weit unten das Rinnenwasser in den Hafen strömen hörte, mitunter ein mattes Flattern in den Wimpeln der Halligschiffe. Jenseit des Hafens zog sich der Seedeich wie eine schimmernde Nebelbank; wie oft an der Hand seines Vaters war er als Knabe dort hinausgewandert, um ihre derzeit erworbene Fenne zu besichtigen!

Carsten wandte sich langsam um; dort lagen die beiden Briefe auf seinem Arbeitstische; er hatte ja jetzt selber einen Sohn.

In der Tiefe des Zimmers waren die Glastüren des Alkovens, wie jeden Abend, von Anna offengestellt, und die abgedeckten Kissen des darin stehenden Bettes schienen den an gute Bürgerszeit Gewöhnten einzuladen, dem überlangen Tag ein Ende zu machen. Er nahm auch seine große silberne Taschenuhr aus dem Gehäuse und zog sie auf. „Mitternacht!" sagte er, indem er in den Alkoven trat. Als er aber, wie er zu tun pflegte, die Uhr am Bettpfosten aufhängen wollte, hatte die stählerne Kette sich in einen goldnen Ring verhäkelt, den er am kleinen Finger trug, dass dieser herabgerissen wurde und klirrend auf dem Boden fortrollte. Mit fast jugendlicher Raschheit bückte sich der alte Mann danach, und als der Ring wieder in seiner Hand war, trat er in das Zimmer zurück und hielt ihn sorgsam unter den Schirm der Lampe. Seine Augen schienen nicht loszukönnen von dem Weibernamen, der auf der innern Seite eingegraben war; aber aus seinem Munde brach ein Stöhnen, wie um Erlösung flehend.

Da hörte er auf dem Flur die Stiegen der Treppe krachen. Er machte eine hastige Bewegung, als wolle er den Ring an den Finger stecken, als eine Hand sich sanft auf seinen Arm legte. „Bruder Carsten", sagte seine alte Schwester, die in ihrem Nachtgewande zu ihm eingetreten war, „ich hörte dich hier unten wandern; willst du noch nicht zur Ruhe gehen?"

Er sah ihr wie erwägend in die Augen. „Es gibt Gedanken, Brigitte, die uns keine Ruhe gönnen, die immer wieder ins Gehirn steigen, weil sie nie herausgelassen werden."

Die alte Jungfrau blickte ihren Bruder völlig ratlos an. „Ach, Carsten", sagte sie, „ich bin eine alte einfältige Person! Wäre unser Bruder Peter nur am Leben geblieben; vielleicht wäre er jetzt unser Pastor und hätte unseren Heinrich getauft und konfirmiert; der hätte gewiss auch heute Rat gewusst."

„Vielleicht, Brigitte", erwiderte der Bruder sanft; „vielleicht auch hätten wir uns nicht so ganz verstanden; du aber lebst und bist meine alte treue Schwester."

„Ja, ja, Carsten, leider Gottes! Wir beide sind allein noch übrig."

Er hatte ihre Hand gefasst. „Brigitte", sagte er hastig, „sahst du, wie blass der Junge heute abend war, als er in seine Kammer hinaufging? Noch nimmer hat er seiner Mutter so geglichen; so sah Juliane in ihren letzten Tagen aus, als schon der Tod die irdischen Gedanken von ihr genommen hatte."

„Sprich nicht von ihr, Bruder; das tut dir jetzt nicht gut; sie ruht ja längst.“

„Längst, Brigitte; – aber nicht hier, hier nicht!“ Und er drückte die Hand, in der er noch den Ring umschlossen hielt, an seine Brust. „Es kommt mir alles immer wieder; am letzten Ostersonntag waren es grade dreiundzwanzig Jahre!“

„Am letzten Ostersonntage? Ja, ja, Bruder; ich weiß es nun wohl; ihr waret dazumal beide, wo ihr nimmer hättet sein sollen.“

„Schilt jetzt nicht, Schwester“, sagte Carsten; „du selber konntest nicht die Augen von ihr wenden, als du ihr damals die blaue Schärpe umgeknüpft hattest. Ich weiß jetzt wohl, dass sie nicht für mich ihr schönes Haar aufsteckte und die Atlasschuhe über ihre kleinen Füße zog; ich gehörte nicht in diese Gesellschaft vornehmer und ausgelassener Leute, wo sich niemand um mich kümmerte, am wenigsten mein eigenes Weib.

Nein, nein!“ rief er, da die Schwester ihn unterbrechen wollte. „Laß mich es endlich einmal sagen! – Siehst du, ich wollte zwar auch meinen Platz ausfüllen, ich tanzte ein paarmal mit meiner Frau; aber sie wurde mir immer von den Offizieren fortgeholt. Und wie anders tanzte sie mit diesen Menschen! Ihre Augen leuchteten vor Lust; sie ging von Hand zu Hand; ich fürchtete, sie würden mir mein Weib zu Tode tanzen. Sie aber konnte nicht genug bekommen und lachte nur dazu, wenn ich sie bat, dass sie sich schonen möchte. Ich ertrug das nicht länger und konnt es doch nicht ändern; darum setzte ich mich in die Nebenstube, wo die alten Herren an ihrem L'hombre saßen, und nagte an meinen Nägeln und an meinen eigenen Gedanken.

Du weisst, Brigitte, der französische Kaperkapitän, den die anderen den ‚schönen Teufel' nannten – wenn ich je zuweilen in den Saal hineinguckte, immer war sie mit ihm am Tanzen. Als es gegen drei Uhr und der Saal schon halb geleert war, stand sie neben ihm am Schenktisch, beide mit einem vollen Glas Champagner in der Hand. Ich sah, wie sie rasch atmete und wie seine Worte, die ich nicht verstehen konnte, einmal über das andere ein fliegendes Rot über ihr blasses Gesicht jagten; sie selber sagte nichts, sie stand nur stumm vor ihm; aber als beide jetzt das Glas an ihre Lippen hoben, sah ich, wie ihre Augen ineinandergingen. – Ich sah das alles wie ein Bild, als sei es hundert Meilen von mir; dann aber plötzlich überfiel es mich, dass jenes schöne Weib dort mir gehöre, dass sie mein Weib sei; und dann trat ich zu ihnen und zwang sie, mit mir nach Hause zu gehen.“

Carsten stockte, als habe er die Grenze seiner Erzählung erreicht; seine Brust hob sich mühsam, sein hageres Gesicht war gerötet. Aber er war noch nicht zu Ende; nur blickte er nicht wie vorhin zur Schwester hinab, er sprach über ihren Kopf weg in die leere Luft.

„Und als wir dann in unserer Kammer waren, als sie mir keinen Blick gönnte, sondern wie zornig Gürtel und Mieder von sich warf, und als sie dann mit einem Ruck den Kamm aus ihren Haaren riss, dass es wie eine goldene Flut über ihre Hüften stürzte – es ist nicht immer, wie es sein sollte, Schwester – denn was mich hätte von ihr stoßen sollen – ich glaub fast, dass es mich nur mehr betörte."

Die Schwester legte sanft die Hand auf seinen Arm. „Lass das Gespenst in seiner Gruft, Bruder; lass sie, sie gehörte nicht zu uns."

Er achtete nicht darauf. „So" – sprach er weiter – „hatte ich nimmer sie gesehen; nicht in unserer kurzen Ehe und auch im Brautstande nicht. Aber es war nicht die Schönheit, die unser Herrgott ihr gegeben hatte, es war die böse Lust, die sie so schön machte, die noch in ihren Augen spielte. – Und so wie an jenem Abend und in jener Nacht war es noch viele Male, viele Wochen und Monde, bis nur ein halbes Jahr vor ihrem Tode übrig war; – als alle diese Fremden unsere Stadt verließen."

„Bruder Carsten", sagte Brigitte wieder, „hast du nicht neues Leid genug? Wenn du schwach warst gegen dein Weib, weil du sie lieber hattest, als dir gut war – es ist schon bald ein Menschenleben darüber hin; was quälst du dich noch jetzt damit!"

„Jetzt, Brigitte? Ja, warum sprech ich denn dies alles jetzt zu dir? – War sie mein Eheweib in jener Zeit, wo ihre Sinne von leichtfertigen Gedanken taumelten, die nichts mit mir gemein hatten? – Und doch – aus dieser Ehe wurde jener arme Junge dort geboren. Meinst du" – und er bückte sich hinab zum Ohr der Schwester –, „dass die Stunde gleich sei, in der unter des allweisen Gottes Zulassung ein Menschenleben aus dem Nichts hervorgeht? – Ich sage dir, ein jeder Mensch bringt sein Leben fertig mit sich auf die Welt; und alle, in die Jahrhunderte hinauf, die nur einen Tropfen zu seinem Blute gaben, haben ihren Teil daran."

Draußen vom Kirchturm schlug es eins. „Stell es dem lieben Gott anheim, Bruder", sagte Brigitte; „ich versteh das nicht, was aus deinen Büchern dir im Kopf herumgeht; ich weiß nur, dass der Junge, leider Gottes, nach der Mutter eingeschlagen ist."

Carsten fühlte wohl, dass er eigentlich nur mit sich selbst gesprochen habe und dass er nach wie vor mit sich allein sei. „Geh schlafen, meine gute alte Schwester", sagte er und drängte sie sanft auf den Flur hinaus; „ich will es auch versuchen."

Auf der untersten Treppenstiege, wo Brigitte es zuvor gelassen hatte, brannte ein Licht mit langer Schnuppe. Sie blickte noch einmal mit fest geschlossenen Lippen und gefalteten Händen den Bruder an; dann nickte sie ihm zu und ging mit dem Lichte in das Oberhaus hinauf.

Aber Carsten dachte nicht an Schlaf; nur allein hatte er wieder sein wollen. Noch einmal nahm er den kleinen Ring und hielt ihn vor sich; durch den engen Rahmen sah er, wie tief in der Vergangenheit, die Luftgestalt des schönen Weibes, deren außer ihm kein Mensch auf Erden noch gedachte. Ein seliges Selbstvergessen lag auf seinem Antlitz; dann aber zuckte plötzlich ein Schmerz darüber hin: sie schien so gar verlassen ihm dort unten. – Als er sich aufrichtete, steckte er den Ring an seinen Finger; und es geschah das mit einer feierlichen Innigkeit, als wolle er die Tote sich noch einmal, und fester als zuvor im Leben, anvermählen; so wie sie einst gewesen war, in ihrer Schönheit und in ihrer Schwäche und mit der kargen Liebe, die sie einst für ihn gehegt hatte. Dann schritt er zur Tür und horchte auf den Flur hinaus; als alles ruhig blieb, ging er zur Treppe und stieg behutsam zur Kammer seines Sohnes hinauf. Er fand den jungen Menschen ruhig atmend und in tiefem Schlafe, obgleich der Mond sein volles Licht über das unter dem Fenster stehende Bett ausgoss. Bei dem gelockten lichtbraunen Haar, das sich seidenweich an die Schläfen legte, hätte man das hübsche blasse Antlitz des Schlafenden für das eines Weibes halten können.

Carsten war dicht herangetreten; ein leises Zittern lief durch seinen Körper. „Juliane!“ sagte er. „Dein Sohn! Auch er wird mir das Herz zerreißen!“ Und gleich darauf: „Mein Herr und Gott, ich will ja leiden für mein Kind, nur lass ihn nicht verlorengehen!“

Bei diesen unwillkürlich laut gesprochenen Worten schlug der Schlafende die Augen auf; seine Seele aber mochte schlummernd in den Schrecknissen des vergangenen Tages fortgeträumt haben; denn als er plötzlich in der Nacht die brennenden Augen und den zitternd über ihn erhobenen Arm des alten Mannes erblickte, stieß er einen Schrei aus, als ob er den Todesstoß von seines Vaters Hand erwarte; dann aber streckte er flehend beide Arme zu ihm auf.

Und mit einem Laut, als müsse es ihm die Brust zersprengen: „Mein Kind, mein einziges Kind!“ brach der Vater an dem Bette des verbrecherischen Sohns zusammen.

Durch einen Freund in Hamburg hatte Carstens es möglich gemacht, seinen Sohn dort in einem kleineren Geschäfte unterzubringen. Indessen war trotz der Achtung, der er sich erfreute, dies Ereignis seines Hauses schonungslos genug in der kleinen Stadt besprochen, freilich bei dieser Gelegenheit auch das Gedächtnis der armen Juliane nicht eben sanft aus ihrer Gruft hervorgeholt worden. Nur Carsten selbst erfuhr nichts davon. Als er eines Tages aus einem befreundeten Bürgerhause auffallend gedrückt nach Haus gekommen war, fragte Brigitte ihn besorgt: „Was ist dir, Carsten? Du hast doch nichts Schlimmes über unseren Heinrich gehört?“ – „Schlimmes?“ erwiderte der Bruder; „o nein, Brigitte; man hat, seit er fort ist, auch nicht einmal seinen Namen gegen mich genannt.“ – Und mit gesenktem Haupte ging er an seinen Arbeitstisch.

Briefe von Heinrich kamen selten, und oftmals forderten sie Geld, da mit dem geringen Gehalte sich dort nicht auskommen lasse. – Sonst ging das Leben seinen stillen Gang; der alte Birnbaum im Hofe hatte wieder einmal geblüht und dann zur rechten Zeit und zur Freude der Nachbarkinder seine Frucht getragen. Besonderes war nicht vorgefallen, wenn nicht, dass Anna den Heiratsantrag eines wohlstehenden jungen Bürgers abgelehnt hatte; sie war keine von den Naturen, die durch ihr Blut der Ehe zugetrieben werden: sie hatte ihre alten Pflegeeltern noch nicht verlassen wollen.

Als aber kurz vor Weihnachten Carstens seinem Sohne den plötzlich eingetroffenen Tod des Senators gemeldet hatte, erfolgte in einigen Tagen schon eine Antwort, worin Heinrich seinen Besuch zum Weihnachtabend ansagte. Eine Geldforderung enthielt der Brief nicht; nicht einmal die Reisekosten hatte er sich ausgebeten.

Es war doch eine Freudenbotschaft, die sofort im Hause verkündigt wurde. Und wie eine glückliche Unruhe kam es über alle, da nun das Fest heranrückte; die Händedrücke, die Carsten im Vorbeigehen mit seiner alten Schwester zu wechseln pflegte, wurden inniger; mitunter haschte er sich die geschäftige Pflegetochter, hielt sie einen Augenblick an beiden Händen und sah ihr zärtlich in die heiteren Augen.

Endlich war der Nachmittag des Heiligen Abends herangekommen. Im Hause hatte eine erwartungsvolle Tätigkeit gewaltet; doch bald schien alles zum Empfange des Christkinds und des Gastes vorbereitet. Vom Arbeitstische, der heute von allen Rechnungs- und Kontobüchern entlastet war, blinkte auf schneeweißem Damast das Teegeschirr mit goldenen Sternchen, während daneben die frischgebackenen Weihnachtskuchen dufteten.

Der Tür gegenüber auf der Kommode war Heinrichs Bescherung von den Frauen ausgebreitet: ein Dutzend Strümpfe aus feinster Zephirwolle, woran die sorgsame Tante das ganze Jahr gestrickt hatte; daneben von Annas sauberen Händen eine reichgestickte Atlasweste und eine grünseidene Börse, durch deren Maschen die von Carsten gespendeten Dukaten blinkten. Dieser selbst ging eben in den Keller, um aus seinem bescheidenen Vorrat zwei ganz besondere Flaschen heraufzuholen, die er vor Zeiten von einem dankbaren Schutzbefohlenen zum Geschenk erhalten hatte; es sollte heute einmal nichts gespart werden.

Statt seiner trat Tante Brigitte herein, zwei blankpolierte Leuchter in den Händen, auf denen schneeweiße russische Lichter in ebenso weißen Papiermanschetten steckten, denn schon war die Dämmerung des Heiligen Abends hereingebrochen; draußen zogen schon die Scharen der kleinen Weihnachtsbettler, und ihr Gesang tönte durch die Straßen: „Vom Himmel hoch, da komm ich her."

Als Carsten wieder eintrat, brannten auch die Lichter schon; die Stube sah ganz festlich aus. Die alten Geschwister wandten die Gesichter gegeneinander und blickten sich herzlich an. „Es wird auch Zeit, Carsten!" sagte Brigitte; „die Post pflegt immer schon um vier zu kommen."

Carsten nickte, und nachdem er noch eilig seine Flaschen hinter dem warmen Ofen aufgepflanzt hatte, langte er mit zitternder Hand seinen Hut vom Türhaken.

„Soll ich nicht mit Euch, Ohm?" rief Anna; „hier ist für mich nichts mehr zu tun."

– „Nein, nein, mein Kind; das muss ich ganz allein." Mit diesen Worten nahm er sein Bambusrohr aus dem Uhrgehäuse und ging hinaus.

Das Postgebäude lag derzeit hoch oben in der Norderstraße; aber es war völlig windstill, ein leichter Frostschnee sank ebenmäßig herab. Carsten schritt rüstig vorwärts, ohne rechts oder links zu sehen; als er jedoch fast sein Ziel erreicht hatte, hörte er sich plötzlich angerufen: „He, Freundchen, Freundchen, nehmt mich mit!" Und Herrn Jaspers' selbst in der Dunkelheit nicht zu verkennende Gestalt schritt aus einer Nebenstraße, munter mit dem Schnupftuche winkend, auf ihn zu. „Merk's schon", sagte er, „Ihr wollt Euern Heinrich von der Post holen? Hab nur gehört, soll ein Staatskerl geworden sein, der junge Schwerenöter!"

„Aber", sagte Carsten, indem er längere Schritte machte, denen der andere, mit beiden Armen schaukelnd, nachzukommen strebte, „ich dächte, Jaspers, Ihr hättet niemanden zu erwarten!"

„Nein, Gott sei Dank, Carsten! Nein, niemanden! Aber – zum Henker, Ihr braucht nicht so zu rennen! – man muss doch sehen, was zum lieben Fest für Gäste kommen."

Sie waren an einer Straßenecke in der Nähe des Posthauses angelangt, wo sich bereits eine Anzahl Menschen angesammelt hatte, um die Ankunft der Post hier abzuwarten, als Herr Jaspers von einem vorübergehenden Amtsschreiber angerufen wurde.

„Hört Ihr nicht, Jaspers? Der Mann wünscht Euch zu sprechen", sagte Carsten, der eben aus der Tiefe der Straße das Rummeln eines schweren Wagens heraufkommen hörte.

Aber der andere stand wie gemauert. „Ei, Gott bewahre, Carsten! Lasst den Hasenfuß laufen! Ich bleibe bei Euch, Freundchen; wer weiß, was noch passieren kann! Ihr kennt doch die Geschichte von dem Flensburger Kandidaten, der seine Liebste aus der Kutsche heben wollte und dem ein schwarzer Negerjunge auf den Nacken sprang!"

„Ich kenne alle Eure Geschichten, Jaspers", erwiderte Carsten ungeduldig; „aber wenn Ihr's denn wissen wollt, ich wünsche meinen Sohn allein zu empfangen; ich brauche Euch nicht dabei!"

Herrn Jaspers' unerschütterliche Antwort wurde von Peitschenknall und dem schmetternden Klang eines Posthorns übertönt; und gleich darauf rollte auch der schwerfällige Wagen vor die Tür des Posthauses, in den matten Schein, den die darüber befindliche Laterne auf die leicht beschneite Straße hinauswarf. Dann sprang der Postillion vom Bock, vom Schirrmeister wurde die Wagentür aufgerissen, und die Leute drängten sich herzu, um die Fahrgäste aussteigen zu sehen.

Carsten war etwas zurück im Schatten der Mauer stehengeblieben. Da er von hoher Statur war, so konnte er auch von hier aus die in Mäntel und Pelze vermummten Gestalten, welche eine nach der anderen aus dem Wagenkasten auf die Straße traten, deutlich genug erkennen.

„Niemand mehr darin?" frug der Schirrmeister.

„Nein, nein!" tönte es von mehreren Seiten; und die Wagentür wurde zugeworfen.

Carsten umklammerte die Krücke seines Stockes und stützte sich darauf; sein Heinrich war nicht gekommen. – Er blickte wie abwesend auf die dampfenden Pferde, die auf dem Pflaster scharrten und klirrend ihre Messingbehänge schüttelten, und wollte sich endlich schon zum Gehen wenden, als er bemerkte, dass er hier nicht der einzige Getäuschte sei. Eine junge Dirne hatte sich an den Postillion herangemacht, der eben die Decken über seine Tiere warf, und schien ihn mit aufgeregten Fragen zu bedrängen. „Ja, ja, Mamsellchen“, hörte er diesen antworten, „es kann noch immer sein; es kommt noch eine Beichaise.“

„Noch eine Beichaise!“ Carsten wiederholte die Worte unwillkürlich; ein tiefer Atemzug entrang sich seiner Brust. Der Postillion war ihm bekannt; er hätte ihn fragen können: „Sitzt denn mein Heinrich mit darin?“ Aber er vermochte sich nicht vom Fleck zu rühren; mit geschlossenen Lippen stand er und sah bald darauf den Wagen fortfahren und blickte auf die leeren Geleise, die in dem Schnee erkennbar waren, auf welche leis und unaufhaltsam neuer Schnee herabsank und sie bald bedeckte.

Um ihn her war es ganz still geworden; selbst Herr Jaspers schien verschwunden; das Mädchen hatte sich schweigend neben ihn gestellt, die Arme in ihr Umschlagetuch gewickelt. Mitunter klingelte eine Türschelle, dann sangen die Kinderstimmen: „Vom Himmel hoch, da komm ich her!“ Die kleinen Weihnachtsbettler mit ihrem tröstlichen Verkündigungsliede zogen noch immer von Haus zu Haus.

Endlich kam es abermals die Straße herauf, näher und näher kam es, noch einmal knallte die Peitsche und schmetterte das Posthorn, und jetzt rollte die verheißene Beichaise in den Laternenschein des Posthauses hinein.

Und ehe die Pferde noch zum Stehen gebracht waren, sah Carsten die Gestalt eines hohen Mannes behende aus dem Wagen springen und gegen sich herankommen. „Heinrich!“ rief er und stürzte vorwärts, dass er fast gestrauchelt wäre; aber der Mann wandte sich zu dem Mädchen, die jetzt mit einem Freudenschrei an seinem Halse hing. „Ich dachte schon, du wärst nicht mehr gekommen!“ – „Ich? Nicht kommen, am Weihnachtabend? Oh!“

Carsten blickte den beiden nach, wie sie durch den fallenden Schnee Arm in Arm die Straße hinabgingen; als er sich umwandte, war auch der Platz vor dem Hause leer, wo vorhin die Chaise gehalten hatte. „Er ist nicht gekommen, er wird krank geworden sein“, sagte er halblaut zu sich selber.

Da legte sich eine breite Hand auf seinen Arm. „Oho, Freundchen!“ sprach dicht neben ihm Herrn Jaspers’ wohlbekannte Stimme, „dachte ich’s nicht, dass Ihr Euch Grillen fangen würdet! Krank, meint Ihr? Nein, Carsten, das lasst Euch den Heiligen Abend nicht verderben. Ihr wisst doch, in Hamburg gibt’s ganz andere Weihnachten für die jungen Bursche als in Eurem alten Urgroßvaterhause an der Twiete. Aber, seht Ihr, war’s nicht hübsch, dass ich Euch warten half? Da habt Ihr doch Gesellschaft auf dem Rückweg!“

Herrn Jaspers' Stimme hatte einen fast zärtlichen Ausdruck angenommen; aber Carsten hörte nicht darauf. Auch auf dem Rückwege ließ er Herrn Jaspers ungestört an seiner Seite traben; er war ein geduldiger Mann geworden.

Als er wieder in sein Haus trat, hörte er rasch die Stubentür von innen anziehen. „Noch einen Augenblick Geduld!" rief Annas helle Stimme; dann gleich darauf wurde die Tür weit aufgeschlagen, und die schlanke Mädchengestalt stand wie in einem Bilderrahmen auf der Schwelle. Sie schritt auch nicht hinaus, sie starrte regungslos auf ihren alten Pflegevater.

„Allein, Ohm?" fragte sie endlich.

„Allein, mein Kind."

Dann gingen beide zu Tante Brigitte in die festlich aufgeschmückte Stube, und die Frauen, während Carsten schweigend in dem Ledersessel daneben saß, erschöpften sich in immer neuen Mutmaßungen, was es nur gewesen sein könne, das ihnen alle Freude so zerstört habe, bis endlich der Abend vergangen war und sie still die Lichter löschten und die Geschenke wieder forträumten, welche sie kurz zuvor so geschäftig zusammengetragen hatten.

Auch die Weihnachtsfeiertage verflossen, ohne dass Heinrich selber oder ein Lebenszeichen von ihm erschienen wäre. Als auch der Neujahrsabend herankam und die langerwartete Poststunde wieder so vorüberging, hatten in dem alten Manne die Sorgen der letzten Tage sich zu einer fast erstickenden Angst gesteigert. Was konnte geschehen sein? Wenn Heinrich krank läge dort in der großen fremden Stadt! Die diesmal ruhigere Überlegung der Frauen vermochte ihn nicht zurückzuhalten, er musste selber hin und sehen. Vergebens stellten sie ihm die Beschwerlichkeit der langen Reise bei dem eingetretenen scharfen Frost vor Augen; er suchte sich das nötige Reisegeld zusammen und hieß Brigitte seinen Koffer packen; dann ging er in die Stadt, um sich zum anderen Morgen Fuhrwerk zu verschaffen.

Als er nach vielfachem Umherrennen erschöpft nach Hause kam, war ein Brief von Heinrich da; ein Versehen des Postboten hatte die Abgabe verspätet. Hastig riss er das Siegel auf; die Hände flogen ihm, dass er kaum seine Brille aus der Tasche ziehen konnte. Aber es war ein ganz munterer Brief; Herr Jaspers hatte recht gehabt: mit Heinrich war nichts Besonderes vorgefallen, er hatte nur gedacht, es sei doch richtiger, den Weihnachtsmarkt in Hamburg zu genießen und dann später nach Haus zu kommen, wenn erst im Hof der große Birnbaum blühe und sie miteinander auf den Deich hinausspazieren könnten; dann folgte die lustige Beschreibung verschiedener Feste und Schaustellungen; von den Kümmernissen, die er den Seinen zugefügt, schien ihm keine Ahnung gekommen zu sein.

Auch eine Nachschrift enthielt der Brief: er habe auf eigene Hand mit einem guten Freunde einige Geschäfte eingefädelt, die schon hübschen Gewinn abgeworfen hätten; er wisse jetzt, wo Geld zu holen sei, sie würden bald noch anderes von ihm hören. – Wie gewagt, nach mehr als einer Seite hin, diese Geschäftsverbindung sei, davon freilich war nichts geschrieben.

Carsten, da er alles einmal und noch einmal gelesen hatte, lehnte sich müde in seinen Stuhl zurück; der Name „Juliane“ drängte sich unwillkürlich über seine Lippen. Aber jedenfalls – Heinrich war gesund; es war nichts Schlimmes vorgefallen.

„Nun, Ohm?“ fragte Anna, die auf Mitteilung harrend mit Tante Brigitte vor ihm stand.

Er reichte ihnen den Brief. „Leset selbst“, sagte er, „vielleicht dass ich heute einmal besser schlafe! Und dann, Anna, bestelle mir den Fuhrmann ab, meine alten Beine können nun nicht mehr!“

Er sah fast glücklich aus bei diesen Worten; ein Ruhepunkt war eingetreten, und er wollte ihn redlich zu benutzen suchen.

Am anderen Morgen wurden die Weihnachtsgeschenke aus den Schubladen wieder hervorgeholt und, sorgsam in ein Kistchen verpackt, an Heinrich auf die Post gegeben; obenauf lag ein Brief von Anna, voll herzlichen Zuredens und voll ehrlicher Entrüstung. Als Antwort erhielt sie nach einigen Monaten ein Osterei von Zucker, aus welchem, da es sich öffnen ließ, eine goldene Vorstecknadel zum Vorschein kam; einige neckende Knittelverse, welche für die guten Lehren dankten, waren auf einem Papierstreifchen darumgewunden.

Wenn die goldene Nadel ein Ertrag der eingefädelten Geschäfte war, so blieb sie jedenfalls das einzige Zeichen, das davon nach Haus gelangte; in den spärlichen Briefen geschah derselben entweder gar nicht oder nur noch in allgemeinen Andeutungen Erwähnung.

Die Zeit rückte weiter, und nach den Ostern war jetzt der Nachmittag des Pfingstfestes herangekommen. Die Frauen befanden sich beide auf dem sonnigen Hausflur in emsiger Beschäftigung; Tante Brigitte hatte das Gardinenbrett des Ladenfensters vor sich auf dem Zahltisch liegen, bemüht, einen blütenweißen Vorhang daran festzunadeln; Anna, der eine Anzahl grüner Waldmeisterkränze über dem einen Arm hingen, suchte gegenüber an der frisch getünchten Wand nach Haken oder Nägeln, um daran den Festschmuck zu befestigen. Zwei der Kränze waren glücklich angebracht; bei dem dritten saß der Nagel doch zu hoch, als dass der ausgestreckte Arm des schlanken Mädchens ihn mit dem Kranz erreichen konnte.

„Kind, Kind!“ rief Tante Brigitte vom Ladentisch herüber; „du wirst ja kochheiß, so hol doch einen Schemel!“

„Nein, Tante, es muss!“ erwiderte Anna lachend und begann unter herzlichem Stöhnen ihre vergeblichen Anstrengungen zu erneuern.

Plötzlich wurde die Haustür aufgerissen, dass das Läuten der Schelle betäubend durch den Flur schallte; dazwischen rief eine jugendliche Männerstimme: „Mannshand oben!“ und zugleich war auch der Kranz aus Annas aufgestreckter Hand genommen und hing im selben Augenblicke oben an dem Nagel. Anna selbst sah sich in den Armen eines schönen Mannes mit gebräuntem Antlitz und stattlichem Backenbarte, dessen Kleidung den Großstädter nicht verkennen ließ. Aber schon hatte sie mit einer so kräftigen Bewegung ihn von sich gestoßen, dass er geradewegs auf Tante Brigitte zuflog, die vor ihrem Gardinenbrett beide Hände über dem Kopf zusammenschlug. Da brach der Misshandelte in ein lustiges Gelächter aus, das noch das Ausläuten der Türschelle übertönte.

„Heinrich, Heinrich! Du bist es!“ riefen die Frauen wie aus einem Munde.

„Nicht wahr, Tante Brigitte, das nennt man überraschen!“

„Junge“, sagte die Alte noch halb erzürnt; „in deinem modischen Rock steckt doch noch der alte Hans Dampf; wenn du dich ansagst, kann man sich zu Tode warten, und wenn du kommst, könnte man vor Schreck den Tod davon haben.“

„Nun, nun, Tante Brigitte, ihr sollt mich auch bald genug schon wieder loswerden; unsereiner hat nicht lange Zeit zu feiern.“

„Ei, Heinrich“, sagte die gute Tante, indem sie ihn mit sichtlicher Zufriedenheit betrachtete, „so sollte es nicht gemeint sein! Was du gesund aussiehst, Junge! Nun aber hilf auch mir noch ein paar Augenblicke mit deiner hübschen Leibeslänge!“

Mit einem Satz war Heinrich über den Ladentisch hinüber und stand gleich darauf auf der Fensterbank, das Gardinenbrett mit den daranhängenden weißen Fahnen in den Händen.

Als kurz darauf ein gemessenes Läuten der Türschelle die Ankunft des bisher abwesenden Hausherrn anzeigte, saß Heinrich bereits wohlversorgt im Zimmer vor dem Kaffeetische, den aufhorchenden Frauen die Wunder der Großstadt und seiner eigenen Tätigkeit verkündend. Gleich darauf stand er dem Vater gegenüber, und dieser ergriff seine beiden Hände und sah ihm mit verhaltenem Atem in die Augen. „Mein Sohn!“ sagte er endlich; und Heinrich fühlte, wie aus dem Körper des alten Mannes ein Zittern in den seinen überging.

Noch lange, als sie schon mit den andern am Tische saßen, hingen so die Blicke des Vaters an des Sohnes Antlitz, während dessen bald wieder in Fluss gekommene Reden fast unverstanden an seinem Ohr vorübergingen. Heinrich schien ihm äußerlich fast ein Fremder; die Ähnlichkeit mit Juliane war zurückgetreten, er sagte sich das mit schmerzlicher Befriedigung; die Zeit seines Fortganges aus der Vaterstadt, obgleich nur wenige Jahre seitdem vergangen waren, lag jetzt weit dahinter. Ein freudiger Gedanke erfüllte plötzlich das Herz des Vaters: was auch damals geschehen war, es war nur der Fehler eines in der Entwicklung begriffenen, noch knabenhaften Jünglings, wofür die Verantwortlichkeit dem jetzt vor ihm sitzenden Manne nicht mehr aufgebürdet werden konnte. Carsten faltete unwillkürlich seine Hände; als Annas Blicke sich zufällig auf ihn wandten, hörte auch sie nicht mehr auf Heinrichs Wunderdinge: ihr alter Ohm saß da, als ob er betete.

Später freilich, als Sohn und Vater sich allein gegenübersaßen, musste Heinrich auch diesem Rede stehen. Er war jetzt auf einer Geschäftsreise für seine Firma; am zweiten Festtag schon musste er weiter, dem Norden zu. Aus dem eleganten Taschenbuche, das Heinrich hervorzog, wurde Carsten in manche Einzelheiten eingeweiht, und er nickte zufrieden, da er den Sohn in wohlgeordneter Tätigkeit erblickte. Weniger deutlich waren die Mitteilungen, die Heinrich über seine auf eigene Hand betriebenen Geschäfte machte; er verstand es, über diese selbst mit leichter Andeutung fortzugehen und sich dagegen ausführlich über neue Unternehmungen auszulassen, die mit dem unzweifelhaften Gewinn der ersteren begonnen werden sollten. Carsten war in solchen Dingen nicht erfahren; aber wenn in Heinrichs wortreicher Darlegung die Projekte immer höher stiegen und das Gold aus immer reicheren Quellen floss, dann war es ihm mitunter, als blickten plötzlich wieder Julianens Züge aus des Sohnes Antlitz, und zugleich in Angst und Zärtlichkeit ergriff er dessen Hände, als könnte er ihn so auf festem Boden halten.

Dennoch, als sie am anderen Vormittage miteinander in der Kirche saßen, konnte er sich einer kleinen Genugtuung nicht erwehren, wenn über den Gesangbüchern in allen Bänken sich die Köpfe nach dem stattlichen jungen Mann herumwandten; ja, es war ihm fast leid, dass heute nicht auch Herr Jaspers aus seinem gewohnten Stuhl herüberpsalmodierte.

Am Nachmittage, während drinnen Carsten und Brigitte ihr Schläfchen hielten, saßen Heinrich und Anna draußen auf der Bank unter dem Birnbaume. Auch sie hielten Mittagsruhe, nur dass die jungen Augen nicht zufielen wie die alten drinnen; zwar sprachen sie nicht, aber sie hörten auf den Sommergesang der Bienen, der tönend aus dem mit Blüten überschneiten Baume zu ihnen herabklang. Bisweilen, und dann immer öfter, wandte Anna den Kopf und betrachtete verstohlen das Gesicht ihres Jugendgespielen, der mit seinem Spazierstöckchen den Namen einer berühmten Kunstreiterin in den Sand schrieb. Sie konnte sich noch immer nicht zurechtfinden; der bärtige Mann an ihrer Seite, dessen Stimme einen so ganz anderen Klang hatte, war das der Heinrich noch von ehedem? – Da flog ein Star vom Dach herab auf die Einfassung des Brunnens, blickte sie mit seinen blanken Augen an und begann mit geschwellter Kehle zu schnattern, als wollte er ihr ins Gedächtnis rufen, wer dort statt seiner einst gesessen habe. Anna öffnete die Augen weit und blickte hinauf nach einem Stückchen blauen Himmels, das durch die Zweige des Baumes sichtbar war; sie fürchtete den Schatten, der drunten aus der Brunnenecke in diesen goldenen Sommertag hineinzufallen drohte.

Aber auch Heinrichs Erinnerung war durch den geschwätzigen Vogel geweckt worden; nur sahen seine Augen keinerlei Schatten aus irgendeiner Ecke. „Was meinst du, Anna“, sagte er, mit seinem Stöckchen nach dem Brunnen zeigend; „glaubst du, dass ich damals wirklich in das dumme Ding hineingesprungen wäre?“

Sie erschrak fast über diese Worte. „Wenn ich es glauben müsste“, erwiderte sie, „so wärest du jedenfalls nicht wert gewesen, dass ich dich davon zurückgerissen hätte.“

Heinrich lachte. „Ihr Frauen seid schlechte Rechenmeister! Dann hättest du mich ja jedenfalls nur sitzen lassen können!“

„O Heinrich, sage lieber, dass so etwas nie – nie wieder geschehen könne!“

Statt der Antwort zog er seine kostbare goldene Uhr aus der Tasche und ließ diese und die Kette vor ihren Augen spielen. „Wir machen jetzt selbst Geschäfte“, sagte er dann; „nur noch einige Monate weiter, da werfe ich den Erben des Senators die paar lumpigen Taler vor die Füße; wollen sie's nicht aufheben, so mögen sie es bleibenlassen; denn freilich, bezahlt muss so was werden.“

„Sie werden es schon nehmen, wenn du es bescheiden bietest“, sagte Anna.

„Bescheiden?“ Er hatte sich vor ihr hingestellt und sah ihr ins Gesicht, das sie sitzend zu ihm erhoben hatte. „Nun, wenn du meinst“, setzte er wie gedankenlos hinzu, während seine Augen den Ausdruck aufmerksamer Betrachtung annahmen. „Weisst du wohl, Anna“, rief er plötzlich, „dass du eigentlich ein verflucht hübsches Mädchen bist!“

Die Worte hatten so sehr den Ton unwillkürlicher Bewunderung, dass Anna fast verlegen wurde. „Du hast dir wohl andere Augen aus Hamburg mitgebracht“, sagte sie.

„Freilich, Anna; ich verstehe mich jetzt darauf! Aber weisst du auch wohl, dass du nun bald dreiundzwanzig Jahre alt bist! Warum hast du immer noch keinen Mann?“

„Weil ich keinen wollte. Was sind das für Fragen, Heinrich!“

„Ich weiß wohl, was ich frage, Anna; heirate mich, dann bist du aus aller Verlegenheit.“

Sie sah ihn zornig an. „Das sind keine schönen Späße!“ „Und warum sollen es denn Späße sein?“ erwiderte er und suchte ihre Hand zu fassen.

Sie richtete sich fast zu gleicher Höhe vor ihm auf. „Nimmer, Heinrich, nimmer.“ Und als sie diese Worte, heftig mit dem Kopfe schüttelnd, ausgestoßen hatte, machte sie sich los und ging ins Haus zurück; aber sie war blutrot dabei geworden bis in ihr blondes Stirnhaar hinauf.

Die Geschäfte, von denen Heinrich sich goldene Berge versprochen hatte, mussten doch einen andern Erfolg gehabt haben. Kaum einen Monat nach seiner Abreise kamen Briefe aus Hamburg, von ihm selbst und auch von Dritten, deren Inhalt Carsten den Frauen zu verbergen wusste, der ihn aber veranlasste, sich bei seinem Gönner, dem sowohl im bürgerlichen als im peinlichen Rechte wohlerfahrenen alten Bürgermeister, eine vertrauliche Besprechung zu erbitten. Und schon am nächsten Abend im Ratsweinkeller raunte Herr Jaspers bei seinem Spitzglas Roten seinem Nachbar, dem Stadtwaagemeister, zu: der alte Carstens – der Narr mit seinem liederlichen Jungen – es sei aus guter Quelle, dass er vormittags mehrere seiner besten Hypothekverschreibungen mit einer hübschen Draufgabe gegen Bares umgesetzt habe. Der Stadtwaagemeister wusste schon noch mehr: das Geld, eine große Summe, war bereits am Nachmittage nach Hamburg auf die Post gegeben. Man kam überein, es müsse dort etwas geschehen sein, das rasche und unabweisbare Hülfe erfordert habe. „Hülfe!“ wiederholte Herr Jaspers, mit den dünnen Lippen behaglich den Rest seines Roten schlürfend; „Hans Christian wollte auch der Ratze helfen und füllte kochend Wasser in die Kesselfalle!“

Jedenfalls, wenn eine Gefahr vorhanden gewesen war, so schien sie für diesmal abgewendet; selbst Herr Jaspers konnte nichts Weiteres erkundschaften, und was an Gesprächen darüber in der kleinen Stadt gesummt hatte, verstummte allmählich. Nur an Carsten zeigte sich von dieser Zeit an eine auffallende Veränderung; seine noch immer hohe Gestalt schien plötzlich zusammengesunken, die ruhige Sicherheit seines Wesens war wie ausgelöscht; während er das eine Mal ersichtlich den Blicken der Menschen auszuweichen suchte, schien er ein andermal in ihnen fast ängstlich eine Zustimmung zu suchen, die er sonst nur in sich selbst gefunden hatte. Über mancherlei unbedeutende Dinge konnte er in jähem Schreck zusammenfahren; so, wenn unerwartet an seine Stubentür geklopft wurde oder wenn der Postbote abends zu ihm eintrat, ohne dass er ihn vom Fenster aus vorher gesehen hatte. Man hätte glauben können, der alte Carsten habe sich noch in seinen hohen Jahren ein böses Gewissen zugelegt.

Die Frauen sahen das; sie hatten auch wohl ihre eigenen Gedanken, im übrigen aber trug Carsten seine Last allein; nur sprach er mitunter sein Bedauern aus, dass er statt aller anderen Dinge nicht lieber seine ganze Kraft auf die Vergrößerung des ererbten Geschäftes gelegt habe, so dass Heinrich es jetzt übernehmen und in ihrer aller Nähe leben könnte. – Es stand nicht zum Besten in dem Hause an der Twiete; denn auch Tante Brigitte, deren sorgende Augen stets an ihrem Bruder hingen, kränkelte; nur aus Annas Augen leuchtete immer wieder die unbesiegbare Heiterkeit der Jugend.

Es war an einem heißen Septembernachmittag, als die Glocke an der Haustür läutete und gleich darauf Tante Brigitte aus der Küche, wo sie mit Anna beschäftigt war, auf den Flur hinaustrat. „In Christi Namen!“ rief sie, „da kommt der Stadtunheilsträger, wie der Herr Bürgermeister ihn nennt! Was will der von uns!“

„Fort mit Schaden!“ sagte Anna und klopfte mit dem Messer, das sie in der Hand hielt, unter den Tisch. „Nicht wahr, Tante, das hilft?“

Mittlerweile stand der Berufene schon vor der offenen Küchentür. „Ei, schönsten guten Tag miteinander!“ rief er mit seiner Altweiberstimme, indem er mit seinem blaukarierten Taschentuche sich die Schweisstropfen von den Haarspitzen seiner fuchsigen Perücke trocknete. „Nun, wie geht’s, wie geht’s? Freund Carstens zu Hause? Immer fleißig an der Arbeit?“

Aber bevor er noch eine Antwort bekommen konnte, hatte er die alte Jungfrau mit einem neugierigen Blick gemustert. „Ei, ei, Brigittchen, Ihr seht übel aus; Ihr habt verspielt, seit wir uns nicht gesehen."

Tante Brigitte nickte. „Freilich, es will nicht mehr so recht; aber der Physikus meint, jetzt bei dem schönen Wetter werd es besser werden."

Herr Jaspers ließ ein vergnügliches Lachen hören. „Ja, ja, Brigittchen, das meinte der Physikus auch bei der kleinen dänischen Marie im Kloster, als sie die Schwindsucht hatte. Ihr wisst, sie nannte ihr Stübchen immer,min lütje Paradies'" – er lachte wieder höchst vergnüglich – „aber sie musste doch fort aus dat lütje Paradies."

„Gott bewahr uns in Gnaden", rief Tante Brigitte, „Ihr alter Mensch könntet einem ja mit Euren Reden den Tod auf den Hals jagen!"

„Nun, nun, Brigittchen; alte Jungfern und Eschenstangen, die halten manche Jahre!"

„Jetzt aber macht, dass Ihr aus meiner Küche kommt, Herr Jaspers", sagte Brigitte; „mein Bruder wird Euch besser auf Eure Komplimente dienen."

Herr Jaspers retirierte; zugleich aber hob er sich die dampfende Perücke von seinem blanken Schädel und reichte sie auf einem Finger gegen Anna hin. „Jungfer", sagte er, „sei Sie doch so gut und hänge Sie mir derweile das Ding zum Trocknen auf Ihren Plankenzaun; aber pass Sie auch ein wenig auf, dass es die Katz nicht holt."

Anna lachte. „Nein, nein, Herr Jaspers; tragt Euer altes Scheusal nur selbst hinaus! Und unsere Katz, die frisst solch rote Ratzen nicht."

„So, so? Ihr seid ja ein naseweises Ding!" sagte der Stadtunheilsträger, besah sich einen Augenblick seinen abgehobenen Haarschmuck, trocknete ihn mit seinem blaukarierten Taschentuche, stülpte ihn wieder auf und verschwand gleich darauf in der Tür des Wohnzimmers.

Als Carsten, der bei seinen Rechnungsbüchern saß, Herrn Jaspers' vor Geschäftigkeit funkelnde Äuglein durch die Stubentür erscheinen sah, legte er mit einer hastigen Bewegung seine Feder hin. „Nun, Jaspers", sagte er, „was für Botschaft führt Ihr denn heute wiederum spazieren?"

„Freilich, freilich, Freundchen", erwiderte Herr Jaspers, „aber Ihr wisst ja, des einen Tod, des andern Brot!"

„Nun, so macht es kurz und schüttet Eure Taschen aus!"

Herr Jaspers schien den gespannten Blick nicht zu beachten, der aus den großen, tiefliegenden Augen auf sein kleines, faltenreiches Gesicht gerichtet war. „Geduld, Geduld, Freundchen!" sagte er und zog sich behaglich einen Stuhl herbei – „also: der kleine Krämer in der Süderstraße, wo die Ostenfelder immer ihre Notdurft holen –Ihr kennt ihn ja; das Kerlchen hatte immer eine blanke wohlgekämmte Haartolle; aber das hat ihm nichts geholfen, Carsten, nicht für einen Sechsling! Ich hoffe nicht, dass Ihr mit diesem kleinen Kiebitz irgendwo verwandt seid."

„Ihr meint durch meinen Geldbeutel? Nein, nein, Jaspers; aber was ist mit dem? Es war bei seinen Eltern eine gute Brotstelle."

„Allerdings, Carsten; aber eine gute Brotstelle und ein dummer Kerl, die bleiben doch nicht lang zusammen; er muss verkaufen. Ich hab's in Händen; viertausend Taler Anzahlung, fünftausend protokollierte Schulden gehen in den Kauf. – Nun? Guckt Ihr mich an? – Aber ich dachte gleich, das wäre so etwas für Euren Heinrich, wie es Euch nicht alle Tage in die Hände läuft!"

Carsten hörte das; er wagte nicht zu antworten; unruhig schob er die Papiere, die vor ihm lagen, durcheinander. Dann aber sagte er, und die Worte schienen ihm schwer zu werden: „Das geht noch nicht; mein Heinrich muss erst noch älter werden!"

„Älter werden?" Herr Jaspers lachte wieder höchst vergnüglich. „Das meinte auch unser Pastor von seinem Jungen; aber, Freundchen, was zu einem Esel geboren ist, wird sein Tage nicht kein Pferd."

Carsten spürte starken Drang, gegen seinen Gast sein Hausrecht zu gebrauchen; aber er fürchtete unbewusst, die Sache selber mit zur Tür hinauszuwerfen.

„Nein, nein, Freundchen", fuhr der andere unbeirrt fort; „ich weiß Euch besseren Rat: eine Frau müsst Ihr dem Heinrich schaffen, versteht mich, eine fixe; und eine, die auch noch so ein paar Tausende in bonis hat! Nun" – und er machte mit seiner Fuchsperücke eine Bewegung nach der Gegend der Küche hin – „Ihr habt ja alles nahebei."

Carsten sagte fast mechanisch: „Was Ihr Euch doch um anderer Leute Kinder für Sorgen macht!"

Aber Herr Jaspers war aufgestanden und sah mit einem schlauen Blick auf den Sitzenden hinab. „Überlegt's Euch, Freundchen, ich muss noch auf die Kämmerei; bis morgen halt ich Euch die Sache offen."

Er war bei diesen Worten schon zur Tür hinaus. Carsten blieb mit aufgestütztem Kopf an seinem Tische sitzen; er sah es nicht, wie gleich darauf, während Herrn Jaspers' hoher Zylinder sich draußen an den Fenstern vorüberschob, die kleinen zudringlichen Augen noch einen scharfen Blick ins Zimmer warfen.

Die Vorschläge des „Stadtunheilsträgers" schienen dennoch nachgewirkt zu haben. – Das war es ja, wonach Carsten sich so lange umgesehen; das zu Kauf gestellte, jetzt zwar herabgekommene Geschäft konnte bei guter Führung und ohne zu hohe Zinsenlast als eine sichere Versorgung gelten. Hier am Orte konnte der Vater selbst ein Auge darauf halten, und Heinrich würde allmählich auf sich selber stehen lernen. Carsten fasste sich ein Herz; mit zitternder Hand holte er noch einmal aus seinem Schreibpult jene Hamburger Briefe, die ihm vor nicht langer Zeit den größten Teil seines kleinen Vermögens gekostet hatten, und las sie, einen nach dem andern, sorgsam durch. Dem letzten lag ein quittierter Wechsel bei; der Name unter dem Akzept war mit vielen Strichen unleserlich gemacht.

Wie oft hatte er jene Briefe nicht schon durchgesehen, um immer aufs neue sich zu überzeugen, dass alles geordnet sei, dass für die Zukunft kein Unheil mehr daraus entstehen könne! Aber sie sollten endlich nun vernichtet werden. Er zerriss sie in kleine Fetzen und warf sie in den Ofen, wo dann das erste Winterfeuer sie ganz verzehren mochte.

Als halbe er heimlich eine böse Tat begangen, so leise drückte er die Tür des Ofens wieder zu. Dann stand er lange noch vor seinem offenen Pulte, den Schlüssel in der Hand; er atmete mühsam, und sein grauer Kopf sank immer tiefer auf die Brust. Aber dennoch – und immer wieder stand ihm das vor Augen – wozu die Verhältnisse der Großstadt den schwachen Sohn verführt hatten, hier in der kleinen Stadt war das unmöglich! Wenn er ihn nur bald, nur gleich zur Stelle hätte! Eine fieberhafte Angst befiel ihn, sein Sohn könne eben jetzt, im letzten Augenblick, wo doch vielleicht der sichere Hafen ihm bereitstehe, noch einmal sich in jenen Strudel wagen.

Das Pult zwar wurde endlich abgeschlossen; aber wohl eine Stunde lang ging der sonst nie müßige Mann wie zwecklos in Haus und Hof umher, sprach bald mit den Frauen ein Wort über Dinge, um die er sich nie zu kümmern pflegte, bald ging er durch den Pesel in den Hof, um die seit lange hergestellte Brunneneinfassung zu besichtigen. Von hier zurückkommend, öffnete er eine Tür, die aus dem Pesel in einen Seitenbau und in dessen oberem Stockwerk zu Julianens Sterbekammer führte. Die schmale, seit Jahren nicht gebrauchte Treppe krachte unter seinen Tritten, als führe die alte Zeit aus ihrem Schlafe auf. Droben in der Kammer, unter dem Fenster, das auf die düstere Twiete ging, stand ein leeres, von Würmern halb zerstörtes Bettgestell. Carsten zog den einzigen Stuhl heran und blieb hier sitzen. Vor seinen Augen füllten sich die nackten Bretter; aus weißen Kissen sah ein blasses Antlitz, zwei brechende Augen blickten ihn an, als wollten sie ihm jetzt verheißen, was zu gewähren doch zu spät war.

Erst spät am Nachmittage saß Carsten wieder an seinem Arbeitstisch. Doch waren es nicht die gewohnten Dinge, die er heute vornahm; eine Kuratelrechnung, obwohl sie morgen zur Konkurssache eingereicht werden sollte, war beiseite geschoben und dagegen ein kleines Buch aus dem Pult genommen, das den Nachweis des eigenen Vermögensstandes enthielt; die großen dunkeln Augen irrten unstet über die aufgeschlagenen Paginas. Der Alte seufzte; über die besten Nummern war ein roter Strich gezogen. Dennoch begann er sorgsam seinen Status aufzustellen: was gegenwärtig an Mitteln noch vorhanden war, worauf er in Zukunft noch zu rechnen hatte. Da es nicht reichen wollte, kalkulierte er überdies den Wert seiner kleinen Marschfenne, die er bisher noch immer festgehalten hatte; aber die Landpreise waren in jener Zeit nur unerheblich. Er dachte daran, zu seinen übrigen Arbeiten noch ein städtisches Amt zu übernehmen, das man ihm neulich angeboten, das er aber seiner geschwächten Gesundheit halber nicht anzunehmen gewagt hatte; nun meinte er, er sei zu zag gewesen; gleich morgen wolle er sich zu der noch immer unbesetzten Stelle melden. Und aufs neue machte er seine Berechnung; aber das gehoffte Resultat wollte nicht erscheinen. Er legte die Feder hin und wischte sich den Schweiß aus seinen grauen Haaren.

Da klang ihm vor den Ohren, was Herr Jaspers ihm geraten hatte, und seine Gedanken begannen in den wohlhabenden Bürgerhäusern herumzuwandern. Freilich, es waren schon Mädchen dort zu finden, wirtschaftlich und sittsam, und einzelne – so dachte er – wohl fest genug, um einen schwachen Mann zu stützen; aber würde er für seinen Heinrich dort anzuklopfen wagen?

Während er sich selbst zur Antwort langsam seinen Kopf schüttelte, trat Anna in der ganzen heiteren Entschlossenheit ihres Wesens in die Stube; wie ein Aufleuchten flog es über seine Augen, und unwillkürlich streckte er beide Arme nach ihr aus.

Anna sah ihn befremdet an. „Wolltet Ihr was, Carsten Ohm?" fragte sie freundlich.

Carsten ließ die Arme sinken. „Nein, Kind", sagte er fast beschämt, „ich wollte nichts; lass dich nicht stören; du wolltest wohl zum Vesperbrote anrichten."

Er nahm wieder die Feder; als wolle er in der vor ihm liegenden Berechnung fortfahren; aber seine Augen blieben an dem Mädchen hängen, während diese den Klapptisch von der Wand ins Zimmer rückte und dann, kaum hörbar, mit ihrer sicheren Hand die Dinge zum gewohnten Abendtee zurechtsetzte. Ein Bild der Zukunft stieg in seiner Seele auf, vor dem er alle seine Sorgen niederlegte. – – Aber nein, nein; er hatte immer treu für dieses Kind gesorgt! Ja, wenn das letzte nicht geschehen wäre!

Er war aufgestanden und vor sein bescheidenes Familienbild getreten. Als er es ansah, schien ihm das gemalte Abendrot zu flammen, und die Schattengestalten begannen einen Körper anzunehmen. Er nickte ihnen zu; ja, ja, das war sein Vater, seine Großmutter; das waren ehrliche Leute, die da spazierengingen!

– – Als bald darauf dic Hausgenossen beim Abendbrot zusammensaßen, forschten Brigittens schwesterliche Augen immer eindringlicher in des Bruders Antlitz, das den Ausdruck der Verstörung nicht verhehlen konnte. „Tu's von dir, Carsten!" sagte sie endlich, seine Hand erfassend. „Was für eine Tracht Unheils hat der elende Mensch denn dieses Mal auf dich abgeladen?"

„Kein Unheil just, Brigitte", erwiderte Carsten, „nur eine Hoffnung, die sich nicht erfüllen kann." Und dann berichtete er den Frauen von dem Angebot des Geweses, von seinen Wünschen und endlich – dass es sich denn doch nicht zwingen lasse.

Es folgte eine Stille nach diesen Worten. Anna schaute auf das Teekraut in ihrer leeren Tasse; aber sie fand kein Orakel darin, wie die alten Weiber das verstehen. Ihr kleiner Reichtum drückte sie wieder einmal; endlich fasste sie sich Mut, und die Augen zu ihrem Pflegevater aufhebend, sagte sie leise: „Ohm!"

„Was meinst du, Kind?"

– „Zürnt mir nicht, Ohm! Aber Ihr habt nicht gut gerechnet!"

„Nicht gut gerechnet! Anna, willst du es etwa besser machen?"

„Ja, Ohm!" sagte sie fest, und ein paar helle Tränen sprangen aus ihren blauen Augen; „sind meine dummen Taler denn auch dieses Mal nicht zu gebrauchen?"

Carsten blickte eine Weile schweigend zu ihr hinüber. „Ich hätte es mir von dir wohl denken sollen", sagte er dann; „aber nein, Anna, auch diesmal nicht."

– „Weshalb nicht? Saget nur, weshalb nicht?"

„Weil eine solche Vermögensanlage keine Sicherheit gewährt."

„Sicherheit?" – – Sie war aufgesprungen, und seine beiden Hände ergreifend, war sie vor ihm hingekniet; ihr junges Antlitz, das sie jetzt zu ihm erhob, war ganz von Tränen überströmt. „Ach, Ohm, Ihr seid schon alt; Ihr haltet das nicht aus; Ihr solltet nicht so viele Sorgen haben!“

Aber Carsten drängte sie von sich. „Kind, Kind, du willst mich in Versuchung führen; weder ich noch Heinrich dürfen solches annehmen.“

Hülfesuchend wandte Anna den Kopf nach Tante Brigitte; die aber saß wie ein Bild, die Hände vor sich auf den Tisch gefaltet. „Nun, Ohm“, sagte sie, „wenn Ihr mich zurückstoßet, so werde ich an Heinrich selber schreiben.“

Carsten legte sanft die Hand auf ihren Kopf. „Gegen meinen Willen, Anna? Das wirst du nimmer tun.“

Das Mädchen schwieg einen Augenblick; dann schüttelte sie leise den Kopf unter seiner Hand. „Nein, Ohm, das ist wohl wahr, nicht gegen Euren Willen. Aber seid nicht so hart: es gilt ja doch sein Glück!“

Carsten hob ihr Antlitz von seinen Knien zu sich auf und sagte: „Ja, Anna, das denk ich auch; aber den Einsatz darf nur einer geben; der eine, der ihm auch das Leben gab. Und nun, mein liebes Kind, nichts mehr von dieser Sache!“

Er drückte sie sanft von sich ab; dann schob er seinen Stuhl zurück und ging hinaus.

Anna blickte ihm nach; bald aber sprang sie auf und warf sich Tante Brigitte in die Arme.

„Wir wollen es dem lieben Gott anheimstellen“, sagte die alte Frau; „ich habe dieses Mal meinen Bruder wohl verstanden.“ Dann hielt sie das große Mädchen noch lange in ihren Armen.

– – Carsten war in den Hof gegangen. In der schon eingetretenen Dunkelheit saß er unter dem alten Familienbaum, der längst von Früchten leer war und aus dessen Krone er jetzt Blatt um Blatt neben sich zu Boden fallen hörte. Er dachte rückwärts in die Vergangenheit; und bald waren es Bilder, die von selber kamen und vergingen. Die Gestalt seines schönen Weibes zog an ihm vorüber, und er streckte die Arme in die leere Luft; er wusste selbst nicht, ob nach ihr oder nach dem fernen Sohn, der ihn noch unauflöslicher an ihren Schatten band. Dann wieder sah er sich selber auf der Bank sitzen, wo er gegenwärtig saß; aber als einen Knaben, mit einem Buche in der Hand; aus dem Hause hörte er die Stimme seines Vaters, und der kleine Peter kam auf seinem Steckenpferde in den Hof geritten. Bald aber musste er sich fragen, weshalb dieses friedensvolle Bild ihn jetzt mit solchem Weh erfüllte. Da überkam's ihn plötzlich: „Damals – – ja, damals hatte er sein Leben selbst gelebt; jetzt tat ein anderer das; er hatte nichts mehr, das ihm selbst gehörte – – keine Gedanken – – keinen Schlaf –"

Er ließ seinen müden Körper gegen den Stamm des Baumes sinken; fast beruhigend klang der leise Fall der Blätter ihm ins Ohr.

– – Aber es sollte noch ein anderes geschehen, ehe dieser Tag zu Ende ging. – Drinnen hatte Brigitte sich endlich in gewohnter Weise an ihr Spinnrad gesetzt, und Anna begann den Tisch abzuräumen. Als sie mit dem Geschirr auf den Flur hinaustrat, ging eben der Postbote vorüber. „Für die Mamsell", sagte er und reichte ihr einen Brief durch die halboffene Haustür. Bei dem Lichte, das auf dem Ladentisch brannte, erkannte Anna mit Verwunderung in der Adresse Heinrichs Handschrift; er hatte niemals so an sie geschrieben. Nachdenklich nahm sie das Licht und zog, als sie hineingetreten war, die Tür der Küche hinter sich ins Schloß.

Es dauerte lange, bevor sie wieder in die Stube kam; aber Brigitte hatte es nicht gemerkt; ihr Spinnrad schnurrte gleichmäßig weiter, während Anna wie alle Tage jetzt den Tisch zusammenklappte und wieder an die Wand setzte. Nur etwas unsicherer und lauter geschah das heute; von dem Briefe sagte sie weder der alten Frau noch ihrem Pflegevater, als dieser nach einiger Zeit ins Zimmer kam und sich an seine Bücher setzte.

Endlich gingen die Frauen in das Oberhaus nach ihrer gemeinschaftlichen Schlafkammer, welche gegen den Hof hinaus lag. Die Fenster hatten offengestanden und die Abendfrische eingelassen; aber Anna konnte den Schlaf nicht finden; in das Rauschen des Birnbaums trug der Wind in langen gemessenen Pausen den Schall der Kirchenuhr herüber, und sie zählte eine Stunde nach der andern.

Auch Brigitte schien heute nicht zu ihrem Recht zu kommen; denn sie setzte sich auf und sah nach dem Bette des Mädchens, das dem ihrigen gegenüber an der Wand stand. „Kind, hast du noch immer nicht geschlafen?" fragte sie.

– „Nein, Tante Brigitte."

„Nicht wahr, du grämst dich um meinen alten Bruder? Aber ich kenne ihn, bitte ihn nicht mehr darum; es wäre ganz um seine Ruh geschehen, wenn du ihn bereden könntest."

Anna antwortete nicht.

„Schläfst du, Kind?" fragte Brigitte wieder.

– „Ich will es versuchen, Tante."

Brigitte fragte nicht mehr; Anna hörte sie bald im ruhigen Schlummer atmen.

Es war fast Vormittag, als das junge Mädchen aus einem tiefen Schlaf erwachte, den sie endlich doch gefunden und aus dem die gute Tante sie nicht hatte wecken wollen. Rasch war sie in den Kleidern und ging ins Unterhaus hinab, wo sie durch die offene Tür des Pesels Brigitte an einem der dort befindlichen großen Schränke beschäftigt sah; aber sie ging nicht zu ihr, sondern in die Küche und ließ sich auf dem hölzernen Stuhl am Herde nieder. Nachdem sie von dem Kaffee, der für sie warm gestellt war, in eine Tasse geschenkt, eine Weile müßig davor gesessen und dann dieselbe zur Hälfte ausgetrunken hatte, stand sie mit einer entschlossenen Bewegung auf und trat gleich darauf ins Wohnzimmer.

Carsten stand am Fenster und schaute müßig auf den Hafenplatz hinaus. Jetzt wandte er sich langsam zu der Eintretenden: „Du hast nicht schlafen können“, sagte er, ihr die Hand reichend.

– „O doch, Ohm; ich hab ja nachgeschlafen.“

„Aber du bist blass, Anna. Du bist zu jung, um für anderer Leute Sorgen deinen Schlaf zu geben.“

„Anderer Leute, Ohm?“ Sie sah ihm eine Weile ruhig in die Augen. Dann sagte sie: „Ich habe auch für mich selber viel zu denken gehabt.“

– „So sprich es aus, wenn du meinst, dass ich dir raten kann!“

„Sagt mir nur“, erwiderte sie hastig, „ist das Gewese in der Süderstraße noch zu kaufen? Ich hab’s doch nicht verschlafen? Herr Jaspers ist doch nicht schon wieder hier gewesen?“

Carsten sagte fast hart: „Was soll das, Anna? Du weisst, dass ich es nicht kaufen werde.“

– „Das weiß ich, Ohm, aber – –“

„Nun, Anna, was denn: aber?“

Sie war dicht vor ihn hingetreten. „Ihr sagtet gestern, ich dürfe nicht zu Heinrichs Glück den Einsatz geben; aber – wenn Ihr gestern recht hattet, es ist nun anders geworden über Nacht.“

„Lass das, Kind!“ sagte Carsten; „du wirst mich nicht bereden.“

„Ohm, Ohm!“ rief Anna, und eine freudige Zärtlichkeit klang aus ihrer Stimme; „es hilft Euch nun nichts mehr; denn Euer Heinrich hat mich zur Frau verlangt, und ich werde ihm mein Jawort geben.“

Carsten starrte sie an, als sei der Blitz durch ihn hindurchgeschlagen. Er sank auf den neben ihm stehenden Ledersessel, und mit den Armen um sich fahrend, als müsse er unsichtbare Feinde von sich abwehren, rief er heftig: „Du willst dich uns zum Opfer bringen! Weil ich dein Geld allein nicht wollte, so gibst du dich nun selber in den Kauf!“

Aber Anna schüttelte den Kopf. „Ihr irrt Euch, Ohm! So lieb ihr mir auch alle seid, das könnt ich nimmer; danach bin ich nicht geschaffen."

Zaghaft, als könne sein Wort das nahende Glück zerstören, entgegnete Carsten: „Wie ist denn das? Ihr waret doch allzeit nur wie Geschwister!"

„Ja, Ohm!" und ein fast schelmisches Lächeln flog über ihr hübsches Angesicht; „ich habe das auch gemeint; aber auf einmal war's doch nicht mehr so." Dann, plötzlich ernst werdend, zog sie einen Brief aus ihrer Tasche. „Da leset selbst", sagte sie, „ich erhielt ihn gestern vor dem Schlafengehen."

Seine Hände griffen danach; aber sie bebten, dass seine Augen kaum die Zeilen fassen konnten.

Was sie ihm gegeben hatte, war der Brief eines Heimwehkranken. „Ich tauge nicht hier!" schrieb Heinrich; „ich muss nach Hause; und wenn Du bei mir bleiben willst, Du, Anna, mein ganzes Leben lang, dann werde ich gut sein, dann wird alles gut werden."

Der Brief war auf den Tisch gefallen; Carsten hatte mit beiden Armen das Mädchen zu sich herabgezogen. „Mein Kind, mein liebes Kind", flüsterte er ihr zu, während unaufhörlich Tränen aus seinen Augen quollen, „ja, bleibe bei ihm, verlass ihn nicht; er war ja doch ein so guter kleiner Junge!"

Aber plötzlich, wie von einem inneren Schrecken getrieben, drückte er sie wieder von sich. „Hast du es bedacht, Anna?" sagte er; – „ich könnte dir nicht raten, meines Sohnes Frau zu werden."

Ein leichtes Zucken flog über das Gesicht des Mädchens, während der alte Mann mit geschlossenen Lippen vor ihr saß. Ein paarmal nickte sie ihm zu: „Ja, Ohm", sagte sie dann, „ich weiß wohl, er ist nicht der Bedachteste, sonst hättet Ihr ja keine Sorgen; aber was damals, vor Jahren hier geschah, Ihr sagtet selbst einmal, Ohm, es war ein halber Bubenstreich; und wenn er auch den Ersatz noch nicht geleistet hat, so etwas ist doch nicht mehr vorgekommen."

Carsten erwiderte nichts. Unwillkürlich gingen seine Blicke nach dem Ofen, worin die Fetzen jener Briefe lagen. – Wenn er sie jetzt hervorholte! Wenn er vor ihren Augen sie jetzt wieder Stück für Stück zusammenfügte! – Weder Anna noch Brigitte wussten von diesen Dingen.

Seine Tränen waren versiegt; aber er nahm sein Schnupftuch, um sich die hervorbrechenden Schweißperlen von der Stirn zu trocknen. Er versuchte zu sprechen; aber die Worte wollten nicht über seine Lippen.

Das schöne blonde Mädchen stand wieder aufgerichtet vor ihm; mit steigender Angst suchte sie die Gedanken von seinem stummen Antlitz abzulesen.

„Ohm, Ohm!“ rief sie. „Was ist geschehen? Ihr waret so still und sorgenvoll die letzte Zeit!“ – Aber als er wie flehend zu ihr aufblickte, da strich sie mit der Hand ihm die gefurchte Wange. „Nein, sorget Euch nur nicht so sehr; nehmt mich getrost zur Tochter an; Ihr sollet sehen, was eine gute Frau vermag!“

Und als er jetzt in ihre jungen mutigen Augen blickte, da vermochte er das Wort nicht mehr hervorzubringen, vor dem mit einem Schlag seines Kindes Glück verschwinden konnte.

Plötzlich ergriff Anna, die einen Blick durchs Fenster getan hatte, seine Hände. „Da kommt Herr Jaspers!“ sagte sie. „Nicht so? Ihr macht nun alles richtig?“ Und ohne eine Antwort abzuwarten, ging sie rasch zur Tür hinaus.

Da wurde ihm die Zunge frei. „Anna, Anna!“ rief er; wie ein Hülferuf brach es aus seinem Munde. Aber sie hörte es nicht mehr; statt ihrer schob sich Herrn Jaspers’ Fuchsperücke durch die Stubentür, und mit ihm hinein drängten sich wieder die schmeichelnden Zukunftsbilder und halfen, unbekümmert um das Dunkel hinter ihnen, den Handel abzuschließen.

Mit dem Eckhause an der andern Seite der Twiete beginnt vom Hafenplatz nach Osten zu die Krämerstraße, deren gegenüberliegende Häuserreihe, am Markt vorüber, sich in der langen Süderstraße fortsetzt. Dort, in einem geräumigen Hause, wohnten Heinrich und Anna. Vor dem Laden auf dem geräumigen Hausflur wimmelte es an den Markttagen jetzt wieder von einkaufenden Bauern, und Anna hatte dann vollauf zu tun, die Gewichtigeren von ihnen in die Stube zu nötigen, zu bewirten und zu unterhalten; denn das gewandte und umgängliche Wesen ihres Mannes hatte die Kundschaft nicht nur zurückgebracht, sondern auch vermehrt.

Carsten konnte es sich nicht versagen, täglich einmal bei seinen Kindern vorzugucken. Von dem Hafenplatze, dort wo die Schleuse nach Osten zu die Häuserreihe unterbricht, führte ein anmutiger Fußweg hinter den Gärten jener Straßen, auf welchem man derzeit zu einer bestimmten Vormittagsstunde ihn unfehlbar wandern sehen konnte. Aber er gönnte sich Weile; gestützt auf seinen treuen Bambus, stand er oftmals im Schatten der hohen Gartenhecken und schaute nach der anderen Seite auf die Wiesen, durch welche der Meerstrom sich ins grüne Land hinausdrängt; jetzt zwar gebändigt durch die Schleuse, im Herbst oder Winter aber auch wohl darüber hinstürzend, die Wiesen überschwemmend und die Gärten arg verwüstend. – Bei solchen Gedanken kamen Stock und Beine des Alten wieder in Bewegung: er musste sogleich doch Anna warnen, dass sie zum Oktober ihre schönen Sellerie zeitig aus der Erde nehme. Hatte er dann das Lattenpförtchen zu Annas Garten erreicht, so kam die hohe Frauengestalt ihm meistens auf dem langen Steige schon entgegen; ja, als es zum zweiten Male Sommer wurde, kam sie nicht allein; sie trug einen Knaben auf ihrem Arm, der ihr eigen und der auf den Namen seines Vaters getauft war. Und wie gut ihr das mütterliche Wesen ließ, wenn sie, die frische Wange an die ihres Kindes lehnend, leise singend den Garten hinabschritt! Selbst Carsten hatte auf diesen Gängen jetzt Gesellschaft; denn durch das Kind war, trotz ihrer vorgeschrittenen Altersschwäche, auch Brigitte in Bewegung gebracht. Unten am Pförtchen schon, wenn droben kaum die junge Frau mit dem Kinde aus den Bäumen trat, riefen die alten Geschwister den beiden zärtliche Worte zu. Brigitte nickte, und Carsten winkte grüßend mit seinem Bambusrohr, und wenn sie endlich nahe gekommen waren, so konnte Brigitte an dem Anblick des Kindes, Carsten noch mehr an dem der Mutter sich kaum ersättigen.

– – Das Glück ging vorüber, ja, es war schon fort, als Carsten und Brigitte noch in seinem Schein zu wandeln glaubten; ihre Augen waren nicht mehr scharf genug, um die feinen Linien zu gewahren, die sich zwischen Mund und Wangen allmählich auf Annas klarem Antlitz einzugraben begannen.

Heinrich, der anfänglich mit seinem rasch verfliegenden Feuereifer das Geschäft angefasst hatte, wurde bald des Kleinhandels und des dabei vermachten persönlichen Verkehrs mit dem Landvolke überdrüssig. Zu mehrerem Unheil war um jene Zeit wieder einmal ein großsprechender Spekulant in die Stadt gekommen, nur wenig älter als Heinrich und dessen Verwandter von mütterlicher Seite; er war zuletzt in England gewesen und hatte von dort zwar wenig Mittel, aber einen Kopf voll halbreifer Pläne mit herübergebracht, für die er bald Heinrichs lebhafte Teilnahme zu entzünden wusste.

Zunächst versuchte man es mit einem Viehexport aus England, der bisher in den Händen einer günstig belegenen Nachbarstadt gewesen war. Nachdem dies misslungen war, wurde draußen vor der Stadt unter dem Seedeich ein Austerbehälter angelegt, um mit den englischen Natives den hiesigen Pächtern Konkurrenz zu machen; aber dem an sich aussichtslosen Unternehmen fehlte überdies die sachkundige Hand, und Carsten, dessen Warnung man vorher verachtet hatte, musste einen Posten nach dem andern decken und eine Schuld über die andere auf seine Grundstücke einschreiben lassen.

Anna sah jetzt ihren Mann nur selten einen Abend noch im Hause; denn der unverheiratete Vetter nahm ihn mit in eine Wirtsstube, in der er den Beschluss seines Tagewerkes zu machen pflegte. Hier beim heißen Glase wurden die Unternehmungen beraten, womit man demnächst die kleine Stadt in Staunen setzen wollte; nachher, wenn dazu der Kopf nicht mehr taugte, kamen die Karten auf den Tisch, wo Einsatz und Erfolg sich rascher zeigte.

Heinrich hatte bei alledem die Augen für sein Weib noch nicht verloren. Warf das Glück ihm einen augenblicklichen Gewinn zu, der ihn in seinem Sinne jedesmal zum reichen Manne machte, so gab er wohl die Hälfte davon hin, sei es für goldene Ketten oder Ringe oder für einen kostbaren Stoff, um ihren schönen Leib damit zu schmücken. Aber was sollte Anna, als die Frau eines Kleinhändlers, mit diesen Dingen, zumal da nach und nach die ganze Leitung des Ladengeschäftes auf ihre Schultern gekommen war?

Eines Sonntags – die erste Ladung Austern war damals eben rasch und glücklich ausverkauft –, da sie, ihren Knaben auf dem Arm, im Zimmer auf und ab ging, trat Heinrich rasch und fröhlich zu ihr ein. Nachdem er eine Weile seine Augen auf ihrem Antlitz hatte ruhen lassen, führte er sie vor den Spiegel und legte dann plötzlich ein Halsband mit à jour gefassten Saphiren um ihren Nacken; glücklich wie ein Kind betrachtete er sie. „Nun, Anna? – Lass dir's gefallen, bis ich dir Diamanten bringen kann!"

Der Knabe griff nach den funkelnden Steinen und stieß Laute des Entzückens aus, aber Anna sah ihren Mann erschrocken an. „O Heinrich, du hast mich lieb; aber du verschwendest! Denk an dich, an unser Kind!"

Da war die Freude auf seinem Antlitz ausgelöscht; er nahm den Schmuck von ihrem Halse und legte ihn wieder in die Kapsel, aus der er ihn zuvor genommen hatte. „Anna!" sagte er nach einer Weile und ergriff fast demütig die Hand seiner Frau, „ich habe meine Mutter nicht gekannt, aber ich habe von ihr gehört – nicht zu Hause, mein Vater hat mir nie von ihr gesprochen; ein alter Kapitän in Hamburg, der in seiner Jugend einst ihr Tänzer war, erzählte mir von ihr – sie ist schön gewesen; aber sie hat auch nichts anderes wollen, als nur schön und fröhlich sein; für meinen Vater ist ihr Tod vielleicht ein Glück gewesen – ich hatte oftmals Sehnsucht nach dieser Mutter; aber, Anna – ich glaube, ihren Sohn, den hättest du besser nicht zum Mann genommen."

In leidenschaftlicher Bewegung schlang das junge Weib den freien Arm um ihres Mannes Nacken. „Heinrich, ich weiß es, ich bin anders als du, als deine Mutter; aber darum eben bin ich dein und bin bei dir; wolle auch du nur bei mir sein, geh nur abends nicht immer fort, auch um deines alten Vaters willen tu das nicht! Er grämt sich, wenn er dich in der Gesellschaft weiß."

Aber bei Heinrich hatte infolge der letzten Worte die Stimmung schon gewechselt. Er löste Annas Arm von seinem Halse, und mit einem Scherz, der etwas unsicher über seine Lippen kam, sagte er: „Was kann denn ich dafür, wenn der Wein, den ich trinke, meinem Vater Kopfweh macht?"

Mit einer heftigen Bewegung schloss Anna den Knaben an ihre Brust. „Sei versichert, Heinrich, ich werde treulich sorgen, dass dieses Kind das nicht dereinst von seinem Vater sage!"

„Nun, nun, Anna! Es war ja nicht so bös gemeint."

– – Wie es immer gemeint sein mochte, anders war es deshalb nicht geworden. Der Nachtwächter, wenn er derzeit auf seiner Runde sich Heinrichs Hause näherte, sah oft den Kopf der jungen Frau aus dem offenen Fenster in die nächtlich stille Gasse hinaushorchen; er kannte sie wohl, denn er war der Vater jenes Nachbarkindes, mit dem Anna sich einst so liebreich umhergeschleppt hatte. Ehrerbietig, ohne von ihr bemerkt zu werden, zog er im Vorübergehen seinen Hut und rief erst weit hinter ihrem Hause die späte Stunde ab. Aber Anna hatte doch jeden Glockenschlag gezählt, und wenn endlich der bekannte Schritt von unten aus der Straße ihr entgegenscholl, so war er meistens nicht so sicher, als sie ihn am Tage doch noch zu hören gewohnt war. Dann floh sie ins Zimmer zurück und warf angstvoll die Arme über die Wiege ihres Kindes.

In der Stadt schüttelten schon längst die klugen wie die dummen Leute ihre Köpfe, und abends im Ratskeller konnte man von vergnüglichem Lachen die Fuchsperücke auf Herrn Jaspers' Haupte hüpfen sehen; ja, er konnte sich nicht enthalten,' seinem Freunde, dem Stadtwaagemeister, wiederholt die tröstliche Zuversicht auszusprechen, dass das Haus in der Süderstraße bald noch einmal durch seine schmutzigen Maklerhände gehen werde.

Indessen hatte Carsten einen stillen, immer wiederkehrenden Kampf mit seinem eigenen Kinde zu bestehen. Damals bei Eingehung der Ehe hatte er es bei den Brautleuten durchgesetzt, dass ein Teil von Annas Vermögen als deren Sondergut unter seiner

Verwaltung geblieben war; jetzt sollte auch dieses in das Kompaniegeschäft hineingerissen werden; aber Anna, welche, seit sie Mutter geworden war, diesen Rest als das Eigentum ihres Kindes betrachtete, hatte alles in ihres Ohms und Vaters treue Hand gelegt. – Stöhnend, wenn nach solcher Verhandlung der Sohn ihn unwillig verlassen hatte, blickte der Greis wohl nach dem Ofen, in dem vor Jahren die Reste jener Briefe verbrannt waren, oder er stand vor seinem Familienbilde und hielt stummen, schmerzlichen Zwiesprach mit dem Schatten seiner eigenen Jugend.

Ein anscheinend unbedeutender Umstand kam noch hinzu. In einer Nacht, es mochte schon gegen zwei Uhr morgens sein, erkrankte die alte Brigitte plötzlich, und da nur über Tag eine Aushülfsfrau im Hause war, so machte Carsten sich selber auf, den Arzt zu holen.

Sein Rückweg führte ihn an jener vorerwähnten Wirtsstube vorüber, aus deren Fenstern allein in der dunkeln Häuserreihe noch ein Lampenschein auf die Straße hinausfiel. Gäste schienen nicht mehr dort zu sein, denn es war ganz still darinnen; und schon hatte Carsten das Haus im Rücken, da drang von dort ein heiserer Laut in seine Ohren, der ihn plötzlich stillstehen machte; in dieser hässlichen Menschenstimme, in der sich eine andere ihm bekannte zu verstecken schien, war etwas, das ihn auf den Tod erschreckte. Er konnte nicht weiter, er musste zurück; lauernd und gierig, noch einmal und genauer dann zu hören, stand er unter dem Fenster der verrufenen Kneipe. Und noch einmal kam es, müde, wie von lallender Zunge ausgestoßen. Da schlug der Alte beide Hände über dem Kopf zusammen, und sein Stock fiel schallend auf die Steine.

Brigitte genas allmählich, soweit man im fünfundsiebzigsten Jahre noch genesen kann; Carsten aber hatte seit jener Nacht auch seinen letzten Schlaf verloren. Immer meinte er, von jener Trinkstube her, die doch mehrere Straßen weit entfernt lag, die heisere Stimme seines Sohnes zu hören; er setzte sich auf in seinen Kissen und horchte auf die Stille der Nacht; aber immer wieder in kleinen Pausen löste sich aus ihr jener furchtbare Ton; seine hagere Hand griff in das Dunkel hinein, als wolle sie die des Sohnes fassen; aber schlaff fiel sie alsbald über den Rand des Bettes nieder.

Seine Gedanken flogen zurück in Heinrichs Kinderzeit; er suchte sich das glückliche Gesicht des Knaben zurückzurufen, wenn es hieß: „Am Deich spazierengehen"; er suchte seinen Jubel zu hören, wenn ein Lerchennest gefunden oder eine große Seespinne von der Flut ans Ufer getrieben wurde. Aber auch hier kam etwas, um seinen kargen Schlaf mit ihm zu teilen. Nicht nur, wenn es von den Nordseewatten her an sein Fenster wehte, sondern auch in todstiller Nacht, immer war jetzt das eintönige Tosen des Meeres in seinen Ohren; wie zur Ebbezeit von weit draußen, hinter der Schmaltiefe schien es herzukommen; statt des glücklichen Gesichtes seines Knaben sah er die bloßgelegten Strecken des gärenden Wattenschlamms im Mondschein blänkern, und daraus flach und schwarz erhob sich eine öde Hallig. Es war dieselbe, bei der er einst mit Heinrich angefahren, um Möwen- oder Kiebitzeier dort zu suchen. Aber sie hatten keine gefunden; nur den aufgeschwemmten Leichnam eines Ertrunkenen. Er lag zwischen dem urweltlichen Kraut des Queller, von großen Vögeln umflogen, die Arme ausgestreckt, das furchtbare Totenantlitz gegen den Himmel gekehrt. Schreiend, mit entsetzten Augen, hatte bei diesem Anblick der Knabe sich an den Vater angeklammert.

Immer wieder, ja selbst im Traum, wohin diese Vorstellungen ihn verfolgten, suchte der Greis seine Gedanken nach friedlicheren Orten hinzulenken; aber jedes Wehen der Luft führte ihn zurück auf jenes furchtbare Eiland.

Auch die Tage waren anders geworden; der alte Carsten Curator führte zwar noch diesen seinen Beinamen; aber er führte ihn fast nur noch wie ein pensionierter Beamter seinen Amtstitel, und freilich ohne alle Pension. Die meisten seiner derartigen Geschäfte waren in jüngere Hände übergegangen; nur das kleine städtische Amt, das er derzeit wirklich erhalten hatte, wurde noch von ihm bekleidet, und auch der Wollwarenhandel ging in Brigittens alternder Hand seinen freilich immer schwächeren Gang.

Es war an einem Nachmittag zu Anfang des November. Der Wind kam steif aus Westen; der Arm, mit dem die Nordsee in Gestalt des schmalen Hafens in die Stadt hineinlangt, war von trübgrauem Wasser angefüllt, das kochend und schäumend schon die Hafentreppen überflutet hatte und die kleinen vor Anker liegenden Inselschiffe hin und wider warf. Hie und da begann man schon vor Haustüren und Kellerfenstern die hölzernen Schotten einzulassen, zwischen deren doppelte Wände dann der Dünger eingestampft wurde, der schon seit Wochen auf allen Vorstraßen lagerte.

Aus dem Hause an der Twiete trat, von Brigitte zur Tür geleitet, ein junger Schiffer, der sich mit einer wollenen Jacke für den Winter ausgerüstet hatte; aber der Sturm riss ihm das Papier von seinem Packen und den Hut vom Kopfe. „Oho, Jungfer Brigitte“, rief er, indem er seinem Hute nachlief, „der Wind ist umgesprungen; das gibt bös Wasser heut!“

„Herr du mein Jesus!“ schrie die Alte; „sie dämmen überall schon vor! Christinchen, Christinchen!“ – sie wandte sich zu einem Nachbarskinde, das sie in Abwesenheit der Eltern in ihrer Obhut hatte – „die Schotten müssen aus dem Keller! Lauf in die Krämerstraße; der lange Christian, er muss sogleich herüberkommen!“

Das Kind lief; aber der Sturm fasste es und hätte es wie einen armen Vogel gegen die Häuser geworfen, wenn nicht zum Glück der lange Christian schon gekommen wäre und es mit zurückgebracht hätte.

Die Schotten wurden herbeigeholt und vor der Haustür bis zu halber Manneshöhe eingelassen. Als die Dämmerung herabfiel, war fast der ganze Hafenplatz schon überflutet; aus den dem Bollwerk nahe gelegenen Häusern brachte man mit Böten die Bewohner nach den höheren Stadtteilen. Die Schiffe drunten rissen an den Ankerketten, die Masten schlugen gegeneinander; große weiße Vögel wurden mitten zwischen sie hineingeschleudert oder klammerten sich schreiend an die schlotternden Taue.

Brigitte und das Kind hatten eine Zeitlang der Arbeit des langen Christian zugesehen; jetzt saßen sie im Dunkeln in der Stube hinter den fest angeschrobenen Fensterläden. Draußen das Klatschen des Wassers, das Pfeifen in den Schiffstauen, das Rufen und Schreien der Menschen; wie grimmig zerrte es an den Läden, als wollte es sie herunterreißen. „Hu“, sagte das Kind, „es kommt herein, es holt mich!“

„Kind, Kind“, rief die Alte, „was sprichst du da? Was soll hereinkommen?“

„Ich weiß nicht, Tante; das, was da außen ist!“

Brigitte nahm das Kind auf ihren Schoß.

„Das ist der liebe Gott, Christinchen; was der tut, das ist wohlgetan. – Aber komm, wir wollen oben nach meiner Kammer gehen!“

Währenddessen war Carsten hinten im Pesel beschäftigt; er packte die in dem einen Schranke lagernden alten Papiere und Rechnungsbücher aus und trug sie nach der Kammer des Seitenbaues hinauf; denn erst nach etwa einer Stunde war hohe Flut; das untere Haus war heute nicht sicher vor dem Wasser.

Eben trat er, eine brennende Unschlittkerze in der Hand, wieder in den Pesel; das im Zuge qualmende Licht, welches er in Ermangelung eines Tisches auf die Fensterbank niedersetzte, ließ den hohen Raum mit den mächtigen Schränken nur um so düsterer erscheinen; bei dem schräg von Westen einfallenden Sturme rasselten die in Blei gefassten Scheiben, als sollten sie jeden Augenblick auf die Fliesen hinabgeschleudert werden.

Der Greis schien desungeachtet und trotz der Schreie und Rufe, die von der Straße zu ihm hereindrangen, nicht eben eilig mit seiner Arbeit zu haben. Sein Haus, das steinerne, würde schon stehen bleiben; ein anderer Untergang seines Hauses stand ihm vor der Seele, dem er nicht zu wehren wusste. Am Vormittage war Anna dagewesen und hatte, als letzte Rettung ihres Mannes, nun selbst die Auslieferung ihrer Wertpapiere von ihm verlangt; aber auch ihr, die zu dieser Forderung berechtigt war, hatte er sie abgeschlagen. „Verklage mich; dann können sie mir gerichtlich abgenommen werden!"

Er wiederholte sich jetzt diese Worte, mit denen er sie entlassen hatte, und Annas gramentstelltes Antlitz stand vor ihm auf, eine stumme Anklage, der er nicht entgehen konnte.

Als er sich endlich wieder an dem Schranke niederbückte, hörte er draußen die Tür, welche von der Twiete in den Hof führte, gewaltsam aufreißen; bald darauf wurde auch die Hoftür des Pesels aufgeklinkt, und wie vom Sturm hereingeworfen, stand mitten in dem düsteren Raume eine Gestalt, in der Carsten allmählich seinen Sohn erkannte.

Aber Heinrich sprach nicht und machte auch keine Anstalt, die Tür, durch welche der Sturm hereinblies, wieder zu schließen. Erst nachdem sein Vater ihn aufgefordert hatte, tat er das; doch war ihm mehrmals die Klinke dabei aus der Hand geflogen.

„Du hast mir noch keinen guten Abend geboten, Heinrich", sagte der Alte.

„Guten Abend – Vater."

Carsten erschrak, als er den Ton dieser Stimme hörte; nur einmal, in einer Nacht nur hatte er ihn gehört. „Was willst du?" frug er. „Weshalb bist du nicht bei Frau und Kind? Das Wasser wird schon längst in eurem Garten sein."

Was Heinrich hierauf erwiderte, war bei dem Tosen, das von allen Seiten um das Haus fuhr, kaum zu hören.

„Ich verstehe dich nicht! Was sagst du?" rief der Greis. – „Das Geld? Die Papiere deiner Frau? – Nein, die gebe ich nicht!"

„Aber – ich bin bankerott – schon morgen!" Die Worte waren gewaltsam hervorgestoßen, und Carsten hatte sie verstanden.

„Bankerott!" Wie betäubt wiederholte er das eine Wort. Aber bald danach trat er dicht zu seinem Sohn, und die hagere Hand wie zu eigener Stütze gegen seine Brust pressend, sagte er fast ruhig: „Ich bin weit mit dir gegangen, Heinrich; Gott und dein armes Weib wollen mir das verzeihen! Ich gehe nun nicht weiter; was morgen kommt – wir büßen beide dann für eigene Schuld."

„Vater! mein Vater!" stammelte Heinrich. Er schien die Worte, die zu ihm gesprochen wurden, nicht zu fassen.

In jähem Andrang streckte der Greis beide Arme nach dem Sohne aus; und wenn die in dem großen Raume herrschende Dämmerung es gestattet hätte und wenn seine Augen klar genug gewesen wären, Heinrich hätte vordem Ausdruck in seines Vaters Angesicht erschrecken müssen; aber die Schwäche, welche diesen für einen Augenblick überwältigt hatte, ging vorüber. „Dein Vater?" sagte er, und seine Worte klangen hart. „Ja, Heinrich! – Aber ich war noch etwas anderes – die Leute nannten mich danach – nur ein Stück noch habe ich davon behalten; sieh zu, ob du es aus meinen alten Händen reißen kannst! Denn – betteln gehen, das soll dein Weib doch nicht, weil ihr Curator sie für seinen schlechten Sohn verraten hat!" Von draußen drang ein Geschrei herein, und aus entfernten Straßen scholl der dumpfe herkömmliche Notruf: „Water! Water!"

„Hörst du nicht?" rief der Alte; „die Schleuse ist gebrochen! Was stehst du noch? Ich habe keine Hülfe mehr für dich!"

Aber Heinrich antwortete nicht; er ging auch nicht; mit schlaff herabhängenden Armen blieb er stehen.

Da, wie in plötzlicher Anwandlung, griff Carsten nach der flackernden Unschlittkerze und hielt sie dicht vor seines Sohnes Angesicht.

Zwei stumpfe gläserne Augen starrten auf ihn hin.

Der Greis taumelte zurück. „Betrunken!" schrie er, „du bist betrunken!"

Er wandte sich ab; mit der einen Hand die qualmende Kerze vor sich haltend, die andere abwehrend hinter sich gestreckt, wankte er nach der Tür des Seitenbaues. Als er hindurchschritt, fühlte er sich an seinem Rocke gezerrt; aber er machte sich los, es wurde finster im Pesel, und von der andern Seite drehte sich der Schlüssel in der Tür.

Der Trunkene war plötzlich seiner Sinne mächtig geworden. Wie aus dem Nebel eines Traumes erwachend, fand er sich allein in dem ihm wohlbekannten dunkeln Raume; er wusste mit einem Male jedes Wort, das zu ihm gesprochen war. Er tastete an der verschlossenen Tür, er rüttelte daran. „Vater! hör mich!" rief er, „hilf mir, mein Vater! nur noch dies eine, letzte Mal!" Und wieder rüttelte er, und noch einmal mit lauter Stimme rief er es. Aber, ob der

Sturm es verwehte oder ob seines Vaters Ohr für ihn verschlossen war, ihm wurde nicht geöffnet; nichts hörte er als das Toben in den Lüften und zwischen den Schluchten der Höfe und Häuser.

Eine Weile noch stand er, das Ohr gegen die Tür gedrückt; dann endlich ging er fort. Aber nicht durch den Hof nach der Twiete, wo die Tür vielleicht noch frei von Wasser war; er ging durch den Flur an die Schotten der offenen Haustür, an denen schon bis zur halben Höhe das Wasser hinaufklatschte. Der Mond war aufgestiegen; aber am Himmel flogen die Wolken; Licht und Dunkel jagten abwechselnd über die schäumenden Wasser. Vor ihm über der Schleuse, wo es ostwärts durch die Häuserlücke nach den Gärten und Wiesen geht, schien jetzt ein mächtiger Strom hinabzuschießen; er glaubte den Todesschrei der Tiere zu hören, welche die erbarmungslosen Naturgewalten wie im Taumel dort vorüberrissen. Ihn schauderte; – was wollte er hier? – Aber gleich darauf warf er den bleichen, noch immer jugendlich schönen Kopf zurück. „Oiho, Jens!“ rief er plötzlich; er hatte seitwärts unter den Häusern ein mit zwei Leuten bemanntes Boot erblickt, das zu einem der früheren Austerschiffe gehörte. Ein trotziger Übermut sprühte aus seinen eben noch so stumpfen Augen. „Gib mir das Boot, Jens! Oder habt ihr selbst noch was damit?“

„Diesmal nicht!“ scholl es zurück. „Aber wohin will der Herr?“

„Wohin? Ja, wohin? Dort, nur querüber nach der Krämerstraße!“

Das winzige Boot legte sich an die Schotten.

„Steigt ein, Herr; aber setzt uns hier nebenan beim Schlachter ab!“

Heinrich stieg ein, und die beiden andern wurden, wie sie es verlangten, ausgesetzt. Als sie aber dort hinter den Schotten in der Haustür standen, sähen sie bald, dass das Boot nicht, wie Heinrich angegeben, in den sicheren Pass der Straße lenkte. „Herr, zum Teufel“, schrie der eine, „wo wollt Ihr hin?“

Heinrich war noch im Schutze der Häuserreihe.

„Nach Haus!“ rief er zurück. „Hintenum nach Haus!“ „Herr, seid Ihr toll! Das geht nicht! das Boot kentert, eh Ihr um die Schleuse seid!“

„Muss gehen!“ kam es noch einmal halb verweht zurück; dann schoss das Boot in den wüsten Wasserschwall hinaus. Noch einen Augenblick sahen sie es wie einen Schatten von den Wellen auf und ab geworfen; als es über der Schleuse in die Häuserlücke gelangte, wurde es vom Strom gefasst. Die Leute stießen einen Schrei aus; das Boot war jählings ihrem Blick verschwunden. – –

„War mir doch“, sagte Brigitte oben in ihrer Kammer zu dem Kinde, „als hätte ich vorhin des Onkel Heinrichs Stimme gehört! Aber wie sollte der hieher kommen!“ Dann ging sie hinaus und rief von der Treppe in den dunkeln Flur hinab: „Heinrich, bist du da, Heinrich?“ – Als keine Antwort kam, schüttelte sie den Kopf und horchte noch einmal; aber nur das Wasser klatschte gegen die Schotten.

Sie ging vollends in das Unterhaus hinab, entzündete mit Mühe ein Licht und stellte es in das Ladenfenster; dann, nachdem sie den Wasserstand besichtigt hatte, stieg sie wieder hinauf in ihre Kammer. „Sei ruhig, Christinchen, das Wasser kommt heute nicht ins Haus; aber der Onkel Heinrich ist auch nicht dagewesen.“

Wohl eine Viertelstunde war vergangen; draußen schien es ruhiger zu werden, die Leute saßen abwartend in ihren Häusern. Da setzte Brigitte plötzlich das Kind von ihrem Schoße.

„Was war das? Hörtest du das, Christinchen?“ Und wieder lief sie nach der Treppe. „Ist jemand unten?“ rief sie in den Flur hinab.

Eine Männerstimme antwortete durch die offene Haustür. „Was wollt Ihr? Seid Ihr's denn, Nachbar?“ fragte die Alte. „Wie seid Ihr an das Haus gekommen?“

„Ich hab ein Boot, Brigitte, aber kommt einmal herab!“

So rasch sie vor dem Kinde konnte, das sich wieder an ihren Rock geklammert hatte, stieg sie die Treppe hinab. „Was ist denn, Nachbar? Gott schütze uns vor Unglück!“

„Ja, ja, Brigitte, Gott schütze uns! Aber hinter der Krämerstraße auf den Fennen ist ein Mensch in Not.“

„Allbarmherziger Gott, ein Mensch! Wollt Ihr das große Tau von unserem Boden?“

Der Mann schüttelte den Kopf. „Es ist zu weit, der Mensch sitzt auf dem hohen Scheuerpfahl, der nur noch eben über Wasser ist. Hört nur! Man kann ihn schreien hören! – Nein, nein, es war nur der Wind. Aber drüben von des Bäckers Hausboden können sie ihn sehen.“

„Bleibt noch!“ sagte die Alte. „Ich will Carsten rufen; vielleicht weiß der noch Rat.“

Ein paar Worte noch wechselten sie; dann lief Brigitte nach dem Pesel. Aber es war dunkel, Carsten war nicht dort. Als sie sich mit dem Kinde nach der Ecke des Seitenbaues hingetastet hatte, fand sie die Tür verschlossen.

„Carsten, Carsten!“ rief sie und schlug mit beiden Händen darauf los. Endlich kam es die Treppe herab, der Schlüssel drehte sich, und Carsten mit der heruntergebrannten Kerze in der Hand trat ihr totenbleich entgegen.

„Um Gottes willen, Bruder, wie siehst du aus! Warum verschließt du dich? Was hast du oben in der Totenkammer aufgestellt?“

Er sah sie ruhig, aber wie abwesend aus seinen großen Augen an.

„Was willst du, Schwester?“ fragte er. „Ist denn das Wasser schon im Fallen?“

„Nein, Bruder; aber es hat ein Unglück gegeben!“ Und sie berichtete mit fliegenden Worten, was der Nachbar ihr erzählt hatte.

Die steinerne Gestalt des Alten wurde plötzlich lebendig. „Ein Mensch? Ein Mann, Brigitte?“ rief er und packte den Arm seiner alten Schwester.

„Freilich, freilich; ein Mann, Bruder!“

Das Kind, das Brigittens Rock nicht losgelassen hatte, streckte jetzt sein Köpfchen vor. „Ja, Carsten Ohm“, sagte es wichtig, „und der Mann ruft immer nach seinem Vater! Von Nachbar Bäcker seinem Boden können sie ihn schreien hören!“

Carsten ließ das Licht auf die Fliesen fallen und stürzte fort. Er war schon drunten vor den Schotten und wäre in das Wasser hinausgestiegen, wenn ihm der Nachbar nicht noch zur Not ins Boot geholfen hätte.

Einige Augenblicke später stand er drüben in der Krämerstraße auf dem dunkeln Boden des Bäckers und ließ durch die offene Luke seine Blicke in den nächtlichen Graus hinausirren.

„Wo? wo?“ fragte er zitternd.

„Guckt nur gradeaus! Der Pfahl auf Peter Hansens Fenne!“ antwortete der dicke Bäcker, der, mit den Daumen in den Armlöchern seiner Weste, neben ihm stand; „'s ist nur zu dunkel jetzt; Ihr müsst warten, bis der Mond wieder vorkommt! Aber ich geh nach unten; ich bin zu weich; ich halt's nicht aus, das Schreien hier mit anzuhören.“

„Schreien? Ich höre nichts!“

„Nicht? Nun, helfen kann's dem drüben auch nicht weiter.“

Eine blendende Mondhelle brach durch die vorüberjagenden Wolken und beleuchtete das geisterbleiche Gesicht des Greises, der sein fliegendes Haar mit beiden Händen hielt, während die großen Augen angstvoll über die schäumende Wasserwüste schweiften.

Plötzlich zuckte er zusammen.

„Carsten, alle Teufel, Carsten!“ rief der Bäcker, der trotz seines weichen Herzens noch zur Stelle war; denn in demselben Augenblicke war Carsten lautlos in die Arme des dicken Mannes hingefallen.

„Ja, so“, setzte der hinzu, als er nun auch einen Blick durch die Luke tat; „der Pfahl ist, bei meiner armen Seele, leer! Aber was zum Henker ging denn das den Alten an!“

Es ist zwar nie ermittelt worden, wer der Mensch gewesen, dessen Notschrei derzeit von der Flut erstickt wurde; gewiss aber ist es, dass Heinrich weder in jener Nacht noch später wieder nach Hause gekommen oder überhaupt gesehen worden ist.

Im übrigen hat Herrn Jaspers' fröhliche Zuversicht sich mehr noch als bewährt; nicht nur das Haus in der Süderstraße, auch das an der Twiete ging bald durch seine Hände. Nur Tante Brigittens Sarg stand noch im kühlen Pesel und wurde von da zur ewigen Ruhe hinausgetragen. Carsten musste ausziehen; während drinnen der Auktionshammer schallte, ging er, von Anna gestützt, aus seinem alten Hause, um es niemals wieder zu betreten. Oben in der Süderstraße, weit hinter Heinrichs früherem Gewese, dort wo die letzten kleinen Häuser mit Stroh gedeckt sind, war jetzt ihre gemeinschaftliche Heimat. Ein Amt bekleidete Carsten nicht mehr, auch sonst betrieb er keine Geschäfte; denn in jener Nacht war er vom Schlage getroffen worden, und sein Kopf hatte gelitten; dagegen war er noch wohl geeignet, den kleinen Heinrich zu warten, welcher den halben Tag auf seines Großvaters Schoße zubrachte. Not litt der Alte nicht, obgleich Anna auch den letzten Bruchteil ihres Vermögens um des Gedächtnisses ihres Mannes willen hingegeben hatte; aber ihre Hände und ihr Mut waren nimmer müde. Sie war völlig verblüht, nur ihr schönes blondes Haar hatte sie noch behalten; aber eine geistige Schönheit leuchtete jetzt von ihrem Antlitz, die sie früher nicht besessen hatte; und wer sie damals in ihrer hohen Gestalt zwischen dem Kinde und dem zum Kind gewordenen Manne erblickt hat, dem mussten die Worte der Bibel ins Gedächtnis kommen: Stirbt auch der Leib, doch wird die Seele leben!

Für den Greis aber bildete es eine täglich wiederkehrende Lust, die Züge der Mutter in dem kleinen Antlitz seines Enkels aufzusuchen. „Dein Sohn, Anna; ganz dein Sohn!“ pflegte er nach längerer Betrachtung auszurufen. „Er hat ein glückliches Gesicht!“ Dann nickte Anna und sagte lächelnd: „Ja, Großvater; aber der Junge hat ganz Eure Augen.“

Und so geht es fort in den Geschlechtern: die Hoffnung wächst mit jedem Menschen auf; aber keiner denkt daran, dass er mit jedem Bissen seinem Kinde zugleich ein Stück des eigenen Lebens hingibt, das von demselben bald nicht mehr zu lösen ist.

Heil dem, dessen Leben in seines Kindes Hand gesichert ist; aber auch dem noch, welchem von allem, was er einst besessen, nur eine barmherzige Hand geblieben ist, um seinem armen Haupte die letzten Kissen aufzuschütteln.

Die Söhne des Senators

Der nun längst vergessene alte Senator Christian Albrecht Jovers, dessen Sarg bei Beginn dieser einfachen Geschichte schon vor mehreren Jahren die stille Gesellschaft der Familiengruft vermehrt hatte, war einer der letzten größeren Kaufherren unserer Küstenstadt gewesen. Außer seiner Witwe, der von klein und groß geliebten Frau Senatorn, hatte er zwei Söhne hinterlassen, von denen er den ältesten, gleichen Namens mit ihm, kurz vor seinem Tode als Kompagnon der Firma aufgenommen hatte, während für den um ein Jahr jüngeren Herrn Friedrich Jovers am selben Orte ein durch den Tod des Inhabers frei gewordenes Weingeschäft erworben war.

Dem alten, nun in Gott ruhenden Herrn war derzeit der Ruf gefolgt, dass er in seinem Hause, selbst gegen seine im vorgeschrittenen Mannesalter stehenden Söhne, die Familiengewalt mit Strenge, ja oft mit Heftigkeit geübt habe; nicht minder aber, dass er ein Mann gewesen sei, stets eingedenk der Würde seiner Stellung und des wohlerworbenen Ansehens seiner Voreltern, mit einem offenen Herzen für seine Vaterstadt und alle reputierlichen Leute in derselben, mochten sie in den großen Giebelhäusern am Markte oder in den Katen an den Stadtenden wohnen. Beim Jahreswechsel musste ohnfehlbar der Buchhalter und Kassierer Friedebohm einen gewichtigen Haufen dänischer und holländischer Dukaten in einzelne Päckchen siegeln, sei es zu Ehrengeschenken für die Prediger, für Kirchen- und Schulbediente oder für am Orte wohnende frühere Dienstboten als ein Beitrag zu den Kosten der verflossenen Feiertage; ebenso sicher aber war auch dann schon vor Einbruch der schlimmsten Wintersnot ein auf dem nahe liegenden Marschhofe des Senators fettgegraster Mastochse für die Armen ausgeschlachtet und verteilt worden. So stand denn nicht zu verwundern, dass die Mitbürger des alten Herrn, wenn sie ihm bei seinen seltenen Gängen durch die Stadt begegneten, stets mit einer Art sorglicher Feierlichkeit ihren Dreispitz von der Perücke hoben, auch wohl erwartungsvoll hinblickten, ob bei dem Gegengruße ein Lächeln um den streng geschlossenen Mund sich zeige.

Das Haus der Familie lag inmitten der Stadt in einer nach dem Hafen hinabgehenden Straße. Es hatte einen weiten, hohen Flur mit breiter Treppe in das Oberhaus, zur Linken neben der mächtigen Haustür das Wohnzimmer, in dem langgestreckten Hinterhause die beiden Schreibstuben für die Kaufmannsgesellen und den Prinzipal; darüber, im oberen Stockwerk, lag der nur bei feierlichen Anlässen gebrauchte große Festsaal. Auch was derzeit sonst an Raum und Gelass für eine angesehene Familie nötig war, befand sich in und bei dem Hause; nur eines fehlte: es hatte keinen Garten, sondern nur einen mäßig großen Steinhof, auf welchen oben die drei Fenster des Saales, unten die der Schreibstuben hinaussahen. Der karge Ausblick aus diesem Hofe ging über eine niedrige Grenzmauer auf einen Teil des hier nicht breiteren Nachbarhofes; der Nachbar selber aber war Herr Friedrich Jovers, und über die niedrige Mauer pflegten die beiden Brüder sich den Morgengruß zu bieten.

Gleichwohl fehlte es der Familie nicht an einem stattlichen Lust- und Nutzgarten, nur lag er einige Straßen weit vom Hause; doch immerhin so, dass er, wie man hier sich ausdrückt, „hinten-um" zu erreichen war. Und für den vielbeschäftigten alten Kaufherrn mag es wohl gar eine Erquickung gewesen sein, wenn er spät nachmittags am Westrande der Stadt entlangwandelte, bisweilen anhaltend, um auf die grüne Marschweide hinabzuschauen, oder, wenn bei feuchter Witterung der Meeresspiegel wie emporgehoben sichtbar wurde, darüber hinaus nach den Masten eines seiner auf der Reede ankernden Schiffe. Er zögerte dann wohl noch ein Weilchen, bevor er sich wieder in die Stadt zurückwandte; denn freilich galt es, von hier aus nun noch etwa zwanzig Schritte in eine breite Nebengasse hineinzubiegen, wo die niedrigen, aber sauber gehaltenen Häuser von Arbeitern und kleinen Handwerkern der hereinströmenden Seeluft wie dem lieben Sonnenlichte freien Eingang ließen. Hier wurde die nördliche Häuserreihe von einem grünen Weißdornzaune und dieser wiederum durch eine breite Staketpforte unterbrochen. Mit dem schweren Schlüssel, den er aus der Tasche zog, schloss der alte Herr die Pforte auf, und bald konnte man ihn auf dem geradlinigen, mit weißen Muscheln ausgestampften Steige in den Garten hineinschreiten sehen, je nach der Jahreszeit den weißen Kopf seitwärts zu einer frisch erschlossenen Provinzrose hinabbeugend oder das Obst an den jungen, in den Rabatten neu gepflanzten Bäumen prüfend.

Der zwischen Buchseinfassung hinlaufende breite Steig führte nach etwa hundert Schritten zu einem im Zopfstil erbauten Pavillon; und es war für die angrenzende Gasse allemal ein Fest, wenn an Sonntagnachmittagen die Familie sich hier zum Kaffee versammelt hatte und dann beide Flügeltüren weit geöffnet waren. Der alte Andreas, welcher dicht am Garten wohnte, hatte an solchen Tagen schon in der Morgenfrühe oder vorher, am Sonnabend, alle Nebensteige geharkt und Blumen und Gesträuche sauber aufgebunden. Weiber mit ihrem Nachwuchs auf den Armen, halbgewachsene Jungen und Mädchen drängten sich um die Pforte, um durch deren Stäbe einen Blick in die patrizischen Sommerfreuden zu erhaschen, mochten sie nun das blinkende Service des Kaffeetisches bewundern oder Schärferblickende die nicht übel gemalte tanzende Flora an der Rückwand des Pavillons gewahren und nun lebhaft dafür eintreten, dass diese fliegende Dame das Bild der guten Frau Senatorn in ihren jungen Tagen vorstelle. Die ganze Freude der Jugend aber war ein grüner Papagei aus Kuba, der bei solchen Anlässen als vieljähriger Haus- und Festgenosse vor den Türen des Pavillons seinen Platz zu finden pflegte. Auf seiner Stange sitzend, pfiff er bald ein heimatliches Negerliedchen, bald, wenn von der Pforte her zu viele Finger und blanke Augen auf ihn zielten, schrie er flügelschlagend ein fast verständliches Wort zu der Gassenbrut hinüber. Dann frugen die Jungen untereinander: „Wat seggt he? Wat seggt de Papagoy?“ Und immer war einer dazwischen, welcher Antwort geben konnte. „Wat he seggt? ‚Komm röwer!‘ seggt he!“ – Dann lachten die Jungen und stießen sich mit den Ellenbogen, und wenn Stachelbeeren an den Büschen oder Eierpflaumen an den Bäumen hingen, so hatten sie zum Herüberkommen gewiss nicht übel Lust. Aber das war schwerlich die Meinung des alten Papageien; denn wenn Herr Christian Albrecht, sein besonderer Gönner, mit einem Stückchen Zucker an die Stange trat, so schrie er ebenfalls: „Komm röwer!“ Er hatte dasselbe schon geschrien, als ein alter Kapitän ihres Vaters den Knaben Friedrich und Christian Albrecht den fremden Vogel zum Geschenke brachte; und als auch sie ihn damals frugen: „Wat seggt de Papagoy?“ da hatte der alte Mann nur lachend erwidert: „Ja, ja, se hebbt upt Schipp em allerlei dumm Tüges lehrt!“ Der Himmel mochte wissen, was der Vogel mit seinem plattdeutschen Zuruf sagen wollte!

Mitunter ging auch wohl die kleine, freundliche Frau Senatorn mit ihrer Kaffeetasse in der Hand den Steig hinab, um die Enkelinnen des alten Andreas mit einer Frucht oder einem Sonntagsschilling zu erfreuen; dann putzten die Weiber ihren Säuglingen rasch die Näschen, die Jungen aber blieben grinsend stehen: sie wussten zu genau, dass die gute Dame es mit der Verwandtschaft zum Andreas nicht allzu peinlich nahm. Ebenso geschah es mit Herrn Christian Albrecht, denn er glich seiner Mutter an froher Leichtlebigkeit; er kannte die Buben all bei Namen und erzählte ihnen von dem Papageien die wunderbarsten und ergötzlichsten Geschichten. Anders, wenn der alte Kaufherr mit seiner holländischen Kalkpfeife auf den Steig hinaustrat; dann zogen sich alle ausgestreckten Finger zwischen den Stäben der Pforte zurück, und alt und jung schaute in ehrerbietigem Schweigen auf ihn hin; war es aber Herr Friedrich Jovers, der den Steig herabkam, so waren plötzlich mit dem Rufe: „De junge Herr!“ alle Jungen zu beiden Seiten der Pforte hinter dem hohen Zaun verschwunden, denn der unbequeme Verkehr mit Kindern lag nicht in seiner Art; wohl aber hatte er einmal einen der größeren Jungen derb geschüttelt, als dieser eben von der Gasse aus mit seinem Flitzbogen auf einen im Garten singenden Hänfling schießen wollte.

– – Diese Familienfeste waren nun vorüber. – Der nördliche, hinter dem Pavillon liegende Teil des Gartens grenzte an den schon außerhalb der Stadt liegenden Kirchhof, und hier, in der von seinem Vater erbauten Familiengruft, ruhte der alte Kaufherr und Senator von seiner langen Lebensarbeit; mit dem Liede „O du schönes Weltgebäude“ hatten die Gelehrten- und die Bürgerschule ihn zu Grabe gesungen, denen beiden, oft im Kampfe mit seinem Schwager, dem regierenden Bürgermeister, er zeitlebens ein starker Schutz und Halt gewesen war. Hier ruhte seit kurzem auch die freundliche Frau Senatorn, nachdem noch kurz zuvor Herr Christian Albrecht eine ihr gleichgeartete, rosige Schwiegertochter in das alte Haus geführt hatte. „Du brauchst mich nun nicht weiter“, hatte sie lächelnd zu dem trostbedürftigen Sohne gesagt; „in der da hast du mich ja wieder, und noch jung und hübsch dazu!“ Und dann hatte auch sie die Augen geschlossen, und viele Augen hatten um sie geweint, und ihr sie verehrender Freund, der alte Kantor van Essen, hatte bei ihrem Begräbnis mit einer eigens dazu komponierten Trauermusike aufgewartet.

Der Kirchhof war durch einen niedrigen Zaun von dem Garten getrennt, und Herr Christian Albrecht hatte sonst, ohne viele Gedanken, darüberweg auf den unweit belegenen Überbau der Gruft geblickt; seitdem aber sein Vater darunter ruhte, war ihm unwillkürlich der Wunsch gekommen, dass eine hohe Planke oder Mauer hier die Aussicht schließen möchte. Nicht, dass er die Grabstätte seines Vaters scheute; nur vom Garten aus wollte er sie nicht vor Augen haben; wenn ihn sein Herz dahin trieb, so wollte er auf dem Umwege der Gassen und auf dem allgemeinen Totengang dahin gelangen. Er hatte diese Gedanken wohl auch gegen seinen Bruder ausgesprochen; er hatte sie dann über sein junges Eheglück vergessen; als aber jetzt auch der Leichnam der ihm herzverwandten Mutter unter jenen schweren Steinen lag, waren sie aufs neue hervorgetreten.

Allein zunächst galt es, sich mit dem Bruder über den elterlichen Nachlass zu vereinigen; es war ja noch unbestimmt, in wessen Hand der Garten kommen würde.

An einem Sonntagvormittage im November gingen die beiden Brüder, Herr Christian Albrecht und Herr Friedrich Jovers, in dem großen, ungeheizten Festsaale des Familienhauses schweigend auf und ab. Die Morgensonne, welche noch vor kurzem durch die kleinen Scheiben der drei hohen Fenster hineingeschienen hatte, war schon fortgegangen, die großen Spiegel an den Zwischenwänden standen fast düster zwischen den grauseidenen Vorhängen. Fast behutsam traten die Männer auf, als wollten sie in dem weiten Gemache den Widerhall nicht wecken; endlich blieben sie vor einer zierlichen Schatulle mit Spiegelaufsatz stehen, dessen reichvergoldete Bekrönung aus einer von Amoretten gehaltenen Rosengirlande bestand. „Hm“, sagte Christian Albrecht, „Mama selig, als sie in ihren letzten Jahren einmal ihren Muff hier aus der Schublade nahm, da nickte sie dem einen Spiegel zu; ‚du Schelm‘, sagte sie, ‚wo hast du das schmucke Antlitz hingetan, das du mir sonst so eifrig vorgehalten hast! Nun guck einmal, Christian Albrecht, was itzo da herausschaut!‘ Die alte, heitere Frau, dann gab sie mir die Hand und lachte herzlich.“

Die beiden Brüder blickten auf das stumme Glas: kein junges Antlitz blickte mehr heraus; auch nicht das liebe alte, das sie besser noch als jenes kannten. Schweigend gingen sie weiter; sie legten fast wie mit Ehrfurcht ihre Hand bald auf das eine, bald auf das andere der umherstehenden Geräte, als wäre es noch in ihrer Knabenzeit, wo ihnen der Eintritt hier nur bei Familienfesten und zur Weihnachtszeit vergönnt gewesen war. Wie damals war unter der schweren Stuckrosette der Gipsdecke das stille Blitzen der großen Kristallkrone; wie damals hingen über dem Kanapee, den Fenstern gegenüber, die lebensgroßen Brustbilder der Eltern in ihrem Brautstaate, daneben in höherem Alter die der Großeltern, deren altmodische Gestalten ihnen in der Dämmerung ihrer frühesten Jugendzeit entschwanden.

„Christian Albrecht“, sagte der Jüngere, und der vom Vater ererbte strenge Zug um den Mund verschwand ein wenig; „hier darf nichts gerückt werden.“

„Ich meine auch nicht, Friedrich.“

„Es verbleibt dir sonach mit dem Hause.“

„Und der Papagei? Den haben wir vergessen.“

„Ich denke, der gehört auch mit zum Hause.“

Christian Albrecht nickte. „Und du nimmst dagegen das beste Tafelsilber und das Sevresporzellan, das hierneben in der Geschirrkammer steht!“

Friedrich nickte; eine Pause entstand.

„So wären wir denn mit unserer Teilung fertig!“ sagte Christian Albrecht wieder.

Friedrich antwortete nicht; er stand vor den Familienbildern, als ob er eingehend sie betrachten müsse; sein Kopf drückte sich immer weiter in den Nacken, bis der schwarzseidene Haarbeutel im rechten Winkel von dem schokoladefarbenen Rocke abstand. „Es ist nur noch der Garten“, sagte er endlich, als ob er etwas ganz Beiläufiges erwähne.

Aber in des Bruders sonst so ruhigem Antlitz zuckte es, wie wenn ein lang Gefürchtetes plötzlich ausgesprochen wäre. „Den Garten könntest du mir lassen“, sagte er beklommen; „die Auslösungssumme magst du selbst bestimmen!“

„Meinst du, Christian Albrecht?“

„Ich meine es, Friedrich. Du sagst es selbst, du seiest ein geborener Hagestolz; – aber ich und meine Christine, unsere Ehe wird gesegnet sein! Hier haben wir nur den engen Steinhof; bedenk es, Bruder, wo sollen wir mit den lieben Geschöpfen hin? Und dann – du selber! Im Pavillon, an den Sonntagnachmittagen! Du wirst doch lieber deine junge Schwägerin als deine bärbeißige Witwe Antje Möllern unserer Mutter Kaffeetisch verwalten sehen!“

„Deinen Kindern“, erwiderte der andere, ohne umzublicken, „wird mein Garten nicht verschlossen sein.“

„Das weiß ich, lieber Friedrich; aber Kinderhände in meines ordnungliebenden Herrn Bruders Ranunkel- und Levkojenbeeten!“

Friedrich antwortete hierauf nicht. „Es ist ein Kodizill zu unseres Vaters Testament gewesen“, sagte er, als spräche er es zu den Bildern oder zu der Wand ihm gegenüber, „danach sollte mir der Garten werden; die Auslösungssumme ist mir nicht bekannt geworden, die magst du bestimmen oder sonst bestimmen lassen.“

Der Ältere nahm fast gewaltsam seines Bruders Hand. „Du weißt es von unserer seligen Mutter, dass unser Vater, da sie das Schriftstück einmal in die Hand bekam, ausdrücklich ihr geheißen hat: ‚Zerreiße es; die Brüder sollen sich darum vertragen.'"

„Es ist aber nicht zerrissen worden."

„Das weiß ich wohl; es trat im selben Augenblick ein Fremder in das Zimmer, und derohalben unterblieb es damals; aber später, am Tage nach selig Vaters Begräbnis, hat unsere Mutter den Willen des Verstorbenen ausgeführt."

„Das war ein volles Jahr nachher."

„Friedrich, Friedrich!" rief der Ältere. „Willst du verklagen, was unsere Mutter tat!"

„Das nicht, Christian Albrecht, aber Mama selig versierte in einem Irrtum; sie war nicht mehr befugt, das Schriftstück zu zerreißen."

Auf dem Antlitz des älteren Bruders stand es für einen Augenblick wie eine ratlose Frage; dann begann er in dem weiten Saale auf und ab zu wandern, bis er mit ausgestreckten Armen in der Mitte stehenblieb. „Gut", sagte er, „du wünschest den Garten, wir beide wünschen ihn! Aber dabei soll unseres Vaters Wort in Ehren bleiben; teilen wir, wenn du es willst, dass jeder seine Hälfte habe!"

„Und jeder ein verhunztes Stück bekäme!"

„Nun denn, so losen wir! Lass uns hinuntergehen, Christine kann die Lose machen!"

Herr Friedrich hatte sich umgewandt; sein dem Bruder zugekehrtes Antlitz war bis über die dichten Augenbrauen hinauf gerötet. „Was mein Recht ist", sagte er heftig, „das setze ich nicht aufs Los."

In diesem Augenblicke klang das Negerlied des Papageien aus dem Unterhaus herauf; ein alter Diener hatte die Tür des Saales geöffnet: „Madame lässt bitten; es ist angerichtet."

„Gleich! Sogleich!" rief Christian Albrecht. „Wir werden gleich hinunterkommen!"

Der Diener verschwand; aber die Herren kamen nicht.

Nach einer Viertelstunde trat unten aus dem Wohnzimmer eine jugendliche Frau mit leicht gepudertem Köpfchen auf den Flur hinaus; behende erstieg sie die breite Treppe bis zur Hälfte und rief dann nach dem Saal hinauf: „Seid ihr denn noch nicht fertig? Friedrich! Christian Albrecht! Soll denn die Suppe noch zum dritten Mal zu Feuer?"

Es erfolgte keine Antwort; aber nach einer Weile, während der

Stöckelschuh der hübschen Frau ein paarmal ungeduldig auf der Stufe aufgeklappert hatte, wurde oben die Saaltür aufgestoßen, und Friedrich kam allein die Treppe herab.

Die junge Frau Senatorin – denn ihr Eheliebster war kürzlich seinem Vater in dieser Würde nachgefolgt – sah ihn ganz erschrocken an. „Friedrich!" rief sie, „wie siehst du aus? Und wo bleibt Christian Albrecht?"

Aber der Schwager stürmte ohne Antwort an ihr vorüber. „Wünsche wohl zu speisen!" murmelte er und stand gleich darauf schon unten an der Haustür, die Klinke in der Hand.

Sie lief ihm nach. „Friedrich! Friedrich, was fällt dir ein? Dein Leibgericht, perdrix aux truffes!"

Aber er war schon auf der Gasse, und durch das Flurfenster sah sie ihn seinem Hause zueilen. „Nun sieh mir einer diesen Querkopf an!" Und sie schüttelte ihr Köpfchen und stieg nachdenklich die Treppe wieder hinauf. Als sie die Tür des Saales öffnete, sah sie den jungen Herrn Senator, die Hände in den Rockschößen, vom andern Ende des Gemaches herschreiten, so ernsthaft vor sich auf die Dielen schauend, als wolle er die Nägelköpfe zählen.

„Christian! Christian Albrecht!" rief sie, als er vor ihr stand.

Als er den Klang ihrer Stimme hörte und, den Kopf erhebend, ihr in die kinderblauen Augen sah, gewannen seine Züge die gewohnte Heiterkeit zurück. „Gehen wir zu Tisch, Madame!" sagte er lächelnd. „Bruder Friedrich muss nun heute mit der Frau Witwe Antje Möllern speisen; aber ich habe denn doch auch meinen Kopf, und – unseres Vaters Wort muss gelten!"

Damit bot er seiner erstaunten Frau den Arm und führte sie die Treppe hinab und zu Tische.

Das Wiederkommen hatte indessen gute Weile; vierzehn Tage waren verflossen, und Herr Friedrich hatte seinen Fuß noch nicht wieder über die Schwelle des Familienhauses gesetzt. Gleich am ersten Morgen nach jenem verfehlten Mittage war Christian Albrecht wiederholt auf seinen Steinhof hinausgegangen, um wie sonst über die niedrige Grenzmauer seinem Bruder den Morgengruß zu bieten; aber von Herrn Friedrich war nichts zu sehen gewesen; ja, eines Morgens hatte Herr Christian Albrecht ganz deutlich den Schritt des Bruders aus der in einem Winkel verborgenen Hoftür kommen hören: als ihn aber im selben Augenblicke ob einer in der Alteration zu scharf genommenen Prise ein lautes Niesen anfiel, hörte er gleich darauf die Schritte wieder umkehren und die ihm unsichtbare Hoftür zuschlagen.

Herr Christian Albrecht wurde ganz still in sich bei dieser Lage der Dinge; nur mit halbem Ohre lauschte er, wenn, um ihn aufzumuntern, die hübsche Frau Senatorin sich in der Dämmerstunde ans Klavier setzte und ihm die allerneusten Lieder: „Beschattet von der Pappelweide“ und „Blühe, liebes Veilchen“, eines nach dem andern mit ihrer hellen Stimme vorsang.

Er hatte gegen sie nach der ersten Mitteilung „der kleinen Differenz“ kein Wort über den Bruder mehr geäußert; endlich aber, eines Morgens, da die Eheleute beim Kaffee auf dem Kanapee beisammensaßen, legte die Frau Senatorin sanft ihre kleine Hand auf die des Mannes. „Siehst du nun“, sagte sie leise, „er kommt nicht wieder; ich hab es gleich gesagt.“

„Hm, ja, Christinchen; ich glaub es selber fast.“

„Nein, nein, Christian Albrecht; es ist ganz gewiss, er kommt nicht wieder; er kann nicht wiederkommen; denn er ist ein Trotzkopf!“

Christian Albrecht lächelte; aber zugleich stützte er den Kopf in seine Hand. „Ja freilich, das ist er; das war er schon als kleiner Knabe; ich und das Kindermädchen tanzten dann um ihn herum und sangen: ‚Der Bock, der Bock! O jemine, der Bock!‘ bis er zuletzt einen Kegel oder ein Stück von seinem Bauholz aufgriff und damit nach unseren Köpfen warf; am liebsten warf er noch mit seinem Bauholz! Aber Christinchen – wenn ‘s Herz nur gut ist!“

„Nicht wahr?“ rief die hübsche Frau und sah ihrem Mann mit lebhafter Zärtlichkeit ins Antlitz, „ein gutes Herz hat unser Friedrich, und deshalb – ich meine, du könntest zu ihm gehen; du bist kein Trotzkopf, Christian Albrecht, du hast es leichter in der Welt!“

Der Senator streichelte sanft die geröteten Wangen seiner Eheliebsten. „Was ich für eine kluge Frau bekommen habe!“ sagte er neckend.

„Ei was, Christian Albrecht, sag lieber, dass du zu deinem armen Bruder gehen willst!“

„Arm, Christinchen? – Eine sonderbare Armut, wenn einer alles Recht für sich allein verlangt! Aber du sollst schon deinen Willen haben; heut Abend oder schon heute Nachmittag …“

„Warum nicht schon heut Vormittag?“

„Nun, wenn du willst, auch heute Vormittag!“

„Und du bist versöhnlich, du gibst nach?“

„Das heisst, ich gebe ihm den Garten?“

Sie nickte: „Wenn es sein muss! Doch lieber, als dass ihr im Zorne auseinandergeht!“

„Und, Christinchen, unsere Kinder? Sollen sie mit den Hühnern hier auf dem engen Steinhof laufen?“

„Ach, Christian Albrecht!“ und sie fiel ihm um den Hals und sagte leise: „Wir sind so glücklich, Christian Albrecht!“

Während bald darauf der junge Kaufherr über den Flur nach seinen Geschäftsräumen im Hinterhause schritt, hatte im Wohnzimmer seine Frau sich an das Fenster gesetzt; an einem möglichst kleinen Häubchen strickend, schaute sie über die Straße nach dem gegenüberliegenden Nachbarhause, mehr nur, wie es schien, um bei dem inneren Gedankentausche doch irgendwohin die Augen zu richten. Jetzt aber sah sie Frau Antje Möllern in Futterhemd und Schürze über die Straße schreiten und mit der Frau Nachbarn Jipsen, die soeben auch aus ihrem Hause trat, sich auf eine der steinernen Beischlagsbänke setzen. Frau Antje Möllern war die Erzählende, wobei sie sehr vergnügt und triumphierend aussah und mehrmals mit einer schwerfälligen Bewegung ihres dicken Kopfes nach dem elterlichen Hause ihres Herrn hinüberwinkte. Frau Nachbarn Jipsen schlug zuerst ihre Hände, wie vor Staunen, klatschend ineinander; dann aber nickte sie wiederholt und lebhaft; auch ihr schienen die Dinge, um die es sich handelte, ausnehmend zu gefallen; und bald, während das eifrigste Wechselgespräch im Gange war, zuckten und deuteten die Köpfe und Hände der beiden Weiber in keineswegs respektvoller Gebärde nach dem altehrwürdigen Kaufmannshaus hinüber.

Die junge Frau am Fenster wurde denn doch aufmerksam: die da drüben waren nicht eben ihre Freunde; der einen – das wusste sie – war es zugetragen worden, dass sie Herrn Friedrich Jovers abgeraten hatte, ihre mauldreiste Personnage in sein Haus zu nehmen; der andern hatte sie einmal ihre große Tortenpfanne nicht leihen können, weil sie eben beim Kupferschmied zum Löten war.

Unwillkürlich hatte sie die Arbeit sinken lassen: was mochten die Weiber zu verhandeln haben?

Aber die Unterhaltung drüben wurde unterbrochen. Von der Hafenstraße herauf kam der kleine bewegliche Advokat, Herr Siebert Sönksen, den sie den „Goldenen“ nannten, weil er bei feierlichen Gelegenheiten es niemals unter einer goldbrokatenen Weste tat, deren unmäßig lange Schöße fast seinen ganzen Leib bedeckten. Eilig schritt er auf die beiden zu, richtete, wie es schien, eine Frage an Frau Antje Möllern und schritt, nachdem diese mit einem Kopfnicken beantwortet worden, lebhaft, wie er herangetreten war, quer über die Gasse nach Herrn Friedrichs Hause zu.

„Hm“, kam es aus dem Munde der jungen Frau, „der Goldene? Gehört der auch dazu? Was will denn der bei unserem Bruder Friedrich?“

Die hervorragenden Eigenschaften des Herrn Siebert Sönksen waren bekannt genug: er jagte wie ein Trüffelhund nach verborgen liegenden Prozessen und galt für einen spitzfindigen Gesellen und höchst beschwerlichen Gegenpart auch in den einfachsten Rechtsstreitigkeiten. Im übrigen wusste er, je nach welcher Seite hin sein Vorteil lag, ebensowohl einen sauberen Vergleich zustande zu bringen, als einen schikanösen Prozess durch alle Instanzen hindurchzuziehen.

Die Frau Senatorin war aufgestanden; sie musste doch zu ihrem Christian Albrecht, um seine Meinung über diese Dinge einzuholen! Allein, da trat die Köchin in das Zimmer, ein altes Inventarienstück aus dem schwiegerelterlichen Nachlass, eine halbe Respektsperson, die nicht so abzuweisen war. Die junge Frau musste ihr Haushaltungsbuch aus der Schatulle nehmen; sie musste notieren und rechnen, um dann die näheren Positionen der heutigen Küchenkampagne mit der kundigen Alten festzustellen.

Hinten in der vorderen Schreibstube saßen indessen der alte Friedebohm und ein jüngerer Kaufmannsgeselle sich an dem schweren Doppelpulte gegenüber. Es gab viel zu tun heute, denn die Brigg „Elsabea Fortuna“, welche der selige Herr nach seiner alten Ehefrau getauft hatte, lag zum Löschen fertig draußen auf der Reede. „Musche Peters“, sagte der Buchhalter zu seinem Gegenüber, „wir müssen noch einen Lichter haben; ist Er bei Kapitän Rickertsen gewesen?“

Aber bevor der junge Mensch zur Antwort kam, wurde an die Tür geklopft, und ehe noch ein „Herein“ erfolgen konnte, stand schon der goldene Advokat am Pulte und legte seine Hand vertraulich auf den Arm des alten Mannes. „Der Herr Prinzipal in seinem Kabinette, lieber Friedebohm?“ Er frug das so zärtlich, dass der Alte ihn höchst erstaunt ansah, denn dieser Mann war nicht der betraute Sachwalter ihres Hauses. Deshalb gedachte er eben von seinem Bock herabzurutschen, um ihn selber bei dem Herrn Senator anzumelden; aber Herr Siebert Sönksen war schon nach flüchtigem Anpochen in das Privatkabinett des Prinzipals hineingeschlüpft.

„Ei, ei, ja doch!“ murmelte der Alte. „Die Klatschmäuler werden doch nicht recht behalten?“ Er kniff die Lippen zusammen und schaute eine Weile durch das Fenster auf den Steinhof, wo ihm die niedrige Mauer jetzt auch eine innere Scheidung der beiden verwandten Häuser zu bedeuten schien.

Drinnen im Kabinette war nach ein paar Hin- und Widerreden der Herr Senator wirklich von seinem Bock herabgekommen. „Herr!" rief er und stieß seine Feder auf das Pult, dass sie bis zur Fahne auf-riss, „verklagen, sagt Ihr? Meines Vaters Sohn will mich verklagen? Herr Siebert Sönksen, Sie sollten nicht solche Scherze machen!"

Der Goldene zog ein Papier aus seiner Tasche. „Mein werter Herr Senator, es wird ja nicht sogleich ad processum ordinarium geschritten."

„Auch nicht, da Herr Siebert Sönksen dem Gegenpart bedienet ist?"

Der Goldene lächelte und legte das Schriftstück, welches er in der Hand hielt, vor Herrn Christian Albrecht auf das Pult. „Laut dieser Vollmacht", sagte er vertraulich, „bin ich so gut zum Abschluss von Vergleichen wie zur Anstellung der Klage legitimiert!"

„Und wegen des Vergleiches sind Sie zu mir gekommen?" frug der Kaufherr nicht ohne ziemliche Verwunderung; denn er wusste nicht, dass Herr Siebert Sönksen schon längst darauf spekuliert hatte, statt seines alten und, wie er sagte, „fürtrefflichen, aber abgängigen" Kollegen der Anwalt dieses angesehenen Hauses zu werden.

Der Advokat hatte mit einem höflichen Kopfnicken die an ihn gerichtete Frage beantwortet.

„Herr Siebert Sönksen", sagte der Senator, und er sprach diese Worte in großer innerlicher Erregung, „so kommen Sie also im Auftrage, im ausdrücklichen Auftrage meines Bruders?"

Herr Siebert stutzte einen Augenblick. „In Vollmacht, mein werter Herr Senator; wie Sie zu bemerken belieben, laut richtig subskribierter Vollmacht! Es ist für den erwünschten Frieden unterweilen tauglich, wenn eine unbeteiligte sachkundige Person …"

Herr Christian Albrecht unterbrach ihn: „Also", sagte er aufatmend, „mein Bruder weiß nichts von Ihrem werten Besuche: Ich danke Ihnen, Herr Sönksen; das freut mich recht von Herzen!"

Der Goldene schaute etwas verblüfft in das gerötete Antlitz des stattlichen Kaufherrn. „Aber mein wertester Herr Ratsverwandter!"

„Nein, nein, Herr Siebert Sönksen, führen Sie meinethalben so viele Prozesse, als Sie fertigbringen können, aber wo zwei Brüder in der Güte miteinander handeln wollen, da gehöret weder der Beichtvater noch der Advokat dazwischen." „Aber, ich dächte doch –"

„Sie denken sonder Zweifel anders, Herr Siebert Sönksen“, sagte der Senator mit einer unwillkürlichen Verbeugung. „Kann ich Ihnen sonstwie meine Dienste offerieren?“

„Allersubmisseste Danksagung! Nun, schönsten guten Morgen, mein werter Herr Senator!“

Gleich darauf schritt der Goldene mit einem eiligen „Serviteur, Musche Friedebohm“ durch die vordere Schreibstube und hielt erst an, als er draußen auf den Treppenstufen vor der Haustür stand. Seinen Rohrstock unter den Arm nehmend, zog er die Horndose aus der Westentasche und nahm bedächtig eine Prise. „Eigene Käuze das, die Söhne des alten Herrn Senators Christian Albrecht Jovers!“ murmelte er und tauchte zum zweiten Male seine spitzen Finger in die volle Dose. „Nun, nehmen wir fürerst mit dem Prozess fürlieb!“

– – Bald nach dem Goldenen war auch der junge Kaufherr an dem ihm kopfschüttelnd nachschauenden Musche Friedebohm vorbeigeeilt, um gleich darauf in die Wohnstube zu treten, wo seine Eheliebste auf dem Kanapee an ihrem Kinderhäubchen strickte. Aber er sprach nicht zu ihr; er hatte wieder beide Hände in den Rockschößen und lief im Zimmer auf und ab, bis die Frau Senatorin aufstand und so glücklich war, ihn zu erhaschen.

„Weshalb rennst du so, Christian Albrecht?“ sagte die junge Frau und stellte sich tapfer vor ihn hin.

„Nun, Christine, wer da nicht rennen sollte!“

„Nein, nein, Christian Albrecht, du bleibst mir stehen!“ und sie legte beide Arme um seinen Hals. „So“, sagte sie; „nun sieh mich an und sprich!“

Aber Herr Christian Albrecht tat auch nicht einen Blick in ihre hübschen Augen. „Christine“, sagte er und sah dabei schier über sie hinweg, „ich kann nicht zu Bruder Friedrich gehen.“

Sie ließ ihn ganz erschrocken los. „Aber du hast es mir versprochen!“

„Aber ich kann nicht!“

„Du kannst nicht? Weshalb kannst du nicht?“

„Christinchen“, sagte er und fasste seine Frau an beiden Händen, „ich kann nicht, weil er wieder in seine Kinderstreiche verfallen ist; er hat mir ein Stück Bauholz nach dem Kopf geworfen.“

„Was soll das heißen, Christian Albrecht?“

„Das soll heißen, dass mein Bruder Friedrich den goldenen Advokaten zum Prozesse gegen mich bevollmächtigt hat. Er ist justement als wie in seinen Kinderjahren; er hat den Bock, und zwar im allerhöchsten Grade! Und so mag's denn auch von meinetwegen jetzt ein Tänzchen geben!"

Die junge Frau suchte wieder zu begütigen, allein Herr Christian Albrecht war unerbittlich. „Nein, nein, Christinchen; er muss diesmal fühlen, wie der Bock ihn selber stößt, so wird er sich ein ander Mal in Acht zu nehmen wissen. Wir sollen, so Gott will, noch lange mit unserem Bruder Friedrich leben; bedenk einmal, was sollte daraus werden, wenn wir allzeit laufen müssten, um seinen stößigen Bock ihm anzubinden!"

Und dabei hatte es sein Bewenden. Zwar will man wissen, dass die junge Frau noch einmal hinter ihres Mannes Rücken in des Schwagers Haus geschlüpft sei, um mit den eignen kleinen Händen den Knoten zu entwirren; aber Frau Antje Möllern hatte sie mit frecher Stirne fortgelogen, indem sie fälschlich angab, Herr Friedrich Jovers sei soeben in dringenden Geschäften zum Herrn Siebert Sönksen fortgegangen. Und die Augen der alten Personnage sollen dabei so von Bosheit voll geleuchtet haben, dass die junge Frau zu einem zweiten Versuche keinen Mut hatte gewinnen können.

Ein neues Jahr hatte begonnen, und der Prozess zwischen den beiden Brüdern war in vollem Gange. Der Herr Vetter Kirchenpropst und der Onkel Bürgermeister hatten sich vergebens als Vermittler zum gütlichen Austrag angeboten; vergebens hatte der letztere gegen den jungen Senator hervorgehoben, dass „kraft seines tragenden Amtes, abseiten des Ansehens der Familie", die Augen der ganzen Stadt auf ihn gerichtet seien; denn darin schienen die Streitenden stillschweigend einverstanden, dass das Wort der Güte nur fern von fremder Einmischung von dem einen zu dem andern gehen könne. Aber freilich, dazu gab keiner von ihnen die Gelegenheit; der notwendige geschäftliche Verkehr wurde schriftlich fortgesetzt, und eine Menge Zettel: „Der Herr Bruder wolle gelieben" oder „Dem Herrn Bruder zur gefälligen Unterweisung" gingen hin und wider.

Die kleine Seestadt in allen ihren Kreisen hatte sich müde an diesem unerhörten Fall gesprochen, und das Gespräch, wenn irgendwie der Stoff zu anderem ausging, wurde noch immer mit Begierde wieder aufgegriffen. Vollständig munter aber, trotz der Winterkälte, erhielt es sich drüben auf der Beischlagsbank der Frau Nachbarn Jipsen; diese und Frau Antje Möllern winkten jetzt nicht nur mit ihren Köpfen, sondern mit beiden Armen und dem ganzen Leibe nach dem Senatorshause hinüber. Aber in dem letzteren war freilich mittlerweile auch noch ein ganz Besonderes passiert: ein Sohn war dort geboren worden, und Herr Friedrich Jovers hatte ja für solchen Fall Gevatter stehen sollen!

– – Die junge Frau Senatorin lief indessen schon wieder flink von der Wiege ihres Kindes treppunter nach der Küche und noch flinker von der Küche treppauf nach ihrer Wiege, als eines Morgens Herr Christian Albrecht, nachdem er erst soeben vom gemeinschaftlichen Kaffeetische in sein Kontor gegangen war, wieder zu ihr in das Wohnzimmer trat. „Christine", sagte er zu seiner immerhin noch etwas blässlichen Eheliebsten, „bist du heute schon draußen auf unserem Steinhofe gewesen? – – Nicht? – Nun, so alteriere dich nur nicht, wenn du dahin kommst!"

„Um Gottes willen, es hat doch kein Unglück gegeben?" rief die junge Frau.

„Nein, nein, Christine."

„Aber ein Malheur doch, Christian Albrecht; du bist ja selber alteriert!"

Ein Lächeln flog über sein freilich ungewöhnlich ernstes Gesicht. „Ich denke nicht, Christine; aber komm nur mit und siehe selber!"

Er fasste ihre Hand und führte sie über den Hausflur in die große Schreibstube. Der jüngere Kontorist war nicht zugegen; der alte Friedebohm stand neben seinem Schreibbocke am Fenster und nahm eine Prise nach der andern.

Auch Frau Christine sah jetzt in den Hof hinaus, fuhr aber gleich darauf mit der Hand über ihre Augen, als gälte es, dort ein Spinnweb fortzuwischen. „Um Gottes willen, was ist das, Friedebohm? Was machen die Leute da auf Bruder Friedrichs Hof? Die Mauer ist ja auf einmal fast um zwei Fuß höher!"

„Frau Prinzipalin", sagte der Alte, „das sind Meister Hansens Leute; sehen Sie, dort kommt schon einer mit der Kelle!"

„Aber was soll denn das bedeuten?"

„Nun" – und Monsieur Friedebohm nahm wieder eine Prise –, „Herr Friedrich lässt wohl ein paar Schuhe höher mauern." „Aber, Christian Albrecht", und Frau Christine wandte sich lebhaft zu ihrem Mann, der schweigend hinter ihr gestanden hatte, „geschieht denn das mit deinem Willen?"

Herr Christian Albrecht schüttelte den Kopf.

„Aber die Grenzmauer, sie gehört doch uns gleichwohl; wie kann sich Friedrich so etwas unterstehen!"

„Mein Schatz, die Mauer steht auf Friedrichs Grund und Boden."

Die Augen der kleinen Frau funkelten.

„Oh, das ist schlecht von ihm, das hätte ich ihm nicht zugetraut; er hat ein hartes Herz!"

„Da irrst du doch gewaltig, Christinchen", erwiderte Herr Christian Albrecht; „das ist's ja gerade, dass er noch immer sein altes weiches Herz hat; er schämt sich nur, und deshalb lässt er diese große steinerne Gardine zwischen sich und seinem Bruder aufziehen."

Die junge Frau blickte mit unverhohlener Bewunderung auf ihren Mann. „Aber", sagte sie fast schüchtern und legte ihre Hand in seine; „wie wird er sich erst schämen, wenn er den Prozess gewinnen sollte!"

„Dann", erwiderte der Senator, „dann kommt mein Bruder zu mir, denn dann ist der böse Bock gezähmt. Hab ich nicht recht, Papa Friedebohm?" setzte er in munterem Ton hinzu.

„Ei ja, Gott lenkt die Herzen", erwiderte der alte Mann, indem er seine Dose in die Tasche steckte und dafür die Feder wieder in die Hand nahm; „aber beim wohlseligen Herrn Senator ist uns solcher Umstand im Geschäft nicht vorgekommen."

Zwei Tage darauf hatte die Mauer schon eine beträchtliche Höhe erreicht, und noch immer wurde daran gearbeitet. Aus der Schreibstube hinten war dergleichen nie gesehen worden, und der junge Kaufmannsgeselle konnte es nicht lassen, je um eine kleine Weile mit offenem Munde nach den Arbeitern hinzustarren. „Musche Peters", sagte der alte Friedebohm, „wolle Er lieber in Seine Bilanzrechnung schauen! Es will sich für Ihn nicht schicken, dass Er über das neue Werk da draußen sich irgendwelche überflüssige Gedanken mache!" Und der junge Mensch wurde über und über rot und tauchte hastig seine Feder in das Dintenfass.

Aber auch Monsieur Friedebohm selber konnte sich nicht enthalten, unterweilen über seine Arbeit wegzuschauen; die beiden Gesellen da draußen, insonders der Alte mit dem respektwidrigen langen Barte, wurden ihm mit jeder Stunde mehr zuwider. „Der struppige Assyrer!" brummte er vor sich hin, „mag wohl am Turm zu Babel schon getagwerkt haben; wird aber diesmal auch nicht in den Himmel bauen!"

Als gleich darauf Herr Christian Albrecht aus seinem Kabinett hereintrat, sah er seinen Buchhalter sich mit dem Schneiden einer Feder mühen, die er immer näher an die Nase rückte. „Will's nicht mit den alten Augen, Papa Friedebohm?" sagte er freundlich.

Aber Monsieur Friedebohm zuckte bedeutsam mit der einen Schulter nach der Mauer draußen. „Herr Christian Albrecht, wir haben schon immer das Licht nicht justement mit Scheffeln hier gehabt."

Der Senator warf einen Blick nach dem hohen Werke, an welchem die beiden Gesellen unter lustigem Singen noch immer weiterarbeiteten. „Ja, ja, Friedebohm", rief er heftig, „du hast recht! Alle Tausend, das geht denn doch übers –"

„Übers Bohnenlied!" wollte er sagen, wo schon derzeit gar nichts darüber ging; aber er schwieg plötzlich, da er auf den jungen Musche Peters sah, der wieder mit offenem Mund an seinem Pulte saß, und ging, nachdem er eine geschäftliche Anordnung erteilt hatte, in sein Kabinett zurück.

– – Nach ein paar Stunden steckte Frau Christine ihr hübsches Köpfchen durch die Tür. „Darf man eintreten?" frug sie.

„Komm nur!" erwiderte Herr Christian Albrecht von seinem Schreibstuhl aus. „Was hast du auf dem Herzen?"

„Oh", und sie stand schon mitten in dem Stübchen und ließ ihre Blicke an der geschwärzten Decke wandern – „ich wollte nur; – – – aber, Christian Albrecht, hier herrscht ja ägyptische Finsternis! Die schönen Spinngewebe, die unsere Wiebke immer sitzen lässt, die können deine Spinnen nun ruhig weiterweben! Und weisst du, das naseweise Ding – aber ich habe ihr auch einen tüchtigen Wischer gegeben – sie hat eben die Mauer mit ihrem Eulbesenstiel gemessen; genau elf Fuß nach meiner Elle, sagt sie! Aber sieh nur, Christian Albrecht, nun wird's denn auch nicht höher; sie legen schon die runden Steine obenauf."

Herr Christian Albrecht saß noch immer auf seinem hohen Schreibstuhl, die Feder in der Hand. „Weisst du, Christine", sagte er, indem er ernsthaft vor sich hinsah, „der Bock meines Herrn Bruders wird mir doch zu mächtig; es tut jetzt not, und ich habe mich auf einen guten Gegenstoß besonnen." Und als sie ihn unterbrechen wollte: „Nein, red mir nicht dazwischen, Frau; ich will auch einmal meinen Willen haben."

Sie fasste ihn leise an dem Aufschlag seines Rockes und zog ihn sanft von seinem Thron herab und dicht zu sich heran. „O weh", sagte sie und sah ihm ernsthaft in die Augen, „da habe ich am Ende einen Mann geheiratet, den ich erst heute kennenlerne! Gesteh mir's, Christian Albrecht, du hast doch nicht auch etwa so einen –"

„Zum Kuckuck", rief Herr Christian Albrecht lachend, „im hintersten Stallwinkel wird auch wohl bei mir so einer angebunden stehen; und der soll jetzt heraus ans Tageslicht, trotz aller klugen Frauenzimmer und meiner allerklügsten noch dazu!"

„So, Christian Albrecht? Und in welcher Art“ – sie zögerte ein wenig – „soll denn der deine seinen Gegenstoß vollführen?“

„Setz dich, Christine“, sagte der Senator, indem er die anmutige Frau auf seinen Schreibthron hob, „und reden wir deutsch mitsammen! In jener Sache da draußen auf dem Hof will ich mein Recht, und keinen Titel davon aufgeben! Aber dazu bedarf es keines Prozessierens, denn es steht klar und bündig in den alten, noch vorhandenen Kaufkontrakten.“

„Und weiter, Christian Albrecht?“

„Und weiter, Christine, hat zwar der Besitzer von Friedrichs Hause die Mauer zwischen beiden Häusern aufzuführen und zu unterhalten; aber der des unserigen hat den Halbschied der Kosten dazu beizutragen.“

„Wirklich? Auf Höhe von elf Fuß?“

„Ei was, und wenn's die Mauer von Jericho wäre! Das ist meine Sache; wenn ich ihm zahlen will, er muss schon stillhalten und Quittanz dafür erteilen!“

„Und du willst wirklich die Halbschied der Kosten, so das blanke bare Geld dafür dem Bruder Friedrich in sein Haus schicken?“

„Das will ich, Christine; ganz gewiss, das will ich.“ Sie sah ihn eine Weile ganz nachdenklich an.

„So, also auf die Art, Christian Albrecht!“ sagte sie langsam.

Aber bevor sie ihre Gedanken über diesen kritischen Fall zu ordnen vermochte, kam Botschaft aus der Küche: die Kochfrau war eben angelangt, und der Bratenwender sollte aufgestellt werden, denn auf morgen gab es ein großes Fest im Hause. Frau Christine gedachte plötzlich wieder der Veranlassung, um derenwillen sie das Allerheiligste ihres Mannes aufgesucht hatte; sie ließ sich ihr blaues Haushaltungsbeutelchen bis zum Rande füllen und verließ das Stübchen, den Kopf voll junger Wirtschaftssorgen.

In dem Hause nebenan sollte heute Herr Friedrich Jovers mit seiner ehrsamen Haushälterin selbander speisen, denn sein junger Lübecker Küfer war auswärts in Geschäften. Zuvor aber trat er nach seiner Gewohnheit vor die Haustür und schaute von dem obersten Treppensteine ein paar Augenblicke in das Wetter und rechts die Straße hinab nach dem dort unten sichtbaren Teile des Hafens.

Als er dann wieder ins Haus und gleich darauf in das Wohnzimmer getreten war, stand die Matrone schon mit vorgesteckter Serviette in der kalmankenen Sonntagskontusche hinter ihrem Stuhle.

„Ist Hochzeit in der Stadt, Frau Möllern?“ frug er. „Die Schiffe flaggen ja!“

Er setzte sich, und die Alte setzte sich ihm gegenüber; die Frage mochte er wohl schon vergessen haben, denn Herr Friedrich Jovers pflegte seit geraumer Zeit auf dergleichen keine Antwort zu erwarten.

Aber Frau Antje Möllern, welche auf gewisse Dinge ihren Herrn nicht anzusprechen wagte, ließ sich die Gelegenheit nicht entschlüpfen. „Hochzeit?“ wiederholte sie scharf, und ein gewisses Zucken um ihre derben Lippen zeigte, dass eine verhaltene Entrüstung zum Ausbruch drängte. „Nein, es ist keine Hochzeit, es ist nur eine Kindtaufe!“

„Eine Kindtaufe, und die Schiffe flaggen?“ sagte Herr Jovers gleichgültig. „Ich wüsste doch nicht, dass bei den Honoratioren –“

Aber Frau Möllern vermochte nicht, ihn ausreden zu lassen. „Oh, Herr Jovers, freilich ist es bei den Honoratioren, bei den allerersten Honoratioren; aber eine Schande ist es, eine offenbare Schande, sag ich!“

Herr Jovers wurde doch aufmerksam. „Was will Sie damit sagen?“ frug er kurz.

„Damit, Herr Jovers, will ich sagen, dass Ihr einziger Bruder, der Herr Senator Christian Albrecht Jovers, heute sein erstes Söhnchen taufen lässt; und Sie fragen noch, warum die Schiffe flaggen?“

Herr Friedrich sagte nichts; aber Frau Antje Möllern entging es nicht, wie ihm die Hand zitterte, während er schweigend den Rest seiner Suppe hinunterlöffelte.

Die grimmigen Augen der Alten begannen plötzlich einen wehleidigen Ausdruck anzunehmen. „Herr Jovers“, begann sie seufzend, „Ihr Herr Großvater selig und meines Vaters Onkel, was waren das für gute Freunde! Sie wissen das ja auch, Herr Jovers!“

„Zum Mindesten“, sagte Herr Jovers, „hat Sie mir das oft genug erzählt.“

„Nun, Herr Jovers, selig Senatorn wusste das ja auch!“

„Ja, ja, Möllern, und auch der alte Friedebohm! Denn in den Büchern meines Großvaters läuft bis zu seinem seligen Ende eine jährliche Ausgabepost: Zehn Pfund Tabak und ein Gewandstück für den armen Krischan Möller.“

Frau Antje schluckte etwas; darin aber, nachdem sie den mittlerweile erschienenen Braten vorgelegt hatte, nahm sie doch den Faden wieder auf. „Ja, Herr Jovers, sie waren Schulkameraden, und das vergaßen sie sich nicht! Für alle Mittwoch war Herr Christian Möller zu dem Herrn Senator Christian Jovers auf den Kaffee eingeladen; im Sommer tranken sie denselben in dem schönen Gartenpavillon, den Ihr Herr Großvater damalen erst gebaut hatte. Nicht währ, Herr Jovers, man hätte sie wohl sehen mögen, die alten Herren, wie sie in liebevoller Unterhaltung mit ihren holländischen Pfeifen vor den offenen Gartentüren saßen! – Wenn sie es damalen hätten voraussehen können“, fuhr Frau Antje fort, vor ihrem noch immer unberührten Braten sitzend, „dass der nunmehrige Herr Senator Jovers, oder, sagen wir's nur gradheraus, die nunmehrige Frau Senatorn einen solchen Prozess um diesen schönen Lustgarten anheben würde, was würden die beiden braven Freunde dazu wohl gesagt haben?“

„Weiß nicht, Möllersch“, sagte Herr Friedrich, der bisher in halber Zerstreuung dagesessen hatte; „vielleicht wäre es meinem Großvater zum Verdruss geschlagen, und er hätte den laufenden Posten von zehn Pfund Tabak und einem Gewandstück ein für alle Mal gestrichen!“

Die Matrone nagte sich ein paarmal auf die Lippe; dann sprach sie mit andächtigem Aufblick: „Wie wohl hat unser Herrgott es gemacht, dass diese lieben Männer itzt in ihrem Grabe ruhen!“

„Sehr wohl, Möllersch“, sagte Herr Friedrich, indem er vom Tische aufstand; „und da lasse Sie die beiden alten Leute nur, und sorge Sie für Ihre Leibesnahrung, damit Sie nicht vor der Zeit bei Ihres Vaters Onkel zu ruhen komme! Zunächst aber hole Sie mir den Überrock von draußen aus dem Schrank!“

Als das geschehen war, ging Herr Friedrich aus dem Hause, ohne zu sagen, wohin, und wann er wiederkommen werde; Frau Antje aber legte zuvörderst die Serviette zusammen, welche der sonst so akkurate Herr als wie ein Wischtuch auf dem Tische hatte liegenlassen, und machte sich dann voll stillen Ingrimms über ihren Braten her.

– Am selbigen Abend, da es vom Kirchturme acht geschlagen hatte, stand Herr Friedrich Jovers auf seinem Steinhofe mit dem Rücken an der Mauer eines Hintergebäudes und blickte unverwandt nach den hell erleuchteten Saalfenstern seines Elternhauses, deren unterste Scheiben die neue Mauer noch so eben überragten.

Ganz heimlich, vor allem als dürfe Frau Antje Möllern nichts davon gewahren, war er nach seiner Rückkehr hier hinausgeschlichen. Weshalb, wusste er wohl selber kaum; denn mit jedem Gläserklingen, das zu ihm herüberscholl, mit jeder neuen Gesundheit, deren Worte er deutlich zu verstehen glaubte, drückte er die Zähne fester aufeinander. Gleichwohl stand er wie gebannt an seinem Platze, sah in das Blitzen der brennenden Kristallkrone und horchte, wenn nichts anderes laut wurde, auf den Schrei des alten Papageien, der, wie er wohl wusste, bei der Festtafel heute nicht fehlen durfte.

Da erschien an einem der Fenster, gerade an dem, welches seinen Schein auf Herrn Friedrichs Standplatz warf, eine zierliche Frauengestalt. Er konnte das Antlitz nicht erkennen; aber er sah es deutlich, dass der Kopf des Frauenzimmers, wie um ungehinderter hinauszuschauen, sich mit der Stirn an eine Scheibe drückte. Doch auch das schien ihr noch nicht zu genügen; ein Arm streckte sich empor, wie um die obere Haspe zu erreichen, und jetzt, während im Saale neues Gläserklingen sich erhob und der Papagei dazwischenschrie, wurde leise der Fensterflügel aufgestoßen.

Herr Friedrich erkannte seine Schwägerin. Sie lehnte sich hinaus, sie legte die Hand an ihren Mund, als ob sie zu ihm hinüberrufen wolle; und jetzt hörte er es deutlich, wenn es auch nur wie geflüstert klang: es war sein Name, den sie gerufen hatte. Und da er wie ein steinern Bild an seiner Mauer blieb, kam es noch einmal zu ihm herüber, und dann, als wolle sie ihm winken, erhob sie langsam ihre Hand und deutete dann wieder nach dem hellen Festsaal. – Was hatte sie vor? Wollte sie ihn noch jetzt zur Taufe laden? Er wusste, sie konnte solche Einfälle haben; er wusste auch, wenn er jetzt ihr folgte, er würde seinem Bruder den besten Teil des Festes bringen; aber – der Garten! Nach ein paar fürsorglichen Andeutungen des Herrn Siebert Sönksen stand in allernächster Zeit eine abfällige Sentenz bei dem Magistrate hier in Aussicht! – Nein, nein, die zweite Instanz musste beschritten, der Prozess musste dort gewonnen werden; waren doch auch die weitschichtigen Rezesse des Goldenen von vornherein auf diese höhere Weisheit nur berechnet gewesen!

Herr Friedrich Jovers wollte sein Recht. Frau Christine hatte es selbst gesagt, er konnte nicht anders, er war ein Trotzkopf; er rührte sich nicht, der Bock hielt ihn mit beiden Hörnern gegen die Mauer gepresst.

Freilich wusste er es nicht, dass Christian Albrecht ihn im Gevatterstande vertreten und seinen Erstgeborenen getrost auf seines Bruders und des Urgroßvaters Namen hatte taufen lassen. Da drüben aber wurde das Fenster zögernd wieder zugeschlossen.

Wenige Tage später stand der vierschrötige Maurermeister Hinrich Hansen, wohlrasiert, seinen Dreispitz in der Hand, im Kabinette des Senators Christian Albrecht Jovers.

„Also“, frug dieser, „zweihundertundvierzig Reichstaler war die Verdingsumme für das Werk da draußen, und Er hat den Betrag bereits empfangen?“

Meister Hansen bejahte das.

„Weiß Er denn wohl“, sagte der Senator wieder, „dass mein Bruder Ihm da um die Hälfte zuviel gegeben hat?“

Der alte Handwerksmann wollte aufbrausen; das griff an seine Zunft- und Bürgerehre. „Lass Er nur, Meister“, sagte Herr Christian Albrecht und legte beschwichtigend die Hand auf den Arm des neben ihm Stehenden. „Seine Arbeit ist auch diesmal rechtschaffen; aber Er weiß doch, was ein Hauskontrakt bedeutet?“ Und damit schob er ihm das vergilbte Schriftstück zu, welches aufgeschlagen auf dem Pulte lag.

Der Meister zog seine Messingbrille hervor und studierte lange und bedächtig unter Beistand seines Zeigefingers den ihm bezeichneten Paragraphen; endlich klappte er die Brille zusammen und steckte sie wieder in das Futteral.

„Nun?“ frug Herr Christian Albrecht.

Der Meister antwortete nicht; er fuhr mit seinen Fingern in die Westentasche und suchte nach einem Endchen Kautabak, womit er in schwierigen Umständen seinen Verstand zu ermuntern pflegte.

„Nicht wahr, Meister“, sagte der Senator wieder, „da steht es klar und deutlich?“

Der Meister kam nun doch zu Worte. „Mag sein, Herr“, erwiderte er stockend, „aber es ist mir denn doch alles voll und richtig ausbezahlt!“

Der Senator ließ sich das nicht anfechten. „Freilich, Meister; aber die eine Hälfte war ja nicht Herr Friedrich Jovers, sondern ich Ihm schuldig! Das macht auf den Punkt einhundertundzwanzig Reichstaler. Hier sind sie, wohlgezählt in Kron- und Markstücken; und nun gehe Er zu Herrn Friedrich Jovers und zahle Er ihm zurück, was Er von ihm zuviel empfangen hat!“

Meister Hansen zögerte noch; in seinem Kopfe mochte die Vorstellung von einem etwas kuriosen Umwege auftauchen, aber bevor er mit seinen schwerbeweglichen Gedanken darüber ins Reine kam, war schon das Geld in seiner Tasche und er selbst zur Tür hinaus.

Herr Christian Albrecht rieb sich vergnügt die Hände. „Was wird Bruder Friedrich dazu sagen? Stillhalten muss er schon; hier steht's!“ Und er tupfte mit den Fingern dreimal zuversichtlich auf den alten Hauskontrakt.

Da wurde an die Tür gepocht. Der Schreiber seines Sachwalters überbrachte ihm einen Brief.

Als der Überbringer sich entfernt und Herr Christian Albrecht den Brief gelesen hatte, war der eben noch so vergnügliche Ausdruck seines Angesichts mit einem Mal wie fortgeblasen. „Musche Peters", sagte er kleinlaut, indem er die Tür zur großen Schreibstube öffnete, „bitte Er doch die Frau Senatorin, auf ein paar Augenblicke bei mir vorzusprechen!"

Die Frau Senatorin ließ nicht auf sich warten. „Da hast du mich, Christian Albrecht!" rief sie fröhlich, „aber" – – und sie schaute ihm ganz nahe in die Augen, „fehlt dir etwas? Es ist doch kein Unglück geschehen?"

„Freilich ist ein Unglück geschehen, Christinchen; da – lies nur diesen Brief!"

Ihre Augen flogen über das Papier. „Aber, Christian Albrecht, du hast ja den Prozess gewonnen!"

„Freilich, Christinchen, hab ich ihn gewonnen."

„Und das nennst du ein Unglück? Da hast du ja alles nun in deiner Hand!"

„Hatte ich in meiner Hand, musst du sagen! Fünf Minuten vor Empfang dieses Schreibens habe ich durch Meister Hansen die Hälfte der unseligen Mauergelder an Bruder Friedrich abgesandt."

Frau Christine schlug die Hände ineinander. „Das wird eine schöne Geschichte werden! – du!?" – und sie drohte ihm mit dem Finger – „ich hatte es dir vorhergesagt!"

Und es wurde eine schöne Geschichte; denn zu derselben Zeit stand im Nachbarhause der Meister Hansen vor dem Herrn Friedrich Jovers.

Bei seinem Eintritt in den Hausflur war der goldene Advokat gegen ihn angeprallt und dann wie in blindem Geschäftseifer an ihm vorbeigeschossen. Im Zimmer selbst saß der Hausherr mit einem Schriftstück in der herabhängenden Hand, das mit vielen Schnörkeln begann und mit dem großen Magistratssiegel endete. Er schien über den zuvor gelesenen Inhalt nachzusinnen und nicht gehört zu haben, was ihm der Meister eben vorgetragen hatte; als dieser aber aus seiner Hand ein paar schwere Geldrollen auf den Tisch fallen ließ, richtete er sich plötzlich auf. „Geld? Was soll das?" rief er. „Was sagt Er, Meister Hansen?"

Der Meister trug noch einmal seine Sache vor, und jetzt hatte Herr Friedrich zugehört und recht verstanden.

„So?" sagte er anscheinend ruhig, indem er sich von seinem Sitz erhob; aber sein Antlitz rötete sich bis unter das dunkle Stirnhaar. „Also dazu hat Er sich gebrauchen lassen?" – Dann ergriff er plötzlich die beiden Geldrollen und machte eine Armbewegung, die den stämmigen Meister fast zur Gegenwehr veranlasst hätte.

Aber Herr Friedrich besann sich wieder. „Setz Er sich!“ sagte er kurz; dann ging er rasch zur Stubentür und über den Hausflur nach dem Hof hinaus.

Der junge Küfer, der vor der offenen Kellertür des Lagerraums beschäftigt war, sah mit Verwunderung den Herrn Prinzipal bald mit vorgestrecktem Kopfe auf dem Klinkersteige des Hofes dröhnend hin und wider schreiten, bald wieder ein Weilchen stillestehn und mit halb scheuen Blicken an der hohen Scheidemauer hinaufschauen.

Das mochte eine Viertelstunde so gedauert haben; endlich, wie in raschem Entschluss, ging Herr Friedrich in das Haus zurück. Als er ins Zimmer trat, fand er den Handwerksmann auf demselben Stuhle, wo er ihn gelassen hatte.

„Meister“, sagte er, aber es war, als werde bei den wenigen Worten ihm der Atem kurz, „hat Er Leute in Bereitschaft? So etwa fünf oder sechs, und noch heute oder doch morgen schon?“

Der Meister war aufgestanden und besann sich. „Nun, Herr Jovers, es ginge wohl! Mit der Stadtswaage sind wir jetzt so weit; ein Stücker fünfe könnten schon gemisst werden.“

„Gut denn, Meister“ – und Herr Friedrich ergriff noch einmal, und nicht minder heftig als vorhin, die beiden auf dem Tische liegenden Geldrollen – „so baue Er mir die Mauer auf meinem Hofe noch um soviel höher, als dieses Silber dazu reichen will!“

Der Handwerksmann schien kaum zu merken, dass während dieser Worte die Rollen schon in seinen Händen lagen.

„Hat Er mich nicht verstanden?“ fuhr Herr Friedrich fort, da der andere keine Antwort gab.

„Freilich, Herr; das ist wohl zu verstehen; aber“ – und der Meister schien ein paar Augenblicke nachzurechnen – „das gäbe ja noch an die sechs bis sieben Fuß!“

„Meinetwegen“, sagte Herr Friedrich finster, „nur sorge Er dafür, dass es um keinen Schilling niedriger und auch um keinen höher werde, als wozu Er da das Geld in Händen hat!“

„Hm“, machte der alte Mann und sah den jüngeren mit einem Blicke an, als ob ihm plötzlich ein Verständnis komme, „wenn Sie es denn so wollen, Herr Jovers; es ist Ihre Sache.“

Herr Jovers wandte sich ab. „So wären wir fertig miteinander!“ sagte er hastig. „Fanget nur gleich morgen an, damit ich der Unruhe in Bälde wieder ledig werde!“

Als Meister Hansen dann hinausgegangen war, warf er sich auf einen Stuhl am Fenster und starrte auf die leere Straße. Er schien keine Gedanken zu haben; vielleicht auch wollte er keine haben.

Und schon am andern Tage, während der Herr Onkel Bürgermeister und der Herr Vetter Kirchenpropst noch einmal ihr vergebliches Versöhnungswerk betrieben, wurde zwischen den Höfen der beiden Brüder rüstig fortgemauert, und der struppige Assyrer sang dabei alle Lieder, die er auf seinen Kreuz- und Querzügen aus der Fremde heimgebracht hatte. Im Hause des Senators wurden die Schreibstuben mit jeder neuen Steinlage immer mehr verdunkelt, und der alte Friedebohm ertappte sich zu seinem Schrecken mehr als einmal, wie er müßig vor dem Fenster stand und, eine vergessene Prise zwischen den Fingern, diesem, wie er es bei sich selber nannte, babylonischen Beginnen zusah. Auf der andern Seite ging Herr Friedrich Jovers, wenn er auf dem Wege zu seinen Geschäftsräumen den Hof betreten musste, hastig und ohne jemals aufzublicken daran vorüber. Dann, nach Verlauf einiger Tage, hörte das Mauern und das Singen auf; die Handwerker waren fort, das neue Werk war fertig.

Statt dessen vernahm Herr Friedrich am nächsten Vormittage ein Geräusch, das ihm wie mit einem Schlage die seltensten, aber höchsten Freuden seiner Knabenjahre vor die Seele führte; er hatte eben die Hoftür geöffnet und seinem draußen beschäftigten Ausläufer etwas zugerufen, als er horchend stehenblieb. Er wusste es genau; er sah es vor sich, wie jetzt drüben auf dem Hofe des Elternhauses die großen Reisemäntel ausgeklopft wurden; ja, er sah sich selbst als Knaben in seinen Sonntagskleidern an seiner Mutter Hand danebenstehen und hörte den frohen Ton ihrer Stimme, womit sie bei solchem Anlass einstmals ihrer Kinder Herz erfreute.

Er erschrak fast, als der Gerufene ihm jetzt entgegentrat, und ihm entfiel unwillkürlich die Frage, was denn für eine Reise drüben wohl im Werke sei. Aber bevor der Mann den Mund aufzutun vermochte, kam bereits die Antwort aus der naheliegenden Küche: Frau Antje Möllern hatte selbstverständlich schon lange die genauesten Nachrichten; ein Glück, dass sie es endlich nun erzählen konnte! Die junge Frau Senatorn wollte mit ihrem Erbprinzen auf Besuch zu ihren Eltern, obschon das liebe Kind mit jedem Tag ins Zahnen fallen könne und Pankratius und Servatius noch nicht einmal vorüber seien; und der gute Herr Senator müsse auch mit auf die Reise, denn was kümmere das die Frau Senatorn, dass eine große Ladung Ostseeroggen erst eben auf der Reede angekommen sei! „Herr Jovers!" schloss Frau Antje ihre Rede, als der Arbeitsmann sich entfernt hatte, und wies mit dem Daumen nach dem Hofe zu, „glauben Sie es, oder glauben Sie es nicht – die hat's nicht ausgehalten, dass sie uns von drüben nun nicht mehr in unsere Töpfe gucken kann!"

Ein fast grimmiges Zucken fuhr um Herrn Friedrichs Lippen; dann aber sah er die alte Dame nur eine Weile mit etwas starren Augen an. „Also das ist Ihre Meinung, Möllersch?" sagte er trocken, und als sie hierauf beteuernd mit ihrem dicken Kopf genickt hatte, setzte er hinzu: „So wolle Sie die Güte haben, dergleichen Meinung künftig bei sich selber zu behalten!"

Als er das gesprochen hatte, ging er fort, und Frau Antje blieb, die Hände über ihrem starken Busen gefaltet, noch eine ganze Weile stehen, die Augen unbeweglich nach der Richtung, in der ihr Herr verschwunden war. Dann plötzlich trabte sie an den verlassenen Herd zurück und rührte unter heftigen Selbstgesprächen in dem über dem Dreifuß stehenden Topfe, dass die kochende Brühe zu allen Seiten in die lodernden Flammen spritzte.

Es war unverkennbar, dass die Mauer draußen, obgleich sie keineswegs behagliche Gefühle in ihm erweckte, nach ihrer abermaligen Vollendung eine geheimnisvolle Anziehungskraft auf Herrn Friedrich Jovers übte. Freilich hatte er noch immer vermieden, an dem neuen Werk emporzusehen; jetzt aber, nachdem der Abend herangekommen war, ließ es ihm auch hierzu keine Ruhe mehr. Er hatte sich vorgespiegelt, sein junger Küfer, der zur gewohnten Stunde aus dem Geschäft gegangen war, könne das Auffüllen der neuen Fässer unterlassen haben, welche in dem Keller hinter dem Hofe lagen; allein er hatte schon darum vergessen, als er kaum den Hof betreten hatte.

Oben an dem dunkeln Frühlingshimmel schwamm die schmale Sichel des Mondes und warf ihr bläuliches Licht auf den oberen Rand der Scheidemauer und das Dach des elterlichen Hauses. Herr Friedrich stand jetzt an derselben Stelle, von wo aus er an jenem Abend ein stummer Zeuge der Familienfeierlichkeit gewesen war; er stand dort ebenso stumm und unbeweglich, aber auf seinem Antlitz lag jetzt ein unverkennbarer Ausdruck der Bestürzung. So sehr er seine Augen anstrengte, es wurde nicht anders: hinter dem neuen Maueraufsatz waren die Fenster des alten Familiensaales bis zum letzten Rand verschwunden.

Es war schon spät am Abend; nichts regte sich, weder hüben noch drüben; nur das Klirren eines Fensterflügels, der im Hauptbau auf der andern Seite offenstehen mochte, wurde dann und wann im Aufwehen der Nachtluft hörbar. Herr Friedrich wollte eben in sein Haus zurückkehren, da tönte von drüben plötzlich die Stimme des alten Kuba-Papageien: „Komm röwer!“ und nach einer Weile noch einmal: „Komm röwer!“ Wie ein eindringlicher Ruf, fast schneidend, klang es durch die Stille der Nacht; dann nach kurzer Pause folgte ein gellendes Gelächter. Herr Friedrich kannte es sehr wohl; der verwöhnte Vogel pflegte es auszustoßen, wenn ihm die Nachahmung der eingelernten Worte besonders wohl gelungen war. Aber was sonst als der unbehülfliche Laut eines abgerichteten Tieres gleichgültig an seinem Ohr vorbeigegangen war, das traf den einsamen Mann jetzt wie der neckende Hohn eines schadenfrohen Dämons.

„Komm röwer!“ seine Lippen sprachen unwillkürlich diese Worte nach; über seine selbstgebaute Mauer konnte er nicht hinüberkommen.

Noch lange stand er, das Hirn voll grübelnder Gedanken, ohne dass etwas anderes als das gewöhnliche Geräusch der Nacht zu seinem Ohr gedrungen wäre; fast sehnte er sich, noch einmal den Schrei des Vogels zu vernehmen; als aber alles still blieb, ging er ins Haus und legte sich zum Schlafen nieder.

Allein er hörte eine Stunde nach der andern schlagen, und da er endlich schlief, war es nur eine halbe Ruhe. Ihm war, als sei er auf dem Wege zum Garten; aus der Pforte kamen seine Eltern ihm entgegen, von denen er gemeint hatte, dass sie beide schon im Grabe lägen; als er auf sie zuging, sah er, dass ihre Augen fest geschlossen waren; er wollte sie eben bitten, ihn doch anzusehen, da war die hohe Mauer vor ihm aufgestiegen, und dahinter scholl das Gelächter des alten Kubavogels, das wie in einem Echo an hundert Mauern hin und wider sprang.

– – Das Geräusch eines dicht unter seinen Fenstern vorüberrollenden Wagens weckte ihn. Es war schon Morgenfrühe; die dicke goldene Taschenuhr, welche er von seinem Nachttisch langte, zeigte auf reichlich fünf Uhr. Rasch war er aus dem Bette, zog das Vorhängsel von einem Guckfenster in der vorspringenden Seitenwand zurück und sah auf die Straße hinab. Von Osten her lagen die Häuserschatten noch auf den feuchten Steinen und bis hoch an den gegenüberstehenden Gebäuden hinauf; vor der Treppe des brüderlichen Hauses hielt ein bespannter Reisewagen: Koffer wurden durch den alten Diener hintenauf geladen und Kisten und Schachteln unter den Wagenstühlen festgebunden. Bald darauf sah er seinen Bruder und Frau Christine in Reiserock und Mantel aus dem Hause treten; dann folgte eine gleichfalls reisefertige Magd mit einem anscheinend nur aus Tüchern bestehenden Bündelchen, an welchem die junge Frau Senatorin noch viel zu zupfen und zu stecken hatte und worin Herr Friedrich nicht ohne Grund seinen ihm noch unbekannten jungen Neffen vermutete.

Endlich war alles auf dem Wagen. Herr Friedebohm, von der obersten Treppenstufe, schien eiligst noch mit Kopf und Händen die Versicherung getreuen Einhütens zu erteilen; dann klatschte der Kutscher, und bald war die Straße leer, und Herr Friedrich hörte nur noch das schwache Rollen des Wagens droben in der Stadt, wo es zum Ostertor hinausführte.

Aber auch ihn duldete es nun nicht länger im Hause; rasch war er angekleidet und ging in den frischen Morgen hinaus. Er war hinten um die Stadt herumgegangen, an der stillen Gasse vorüber, in welcher die Pforte zu dem Familiengarten sich befand; jetzt schritt er langsam, seinen Rohrstock unter dem Arme, drüben auf dem breiten Gange des Kirchhofes und schaute über den alten Hagedornzaun nach dem seit einem halben Jahre von ihm gemiedenen Familiengrundstücke hinüber. Bäume und Sträucher standen schon in lichtem Grün, und dort von den jungen Apfelbäumen, die sein Vater, der alte Herr Senator, noch gepflanzt hatte, lachten ihn die ersten roten Blütensträuße an. Bald auch gewahrte er mit Verwunderung, dass der Garten, wie in jedem Frühjahr, in ordnungsmäßigen Stand gesetzt war, und – täuschte ihn denn sein Ohr? – er hörte ein Geräusch, als ob geharkt und darauf Beete mit dem Spaten angeklopft würden; aber der Pavillon und das hohe Gebüsch zu dessen Seiten verwehrten ihm die Aussicht.

Er blieb stehen und lauschte, während das Geräusch des Arbeitens sich ebenmäßig fortsetzte. Da wallte es in ihm auf; wer konnte sich unterstehen, den in Streit befangenen Garten anzufassen?

„Heda!“ rief er. „Was wird da getrieben?“

Das Arbeiten hörte auf, und nach einigen Augenblicken trat der alte Andreas mit einem Spaten auf der Schulter hinter dem Pavillon hervor.

„Er, Andreas?“ herrschte ihn Herr Friedrich an. „Was hat Er hier zu schaffen? Hat Ihn mein Bruder etwa hier zur Arbeit herbeordert?“

Der Alte schob seine Pudelmütze von einem Ohr zum andern. Die Frage mochte ihm unerwartet kommen; hatte er doch noch von dem seligen Herrn her einen Schlüssel zu der Gartenpforte und seit über einem Vierteljahrhundert einzig nach dem Kalender, den er in seinem Kopfe trug, die Beete umgegraben, Erbsen und

Bohnen nach seiner eigenen Wissenschaft gelegt und Bäume und Gesträuche angebunden und beschnitten. „Herbeordert?" sagte er endlich. „Nein, Herr; so herbeordert hat mich niemand; aber wenn's nicht alles in die Wildnis gehen sollte, so war es just die höchste Zeit."

„Was kümmert Ihn das", rief Herr Friedrich, „ob es hier verwildert?"

Der Alte hatte seinen Spaten in die Erde gestoßen. „Was mich das kümmert?" wiederholte er und sah völlig verdutzt zu dem Sohne seines alten Herrn hinüber.

„Freilich Ihn!" fuhr dieser fort; „denn wer wohl, meint Er, dass Ihm Seine Arbeit hier bezahlen werde?"

„Nun, Herr; es wird schon alles angeschrieben."

„So schreib Er's gleich nur in den Schornstein", rief Herr Friedrich, „und vertu Er seine Zeit nicht, die Er besser brauchen kann!"

Andreas wischte mit der Hand den Schweiß von seiner Stirne. „Wenn das Ihr Ernst ist, Herr Jovers", sagte er, „so kann ich freilich nur nach Feierabend hier noch arbeiten; das aber" – und er erhob den Spaten und zeigte damit nach dem Kirchhofe hinüber – „tu ich meiner alten Herrschaft da zuliebe."

Herr Friedrich sagte nichts; Andreas aber ging mit seinem Spaten fort, und bald wurde wieder das einförmige Geräusch des Grabens in der Morgenstille hörbar.

Der andere stand noch eine Weile an derselben Stelle, als müsse er die Spatenstiche zählen, die er drüben den alten Arbeiter machen hörte; dann wandte er sich plötzlich und ging weiter in den Kirchhof hinein, bis zu dem Grabe seiner Eltern. Hier saß er lange auf den Steinen, welche die Familiengruft bedeckten, und blickte auf den grünen Koog hinunter und darüber hinaus auf den silbernen Strich des Meeres, wo in der Ferne die Masten des guten, ihm so wohlbekannten Schiffes „Elsabea Fortuna" sichtbar wurden.

Als es in der Stadt vom Turme sieben schlug, stand er wieder an dem alten Gartenzaune. Der vorübergehende Totengräber, dessen Gruß er nicht zu bemerken schien, gewahrte mit Verwunderung, wie Herr Friedrich Jovers mit seinem Stocke recht unbarmherzig gegen einzelne der alten Büsche stieß, während doch, wie von einem frohen Entschluss, ein stilles Lächeln auf seinem Antlitz lag.

Plötzlich aber richtete Herr Friedrich sich auf und schritt aus dem Kirchhofe in die Stadt hinein; er schritt nicht seiner Wohnung zu, sondern die lange Osterstraße hinauf, wo das Haus des Meisters Hinrich Hansen lag.

Und acht Tage später, an einem sonnigen Spätnachmittage, hielt der Chaisewagen des Senators wieder vor dessen Haustür; die Reisenden samt Kind und Kindsmagd waren heimgekehrt. Als der schlafende Erbe glücklich vom Wagen und oben in der Kinderstube untergebracht war, lief die junge Frau, wie zu neuer freudiger Besitznahme, durch alle Räume ihres Hauses, und als sie hier überall gewesen war und, dank der alten schwiegerelterlichen Köchin, alles in musterhafter Ordnung vorgefunden hatte, schritt sie langsam den Gang hinab, der an der Küche vorbei zur Hoftür führte. Ihr Gesicht war plötzlich ernst geworden, und es dauerte eine Weile, bevor sie die Klinke aufdrückte und hinaustrat.

Allein so zögernd sie hinausgegangen war, so rasch kam sie jetzt zurück; sie flog fast an der Küche vorüber nach dem Hausflur; ihre Augen strahlten: „Christian, Christian Albrecht!" rief sie. „Wo steckst du? Komm doch, komm geschwinde!"

Da trat er schon mit heiterem Antlitz aus der Schreibstube auf sie zu.

„Komm!" rief sie nochmals und ergriff ihn bei der Hand. „Ein Wunder, Christian Albrecht, ein wirkliches Wunder! Wie aus dem Döntje von dem Fischer un sine Fru! Ein schwarzer jütscher Topf, ein Haus, ein Palast; immer höher und höher, und dann eines an genehmen Morgens – „Mantje Mantje Timpe Te!" – da sitzen sie wieder in ihrem schwarzen Pott!" Und sie sah mit glückseligen Augen zu ihrem Mann empor.

Auch aus seinen guten Augen leuchtete ein Strahl des Glückes. „Ich habe es schon gesehen", sagte er; „aber es ist kein Wunder, es ist viel besser als ein Wunder."

Und als sie dann Arm in Arm auf den Hof hinaustraten, der wieder hell und frei wie früher vor ihnen lag, da sahen sie die hohe Mauer bis auf ihr altes Maß hinabgeschwunden, und hinter der niedrigen Grenzscheide stand Herr Friedrich Jovers und streckte schweigend dem Bruder seine Hand entgegen.

„Friedrich!"

„Christian Albrecht!"

Die Hände lagen ineinander; aber jetzt erhob Herr Friedrich den Kopf, als ob er nach den Fenstern des elterlichen Hauses hinüberlausche.

„Worauf hörst du, Bruder?" frug ihn der Senator.

Einen Augenblick noch blieb der andere in seiner horchenden Stellung, dann ging ein Lächeln über sein ernstes Gesicht. „Ich meinte, Bruder, dass unser alter Papagei mich riefe, aber er hat es neulich abends schon getan."

Und als er das gesagt hatte, legte er die eine Hand auf den oberen Rand der Mauer, und mit einem Satze schwang er sich hinüber.

„Mein Gott, Friedrich", rief Frau Christine, indem sie einen raschen Schritt zurücktrat, „ich habe dich noch niemals springen sehen!" Und dabei standen ihre Augen voll von Tränen.

Er fasste seine Schwägerin an beiden Händen. „Christine", sagte er, „dieser Sprung war nur ein Symbolum; ich werde künftig wieder hübsch auf ebener Erde bleiben."

Der Senator blickte heiter in den nun wieder frei gewordenen Luftraum. „Lieber Bruder", begann er mit bedächtigem Lächeln, „die ganze Mauer war ja eigentlich nur ein Symbolum, außer dass sie denn doch leibhaftig dagestanden, und währenddem der alte Friedebohm sich seine Federn nicht mehr schneiden konnte –"

Herr Friedrich unterbrach ihn: „Wenn's gefällig wäre, so nehmet noch einmal eure eben abgelegten Hüte und begleitet mich auf einer kurzen Promenade!"

„Was du willst, Friedrich!" rief Frau Christine. „Alles, was du willst!" Und da Herr Christian Albrecht gleichfalls einverstanden war, so gingen sie miteinander durch das elterliche Haus, und Herr Friedrich führte sie den bekannten Weg hinten um die Stadt, an der grünen Marsch entlang und wieder in die Stadt hinein.

Sie hatten längst bemerkt, dass er sie zu dem in Streit befangenen Garten führte; aber sie fragten nicht, sie gingen schweigend und in freudiger Erwartung neben dem Bruder her.

Am Eingange empfing sie der alte Andreas, die Steigharke in der Hand, ein schelmisches Schmunzeln im Gesicht. Alles zeigte sich in schönster Ordnung; an den jungen Apfelbäumen waren alle Blütensträuße aufgebrochen.

Herr Friedrich beschleunigte seine Schritte, während er den Muschelsteig zum Pavillon hinauf, dann aber an demselben vorbei und nach der Kirchhofseite zu schritt. Als sie hier aus dem Gebüsch hinaustraten, stieß Frau Christine einen leichten Schrei aus, wie er sich in freudiger Überraschung so anmutig von dem Frauenherzen löst; denn an der Stelle des krüppelhaften Zaunes, welcher sonst die Scheide gegen den Kirchhof hin bezeichnet hatte, erhob sich vor ihnen eine stattliche Mauer, wie Herr Christian Albrecht sie sich immer hier gewünscht hatte. „Nun, gewisslich", rief die hübsche Frau, „da steht es vor uns, auch die Liebe kann –"

Aber Herr Friedrich nahm ihr das Wort vom Munde. „Die Frau Schwester meinen", sagte er höflich, „Meister Hansens Leute können, wenn auch keine Berge, so doch eine Mauer recht gescheit versetzen; mich selber anbelangend, so habe ich hierbei auf des

Herrn Bruders gütigen Konsens gerechnet. Und, Christian Albrecht", fuhr er in herzlichem Tone fort, indem er sich zu seinem Bruder wandte, „hiemit, so du gleichen Sinnes bist, ist unser Prozess am Ende; du hast das Urteil unseres Magistrates für dich; meinen Einspruch habe ich zurückgezogen. Tue du nun ein übriges und bestimme als der Älteste, wie es mit dem Garten soll verhalten werden! Wie du die Teilung vornimmst, ich bin es jedenfalls zufrieden."

Herr Christian Albrecht hatte dieser Rede zugehört wie einer, welcher zugleich einem eigenen Gedanken nachgeht. „Ist das dein Ernst, Friedrich?" sagte er, seinem Bruder voll ins Antlitz sehend; „dein wohlbedachter Ernst?"

„Mein voller, wohlbedachter Ernst", erwiderte Herr Friedrich ohne Zögern.

„Nun denn", rief Christian Albrecht freudig, „so teilen wir gar nicht, Bruder Friedrich! ‚Jovers Garten' hat es hier von Großvaters Zeiten her geheißen, so darf es jetzt nicht Christian Albrechts und Friedrichs Garten heißen!"

Einen Augenblick lang zogen Herrn Friedrichs dunkle Brauen sich zusammen, als ob er über einen Gewaltstreich seines Bruders zürnen müsse; dann aber wurde es plötzlich hell auf seinem Antlitz, wie Christian Albrecht in so raschem Wechsel es nur bei ihrem Vater einst gesehen hatte. Lebhaft ergriff er seines Bruders Hand: „Topp, Christian Albrecht! Aber wie war's nur möglich, dass dies damals keinem von uns beiden eingefallen ist?"

Herr Christian Albrecht lächelte. „Ich glaube, Friedrich, wir haben damals beide etwas laut geredet; da konnten wir die eigene Herzensmeinung nicht vernehmen."

Frau Christine, die in stiller Freude dem Gespräch der Brüder zugehört hatte, hob jetzt ihre Uhr empor, die sie, noch von der Reise her, an einem schweren Gürtelhaken bei sich führte. „Vesperzeit, wenn's beliebet!" rief sie. „Und Friedrich, du speisest doch heut abend bei uns? Die alte Margret wird schon löblich vorgesehen haben! Freilich – deine perdrix aux truffes, die hast du ein für allemal verlaufen."

Es war zu Ende Juli. Frau Antje Möllern saß bei Frau Nachbarn Jipsen auf der Beischlagsbank und erzählte dieser noch einmal, wie schon mehrere Mal zuvor, dass es nun nichts nütze, da drüben noch länger hauszuhalten; denn die da – und sie nickte nicht eben sanft nach dem alten Kaufherrnhaus hinüber – haben nun auch Herrn Friedrich Jovers ganz in ihren Schlingen; sie, Antje

Möllern, habe dies dem letzteren auch rundheraus gesagt und dann zugleich auf Michael gekündigt; und Frau Nachbarn Jipsen erwiderte darauf, heute gleichfalls nicht zum ersten Mal, dass sie das alles längst vorausgesehen habe.

Unten im Ratsweinkeller saß an diesem warmen Nachmittage der goldene Advokat und demonstrierte dem Herrn Stadtsekretär, der aus den oberen Rathausräumen zu einem kühlen Trunk herabgestiegen war, wie er die scharfsinnigen Deduktionen seiner Klage- und Replikrezesse, welche – ganz sub rosa – denn doch über den Horizont des ehrenwerten Magistrats hinausgingen, nun leider ganz umsonst geschrieben habe; und der stets höfliche Herr Stadtsekretär tupfte dem Goldenen recht freundlich auf die Schulter und sagte lächelnd: „Umsonst, Herr Siebert Sönksen? Doch wohl nicht ganz umsonst! Da müssten wir die Herren Jovers sonst nicht kennen!" – Und der Goldene lächelte gleichfalls und griff behaglich nach seinem Spitzglas Roten.

Draußen in den Gärten aber war es in der Stachelbeerenzeit, und in „Jovers Garten" war heute überdies ein großer Familienkaffee. Der Herr Onkel Bürgermeister und der Herr Vetter Kirchenpropst mit ihren Frauen waren da, und der alte Friedebohm und der alte Andreas waren da, jeder an dem Platze, der ihnen zukam, und der alte Papagei saß auf seiner hohen Stange vor dem Pavillon, und auch Musche Peters in seinem neuesten Anzug mit einer kleinen Zopfperücke fehlte nicht. Selbst den kleinen Erbprinzen hätte man in seinem Kinderwagen an einem stillen Schattenplätzchen finden können, freilich bis jetzt nur schlummernd unter der Hut der treuen Kindermagd. Im Innern des Pavillons aber, vor den weit geöffneten Flügeltüren, waltete Frau Christine des blinkenden Kaffeetisches, während drunten vor der Staketpforte sich zusammendrängte, was die kleine Gasse an neugierigen Weibern und lustiger Jugend aufzubieten hatte. Die Weiber erzählten sich von der guten seligen Frau Senatorn und nickten dabei nach der innern Wand des Pavillons hinüber, wo die unermüdliche Dame Flora nach wie vor mit ihrer Rosengirlande tanzte; die Buben dagegen, die sich allmählich den ersten Platz vor der Pforte erobert hatten, wiesen mit ausgestreckten Armen nach den großen roten Stachelbeeren, die auf den Rabatten in schwerer Fülle an den Büschen hingen. Mitunter hörte man sie den Namen des jungen Herrn Senators nennen; sie schienen auf ihn zu warten, dessen milde Hand ja auch nach dem Hintritt der guten alten Frau Senatorn noch vorhanden war. „Da kommt he! Kiek mal, da kommt he!" riefen ein paar von ihnen, deren gierige Augen eben einen

Schimmer seines pfirsichfarbenen Rockes erspäht hatten; aber sie wurden plötzlich stille, als sie ihn an der Seite des gefürchteten Herrn Friedrich Jovers aus einem belaubten Seitengange treten sahen.

Die beiden Brüder gingen schweigend nebeneinander; aber auf ihrem Antlitz lag noch der friedliche Ausdruck des traulichen Gespräches, welches sie vorhin die einsameren Seitengänge hatte aufsuchen lassen. Auch jetzt noch wandten sie sich nicht wieder zur Gesellschaft, sondern schritten in stummem Einverständnis den breiten Muschelsteig hinab.

Ihnen im Rücken hatte inzwischen Musche Peters sich der Papageienstange genähert und suchte in Ermangelung gleichberechtigter Unterhaltung mit dem gefiederten Gaste in bescheidenem Flüstertone anzuknüpfen; sogar ein Stückchen Zucker wagte er dem Papchen hinzuhalten. Aber der grüne Unhold schien für diese Aufmerksamkeit keinen Sinn zu haben; statt nach dem Zucker hackte er nach Musche Peters' Finger und schrie dann gellend, als wolle er's nun ein für alle Mal gesagt haben: „Komm röwer!"

Als der Schrei des Vogels das Ohr der beiden Brüder erreichte, flog über Herrn Friedrichs Angesicht ein Schatten, wie aus jener Nacht, von der er seinem Bruder heut zum ersten Mal gesprochen hatte. Der Senator aber fasste seine Hand und sagte leise: „Mein Friedrich, das hat jetzt keine Bedeutung mehr; du bist nun ein für allemal herüber."

Als Herr Friedrich hierauf den Kopf erhob, um seinen Bruder anzublicken, blieben seine Augen auf dem Bubenhaufen vor der Pforte haften, und die finstere Miene wurde von einem fast schelmischen Lächeln fortgedrängt: „Keine Bedeutung mehr?" sagte er, die Worte des Bruders wiederholend. „Meinst du, ich verstünde ganz allein die Papageiensprache?" und ohne eine Antwort abzuwarten, rief er mit lauter, kräftiger Stimme: „Holla, Jungens, wat seggt de Papagoy?"

Da kam zuerst eine noch etwas zaghafte Stimme, dann aber eine nach der andern, und immer lauter und lauter: „‚Komm röwer! Komm röwer!' seggt de Papagoy."

Und lustig winkend, erhob Herr Friedrich den Arm: „Nun denn, alle Mann hoch: ‚Komm röwerl'" und ebenso lustig wies seine Hand nach den brechend voll beladenen Stachelbeerbüschen.

Zuerst sahen die Jungen nur einander an und flüsterten angelegentlich mitsammen; sie konnten sich's nicht denken, dass der böse Herr Friedrich Jovers mit einem Male so erstaunlich gut geworden sei. Als aber jetzt die beiden Herren Jovers in ein unverkennbar herzliches Lachen ausbrachen, da war kein Halten mehr, einer wollte noch eher als der andere, und bald sprang und fiel und purzelte der ganze Schwarm über die Pforte in den Garten hinab, und unter jeder Stachelbeerstaude saß mit lachendem Angesicht ein unermüdlich schmausender Junge.

„Christian Albrecht“, sagte Herr Friedrich, den Arm um seines Bruders Schultern legend, „wenn erst deine Jungen hier so in den Büschen liegen!“

Da erscholl hinter ihnen vom oberen Teil des Gartensteiges ein helles fröhliches „Bravissimo!“, und als sie sich hierauf umwandten, da stand in der offenen Tür des Pavillons inmitten aller Gäste die junge anmutige Frau Senatorin, mit emporgehobenen Armen hielt sie den Brüdern ihr eben erwachtes Kind entgegen, das mit großen Augen in die bunte Welt hinaussah.

„Es waren zwei Königskinder“

Es ist ein Erlebnis, das ich heut erzählen will; nicht mein eigenes, es ist mir selbst erzählt worden, aber von so lebendiger Erinnerung getragen, dass ich nur hätte nachzuschreiben brauchen.

Mitte Juli war es, eine laue Sommernacht; wir saßen mit unseren Gästen auf der Terrasse unseres Landhauses, und soweit die hellen nordischen Sommernächte es gestatteten, lag um uns her der Garten schon in Duft und Dämmer; nur am Himmel über uns strahlte im Sternenbilde des Perseus der prächtige Algol. Wir hatten lebhaft geplaudert, etwas philosophisch sogar, über kleine Ursachen und große Wirkungen. „Soll es doch geschehen sein“, sagte der alte Doktor, „dass nachts eine Maus über die Nase einer königlichen Geliebten gesprungen ist, und der König hat darüber eine große Schlacht verloren!“

Wir lachten; aber das steigende Dunkel löschte das Gespräch allmählich aus. Mein Vetter, der Musiker, der sich die Erlaubnis zu einer langen Pfeife ausgebeten hatte, hielt seine Augen auf den funkelnden Stern gerichtet und blies schon lange schweigend seine Rauchwolken gen Himmel. „Ja“, sagte er jetzt, wie zu sich selber, „wenn man nicht näher zusah, so war es auch nur ein Rausch – ein Räuschlein! – Meine nächsten Freunde vom heiligen Konservatorium, wo sind sie? Man soll sich in Acht nehmen; es liegt uns überall im Wege!“

„Was faseln Sie da, Fritz?“ frug unser Doktor leise.

„Ich fasele nicht, lieber Doktor, aber es ist so wunderbar um uns; man möchte den Toten einmal Gehör geben; ich habe es Ihnen vor Jahren, da es mich eben stark geschüttelt hatte, auch wohl schon erzählt!“

Der Doktor schwieg einen Augenblick: „Das mit dem jungen Marx?“ sagte er dann.

Mein Vetter nickte.

„Sie haben recht, Fritz, und wenn die Erinnerung Sie drängt, so erzählen Sie es jetzt auch den andern; ich mein, es ist jetzt eine rechte Stunde, und ein gutes Gedenken könnte, wenn man so sagen dürfte, auch denen wohltun, welche nicht mehr sind.“

„Wollen wir das annehmen!“ erwiderte Fritz, und da auch wir anderen in ihn drangen, so begann er:

„Schon fast zwei Jahre war ich auf dem Konservatorium in *** gewesen, da wurde es mir eines Tages klar, dass für hochbegabte Musiker dort vielleicht sehr viel, für Leute meines Schlages aber trotz der besten Musik, die dort gemacht wurde, verzweifelt wenig zu holen sei; denn eine feste, das Ganze beherrschende Methode der Technik fehlte dem Klavierunterricht dort zu jener Zeit – das ist auch heute noch meine Ansicht, und die Anstalt war seit mehreren Dezennien unter der Direktion eines alten Herrn geblieben, der als Klavierlehrer nur die anstellte, die ihm von den besten Sachkundigen nicht empfohlen waren. Jetzt mag das alles ja ganz anders sein.

Damals aber – nach Beratung mit Gleichgestimmten und nach eingeholter väterlicher Erlaubnis – ging ich Ostern 187* nach Stuttgart, wo die Hochschule der Musik unter Faissts Direktion und mit der Lebert-Starkschen Methode viele Schüler hinzog; zumal auch Liszt – so hieß es – wesentlich nur der dort Gebildeten sich musikalisch annahm. Bald war ich geprüft und aufgenommen und hatte Silberburgstraße Nr. 21 bei einem nachdenklichen Schneider meine Wohnung eingerichtet; die Möbelausstattung war etwas dürftig, aber das Zimmer recht groß, und das Pianino, das ich rasch gemietet hatte, klang in dem leeren Raume prächtig.

Noch entsinne ich mich des Morgens, da die erste Stunde für Harmonielehre bevorstand; ein grimmiges Gewitter entlud sich über der Stadt; mir war, als hätte ich solche Donner zuvor noch nie gehört. Ich stand in Zweifel, ob ich gehen sollte; denn ich besaß keinen Regenschirm. Endlich ließ es nach, und ich machte mich auf den Weg. Ein etwas unzufriedener Blick des Lehrers empfing mich bei meinem Eintritt: an ein Zuspätkommen schien man hier nicht gewöhnt zu sein.

In derselben Reihe mit mir saß ein junger Mann, dessen schönes Antlitz während des Vortrages unwillkürlich meine Aufmerksamkeit auf sich zog; unter dunkelgelocktem Haar wandten zwei milde braune Augen sich ein paarmal zu mir. Als wir nach dem Ende des Unterrichts auf die Straße getreten waren, regnete es wieder. „Sie haben keinen Schirm“, sagte er freundlich, indem er auf mich zukam; „wo wohnen Sie? Ich werde Sie nach Hause bringen!“

Ich dankte ihm, und wir gingen unter seinem Schirm meiner Wohnung zu; unterwegs erfuhr ich, dass er der Sohn eines Musikdirektors aus Basel sei, dessen Namen ich später mehrfach in Werken über Musik getroffen habe. Aus seinem Antlitz wie aus seinen Worten sprachen Güte und Verstand; ich fühlte, ich sei bei einem Überlegenen, der gleichwohl diese Eigenschaft mir gegenüber nur gebrauchen werde, mir zu helfen, mich zurechtzuweisen. Und so geschah es auch; obwohl ihm später viel Fertigere zur Wahl standen, er spielte am liebsten doch mit mir; ich sah es bald, wie alle, die ihm näherstanden, ihn verehrten.

Aber“ – unterbrach sich der Erzähler – „ich muss um Nachsicht bitten, dass ich bei ihm verweile, denn von einem andern wollte ich erzählen; es ist nur – er ist nach einem kurzen Glücke jung gestorben, und die Leere, die mir sein Tod gelassen, empfinde ich noch immer.

Da wir schon meiner Wohnung nahe waren, kam aus einer Nebengasse mit nervöser Hastigkeit, mit stapfigen Schritten ein junger Mann auf uns zu, von gelblicher Gesichtsfarbe und schlichtem schwarzem Haar; seine dunkeln Augen, die er forschend auf mich richtete, schienen fast zu zittern. „Auch ein Konservatorist!“ flüsterte mein neuer Freund mir zu; „der Vater ist ein Schwabe, der als angesehener Gelehrter in Metz lebt; dass wenigstens seine Mutter eine Französin ist, sehen Sie wohl selbst.“

Indessen stand er vor uns. „Ah, Walther!“ rief er, „wen schleppst denn du da mit dir durch die Stadt?“ Er zog seinen kleinen Hut, der, wie seine übrige Kleidung, recht durchnässt war; denn auch er trug keinen Schirm.

„Kommen Sie, bis der Regen nachlässt, mit in meine Wohnung“, sagte ich, ihn begrüßend, „da können wir Bekanntschaft machen, denn auch ich gehöre zu Ihrem Orden.“

Er warf flüchtig den Kopf zu mir herum: „Haben Sie denn auch die Nerven zu dem alleinseligmachenden Anschlag mitgebracht? Es kommt hier auf ein Menschenleben nicht groß an!“

„Ich hoffe“, sagte ich lachend; dann stiegen wir die drei Treppen zu meinem Zimmer hinauf. Der Halbfranzose beguckte, lebhaft mit seinen Fingern spielend, die Bilder vom verlorenen Sohn, die nebst König und Königin an der Wand hingen, sah dann durch seine Brille aus dem Fenster in den noch tröpfelnden Regen, dabei unterweilen den Kopf nach mir zurückwendend; dann trat er plötzlich zu mir, musterte meine lange Figur von den Fußspitzen bis zu meinem blonden nordischen Haupte und sagte lebhaft: „Sacré nom de Dieu, Walther! Wo hast du diesen Senfkerl eingefangen?“

„Was bin ich?“ Ich wollte schon aufbrausen, aber Walther trat dazwischen: „Wir haben ein gelindes Rotwelsch unter uns: Senfkerl, Senfmädchen ist bei uns der Superlativ vom Allerbesten, und Marx oder alias Lavendel – denn er kann nicht ohne Wohlgerüche leben – redet gern in diesem Idiom. Darüber dürfen Sie ihm nicht zürnen, er ist mein guter Freund!“

„Sans doute! Sans doute!“ rief der Halbfranzose; „aber siehst du, Walther – kennen Sie den schon?“ unterbrach er sich und wandte sich zu mir. „Nun, Sie werden Ihre Freude an ihm haben! Aber ich meine, Sie sind unser vierter Mann; abends für unsere Versammlungen, wenn bei einer Pfeif Tobak Kopf und Hände wieder zur Ruhe kommen sollen! Der Franz, unser Dritter, das ist der Humorist, man sieht es kaum dem Blondkopf an – Sie werden ihn schon kennenlernen! Aber jetzt, sincères amis, gebt euch die Hände, und hier ist die meine! Smollis! Um Entschuldigung, wie ist Ihr Name?“

„Aber, lieber Herr“, sagte ich etwas verlegen, nachdem ich mich genannt hatte, „geht das bei Ihnen in Frankreich so geschwinde? Wir haben uns ja erst in diesem Augenblick gesehen.“

„Ach, Frankreich!“ sagte er; „mein Vater ist ein Deutscher, aus dem gesegneten Lande Schwaben!“ und seine nicht großen Augen leuchteten vor Zärtlichkeit.

Es half eben nichts; ihm war nicht zu widerstehen, Walther und Marx waren meine Duzbrüder.

So war der Anfang unserer Bekanntschaft.

Ich hatte bald empfunden, dass hier ein ernster Geist regiere, der jeden nicht gar zu Trägen mit sich reißen musste; nur die Übung am Klavier beschäftigte uns je drei, ja wohl gar vier Stunden am Vormittage und ebenso am Nachmittag. Abends waren dann unsere „Versammlungen“, die wir wechselsweise auf unseren Stuben abhielten; da wurde geraucht und über das, was uns in den theoretischen Stunden vorgekommen war, ein Quantum hingeredet; auch gesungen wurde bisweilen: unser Hauptstück war ein Terzett a capella, das von Franz, mit dem ich bald zusammengeführt war, auf seinem Zimmer vorgelegt wurde. „Tropfen von Tau“, den milden Anfang hatte es, Melodie und Komponisten habe ich vergessen, ich meine, es war für Frauenstimmen, und wir stiegen dabei eine Oktave tiefer; aber wir sangen es, wie Franz, unser Dirigent, bemerkte, umstandsverhältnismäßig schön; auch Marx war einer von den Sängern.

Eines Mittsommerabends waren wir bei Franz; die Pfeifen brannten, die schlecht geputzte Lampe hatten wir des Qualms wegen tief hinabgeschraubt; Walther war nicht da, er wohnte bei einer alten Tante und war dadurch mitunter abgehalten. Marx und ich rauchten schon unsere zweite Pfeife, da – klatsch! ging es, und Franz hatte seinen Morgenschuh ausgezogen und ihn über sich gegen die niedrige Decke geworfen. „Hol der Teufel den Bäcker und seine schwarzen Teufelsdinger!“ rief er.

„Was rasest du?“ sagte ich und blickte mich in der dämmerigen Stube um; aber Scharen von jenen hässlichen großen Küchenschaben, wie sie bei Bäckern – der Hauswirt war ein solcher – ihren liebsten Heimsitz haben, huschten mit ihrer spukhaften Hastigkeit blitzschnell über Deck’ und Wände.

„Potz Himmeltausendsakramenter!“ rief ich; wir waren alle aufgesprungen; der eine nahm den Stiefelknecht, der andere riss den Handleiter vom Klavier, Franz zog auch den zweiten Schuh vom Fuß, und nun begann eine Jagd: Klitsch, klatsch! Und die Schaben, die ihr Loch nicht finden konnten, waren unsere sichere Beute; auf Tisch und Stühlen lagen ihre zerquetschten Leiber, das Bett war völlig übersäet. Das Jagdfieber ergriff uns immer mehr; wir sprangen vor- und rückwärts, gegeneinander und um uns selber; das Nachtgezücht rannte an uns empor, über unsere Kleider, auf unser Gesicht, und wir schlugen es auf uns selber tot. Aber schon genügte uns der enge Schauplatz nicht mehr; wir rannten zur Stube auf den Flur hinaus, die Mordinstrumente in den Händen; überall waren Schaben; dann die Treppe hinab; Marx trug die Lampe, der Qualm flog aus dem Glaszylinder – da plötzlich im unteren Hausflur öffnete sich eine Wand, es mag wohl eine Tür gewesen sein, und die dicke Gestalt des Hauswirtes stand im baren Hemde vor uns; das bärbeißige Gesicht mit den buschigen Brauen über den kleinen Augen betrachtete uns voll Grimm und Staunen:

„Ho, ho, ihr Herre, was geit’s denn? Se alarmieret jo ’s ganz Haus! Lasset Se das Zinselwerk und ganget Se hoim!“ Aber Franz legte feierlich die Hand auf seine Schulter:

„Mann!“ sagte er, „ein Dankgebet wäre Ihrem Munde ziemlicher gewesen als so nichtsnutzige Reden; kommen Sie mit in mein Gemach und inspizieren Sie dort die Leichen; wir haben Ihnen zum mindesten fünfhundert Schaben totgeschlagen!“

„Totg'schlage?“ wiederholte der Mann und lachte grimmig. „Die hättet Se kenne lebe laun!“

„Den Teufel auch!“ rief Franz. „Ich mag nicht mit ihnen leben.“

„Ach, Herr Franz, d'Schwobe hänt mer no nia nex vo meim kurze Schlof abisse!“ Damit schlug er verdrießlich seine Tür wieder zu und verschwand dahinter, Gott weiß, wohin.

„Der Mann hat keinen Sinn für Höheres!“ sagte Franz, und wir gingen etwas abgekühlt nach seinem Zimmer zurück. „Aber was nun, meine Lieben?“ begann er wieder. „Schlafen kann ich nicht unter diesen Toten, und, wie mir deucht – sie stinken auch ganz erklecklich! Aber – mich erleuchtet der Geist: die Nacht ist schön. Schaben gibt es draußen nicht – machen wir einen Männerspaziergang!“

„Einen Spaziergang?“ wiederholte Marx zögernd, der nach dieser Aufregung recht jämmerlich dreinsah. „Ich bin müde, Franz, und habe morgen vormittag um zehn Uhr Klavierstunde; komm mit mir, du kannst auf meinem Sofa schlafen!“

„Nein, nein, edler Lavendel, gute Gedanken dürfen nicht auf Sofas verschlafen werden. Kommt nur! Durch Cannstatt nach Waiblingen, wo die Wachtturmtreppe so eng ist, dass die Witwe des alten Turmwarts sich anstandshalber mit dem neuen Wächter verheiraten musste, da sie wegen ihrer Dicke nicht mehr hinunterkonnte! Unser nordischer Freund muss nebenbei auch Schwaben kennenlernen!“

Mit einem Wort, er drängte so, dass wir beiden andern uns endlich bereit erklärten und die Treppe mit ihm hinabstiegen. Als wir unten waren, stürmte er noch einmal hinauf, kam aber sogleich mit einer Notenrolle wieder herab.

„Was hast du denn geholt?“ frug ich.

„Das Allernotwendigste“, sagte er und hob die Rolle in die Höhe, „unser Terzett!“

Nun gingen wir auf die Gasse; es mochte nach elf Uhr sein; die Juninacht war schön, einige Sterne funkelten über uns; aber auf Erden war's doch dunkel. So marschierten wir zur Stadt hinaus; die Nachtkühle brachte ihre erfrischende Wirkung, und schon auf der Chaussee rief Franz: „Was meint ihr, mir ist, als müssten wir einmal singen!“

„Ja, aber was denn?“

„Was anders als unser Terzett!“

„Aber dazu brauchen wir Licht, wir können's ja nicht auswendig.“

„Alles vorgesehen“, erwiderte Franz, zog sein Schnupftuch hervor und entwickelte daraus ein Kästchen mit Zündhölzern und einige Stümpfchen Stearinlichts. Wir warfen uns auf einen Haufen von Chausseesteinen, der am Wege lag; die Lichter wurden angezündet und daraufgeklebt, Franz hatte die Stimmen verteilt und taktierte mit der Hand: „Eins, zwei!“, und: „Tropfen von Tau!“ – unser Terzett strahlte wie ein Stern durch die einsame Juninacht.

„Schön!“ sagte Franz, indem er die Stimmen wieder einsammelte. „Doch nun vorwärts!“

Marx wollte die beiden Lichter ausblasen, aber er wehrte ihm: „Lass“, sagte er. „Zur Freude der Nachtwanderer, die nach uns kommen!“

So ließen wir sie brennen und marschierten weiter. Da stieg zu Osten unten über den Esslinger Bergen ein gelber Mond empor; zugleich schlug eine Nachtigall, und ein Schauer zog durch die Obstbäume, die am Wege standen.

De la nuit j'aime le silence:
Doux rossignols, chantez pour moi!

sang Marx mit halber Stimme; dann fasste er mich unter den Arm, drückte ihn und sagte zitternd: „Nord und Süd! Wir kommen doch zusammen!“

Noch mehrmals sahen wir zurück nach unsern Lichtern, bis die schwache Helle nicht mehr zu uns reichte; dann marschierten wir durch Cannstatt; es muss nach Mitternacht gewesen sein, die Stadt war totenstill. So suchten wir denn einiges Leben hineinzubringen; unsere Stöcke schwingend, tralate jeder von uns seine eigene Melodie. Da schlurfte es heran: „He, Sie! Was machet Se denn für en Heidespektakel? Des ischt hie net der Brauch!“ scholl eine rauhe Stimme, und eine Gestalt mit Speer und Tuthorn hatte sich vor uns hingepflanzt.

„Mann der Nacht“, sagte Franz. „Lassen Sie uns, wir fahren jetzt gen Waiblingen.“

Der Wächter sah verächtlich nach unsern Stiefeln: „Fahre? Und da hent Se 's Schusters Rappe dazue eing'spannt?“

„Ganz recht, Liebwertester, aber“ – und Franz konnte, wenn es ihm nötig schien, ein gar fürnehmes Wesen vortun – „Er kennet uns wohl nicht? Wir sind fahrende Sänger, falls Er von solchen jemals etwas sollte gehört haben; Er aber ist ein Zuberklaus, und wir wünschen ihm Verstand und gute Wacht!“

Damit schritten wir rüstig weiter und dem andern Tore zu, aber noch lange hörten wir den Wächter schelten.

Draußen malte jetzt der Mondschein die Schatten der Bäume quer über die Chaussee; hinten aus der Stadt schlug es von den Türmen eins. Als wir etwa eine Stunde wacker zugeschritten waren, regte sich etwas in mir, das ich alsbald und zweifellos für Hunger anerkennen musste; denn seit acht Uhr hatten wir wohl alle nichts gegessen. Aber in Waiblingen! Die Wecken mussten bei unserer Ankunft gerade fertig sein. Ich griff in meine Tasche, fand aber nur vier lose Kreuzer. „Halt!“ rief ich, „ich spüre einen Männerhunger.“

Alle standen still. „Warum redst du nur davon!“ sagte Franz. „Der Teufel hol, nun fühl ich auch dergleichen.“

„Aber du hast doch Geld zu dir gesteckt?“

„Versteht sich!“ rief er und fuhr zuversichtlich in seine Tasche; aber das geöffnete Portemonnaie ergab nur sieben Kreuzer. „Hm!“ sagte er, „dass ich bei der Ausfahrt nicht an das schändliche Metall gedacht habe! Aber“ – und er sah uns lachend an – „im Grunde wär es auch egal gewesen, ich führe doch allzeit mein Vermögen in der Tasche.“

„Ihr seid auch ewig hungrig!“ murmelte Marx.

Franz nickte ihm zu: „Das verstehst du nicht, Lavendel, du nährst dich nötigenfalls von Schnecken und Knoblauch, wir mögen das nicht! Sieh lieber einmal nach dem Wesentlichen in deinen Taschen!“

Sie wurden umgekehrt, und als Summe unseres Gesamtvermögens ergaben sich dreizehn Kreuzer. „Das reicht für die Morgenwecken!“ rief Franz. „Und nun vorwärts auf die alte Hohenstaufenstadt!“

Und weiter ging es, und allmählich begann der Mond zu blassen, und ein leises Morgendämmern zog fröstelnd durch die Welt. Nach zweistündiger Wanderung scholl ein dumpfer Glockenton zu uns herüber. „Hört ihr’s?“ rief Franz. „Die Glocke von Waiblingen schlägt drei Uhr, nun sind die Wecken fertig!“

„Da halte ich auch mit“, sagte Marx; „euer Schwätzen hat mich angesteckt!“

Franz klopfte ihm auf die Schulter: „Siehst du, Halbfranzöschen, nun wird dein Vaterteil lebendig.“

Bald hatten wir die alte Stadt erreicht; die finsteren Giebel sahen auf uns herab, und die engen Gassen führten uns bergauf, bergab. Aus einem geöffneten Fenster wehte der lockende Duft von frischgebackenem Brote auf uns zu, und da ich aufblickte, sah ich zwei Engel eine goldene Brezel uns entgegenhalten; aus dem Fenster drang ein schwacher Lichtstrahl auf die Gasse. „Koin Schritt gang i weiter!“ sagte ich schwäbelnd und klopfte an die Scheiben des geschlossenen Fensters. Auch die andern stützten sich auf ihre Wanderstäbe, des Erfolges gewärtig. Und nach einer Weile fuhr der Kopf eines Mannes durch die Fensteröffnung, mit weißer Linnenmütze und gutmütigen, noch etwas verschlafenen Augen und sah uns der Reihe nach voll Verwunderung an. „Ah, meine Herre“, sagte er dann, „Se send ja scho früeh auf!“

„Ja, Meister, und wir sind schon von Stuttgart kommen!“ „Ei der Tausend, scho vo Stuegert? Des wär!“

„Ja freilich; aber saget, sind denn die Wecken fertig? Wir haben Hunger!“

„No net, ihr Herre, aber bald! Send Se no so guet und ganget Se derweil in d’ Stube!“

Und rasch war die Haustür geöffnet, und wir traten in ein großes Zimmer, in dessen Verlängerung wir auf den Backofen sahen. Ein köstlicher Duft strömte von dort auf uns zu, und in Erwartung der Wecken setzten wir uns auf die Holzbänke, die um einen groben Tisch an der Wand entlangliefen. Der Meister ging zwischen uns und dem Ofen hin und wider, bald aber schüttete er aus seiner weißen Schürze einen Haufen Wecken vor uns hin und schob ein großes hölzernes Salzfass, das auf dem Tische stand, in unsere Nähe. Ha, wie uns die in Salz getauchten Wecken schmeckten, und wie taschenspielerartig wir sie verschwinden ließen! Auch Marx hielt tapfer mit, und seine blassgelben Wangen röteten sich von dem warmen Brote. Noch einmal musste der Meister Sukkurs aus dem Ofen holen, dann blieb er am Tische stehen und sah vergnüglich unserer Mahlzeit zu.

„Liebwerter Meister“, sagte Franz, als alles gesättigt war, und sah ihn zärtlich an, indem er sich den Schnurrbart wischte, „Sie glauben nicht, welche Saukerle in Ihrer Zunft sind, selbst wenn man ihnen tausend Schaben totschlägt! Sie aber haben sich der unzeitigen Gäste wie ein Vater angenommen; dafür soll Ihnen auch ein Hochgenuss bereitet werden. Wir gehören nämlich zu dem immer seltener werdenden Orden der fahrenden Sänger!“ Damit griff er in die Tasche, reichte uns die Stimmen, dann bewegte er die Hand: „Eins, zwei!“, und „Tropfen von Tau“ klang es; wir sangen, der Meister faltete die Hände über seinem Bauch, lächelte uns an und taktierte schließlich mit dem Kopfe.

„Schön; aber schön!“ sagte er endlich, „no der Tenor“, und er sah mit bescheidener Schlauheit zu uns auf: „der Tenor kommt mir e bissele schwach für!“

Marx strich sein dunkles Haar sich von den Schläfen; denn er war der Tenor. „Das macht der Text, Meister“, sagte er, „das darf man nur so spinnewebenartig singen, wenn's nicht zerreißen soll.“

„Gut gebrüllt, Löwe!“ murmelte Franz.

„Ja freile“, sagte der Bäcker; „die Herre verstandet des besser, und schö isch gewea, des lass i mir net nemme! Mer hänt hie au en G'sangverein, aber der goht no im Sommer manchmol furt, wisset Se, wenn's e Fahneweih oder so ebbes geit. I g'hör au derzue, weil i zu dene Ausflüg d' Wecke und d' Hörnle liefere mueß.“

Ein schelmisches Lächeln lief über das hübsche Antlitz unseres Dirigenten. „Nun, Meister“, sagte er, „wir müssen weiter, aber wir sollen unsere Wecken noch bezahlen!“

Aber der gute Mann wehrte mit beiden Händen ab: „Descht mei Sach. ‘s ischt alles scho in Richtigkeit, und jetzt dank i ebe reacht schöa für den schöne Morgegrueß!“ und somit geleitete er uns zur Haustür.

„Ein prächtiger alter Herr“, sagte Franz, da wir draußen auf der Gasse standen; „das Frühstück hätten wir uns ersungen, wo kriegen wir nun den Kaffee? Die geretteten dreizehn reichen dazu nicht.“

Es gab ein Hin- und Widerreden, ich wollte nach Haus, aber ich wurde überstimmt. Marx zog seine Uhr. „Nordischer Siebenschläfer!“ rief er und wies gen Osten in eine Nebengasse, „sieh nur, wie dort die Sonne schon am Himmel tanzt! Im nächsten Dorfe lebt mir ein Gastfreund, das heißt: ein Krugwirt, der mich im Frühjahr auf seinem Wagen ein Stück Weges mitnahm und mich dann mit einem Schnaps traktierte; dort lasst uns um den Kaffee singen!“

„Akzeptiert! Vorwärts zum Kaffee!“ rief Franz, und wir schritten alle die buckelige Straße hinunter. Es war noch erste Morgenstille, die Schatten der alten Häuser lagen auf den feuchten Steinen, nur am Markte rauschte ein Brunnen aus drei kleinen Röhren, und aus dem Fenster eines oberen Stockwerks sah ein Mädchen auf uns herab, das braune Haar um die verschlafenen Augen, einen Besenstock in der Hand.

Marx streckte die Arme gegen uns: „Halt!“ sagte er leise, „Franz, die Stimmen.“

Im Augenblicke standen wir um den Brunnen, und: „Eins, zwei! – – Tropfen von Tau!“

Die Dirne sah lachend zu uns nieder und drückte sich den Besenstock ans Herz; wir aber warfen die Augen zu ihr empor und sangen nicht ohne Innigkeit das Stück zu Ende. „Leb wohl, schönes Kind!“ rief Marx, da wir die Stimmen wieder abgaben; „leb wohl und lass den Tag dir Süßes bringen!“

„Leb wohl! Leb wohl!“ riefen auch wir andern, und sie nickte noch einmal, blutrot in ihrem schmucken Angesicht, und verschwand im Dunkel des Gemaches. Wir aber schritten bald zum Tor hinaus, die Lerchen sangen schon, und wie leise Melodie tönte das Rauschen der Rems zu uns herüber. „Linele!“ murmelte Marx und ließ den Kopf auf die Brust sinken.

„Was, Linele? Hieß die Linele? Bist du auch hier bekannt?“ frug Franz.

„Ei was, ich sprach nur zu mir selber.“

„So? – Nun, Lavendel, das musst du nächstes Mal dabeisagen. Übrigens scheinst du dich mit sträflichen Geheimnissen zu befassen!“

Marx tat, als ob er nichts gehört habe, und ging strack voran. Bald hatten wir ein Dorf erreicht – den Namen habe ich vergessen –, in der offenen Tür eines Hauses, unter einem Schilde mit einem roten Ochsenkopf, stand, von den schrägen Sonnenstrahlen angeschienen, ein grauköpfiger Mann in Hemdsärmeln und mit weißer Zipfelmütze. „Mein Gastfreund“, sagte unser Halbfranzose, und „Grieß Gott, Herr Marx!“ rief der Wirt und streckte ihm die runde Hand entgegen und schüttelte sie kräftig. „Wisset Se no, wia mer mit anander g'fahre send? Se hent wölle nach Stuegert aufs Konservatori! Wo kommet Se denn ietzt gar so früeh scho her? Aber wöllet die Herre net rei'spaziere? D' Luft goht kuel vom Tal her.“

Wir traten in die große leere Gaststube, Franz warf seinen Ziegenhainer auf den Tisch und sagte mit Würde: „Drei Glas Pomeranzen, Herr Wirt.“

Ich erschrak: „O weh, unsere armen dreizehn!“ Aber Franz hatte in diesen Dingen stets die Oberleitung.

Der Wirt hantierte schon an seinem Flaschenbort und setzte die Gläser vor uns auf den Tisch. „No“, sagte er zu Marx, „wie goht's? Was machet Se denn? Se send e bissle schmäler worren do rum“, und er strich sich mit dem Finger um seine runden Backen.

Marx nahm sein Glas und nippte: „Ach, Herr Wirt, das ist vom selben, mit dem Sie mich dazumal erquickten. Ja, mich anlangend“, fuhr er fort, „wir drei, wie Sie uns hier sehen, gehören zu dem jetzt so seltenen Orden der fahrenden Sänger, aber wir hoffen frischen Schwung hineinzubringen.“

„Des wär! Ei, was Se saget!“ sagte der Wirt und schaute uns mit unglaublich dummen Augen an.

„Sie scheinen Zweifel zu hegen, lieber Mann“, nahm jetzt Franz das Wort und sah ihn mit Würde durch seine Brille an; „es ist Ihnen auch nicht gerade zu verdenken, aber – liebe Sangesbrüder, habt die Güte!“ Und er verteilte wiederum die Stimmen.

„Ei was, machet Se koine G’schichte!“ rief unser Wirt; „i han jo net da mindeschte Zweifel.“

Aber schon taktierte Franz: „Eins, zwei!“, und „Tropfen von Tau!“ scholl es in so reinem Dreiklang; ich weiß nicht, half uns der Morgen, der so hell in die Fenster schien; mir war, wir hätten’s niemals noch so schön gesungen.

Der Wirt hatte beide Hände auf den Tisch gestemmt und sah uns bewegungslos mit seinen runden Augen an. „Noi, so was!“ rief er. „Ebbes so Schönes! Wo hent Se des denn profitiert? Aber halt!“ Und er schlug mit der Faust auf den Tisch. „I hol mei Weib! Ah, wia di jung gwea isch, hot se au g’sunge wie a Lerchle! Und mei Tochter, dia hot Klavierstund beim Lehrer hie. Gelt, so singet’s uns no emol!“

Er wollte davontraben, aber Franz hielt ihn zurück. „Warten Sie, Herr Wirt, wir singen’s Ihnen schon gern noch einmal wieder; aber, wissen Sie, hier? In der ordinären Gaststub? Es geht schon auf fünf Uhr, es könnten Leute kommen – das passt sich nicht für unsern Stand.“

„Ja, ja“, sagte der Wirt, „i hör, i begreif scho, aber kommet Se no nauf in die ober’ Stub, in unser guete Stub, da wird’s schon gehe!“

Franz warf uns einen triumphierenden Blick zu, und der Wirt führte uns eine Treppe hinauf in eine leidlich möblierte Stube mit niedriger Decke, worin sich außer den Bildern von König und Königin auch eine Art von hartem Sofa vorfand. Dann lief er fort und kam bald mit einer sauberen Fünfzigerin und einem etwa zehnjährigen Mädchen in die Stube. Sie sagten beide ihr „Grieß Gott!“ und setzten sich auf Stühle neben der Tür, während der Wirt am Pfosten stehen blieb. Aber als wir kaum die ersten zwölf Takte hinter uns hatten, wurde das Gesicht der Wirtin schon lebendig; sie schlug mit den Händen auf ihre runden Knie und sah aus ihren feurigen Augen liebevoll zu uns herüber. „Wisset Se!“ rief sie, da wir eben einen brillanten Schluss gemacht hatten, „mer hent e Hauzich heut im Dorf! Das wär e Fraid, wann Se do singe tätet! ’s ischt en alte Liabschaft, ’s Bräutigams Vater hot net wölle, und er hat’s Guett g’hett; aber jetzt leit er drüben auf ‘m Kirchhof, und heut lasset sich de Junge z'sammegebe. Des wär halt schön von dene Herre, wenn mer do so a paar Liedle könnt z'höre kriege! Und a Tänzle? Do werdet Se au nix dagege han!“

Ich sah schon, dass dem Franz die Lust zu Kopfe stieg; auch dem Wirt gefiel der Vorschlag, und beide Eheleute drängten jetzt, wir sollten bleiben. „Nu, nu“, sagte der Ehemann endlich, da keine reine Antwort von uns kam, „verakkordieret's mit enander!“ Damit zog er seine Frau zur Tür hinaus, während das Dirnlein sich hinterdrein drängte.

„Das geht nicht“, sagte Marx bestimmt, „um zehn Uhr habe ich Klavierstunde, ich muss nach Haus.“

Franz sagte nichts, aber er saß verdrossen auf dem Sofa und kaute an einem Strohhalm, er konnte sein Gelüsten offenbar noch nicht verwinden.

„Liebster Dirigent“, sagte ich, da auch mir des Abenteuers nun genug schien, „gedenkst du wirklich den fahrenden Sängerorden mit unserem einen Terzett gegen eine ganze Bauernhochzeit aufrechtzuerhalten?“

Er warf den Kopf zurück, und ein sieghaftes Lächeln flog über sein junges Antlitz; denn schwere Schritte und ein Klirren von Tassen und Löffelchen kam draußen die Stiege herauf. „Der Kaffee! Beim Zeus, der Kaffee!“ rief er fröhlich; „du hast recht, Nordmann, wir müssen gehen!“

Und da erschien er und erfüllte das Zimmer mit seinem belebenden Morgenduft; eine dicke Magd trug ihn, die Familie folgte: „Nu, ihr Herre!“ rief der Wirt, „was hent Se ausg'macht?“

Aber Franz erklärte, nicht ohne Feierlichkeit, dass eine Versammlung der fahrenden Sänger uns auf den Abend unabkömmlich mache.

Die Frau wollte sich nicht zufriedengeben; sie hatte die Augen immer noch auf unsern schmucken Dirigenten; der Wirt aber rief: „Nu, Weib, wenn's emol net sei ka! Schenk dene Herre ihre Schale voll, se hent no en weite Weag z' mached.“

Ich glaube, nimmer noch hat mir ein Kaffee so geschmeckt, wie Wonne zog es mir durch alle Glieder; dann aber fragten wir nach unserer Schuldigkeit.

Die guten Leute wurden fast zornig, als Franz in frevlem Übermut den Finger auf den Tisch stützte und aufrechnend frug: „Drei Portionen Kaffee?“

Mir fiel das Herz dabei völlig – salva venia – in die Hosen; aber, Gott bewahre! Nur für die drei bestellten Pomeranzen, weiter waren wir nichts schuldig!

Unter vielem Dank und Händeschütteln verabschiedeten wir uns, und da wir nachzählten, waren noch fünf Kreuzer in unserer Reisekasse. Wir fühlten endlich, dass wir unsere Kräfte ausgegeben hatten, und gingen ohne viele Worte unsern Weg zurück; nur Franz sagte noch einmal wie zu sich selber: „Neun Kreuzer und ein Terzett!“

Etwa halb zehn Uhr vormittags langten wir in meiner Wohnung an. „Nicht einen Schritt weiter!“ rief Franz und warf sich auf mein Sofa; „hier laß ich's nachten und auch wieder tagen!“

Ich warf mich, wie ich war, aufs Bett; ich glaube, es war die größte Müdigkeit meines Lebens. „Und du, Marx?“ frug ich.

Er saß zusammengesunken auf meinem Klavierbock und sah hundselend aus. „Lass mich noch ein Viertelstündchen!“ erwiderte er; „um zehn Uhr muss ich zur Klavierstunde!“

Wir suchten es ihm auszureden, aber er ging wirklich.

Wie ich später von dem Lehrer hörte, hatte er gerade damals vortrefflich gespielt; aber was es ihm an Nervenkapital gekostet, davon hat er nicht geredet. – Franz und ich schliefen, bis am andern Morgen früh die Hähne krähten.

So lebten wir im ersten Jahre miteinander zusammen in frischem Jugendübermut, jeder für sich in gewissenhafter Arbeit, Marx in peinlichster Pflichterfüllung. Im Winter wurde ein größerer Verein gestiftet – „Drehorgel“ hieß er –, wo man einmal in der Woche im Wirtshaus zusammenkam; Zweck und Inhalt waren dieselben wie bei unsern kleinen „Versammlungen“, die aber deshalb nicht gestört wurden.

Von den drei Freunden hatte sich derzeit Marx am festesten an mich geschlossen; wir sahen uns fast täglich. Aber er war nicht eben ein bequemer Freund, obgleich er mit fast kindlicher Liebe an mir hing, denn das leiseste Wort konnte ihn verstimmen, er war von krankhafter Reizbarkeit; zumal seine Abhängigkeit von der Meinung anderer über ihn war völlig quälend. War ihm dergleichen zugekommen, dann, wenn er abends nach der Versammlung mich nach Hause geleitete, fasste er krampfhaft meinen Arm, zitterte und knirschte mit den Zähnen und redete unendlich und immer eifriger über die meist recht gleichgültige Sache. „Nicht wahr, du fühlst es! Du, du fühlst es doch auch, dass ich es nicht ertragen kann!“ Ich hörte meist geduldig zu, oder mitunter hörte ich auch nicht, oder ich sagte: „Lass doch den Plunder, du könntest dich um drei Kreuzer noch ins Tollhaus reden.“ Dann wurde er eine Weile still, aber es half doch nicht. Nie vergesse ich den

Abend, da unser gemeinsamer Klavierlehrer, ein wahrer Vater seiner Konservatoristen, ihn in der Nachmittagsstunde, ich weiß nicht mehr wie, auf den Tod sollte beleidigt haben; der Mensch sollte ihm vor die Pistole, der Unterricht zum mindesten sollte aufhören! Ich entsinne mich noch, dass ich schließlich die Nachtklingel an einer Apotheke ziehen musste, um Brausepulver für ihn zu kaufen, und dass ich ihn in seiner Wohnung selber noch ins Bett packte. Er machte die Sache anderntags auch wirklich beim Direktor anhängig, und der gute Professor schrieb ihm dann: „J'attends Monsieur Marx pour sa leçon de Vendredi, je lui promets de ne pas le manger et d'oublier même sa singulière façon de me mettre à la porte.“ – Wir andern lachten, und so war dieser Fall geschlichtet.

Marx hat mir einmal angedeutet, er sei, da er zum Musiker bestimmt gewesen, schon als Kind zu übermäßigem Klavierspiel angetrieben worden, er habe nachher oft seine kleinen Hände nicht stillhalten können; vielleicht lag hier der Urquell dieser Zustände. Überdies trank er den stärksten Kaffee, bevor er sich des Morgens ans Klavier setzte, und rauchte scheußlich schweren Tabak, den er sich in grünen Blättern von einer Muhme in Lahr zu holen pflegte. Nun war in den ersten neuen Frühlingstagen auch noch jener Seufzer: „Linele“, den wir bei unsrer Sängerfahrt zum ersten Mal von ihm gehört hatten, zu einer vollgerechten Liebschaft ausgewachsen. Allmählich hatte er alles mir anvertraut: die allerliebste Tischlermeistertochter wohnte ihm gerade gegenüber, durch die Fenster hatten sie sich zuerst gesehen, dann angesehen, blutrot und unter starkem Herzschlagen, dann hatten kleine Handbewegungen und Blumentöpfe ein Verständnis vermittelt; er hatte ihr ein Konzertbillett gesandt und, nachdem endlich die ewige Musik zu Ende gewesen, das junge blonde Kind durch manche überflüssige Gassen nach ihrer Wohnung hingeleitet. In sein Notizbuch, das er mir eines Tages aufgeschlagen in die Hand drückte, hatte er das alles deutsch und französisch durcheinander hingeschrieben: „Sa robe flottante résonna comme une harpe éolienne! Und wie ich den schön geformten Arm an meinem Herzen fühlte! Es zitterte mir ins Gehirn hinauf, und alles Denken wurde ausgelöscht. Wenn ich nur wüsste, ob sie gleicherweis empfunden hat!“

Es stand noch mehr in diesem Büchlein: „Am 2. Mai. Ich habe sie geküsst! Es ist zwar nicht zu glauben; aber es ist dennoch wahr. ‚Wie kannst mi nur so lieb habe?‘ sagte sie.

‚Weshalb nicht? Bist du nicht das süßeste Geschöpf zum Liebhaben?‘

‚Ach, i weiß ja, i bin ja gar net schön!‘

Da nahm ich das liebe Wesen und hielt es ein wenig von mir und sah sie an; ich hatte selbst noch nicht daran gedacht. ‚Nein, Linele‘ – ihre Augen schienen von meinen Lippen lesen zu wollen – ‚*schön* bist du wohl nicht; aber weißt du, was hübsch ist? Ich glaub, Linele, du bist *wunderhübsch!*‘

Sie blickte mich ganz verworren an: ‚Was sagst, Adolf? des verstand i net.‘

Und das Gesichtel sah so reizend dabei aus.

‚Wenn ich es nur versteh, herztausiger Schatz!‘ rief ich fröhlich und küsste sie zum zweiten Mal.

‚Ja freili, Adolf! aber jetzt sei brav; gelt?‘

Wo ist das Ende? Je ne pourrai jamais la laisser!“

Aber diese Liebe ließ ihn seine Pflicht niemals versäumen; wie eine Madonna erfüllte das Linele die Phantasie des Liebenden; sie war ihm Antrieb und Wächterin für alles Gute. So konnte denn auch der Handel den nächsten Freunden nicht verborgen bleiben; wenn wir auf sein Zimmer zur Versammlung kamen, unterließ wohl keiner, einen Blick aus dem Fenster zu werfen, ob sich nicht etwa drüben der unschuldige Mädchenkopf bei der Gardine vorbeuge.

– – Es war Mitte Mai, und die Dämmerung war eben angebrochen, als ich mit Franz und Walther zu Marx ins Zimmer trat; er stand vor seiner offenen Schatulle und kramte in einem Pappkasten, in dem er allerlei Zierlichkeiten und Schnurrpfeifereien zu bewahren pflegte; durch das offene Fenster sahen wir drüben die weiße Gardine sich bewegen.

„Was machst du, Marx?“ fragte einer.

„Bitte, tretet ein wenig leiser!“ sagte er, „ihr sollt mir singen helfen!“ Dann nahm er drei kleine mit Rosen bemalte Wachskerzen aus seinem Schatzkasten, zündete sie an und klebte sie vor dem offenen Fenster auf die Fensterbank, wo sie bei der Stille der Luft ruhig weiterbrannten.

„Was sind das für Anstalten?“ frug Walther. „Was sollen wir denn singen? Ein Ave Maria?“

Marx hob beschwichtigend seine Hand: „Setz dich ans Klavier, Walther; ihr andern stellt euch neben mich! – ‚Es waren!‘“ raunte er dann zu Walther hinüber.

Wir wussten Bescheid; wir hatten seit unserer Sängerfahrt außer den „Tropfen von Tau“ noch andere Lieder gesungen und brauchten keine Noten. Bald standen wir an Marx’ Seite vor dem Fenster, und in gedämpftem Tone klang das alte Lied in den Maiabend hinaus:

Es waren zwei Königskinder,
Die hatten einander so lieb,
Sie konnten beisammen nicht kommen,
Das Wasser war viel zu tief.

‚Ach, Liebster, kannst du schwimmen,
So schwimm doch herüber zu mir;
Drei Kerzchen will ich anzünden,
Die sollen leuchten dir!‘

Unserem Marx standen die dicken Tränen in den Augen, er war völlig „verturnt“, wie wir zu sagen pflegten; er drückte uns allen krampfhaft die Hand und warf sich dann in eine Sofaecke; drüben aber hatte die Gardine sich nicht mehr geregt.

Seit jenem Abend wurde das

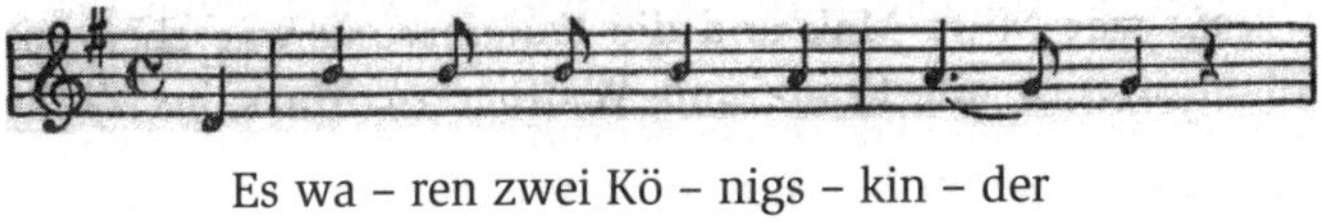

für uns vier zum Signal; wir sangen oder pfiffen es, sei es, dass einer den andern von der Gasse aus zum Spaziergang herabrufen oder ihm sonst nur von dort etwas nach seinem hohen Kämmerlein hinauf zu melden hatte.

So gingen mehrere Monate hin; Marx war von höchstem Fleiße und gewann eine Innerlichkeit des Vortrags, die ich ihm zuvor nicht zugetraut hatte. Zwar im technischen Klavierspiel hatte er, vielleicht infolge jener verfrühten Übungen, mich schon lange überholt; er hatte begonnen, wenn wir allein waren, mir schwierige Sachen ohne Anstoß vorzuspielen; aber es war mir mitunter schwer erträglich geworden, denn ich meinte zu fühlen, dass ihm etwas fehle, das mit dem Kern und Urquell aller Musik zusammenhing, was ich selber in mir trug, aber derzeit wegen mangelnder Technik nicht zum vollen Ausdruck bringen konnte. Bei der Reizbarkeit des Freundes wagte ich lange kein Wort darüber gegen ihn zu äußern; als ich mich später dennoch dazu überwand, gab er es freundlich zu; nur einmal sagte er traurig: „Mais – cela restera, mon ami.“

Jetzt aber wurde alles anders; namentlich mit Chopin ging er in den tiefsten Abgrund. Wie oft saß ich ihm nun zur Seite am Klavier, nur bittend, dass er es noch einmal und noch zum dritten Mal spiele; endlich aber, wenn von der Gasse herauf der Wächterruf dazwischenklang, sprang er plötzlich auf, raffte seine Noten zusammen; und mich umarmend, rief er: „Genug, lieb Herze; da ist der Zuberklaus! Wie freut's mich, dass du heut zufrieden warst!“ Und ehe ich mich besonnen hatte, war er schon zur Tür hinaus; aber ich stieg doch langsam hintennach, um unten für ihn aufzuschließen. „Es waren zwei Königskinder!“ hörte ich ihn dann noch einmal im Fortgehen auf der Gasse pfeifen.

Auch das wurde wieder anders, oder vielmehr es ging zurück; dieser glückliche Zustand, den ich in Gedanken „Linele“ überschrieb, hörte auf. Wenn ich ihn bat, mir vorzuspielen, so hatte er immer einen andern Grund, es abzulehnen, und wenn es einmal geschah, so war es nur das Spiel von früher. Seine Stunden und Vorlesungen besuchte er zwar, aber er tat alles ohne innere Teilnahme; in der „Drehorgel“, wo er in den letzten Monaten am lebhaftesten die Register angezogen hatte, saß er jetzt schweigend mit gestütztem Kopf vor seinem Seidel. Ich sah das eine Zeit mit an; dann fasste ich einmal seine Hand: „Was ist dir, Marx? Du spielst seit einiger Zeit wieder so seelenlos, so wie ein Automat – ja so, als hättest du dein Linele verloren!“

Da fiel er mir um den Hals: „Ich hab sie auch verloren!“ Und nun erfuhr ich's denn; seit einigen Wochen hatte das Mädchen den Fenstersitz vermieden; war sie einmal dagewesen, dann hatte sie seine ihr so wohl verständlichen Aufforderungen zu neuen Zusammenkünften mit traurigem Kopfschütteln abgelehnt; in der letzten Woche war sie völlig unsichtbar geblieben.

„Und wo“, frug ich halb neckend, „hatte sie denn ihre Hand, als sie so hübsch ihr blondes Köpfchen schüttelte?“

Seine Augen leuchteten auf, als habe er was Verlorenes gefunden. „Ihre Hand? Ja, die drückte sie auf die Brust.“

„Siehst du“, sagte ich, „das Herz ist noch dasselbe; das andere sind nur Liebesirrwege; du musst ihr wieder auf den rechten Weg helfen!“

Aber er wollte es nicht zugeben. „Nein, Freund, es ist wie in unserem alten Liede:

Das hört ein falsches Nönnchen,
Die tät, als wenn sie schlief;
Sie tät die Kerzen auslöschen,
Der Jüngling ertrank so tief.“

Und er starrte düster vor sich hin.

„Marx!“ rief ich, „ich fürchte nur, du selber bist das Nönnchen!“ Denn er litt, wie an prickelndem Ehrgeiz, so auch an einem gesellschaftlichen Hochmut; sein Vater war in den besten Familien ein geschätzter Mann und stand in freundlichem Verkehr mit ihnen; der Sohn hatte oft nicht ohne Gewicht zu mir davon gesprochen. Und jetzt liebte er eine Handwerkerstochter mit der ganzen Heftigkeit seines Wesens; ein sonst tadelloses Mädchen, aber sie sprach nicht ganz richtig Deutsch, sie schwäbelte ein wenig, was zwar von den jungen Lippen lieblich klang; von Französisch gar war ihr Gewissen völlig frei. Schon aus seinem Tagebuch hatte ich es herausgelesen, dass diese Gegensätze ihn gequält hatten. Wie leicht, bei dem lebhaften Menschen, konnte in ihrer Gegenwart ein Wort darüber ihm entschlüpft sein und eine kühlere Überlegung in dem Mädchen wachgerufen haben.

Ich sagte ihm dies alles, aber er wollte mir nichts zugeben.

Am zweiten Tage danach – ich wusste, er hatte ihr noch einmal geschrieben – hörte ich unter meinem Fenster die „Königskinder“ pfeifen. Als ich öffnete, stand Marx auf der Gasse und nickte heiter zu mir herauf.

„Guten Morgen!“ rief ich hinab. „Du siehst ja gewaltig fröhlich aus!“

Er nickte: „Sehr!“ rief er hinauf. Dann hielt er die hohle Hand an seinen Mund: „Ich – soll“ – und er schrieb mit dem Finger ein großes L in die Luft – „heut abend – sehen!“

„Gratuliere!“ rief ich; und er nickte wieder und eilte frohen Schritts von dannen.

Es war schon gegen Oktober, an einem Mittwochabend; ich hatte mich eben für die „Drehorgel“ angezogen, hatte den Hut schon auf dem Kopf und bürstete nur noch einige Fäserchen von den Kleidern, da stürmte es die Treppe hinauf; meine Tür wurde aufgerissen, und Marx stand vor mir, totenblass, sagte aber nichts, sondern begann in meinem geräumigen Zimmer auf und ab zu schreiten, knirschte mit den Zähnen, und ich sah, wie seine Finger heftig in der Luft spielten.

„Was ist nun wieder?“ rief ich, „hast du sie neulich abends nicht getroffen?“

„Ja, was ist?“ sagte er, indem er stehenblieb. „Als ich in den Lauerschen Garten kam, wohin sie mich bestellt hatte, lief ich lang und konnte sie nicht finden. Aber ich fand sie doch; in einem wüsten, vernachlässigten Winkel stand sie neben einer verfallenen Laube und riss wie in Gedanken die gelben Blätter von den Zweigen. O, mon ami, sahest du je die Trauer in Augen von sechzehn Jahren? – ‚I hab dir was z' sagen, Adolf; deswege bin i komme‘, hob sie zitternd an, aber sie kam nicht weiter, sie brach in bitterliche Tränen aus und sagte dann: ‚’s druckt mir ’s Herz ab, aber i muss, i muss!‘ Sie schwieg; ich wartete umsonst; aber dann plötzlich schlug sie die Arme um meinen Nacken und küsste mich, als ob sie mich ersticken wollte. ‚O Adolf, guck, z’ Tod möcht i di drucke und mi selber mit!‘“

Marx begann wieder auf und ab zu gehen. „Wie ich auch in sie drang“, sagte er, „ich bekam an jenem Abend nichts zu wissen. – ‚I kann nit, und wenn i sterbe müeßt!‘ rief sie. – Sie hatte mich in die Laube gezogen und den Kopf an meine Brust gelegt: ‚Lass mi bei dir sein!‘ sprach sie leise, ‚morgen will i dir alles schreibe!‘ Das war das Ende. Aber heute abend, eben – lies! Das hab ich mit der Post bekommen!“ Und er griff in die Tasche und warf ein offenes Schreiben vor mir auf den Tisch.

Ich nahm es auf und las; es war von schulmäßiger Mädchenhand geschrieben: „Ich hab gestern Abschied von Dir nommen, Adolf: Du bist mein Einzigs auf der Welt; aber es ging doch so nit meh; Dein Vater ist ein fürnehmer Gelehrter, und ich bin nur ein Meistertochter, das passt nit z’sammen. – Ich schick Dir auch Dein liebs Bild wieder, das Du mir geschenkt hast; ich darf’s nit anschaun mehr. Aber behalt Du meines, ihr Männer habt ja stärkere Natur. Oh, mei Schatz, mei lieber Schatz, und so b’hüt Di Gott vieltausendmal!“

Es war nicht so gar leicht zu lesen, denn statt manchen Wortes war nur eine Tränenspur. „Und um dies liebe Blatt verzweifelst du?“ frug ich. „Du siehst nun, dass du selbst dein Nönnchen warst!“

„Was hilft’s!“ rief er; „sie ist fort, Gott weiß, wohin; zu einer Tante oder Muhme, irgendwohin in der weiten Welt!“ Er hatte sich auf einen Stuhl geworfen; nun sprang er wieder auf: „Komm, wir wollen zur ‚Drehorgel‘; es soll einen Rausch geben, einen Rausch, der mich die Weiber vergessen lässt, die uns das Herz aus der Brust nehmen und uns dann am Wege liegenlassen!“

„Du solltest lieber zu Bett gehen, als dir einen Rausch trinken!“ sagte ich; denn er sah gottsjämmerlich aus.

„Zu Bett?“ wiederholte er und knirschte mit den Zähnen. „Ja, in das letzte, um nicht wieder aufzustehen.“

Ich suchte es ihm auszureden; ich wollte mit ihm allein ins Freie gehen, aber er stampfte mit dem Fuße, als ich den entgegengesetzten Weg einzuschlagen suchte.

So gingen wir denn in die „Drehorgel“, die diesmal vollzählig versammelt war. Ich fand Franz und Walther und muss mir den

Vorwurf machen, dass ich mich zu ihnen setzte, denn ich wurde so von Marx getrennt, der an ihnen vorbei in eine leere Ecke ging und dort allein an einem Tische Platz nahm. Aber ich hatte das Bedürfnis, eine Weile mit normalen Menschen zu verkehren, und bald auch waren wir in der lebhaftesten Unterhaltung, über das letzte Konzert, über den Chorgesang, über die Modulationslehre, die hier ein halbes Jahr in Anspruch nahm. Ich muss gestehen, ich dachte nicht an Marx; da, während ich eben für Wagner eine Lanze brach, klopfte ein vorübergehender Bekannter mich leise auf die Schulter: „Du, möchtest du nicht mal nach Marx sehen?“

Ich war aufgesprungen und fand ihn noch auf seinem Platze: er saß mit verglasten Augen vor seinem halbgeleerten Seidel, das er eine Handbreit in die Höhe hob, dann aber wieder, ohne es berührt zu haben, niedersetzte; ich suchte vergebens, mit ihm zu reden. Um Hülfe zu holen, ging ich wieder zu den Freunden, fand aber nur noch Walther; und uns gelang es, den fast Sinnlosen aufzurichten und den Weg nach Hause mit ihm einzuschlagen. Als wir bei der Stiftskirche vorbeikamen, entriss er sich uns plötzlich und warf sich auf die steinernen Stufen zum Haupteingange: „So müde, ich bin so müde“, lallte er; „lasst mich, hier ist gut schlafen!“ Damit streckte er sich und legte den Kopf auf seinen Arm. Da wir ihn vergebens aufzuziehen suchten, bat ich Walther: „Lass nur, ich will dich erst nach Haus begleiten; ich bringe ihn nachher schon fort!“

Walther, der wegen seines Tantenquartiers nicht gerne spät nach Hause kam, nahm meinen Vorschlag an. Als ich nach einer Viertelstunde zurückkehrte, lag Marx noch ebenso, er schien in festen Schlaf versunken. Ich strich ihm das dunkle Haar aus dem Gesicht und neigte mich zu ihm. „Komm!“ rief ich ihm ins Ohr; „du sollst in deinem Bett jetzt weiterschlafen, und wenn du willst, so bleib ich bei dir!“ Aber er schien es nicht zu hören; erst als ich ihn schüttelte, warf er sich herum und riss seine Schulter aus meiner Hand. „Lass mich, verfluchter Deutscher!“ schrie er.

„Marx, Marx!“ rief ich, „erkenne mich doch! Ich bin es ja, dein Freund, dein lieb Herze, dein nordischer Siebenschläfer!“

Aber er stieß mit seinem Fuß nach mir, und als ich aufsah, war die Schildwache, die in der Nähe vor einem öffentlichen Gebäude stand, herangetreten: „Se dürfet do koin so Lärm mache!“ sagte der Soldat.

Das Gesicht des Trunkenen verzog sich, als ob er etwa ein rostiges Pistol zu spannen habe: „Prussien!“ schrie er die über ihm stehende Wache an; „dummer deutscher Söldling!“

Ich erschrak und hielt den Mann zurück, der ihn ergreifen wollte. Von diesem französischen Feuer hatte ich nimmer etwas bei unserem Freunde brennen sehen; noch in den letzten Ferien hatte er mir aus Metz geschrieben: „Spazierengehen ist nicht viel; ich fürchte immer, von den Franzosen überfallen zu werden.“ Aber jetzt aus dem Berauschten redete die Nationalität der Mutter; er sprach Französisch und fluchte auf die Deutschen.

„Ich bitte, lassen Sie ihn!“ sagte ich zu dem Soldaten. „Sie sehen, er weiß nicht, was er spricht; ich will einen Freund holen, dann bringen wir ihn nach Haus.“

Der stieß mit dem Gewehrkolben auf das Pflaster: „So machet Se tapfer, denn sottiche Sache derfet mer net dulde.“

Ich lief mehr, als ich ging; gleichwohl mochte über eine Viertelstunde vergangen sein, bis ich mit Franz zurückkam. – Aber Marx war nicht mehr da; es war alles still, nur die Schildwache wandelte wieder, hundert Schritte davon, an ihrem alten Platze auf und ab. Als wir zu ihr gingen, sah ich, dass es nicht mehr dieselbe war; doch soviel erfuhren wir: Marx war arretiert. Als wir zu dem entfernten Wachthause kamen, war er von dort schon auf die Polizei geschafft; auch dorthin gingen wir, aber wir standen vor einem dunkeln und verschlossenen Hause. – So blieb uns nur, das eigene Bett zu suchen.

– – Am andern Morgen, es mochte etwa acht Uhr sein, erschien ein Polizist in meiner Stube und überreichte mir ein Schlüsselbund; er habe zu grüßen von Herrn Marx; ich möchte ihm doch Kleidung und reine Wäsche aus seiner Wohnung besorgen, er sei in der Nacht von der Wache auf die Polizei gebracht worden. Ich versprach das, aber der alte Graubart stand noch und schüttelte mißbilligend seinen Kopf. „D' Soldate send wüescht mit em umgange, nu – – Sie werdet's selber sea.“

Nachdem ich darauf Franz in seiner Wohnung abgeholt hatte, gingen wir nach Marx' Zimmer, und wir beide suchten aus dessen Kommode das Nötigste zusammen; dann beluden wir einen Knaben mit den Kleidern und begaben uns nach dem Rathause. Auf Befragen kam ein Mann mit schwerem Schlüsselbund, der uns durch mehrere Gänge in ein großes Gemach führte, wo viele Schreiber arbeitend an großen Tischen saßen. Hier schloss er seitwärts eine Tür auf, und wir traten in einen engen, scheinbar leeren Raum; nur in einer Ecke lag ein Haufen Heu und Stroh; daneben stand ein gefüllter hölzerner Napf mit ebensolchem Löffel, aus dem eine warme Flüssigkeit dampfte. Aus dem Streuhaufen erhob sich eine schwarze Gestalt, in der wir mit Mühe unsern Freund erkannten. Schwarz auch im Gesicht und an den Händen, wie vor Frost zitternd, streckte er seine Arme uns entgegen; wir sahen bald, dass er von oben bis unten mit Kienruss eingerieben war. „Du bist krank“, sagte ich; „nimm doch einen Löffel von der warmen Suppe da!“

„Das soll ich fressen!“ rief er grimmig und schüttelte sich schaudernd; „Gefangenenkost, nein, nein; ich ertrag das nicht; es gibt noch Wege aus der Welt heraus.“

Wir kannten diese Reden und achteten nicht darauf, obgleich er sie ein paarmal wiederholte und dabei wie mitleidig auf seine feinen Hände sah. Franz war fortgegangen und kam nun zurück. „Du bist frei“, sagte er, „du kannst nach Hause gehen, wann du willst; aber erst müssen wir aufs Bureau und wegen der an dir verübten Niedertracht eine Anzeige zu Protokoll geben!“

Marx wollte nicht in seinem jetzigen Zustande; aber Franz bestand darauf, das gehöre mit dazu; überhaupt, hier könne er nicht gereinigt werden.

Als wir in hellere Räume traten, sahen wir erst, wie er zugerichtet war. „Ich bin geschändet, mein Leib ist ganz geschändet!“ murmelte er.

„Marx, lass die dummen Reden!“ hörte ich Franz sagen, indem er ihn die Treppe nach dem Bureau hinaufführte, „wenn du dich gewaschen hast, so ist die Schande aus!“ – Sie stiegen weiter; ich ging aus dem Rathause, um eine verdeckte Droschke zu besorgen; und nach einer Weile fuhren wir mit Marx und seinen frischen Kleidern in irgendein Bad und, nachdem er mit vieler Mühe gereinigt und anders gekleidet war, in den Saal unserer „Drehorgel“, wo wir uns und vor allem unsern Freund durch einige Seidel und Bratwürstel wieder aufzurichten suchten.

Aber seit jener Nacht ging es dennoch abwärts mit unserem lieben Lavendel; sein Gang wurde schleichend, sein Gesicht magerer und seine Augen größer; niemals habe ich seitdem einen Wohlgeruch an ihm verspürt, der sonst bald in Rosen-, bald in Veilchen- oder in dem Dufte seines Namens seinem wohlgepflegten Haar entströmte; am Klavier saß er nur noch, um den Lehrern gerecht zu werden oder um die Zeit nur hinzubringen; ich konnte mich nicht mehr überwinden, ihn zum Chopinspielen aufzufordern. Er wurde so reizbar, dass die andern Freunde sich allmählich von ihm zurückzogen und er seinen Umgang fast auf mich beschränkte. „Siehst du“, sagte er, „sie verachten mich! Sie wollen mich nicht mehr!“ – Dann bat ich sie, und sie näherten sich ihm wieder; aber bei nächster Gelegenheit hatte er sie wieder aufs neue von sich gestoßen.

Man sagt von mir, dass ich ein geduldiger Mensch sei, und wenn ich an jene Zeit zurückdenke, so möchte ich es fast selber glauben. Einmal war Marx polizeilich vernommen worden; dann schien die Sache stillzustehen, wahrscheinlich war sie dem Gerichte übergeben worden; Vorladungen gelangten nicht an Marx. So ging eine Woche nach der andern hin; er wurde immer aufgeregter und die häufigen Abendspaziergänge mit ihm immer peinlicher. „Geschändet! Geschändet!“ begann er jetzt wieder zu murmeln, wenn er eine Weile in sich versunken neben mir gegangen war. Und wenn ich dawider sprach, dann fuhr er auf: „Du kannst das nicht beurteilen! Aus allen Ecken glotzt es auf mich zu; jeder Gassenbube! Ich möcht ihn an die Ohren schlagen! Mein Name, mein guter Name als nächtlicher Trunkenbold und Ruhestörer in den Straflisten! Als Bestrafter dem Direktorium des Konservatoriums angezeigt! Komm!“ rief er plötzlich, ergriff meine Hand und zog mich aus der Allee, in der wir gingen, in einen Seitenweg; „es ist so hell hier; hier sind so viele Leute! Was fang ich an? Es ist alles aus; ich kann mich nicht mehr sehen lassen. – Und die Zeitungen! Weisst du, die beiden Redakteure, die im Winter mit uns aßen! Ich begegne ihnen jeden Augenblick; die frechen Kerle sehen mich schon als ihre Beute an; das gibt einen Artikel – ah, sacre nom de Dieu!“ Und er knirschte mit den Zähnen.

Ich suchte ihn zu beruhigen; jeden Abend redete ich dasselbe und jeden Abend umsonst, und immer wieder begann dasselbe Spiel aufs neue.

Die Justiz war ihm gleich einem furchtbaren gespenstischen Raubvogel, der unsichtbar über ihm schwebte, jeden Augenblick bereit, auf ihn herabzustoßen und mit den unentrinnbaren Krallen ihn zu packen. Wenn ich bei einem Besuche etwas heftig an seine Tür geklopft hatte, starrte er bei meinem Eintritt mir schier verstört entgegen: „Du? – Wie hast du mich erschreckt!“ Saßen wir dann zusammen, und es wurden Schritte auf der Treppe laut, dann stand er auf und sagte zitternd: „Da kommt wohl der Gerichtsdiener, um mich vorzuladen!“ Kam auf der Straße ein solcher uns entgegen, so zwang er mich, mit ihm umzukehren oder in irgendeinen Laden einzutreten, bis der Mann vorbei war, oder, wenn ich nicht wollte, verließ er mich und kam nicht wieder. „Ich halt's nicht aus“, rief er einmal, „wenn das nicht bald zu Ende ist!“

– – Eines Oktoberabends, da ich versprochenermaßen zu ihm ging, sah ich auf dem Trottoir eine Mädchengestalt vor mir herschreiten, die mich auffallend an Linele erinnerte; sie hatte ein dunkles Tüchlein um den Kopf, und ich sah blonde Härchen von den Schläfen wehen, als sie eben unter einer Straßenleuchte ging. Sollte sie wieder in Stuttgart sein? Marx hatte mir kein Wort davon gesagt. Ich machte große Schritte, um sie einzuholen; als ich sie erreicht hatte, wandte sie den Kopf, und ich hatte mich nicht getäuscht, sie war es selber, die mit großen Kinderaugen mich so erschrocken ansah. Sie kannte mich, sie wusste von Marx, dass ich in ihr Verhältnis zu diesem völlig eingeweiht war; aber – ob wir beiden jungen Menschen im Augenblick das Richtige nicht zu finden wussten und es deshalb für immer versäumten – sie zögerte ein paar Sekunden; dann erwiderte sie meinen Gruß und schritt eilig mir voraus. Ich gewahrte noch, wie ein Begegnender ihr mit unverschämter Gebärde ins Gesicht sah, und hörte, wie sie einen leichten Schrei ausstieß; auch da trat ich nur laut einige Schritte vorwärts, so dass der Mensch sie gehen ließ; vergebens sagte ich mir später, dass sie mich traurig und wie hülfeflehend angesehen habe.

Stürmisch stieg ich die Treppen zu Marx hinauf. Er saß müßig im Sofa und hatte mit seinem scheußlichen Knaster das ganze Zimmer vollgedampft. „Du lärmst ja über die Maßen. Ist irgendwo der Himmel eingestürzt?“ frug er gereizt und blies einen dicken Qualm von sich.

„Es geht nur dich an“, erwiderte ich. „Weisst du, dass dein Linele wieder hier ist? Ich bin ihr eben erst vorbeigegangen.“

Er sah mich lange wie mit toten Augen an. „Ich weiß es“, sagte er dann.

„Du hast sie schon gesprochen?“

„Was meinst du?“

Ich wiederholte meine Worte.

„Nein“, sagte er, „ich will sie auch nicht sprechen.“

„Du willst nicht? Weshalb willst du nicht?“

„Nein“, und er streckte seine Hände aus und schien sie voll Mitleid zu betrachten, „das kann ich nicht; ich darf das reine Kind mit diesen Händen nicht berühren. Ach, lieb Herze, ich glaube, es ist alles aus.“

Dann nahm er seine Pfeife wieder und vergrub sich in der Sofaecke.

„Ich glaube, du bist ein Narr geworden!“ schrie ich. Aber er nickte nur: „Ich glaub es selbst mitunter.“

Ob Linele seinen Zustand ahnte; ob sie nicht oft hinter ihrer Gardine beklommen und verlangend zu ihm hinüberlauschte, davon erfuhr ich nichts, denn es kam keine Gelegenheit wieder, mit ihr zu reden; an sie zu schreiben aber wagte ich nicht.

Es waren noch köstliche Herbsttage; Marx hatte ich eine kurze Zeit nicht gesehen, ich war mit den übrigen Freunden von einem Sonnabend zum Montag auf Wanderungen in dem schönen Neckartal gewesen, wozu ich vergebens auch ihn zu bereden versucht hatte. Jetzt war es am 24. Oktober, noch früh am Vormittag; und ich werde das Datum nie vergessen. Ich saß eben vertieft in eine Harmonieaufgabe auf meiner Sofabank, aber ich konnte augenblicklich nicht damit zustande kommen; die falschen Quinten quälten mich, und so sprang ich empor und riss das Fenster auf, um einen Augenblick frische Luft zu atmen, da sah ich Marx die Straße heraufkommen. Er ging langsam und schien nicht aufzusehen; als er näher kam, gewahrte ich, dass er ein Päckchen Papiere in seiner Hand hielt.

„Guten Morgen!“ rief ich hinunter.

Er schrak sichtlich zusammen. „Guten Morgen!“ rief er dann ebenfalls.

„Wohin willst du? Und was für Papiere trägst du da?“

„Ich bin wieder vorgeladen“, rief er hinauf, „ich gehe aufs Gericht!“

„Gott Dank! So wirst du ja die Torheit endlich mal los; mach’s gut!“

Er nickte, aber schon im Weitergehen und ohne nach mir umzuschauen.

Ich hatte schon wieder ein Weilchen hinter meinen Noten gesessen und wollte eben zum Niederschreiben eines glücklichen Gedankens die Feder ansetzen, da war mir, als hörte ich es von der Straße her pfeifen; kaum hörbar, aber doch: „Es waren zwei Königskinder!“

Dann kam es noch einmal, ganz deutlich; ich warf die Feder hin und lief ans Fenster, das noch offenstand; ich weiß nicht, wie mir war; als ob ich Unheimliches erfahren sollte. Als ich mich umsah, gewahrte ich Marx an einer entfernten Straßenecke; ich sah sein Antlitz nicht ganz deutlich, aber mir war, als blickte er mich unaussprechlich liebevoll und traurig an.

„Marx!“ rief ich. Er antwortete nicht, er blieb nur unbeweglich stehen und sah mich immer an; dann nickte er mir noch einmal langsam zu, und dann war er verschwunden.

Ich schloss das Fenster und setzte mich wieder an meine Arbeit, um den vorhin gefassten Gedanken niederzuschreiben; aber ich hatte ihn vergessen, ich konnte überhaupt nicht arbeiten; immer sah ich Marx so wunderlich an jener Ecke stehen und lautlos dann verschwinden. Weshalb denn hatte er mich gerufen? Was wollte er? Mich nur noch einmal sehen? Ich sprang auf. *Nur noch einmal?* Woher kam mir der Gedanke? Aber es war doch seltsam, und mir lag es wie ein Zentner auf der Brust.

Ich hatte eine Klavierstunde auf dem Konservatorium zu nehmen; ich zog mich an und ging auf einem längeren Umwege dahin. Als ich bei der Wohnung des Portiers vorbeiging, trat dessen Frau heraus und überreichte mir ein in Papier geschlagenes Päckchen: „Des soll i Ihne vom Herrn Marx gebe“, sagte sie, „aber sieht der jetzt aus! Brot könnt man mit ihm bettle.“

Ich erschrak heftig, denn es war offenbar dasselbe Päckchen, das ich vorhin in der Hand des Freundes gesehen hatte. Als ich in das Klavierzimmer trat, war noch niemand da, und ich machte mich mit zitternder Hand daran, die Bindfäden aufzulösen: seine mir bekannten Notizbücher mit den Bekenntnissen seiner Liebe; darin Lineles Bildnis, ein Papier mit blonden Härchen, zwei Konzertbillette für morgen, vertrocknete Blumen – das alles fand ich, aber kein aufklärendes Wort dabei.

Als der Professor eingetreten war, ging es mir wie Marx nach unserer Sängerfahrt: ich spielte ohne jeden Anstoß, die schwierigsten Passagen flogen mir nur so aus den Fingern, dass der Lehrer mich befremdet und doch höchst beifällig ansah. Aber es ging nicht länger, ich sprang auf: „Verzeihung, Herr Professor! Ich kann nicht länger spielen!“

„Ei, wie? Sie spielen ja heute über alle Maßen!“

„Eben deshalb!“ Und ich erzählte ihm, was vorgefallen war.

Mein Lehrer war derselbe gütige Mann, der auch Marx unterrichtet hatte. Er war gleich mir erschrocken: „Das gibt ein Unheil!“ rief er. „Kommen Sie, es ist keine Zeit zu verlieren, wir müssen auf die Polizei; es muss Anzeige gemacht werden; Gott weiß, was der im Sinne hat!“

„Was meinen Sie?“ frug ich beklommen.

„Nun – mir ist bei ihm mitunter gewesen, als könne er gelegentlich um einen Pfifferling sein Leben aus dem Fenster werfen! Aber, dass wir auch das Rechte tun, suchen Sie erst Näheres zu erfahren, vielleicht – wer weiß, ihn selbst zu finden!“

Ich rannte fort, zuerst nach seiner Wohnung, dann zu den Freunden und mit ihnen überallhin, wo wir ihn nur vermuten konnten; aber wir erfuhren nichts; ich war noch ohne Mittagessen, als ich nach meiner Wohnung zurückkehrte.

„Auf Ihrem Tisch liegt e Brief!“ sagte mein zehnjähriges Schneiderdirnlein, als ich meine Treppen erklommen hatte.

Ja, da lag ein Brief; ich riss ihn auf, er war von Marx.

„Es ist aus", schrieb er, „ich kann nicht weiter. Mein Freund, mein liebes Herze, verzeih mir, dass ich Dich verlasse! Geht nach dem Vogelsangsee, dort findet ihr, was von mir übrig, aber für alle Lebensnot nicht mehr empfindlich ist, und sorget gütig, dass auch das zur Ruhe kommt. Und dann – behalt mich noch ein wenig lieb!"

So weit las ich unter stürzenden Tränen; dann folgte eine Verteilung seiner kleinen Habseligkeiten, an mich seine liebsten Noten, einen Ring von Linele – meine Augen flogen nur darüber hin. Ich lief zu den Freunden, wir umwanderten das Ufer des umwaldeten Sees, wir schoben mit unseren Stöcken die breiten Blätter der Wasserpflanzen auseinander, wir bogen jeden Busch zurück, aber wir fanden nichts. Noch am selben Abend benachrichtigten wir die Polizei, aber auch ihre Bemühungen, soweit sie solche angewendet, waren ohne Erfolg.

Zwei Tage später war ein Sonntag; Franz und ich waren aus der Stadt gegangen und allmählich, und wie selbstverständlich, an den Vogelsangsee gekommen. Wir sprachen von Marx, wir dachten in diesen Tagen an nichts anderes. Hatte er uns nur täuschen wollen, um allem, was ihn hier bedrängte, gründlich zu entfliehen, oder hatte er wirklich vor sein Leben selbst den schwarzen Strich gezogen? Wir erörterten es mit allen Gründen aus der Sache und seiner eigenen Persönlichkeit.

Es war einer der allerletzten schönen Spätherbsttage; die letzten Vögel, sogar noch einzelne Drosseln huschten zirpend und krächzend durch die Büsche, während wir am Ufer hingingen. Ein Eichhörnchen, das auf dem Erdboden an uns vorüberlief und dann in den durchfallenden Sonnenlichtern sich von Baum zu Baum schwang, lockte uns in den Wald hinein; wir sahen nur nach dem behenden Tierchen, indem wir ihm voll Eifer folgten, und so gerieten wir immer weiter durch Hülsen und Ranken, einmal durch fast mannshohes Farrenblattwerk. Die Bäume wurden immer mächtiger und der Wald düsterer; zuletzt, als eben das Tier in einem noch dichten Buchenwipfel uns entschwand, standen wir in einem uns noch unbekannten feuchten Grunde, wo die hohen Laubkronen fast keinen Sonnenstrahl zur Erde ließen; es war totenstill, fast andächtig schauten wir uns um, da rührte Franz an meine Schulter: „Du", sagte er leise, „sieh einmal nach jener Eiche, es ist der neunte Baum nach dieser Buche hier! Unten am Stamme, auf den dicken Wurzeln –sitzt da nicht einer?"

Es kam mir auch so vor, aber bei meiner Kurzsichtigkeit konnte ich Bestimmtes nicht erkennen.

Franz war einige Schritte vorwärts gegangen.

„Marx!“ rief er freudig und rannte eilig weiter; dann aber erscholl ein Schrei, der mir durch alle Glieder zitterte.

Ich wusste wohl, dass Franz es war, der so geschrien hatte, und fast ohne Besinnung war ich auf ihn zugerannt.

Da stand er und starrte mit entsetzten Blicken auf den, der da am Stamm der Eiche stumm und unbeweglich, mit halboffenen Augenlidern vor ihm saß, und griff, wie um einen Halt zu finden, rückwärts nach meiner Hand. „Er ist tot!“ sagte er dann.

Es war freilich Marx; aber wir standen nur vor seiner Leiche, und die Fliegen und Ameisen des Waldes liefen geschäftig auf seinen Händen, auf seinem bleichen toten Angesicht; die rechte Hand war auf die Wurzeln des Riesenbaumes hinabgesunken; dicht daneben lag ein Terzerol, das wir früher nicht bei ihm gesehen hatten, und als ich es aufhob, sah ich, dass es abgeschossen war. Er hatte seine schwarzen Sonntagskleider angezogen, die er sonst so sorgsam in dem Schrank seiner Wirtin zu verschließen pflegte; er hatte anständig aus der Welt gehen, er hatte dem Konservatorium keine Schande machen wollen.

Franz wies mit ausgestrecktem Finger auf ein kleines Loch in seiner Weste, wovon ein dunkler Streif in seinen Schoß hinabging. Er hatte sich mitten durch das Herz geschossen.

Franz wollte gehen: „Es hilft nichts, wir müssen Anzeige machen!“

Aber ich hielt ihn zurück: „Noch ein paar Augenblicke allein mit unserem Freund! Es ist hier wie in einem großen leeren Dom, und das ist unsere allerletzte Versammlung!“

Wie lange wir noch bei ihm gewesen, weiß ich nicht; aber ein Rabe, der über uns aus dem Wipfel schrie, schreckte uns auf, und so gingen wir zur Stadt zurück und taten, was uns jetzt noch oblag.

Die Eltern waren durch mich von dem Verschwinden des Sohnes schon benachrichtigt; ich hatte nun ein Telegramm folgen lassen.

Und dann haben wir ihn begraben; das Gefolge war nur klein, aber der gute Professor war doch auch darunter. Als der Sarg hinabgelassen, die Schaufelwürfe darauf gefallen waren und die Folger sich zerstreut hatten, stand ich noch an der halb zugeworfenen Grube, als ein leises Schluchzen zu mir drang. Wie ich mich umblickte, sah ich das Linele seitwärts hinter einem Monumente stehen, und ich ging zu ihr und fasste schweigend ihre Hand.

„Dass so was über mi komme mueß!“ sagte sie weinend, „und i hab doch net anders könne!“

„Ich bin ihr wohl ein schlechter Tröster gewesen, da wir miteinander nach der Stadt zurückgingen. Aber das treffliche Mädchen, das, wie gern! die Eltern als des lebenden Sohnes Weib gesehen hätten, sorgte, bevor noch jene daran denken konnten, für die Instandsetzung des Grabes und bepflanzte es mit eigenen Händen, damit, wie sie mir sagte, doch keiner glaube, dass ein Vergessener hier liege."

Der Erzähler schwieg eine Weile.

„Mein armer, törichter, herzlieber Freund", rief er dann, „nein, vergessen bist du nicht, ich habe deine letzte Bitte wohl behalten!"

Er war aufgestanden. „Gute Nacht!" sagte er. „Seht nur, wie über uns die Sterne funkeln! – Doch noch eines muss ich sagen: die ‚Königskinder' blieben auch ferner unser Signal; aber wir pfiffen es nur noch in Moll."

Er drückte uns die Hand und ging; und noch in der Nacht hörte ich ihn in seinem Zimmer auf und ab schreiten.

John Riew'

Mein Haus steht auf dem Lande, in einer holzreichen Gegend zwischen einem Kirchdorf und einem kleinen, in breiten Kastanienalleen fast vergrabenen Orte, welcher allmählich um einen Gutshof aufgewachsen ist, von beiden kaum zehn Minuten fern. Fast täglich mache ich nach rechts oder links meinen Spaziergang, und im Frühling und Sommer ergötzt mich dann das Leben, das hier aus den Bauerngehöften, im Orte aus den kleinen Häusern der dort wohnenden Handwerker oder Handelsleute auf den Weg oder in die Vorgärten hinausdringt; die Kinder des Gutsortes und ich, wir grüßen uns allzeit ganz vertraulich; um Weihnachten aber beehren sie mich von beiden Seiten, sei es als „ruge Klas" oder als „Kasper und Melcher aus dem Morgenland", und sind freundschaftlicher Behandlung sicher.

Deshalb plagte mich ein Haus am Ende des Gutsortes. Ich selber hatte es teilweis bauen sehen, und als ich einmal einige Monate fortgewesen war, stand es bei meiner Heimkehr fertig da; aber sooft ich später daran vorbeiging, es wollte mir nicht vertraut werden, denn in diesem Hause war kein Leben: niemals sah ich einen Menschen dort hinein- oder herausgehen, niemals regte sich etwas hinter den blanken Fenstern, die je zwei zu den Seiten des vertieften Säuleneinganges aus den roten schwarzgefugten Mauern auf einen mit dunkeln Koniferen vollgepflanzten Vorgarten hinausgingen. Den Einblick wehrten ungewöhnlich hohe Vorsätze von schwarzblauem Drahtgewebe; dahinter sah man schattenartig und regungslos nur die weißen Gardinen herabhängen. Alles war sauber und wie unberührt, aber zwischen den gelben Klinkern, von denen ein breiter Fries um das Haus lag, und zwischen den drei Granitstufen der Haustreppe trieben die grünen Grasspitzen hervor. Und dennoch sollte das Haus bewohnt sein: ein Auswärtiger – so hörte ich – habe das früher dort gestandene geräumige, aber verfallene Gebäude in Erbgang oder sonstwie erworben und statt dessen durch einen fremden Maurermeister den jetzigen Bau dorthin setzen lassen; ja, nicht er allein, es sollte außerdem von einer ältlichen kränkelnden Frau und von einem gar argen zwölfjährigen Buben bewohnt sein; wie aber das Verhältnis der drei Personen zueinander war, darüber wussten die von mir Befragten nicht Bescheid zu geben: die Bewohner schienen nur miteinander zu verkehren.

Von dem Jungen freilich ging bald allerlei Gerede: er sollte aus der Volksschule wegen dort unzähmbaren Wesens fortgewiesen sein und seit einiger Zeit die vornehme Institutsschule besuchen, wo die Knaben Französisch und Englisch, sogar Latein und Griechisch lernen konnten; auch hier war er schon ein paarmal eingesperrt gewesen; dennoch sollte der alte Riewe – diesen bei uns nicht ungewöhnlichen Namen trug der Hausherr – ihn zu seinem Erben eingesetzt haben. Bändigen sollte auch er ihn nicht können; ja, man erzählte, als nach einer neuen Schulstrafe der alte Herr mit liebreicher Ermahnung auf den Knaben eingedrungen sei, habe dieser plötzlich eine freche Gebärde nach ihm hin gemacht und, aus der Tür rennend, auf plattdeutsch noch zurückgeschrien: „Din Geld krieg ick doch, ohl Riew'!"

Ich frug wohl diesen und jenen, woher denn der Mann gekommen sei; die einen meinten: aus Lübeck, die andern: aus Flensburg oder Hamburg; auch wohl, was er denn sonst getrieben haben möge, und diese machten ihn zu einem Makler, die andern zu einem früheren Schiffskapitän. Ich hätte mich bei der Gutsobrigkeit erkundigen können, aber, obgleich die Dinge mich sonderbar interessierten, welche Veranlassung hätte ich zu solch offizieller Erkundigung gehabt?

Der hohe, seitwärts von dem Hause fortlaufende und mit einem dichten Dornenzaun besetzte Erdwall begrenzte nach der Straße hin den durch alte Obstbäume verdüsterten Garten, welcher sich nach einer Waldwiese abwärts senkte. Im Sommer freilich war alles durch den Zaun verdeckt; aber jetzt war es Herbst, die Drosseln fielen in die roten Beeren, und eine Fülle bunten Laubes war von den Alleebäumen schon auf den Weg gefallen. Als ich eines Spätnachmittags jetzt dort vorüberging, gewahrte ich eine entblätterte Stelle in dem Zaun und blieb stehen, um einen Blick in das sonst unsichtbare Gartengrundstück hineinzuwerfen. Ich hatte mich auf den Fußspitzen erhoben, aber ich erschrak fast: ein blasses und – so erschien es mir – wunderbar schönes Knabenantlitz mit dunkelgelocktem Haupthaar stand dicht vor dem meinen und sah von der anderen Seite mir starr und schweigend entgegen; ich gewahrte noch, dass die großen, gleichfalls dunkeln Augen voll von Tränen standen; dann war es verschwunden, und ich hörte langsame Schritte in den Garten hinab.

War das der arge Bube, von dem die Leute redeten? Nachdenklich setzte ich meine Abendwanderung fort, denn das Gesicht, welches ich eben sah, einmal musste ich es schon gesehen haben, vor fünfzehn oder zwanzig Jahren – aber das ging ja nicht, der Knabe mochte jetzt kaum zwölfe zählen.

Noch am Abend dieses Tages hörten wir, in dem neuen roten Hause liege die alte Haushälterin im Sterben; aber das Haus selbst war am Nachmittage, als ich dort vorbeigegangen, in seiner gewohnten, wunderlichen Einsamkeit dagestanden, die Gardinen hatten, wie immer, unbewegt hinter den blauen Vorsätzen gehangen, keinen Laut hatte ich vernommen, selbst der schöne wilde Knabe hinter dem Gartenzaune war mir nur wie ein Gespenst erschienen; auch das Sterben wurde hier ganz still besorgt.

Als ich am andern Tage mit meiner Frau vorüberging, sagte ich: „Im neuen Hause hier soll eine zum Sterben liegen; zu leben scheint man nicht darin."

„Dann wird sie schon gestorben sein", erwiderte sie, indem sie durch die Zaunlücke in den Garten wies; „sieh nur, dort unter dem großen Apfelbaum stehen zwei Frauen und reden miteinander; das ist mir hier noch nimmer vorgekommen."

Wir sahen sonst nichts weiter, aber meine Frau hatte recht geschlossen: noch am selben Abend lief es durch das Dorf, die Haushälterin, wie die alte Frau im roten Haus benannt wurde, habe seit jenem Vormittag ihr Tagewerk auf immer eingestellt.

Einige Tage später wurde ein Sarg auf der Landstraße an meinem Hause vorbeigetragen, hinter welchem nur ein weißhaariger Mann mit einem Knaben ging, aber der Zug war, als ich vor die

Tür kam, schon zu weit entfernt, das Antlitz der beiden konnte ich nicht mehr sehen. Mein Nachbar, der zu mir trat, sagte: „Der arme Bursche sah aus wie der Tod selber; es war seine Großmutter, die sie nun bei der Kirche da begraben; seine Mutter soll er nie gekannt haben."

„Der arme Junge!" dachte auch ich; „was wird aus ihm, wird der Alte sich allein nun mit ihm abgeben?"

Als ich mit Frau und Kindern am Nachmittagstee saß, bei dem goldnen Herbstsonnenschein noch einmal im Freien auf der Terrasse, brach aus dem Armenhausgarten, welcher derzeit mit dem unseren zusammenstieß, ein lautes Schreien und Toben, unterbrochen durch die scharf redende Stimme des Armenvaters, zu uns herüber, so dass das Gespräch aufhörte und alles dorthin horchte. Die schreiende Stimme kam offenbar von einem Knaben.

„Ich fürchte", sagte lächelnd unser Nachbar, der neben uns saß, „er wird nicht mit ihm fertig!"

„Mit wem?" frug ich. „Wer ist denn das?"

„Nun, das wissen Sie nicht? Der Junge von dem Riew'; er ist gleich vom Kirchhof in das Armenhaus gebracht. Er mag sich das wohl nicht gedacht haben; mit dem Erben ist es auch wohl eitel Wind!"

„Unglaublich! Empörend!" rief meine Frau, während drüben das Geschrei noch immer fortging.

Der Nachbar zuckte die Achseln. „Ja, du lieber Himmel, der Bengel ist ein Ausbund, von den schlimmsten; erst gestern haben sie ihn wieder aus der Institutsschule fortgewiesen; was soll der Alte mit ihm aufstellen? Er hat die Frau nun auch nicht mehr zur Hülfe."

Aber die Frauen an unserem Tische schüttelten gleichwohl die Köpfe.

Ob dann der Armenvater endlich das aufgeregte Kind beruhigt hatte oder ob die Szene nach einem andern Teil des Hauses verlegt war, kann ich nicht sagen; aber der Lärm hörte auf, und wir sprachen weiter nicht davon.

– – Einige Tage später, da ich von dem Jungen nichts mehr gemerkt hatte, frug ich über unseren Zaun den Armenvater, der einige Weiber bei der Arbeit in seinem Garten überwachte: „Nun, wie geht es mit Ihrem neuen Alumnen?"

„Wen meinen Sie?" frug der Mann zurück und sah mich wie unwissend an.

„Wen sollte ich meinen? Natürlich den Riew'schen Jungen; ich weiß nicht seinen Namen."

„Oh, der! Der sitzt schon längst wieder im warmen Nest; der beerbt den Alten noch bei lebendigem Leibe. Ich hätte ihn nur behalten sollen!" fügte er mit einer entsprechenden Handbewegung hinzu.

Ich dachte an das zarte Gesicht des Knaben und sprach zu mir selber: „Es ist doch besser so."

Es war schon in den letzten Tagen des Oktober, als ich eines Nachmittags wieder an dem Rieweschen Garten entlangging, wo der Zaun jetzt freie Durchsicht ließ; auch war dort heute wirklich was zu sehen, denn oben im Geäste eines großen Birnbaums hing der hübsche Knabe und langte mit ausgestrecktem Leibe nach ein paar goldgelben Birnen, die noch an einem fast blätterlosen Zweige hingen. Unter ihm am Stamm sah ich einen untersetzten Mann, der mir seinen breiten Rücken zuwandte; nur seinen weißen, seitwärts abstehenden Backenbart konnte ich außerdem gewahren. „Zum Teufel, Rick, so komm herunter!" rief er; „das ist kein Mastkorb, worin du arbeitest!"

„Wart nur, Ohm!" erwiderte der Knabe; „ich krieg sie gleich, die allerletzten sollen doch nicht sitzenbleiben!" und er reckte sich stöhnend noch ein Stückchen weiter.

„By Jove! Du brichst dir um zwei Birnen noch das Genick!" Und der Alte griff in die Tasche und schien ihm eine kleine Münze hinzuhalten. „Komm herunter und kauf dir welche! Der Schuster hat dieselben."

Der Junge aber hörte nicht danach; er suchte droben den Zweig, woran die Birnen saßen, zu sich heranzubiegen. Ich stand in plötzlichem Besinnen; auch die alte Stimme war mir bekannt. Eine untersetzte grauhaarige Gestalt aus meinen Hamburger Schülerjahren tauchte vor mir auf, daneben ein Kinder-, ein Mädchenangesicht. „Wenn er es wäre!" dachte ich bei mir selber; „und Riewe heißt er, vielleicht John Riew'!"

Da hörte ich einen Krach, und als ich aufblickte, sah ich es vor mir durch die Luft zur Erde fahren; ein gebrochener Ast baumelte oben von dem Baum herab; es war kein Zweifel, der Junge war herabgestürzt. „Man hat noch den Tod von dir!" schrie der Alte. „Sind denn die Planken heil geblieben?" Und gleichzeitig hatte er sich gebückt und wollte dem Jungen auf die Beine helfen.

Der aber war schon aufgesprungen. „Tut nichts!" sagte er, sich zuckend seine Hüfte reibend. „Unkraut vergeht nicht, Ohm!"

Der Alte brummte etwas, das ich nicht mehr verstand, denn ich fürchtete, auf meinem Platz entdeckt zu werden, und hatte deshalb meine Wanderung fortgesetzt. Aber sein Gesicht war mir zugewandt gewesen, und ich wusste nun, es war mein alter Kapitän John Riew', der sich dies Haus gebaut hatte. Noch jetzt blühten ihm seine guten roten Wangen, nur Bart und Haare waren weiß geworden; denn wohl achtzehn Jahre mochten verflossen sein, seitdem wir uns zuletzt gesehen hatten. Damals aber – es war zur Zeit meiner Selektanerschaft auf dem Johanneum zu Hamburg – hatten wir fast täglich uns gesehen; denn dort, unweit des nun verschwundenen Kaiserhofes, an dessen reich ornamentierter Fassade mein Schulweg mich vorüberführte, wohnten wir beide als einzige Mieter in einem zweistöckigen Häuschen, das zwischen himmelhohen Speichern aus alter Zeit zurückgeblieben war. Unsere Wirtin war eine Schifferwitwe, deren trunkfälliger Mann im Rausch durch einen Unfall sein Leben verloren und seiner Frau wohl kaum anderes als den kleinen Fachbau hinterlassen hatte, in welchem ich eine Stube unten neben der Haustür innehatte. John Riewe, damals schon ein ergrauter Mann, bewohnte oben die einzige Etage, und so eines Sommerabends, auf der Bank vor der Haustür, hatten wir Bekanntschaft gemacht. Er war lange als Kapitän zur See gefahren; nach Rio, Hongkong, auch weniger fern nach Lissabon und London; kurz, er hatte mehr gesehen als wir studierten Leute und wusste davon zu erzählen. Endlich war er seemüde und dann hier Makler geworden. „Es ist kommoder", sagte er, „den Sturm vom Bette aus zu hören."

Unsere Wirtin war eine einfältige Person: er musste ihr in allem Rat erteilen, ja es war, als habe sie alles auf ihn abgeladen; ich weiß nicht, weshalb er sich so von ihr plagen ließ. Das Beste an der Frau war jedenfalls ihre zwölfjährige Tochter Anna; braun, feingliedrig, mit dunklem Haar und, oh, mit welchen Augen! Es war etwas Begehrliches in dem Mädchen; aber alles, was sie tat, und mochte sie in einen Apfel beißen, geschah mit einer Art von froher Anmut. Wie jetzt mit dem Jungen, so hatte der Kapitän es damals mit dem Mädchen: er wusste selbst nicht, was er dem verzogenen Ding zu Willen tun sollte; er kaufte ihr seidene Schürzen und rote Tüchelchen, mit denen sie dann auch sogleich erschien; er stopfte ihr Marzipan und gebrannte Mandeln in die Taschen, und wenn sie vergnügt zu schmausen anfing, dann lachte er über sein ganzes gutes Angesicht. „Nicht wahr, schlecken und dich putzen", sagte er und schüttelte das hübsche Ding an beiden Schultern, „das möchtst du wohl dein Leben lang; aber wart nur, Rackerchen, es wird noch anders kommen!" Und sie sah mit lachenden Augen zu ihm auf und nickte nur, denn sie hatte ihr

Mäulchen noch voll von seinem Futter. „Naschkatze du!“ rief dann der Kapitän und schaute, die Hände in den Taschen, ihr voll Vergnügen zu.

Auch ins Theater, als einmal ein Zauberstück gegeben wurde, hatte er sie mitgenommen. Dort aber hatte sie nur auf die silbernen Sternen- und Meernixenkleider gesehen, wenn auch sonst die glänzendsten Helden über die Bühne schritten; sie hatte nur davon geredet und ihn immerfort gezupft und angestoßen und zuletzt gesagt, wenn sie groß wäre, wolle sie auch Komödiantin werden und solche Kleider tragen. John Riew' war in Todesangst geraten: „Dass du dich nicht unterstehst!“ hatte er so laut gerufen, dass das ganze Parterre die Köpfe nach ihm umgewandt; „weißt du wohl, wenn sie tot sind, die kommen alle in die Hölle!“ Seitdem hatte er sie nicht mehr in die Komödie gebracht.

Auf sein Zimmer aber kam das Kind mehrmals am Tage; denn die Mutter hatte es so eingerichtet, dass sie selber mich, ihre Tochter aber, wenigstens außerhalb der Schulzeit, den Kapitän bediente. Es ist mir wohl später eingefallen, dass dies, bei aller Ehrenhaftigkeit des Mannes, auch kein Zeugnis für die Verständigkeit der Frau gewesen sei; denn die Herzensgüte unseres Kapitäns war doch mitunter derart, dass sie mehr zu einem handfesten Schiffsjungen, so zwischen See und Sturm, als zu einem zierlichen halbgewachsenen Mädchen passen mochte.

Als wir eines kalten Oktoberabends wieder einmal plaudernd auf der Straßenbank saßen, fuhr der Nordwest uns endlich so eisig in den Nacken, dass er mich einlud, mit ihm in seine Kabine hinaufzusteigen, wo wir behaglicher unser Gespinst abwickeln könnten. Ich hatte nichts dagegen und saß dort kaum in einem guten Polsterstuhl, den er mir hingeschoben hatte, als ich ihn auch schon, die Hand am Schlüssel, vor einem Wandschränkchen stehen sah. „Nun, Nachbar“, rief er, „wir müssen, deucht mir, ein Quantum heizen! Rum oder Kognak? Für Prima-Qualität wird garantiert.“

Von den Schätzen dieses Schrankes hatte ich schon gehört: „Das wird Ihnen überlassen, Kapitän!“ rief ich.

„Also Rum!“ erwiderte er. Dann schloss er auf, und nachdem er an der Klingelschnur gerissen hatte, stellte er eine Flasche und zwei tüchtige Glashumpen auf ein daneben stehendes Tischchen.

Nach einer Weile flog ein leichter Schritt die Treppe herauf, und Anna trat mit einem Kesselchen voll heißen Wassers in die Stube; sie nickte uns vertraulich zu, entzündete dann die auf dem Tisch stehende Spirituslampe und setzte den Kessel darüber.

„Nachbar", flüsterte der Kapitän, „was sagt Ihr zu meinem kleinen Maat?"

Der kleine Maat aber stand, die Hände in den Schoß gefaltet, und neigte das dunkle Köpfchen nach dem Kessel. Als es zu sausen anhub, wandte sie sich und wollte gehen.

„Oho!" rief der Kapitän, „du meinst wohl, wir sollen uns unser Glas heut selber machen!"

Sie blieb stehen, schüttelte den Kopf und wurde purpurrot. Dann aber ging sie lautlos nach dem Schrank, hob ihre schmächtige Gestalt auf den Zehen und holte vom obersten Bord eine Schale mit Zucker herab.

„So recht, Anna!" rief der Kapitän. „Nun zeige, was du von mir gelernt hast!"

Und das feine Ding nickte wieder ein paarmal, nur so in den Schrank hinein, aber doch, als sollt es heißen: „Ohne Sorge, soll schon werden!" Dann begann sie die drei Elemente sorgsam zu mischen, schaute auch einmal durch das Glas, indem sie es mit dem etwas hageren Ärmchen gegen die jetzt über unserem Tische brennende Ampel hielt, und goss noch ein paar Feuertropfen in dasselbe, ohne aber vorher weder mit noch ohne Löffelchen daraus gekostet zu haben.

„Wenn's gefällig ist!" sagte sie dann, indem sie uns die Gläser auf einem Tablettchen darbot.

Ich nahm das meine, und schon an dem Dufte merkte ich, es war ein steifes Seemannsglas. Der Kapitän aber, als sie zu ihm trat, legte beide Arme vor sich auf den Tisch. „Nun?" sagte er und sah lachend unsere kleine Schenkin an; „ich muss wohl heut um alles betteln gehen!"

Sie stand einen Augenblick wie verlegen.

„Oder scheust du dich vor unserm jungen Herrn?" fügte der Kapitän hinzu.

Da hob sie das Glas an ihre Lippen. „Wohl bekomm's!" sagte sie leise; dann trank sie, und es schien mir, dass sie mit Behagen trinke.

„Halt, halt, Jüngferlein!" rief der Alte lachend; „ei, seht doch, schickt sich das für ein so zartes Manntje?"

Aber schon hatte sie das Glas vor ihn auf den Tisch gesetzt, und wir hörten, wie sie draußen wiederum die Treppe hinunterflog.

„Eine Wetterhexe!" sagte der Kapitän; „wenn die ein Junge wäre, mit dem ginge ich noch einmal auf die alten Planken!"

Ich aber weiß noch sehr wohl, wie ich ihn um sein Glas beneidete, an dem der süße Mädchenmund geruht hatte.

– – Wie eine Bilderreihe zog das alles jetzt an mir vorüber; plötzlich aber stolperte ich, mein Stock flog mir aus der Hand, und ich sammelte mich geduldig vom Erdboden auf; denn ich war mitten im Walde, der mir soeben seine dicken Buchenwurzeln vor die Füße gestreckt hatte. Langsam kehrte ich um und ging nach Hause, doch die Gedanken wollten mich nicht lassen. Das anmutige Kind, von dem ich später nie wieder etwas gehört hatte, sie mochte jetzt etwa dreißig Jahre zählen – was war aus ihr geworden?

Es ließ mir doch keine Ruhe: Wie kam der Kapitän hieher? Was war das mit dem Jungen?

Tags darauf ließ ich den Abend herankommen; es mochte schon neun Uhr sein, als ich vor dem roten Hause stand. Alles war dunkel, aber eben vorher hatte ich von der Hinterseite aus einen Lichtschein auf den kahlen Gartenbüschen wahrgenommen. Ich drückte die Haustür auf, an der keine Glocke läutete, und stand in einem dunkeln Flur, in den jedoch, scheinbar durch das Schlüsselloch der Tür einer Hinterstube, ein schmaler Lichtstreifen hineindrang. Es rührte sich aber nichts im Hause, und ich tastete weiter, bis ich mit den Händen an die Türe stieß.

„Herein! Wer ist da?“ rief es drinnen, als ich eben eintrat.

Der Kapitän saß neben einer Lampe an dem Sofatische und las in einer großen Zeitung, die ich später als den „Hamburger Korrespondenten“ erkannte – außer ihm war nur der schöne Knabe in dem Zimmer; er stand mit einem brennenden Lichte vor dem Spiegel und schnitt Gesichter, die er einigen Fratzen im „Kladderadatsch“ nachzumachen schien; wenigstens lag auf dem Spiegeltischchen ein Exemplar davon.

„Guten Abend, Kapitän!“ sagte ich kräftig; „da Sie nicht zu mir gekommen sind, so haben Sie wohl nichts dagegen, dass ich Ihnen meinen Antrittsbesuch mache?“

Er war aufgestanden, während der Junge seine Unterhaltung mit unbekümmerter Geschäftigkeit fortsetzte, und ich konnte den Alten im Schein der Lampe ungestört betrachten. An Haar und Bart sah man freilich, es war Winter geworden; aber seine Wangen blühten noch immer, und die guten Augen darüber sahen mich wie einstens hell und freundlich an. Ich wollte reden; aber er legte seine Hand schwer auf meine Schulter. „Halt! – Halt!“ sagte er. „Ich werfe Anker! Hamburg – beim Kaiserhof – das Häuschen – meine Kabine! Alle Millionen Windrosen, Herr Nachbar, und Sie wohnen hier?“

„Ja, ja, Kapitän; und Sie wohnen hier?“

„Ei, freilich", rief er lachend, „und so wohnen wir alle beide hier! Rick!" und er wandte sich zu dem Knaben, „zünde die Spritflamme an und nimm eine Flasche aus dem Schränkchen! – Junge, hörst du denn nicht!"

„Ja, Ohm, ich höre ja schon!" rief der Knabe, setzte den Leuchter auf das Spiegeltischchen, dass das Licht aus der Röhre sprang, und vollbrachte dann das aufgetragene Geschäft. Meine Augen folgten ihm, und mit Verwunderung sah ich hier im neuen Hause ein gleiches Schränkchen wie in der Hamburger Baracke.

Der Kapitän hatte indessen mein Gesicht gemustert, als wolle er die Züge des einstigen Gymnasiasten herausstudieren. „Sie also sind der Doktor, der sich das große Haus dort auf der Höhe gebaut hat?"

„Ja freilich, Kapitän; und was für Abenteuerlichkeiten habe ich nicht hinter Ihrem stillen Neubau wittern müssen, aber freilich ..." meine Augen fielen auf den Knaben, und ich schwieg.

Er hatte eben den kochenden Kessel nebst Flasche, Gläsern, und was sonst nötig war, vor uns hingestellt. „Dank, mein Junge", sagte der Alte. „Aber nun geh mit deinem Licht in deine Koje; es ist Kinderbettzeit."

Aber der Junge fiel ihm um den Hals und flüsterte ihm eifrig bittend in das Ohr.

„Nein, nein, Rick, heute nicht", sagte der Alte; „der Herr kommt schon mal wieder, und früher als die Hühner auf die Wiemen müssen."

„Doch! doch!" rief der Knabe. „Ohm! Alter John, nur eine Viertelstunde!" Und **er** würgte ihn fast mit seinen Armen.

Da riss der Alte ihn heftig von sich und hielt ihn, nach des Knaben Gesicht zu urteilen, nicht eben sanft an beiden Handgelenken vor sich. „Kalkuliere", sagte er im ruhigen Kommandoton, „du gehst jetzt augenblicklich in deine Koje!" Dann ließ er ihn los, und der Knabe nahm, ohne ein Wort zu sagen oder uns nur anzusehen, sein Licht und ging zur Tür hinaus; ich hörte, wie er eine Treppe nach dem Oberhaus hinaufstieg.

John Riew' zog jetzt die Gläser an sich und begann den heißen Trank für uns zu mischen; als er aber die Flasche aufgezogen hatte, spürte ich an dem Duft, dass es Madeira oder Xeres sei, welchen er hineingoß. „Ei was, Kapitän", sagte ich; „Sie trinken ja wie ich! Hat der Jamaika Sie jetzt verlassen?"

„Ich trinke ihn nicht mehr", erwiderte er ernst; „doch wenn's Ihnen lieber, es wird noch eine alte Flasche dasein."

„Ich danke, es ist mir so eben recht. Aber Sie? Vertragen Sie ihn nicht mehr? Sie sehen doch aus, als hätten Sie zeitlebens zusammenhalten müssen!"

„Es wäre auch sonst wohl so gewesen; aber – seit der Junge da geboren, haben wir uns geschieden. Doch – Sie schwiegen vorhin; jetzt ist frei Wasser, wonach wollten Sie denn fragen?"

„Nun, Kapitän, zunächst freilich nach dem Jungen! Waren Sie inzwischen verheiratet? Sind Sie Witwer? Ist der Junge Ihr eigen, oder wo haben Sie ihn aufgelesen? Und wie kommen Sie dazu, sich hier auf dem völlig trockenen Lande anzubauen?"

„Holla!" rief er dazwischen, „nun ist's genug für einmal! Aber Sie erlebten mit mir den Anfang, so mögen Sie auch das Ende wissen!"

„Wenn ein Mensch zu viel Tugenden hat" – so begann er sein Gespinst, indem er mir eins der dampfenden Gläser zuschob –, „dann ist der Teufel allemal dahinter."

Ich mochte wohl gelacht haben. „Nein, Nachbar", fuhr er fort, „das ist die simple Wahrheit; es ist gegen die Natur des unvollkommenen Menschen, den unser Herrgott nun einmal so geschaffen hat; denn irgendwo in unsrem Blute sitzt er doch, und je dicker er mit Tugenden zugedeckt wird, desto eifriger bemüht er sich, die Hörner in die Höh zu kriegen. Ich hatte so einen Freund, Rick Geyers hieß der Junge, und wir fuhren auf einem Schiff; glaubt nicht, dass er ein Duckmäuser war, nein, im Gegenteil, ein wilder Kerl, aber dabei ein wahres Nest von Tugenden: seine halbe Heuer, solange sie noch lebte, schickte er an seine Mutter und saß und schrieb an sie, während wir an den festen Wall gingen und unsern Talern Flügel machten. Hatte ein armer Teufel Unheil angerichtet, Rick wollte an allem schuld sein; aber man glaubte ihm zuletzt nicht mehr, denn er verstand fast ohne Wind zu segeln, unser großmäuliger Kapitän ging selbst bei ihm zu Rathaus; und dabei war er ein halb Dutzend Jahre kürzer auf der Welt als ich. Vor den Weibern, wenn er einmal mit uns andern an Land war, konnte er sich kaum bergen; in Hongkong, da ist eine Gasse – freilich ehrbare Leute sollten dort nicht kommen –, Ihr hättet nur sehen sollen, als wir einmal mit ihm hindurchgingen, wie das niedliche schlitzäugige Gesindel um ihn herum war! Rick Geyers aber sah mit seinen großen braunen Augen über sie weg, und wenn sie zu dicht an ihn herantänzelten und ihre Locktöne machten, dann räumte er sie schweigend wie eine Schar von Ungeziefer mit den Armen von sich. Die Dirnchen – denn sie sind zart und gelenkig – schlenkerten ihre feinen Händchen gegen ihn und flogen mit Angstgekreisch an ihre Haustüren, wo sie ihm wieder mit den feinen Fingern winkten; uns andere plagte, by Jove, die Eifersucht.

Rick aber ging stumm und zornig neben uns: „Ein andermal, wenn ich bitten darf, gehen wir nicht durch die Menagerie hier!" sagte er, als wir hindurch waren.

Und so dauerte es denn nicht lange, und er war Kapitän, als ich noch das Rad am Steuer drehen musste. Aber Freunde blieben wir auf Not und Tod, und der Wind wechselte nicht allzuoft, da hatte ich auch mein Schiff; aber trafen wir uns am Wall, so waren wir gleich beisammen.

Nun fand sich derzeit in Hamburg bei einer vornehmen alten Senatorstochter eine Art Mamsell, so gegen die Dreißig schon: Riekchen hieß sie und war ehrlich und zuverlässig, allzeit wie mit eben geplätteten Kleidern angezogen und, ganz egal, mit einer gelbblonden langen Locke hinter jedem Ohr. Sie konnte kochen und braten, sagte nie ein Wort entgegen und hatte niemals eine Meinung; die alte Dame behauptete, es gäbe auf der Welt keinen Mann für diese Perle, und wirklich, es begehrte sie auch keiner.

Und das war das Schicksal, für Rick Geyers, mein ich; denn in dieses Unmuster von Tugend musste der unselige Junge sich vergaffen, und noch mehr, er wollte sie heiraten und kaufte sich sogleich zum Schauplatz seines Eheglückes die Baracke, wo wir beide, Herr Nachbar, später einst gewohnt haben. Nun, Sie haben ja das Riekchen selbst noch gekannt. – Ich packte den Rick eines Tages unter den Arm, ging mit ihm durch die Stadt und dann nach dem Stintfang hinauf, wo unten im Hafen seine stolze Brigg lag und die rot und weißen Wimpel im leichten Morgenwinde wehten. „Rick! Rick!" sagte ich, „besinne dich doch! Du bist verblendet, bete vierundzwanzig Vaterunser, und es wird vorübergehn! Was willst du das einfältige Tugendmensch heiraten? Du hast ja selbst die volle Ladung davon; unter soviel Tugend geht dein Schiff zugrunde! Kann's nicht anders sein, so nimm dir eine schmucke wilde Katz, an der du deine Plage und doch auch dein Vergnügen hast! Was meinst du, Rick?"

Aber er lüpfte nur den Hut, dass die Luft durch seine braunen Locken ging, und sah mich lachend aus seinen hellen Augen an. „Dank für deine Weisheit, John", sagte er; „aber was einer muss, das kann nur einer wissen."

Da sah ich wohl, dass er weitab von aller Vernunft sei, und so hat er die Perle Riekchen zu seinem Unheil dann geheiratet. Aber ich sage Ihnen, Nachbar, auch derzeit, da sie jünger war – zehn Jahre auf einer Robinson-Insel!" und der Kapitän spreizte abwehrend seine Hände vor sich. „Doch", rief er dann wieder, „das Getränk nicht zu vergessen; God bless you, Sir!"

– – Schon einigemal hatte ich ein Rühren an der Türklinke vernommen; jetzt, während wir mit den Gläsern anklirrten und tranken, sah ich, dass die Tür, der ich zugewandt saß, um einen schmalen Spalt geöffnet wurde.

„Kapitän!“ sagte ich, „es ist jemand vor der Stube.“

Er wandte sich: „Das ist Rick!“ sagte er. „Junge, warum schläfst du nicht?“

Aber die Tür öffnete sich weiter. „So komm herein“, rief er, „wenn du was auf dem Herzen hast!“

„Ich kann nicht“, kam es von der Tür; und ich' gewahrte jetzt freilich, dass der arme Schelm barfuß und im blanken Hemde draußen stand.

Da stieß der Alte einen Seufzer aus, erhob sich und schritt nach der Tür: „Nun, Rick, was willst du denn?“

„Ohm“, sagte der Knabe leise und vor Kälte zitternd, doch so, dass ich's verstehen konnte, „ich hab dir ja noch gar nicht gute Nacht gesagt!“

„Und deshalb konntest du nicht schlafen?”

Ich glaubte nur zu sehen, wie Rick stillschweigend mit dem Kopfe schüttelte. Und der Alte gab ihm einen herzhaften Schmatz: „Gute Nacht, mein Kind! Aber nun schlaf und bitt vorher unsern Herrgott, dass er dein weiches Herz allzeit bei deinem harten Kopfe lasse!“

Da hörte ich, wie der Knabe behend die Treppen hinauflief; der Alte aber setzte sich langsam wieder an seinen Platz. Wir saßen eine Weile schweigend. „So ist er immer“, sagte er dann; „der Grund ist gut; ich dacht schon, dass er kommen würde.“

„Und doch“, erwiderte ich – ich konnte es nicht zurückhalten – „haben Sie ihn neulich recht hart behandelt, Kapitän!“

Er blickte mich an: „Sie meinen das mit dem Armenhause! Ja, ja, es mag auch so aussehen; aber er musst einmal erfahren, wohin er ohne mich geraten würde.“ Er trank einen Schluck und starrte vor sich hin. „Doch“, hub er wieder an, „ich wollte Ihnen von meinem alten Rick erzählen; der Junge ist ja noch gar nicht auf der Welt.“

Da fiel's mir bei, ich Trug: „Ist er der Sohn von Ihrem Freunde? Ich mein, es war doch nur das Mädchen da?“

„Geduld, Nachbar“, sagte der Kapitän und legte seine Hand auf meinen Arm; „der Junge wird, leider, auch geboren werden; Ihr sollt alles noch erfahren! Also – wie in den ersten Ehejahren von Rick Geyers der Seegang gewesen ist, das weiß ich nicht, denn ich war überall, nur nicht in Hamburg. Dann aber, in einem Junimonat, kam ich wieder heim und hörte, auch Rick sei dort, er habe Havarie gehabt; sein Schiff liege auf der Werfte, er selber warte in seinem Hause die Zeit ab. Wer war fröhlicher als ich! Ich konnt es nicht erwarten, bis ich bei ihm war. Als ich die Tür seiner Baracke aufstieß, by Jove, da standen die beiden Tugendmenschen schon auf dem Flur; aber freilich, allzu lustig sahen sie nicht aus. Einen Augenblick noch, dann fiel Rick mir um den Hals: „Hurra for John!“ rief er; „gib ihm die Hand, Riekchen!“ und mit einem wunderlichen Blick auf seine Frau: „Aber, nicht wahr, verteufelt elend sieht der Kapitän doch aus?“

Ich glaubte, er sei toll geworden, denn ich platzte derzeit vor Gesundheit.

„Meinst du, Rick?” sagte die Frau und nickte mir halb traurig zu; „ja, so rote Backen sind oft nicht von den besten.“

„So? – meinst du?“ rief Rick ingrimmig. „Ich meine das nicht. Sieht er nicht aus wie ein Berserker?“

Die Frau gab mir die Hand: „Freuen wir uns“, sagte sie, „dass Sie so gesund wieder ans Land gekommen sind!“

Ich dankte ihr; Rick aber warf seine kurze Pfeife, die er in der Hand hielt, gegen die Wand, dass der Porzellankopf in hundert Stücken über die Fliesen flog, und ich hörte, wie er mit den Zähnen knirschte.

„O Rick!“ rief die Frau; „der schöne Pfeifenkopf, das hättest du nicht tun sollen!“

„Endlich! Danke, Riekchen!“ sagte er, und ich sah, wie er ihr voll Hohn die Hand presste; „aber freilich, Scherben müssen erst gemacht werden!“

Dann gingen wir in die Wohnstube, während das Weib, als wäre nichts geschehen, die Porzellanbrocken auf dem Flur zusammensuchte.

„Nimm dich in acht, Rick“, sagte ich, „dass dein Teufel nicht die Hörner hoch kriegt!“

Aber er stieß ein Lachen aus, so fröhlich, als hätt ich ihn nur mit dem Kinder-Bußemann erschrecken wollen. „Komm“, sagte er und zog mich in die Schlafstube nebenan, „du weisst noch nicht, dass ich einen Engel in der Wirtschaft habe!“

Wir waren an sein Ehebett getreten, von dem er jetzt das schwere Deckbett zurückschlug. „Nun, John Riewe?“ rief er triumphierend.

Und freilich, da lag – ich dacht im selben Augenblick: ein Engel, aber es war doch nur ein schönes Kind, im tiefen Schlaf; ein Mädchen von kaum zwei Jahren wohl. Die eine Wange hatte es gegen sein Fäustlein gedrückt, über das die braunen Haare fielen; es war fast nackt, denn das Hemdlein hatte sich über die Brust hinaufgeschoben, und es glühte gleich einem Christkind wie von innerem Rosenlichte.

„Nun, John?“ sagte Rick wieder, „du schweigst? Ja, Alter, dem müssen alle Teufel weichen!“

Und mit demselben schlug das Kind seine dunkeln Augen auf, und die Ärmchen nach dem Vater streckend, rief es: „Papa, mein Papa!“

Da riss Rick es ungestüm aus den Kissen und presste das schöne Ding an sein Herz und küsste es vielmal und flüsterte ihm heimliche Worte in sein Ohr, so leise, dass ich nichts davon verstand. Ich sah es wohl, sein Herz war voll, und was er seinem Weib nicht geben konnte, das verschwendete er an das unvernünftige kleine Wesen.

Und doch, Nachbar, in späteren Jahren, und auch jetzt noch kommt es mir oftmals, es habe derzeit das Kind ihn dennoch wohl verstanden und sei nichts davon verlorengegangen.

– – Am andern Tage kam ich nach dem Abendbrote zu ihm. Er saß am Stubenfenster mit untergeschlagenen Armen und schaute auf die enge stille Gasse; das Riekchen hatte ich bei meinem Eintritt in der Küche rumoren hören.

„Nun, Rick“, rief ich, „was fängst du für Mäuse?“

„Ich fange gar nichts, John“, sagte er.

„Warum hast du denn deinen Engel nicht bei dir?“

„Das ist's, John; der schläft allezeit von jetzt bis übers Morgenrot; aber für mich ist's noch nicht Schlafenszeit.“

„So gehen wir ein Stück am Hafen!“ sagte ich. „Du bist noch nicht auf meinem Schiff gewesen.“

Er schien eine solche Aufforderung nur erwartet zu haben, denn er sprang sogleich auf und riss seinen Hut vom Türhaken.

„Gehst du aus, Rick?“ frug die Stimme seiner Frau, als wir durch den Flur gingen, und ihr geduldiges Haupt erschien aus der Küchentür.

„Ja, Riekchen; ich nehme den Schlüssel mit; wirst du müde, so schließe mit dem andern zu!“

Sie nickte: „Gute Nacht, Rick! Gute Nacht, Kapitän Riewe!“

Wir gingen noch auf mein Schiff; aber es fing bald an zu dämmern, und so wanderten wir nach St. Pauli und gingen nach dem Trichter, wo wir bald zwei steife Gläser vor uns dampfen ließen. Wir sprachen erst von alten Zeiten; dann aber erzählte Rick von seinem Kinde, nur von seinem Kinde: er lachte selber wie ein Kind, es war wie eine lachende Freude, wenn er nur ihren Namen nannte; ich brauche Ihnen wohl nicht zu sagen, dass sie Anna hieß.

Als die Gläser leer waren, wollte ich aufstehen; aber er hielt mich zurück und zog seine Uhr. „Noch nicht,, John!“ sagte er; „es ist erst zehn: sie schläft noch nicht.“

Ich verstand ihn wohl; und so tranken wir noch weiter, und es war nach elf, als wir davongingen.

Noch an ein paar anderen Abenden saßen wir dort, aber jedesmal ein Viertelstündchen länger; und auf meine zwei Gläser trank Rick allemal drei; ich sah so viel, er war schon satt von seinem Tugendmuster und schätzte sie am höchsten, wenn sie schlief.

„Rick“ sagte ich, „nimm dich in acht, das dritte Glas, das ist des Teufels!“ Aber er lachte: „Es ist nur ein Zeitvertreib, John; um ein paar Wochen ist mein Schiff wieder flott, und dann gibt's wieder Arbeit und guten Schlaf!“

Am Tage darauf war meine Zeit in Hamburg abgelaufen; wir schüttelten uns die Hände, das Riekchen nickte sanft, und auch die kleine Anna gab mir ihr Patschchen und sagte kläglich: „De, Ohm Jiew!“ Dann begleitete Rick mich auf mein Schiff.

Noch einmal nach ein paar Jahren – es war in der Kapstadt – habe ich Rick Geyers wiedergesehen; aber er war es nicht mehr selber, es war nur noch ein Trunkenbold, der unter seinem Namen umging. Ich dachte damals, das sei mein größtes Leid, das ich erlitten, und vielleicht auch ist es jetzt noch so; nur dass über einen Mann uns das Erbarmen nicht so bitter fasst … aber ich will der Reihe nach erzählen.

Als ich an der Bai nach meinem Schiff hinuntertrabte, denn in der Nacht noch sollte ich die Anker lichten, sah ich einen Mann vor mir am Wasser stehen, der mich trübselig aus seinem gedunsenen Gesichte zu betrachten schien. Ich stutzte: „Rick“, rief ich, „du bist es, Rick! Was fehlt dir? Bist du krank? Du siehst sehr übel aus!“

Doch er schüttelte den Kopf und sagte schwerfällig: „Mir fehlt nichts, John. Bleibst du noch lange hier?“

„Nein, Rick; nur bis heut Nacht, und ich muss noch wieder nach dem Gouvernementshaus. Aber sag mir schnell: wie geht es bei dir zu Hause, deiner Frau, deinem kleinen Engel? Kommst du bald wieder zu ihnen?“

„Ganz wohl, alles wohl!“ Weiter antwortete er nicht; aber er seufzte tief, als ob er sie verloren hätte.

„Du fährst noch immer die Fortuna?“ frug ich wieder.

„Ja, John, ich fahre sie noch; wir sind erst gestern angekommen.“

„So lebe wohl, Rick! Ich habe leider keine Stunde mehr für dich; leb wohl!“

Ich ging, ganz vernichtet durch dies Wiedersehen. „Er schämte sich“, sprach ich zu mir selber; „Rick Geyers, der beste aller Jungen, ist verloren.“

Da fühlte ich mich plötzlich zurückgehalten: er war mir nachgelaufen; er lag in meinen Armen: „John, John, mein Freund! Noch einen Augenblick, wir sehen uns zum letzten Mal!“

Und als er mich in seiner alten Liebe ansah, da waren seine Augen wieder jung und schön. „Das nicht, das wolle Gott nicht, Rick!“ rief ich; „aber auf ein baldig Wiedersehen in der Heimat, in deinem Hause und bei deiner kleinen Anna!“

Er wiegte langsam seinen Kopf: „Leb wohl, John Riew“`, sagte er, und leise, als ob auch hier es niemand hören dürfte, setzte er hinzu: „Und wenn du einmal heimkommst, dann frage nicht mehr nach Rick Geyers!“

Er riss sich los und war mir bald in einer Menschenmenge, die von der Stadt herkam, verschwunden. Das weiß ich noch, die heitere Sonne, die vom Himmel strahlte, hat mir damals wehgetan.

– – Nach ein paar Jahren – es war in Rio, und ich fuhr derzeit für eine Lübecker Firma das Schiff „Die alte Hanse“ – nahm ich einen deutschen Matrosen in Heuer, der krankheitshalber dort zurückgeblieben war. „Wo stammst du her?“ frug ich.

„Mein Vater“, erwiderte er, „wohnt am Johannisbollwerk!“ „In Hamburg?“

„Ja, Kapitän.“

„So kennst du auch wohl Kapitän Rick Geyers?“

„Ja, Herr; ich bin ein Jahr als Leichtmatrose mit ihm gefahren; aber – –“

„Was aber!“

„Er ist kein Kapitän mehr!”

„Hat er sich zur Ruh gesetzt? Er ist noch jung!“

Der Bursche schüttelte den Kopf: „Es ging nicht mehr!“ Und er warf den Kopf zurück und machte mit der Hand die Bewegung, als ob er ein Glas an den Mund setze. „Er fährt jetzt mit dem Blankeneser Postewer.“

Ich nahm den jungen Menschen auf mein Schiff, aber ich hatte genug vom Fragen.

– – Ein paar Jahre später kam ich denn doch wieder nach Hamburg; ich hatte Überdruss am Seefahren, und mein Kopf war leidlich grau geworden. Ich ging nach Ricks Hause; aber Rick lag draußen auf dem Petrikirchhof: er war eines Nachts über eine in Reparatur begriffene Fletbrücke gegangen und durch eine Öffnung in das Wasser und in den Tod gestürzt. Ich denke wohl, er war mit einem schweren Kopf gegangen, der ihn hinabgerissen hatte; aber – allen Gerechtigkeit! – seine Frau hat nie davon geredet; nur die Nachbarn und der alte Doktor Snittger haben es später mir bestätigt.

Ich war inzwischen Makler geworden und mietete, nachdem ich mit meinem alten Herrn zu Lübeck ins Reine gekommen war, die kleine Oberetage; schön war sie nicht, aber sie genügte, und Rick Geyers' Weib und Kind kam es zugute. Ein halb Jahr darauf fand sich auch noch ein Schüler des Johanneums für die untere Stube rechts, und das waren Sie, Herr Nachbar; ich denke, wir haben uns, bis Sie zur Universität gingen, leidlich genug in dem engen Haus vertragen!

Sie wissen, die Anna war damals schon ein gestrecktes Mädchen, nach dem wohl ein so junger Gesell, wie Sie es damals waren, sich einmal umschauen mochte!"

Der Kapitän sah mich schelmisch an, und es mag wohl nicht gefehlt haben, dass ich rot geworden bin.

„Du lieber Gott!" fuhr er dann fort, „wir wollen nicht darüber scherzen; aber ich darf wohl sagen, dass das Kind die Liebe zu seinem Vater auf dessen alten Freund übertragen hatte, und mir war oft, als sähe sie mich mit seinen jungen Augen an, wenn er – wie oftmals! – mich herzhaft auf die Schulter schlug und dann rief: „Ja, John, du bist's, auf den man sich verlassen kann!"

Der Kapitän seufzte und schlug sich gegen die Stirn; „Das aber war zuviel gesprochen", sagte er, „denn Dummheit ist auch eine arge Sünde! Ich plagte mich viel mit dem lustigen Mädchen; Sie haben es ja selbst gesehen, der Unband war mir lieb als wie mein eigen Blut, und wenn nach etwas ihr Gelüsten stand, Ohm Riew' musste allzeit Rat wissen. Das alte Riekchen hatte seine unschuldige Freude daran, und das Kind übernahm bald fast meine ganze Bedienung; Ihnen, Nachbar, blieb nur das alte Weib: ich habe manches Mal darüber lachen müssen; aber der Kaffee von der Anna hätte Ihnen doch noch besser geschmeckt!"

Der Alte schwieg plötzlich und horchte nach oben hinauf. „Ja, der Junge schläft", sagte er; dann trank er den kleinen Rest aus seinem Glase und machte sich daran, ein neues für sich zu mischen, denn der kleine Kessel sauste immerfort. Mir war, als ob ihm das Erzählen plötzlich widerstehe oder als ob er sich besinnen müsse, wie er fortzufahren habe.

Aber er saß schon wieder auf seinem Platz, und ohne das dampfende Glas zu berühren, hub er aufs neue an: „Es sieht manches aus wie ein Kinderspaß; aber auch der Strauß hat erst in einem Ei gelegen! Sie wissen, Nachbar, es war meine alte Seemannsart, zwischen Nachmittag und Abend ein gutes Glas zu trinken, und was den Rum anlangt, so hatte ich allzeit was Echtes in meinem Schränkchen. Ich hatte die Anna gelehrt, nach meinem Maße mir das Glas zu mischen; aber wenn sie den Rum in das heiße Glas goss und nun der Dampf ihr in das feine Näschen stieg, dann begann sie ein Gehüstel, bog den Kopf zurück und machte allerlei Gesichter des Abscheues gegen mich.

Ich lachte darüber und sagte: „Probier es nur!“ oder: „Es wird dir doch noch schmecken!“

Aber eines wie das andere Mal erwiderte sie: „Ich habe es schon geschmeckt, Ohm; es ist abscheulich!“ und schob mit ausgestrecktem Arm das Glas mir zu.

Es wurde allmählich eine stehende Neckerei zwischen der Jungen und dem Alten. „Du sollst doch noch probieren!“ rief ich endlich; „ist das ein Koch, der nicht probieren kann?“

„Ich bin kein Koch!“ sagte sie schnippisch.

„So bist du doch mein Mundschenk!!”

„Ich tu's aber doch nicht!“ rief sie und flog mir aus der Stube und die Treppe hinab.

Ich alter Tor, ich muss jetzt denken, dass ihre Natur uns habe warnen wollen; aber ich ging wie mit verbundenen Augen.

Nun war's an meinem Geburtstage, und ich hatte, mir selber zur Festfreude, dem Kinde ein Dutzend Schnupftücher von einer Extra-Qualität geschenkt, da ich ihre Lust an feinem Linnenzeuge kannte. Und wirklich, sie leuchtete vor Freude, als sie zur Mutter lief und ihr die schöne Ware zeigte; und über ein Kleines saß sie auch schon am Fenster, um ihr kunstvolles Monogramm hineinzusticken. „Mein Ohm!“ rief sie mir zu; „ich tu dir alles zu Gefallen!“

„Das ist schon mein Gefallen“, sagte ich, „dass du dich freust.“

„Nein, noch was anderes, Ohm!“ Sie sah mich geheimnisvoll mit ihren dunkeln Augen an und stickte weiter an ihren Monogrammen.

Abends brachte sie mir, wie gewöhnlich, das Kesselchen mit heißem Wasser auf mein Zimmer; sie nickte mir zu, und als es kochte, begann sie mir mein Glas zu mischen. Sie tat das wie in Freude zitternd und doch so feierlich, als solle sie ein Opfer bringen. Dann hielt sie das dampfende Glas hoch vor ihrem Angesicht: „Ohm", sagte sie, indem sie auf mich zutrat, „mein Ohm, mögst du noch vielmal diesen Tag erleben!" Der herzlichste Strahl, den meine arme Seele je getrunken, flog aus ihren Kinderaugen in die meinen. Dann setzte sie das Glas an ihren Mund und tat einen starken Zug daraus.

Aber es war zuviel gewesen, was sie sich zugemutet hatte: wie im Krampf spieen die jungen Lippen den scharfen Tränk hinaus, und das Glas fiel aus ihrer Hand zu Boden, dass der Inhalt und die Scherben umherflogen; dann stürzte sie in den Alkoven, an meinen Waschtisch; ich hörte, wie sie Wasser in ein Glas goss, ein- und zweimal, und wie sie gurgelte und sprudelte, als gelte es, einen Gifttrank wegzuspülen.

Ich ging ihr nach; da fiel sie mir um den Hals: „Ohm, mein süßer Ohm ... ich konnte nicht dafür ... verzeih mir, sei nicht bös!"

Das Kind war außer sich; dennoch wollte sie mir ein neues Glas bereiten, aber ich litt es nicht, ich nahm sie auf meinen Schoß: „Sei ruhig, Anna, du weisst es ja; wir beide können einander gar nicht böse sein!"

Da preßte sie meinen Hals mit ihren Armen, als ob sie mich ersticken wollte: „Du bist gut, mein Ohm; ich weiß es, du bist gut!" und dann weinte sie sich noch ein braves Stückchen.

Aber auch das, Nachbar, öffnete mir nicht meinen vernagelten Verstandeskasten. Am andern Abend kam sie wieder mit ihrem Kesselchen. „Zünd nur die Lampe an", sagte ich; „hernach mach ich mir's schon selber."

Ich wollt, Sie hätten ihr bittend Angesicht gesehen. „Lass mich, Ohm!" sagte sie. „Ich weiß, ich kann es heute."

Ich wollte es dennoch wehren, aber jetzt stampfte sie mit ihrem Füßchen: „Ich muss aber, Ohm; das ärgert mich, das von gestern!"

So litt ich's denn, und als sie ihr: „Zur Gesundheit!" sprach und dann ein Schlückchen aus dem Glase trank, hielt sie den Atem und Mund und Augen gewaltsam offen; aber, ich sah es wohl, ein paar Tränen sprangen doch heraus. Bald danach sind Sie ins Haus gezogen, und – Sie haben es ja selbst gesehen, wie zierlich sie uns zu kredenzen wusste. Gott verzeihe mir! Das Kind steuerte Backbord, aber ich hätte Steuerbord halten sollen.

– – Im Winter, nachdem Sie fort waren, suchte mein Lübecker Reeder mich wiederum zu ködern; der schlaue Alte hatte es heraus, dass ich zu früh mich landfest gemacht hatte; er meinte, ich könnte wohl noch ein paar Jahre wieder laden und löschen. Von dem Dazwischen sprach er nicht; aber er bot mir ein neugebautes

Vollschiff und einen Part darin. Mir gefiel das schon; aber was sollte dann aus Riekchen Geyers und meiner Anna werden? Denn auch Ihr Quartier im Unterhause stand unvermietet. Da, als ich eines Tages in der Januarsonne mit Anna über den Gänsemarkt promenierte, blieb sie vor einem Weißwarengeschäft stehen und betrachtete begierig die Sauberkeiten, die hier alle in dem Ladenfenster ausgelegt waren. Ich wollte ungeduldig werden; aber sie hatte trotzdem immer ihren Finger noch nach etwas Neuem. Auf einmal kam mir die Erleuchtung:

„Komm", sagte ich, „was meinst du, wenn ihr selber solchen Laden hättet?"

Sie wurde schier dunkelrot vor Freude; aber gleich darauf sagte sie traurig, ihr dunkles Köpfchen schüttelnd: „Das ist ja nicht möglich, Ohm!"

„Nicht möglich, Anna? Aber was meinst du, wenn dein Ohm es dennoch möglich macht! Komm nur, wir wollen gleich zu Hause, und Mutter soll ihren Segen geben!"

By Jove, ich hatte Not, dass sie mir nicht vor allen Leuten um den Hals fiel.

Und so kam es denn in Ordnung. Freilich, mein Maklerverdienst ging so zirka wohl darauf; aber wen hatte ich denn sonst, für den ich sorgen konnte! Die Stube rechts, wo Sie Ihre Lateiner studiert hatten, wurde zum Laden umgewandelt; die Einkäufe waren schon gemacht, Näherinnen außer dem Hause wurden in Arbeit genommen und eine Glocke über der Haustür angebracht; Anna selbst war das behendeste Ladenjüngferchen und saß fleißig mit der Nadel in der Hand. Wie ich nach ein paar Jahren aus einem Briefe der Mutter sah, gewann sie später noch besseren Verdienst, indem sie in fremde Häuser schneidern ging; damals aber warteten wir noch auf Käufer, und sie kamen auch: erst die Nachbarn und die Apothekertöchter, mit denen Anna damals wohl zusammen lief, dann auch von den Gästen aus dem Kaiserhofe. Ich hörte mit Behagen unsere Glocke läuten, wenn ich oben auf meinem Zimmer saß.

Und endlich eines Abends nahm ich mutig einen großen Briefbogen und schrieb darauf an meinen alten Herrn Richardi in Lübeck, dass ich sein neues Schiff „Die alte Liebe" führen würde.

„Die alte Liebe" war so gut wie ihr Name; und wir hatten Glück, mein alter Herr und ich! Fünf Jahre lang bin ich gefahren, wie noch nie zuvor – aber wir haben noch andere Abende, davon zu reden –, nur bei der letzten Fahrt, in den englischen Nebeln, zwischen Plymouth und Southampton, da hätten wir bald, trotz Nebelhorn und Schüssen, das Schiff und auch uns selbst verloren. Das machte mich kopfscheu; mir schien's nun endlich doch genug vom Wasser und besser, das bisschen Lebensrest im Trockenen zu verzehren. Doch mein Herr Richardi in Lübeck war nicht solcher Meinung, und da er mich halten wollte, so wusste ich wohl, weshalb er mit unserer Abrechnung immer noch nicht fertig wurde. „Herr", sagte ich endlich, „ich besuche meinen alten Ohm in Holstein; indes wird hier wohl alles klar?"

Er brummte etwas, und ich fuhr am andern Tag hieher. Es war aber ein rechtes Doppelwrack, was ich hier fand: den geizigen Greis und sein großes verfallenes Bauernhaus, worin einst eine weitläufige Wirtschaft war betrieben worden. Zwei Stuben mit vollen Schränken und hohen Wandbetten standen bestaubt und unberührt; der Eigentümer und eine verrunzelte zahnlose Magd hausten jetzt allein in einer Kammer. Freilich, auf dem Boden jungten die Marder in den Ecken und schleppten des Nachts ihre Beute heim und sprangen durch die Löcher des alten Strohdachs auf die Bretter, dass in der Stube unten nicht zu schlafen war. In einer Nacht, wir waren gegen August, kam unerwartet ein Sturm auf; das ganze Dach schüttelte sich, und ich hörte, wie ein Fach Mauerwerk herauspolterte; da sprang ich auf und ging die Nacht spazieren. „Ohm", sagte ich am andern Morgen, „mein Schiff war doch noch sicherer als Euer Haus; Ihr müsst bauen, sonst begräbt's Euch noch!"

Aber er lachte, indem er sich sein schlotteriges Wams über seinen hageren Leib zuknöpfte. „Das versteht du nicht, John; die alten Häuser sind zäh. Du kannst es flicken lassen, wenn sie mich hingetragen haben."

Ich hielt's nicht länger aus: mich überkam ein plötzliches Verlangen nach unserer kleinen Anna, und ich schrieb an Riekchen Geyers, dass ich kommen würde.

Am zweiten Tage danach fuhr ich mit dem Wochenwagen ab. Als mein Ohm mit seiner Magd, die ich mit einem unmäßigen Trinkgeld erfreut hatte, mich hinausbegleitete, gab er mir die Hand: „Aber John!" sagte er, „das in dem Kanal, das will mir nicht gefallen; bleib schmuck im Lande nun! Wenn du versöffest, ich müsst mein Testament ummachen lassen; das sind teure Sachen!"

Damit fuhr ich ab. Als ich vors Millerntor in Hamburg kam, ging just der Tag zu Ende; ich konnt's nicht lassen, stieg ab und spazierte nach dem Stintfang hinauf; da sah ich am Hafen längs den ganzen Mastenwald im braunen Abendrot. Langsam ging ich dort hinunter, und da überfiel's mich: „Haus oder Schiff? Land oder See?“ Ich schlenderte am Bollwerk entlang, den Kopf voll melancholischer Gedanken, da kam der Sohn unseres Nachbarn, des Apothekers, mir entgegen; er war in Kalifornien gewesen, kam aber jetzt von Hause und wollte nun wieder in die Minen. Die beiden Schwestern hatten den wilden Jungen weich gemacht, ich glaube, am liebsten wäre er mit mir umgekehrt; zuletzt aber häkelte er zwei Klümpchen Goldes los, die er als Berlocks an der Kette hängen hatte. „Good bye!“ sagte er, „bringt's den Dirnen; wenn ich wiederkäme, sollt's ein Pfund sein!“ Und damit drehte er ab und ging davon.

Ich steckte die Berlocks in die Tasche und wanderte jetzt rascher in die Stadt hinein. Als ich Ricks Häuschen erreicht hatte, brannte im Flur schon eine Lampe. Ein dunkelköpfiges Mädchen flog aus dem Laden, nicht groß, aber schlank; ein zierliches Stutznäschen und über der Stirn, nicht was die Frauenzimmer Simpelfransen nennen, nur so die feinen Stirnlocken, die mit dem Kamm nicht mehr zu bändigen waren; und vor der Brust hing ihr ein sauber Spitzentuch.

Ich zog sehr höflich meinen Hut und wusste nicht, war das feine Ding sie oder war's nur eine fremde Jungfer? Freilich, so auf Siebzehn schien auch die zu stimmen, die mich da mit ihren großen braunen Augen ansah; aber ich war doch nicht auf Nummer sicher und sagte lieber vorsichtig: „Guten Abend; wär Frau Geyers wohl zu sprechen?“ – „Guten Abend“, sagte sie – und mir war's, als ob sie innerlich lache – „treten Sie nur näher!“ – Aber ich kehrte mich zu ihr: „Um Verzeihung, liebes Kind“, sagte ich, „wie heißen Sie denn?“ Sie neigte den Kopf, dass ich vom Gesicht nur noch die Stirnlöckchen sehen konnte, und sagte: „An-na!“

Sie sagte das so eindringlich, so very engaging; es sang ordentlich was in den beiden Silben, und wieder auch, als wär ein Mädchenlachen noch dahinter.

Dann aber, als Frau Riekchen jetzt aus der Stube trat, da lachte sie wirklich und warf den Kopf empor: „Mutter“, rief sie jubelnd, „da ist Onkel Riew', und er kennt mich nicht mehr!“ Und sie flog mir an den Hals, die junge Katze! In mir aber rief es: „Land, Land! Nicht nochmals auf die Planken!“

Ich wohnte schon wieder oben in meinem alten Quartier und hatte aus Lübeck und vom Schiff schon meine Sachen um mich. Es war fast wie früher, nur dass, weil die Frauen anderes zu tun hatten, eine kleine Magd mich jetzt bediente und ich abends meist mein Glas im Kaiserhofe trank. Da fielen die goldenen Berlocks mir eines Vormittags in die Hand, die ich noch immer abzuliefern hatte, und ich machte mich sogleich jetzt auf den Weg.

Als ich eintrat, fand ich im Zimmer nur die beiden Mädchen, die vor einem Tische emsig an großen bunten Lappen nähten; da ich aber mein Gewerbe anbrachte und die Goldklümpchen in ihre Hände legte, by Jove, da ging das Gejammer los: „Ach der Herzensbruder, o mein Peter, Peter!"

Wisset, Herr Doktor, ich kann die Frauenzimmertränen nicht leiden, denn sie machen mich boshaft, was ich von Natur nicht bin; aber so wie eine wilde Gans aus der Tür rennen, das war doch auch nicht schicklich; ich blieb also vorderhand noch sitzen. Da öffnete sich die Tür, und eine alte Näherin trat herein, die mir von früher wohlbekannt war. Sie hatte wieder solchen Lappen in der Hand, wie die hier drinnen, es musste also miteinander wohl ein Kleid ausmachen; auch passten sie es zusammen und strichen es sich an Hals und Schultern. Als die Alte fortgegangen war, dachte ich für die Anna ein Wort einzulegen und sagte: „Ist das Ihre Näherin? – Die könnten Sie ein Pfundsmaß hübscher haben! Ich meinte, dass die Anna Geyers bei Ihnen nähte?"

„Ja", sagte die Älteste und wischte sich den Tränenrest von ihren Backen, „die ist freilich hübscher."

– „Steht Ihnen das Mädchen denn nicht an?"

„Oh – wir haben sie ja schon gehabt."

„Und Sie wollen sie nicht wieder haben? Das tut mir leid, sie ist so halbwege ja mein Ziehkind."

„Ja; aber ..." Sie bückte sich über ihre Näherei und kam nicht an Bord mit ihrem Satze.

– „Schießen Sie los, Mamsellchen!" sagte ich. „Helles Feuer ist das beste. Die Anna soll doch ihre Arbeit gut verstehen; hat sie gestohlen, oder wo steckt denn sonst der Fehler?"

„Nun, Herr Riew'", sagte die Jüngere und luvte mich mit ihren kleinen unverschämten Augen an; „gestohlen nun wohl nicht; es ist nur eins!"

Die Ältere winkte ihr zu und schüttelte den Kopf, aber das schwarze Ding ließ sich nicht übersegeln: „Ich will es Ihnen sagen, Herr Riew', sie hat für uns zu vornehme Bekanntschaften; wir sind ehrliche Bürgermädchen, mit Grafen und Posamentiergesellen haben wir nicht gern zu tun, auch nicht mal durch die dritte Hand! Und das noch nicht allein!"

„Liebes Mamsellchen", sagte ich, da sie innehielt, „sparen Sie die Worte nicht; ich bin bereit zu hören."

Hierauf, während die Ältere sittsam auf ihre Arbeit sah, rückte das beredte Mädchen sich einen Schemel unter die Füße und setzte sich ordentlich in Positur. „Es war im vorigen Herbste, Kapitän Riew’“, sagte sie, „und die Zentralhalle war eben eröffnet; man konnte in Familie an kleinen Tischen sitzen, seinen Tee oder eine Tasse Schokolade trinken und dabei eine Komödie, oder was es sonst denn gab, mit ansehen, und die Kosten waren auch nicht schlimm. Alle gingen hin, und groß wurde davon gesprochen. Wir, Herr Riew’, gehören nicht zu denen, die nach allem Neuen laufen; aber die Gummi-Elastikum-Kerle, als die angekündigt wurden, die mussten wir doch sehen! Wir beide gingen also eines Abends in die Zentralhalle, unsere Mutter war natürlich bei uns; der alten Dame schwindelte der Kopf, und sie hätte bald ihren Zufall bekommen, als wir in den ungeheuren Saal traten; doch es gab sich zum Glück, als wir erst an einem Tischchen unsern Tee tranken und dann der Vorhang aufging. Die Elastikum-Kerle waren freilich besser auf dem Zettel als auf der Bühne; aber als der eine sich rückwärts um den Tisch wickelte und der andere als Schlange über ihn wegkroch, ihre Faxen sahen sich doch lustig an. – Da, als wir im besten Lachen waren, entstand an einem Tische, ein Stückchen von uns, ein Rumoren, dass wir unwillkürlich unsere Augen dahin wenden mussten. Zwei Frauenzimmer hatten dort schon länger mit dem Rücken gegen uns gesessen; nun langten noch zwei leidlich junge Herren an; der eine sah wirklich vornehm aus, aber wer weiß das! Das Gesicht war ziemlich verkommerschiert, und die vielen Haare, die nicht mehr da waren, hatten wohl auch umsonst sich nicht empfohlen. Das gab ein Reden und Komplimentieren, ein Schurren mit den Stühlen; dann rief der Kleinere von den beiden nach dem Kellner. Ein blasser Schlingschlang mit weißer Binde drängte sich an den Tisch: ‚Befehlen?‘

– ‚Ja, was?‘ – und der Kellner zählte her, was er zu bieten hatte.

– Dazwischen rief der Kavalier: ‚Genug, Kellner! Zum Vorschmack vier Gläschen schwedischen Punsch!‘ – Kennen Sie es, Kapitän? Es soll furchtbar stark sein!“

Ich nickte.

„Nun, die Gläser kamen, und die Herren hatten’s immer nur mit dem einen Frauenzimmer, als wenn die Gummi-Elastiker sie gar nichts angingen, und sie gingen auch mich bald nichts mehr an, denn ich sah immer nur nach diesen vier Menschen. Da stößt meine Mutter mich in die Seite: ‚Du‘, sagt sie, ‚kennst du das Frauenzimmer in der lila Haube?‘ Und da ich nein sage –: ‚Frau Geyers‘, flüstert sie mir zu, und als die andere just den Kopf wendet: ‚Herr Jesus!‘ ruf ich, ‚und da ist auch die Anna!‘

In diesem Augenblick stand der vornehmere der Herren auf. ‚Ihr Glas ist leer, Fräulein', sagt er zu der Anna; aber, indem er sich wendet: ‚Freund Jack, das war wohl eigentlich kein Getränk für Damen!'

Der andere lachte: ‚Nur ein gustus, Edmund!'

‚Verzeihen Sie, meine Damen!' begann der Vornehmere wieder; und ‚Kellner! Kellner!' rief er so laut, dass sie von allen Tischen ihn zornig ansahen und zu brummen anfingen; denn auf der Bühne ging jetzt ein Lustspiel vor sich. Aber er kehrte sich nicht daran, und als der Schlingschlang wieder vor ihm stand mit seinem atemlosen: ‚Herrschaften befehlen?', rief er: ‚Champagner! Zwei Flaschen auf Eis!'

Nun, Kapitän, das kann ich Sie versichern, Anna hat nicht am wenigsten davon getrunken! Ihr schmuckes Lärvchen brannte ordentlich, und dass sie mit der linken Hand sich auf den Tisch stützte, wenn sie sich erhob und mit den Herren anstieß, das war auch nicht von ungefähr! Hätte die Mutter nicht mit ziemlich trockenem Munde dabeigesessen, sie wäre nach dem Schauspiel wohl Gott weiß wohin gekommen; denn der am vornehmsten aussah, der schien viel Gutes nicht mit ihr im Sinn zu haben!"

Als das lustige Mädchen mit ihrem Gespinst zu Ende war, sagte ich nichts, denn mir war nicht eben wohl ums Herz, Nachbar; ich hörte nur, dass jetzt die ältere Schwester der jüngeren beistimmte: „Wir reden natürlich nicht davon", sagte sie, „aber ins Haus nehmen, das geht doch nicht!"

Und die Jüngere warf den Kopf zurück: „Ich danke – wenn der Herr Graf sie abends vor unserer Haustür erwartete – da könnte am Ende ich noch in den Geruch einer Gräfin kommen!"

„Sie haben völlig recht, Mamsell Nettchen, und das wäre wenig passend", sagte ich und empfahl mich höflichst.

– – Dass ich beim Nachhausekommen mir unsere alte Tugendhafte auf mein Zimmer bat und was der Inhalt unseres Gespräches gewesen, brauche ich Ihnen wohl nicht zu erzählen; aber soviel sah ich, die Apothekermädchen hatten jedenfalls nur mäßig übertrieben; die Herren aus der Zentralhalle aber waren freilich Biedermänner, der eine ein Graf, der andere ein Baron.

„Riekchen, geht in Euch!" rief ich, „besinnt Euch! Biedermänner, und Grafen und Barone? Und mit Euch in der Zentralhalle?"

Das war zuviel. „Ohm Riew"', sagte sie, „unsere Anna ist ein Kind; – ich aber bin mein langes Leben hindurch eine ehrenwerte Frau gewesen! Wir werden sie nicht verunehrt haben!"

Du lieber Gott! sie wusste nicht einmal, weshalb Rick Geyers in sein frühes Grab getaumelt war.

Nicht lange darauf kam ich eines Abends spät nach Hause; da die Straßentür noch offenstand, so trat ich, ohne dass es schellte, in den Flur. Es war schon dunkel hier, nur durch das Guckfenster in der Ladentür fiel ein Schein heraus. Ich stand einen Augenblick, denn ich hörte, wie drinnen eine Herrenstimme sprach, und allerhand, was ich erst nicht reimen konnte.

„Verzeihung, Madame", sagte der Jemand, „die Toilette ist keineswegs kostbar, nur ein weißes weiches Gewand und weiter nichts! Es darf sich keine vor der andern auszeichnen; die Blumen wird die Gesellschaft den Damen liefern; und ich würde hier" – er sprach das wie mit einer zärtlichen Verbeugung – „um die Erlaubnis bitten, dem Fräulein blassrote Rosen anbieten zu dürfen!"

Es entstand eine Pause; dann schien unsre tugendhafte Mutter eine leise Bedenklichkeit zu äußern, die ich nicht verstehen konnte. Aber der Unbekannte sprach sogleich: „Pardon, Madame; das ist es ja; nicht Rang und Stand, denen unsereiner gern einmal entflieht, soll hier den Ausschlag geben, sondern Schönheit und gute Sitten; doch da dieselben selten beieinander sind, so wird der Zirkel nur ein kleiner sein, ein Dutzend Paare etwa. Sie wissen, in den richtig konstruierten Familien ist stets die Mutter die Schöpferin der Tugend ihrer Kinder; und nicht jede Tochter, Madame, ist so glücklich wie die Ihre!"

„Damned scoundrel!" brummte ich bei mir selber, denn mir war, als sähe ich durch die Tür ihn jetzt sein nichtsnutziges Kompliment gegen unsre Alte machen. Und wer war denn der Monsieur? – Am Ende der Versucher in eigener Person; nur in Monaco beim Pharao und beim Roulett, unter dem vornehmen nichtsnutzigen Volk war mir solche Menschenstimme vorgekommen.

Unwillkürlich trat ich dem Guckfenster näher, denn ich hörte schon die Alte sagen: „Oh, Herr Baron, wenn doch alle Ihresgleichen solche Grundsätze hätten!"

Aber der Versucher war schon wieder da: „Ich bitte, Madame, beurteilen Sie uns nicht voreilig! Der Präsident unserer Gesellschaft ist von einer Strenge, dass man sich ihm gegenüber um sich selber, ja fast um unsre Damen bangen dürfte; aber – enfin, er wurde gewählt, und zwar mit allen Stimmen!"

Ein Ruf des Erstaunens entfuhr unserem alten Tugendmöbel, als ich eben in das Fenster sah. Ein großer, eleganter Herr saß beinbaumelnd vorne auf dem Ladentisch; wahrhaftig, Herr Nachbar, ich weiß noch heute, dass das Bein in perlgrauen Hosen steckte! Im übrigen alles, wie man's nur verlangen konnte: dünnes, aber modisch frisiertes schwarzes Haar, ein kleiner Schnurrbart in einem glattrasierten Angesicht; die eine Hand, in hellem knappem Handschuh, lag mit dem Augenglas auf seinem Knie. Er sah nicht übel aus, beileibe nicht! Aber um Mund und Augen zuckte etwas – ich kannte es wohl, Herr Nachbar –, es macht die Weiber fürchten und fängt sie endlich doch, wie arme Vögelchen! Man soll nur wissen, dass nichts als böse Lust dahintersteckt.

Die Alte stand mit übergeschlagenen Händen vor ihm und sah in dummer Anbetung zu ihm auf. Für mich, das muss ich sagen, hatte der Geselle eine verflucht konfiszierte Physiognomie! Er hatte stets nur zu der Mutter geredet; aber Anna, die dort im Winkel stand, sah mit brennenden Augen auf ihn hin. War das am Ende ihre vornehme Bekanntschaft, von der jene Mädchen gesprochen hatten?

Ich ging zurück an die Haustür und stieß sie zu, dass die Glocke läutete; dann trat ich in den Laden. Mein Erscheinen mochte den drinnen eben kein groß Pläsier machen: Anna kam aus ihrer Ecke und ging daran, einige Bänder und Spitzen vom Tische in einen Pappkasten zu räumen; der fremde Musjö hob sein Glas an die Augen und sah auf mich herab, als ob ich unter seinem Blick verschwinden müsste.

Aber ich verschwand nicht, sondern setzte mich auf einen Stuhl neben der Tür und sagte: „Schön warm hier drinnen; guten Abend, meine Herrschaften!"

Das alte Weib drehte sich hin und her: „Unser Onkel Riewe, Herr Baron!" sagte sie. „Er wohnt bei uns im Hause."

„So?" erwiderte er gleichgültig und streckte das Kinn vor, und ich hörte ordentlich, wie das kleine Wort zu Boden fiel: „Sehr angenehm!"

„Lüg du und der Teufel!" dachte ich; aber ich nickte ihm zu und sagte höflich: „Dito, mein Herr; gleichfalls."

Und damit war unsere Unterhaltung zu Ende. Und da ich nun meinen Hut auf meinen Stock hing und diesen neben mir an die Wand stellte, so mochte er zu der Meinung kommen, ich sei so leicht nicht zu verjagen; wenigstens glitt er bald vom Ladentisch herunter. „Madame!" sagte er, und mit einem langen Blick auf die Anna: „Mein Fräulein! Sie gestatten mir wohl, zu gelegenerer Zeit wieder vorzusprechen!" Dann, ohne mich auch nur anzusehen, war er bei mir vorbei und zur Tür hinaus, und die Alte mit: „Sehr angenehm!" und „Allzeit willkommen, Herr Baron!" hinter ihm her. Anna hatte nur eine stumme Verbeugung gemacht, aber es war gut, dass ihre Augen festsaßen in ihrem heißen Angesicht.

Als die Alte wieder eintrat, waren wir drei denn nun allein beisammen. „Hm", sagte ich endlich, da die andern beiden schwiegen, „ein feiner Maat, der euch da beehrt hat!"

Die Alte nickte: „Ein sittsamer, edler junger Herr! Aber ich glaube, Onkel John, Ihr habt ihn fortgetrieben!"

„Was hab ich, Riekchen?" rief ich; denn so sanft sie das auch vorbrachte, solch eine Anklage hatte ich noch nie von ihr gehört. „Ich habe ja in aller Ehrbarkeit auf diesem Stuhl gesessen!"

„Ja, Riew', das haben Sie wohl; aber – Sie saßen so, als wollten Sie den Herrn Baron zur Tür hinaushaben!"

„Und das wollt ich auch, Riekchen!" rief ich, „und er ist denn auch gegangen; und wisset Ihr, weshalb? – Weil er ein schlecht Gewissen hatte! Weil er keinen Mann gebrauchen konnte beim Auswerfen seiner Angel, womit nur junge Dirnen und alte dumme Weiber zu ködern waren! Und wenn Ihr noch etwas Mutterwitz im Kopfe habt, so beisst Ihr nicht daran!"

Die Alte stieß einen sanften Klageton aus und ging händeringend auf und ab, ich aber war zornig geworden, Nachbar, und wollte es nicht noch mehr werden; deshalb nahm ich Hut und Stock und stieg hinauf nach meiner eigenen Wirtschaft.

Am andern Morgen musste ich nach Lübeck, um endlich mit meinem alten Reeder rein zu werden. Er ließ, als ich ankam, nicht ab, ich musste bei ihm Quartier nehmen, in seinem großen Hause in der Wahmstraße, wo die braungetäfelten Zimmer danach aussahen, als seien Marx Meyer und Herr Jürgen Wullenweber dort noch aus und ein gegangen; der lange Hausflur stieg in das erste Stockwerk hinauf, und oben lief eine Galerie herum, auf welche viele Türen, auch die von meinem Schlafkabinett, hinausgingen. Das alles hatte ein gar stattlich Ansehen.

Der alte Herr selber war etwas gebrechlich schon, ein wenig steif im Rücken und die Finger vom vielen Schreiben krumm; aber er saß noch immer an seinem Pult, denn er war der Letzte, er hatte keinen Sohn. Wir beide waren aber noch allzeit miteinander fertig geworden; nur etwas langsam ging es, und Geduld musste man haben. So zog es sich denn auch jetzt wieder von einem Tag zum andern. Die Sache war aber eigentlich, ihm fehlte immer noch der Kapitän für „Die alte Liebe"; er dachte wohl, hätte er mich im Hause, so wäre ich noch zu halten.

Als ich eines Morgens aus meiner Kammer getreten war und

über die Galerie in den steinernen Flur hinabsah, schritt er dort eben aus einer der hinteren Stuben hervor, in seinem grauen Röckchen, das spärliche Haar zu einem dünnen Pull emporgekämmt. „Nun, Kap'tän Riew'", rief er hinaufblickend, „hat die letzte Nacht Euch bessern Rat gebracht?"

„Nein, Herr; es muss bleiben, wie es ist", rief ich hinab.

„Ich glaube, Riew', Ihr wollt ein Weib nehmen!" sagte er lachend.

„Auch das nicht; ich habe Familiensorgen ohne das."

Da drohte der alte Kaufherr mir schelmisch mit dem Finger: „Ja, ja, ihr alten Kapitäne! Ihr habt Familiensorgen in aller Welt, an jedem Ankerplatz, John Riewe! Seid Ihr denn auch von denen? Das wusste ich noch nicht!"

„Dass ich selbst nicht wüsste, Herr", sagte ich; „aber es ist ein Freundeserbe, und das hat auch sein Freud und Leid."

„So, so! Verzeihet! Aber kommt nun herunter, dass der Kaffee uns nicht kalt werde."

So gingen wir denn zum Kaffee, und der alte Mann frug mich zum Schluss noch wacker aus und klopfte mir ein paarmal nickend auf die Schulter: „Kann ich helfen?"

„Dank, Herr; das mach ich schon allein."

Am Abend – es war an einem Freitag – waren wir beide miteinander klipp und klar, und am andern Morgen befand ich mich wieder auf dem Weg nach Hamburg. Damals gab's aber weder Chaussee noch Bahnzug; unser Wochenwagen, in dem wir wie die Heringe zwischen Ballen und Kisten verpackt waren, rumpelte auf dem verruchten Knüppeldamm, dass wir mitten auf dem Weg noch beide Stengen brachen; und so war's schon gegen zehn Uhr abends, da wir endlich in Hamburg einfuhren. Hundsmüde stieg ich sogleich die Treppe nach meinem Quartier hinauf, und im Augenblick kam auch das alte Riekchen hintennach. „Nun, seid Ihr es?" frug ich.

„Ja, Onkel John; Ihr seid wohl müde? Soll ich Euch was zu essen machen, oder eine heiße Tasse Tee, oder ein Glas Grog? Das nehmt ihr heut wohl lieber?"

„Nein, nein, Alte; geht nur und grüßt die Anna, wenn sie noch die Augen auf hat! Ich muss schlafen."

Die Alte murmelte etwas und ging; ich kroch in meinem Alkoven unter die Decke, hörte noch, wie es von Michaelis elf schlug und wie der Wind aufkam und zwischen die losen Dachpfannen fuhr, dann hörte ich nichts mehr. Wie lange ich geschlafen, weiß ich nicht, aber es musste mitten in der Nacht sein – mir träumte, ich fahre auf einem kleinen Schmack durch die norwegischen Schären, und ein Windstoß schlägt das Fahrzeug gegen einen Felsblock – wie von einem Ruck fahr ich in die Höhe, und auf einmal fühl ich, ich liege in meinem Bett und will mich eben behaglich wieder in mein Deckbett wickeln, da ruckt unten vor der Haustür ein Wagen auf dem Steinpflaster, ein Kutscher klatscht mit der Peitsche und stößt einen Fluch über seine unruhigen Pferde aus; eine Art Getümmel ist dabei, als würde einer vom Wagen herabgehoben.

Da fiel's mir plötzlich ein: „Warum, als du heimkamst, war die Anna denn nicht da? Und die Alte, sie war um dich herum, als wollte sie das Mädchen dich vergessen machen; am Ende ist heut der Musterball!"

Ich war aus dem Bett gesprungen und lief ans Fenster. Aber die Unruhe hatte sich schon ins Haus verloren, und ich sah nur noch, wie ein großer Herr im Mantel in den Wagen sprang.

„Vorwärts, Kutscher!" rief er, und mit Gepolter rasselte das Gefährt davon.

Mit selbigem kam es auch schon die Treppe zu mir herauf, dass ich mir kaum die Notdurft über den Leib ziehen konnte, und wieder stand die Alte, aber mit einem wahren Jammergesichte, vor mir.

„Nun, Riekchen", rief ich, „was ist denn das für eine Komödie?"

„Ach, Onkel John, scheltet nur nicht! Der Herr Baron hat sie selber vom Ball zurückgebracht; aber sie ist krank geworden beim Tanzen, ohnmächtig, ganz ohne Besinnung; ach, Onkel John, schier wie eine Leiche sieht sie aus! Die alte feine Frau, die mitkam, ist noch unten, aber sie weiß ja hier doch nicht Bescheid."

„Da soll ich wohl den Doktor holen?" frug ich.

„Ach, wenn Ihr wolltet, Onkel John?"

„Hol der Teufel Euere Bälle und Barone!" rief ich; „aber geht nur hinunter zu dem armen Kind!" – Ich hatte mich schon völlig angekleidet, nahm meinen Hut und lief hinaus.

Bald war ich auch am Doktorhause und klingelte den alten Doktor Snittger aus den Federn, der nur eine Straße von uns wohnte und mir vor Jahren einmal das Marschfieber vertrieben hatte.

Er war sogleich auch diesmal bei der Hand und fertig. „Sorget Euch nicht, Kapitän", sagte er, als wir miteinander die Gasse wieder hinaufgingen; „ja, wenn's ein Mann wäre! Aber bei den jungen Frauenzimmern, da ist's meist erschreckender als schrecklich!"

Als wir ins Haus getreten waren, ging der Doktor unten zu den

Frauen, ich in mein eigen Zimmer und wanderte, Gott weiß wie lange, auf und ab. Da endlich hör ich unten wieder die Stubentür knarren und das Riekchen auf dem Hausflur mit dem Doktor klönen. Als ich die Treppe hinabsteig, ruft er mir noch zu: „Alles in Ordnung, Kapitän; wir können schlafen gehn!" und somit ist er zur Haustür hinaus und das Riekchen zur Stubentür hinein und alles still und dunkel.

Also ich auch wieder hinauf in meine Kabine und schlafe bis in den Tag hinein. Da vernehm ich auf einmal aus meinem Alkoven, dass drinnen im Zimmer mein Kaffeegeschirr auf den Tisch gesetzt wird, und noch halb im Schlaf rief ich: „Bist du es, Anna?"

Ich fuhr ordentlich zusammen, als es von drinnen antwortete: „Ja, Ohm." Aber es war, by Jove, ihre Stimme.

„Komm doch, mein Kind!" rief ich wieder, „und sag mir guten Morgen!"

Und als sie nun kam und die Alkoventüren zurückschlug, die ich wegen des Straßenlärmes meist geschlossen hatte – Herr, wie war ich erschrocken, da der Morgenschein auf das junge Gesicht fiel! – Zerstört, ja ganz zerstört schien es mir; ich suchte darin nach etwas, und ich wusste nicht, wonach; die roten vollen Lippen schienen wie zum Spott daraus hervor.

„Guten Morgen, Ohm!" sagte sie kaum hörbar; aber ihre Hände zitterten, womit sie mir die volle Tasse reichte, dass ein Teil mir auf das Deckbett floss.

„Kind! Anna!" sagte ich und fasste ihre Hand; „wo bist du gewesen? Du hast ja arge Havarie erlitten!"

Sie antwortete nicht; sie zitterte nur noch stärker, und als ich in ihre sonst so fröhlichen Augen sehen wollte, schlug sie sie nieder oder wandte sie zur Seite.

„Anna; Anna!" sagte ich, „du gehst mir nimmer wieder auf diese Bälle!"

Da musste ich nach der Tasse greifen, denn sie wollte die Hände über ihren Kopf erheben. „Nein, Ohm!" schrie sie, „nie – nie wieder!" Ihre schlanke Gestalt wollte sich aufrichten; aber sie sank wie ohnmächtig an meinem Bett zusammen.

Ich hatte meine Hand auf ihren Kopf gelegt. „So ist es recht, mein Kind", sagte ich; „nun gräme dich nur nicht; ich gehe mit dir, wohin du willst! Und wenn's erst Sommer ist, dann reisen wir zu meinem alten Ohm, der auf dem Lande wohnt! Da sind große stille Stuben und draußen Wald und grüne Wiesen!" By Jove! Ich hatte die Marder ganz vergessen!

Sie hatte meine Hände an ihre Stirn gepresst und nickte ein

paarmal leise, ohne aufzusehen; dann aber richtete sie sich empor. „Laß mich nun, mein Ohm“, sprach sie freundlich, „ich muss nach unten.“

Sie ging, und ich blieb, ohne meinen Kaffee anzurühren, noch lang auf meinem Bette; ich wusste in der Sache mich nicht zurechtzufinden.

Einige Zeit verging; das Aussehen des Mädchens wurde freilich besser, aber innerlich war das Kind verwandelt. Wenn sie sonst um Mittag so fröhlich unten an der Treppe rief: „Ohm, Ohm John! Serviert!“ – du lieber Gott, wie träg und öde klang das jetzt! Mir war auch, als ob ihr Angesicht allmählich sich verändre: sie hatte sonst noch immer wie ein Kinderspiel um Mund und Wangen; das war wie weggeblasen.

Es ging mir arg im Kopf herum; von dem Herrn Baron war nicht der Zipfel seines Rockes mehr zu sehen, und als ich zu dem alten Riekchen davon sprach, erhielt ich zur Antwort, der Herr Baron habe auf seine Güter in Mecklenburg müssen und komme erst im Sommer wieder; das Mädchen aber, das daneben stand, wurde bei dieser Rede wie mit Blut übergossen und ging rasch zur Tür hinaus.

„Ei“, dacht ich, „liegt da der Has' im Pfeffer? Sind die Gedanken unsres Kindes noch immer bei dem konfiszierten Kerl?“ Und es fraß ordentlich in mir.

– – Wieder waren ein paar Monate vergangen, als ich an einem Spätnachmittage im März, da schon das Dunkel in die Häuser kroch, von einem Geschäftsgange zurückkam. Als ich am Laden vorüber wollte, sah ich durch das Guckfenster, dass dort die Lampe noch nicht brannte; aber, da ich stillstand, hörte ich drinnen jemand weinen. „Musst einmal revidieren!“ sagte ich zu mir und ging hinein. Da fand ich die Anna in einer Ecke auf dem Ladentritt, mit beiden Händen vor den Augen. „Bist du es, Anna?“ frug ich. „Wo ist deine Mutter?“

„Ausgegangen“, erwiderte sie leise.

„Aber du musst ja die Lampe anzünden!“

Sie stand langsam auf, und als die Lampe brannte, sah ich dicke Tränen über ihre Wangen rinnen.

„Bist du krank, Anna? Oder fehlt es dir sonst?“ frug ich, während sie sich abwandte und die Fenstervorhänge herabließ. Sie schüttelte nur den Kopf.

„Aber was ist denn? Warum weinst du?“

„Ich weiß nicht, Ohm; es kommt nur manchmal so.“

Da ergriff ich sie bei beiden Händen: „Du sollst mir standhalten, Kind! Nicht wahr, du härmst dich nach deinem Tänzer, nach dem Baron, der jetzt auf seinen Gütern ist?"

„Nein, nein, Ohm!" rief sie heftig.

„Nun, was ist's denn? Kannst du's deinem alten Ohm nicht sagen? Wir wollen sehen, dass wir Hülfe schaffen!"

Aber ich sah nur, dass ihr die Tränen reichlicher aus den Augen rannen: „Ich kann nicht!" Und sie stammelte das nur so. „O lieber Gott! die Angst! die Angst!" schrie sie dann wieder.

„Aber so sag dir's doch vom Herzen! Kind, wirf den Ballast über Bord! Oder, wenn nicht mir, so sag es deiner Mutter!"

Sie starrte mit ihren schmucken Augen vor sich hin, als ob sie in ein schwarzes Wasser sähe, und sagte rau: „Nein, nicht der, nicht meiner Mutter."

„Versündige dich nicht", sprach ich; „du hast ja nur uns beide auf der Welt!"

Da warf sie sich auf die Knie und schrie: „Mein Vater, o mein guter Vater! Ich will zu dir!"

Und ich kniete neben ihr und wusste mir nicht zu helfen; denn, Nachbar, die Frauenzimmer haben nicht den Verstand, dass man ihnen damit beikommen könnte. Zum Glück klingelte jetzt die Haustür, und ihre Mutter mit einem Korb voll Brot und Kohl und Rüben trat herein; und so ließ ich die beiden und ging nach dem Römischen Kaiserhof und dort unten in das Gastzimmer. Aber mein Glas schmeckte mir nicht, denn immer sah ich das arme Kindergesicht in seiner Angst und Not.

– – Sie hatte sich denn endlich doch der Mutter kundgetan, aber, Herr Nachbar, helfen konnten wir nicht; nur, wir wussten es denn nun – ein vaterlos Kind sollte geboren werden, von ihr, die ja fast selber noch ein Kind war.

Herr du meines Lebens! Wie wurde die alte Tugendkreatur lebendig! Wie hat sie geschrien! Den Mund hab ich ihr verhalten müssen, dass nur die ganze Gasse nicht zusammenlief: sie wollte den Baron verklagen, von seinem Gelde wollte sie nichts; aber heiraten sollte er ihre Tochter, noch Frau Baronin sollte sie werden! Ja, das sollte sie!

„Ja", sagte ich, „Baronin! Aber wenn's nun ein Posamentiergeselle oder ein Balbierer gewesen ist!"

Da schrie sie noch schlimmer. Und freilich, später erfuhren wir wohl: es war richtig so ein feiner Maat, ein Wasserschößling aus großer Familie gewesen, von denen, die von Schulden leben und deren Geschäft ist, anderer Leute Kinder zu verderben.

Der Herrgott weiß, wo er geblieben ist; von seinen Gütern ist er nicht zurückgekommen.

Die Anna aber wurde immer stiller. Wenn die Mutter da war, besorgte diese den Laden, und sie saß im Hinterstübchen und nähte sich die Augen rot; war die Mutter aus dem Hause, so bediente das arme Kind die Käufer demütig und wie eine Sünderin, sprach nur, was nötig war, und ihre jungen Augen, die sonst so lustig in die Welt sahen, waren fast allzeit zu Boden geschlagen.

Nur, wenn je zuweilen abends die Mutter auswärts war, kam sie die Treppe zu mir heraufgeschlichen. Dann pochte sie leise an die Tür: „Darf ich ein wenig bei dir sitzen, Ohm? Es ist so einsam unten."

Und ich rückte ihr einen Stuhl zum Tisch; ich selber las die Zeitung oder schrieb, wenn so was vorlag. Gesprochen wurde nicht viel; von dem, der ihre Jugend gebrochen hatte, hat sie nie ein Wort geredet; dagegen waren ihre Gedanken oft bei einem Toten. So sagte sie einmal und hielt ihre Nadel müßig in der Hand: „Ohm, ich war doch schon sechs Jahre, als mein Vater starb; aber, wenn ich an ihn denken will, ich kann mir sein Gesicht nicht mehr vorstellen – das ist doch wohl keine Sünde."

„Nein, Kind", erwiderte ich, „warum sollte das eine Sünde sein?"

„Ja, er hat mich doch so lieb gehabt; das fühl ich wohl noch immer, aber sein Gesicht, das kann ich nicht mehr sehen!"

Es tat mir weh, Nachbar, als das arme Kind so sprach, ich weiß nicht mehr, weshalb; ihr Vater konnte auch sein schmuckes Gesicht nicht mehr gehabt haben, als er verunglückte. Da fiel mir ein, ich bewahrte ja noch ein paar Briefschaften von ihm aus seiner besten Zeit, aus Rio einen, den andern aus Hongkong, die waren so hell und jung geschrieben, als stünde er im Maiensonnenschein am Steuerrad und der Südwind wehte durch seine dunkeln Locken. Die holte ich aus meiner Schatulle und legte sie vor ihr hin: „Da, Anna, hast du deinen Vater; es war, by Jove, derzeit ein herrlicher Junge!"

Ein heißes Rot flog über das blasse Gesicht, und ihre Augen strahlten für einen Augenblick. „Darf ich sie lesen?" rief sie, und da ich nickte: „Darf ich sie auch mit mir nach unten nehmen?"

„Gern", sagte ich, „wenn du sie hier nicht lesen willst."

Sie schüttelte den Kopf und sah mich mit ihren düsteren Augen bittend an; das hätte einen Stein erbarmen können. „So geh!" sagte ich.

Da nahm sie die Briefe, raffte ihr Nähzeug zusammen, und ich hörte, wie sie draußen die Treppe hinabflog. Ich hörte die Stubentür im Unterhause öffnen und schließen; sie war wohl dort nicht mehr allein nun, denn die Toten – wer kann's wissen, wenn eine Kinderstimme so ins Grab hinunterschreit.

– – Es gingen wohl acht Tage hin, dass sie nicht zu mir kam; dann pochte eines Abends wieder ihre kleine Hand an meine Stubentür: „Darf ich hineinkommen, Ohm?"

„Gewiss, mein Kind."

Dann schritt sie leise herein. „Da sind die Briefe wieder", sagte sie beklommen; „ich danke dir tausendmal."

„Willst du sie nicht behalten?" frug ich.

„Darf ich?" rief sie und bückte sich über mich und küsste mich und drückte krampfhaft meine Hände.

„Gewiss, mein liebes Kind; aber setz dich nun und bleib ein wenig!"

„Ja, Ohm, ich will nur meine Arbeit holen!" Und dann ging sie mit den Briefen aus der Tür; aber bald war sie zurück und setzte sich mit ihrer Näherei an meine Seite; du lieber Gott, ich sah wohl, dass es kleine Kinderjäckchen waren. Wir sprachen erst nicht; ich sah auf ihr liebes vergrämtes Angesicht, und sie saß wie grübelnd, aber ihre fleißigen Finger rührten sich dabei, als gehörten sie nicht zu ihr.

„Ohm", sagte sie endlich und atmete stark dazwischen, „hat mein Vater einen gewaltsamen Tod gehabt?"

„Ja, Kind; er ist ertrunken, hier in Hamburg, in einem von den Fleten; weißt du das denn nicht?"

Sie schüttelte den Kopf: „Nicht recht; Mutter spricht ja nicht davon. Ohm, sag mir: tat er das mit Willen?"

„Mit Willen, Anna? Was redst du denn? Er kam spät nachts nach Hause; an der Brücke, wo er vorüber musste, ward gebaut, und mit den Laternen war es noch nicht wie heutzutage; da ist er fehlgetreten und verunglückt."

Sie schwieg, aber ich sah, wie ihre Brust sich vor innerer Aufregung hob und wie sie heftiger ihre Nadel führte. „Ohm", hub sie wieder an und ließ nun ihre Hände ruhn, „hat mein Vater auch von dem Schrecklichen getrunken, was du immer abends trinkst und – wo ich auch davon getrunken habe?"

Ich erschrak, aber ich antwortete scheinbar ruhig: „Das ist nicht schrecklich, Anna; das hat ja der Herrgott uns Seeleuten so recht zum Labsal gegeben! Hast du danach bei mir was Schreckliches gesehen?"

„Bei dir nicht, Ohm" – und sie sah mich mit ganz großen Augen an; „aber alle dürfen das nicht trinken: es bringt uns um den Verstand; die Bösen haben dann Gewalt über uns.“

„Ja, Anna“, sagte ich, „das hat der Herrgott in der Welt so eingerichtet; wohl tut's mit Maßen und weh im Übermaß; mein alter Hochbootsmann hatte sich in starkem Kaffee den Säuferwahnsinn auf den Hals getrunken: „Kapitän“, sagte er, als er den Atem wieder oben hatte; „ich bin der nüchternste Mensch, von Eurem gebrannten Zeuge habe ich fast nimmer noch ein Glas getrunken, aber Kaffee, das ist ja ein Getränk für Kinder!“ – Und ich erzählte weiter und sprach wie ein Prediger, aber nur aus Angst und um der Anna ihre bösen Fragen aus dem Kopf zu schaffen. Da läutete zum Glück die Haustürglocke, und sie musste in den Laden.

Als sie wiederkam, war davon nicht mehr die Rede, und so hatte ich ihr heilig Vaterbild nicht zu beschmutzen brauchen.

Und endlich kam die Nacht, in der das Kind geboren wurde; ein Knabe, derselbe, der jetzt oben hier im Hause schläft. Es ist die einzige Geburt gewesen, der ich in meinem Leben so nahe beigewohnt, aber Freude war nicht dabei. Anna freilich war gesund geblieben, nur nähren konnte sie ihr Kind nicht selber. Wenn man es ihr aufs Deckbett brachte, sah sie es jammervoll aus ihren dunkeln Augen an, aber sie gab es kopfschüttelnd wieder fort, und ich sah nicht, dass sie es küsste oder nur sich zärtlich zu ihm niederbeugte. Sie lag in dem Wohnstübchen, und ihre Mutter ging seufzend aus und ein und mühte sich, das arme Kind aus einer Flasche trinken zu lehren; des Nachts nahm sie die Wiege mit in ihre Schlafkammer, welche, Sie wissen es ja, hinter dem Stübchen lag und durch eine Tür damit verbunden war.

Es mag am siebenten oder achten Tag gewesen sein, dass ich wieder abends mein Glas in der Gaststube des Kaiserhofes trank. Sie wissen, die Gelehrten müssen ja allzeit was Neues aushecken, und damals hatten sie es mit der Vererbung vor – es war just ein solcher Artikel, den ich an diesem Abend im „Korrespondenten“ las, und ich muss sagen, obschon es mir Phantastereien schienen, ich vertiefte mich immer mehr darin, konnte nicht davon los. „Dummes Zeug“, rief ich endlich laut, als es mir doch gar zu bunt wurde.

„Mein Gott, capitano!“ hörte ich eine Stimme mir gegenüber; „Sie lesen ja heute über alle Maßen; was haben Sie denn da?“

Als ich aufblickte, saß der alte Doktor Snittger vor mir und nickte mir lachend zu.

„Ja freilich, Doktor“, sagte ich, „verrücktes Zeug, was der „Korrespondent“ uns heute auftischt!“

„Hab's noch nicht gelesen", sagte der Alte; „sind zu viel Lungenfieber in der Stadt jetzt."

„Auch vererbte?" frug ich.

„Wie meinen Sie?"

„Lesen Sie es selbst", sagte ich und reichte ihm das Blatt, „hier steht's: alles ist vererblich jetzt, Gesundheit und Krankheit, Tugend und Laster; und wenn einer der Sohn eines alten Diebes ist und stiehlt nun selber, so soll er dafür nur halb so lange ins Loch als andre ehrliche Spitzbuben, die es aber nicht von Vaters wegen sind!"

„Ja so", sagte der alte Herr, nachdem er einen Blick in die Zeitung geworfen hatte; „es sollte wohl so sein, aber so ist es bis jetzt noch nicht."

Ich sah ihn an: „Ist das Ihr Ernst, Herr Doktor?"

„Ei freilich, Kapitän; den mitschuldigen Vorfahren müsste gerechterweise doch wenigstens ein Teil der Schuld zugerechnet werden, wenn auch die Strafe an ihnen nicht mehr vollziehbar oder schon vollzogen ist. Wissen Sie nicht, dass selten ein Trinker entsteht, ohne dass die Väter auch dazu gehörten? Diese Neigung ist vor allem erblich."

Ich wollte reden, aber er fuhr fort: „Ja, ja, ich weiß wohl, die Erziehung der Jugend, wenn sie mit ausdauernder Sorgfalt die Reizung dieses entsetzlichen Keimes zu verhindern weiß, kann bei dem einzelnen das Unheil vielleicht niederhalten; aber darin wird nur zu arg gesündigt. Die hübsche Anna in Ihrem Hause, das arme Mädchen, das jetzt mit einem Kinde liegt, sie hatte ja wohl nicht den Fehler ihres unglücklichen Vaters, wie das bei Frauen denn auch seltener ist; aber doch – was meinen Sie, das ihr fehlte vor nun dreiviertel Jahr, in jener Nacht, da Sie mich aus dem besten Schlaf aufklopften? – Ich will es Ihnen sagen, Kapitän – das schöne Mädchen war in jener Nacht sinnlos betrunken! – Wer weiß, ob nicht ihr Unglück ..."

Aber ich hörte schon nicht mehr, was der Doktor sprach, denn in mir redete es mit hundert Stimmen durcheinander; aber eine darunter war die stärkste: „Deine Schuld, deine Schuld!" rief sie stets dazwischen. Und das war Rick Geyers' Stimme, die ich gleich erkannte; und bald sah ich ihn vor mir in seiner schönen Jugendflottheit, die Bänder an seinem blanken Hute flatterten im Winde; bald aber mit dem gedunsenen Gesicht und den schweren Augen, die mich zornig ansahen. Dann wieder sah ich die Anna, das zehnjährige begehrliche Ding, wie sie voll Abscheu den heißen Trunk von sich sprudelte, zu dem ich so unbesonnen sie genötigt hatte; dann wieder, wie sie später mein halbes Glas mir vor der Nase wegschluckte. „Deine Schuld! deine Schuld!" schrie die eine Stimme wieder. Ich sprang von meinem Stuhle auf: „Ja, ja!" rief ich; „aber ich will ..." Ich besann mich; ich hatte das fast laut geschrien. Zum Glück war eben jetzt nur der verständige Doktor allein mit mir im Saale; seine Hand lag auf meinem Arm: „Was wollen Sie, Kapitän?" frug er ruhig.

Ich setzte mich wieder. „Helfen will ich", sagte ich, „soweit eines ehrlichen Menschen Kraft nur reichen kann!"

„Das tun Sie! Ich habe ja den Vater auch gekannt – dass nur nicht zwei solcher Menschenkinder hier zugrunde gehen! Und wenn Sie meiner dazu bedürfen, wir sind ja Nachbarn!"

Ich drückte ihm kräftig seine gute Hand: „Good bye, Doktor, ich werd es nicht vergessen." Dann stand ich auf und ging. Den Kopf voll guter Werke, trabte ich über die Straße; ich begann in Gedanken schon an meinem Testament zu arbeiten.

Als ich zu Anna in die Stube trat, lag sie mit weitgestreckten Armen und sah starr auf die ineinandergeschlungenen Hände und das leise Bewegen ihrer Finger, als sei der Lebensknoten dort zu lösen; wie es Menschen machen, die ihren Kurs nicht mehr zu steuern wissen. Ich setzte mich zu ihr auf die Bettkante. „Anna", sagte ich, „du siehst so traurig aus; was machst du denn da?"

Sie blickte langsam zu mir auf: „Jetzt?" frug sie, und als ich nickte: „Jetzt denke ich nur."

„Woran denn denkst du?"

„An meinen Vater, Ohm."

„Nicht an dein Kind?"

„Mein Vater – das ist sanfter. – Ohm, bitte", sagte sie dann, löste die Hände auseinander und wies nach der Schatulle am Fenster, in deren Klappe ein Schlüssel steckte; „ich habe ja noch die Briefe, ich darf sie auch wohl noch behalten; die oberste Schublade! Wenn du so gut sein willst, so gib sie mir!"

Ich reichte ihr die Briefe, und sie packte sie unter ihr Kissen und legte sich dann zur Seite und mit der Wange darauf. „Ohm", sagte sie, „wie kommt das, ich sehe jetzt wieder ganz deutlich sein Gesicht. – Vielleicht – er war so gut, er hat wohl Mitleid ..." Sie warf sich unruhig im Bett empor: „Ach, Ohm, ich darf nicht denken, nicht eine Spanne weit! Aber heute Nacht, da hört ich seine Stimme, so sanft, als wollte sie mich an sich ziehen; du kannst dir das nicht denken! Nur als ich zu ihm wollte, war er fort, und es rauschte über mir, als wenn ich in ein Meer versänke. Und dann hörte ich das Kind weinen, und meine Mutter fing an zu singen."

„Das waren deine Träume, Anna", sagte ich.

„Ja, vielleicht, Ohm; aber" – und sie sprach das fast unhörbar – „ich wär so gern bei meinem Vater!"

„Denk lieber an dein Kind!" sagte ich, „und lass Rick Geyers schlafen."

Sie starrte mich geheimnisvoll an: „Das Kind, das ist eine Sünde", sagte sie, „und darum ist mir auch die Brust für ihn vertrocknet."

„Ei, dummes Zeug! Sieh ihn nur mutig an. Der Junge ist wie jeder andre unsres Herrgotts Kind! Lass ihn erst ein paar Jahr älter werden; ich will dir helfen, Anna, wir wollen was Tüchtiges aus ihm machen, einen flotten Steuermann, einen Kapitän! Und wenn er dann mit seinem Vollschiff von der ersten großen Reise heimkommt: wir beide stehn am Hafen – er schwenkt den Hut – die Ankerkette rasselt – hurra für Kapitän ... ja, Kind, wie sollen wir ihn denn taufen? Ich denke doch wohl: Rick? Was meinst du zu Rick Geyers?"

Ein Seufzer unterbrach mich: „Ja, Ohm, und seine Mutter steht dann da und ist ein altes Mädchen!"

„Deine Schuld! deine Schuld!" schrie es wieder in mir, so laut und schaurig wie aus einem Nebelhorn; man hört's und weiß in der grauen Finsternis nicht, woher es kommt. Da fuhr's in meiner Not mir durch den Kopf, ich sagte: „Anna, ich weiß, ich bin nichts als dein alter Ohm, schon über Sechzig, und morgen mach ich mein Testament; was ich habe – es ist ein anständig Bürgerteil –, kommt dir und deinem Jungen zu; und willst du die paar Jahr noch meine Frau heißen – denn es bleibt trotzdem beim alten, Anna – aber ein altes Mädchen brauchst du nicht zu werden!"

Ich weiß nicht, Nachbar, es war vielleicht was ungeschlacht; ich wusste mir nur anders nicht zu helfen; es ist ja nun auch einerlei.

Aber Anna hatte sich strack emporgerichtet. „Nein!" schrie sie, „nein, das will ich nicht! Du bist so ehrenhaft und brav! Ach, Ohm" – und ich sah, wie sie in sich zusammenschauderte –, „du weißt es doch – die Schande ist so ansteckend!" Sie hatte krampfhaft meine Hand ergriffen und geküsst.

„Anna", sagte ich, „ich kann dich hiezu nicht drängen, aber Schande ist nur unter den Menschen und verweht in einem guten Leben. Denk an dein Kind und dass ich nichts für mich will!"

– „Nein, Ohm, nie – nie!" Ihre Augen bewegten sich zitternd, sie hatte die Arme ausgestreckt und rang die schmalen Hände umeinander. „Aber – das andre, was du sagtest", begann sie schüchtern wieder, „mein Kind, es wird zu leiden haben um seiner Mutter willen. Hilf ihm, Ohm! Kannst du es wirklich mir versprechen, mein Kind niemals, auch bei deinem Tode nicht zu vergessen?" Die großen Augen waren angstvoll auf mich gerichtet.

Da legte ich meine Hand auf ihr armes junges Haupt: „Niemals, Anna", sagte ich, „sonst vergesse mich unser Herrgott in der letzten Stunde! Schon morgen soll dein Sohn mein Erbe sein."

Wie mit einem Seufzer der Erlösung sank sie zurück in ihre Kissen: „Ich danke dir, mein geliebter Ohm! Und nun geh! Nun möcht ich schlafen!"

Ich stand noch eine kurze Weile und blickte auf ihr jetzt so blasses Angesicht, in welchem die Augen schon geschlossen waren. „Gute Nacht, liebe Anna!" sagte ich und küsste ihr die Stirn.

Sie schlug noch einmal ihre Augen zu mir auf und bewegte leis das Haupt; dann ging ich.

Als ich auf den Hausflur trat, geleitete die Mutter eben einen späten Käufer an die Tür. „Gute Nacht, Frau Geyers!" sagte ich und stieg hinauf nach meiner Stube.

Ich hörte die Haustür schließen, dann noch von nah und fern die Glocken aller Türme durcheinanderschlagen; innen und außen wurde es allmählich ruhig, und ich schlief; wie lange, weiß ich nicht. Aber mich weckte etwas; ich musste erst völlig wach werden, bevor ich's fassen konnte; der erste Dämmerschein fiel eben in die Stube. Endlich glaubte ich es zu wissen: die Kette vor unserer Haustür musste herabgeglitten sein; aber wie? – Sie wurde jeden Abend über eine hohe Klammer aufgehakt. Ich lag noch und grübelte darüber, sogar an Diebstahl und Einbruch streiften meine Gedanken; da drang noch ein zweites Geräusch vom Flur herauf: es klirrte, aber es war ein leiser Klang dabei, als käme er von einer Glocke.

Rasch war ich aus dem Bett gestiegen und kleidete mich völlig an; dann nahm ich meinen Revolver aus der Schatulle und stieg leise in den Flur hinab. Es war nichts zu sehen, nichts rührte sich, aber als ich an die Haustür ging, fand ich sie unverschlossen; bei dem Oberlichte, das darüber war, sah ich die Glocke mit einem Tuch bedeckt, und an der einen Seite hing die Kette los herunter.

Noch immer war Totenstille; auch das Kind schien zu schlafen. Ich fasste die Ladentür; sie war verschlossen; aber als ich mich dann wandte – die Tür der Wohnstube war nur angelehnt, und ich öffnete sie noch etwas weiter, so dass ich Annas Lager übersehen konnte. Die Nachtlampe knisterte nur noch, aber es drang schon Morgenhelle herein; das Bett war leer, die Decke hing halb herausgerissen über die Kante; aus der Kammer nebenan hörte ich das Riekchen schnarchen.

Und im selben Augenblick, Herr Nachbar, wusste ich alles, alles! Wie ein Krach war es durch meine alten Knochen hingefahren; barhäuptig, wie ich war, den Revolver in der Hand, lief ich aus dem Hause, aus einer Straße in die andre; mir war, als ob ich fortgetrieben würde, und endlich, da lag die Brücke und das Flet vor mir, wo einst mein armer Rick sein bisschen Leben eingebüßt hatte.

Das trübe Wasser zog langsam nach Osten unter der Brücke durch, und der erste Dunst des Morgenrots schillerte wie Blut darauf; die Rückseiten der hohen Speicher standen rechts und links in halbem Schatten; es war ein eiskalter Frühmorgen; nur ein paar Brotträger sah ich an mir vorbeipassieren.

Aber dort auf der Brücke stand schon eine Vierländerin, ein blutjunges Ding; sie hatte bei einem ihrer ersten Gänge in die Stadt wohl nichts versäumen wollen. Ich ging näher, ohne dass sie mich bemerkte; denn sie streckte ihr Köpfchen mit dem runden Strohhut weit über das Geländer und sah nur immer in das Wasser; am Arm hing ihr ein Korb, wie ihn solche Mädchen tragen, der von Maililien ganz gefüllt war. „Was macht das Kind?" frug ich mich eben; da langte sie zurück in ihren Korb und warf einen der Sträuße in das Wasser. Betroffen war ich stehngeblieben. „Hier ist es!" sprach etwas in mir; und ich sah noch, wie die kleine Hand ein zweites und ein drittes Mal in den Korb fasste, und jedesmal fiel eine Handvoll Frühlingsblumen in die Tiefe. Ich fuhr mir durch das Haar und steckte den Revolver, den ich gedankenlos noch in der Hand trug, in die Tasche; als ich dann aber zu ihr trat, da sah ich, dass zu den Blumen auch dicke Tränen aus den Kinderaugen fielen. „Erschrick nicht!" sagte ich; „aber wem streust du da denn Blumen?"

Als sie mich so plötzlich sah, hub sie dennoch laut zu schreien an: „Hülfe! Hülfe! Oh, die schöne blasse Frau; sie nickkoppte mir noch so traurig zu!"

„Was sagst du?" rief ich, „sprich, Kind! Liegt sie da unten?" Das Mädchen nickte heftig, und die Tränen stürzten ihr reichlicher aus den Augen.

Ich lugte von der Brücke nach Osten aus, wohin das Wasser zog. Da, am Backbord eines Ewers, der hinter einem Speicher lag, sah ich etwas schimmern; der erste Morgenstrahl hob es eben aus dem Dunkel, aber das meiste war unter dem Wasser."

Der Kapitän hielt inne und trank den Rest aus seinem Glase, indem er meine Hand fasste. „Wir wollen es kurz machen, Nachbar", sagte er; „sie war es, ihr Nachtkleid hatte sich dort verfangen und den Körper aufgehalten, damit er bald zur Ruhe komme. Es waren jetzt auch Leute herzugelaufen; wir haben sie in ein Haus getragen, einen Doktor geholt und alle Versuche angestellt, aber die junge Seele war zum armen Rick gegangen, und ich will hoffen, dass ihnen beiden Gott verziehen hat."

Er schwieg eine Weile; dann begann er wieder: „Als ich über die Brücke zurückging, stand die Kleine noch immer dort; nur dass sie aus ihrem runden Gesichtlein jetzt nach der Seite auf das Flet sah, wo wir vorhin unser liebes Kind herausgehoben hatten, wo aber jetzt nur noch der träge Zug des Wassers floss. Sie ließ sich ruhig bei der Hand fassen, als ich ihr sagte: „Komm mit mir; ich will dir alle deine Blumen abkaufen, die sollen mit der toten Frau in ihren Sarg!"

So gingen wir, und als wir in unser Haus kamen, wo alles noch zu schlafen schien, nahm ich sie mit in meine Stube und gab ihr zu essen und zu trinken; eine Rauchwurst und ein Stückchen Brot waren noch im Schrank und auch ein Schlückchen süßen Weines, denn mir war, ich müsse zuerst das verklommene Kind erquicken. Dann stieg ich hinab und ging in die Wohnstube, wo alles noch lag, wie ich es vorher verlassen hatte; aber durch die offene Kammertür sah ich das Riekchen jetzt in ihrem Bette sitzen, aufrecht und geschäftig: sie wickelte das Kind und sang dazu ihr „Eiapopeia".

„Das ist recht, Frau Geyers", sagte ich; „aber Ihr könnt jetzt alle Eure Tugend brauchen!"

Sie fuhr ein wenig zusammen, denn sie hatte meinen Eintritt nicht bemerkt. „Ja, Ohm Riew"`, sagte sie, „wenn wir unsere Sündenschuld abziehen, so müssen wir mit dem Rest schon fertig werden." Und das Weib, by Jove, Herr Nachbar, sah mich an wie ein Engel der Geduld; und mit der Trauer in meinem Herzen, die ich noch auf sie abladen sollte, ich hätt ihr alles abbitten mögen, was ich sonst über sie geredet und gelacht hatte.

Als ich meine Todesbotschaft ihr verkündete, legte sie das Kind mit zitternden Händen in die Wiege, die vor ihrem Bette stand. „Gott steh mir armem schwachen Menschen bei!" Das war alles, was sie sagte; und als sie Anstalt machte, aus dem Bett aufzustehen, ließ ich sie allein und ging auf mein Zimmer, wo ich die Vierländerin schier vergessen hatte.

Da stand sie mit ihrem leeren Korbe und ihrem Rundhut mitten auf der Diele; die Maililien aber hatte sie alle in meine große Waschschale geordnet und auf den Tisch gestellt. „Bist du schon fertig?" frug ich.

„Ja, Herr; und ich dank auch."

Und als ich ihr zwei Taler auf die Hand legte, lachte das ganze runde Gesichtlein.

„Wie heißt du?“ frug ich noch, denn mir war, als dürfte ich das Kind nicht lassen, als trüge sie das letzte Lebewohl von Anna mit sich fort.

„Trienke!“ sagte sie fröhlich.

„Und wo hast du denn deinen Stand?“

„Am Jungfernstieg, Neuen Walls Ecke.“

Und damit nickte sie und ging; aus dem Fenster sah ich noch, wie mutig sie in das Leben hinauslief.

Ich habe später noch manchen Strauß von ihr gekauft, und Trienke suchte immer das Schönste für mich aus, rote Nelken und Rosen, da es Sommer wurde, im Herbste weiße und violette Astern; sie wusste wohl, für welches Grab ich mir die Blumen kaufte.

– – Schon am andern Tage aber lag unsere schöne Anna weiß und kalt in ihrem Sarg; da, wo sie gestern noch im warmen Bett geschlafen hatte, und um sie war alle Sorge aus. Die Mutter hatte das feuchte und verwirrte Haarwerk ihr getrocknet, und die langen dunklen Flechten lagen auf den feinen Linnen, worin wir sie gehüllt hatten, schon als sie noch Kind war, konnte die Wäsche ihr immer nicht fein und sauber genug sein; das Beste aus dem Laden hatten wir ihr gegeben. So lag sie denn noch einmal in full dress, Maiglöckchen um ihr schönes stilles Angesicht und in ihren blassen Händen. In der Nacht habe ich die Wache bei ihr gehalten; ich hatte ihre Hand gefasst, bis mir die Todeskälte in den Arm hinaufstieg, aber sie drückte meine Hand nicht mehr; die geschlossenen Augen, auf die ich lange Stunden sah, sie hatten sich rasch am Leben satt getrunken.“

Der Kapitän schwieg, langte nach seinem halbvollen Glase und trank es in einem Zuge aus. „Es ist kalt geworden, Nachbar“, sagte er, „und meine Geschichte ist aus. Wir wollen noch eins brauen und von anderen Dingen reden!“

„Aber Ihr wolltet mir noch sagen –“

„Was denn? Nun ja, seit jener Nacht trinke ich mein Glas nur noch, wie wir es heute abend tun; und – ja, mein alter Ohm, zu dem ich damals mit der Anna wollte, der starb, ich war sein Erbe, und da die Anna nicht mehr zu haben war, so zog ich, nachdem wir die Hamburger Baracke verkauft hatten, mit ihrem Jungen und der Alten hier hinaus, baute aber für das alte Haus, das nicht mehr stehen konnte, erst ein neues. Die Großmutter, Sie wissen es, die haben wir neulich hier zur Ruh gebracht; was aber aus dem jungen Rick Geyers noch werden soll – –“

„Nun, Kapitän, das beraten wir noch mitsammen! Euer Testament ist hoffentlich in Ordnung?"

„Mit allen Klammern der Gesetze."

Ich nickte. „Aber es ist spät; wir wollen heute nicht mehr trinken! Gute Nacht, Kapitän; das müsste doch mit allen Teufeln zugehen, wenn zwei Kerle wie wir nicht einen solchen Bengel nach unserm Kompass steuern könnten!"

Ein dankbarer Händedruck des Alten, dann war ich auf dem Heimweg.

Seit dem hier Erzählten sind fast zehn Jahre vergangen, und es ist wieder einmal Herbst; aber erst im Anfang des September, und die Laubhölzer lassen nur noch hie und da ein gelbes Blatt zur Erde fallen.

Mein alter Kapitän Riewe ist noch ein munterer Greis, noch jetzt ein musterhafter Gärtner: in seinem Obstviertel stehen fast lauter junge Bäume; manches Pfropfreis haben wir getauscht und mancher trefflichen, fast vergessenen Art aus alten Gärten in den unseren zu neuem Glanz verholfen. Périnette und Grand Richard, Beurré blanc und Winterbergamotte stehen in unseren Gärten jetzt, und schon seit Jahren, mit Frucht beladen; aber bei dem Alten glänzen Stamm und Zweige wie die Rinde einer Silberweide, bei ihm muss alles sauber sein wie auf einem Schiffsdeck. Er lebt allein mit einer freundlichen und verständigen Haushälterin; aber an Sommernachmittagen, zumal des Sonntags, kommt er gern zur Kaffeestunde auf unsere Terrasse, und es stört ihn auch nicht, wenn der Südost dort einmal durch seine weißen Haare fährt. „Ich danke, Madame, den haben wir einstmals anders kennenlernen", sagt er mit seiner gütigen Höflichkeit, wenn meine Frau eine Besorgnis um ihn kundgibt. – Nach dem Kaffee spazieren wir in unserem Garten und besehen die Fruchtbäume oder reden über unsere Nelken und Levkojen; denn darin sucht der eine dem andern es zuvorzutun, und die Sache ist nicht ohne Eifersucht.

Wenn die Dämmerung anbricht, begleite ich ihn nach Hause, und dann reden wir von Rick – nur von Rick, denn von diesem ist das Herz ihm doch am vollsten; aber es ist auch eine Freude, über Rick zu sprechen.

Abends ist der Kapitän zu Hause und allein, außer wenn ich einmal ein Stündchen bei ihm sitze, wo mir mein Glas Madeira-Grog niemals entgeht. Sonst liest er dann seine Zeitung, den „Hamburger Korrespondenten", am aufmerksamsten und mit seinem Herzen die Schiffsnachrichten, denn er segelt mit jedem Schiffe, und auf einem von den allen fährt sein Rick.

Wir hatten Glück mit dem Jungen damals, der Alte und ich; der tüchtige Sohn unseres Küsters hatte eben sein Examen auf dem Seminar bestanden, da fingen wir ihn ein, und für zwei Jahre wurde er der Lehrer Ricks. Es traf sich, dass bei beiden die angeborene Befähigung, man könnte sagen, eine wissenschaftliche Leidenschaft für die Mathematik vorhanden war. Das verband die beiderseits noch so jugendlichen Herzen, und auch in anderem mochte nun der lernfähige Schüler nicht zurückstehen. In freien Stunden streiften sie botanisierend durch Wald und Feld oder übten an den Stangen und Turnricken, die der Kapitän hinter seinem Hause aufschlagen ließ, die Gewandtheit ihrer Glieder. So wurden sie auch Freunde, und wenn jetzt Rick nach Hause kommt, der in unserem Dorfe angestellte junge Lehrer Fritz Oye ist seine erste Frage.

Zwei Jahre war er noch auswärts auf einer Schule gewesen, dann ließ der Alte ihn konfirmieren und brachte ihn nach Hamburg auf ein gutes Schiff. Vor zehn Monaten wurde er Steuermann auf der „Alten Liebe", die noch immer für die Lübecker Firma in See geht. Freilich, der alte Reeder meines Freundes ist nicht mehr; ein junger Vetter desselben ist jetzt Herr des Geschäftes und des alten Hauses.

Nur eines habe ich noch zu sagen: Eben, vor einer Stunde nur, öffnete sich meine Stubentür, und unser Freund, der Kapitän John Riew', trat zitternd und bleich zu mir herein; er legte seinen Hut auf einen Stuhl und wischte sich den Schweiß aus seinen weißen Haaren.

„Was ist, Kapitän?" rief ich erschrocken. „Ihr seht ja ganz verteufelt aus!"

Aber er ergriff meine beiden Hände und schüttelte den Kopf: „Vor Freude, Nachbar, nur vor Freude! God bless you, Sir! Der Junge ist Kapitän!"

„Alle Wetter!" rief ich, „das geht ja wie der Wind!"

„Ja, ja; hier steht's!" und er riss ein Telegramm aus der Tasche und hielt es mir triumphierend vor die Augen. „Sein Vorgänger starb drüben in Rio Janeiro am gelben Fieber, und nun ist er's und soll's auch bleiben – Kapitän der ‚Alten Liebe'! By Jove! Der junge Lübecker weiß sich seine Leute auszusuchen! – Aber – warum ich komme, Nachbar! – Sie fahren doch mit mir übermorgen?"

„Wohin? Doch nicht nach Rio, Kapitän?"

„Nein, nein!" sagte der Alte lächelnd, „nur nach Hamburg; denn da ankert dort im Hafen die ‚Alte Liebe' unter dem Kapitän Rick Geyers! – O Anna, mein liebes Kind, du hast das nicht erleben wollen!"

Er wischte sich die Augen mit seinem großen blauen Schnupftuch. „Aber heute abend, Nachbar", setzte er, sich ermutigend, hinzu, „trinken wir beide in meiner Koje ein Steifes miteinander und – Goddam! – von meinem alten Jamaika!"

„Topp", rief ich, „Kapitän, ich trinke und ich fahre mit Ihnen. Hurra für unsern Jungen!"

– – Er ging; und ich habe nichts Weiteres zu erzählen: es ist jetzt alles gut, denn wir haben die Hoffnung, freilich auch nur diese, wenn wir des alten Ricks gedenken und die Knabenstreiche des jungen nicht auf Abschlag nehmen; aber die Hoffnung ist die Helferin zum Leben und meist das Beste, was es mit sich führt.

Der Schimmelreiter

Was ich zu berichten beabsichtige, ist mir vor reichlich einem halben Jahrhundert im Hause meiner Urgroßmutter, der alten Frau Senator Feddersen, kundgeworden, während ich, an ihrem Lehnstuhl sitzend, mich mit dem Lesen eines in blaue Pappe eingebundenen Zeitschriftenheftes beschäftigte; ich vermag mich nicht mehr zu entsinnen, ob von den „Leipziger" oder von „Pappes Hamburger Lesefrüchten". Noch fühl ich es gleich einem Schauer, wie dabei die linde Hand der über Achtzigjährigen mitunter liebkosend über das Haupthaar ihres Urenkels hinglitt. Sie selbst und jene Zeit sind längst begraben; vergebens auch habe ich seitdem jenen Blättern nachgeforscht, und ich kann daher um so weniger weder die Wahrheit der Tatsachen verbürgen, als, wenn jemand sie bestreiten wollte, dafür aufstehen; nur so viel kann ich versichern, dass ich sie seit jener Zeit, obgleich sie durch keinen äußeren Anlass in mir aufs neue belebt wurden, niemals aus dem Gedächtnis verloren habe.

Es war im dritten Jahrzehnt unseres Jahrhunderts, an einem Oktobernachmittag – so begann der damalige Erzähler –, als ich bei starkem Unwetter auf einem nordfriesischen Deich entlangritt. Zur Linken hatte ich jetzt schon seit über einer Stunde die öde, bereits von allem Vieh geleerte Marsch, zur Rechten, und zwar in unbehaglichster Nähe, das Wattenmeer der Nordsee; zwar sollte man vom Deiche aus auf Halligen und Inseln sehen können; aber ich sah nichts als die gelbgrauen Wellen, die unaufhörlich wie mit Wutgebrüll an den Deich hinaufschlugen und mitunter mich und das Pferd mit schmutzigem Schaum bespritzten; dahinter wüste Dämmerung, die Himmel und Erde nicht unterscheiden ließ; denn auch der halbe Mond, der jetzt in der Höhe stand, war meist von treibendem Wolkendunkel überzogen. Es war eiskalt; meine verklommenen Hände konnten kaum den Zügel halten, und ich verdachte es nicht den Krähen und Möwen, die sich fortwährend krächzend und gackernd vom Sturm ins Land hineintreiben ließen. Die Nachtdämmerung hatte begonnen, und schon konnte ich nicht mehr mit Sicherheit die Hufen meines Pferdes erkennen; keine Menschenseele war mir begegnet, ich hörte nichts als das Geschrei der Vögel, wenn sie mich oder meine treue Stute fast mit den langen Flügeln streiften, und das Toben von Wind und Wasser. Ich leugne nicht, ich wünschte mich mitunter in sicheres Quartier.

Das Wetter dauerte jetzt in den dritten Tag, und ich hatte mich schon über Gebühr von einem mir besonders lieben Verwandten auf seinem Hofe halten lassen, den er in einer der nördlicheren Harden besaß. Heute aber ging es nicht länger; ich hatte Geschäfte in der Stadt, die auch jetzt wohl noch ein paar Stunden weit nach Süden vor mir lag, und trotz aller Überredungskünste des Vetters und seiner lieben Frau, trotz der schönen selbstgezogenen Perinette- und Grand-Richard-Äpfel, die noch zu probieren waren, am Nachmittag war ich davongeritten. „Wart nur, bis du ans Meer kommst", hatte er noch an seiner Haustür mir nachgerufen; „du kehrst noch wieder um; dein Zimmer wird dir vorbehalten!"

Und wirklich, einen Augenblick, als eine schwarze Wolkenschicht es pechfinster um mich machte und gleichzeitig die heulenden Böen mich samt meiner Stute vom Deich herabzudrängen suchten, fuhr es mir wohl durch den Kopf. ‚Sei kein Narr! Kehr um und setz dich zu deinen Freunden ins warme Nest.' Dann aber fiel's mir ein, der Weg zurück war wohl noch länger als der nach meinem Reiseziel; und so trabte ich weiter, den Kragen meines Mantels um die Ohren ziehend.

Jetzt aber kam auf dem Deiche etwas gegen mich heran; ich hörte nichts; aber immer deutlicher, wenn der halbe Mond ein karges Licht herabließ, glaubte ich eine dunkle Gestalt zu erkennen, und bald, da sie näher kam, sah ich es, sie saß auf einem Pferde, einem hochbeinigen hageren Schimmel; ein dunkler Mantel flatterte um ihre Schultern, und im Vorbeifliegen sahen mich zwei brennende Augen aus einem bleichen Antlitz an.

Wer war das? Was wollte der? – Und jetzt fiel mir bei, ich hatte keinen Hufschlag, kein Keuchen des Pferdes vernommen; und Ross und Reiter waren doch hart an mir vorbeigefahren!

In Gedanken darüber ritt ich weiter, aber ich hatte nicht lange Zeit zum Denken, schon fuhr es von rückwärts wieder an mir vorbei; mir war, als streifte mich der fliegende Mantel, und die Erscheinung war, wie das erste Mal, lautlos an mir vorübergestoben. Dann sah ich sie fern und ferner vor mir; dann war's, als säh ich plötzlich ihren Schatten an der Binnenseite des Deiches hinuntergehen.

Etwas zögernd ritt ich hintendrein. Als ich jene Stelle erreicht hatte, sah ich hart am Deich im Kooge unten das Wasser einer großen Wehle blinken – so nennen sie dort die Brüche, welche von den Sturmfluten in das Land gerissen werden und die dann meist als kleine, aber tiefgründige Teiche stehen bleiben.

Das Wasser war, trotz des schützenden Deiches, auffallend bewegt; der Reiter konnte es nicht getrübt haben; ich sah nichts weiter von ihm. Aber ein anderes sah ich, das ich mit Freuden jetzt begrüßte: vor mir, von unten aus dem Kooge, schimmerten eine Menge zerstreuter Lichtscheine zu mir herauf, sie schienen aus jenen langgestreckten friesischen Häusern zu kommen, die vereinzelt auf mehr oder minder hohen Werften lagen, dicht vor mir aber auf halber Höhe des Binnendeiches lag ein großes Haus derselben Art; an der Südseite, rechts von der Haustür, sah ich alle Fenster erleuchtet; dahinter gewahrte ich Menschen und glaubte trotz des Sturmes sie zu hören. Mein Pferd war schon von selbst auf den Weg am Deich hinabgeschritten, der mich vor die Tür des Hauses führte. Ich sah wohl, dass es ein Wirtshaus war; denn vor den Fenstern gewahrte ich die sogenannten „Ricks", das heißt auf zwei Ständern ruhende Balken mit großen eisernen Ringen, zum Anbinden des Viehes und der Pferde, die hier haltmachten.

Ich band das meine an einen derselben und überwies es dann dem Knechte, der mir beim Eintritt in den Flur entgegenkam: „Ist hier Versammlung?" frug ich ihn, da mir jetzt deutlich ein Geräusch von Menschenstimmen und Gläserklirren aus der Stubentür entgegendrang.

„Is wull so wat", entgegnete der Knecht auf plattdeutsch – und ich erfuhr nachher, dass dieses neben dem Friesischen hier schon seit über hundert Jahren im Schwange gewesen sei –, „Diekgraf und Gevollmächtigten un wecke von de annern Interessenten! Dat is um 't hoge Water!"

Als ich eintrat, sah ich etwa ein Dutzend Männer an einem Tische sitzen, der unter den Fenstern entlanglief, eine Punschbowle stand darauf, und ein besonders stattlicher Mann schien die Herrschaft über sie zu führen.

Ich grüßte und bat, mich zu ihnen setzen zu dürfen, was bereitwillig gestattet wurde. „Sie halten hier die Wacht!“ sagte ich, mich zu jenem Mann wendend, „es ist bös Wetter draußen; die Deiche werden ihre Not haben!“

„Gewiss“, erwiderte er; „wir, hier an der Ostseite, aber glauben, jetzt außer Gefahr zu sein; nur drüben an der andern Seite ist's nicht sicher, die Deiche sind dort meist noch mehr nach altem Muster; unser Hauptdeich ist schon im vorigen Jahrhundert umgelegt. – Uns ist vorhin da draußen kalt geworden, und Ihnen“, setzte er hinzu, „wird es ebenso gegangen sein; aber wir müssen hier noch ein paar Stunden aushalten; wir haben sichere Leute draußen, die uns Bericht erstatten.“ Und ehe ich meine Bestellung bei dem Wirte machen konnte, war schon ein dampfendes Glas mir hingeschoben.

Ich erfuhr bald, dass mein freundlicher Nachbar der Deichgraf sei; wir waren ins Gespräch gekommen, und ich hatte begonnen, ihm meine seltsame Begegnung auf dem Deiche zu erzählen. Er wurde aufmerksam, und ich bemerkte plötzlich, dass alles Gespräch umher verstummt war. „Der Schimmelreiter!“ rief einer aus der Gesellschaft, und eine Bewegung des Erschreckens ging durch die übrigen.

Der Deichgraf war aufgestanden. „Ihr braucht nicht zu erschrecken“, sprach er über den Tisch hin; „das ist nicht bloß für uns; Anno 17 hat es auch denen drüben gegolten; mögen sie auf alles vorgefasst sein!“

Mich wollte nachträglich ein Grauen überlaufen. „Verzeiht!“ sprach ich, „was ist das mit dem Schimmelreiter?“

Abseits hinter dem Ofen, ein wenig gebückt, saß ein kleiner hagerer Mann in einem abgeschabten schwarzen Röcklein; die eine Schulter schien ein wenig ausgewachsen. Er hatte mit keinem Worte an der Unterhaltung der andern teilgenommen, aber seine bei dem spärlichen grauen Haupthaar noch immer mit dunklen Wimpern besäumten Augen zeigten deutlich, dass er nicht zum Schlaf hier sitze.

Gegen diesen streckte der Deichgraf seine Hand. „Unser Schulmeister“, sagte er mit erhobener Stimme, „wird von uns hier Ihnen das am besten erzählen können; freilich nur in seiner Weise und nicht so richtig, wie zu Haus meine alte Wirtschafterin Antje Vollmers es beschaffen würde.“

„Ihr scherzet, Deichgraf!“ kam die etwas kränkliche Stimme

des Schulmeisters hinter dem Ofen hervor, „dass Ihr mir Euern dummen Drachen wollt zur Seite stellen!“

„Ja, ja, Schulmeister!“ erwiderte der andere, „aber bei den Drachen sollen derlei Geschichten am besten in Verwahrung sein!“

„Freilich!“ sagte der kleine Herr; „wir sind hierin nicht ganz derselben Meinung“; und ein überlegenes Lächeln glitt über das feine Gesicht.

„Sie sehen wohl“, raunte der Deichgraf mir ins Ohr; „er ist immer noch ein wenig hochmütig; er hat in seiner Jugend einmal Theologie studiert und ist nur einer verfehlten Brautschaft wegen hier in seiner Heimat als Schulmeister behangen geblieben.“

Dieser war inzwischen aus seiner Ofenecke hervorgekommen und hatte sich neben mir an den langen Tisch gesetzt. „Erzählt, erzählt nur, Schulmeister“, riefen ein paar der Jüngeren aus der Gesellschaft.

„Nun freilich“, sagte der Alte, sich zu mir wendend, „will ich gern zu Willen sein; aber es ist viel Aberglaube dazwischen und eine Kunst, es ohne diesen zu erzählen.“

„Ich muss Euch bitten, den nicht auszulassen“, erwiderte ich; „traut mir nur zu, dass ich schon selbst die Spreu vom Weizen sondern werde!“

Der Alte sah mich mit verständnisvollem Lächeln an. „Nun also!“ sagte er. „In der Mitte des vorigen Jahrhunderts, oder vielmehr, um genauer zu bestimmen, vor und nach derselben, gab es hier einen Deichgrafen, der von Deich- und Sielsachen mehr verstand, als Bauern und Hofbesitzer sonst zu verstehen pflegen; aber es reichte doch wohl kaum, denn was die studierten Fachleute darüber niedergeschrieben, davon hatte er wenig gelesen; sein Wissen hatte er sich, wenn auch von Kindesbeinen an, nur selber ausgesonnen. Ihr hörtet wohl schon, Herr, die Friesen rechnen gut, und habet auch wohl schon über unsern Hans Mommsen von Fahretoft reden hören, der ein Bauer war und doch Bussolen und Seeuhren, Teleskopen und Orgeln machen konnte. Nun, ein Stück von solch einem Manne war auch der Vater des nachherigen Deichgrafen gewesen; freilich wohl nur ein kleines. Er hatte ein paar Fennen, wo er Raps und Bohnen baute, auch eine Kuh graste, ging unterweilen im Herbst und Frühjahr auch aufs Landmessen und saß im Winter, wenn der Nordwest von draußen kam und an seinen Läden rüttelte, zu ritzen und zu prickeln, in seiner Stube. Der Junge saß meist dabei und sah über seine Fibel oder Bibel weg dem Vater zu, wie er maß und berechnete, und grub sich mit der Hand in seinen blonden Haaren. Und eines Abends trug er den Alten, warum denn das, was er eben hingeschrieben hatte, gerade so sein müsse und nicht anders sein könne, und stellte dann eine eigene Meinung darüber auf Aber der Vater, der darauf nicht zu antworten wusste, schüttelte den Kopf und sprach: „Das kann ich dir nicht sagen; genug, es ist so, und du selber irrst dich. Willst du mehr wissen, so suche morgen aus der Kiste, die auf unserm Boden steht, ein Buch, einer, der Euklid hieß, hat's geschrieben; das wird's dir sagen!“

– – Der Junge war tags darauf zum Boden gelaufen und hatte auch bald das Buch gefunden; denn viele Bücher gab es überhaupt nicht in dem Hause; aber der Vater lachte, als er es vor ihm auf den Tisch legte. Es war ein holländischer Euklid, und Holländisch, wenngleich es doch halb Deutsch war, verstanden alle beide nicht. „Ja, ja“, sagte er, „das Buch ist noch von meinem Vater, der verstand es; ist denn kein deutscher da?“

Der Junge, der von wenig Worten war, sah den Vater ruhig an und sagte nur: „Darf ich's behalten? Ein deutscher ist nicht da.“

Und als der Alte nickte, wies er noch ein zweites, halb zerrissenes Büchlein vor. „Auch das?“ frug er wieder.

„Nimm sie alle beide!“ sagte Tede Haien; „sie werden dir nicht viel nützen.“

Aber das zweite Buch war eine kleine holländische Grammatik, und da der Winter noch lange nicht vorüber war, so hatte es, als endlich die Stachelbeeren in ihrem Garten wieder blühten, dem Jungen schon so weit geholfen, dass er den Euklid, welcher damals stark im Schwange war, fast überall verstand.

Es ist mir nicht unbekannt, Herr“, unterbrach sich der Erzähler, „dass dieser Umstand auch von Hans Mommsen erzählt wird; aber vor dessen Geburt ist hier bei uns schon die Sache von Hauke Haien – so hieß der Knabe – berichtet worden. Ihr wisset auch wohl, es braucht nur einmal ein Größerer zu kommen, so wird ihm alles aufgeladen, was in Ernst oder Schimpf seine Vorgänger einst mögen verübt haben.

Als der Alte sah, dass der Junge weder für Kühe noch Schafe Sinn hatte und kaum gewahrte, wenn die Bohnen blühten, was doch die Freude von jedem Marschmann ist, und weiterhin bedachte, dass die kleine Stelle wohl mit einem Bauer und einem Jungen, aber nicht mit einem Halbgelehrten und einem Knecht bestehen könne, angleichen, dass er auch selber nicht auf einen grünen Zweig gekommen sei, so schickte er seinen großen Jungen an den Deich, wo er mit andern Arbeitern von Ostern bis Martini

Erde karren musste. ‚Das wird ihn vom Euklid kurieren', sprach er bei sich selber.

Und der Junge karrte; aber den Euklid hatte er allzeit in der Tasche, und wenn die Arbeiter ihr Frühstück oder Vesper aßen, saß er auf seinem umgestülpten Schubkarren mit dem Buche in der Hand. Und wenn im Herbst die Fluten höher stiegen und manch ein Mal die Arbeit eingestellt werden musste, dann ging er nicht mit den andern nach Haus, sondern blieb, die Hände über die Knie gefaltet, an der abfallenden Seeseite des Deiches sitzen und sah stundenlang zu, wie die trüben Nordseewellen immer höher an die Grasnarbe des Deiches hinaufschlugen; erst wenn ihm die Füße überspült waren und der Schaum ihm ins Gesicht spritzte, rückte er ein paar Fuß höher und blieb dann wieder sitzen. Er hörte weder das Klatschen des Wassers noch das Geschrei der Möwen und Strandvögel, die um oder über ihm flogen und ihn fast mit ihren Flügeln streiften, mit den schwarzen Augen in die seinen blitzend; er sah auch nicht, wie vor ihm über die weite, wilde Wasserwüste sich die Nacht ausbreitete; was er allein hier sah, war der brandende Saum des Wassers, der, als die Flut stand, mit hartem Schlage immer wieder dieselbe Stelle traf und vor seinen Augen die Grasnarbe des steilen Deiches auswusch.

Nach langem Hinstarren nickte er wohl langsam mit dem Kopfe oder zeichnete, ohne aufzusehen, mit der Hand eine weiche Linie in die Luft, als ob er dem Deiche damit einen sanfteren Abfall geben wollte. Wurde es so dunkel, dass alle Erdendinge vor seinen Augen verschwanden und nur die Flut ihm in die Ohren donnerte, dann stand er auf und trabte halb durchnässt nach Hause.

Als er so eines Abends zu seinem Vater in die Stube trat, der an seinen Messgeräten putzte, fuhr dieser auf: „Was treibst du draußen? Du hättest ja versaufen können, die Wasser beißen heute in den Deich."

Hauke sah ihn trotzig an.

– „Hörst du mich nicht? Ich sag, du hättst versaufen können."

„Ja", sagte Hauke; „ich bin doch nicht versoffen!"

„Nein", erwiderte nach einer Weile der Alte und sah ihm wie abwesend ins Gesicht – „diesmal noch nicht."

„Aber", sagte Hauke wieder, „unsere Deiche sind nichts wert!"

– „Was für was, Junge?"

„Die Deiche, sag ich!"

– „Was sind die Deiche?"

„Sie taugen nichts, Vater!" erwiderte Hauke.

Der Alte lachte ihm ins Gesicht. „Was denn, Junge? Du bist wohl das Wunderkind aus Lübeck!“

Aber der Junge ließ sich nicht irren. „Die Wasserseite ist zu steil“, sagte er; „wenn es einmal kommt, wie es mehr als einmal schon gekommen ist, so können wir hier auch hinterm Deich ersaufen!“

Der Alte holte seinen Kautabak aus der Tasche, drehte einen Schrot ab und schob ihn hinter die Zähne. „Und wieviel Karren hast du heut geschoben?“ frug er ärgerlich; denn er sah wohl, dass auch die Deicharbeit bei dem Jungen die Denkarbeit nicht hatte vertreiben können.

„Weiß nicht, Vater“, sagte dieser, „so, was die andern machten; vielleicht ein halbes Dutzend mehr; aber – die Deiche müssen anders werden!“

„Nun“, meinte der Alte und stieß ein Lachen aus; „du kannst es ja vielleicht zum Deichgraf bringen; dann mach sie anders!“

„Ja, Vater!“ erwiderte der Junge.

Der Alte sah ihn an und schluckte ein paarmal; dann ging er aus der Tür; er wusste nicht, was er dem Jungen antworten sollte.

Auch als zu Ende Oktobers die Deicharbeit vorbei war, blieb der Gang nordwärts nach dem Haff hinaus für Hauke Haien die beste Unterhaltung; den Allerheiligentag, um den herum die Äquinoktialstürme zu tosen pflegen, von dem wir sagen, dass Friesland ihn wohl beklagen mag, erwartete er wie heut die Kinder das Christfest. Stand eine Springflut bevor, so konnte man sicher sein, er lag trotz Sturm und Wetter weit draußen am Deiche mutterseelenallein; und wenn die Möwen gackerten, wenn die Wasser gegen den Deich tobten und beim Zurückrollen ganze Fetzen von der Grasdecke mit ins Meer hinabrissen, dann hätte man Haukes zorniges Lachen hören können. „Ihr könnt nichts Rechtes“, schrie er in den Lärm hinaus, „so wie die Menschen auch nichts können!“ Und endlich, oft im Finstern, trabte er aus der weiten Öde den Deich entlang nach Hause, bis seine aufgeschossene Gestalt die niedrige Tür unter seines Vaters Rohrdach erreicht hatte und darunter durch in das kleine Zimmer schlüpfte.

Manchmal hatte er eine Faust voll Kleierde mitgebracht; dann setzte er sich neben den Alten, der ihn jetzt gewähren ließ, und knetete bei dem Schein der dünnen Unschlittkerze allerlei Deichmodelle, legte sie in ein flaches Gefäß mit Wasser und suchte darin die Ausspülung der Wellen nachzumachen, oder er nahm seine Schiefertafel und zeichnete darauf das Profil der Deiche nach der Seeseite, wie es nach seiner Meinung sein musste.

Mit denen zu verkehren, die mit ihm auf der Schulbank gesessen hatten, fiel ihm nicht ein, auch schien es, als ob ihnen an dem Träumer nichts gelegen sei. Als es wieder Winter geworden und der Frost hereingebrochen war, wanderte er noch weiter, wohin er früher nie gekommen, auf den Deich hinaus, bis die unabsehbare eisbedeckte Fläche der Watten vor ihm lag.

Im Februar bei dauerndem Frostwetter wurden angetriebene Leichen aufgefunden; draußen am offenen Haff auf den gefrorenen Watten hatten sie gelegen. Ein junges Weib, die dabeigewesen war, als man sie in das Dorf geholt hatte, stand redselig vor dem alten Haien. „Glaubt nicht, dass sie wie Menschen aussahen", rief sie; „nein, wie die Seeteufel! So große Köpfe", und hielt die ausgespreizten Hände von weitem gegeneinander, „gnidderschwarz und blank, wie frischgebacken Brot! Und die Krabben hatten sie angeknabbert; und die Kinder schrien laut, als sie sie sahen!"

Dem alten Haien war so was just nichts Neues. „Sie haben wohl seit November schon in See getrieben!" sagte er gleichmütig.

Hauke stand schweigend daneben; aber sobald er konnte, schlich er sich auf den Deich hinaus; es war nicht zu sagen, wollte er noch nach weiteren Toten suchen, oder zog ihn nur das Grauen, das noch auf den jetzt verlassenen Stellen brüten musste. Er lief weiter und weiter, bis er einsam in der Öde stand, wo nur die Winde über den Deich wehten, wo nichts war als die klagenden Stimmen der großen Vögel, die rasch vorüberschossen; zu seiner Linken die leere weite Marsch, zur andern Seite der unabsehbare Strand mit seiner jetzt vom Eise schimmernden Fläche der Watten; es war, als liege die ganze Welt in weißem Tod.

Hauke blieb oben auf dem Deiche stehen, und seine scharfen Augen schweiften weit umher; aber von Toten war nichts mehr zu sehen; nur wo die unsichtbaren Wattströme sich darunter drängten, hob und senkte die Eisfläche sich in stromartigen Linien.

Er lief nach Hause; aber an einem der nächsten Abende war er wiederum da draußen. Auf jenen Stellen war jetzt das Eis gespalten; wie Rauchwolken stieg es aus den Rissen, und über das ganze Watt spann sich ein Netz von Dampf und Nebel, das sich seltsam mit der Dämmerung des Abends mischte. Hauke sah mit starren Augen darauf hin; denn in dem Nebel schritten dunkle Gestalten auf und ab, sie schienen ihm so groß wie Menschen. Würdevoll, aber mit seltsamen, erschreckenden Gebärden; mit langen Nasen und Hälsen sah er sie fern an den rauchenden Spalten auf und ab spazieren; plötzlich begannen sie wie Narren unheimlich auf und ab zu springen, die großen über die kleinen und die kleinen gegen die großen; dann breiteten sie sich aus und verloren alle Form.

‚Was wollen die? Sind es die Geister der Ertrunkenen?' dachte Hauke. „Hoiho!" schrie er laut in die Nacht hinaus; aber die draußen kehrten sich nicht an seinen Schrei, sondern trieben ihr wunderliches Wesen fort.

Da kamen ihm die furchtbaren norwegischen Seegespenster in den Sinn, von denen ein alter Kapitän ihm einst erzählt hatte, die statt des Angesichts einen stumpfen Pull von Seegras auf dem Nacken tragen; aber er lief nicht fort, sondern bohrte die Hacken seiner Stiefel fest in den Klei des Deiches und sah starr dem possenhaften Unwesen zu, das in der einfallenden Dämmerung vor seinen Augen fortspielte. „Seid ihr auch hier bei uns?" sprach er mit harter Stimme; „ihr sollt mich nicht vertreiben!"

Erst als die Finsternis alles bedeckte, schritt er steifen, langsamen Schrittes heimwärts. Aber hinter ihm drein kam es wie Flügelrauschen und hallendes Geschrei. Er sah nicht um; aber er ging auch nicht schneller und kam erst spät nach Hause; doch niemals soll er seinem Vater oder einem andern davon erzählt haben. Erst viele Jahre später hat er sein blödes Mädchen, womit später der Herrgott ihn belastete, um dieselbe Tages- und Jahreszeit mit sich auf den Deich hinausgenommen, und dasselbe Wesen soll sich derzeit draußen auf den Watten gezeigt haben; aber er hat ihr gesagt, sie solle sich nicht fürchten, das seien nur die Fischreiher und die Krähen, die im Nebel so groß und fürchterlich erschienen; die holten sich die Fische aus den offenen Spalten.

Weiß Gott, Herr!" unterbrach sich der Schulmeister, „es gibt auf Erden allerlei Dinge, die ein ehrlich Christenherz verwirren können; aber der Hauke war weder ein Narr noch ein Dummkopf"

Da ich nichts erwiderte, wollte er fortfahren; aber unter den übrigen Gästen, die bisher lautlos zugehört hatten, nur mit dichterem Tabaksqualm das niedrige Zimmer füllend, entstand eine plötzliche Bewegung; erst einzelne, dann fast alle wandten sich dem Fenster zu. Draußen – man sah es durch die unverhangenen Fenster – trieb der Sturm die Wolken, und Licht und Dunkel jagten durcheinander; aber auch mir war es, als hätte ich den hageren Reiter auf seinem Schimmel vorbeisausen gesehen.

„Wart Er ein wenig, Schulmeister!" sagte der Deichgraf leise.

„Ihr braucht Euch nicht zu fürchten, Deichgraf!" erwiderte der kleine Erzähler, „ich habe ihn nicht geschmäht und hab auch dessen keine Ursach"; und er sah mit seinen kleinen, klugen Augen zu ihm auf.

„Ja, ja", meinte der andere, „lass Er Sein Glas nur wieder füllen." Und nachdem das geschehen war und die Zuhörer, meist mit etwas verdutzten Gesichtern, sich wieder zu ihm gewandt hatten, fuhr er in seiner Geschichte fort:

„So für sich, und am liebsten nur mit Wind und Wasser und mit den Bildern der Einsamkeit verkehrend, wuchs Hauke zu einem langen, hageren Burschen auf. Er war schon über ein Jahr lang eingesegnet, da wurde es auf einmal anders mit ihm, und das kam von dem alten weißen Angorakater, welchen der alten Trin' Jans einst ihr später verunglückter Sohn von seiner spanischen Seereise mitgebracht hatte. Trin' wohnte ein gut Stück hinaus auf dem Deiche in einer kleinen Kate, und wenn die Alte in ihrem Hause herumarbeitete, so pflegte diese Unform von einem Kater vor der Haustür zu sitzen und in den Sommertag und nach den vorüberfliegenden Kiebitzen hinauszublinzeln. Ging Hauke vorbei, so mauzte der Kater ihn an, und Hauke nickte ihm zu; die beiden wussten, was sie miteinander hatten.

Nun aber war's einmal im Frühjahr, und Hauke lag nach seiner Gewohnheit oft draußen am Deich, schon weiter unten dem Wasser zu, zwischen Strandnelken und dem duftenden Seewermut, und ließ sich von der schon kräftigen Sonne bescheinen. Er hatte sich tags zuvor droben auf der Geest die Taschen voll von Kieseln gesammelt, und als in der Ebbezeit die Watten bloßgelegt waren und die kleinen grauen Strandläufer schreiend darüber hinhuschten, holte er jählings einen Stein hervor und warf ihn nach den Vögeln. Er hatte das von Kindesbeinen an geübt, und meistens blieb einer auf dem Schlicke liegen; aber ebensooft war er dort auch nicht zu holen; Hauke hatte schon daran gedacht, den Kater mitzunehmen und als apportierenden Jagdhund zu dressieren. Aber es gab auch hier und dort feste Stellen oder Sandlager; solchenfalls lief er hinaus und holte sich seine Beute selbst. Saß der Kater bei seiner Rückkehr noch vor der Haustür, dann schrie das Tier vor nicht zu bergender Raubgier so lange, bis Hauke ihm einen der erbeuteten Vögel zuwarf.

Als er heute, seine Jacke auf der Schulter, heimging, trug er nur einen ihm noch unbekannten, aber wie mit bunter Seide und Metall gefiederten Vogel mit nach Hause, und der Kater mauzte wie gewöhnlich, als er ihn kommen sah. Aber Hauke wollte seine Beute – es mag ein Eisvogel gewesen sein – diesmal nicht hergeben und kehrte sich nicht an die Gier des Tieres. „Umschicht!" rief er ihm zu, „heute mir, morgen dir; das hier ist kein Katerfressen!" Aber der Kater kam vorsichtigen Schrittes herangeschlichen; Hauke stand und sah ihn an, der Vogel hing an seiner Hand, und der Kater blieb mit erhobener Tatze stehen. Doch der Bursche schien seinen Katzenfreund noch nicht so ganz zu kennen; denn während er ihm seinen Rücken zugewandt hatte und eben fürbass wollte, fühlte er mit einem Ruck die Jagdbeute sich entrissen, und zugleich schlug eine scharfe Kralle ihm ins Fleisch. Ein Grimm, wie gleichfalls eines Raubtiers, flog dem jungen Menschen ins Blut; er griff wie rasend um sich und hatte den Räuber schon am Genicke gepackt. Mit der Faust hielt er das mächtige Tier empor und würgte es, dass die Augen ihm aus den rauhen Haaren vorquollen, nicht achtend, dass die starken Hintertatzen ihm den Arm zerfleischten. „Hoiho!" schrie er und packte ihn noch fester; „wollen sehen, wer's von uns beiden am längsten aushält!"

Plötzlich fielen die Hinterbeine der großen Katze schlaff herunter, und Hauke ging ein paar Schritte zurück und warf sie gegen die Kate der Alten. Da sie sich nicht rührte, wandte er sich und setzte seinen Weg nach Hause fort.

Aber der Angorakater war das Kleinod seiner Herrin; er war ihr Geselle und das einzige, was ihr Sohn, der Matrose, ihr nachgelassen hatte, nachdem er hier an der Küste seinen jähen Tod gefunden hatte, da er im Sturm seiner Mutter beim Porrenfangen hatte helfen wollen. Hauke mochte kaum hundert Schritte weiter getan haben, während er mit einem Tuch das Blut aus seinen Wunden auffing, als schon von der Kate her ihm ein Geheul und Zetern in die Ohren gellte. Da wandte er sich und sah davor das alte Weib am Boden liegen; das greise Haar flog ihr im Winde um das rote Kopftuch. „Tot!" rief sie, „tot!" und erhob dräuend ihren mageren Arm gegen ihn: „Du sollst verflucht sein! Du hast ihn totgeschlagen, du nichtsnutziger Strandläufer, du warst nicht wert, ihm seinen Schwanz zu bürsten!" Sie warf sich über das Tier und wischte zärtlich mit ihrer Schürze ihm das Blut fort, das noch aus Nas' und Schnauze rann; dann hob sie aufs neue an zu zetern.

„Bist du bald fertig?" rief Hauke ihr zu, „dann lass dir sagen: ich will dir einen Kater schaffen, der mit Maus- und Rattenblut zufrieden ist!"

Darauf ging er, scheinbar auf nichts mehr achtend, fürbass. Aber die tote Katze musste ihm doch im Kopfe Wirrsal machen, denn er ging, als er zu den Häusern gekommen war, dem seines Vaters und auch den übrigen vorbei und eine weite Strecke noch nach Süden auf dem Deich der Stadt zu.

Inmittelst wanderte auch Trin' Jans auf demselben in der gleichen Richtung; sie trug in einem alten blaukarierten Kissenüberzug eine Last in ihren Armen, die sie sorgsam, als wär's ein Kind, umklammerte; ihr greises Haar flatterte in dem leichten Frühlingswind. „Was schleppt Sie da, Trina?" frug ein Bauer, der ihr entgegenkam. „Mehr als dein Haus und Hof", erwiderte die Alte; dann ging sie eifrig weiter. Als sie dem unten liegenden Hause des alten Haien nahe kam, ging sie den Akt, wie man bei uns die Trift- und Fußwege nennt, die schräg an der Seite des Deiches hinab- oder hinaufführen, zu den Häusern hinunter.

Der alte Tede Haien stand eben vor der Tür und sah ins Wetter. „Na, Trin'!" sagte er, als sie pustend vor ihm stand und ihren Krückstock in die Erde bohrte, „was bringt Sie Neues in Ihrem Sack?"

„Erst lass mich in die Stube, Tede Haien! Dann soll Er's sehen!" Und ihre Augen sahen ihn mit seltsamem Funkeln an.

„So kommen Sie!" sagte der Alte. Was gingen ihn die Augen des dummen Weibes an.

Und als beide eingetreten waren, fuhr sie fort: „Bring Er den alten Tabakskasten und das Schreibzeug von dem Tisch – was hat Er denn immer zu schreiben? – So; und nun wisch Er ihn sauber ab!"

Und der Alte, der fast neugierig wurde, tat alles, was sie sagte; dann nahm sie den blauen Überzug bei beiden Zipfeln und schüttete daraus den großen Katerleichnam auf den Tisch. „Da hat Er ihn!" rief sie; „Sein Hauke hat ihn totgeschlagen." Hierauf aber begann sie ein bitterliches Weinen; sie streichelte das dicke Fell des toten Tieres, legte ihm die Tatzen zusammen, neigte ihre lange Nase über dessen Kopf und raunte ihm unverständliche Zärtlichkeiten in die Ohren.

Tede Haien sah dem zu. „So", sagte er; „Hauke hat ihn totgeschlagen?" Er wusste nicht, was er mit dem heulenden Weibe machen sollte.

Die Alte nickte ihn grimmig an: „Ja, ja; so Gott, das hat er getan!" Und sie wischte sich mit ihrer von Gicht verkrümmten Hand das Wasser aus den Augen. „Kein Kind, kein Lebigs mehr!" klagte sie. „Und Er weiß es ja wohl auch, uns Alten, wenn's nach Allerheiligen kommt, frieren abends im Bett die Beine, und statt zu schlafen, hören wir den Nordwest an unseren Fensterläden rappeln. Ich hör's nicht gern, Tede Haien, er kommt daher, wo mein Junge mir im Schlick versank."

Tede Haien nickte, und die Alte streichelte das Fell ihres toten Katers. „Der aber", begann sie wieder, „wenn ich winters am Spinnrad saß, dann saß er bei mir und spann auch und sah mich an mit seinen grünen Augen! Und kroch ich, wenn's mir kalt wurde, in mein

Bett – es dauerte nicht lang, so sprang er zu mir und legte sich auf meine frierenden Beine, und wir schliefen so warm mitsammen, als hätte ich noch meinen jungen Schatz im Bett!“ Die Alte, als suche sie bei dieser Erinnerung nach Zustimmung, sah den neben ihr stehenden Alten mit ihren funkelnden Augen an.

Tede Haien aber sagte bedächtig: „Ich weiß Ihr einen Rat, Trin' Jans“, und er ging nach seiner Schatulle und nahm eine Silbermünze aus der Schublade „Sie sagt, dass Hauke Ihr das Tier vom Leben gebracht hat, und ich weiß, Sie lügt nicht; aber hier ist ein Krontaler von Christian dem Vierten; damit kauf Sie sich ein gegerbtes Lammfell für Ihre kalten Beine! Und wenn unsere Katze nächstens Junge wirft, so mag Sie sich das größte davon aussuchen, das zusammen tut wohl einen altersschwachen Angorakater! Und nun nehm Sie das Vieh und bring Sie es meinethalb an den Racker in der Stadt, und halt Sie das Maul, dass es hier auf meinem ehrlichen Tisch gelegen hat!“

Während dieser Rede hatte das Weib schon nach dem Taler gegriffen und ihn in einer kleinen Tasche geborgen, die sie unter ihren Röcken trug; dann stopfte sie den Kater wieder in das Bettbühr, wischte mit ihrer Schürze die Blutflecken von dem Tisch und stakte zur Tür hinaus. „Vergiss Er mir nur den jungen Kater nicht!“ rief sie noch zurück.

– – Eine Weile später, als der alte Haien in dem engen Stüblein auf und ab schritt, trat Hauke herein und warf seinen bunten Vogel auf den Tisch; als er aber auf der weißgescheuerten Platte den noch kennbaren Blutfleck sah, frug er, wie beiläufig: „Was ist denn das?“

Der Vater blieb stehen: „Das ist Blut, was du hast fließen machen!“

Dem Jungen schoss es doch heiß ins Gesicht: „Ist denn Trin' Jans mit ihrem Kater hier gewesen?“

Der Alte nickte: „Weshalb hast du ihr den totgeschlagen?“

Hauke entblößte seinen blutigen Ann. „Deshalb“, sagte er; „er hatte mir den Vogel fortgerissen!“

Der Alte sagte nichts hierauf, er begann eine Zeitlang wieder auf und ab zu gehen; dann blieb er vor dem Jungen stehn und sah eine Weile wie abwesend auf ihn hin. „Das mit dem Kater hab ich rein gemacht“, sagte er dann; „aber, siehst du, Hauke, die Kate ist hier zu klein; zwei Herren können darauf nicht sitzen – es ist nun Zeit, du musst dir einen Dienst besorgen!“

„Ja, Vater“, entgegnete Hauke; „hab dergleichen auch gedacht.“

„Warum?“ frug der Alte.

– „Ja, man wird grimmig in sich, wenn man’s nicht an einem ordentlichen Stück Arbeit auslassen kann.“

„So?“ sagte der Alte, „und darum hast du den Angorer totgeschlagen? Das könnte leicht noch schlimmer werden!“

– „Er mag wohl recht haben, Vater; aber der Deichgraf hat seinen Kleinknecht fortgejagt; das könnt ich schon verrichten!“

Der Alte begann wieder auf und ab zu gehen und spritzte dabei die schwarze Tabaksjauche von sich. „Der Deichgraf ist ein Dummkopf, dumm wie ’ne Saatgans! Er ist nur Deichgraf, weil sein Vater und Großvater es gewesen sind, und wegen seiner neunundzwanzig Fennen. Wenn Martini herankommt und hernach die Deich- und Sielrechnungen abgetan werden müssen, dann füttert er den Schulmeister mit Gansbraten und Met und Weizenkringeln und sitzt dabei und nickt, wenn der mit seiner Feder die Zahlenreihen hinunterläuft, und sagt: ‚Ja, ja, Schulmeister, Gott vergönn’s Ihm! Was kann Er rechnen?‘ Wenn aber einmal der Schulmeister nicht kann oder auch nicht will, dann muss er selber dran und sitzt und schreibt und streicht wieder aus, und der große dumme Kopf wird ihm rot und heiß, und die Augen quellen wie Glaskugeln, als wollte das bisschen Verstand da hinaus.“

Der Junge stand gerade auf vor dem Vater und wunderte sich, was der reden könne; so hatte er’s noch nicht von ihm gehört. „Ja, Gott tröst!“ sagte er, „dumm ist er wohl; aber seine Tochter Elke, die kann rechnen!“

Der Alte sah ihn scharf an. „Ahoi, Hauke“, rief er; „was weißt du von Elke Volkerts?“

– „Nichts, Vater; der Schulmeister hat’s mir nur erzählt.“

Der Alte antwortete nicht darauf, er schob nur bedächtig seinen Tabaksknoten aus einer Backe hinter die andere.

„Und du denkst“, sagte er dann, „du wirst dort auch mitrechnen können.“

„O ja, Vater, das möcht schon gehen“, erwiderte der Sohn, und ein ernstes Zucken lief um seinen Mund.

Der Alte schüttelte den Kopf. „Nun, aber meinethalb; versuch einmal dein Glück!“

„Dank auch, Vater!“ sagte Hauke und stieg zu seiner Schlafstatt auf dem Boden; hier setzte er sich auf die Bettkante und sann, weshalb ihn denn sein Vater um Elke Volkerts angerufen habe. Er kannte sie freilich, das ranke achtzehnjährige Mädchen mit dem bräunlichen schmalen Antlitz und den dunklen Brauen, die über den trotzigen Augen und der schmalen Nase ineinanderliefen;

doch hatte er noch kaum ein Wort mit ihr gesprochen; nun, wenn er zu dem alten Tede Volkerts ging, wollte er sie doch besser darauf ansehen, was es mit dem Mädchen auf sich habe. Und gleich jetzt wollte er gehen, damit kein anderer ihm die Stelle abjage; es war ja kaum noch Abend. Und so zog er seine Sonntagsjacke und seine besten Stiefel an und machte sich guten Mutes auf den Weg.

– Das langgestreckte Haus des Deichgrafen war durch seine hohe Werfte, besonders durch den höchsten Baum des Dorfes, eine gewaltige Esche, schon von weitem sichtbar; der Großvater des jetzigen, der erste Deichgraf des Geschlechtes, hatte in seiner Jugend eine solche osten der Haustür hier gesetzt; aber die beiden ersten Anpflanzungen waren vergangen, und so hatte er an seinem Hochzeitsmorgen diesen dritten Baum gepflanzt, der noch jetzt mit seiner immer mächtiger werdenden Blätterkrone in dem hier unablässigen Winde wie von alten Zeiten rauschte.

Als nach einer Weile der lang aufgeschossene Hauke die hohe Werfte hinaufstieg, welche an den Seiten mit Rüben und Kohl bepflanzt war, sah er droben die Tochter des Hauswirts neben der niedrigen Haustür stehen. Ihr einer etwas hagerer Arm hing schlaff herab, die andere Hand schien im Rücken nach dem Eisenring zu greifen, von denen je einer zu beiden Seiten der Tür in der Mauer war, damit, wer vor das Haus ritt, sein Pferd daran befestigen könne. Die Dirne schien von dort ihre Augen über den Deich hinaus nach dem Meer zu haben, wo an dem stillen Abend die Sonne eben in das Wasser hinabsank und zugleich das bräunliche Mädchen mit ihrem letzten Schein vergoldete.

Hauke stieg etwas langsamer an der Werfte hinan und dachte bei sich: ‚So ist sie nicht so dösig!‘ Dann war er oben. „Guten Abend auch!“ sagte er, zu ihr tretend; „wonach guckst du denn mit deinen großen Augen, Jungfer Elke?“

„Nach dem“, erwiderte sie, „was hier alle Abend vor sich geht, aber hier nicht alle Abend just zu sehen ist.“ Sie ließ den Ring aus der Hand fallen, dass er klingend gegen die Mauer schlug. „Was willst du, Hauke Haien?“ frug sie.

„Was dir hoffentlich nicht zuwider ist“, sagte er. „Dein Vater hat seinen Kleinknecht fortgejagt, da dachte ich bei euch in Dienst.“

Sie ließ ihre Blicke an ihm herunterlaufen. „Du bist noch so was schlanterig, Hauke!“ sagte sie; „aber uns dienen zwei feste Augen besser als zwei feste Arme!“ Sie sah ihn dabei fast düster an, aber Hauke hielt ihr tapfer stand. „So komm“, fuhr sie fort; „der Wirt ist in der Stube, lass uns hineingehen!“

Am andern Tage trat Tede Haien mit seinem Sohne in das geräumige Zimmer des Deichgrafen; die Wände waren mit glasurten Kacheln bekleidet, auf denen hier ein Schiff mit vollen Segeln oder ein Angler an einem Uferplatz, dort ein Rind, das kauend vor einem Bauernhause lag, den Beschauer vergnügen konnte; unterbrochen war diese dauerhafte Tapete durch ein mächtiges Wandbett mit jetzt zugeschobenen Türen und einen Wandschrank, der durch seine beiden Glastüren allerlei Porzellan- und Silbergeschirr erblicken ließ; neben der Tür zum anstoßenden Pesel war hinter einer Glasscheibe eine holländische Schlaguhr in die Wand gelassen.

Der starke, etwas schlagflüssige Hauswirt saß am Ende des blankgescheuerten Tisches im Lehnstuhl auf seinem bunten Wollenpolster. Er hatte seine Hände über dem Bauch gefaltet und starrte aus seinen runden Augen befriedigt auf das Gerippe einer fetten Ente; Gabel und Messer ruhten vor ihm auf dem Teller.

„Guten Tag, Deichgraf!“ sagte Haien, und der Angeredete drehte langsam Kopf und Augen zu ihm hin.

„Ihr seid es, Tede?“ entgegnete er, und der Stimme war die verzehrte fette Ente anzuhören, „setzt Euch; es ist ein gut Stück von Euch zu mir herüber!“

„Ich komme, Deichgraf“, sagte Tede Haien, indem er sich auf die an der Wand entlanglaufende Bank dem andern im Winkel gegenübersetzte. „Ihr habt Verdruss mit Eurem Kleinknecht gehabt und seid mit meinem Jungen einig geworden, ihn an dessen Stelle zu setzen!“

Der Deichgraf nickte: „Ja, ja, Tede; aber – was meint Ihr mit Verdruss? Wir Marschleute haben, Gott tröst uns, was dagegen einzunehmen!“ Und er nahm das vor ihm liegende Messer und klopfte wie liebkosend auf das Gerippe der armen Ente. „Das war mein Leibvogel“, setzte er behaglich lachend hinzu; „sie fraß mir aus der Hand!“

„Ich dachte“, sagte der alte Haien, das letzte überhörend, „der Bengel hätte Euch Unheil im Stall gemacht.“

„Unheil? Ja, Tede; freilich Unheil genug! Der dicke Mopsbraten hatte die Kälber nicht gebörmt; aber er lag vollgetrunken auf dem Heuboden, und das Viehzeug schrie die ganze Nacht vor Durst, dass ich bis Mittag nachschlafen musste; dabei kann die Wirtschaft nicht bestehen!“

„Nein, Deichgraf; aber dafür ist keine Gefahr bei meinem Jungen.“

Hauke stand, die Hände in den Seitentaschen, am Türpfosten,

hatte den Kopf im Nacken und studierte an den Fensterrähmen ihm gegenüber.

Der Deichgraf hatte die Augen zu ihm gehoben und nickte hinüber: „Nein, nein, Tede"; und er nickte nun auch dem Alten zu, „Euer Hauke wird mir die Nachtruh nicht verstören; der Schulmeister hat's mir schon vordem gesagt, der sitzt lieber vor der Rechentafel als vor einem Glas mit Branntwein."

Hauke hörte nicht auf diesen Zuspruch, denn Elke war in die Stube getreten und nahm mit ihrer leichten Hand die Reste der Speisen von dem Tisch, ihn mit ihren dunkeln Augen flüchtig streifend. Da fielen seine Blicke auch auf sie. ‚Bei Gott und Jesus', sprach er bei sich selber, ‚sie sieht auch so nicht dösig aus!'

Das Mädchen war hinausgegangen. „Ihr wisset, Tede", begann der Deichgraf wieder, „unser Herrgott hat mir einen Sohn versagt!"

„Ja, Deichgraf, aber lasst Euch das nicht kränken", entgegnete der andere, „denn im dritten Gliede soll der Familienverstand ja verschleißen; Euer Großvater, das wissen wir alle, war einer, der das Land geschützt hat!"

Der Deichgraf, nach einigem Besinnen, sah schier verdutzt aus. „Wie meint Ihr das, Tede Haien?" sagte er und setzte sich in seinem Lehnstuhl auf, „ich bin ja doch im dritten Gliede!"

„Ja, so! Nicht für ungut, Deichgraf; es geht nur so die Rede!" Und der hagere Tede Haien sah den alten Würdenträger mit etwas boshaften Augen an.

Der aber sprach unbekümmert: „Ihr müsst Euch von alten Weibern dergleichen Torheit nicht aufschwatzen lassen, Tede Haien; Ihr kennt nur meine Tochter nicht, die rechnet mich selber dreimal um und um! Ich wollt nur sagen, Euer Hauke wird außer im Felde auch hier in meiner Stube mit Feder oder Rechenstift so manches profitieren können, was ihm nicht schaden wird!"

„Ja, ja, Deichgraf, das wird er; da habt Ihr völlig recht!" sagte der alte Haien und begann dann noch einige Vergünstigungen bei dem Mietkontrakt sich auszubedingen, die abends vorher von seinem Sohne nicht bedacht waren. So sollte dieser außer seinen leinenen Hemden im Herbst auch noch acht Paar wollene Strümpfe als Zugabe seines Lohnes genießen; so wollte er selbst ihn im Frühling acht Tage bei der eigenen Arbeit haben, und was dergleichen mehr war. Aber der Deichgraf war zu allem willig; Hauke Haien schien ihm eben der rechte Kleinknecht.

-- „Nun, Gott tröst dich, Junge", sagte der Alte, da sie eben das Haus verlassen hatten, „wenn der dir die Welt klarmachen soll!"

Aber Hauke erwiderte ruhig: „Lass Er nur, Vater; es wird schon alles werden."

Und Hauke hatte so unrecht nicht gehabt; die Welt, oder was ihm die Welt bedeutete, wurde ihm klarer, je länger sein Aufenthalt in diesem Hause dauerte; vielleicht um so mehr, je weniger ihm eine überlegene Einsicht zu Hülfe kam und je mehr er auf seine eigene Kraft angewiesen war, mit der er sich von jeher beholfen hatte. Einer freilich war im Hause, für den er nicht der Rechte zu sein schien; das war der Großknecht Ole Peters, ein tüchtiger Arbeiter und ein maulfertiger Geselle. Ihm war der träge, aber dumme und stämmige Kleinknecht von vorhin besser nach seinem Sinn gewesen, dem er ruhig die Tonne Hafer auf den Rücken hatte laden und den er nach Herzenslust hatte herumstoßen können. Dem noch stilleren, aber ihn geistig überragenden Hauke vermochte er in solcher Weise nicht beizukommen; er hatte eine gar zu eigene Art, ihn anzublicken. Trotzdem verstand er es, Arbeiten für ihn auszusuchen, die seinem noch nicht gefesteten Körper hätten gefährlich werden können, und Hauke, wenn der Großknecht sagte: „Da hättest du den dicken Niss nur sehen sollen, dem ging es von der Hand!", fasste nach Kräften an und brachte es, wenn auch mit Mühsal, doch zu Ende. Ein Glück war es für ihn, dass Elke selbst oder durch ihren Vater das meistens abzustellen wusste. Man mag wohl fragen, was mitunter ganz fremde Menschen aneinander bindet; vielleicht – sie waren beide geborene Rechner, und das Mädchen konnte ihren Kameraden in der groben Arbeit nicht verderben sehen.

Der Zwiespalt zwischen Groß- und Kleinknecht wurde auch im Winter nicht besser, als nach Martini die verschiedenen Deichrechnungen zur Revision eingelaufen waren.

Es war an einem Maiabend, aber es war Novemberwetter; von drinnen im Hause hörte man draußen hinterm Deich die Brandung donnern. „He, Hauke", sagte der Hausherr, „komm herein; nun magst du weisen, ob du rechnen kannst!"

„Uns' Weert", entgegnete dieser – denn so nennen hier die Leute ihre Herrschaft –, „ich soll aber erst das Jungvieh füttern!"

„Elke!" rief der Deichgraf; „wo bist du, Elke! – Geh zu Ole und sag ihm, er sollte das Jungvieh füttern; Hauke soll rechnen!"

Und Elke eilte in den Stall und machte dem Großknecht die Bestellung, der eben damit beschäftigt war, das über Tag gebrauchte Pferdegeschirr wieder an seinen Platz zu hängen.

Ole Peters schlug mit einer Trense gegen den Ständer, neben dem er sich beschäftigte, als wolle er sie kurz und klein haben: „Hol der Teufel den verfluchten Schreiberknecht!"

Sie hörte die Worte noch, bevor sie die Stalltür wieder geschlossen hatte.

„Nun?“ frug der Alte, als sie in die Stube trat.

„Ole wollte es schon besorgen“, sagte die Tochter, ein wenig sich die Lippen beißend, und setzte sich Hauke gegenüber auf einen grobgeschnitzten Holzstuhl, wie sie noch derzeit hier an Winterabenden im Hause selbst gemacht wurden. Sie hatte aus einem Schubkasten einen weißen Strumpf mit rotem Vogelmuster genommen, an dem sie nun weiterstrickte; die langbeinigen Kreaturen darauf mochten Reiher oder Störche bedeuten sollen. Hauke saß ihr gegenüber, in seine Rechnerei vertieft, der Deichgraf selbst ruhte in seinem Lehnstuhl und blinzelte schläfrig nach Haukes Feder; auf dem Tisch brannten, wie immer im Deichgrafenhause, zwei Unschlittkerzen, und vor den beiden in Blei gefassten Fenstern waren von außen die Läden vorgeschlagen und von innen zugeschroben; mochte der Wind nun poltern, wie er wollte. Mitunter hob Hauke seinen Kopf von der Arbeit und blickte einen Augenblick nach den Vogelstrümpfen oder nach dem schmalen ruhigen Gesicht des Mädchens.

Da tat es aus dem Lehnstuhl plötzlich einen lauten Schnarcher, und ein Blick und ein Lächeln flog zwischen den beiden jungen Menschen hin und wider; dann folgte allmählich ein ruhigeres Atmen; man konnte wohl ein wenig plaudern; Hauke wusste nur nicht, was.

Als sie aber das Strickzeug in die Höhe zog und die Vögel sich nun in ihrer ganzen Länge zeigten, flüsterte er über den Tisch herüber: „Wo hast du das gelernt, Elke?“

„Was gelernt?“ frug das Mädchen zurück.

– „Das Vogelstricken“, sagte Hauke.

„Das? Von Trin’ Jans draußen am Deich; sie kann allerlei; sie war vorzeiten einmal bei meinem Großvater hier im Dienst.“

„Da warst du aber wohl noch nicht geboren?“ sagte Hauke.

„Ich denk wohl nicht; aber sie ist noch oft ins Haus gekommen.“

„Hat denn die die Vögel gern?“ frug Hauke; „ich meint, sie hielt es nur mit Katzen!“

Elke schüttelte den Kopf. „Sie zieht ja Enten und verkauft sie; aber im vorigen Frühjahr, als du den Angorer totgeschlagen hattest, sind ihr hinten im Stall die Ratten dazwischengekommen; nun will sie sich vorn am Hause einen andern bauen.“

„So“, sagte Hauke und zog einen leisen Pfiff durch die Zähne, „dazu hat sie von der Geest sich Lehm und Steine hergeschleppt!

Aber dann kommt sie in den Binnenweg! – Hat sie denn Konzession?“

„Weiß ich nicht“, meinte Elke. Aber er hatte das letzte Wort so laut gesprochen, dass der Deichgraf aus seinem Schlummer auffuhr. „Was Konzession?“ frug er und sah fast wild von einem zu der andern. „Was soll die Konzession?“

Als aber Hauke ihm die Sache vorgetragen hatte, klopfte er ihm lachend auf die Schulter: „Ei was, der Binnenweg ist breit genug; Gott tröst den Deichgrafen, sollt er sich auch noch um die Entenställe kümmern!“

Hauke fiel es aufs Herz, dass er die Alte mit ihren jungen Enten den Ratten sollte preisgegeben haben, und er ließ sich mit dem Einwand abfinden. „Aber, uns' Weert“, begann er wieder, „es tät wohl dem und jenem ein kleiner Zwicker gut, und wollet Ihr ihn nicht selber greifen, so zwicket den Gevollmächtigten, der auf die Deichordnung passen soll!“

„Wie, was sagt der Junge?“ Und der Deichgraf setzte sich vollends auf, und Elke ließ ihren künstlichen Strumpf sinken und wandte das Ohr hinüber.

„Ja, uns' Weert“, fuhr Hauke fort, „Ihr habt doch schon die Frühlingsschau gehalten; aber trotzdem hat Peter Jansen auf seinem Stück das Unkraut auch noch heute nicht gebuscht; im Sommer werden die Stieglitzer da wieder lustig um die roten Distelblumen spielen! Und dicht daneben, ich weiß nicht, wem's gehört, ist an der Außenseite eine ganze Wiege in dem Deich; bei schön Wetter liegt es immer voll von kleinen Kindern, die sich darin wälzen; aber – Gott bewahr uns vor Hochwasser!“

Die Augen des alten Deichgrafen waren immer größer geworden.

„Und dann -“, sagte Hauke wieder.

„Was dann noch, Junge?“ frug der Deichgraf, „bist du noch nicht fertig?“ Und es klang, als sei der Rede seines Kleinknechts ihm schon zuviel geworden.

„Ja, dann, uns' Weert“, sprach Hauke weiter; „Ihr kennt die dicke Vollina, die Tochter vom Gevollmächtigten Harders, die immer ihres Vaters Pferde aus der Fenne holt – wenn sie nur eben mit ihren runden Waden auf der alten gelben Stute sitzt, hü hopp! so geht's allemal schräg an der Dossierung den Deich hinan!“

Hauke bemerkte erst jetzt, dass Elke ihre klugen Augen auf ihn gerichtet hatte und leise ihren Kopf schüttelte.

Er schwieg, aber ein Faustschlag, den der Alte auf den Tisch tat, dröhnte ihm in die Ohren; „da soll das Wetter dreinschlagen!“ rief er, und Hauke erschrak beinahe über die Bärenstimme, die plötzlich hier hervorbrach. „Zur Brüche! Notier mir das dicke Mensch zur Brüche, Hauke! Die Dirne hat mir im letzten Sommer drei junge Enten weggefangen! Ja, ja, notier nur“, wiederholte er, als Hauke zögerte; „ich glaub sogar, es waren vier!“

„Ei, Vater“, sagte Elke, „war's nicht die Otter, die die Enten nahm?“

„Eine große Otter“, rief der Alte schnaufend; „werd doch die dicke Vollina und eine Otter auseinanderkennen! Nein, nein, vier Enten, Hauke – aber was du im Übrigen schwatzest, der Herr Oberdeichgraf und ich, nachdem wir zusammen in meinem Hause hier gefrühstückt hatten, sind im Frühjahr an deinem Unkraut und an deiner Wiege vorbeigefahren und haben's doch nicht sehen können. Ihr beide aber“, und er nickte ein paarmal bedeutsam gegen Hauke und seine Tochter, „danket Gott, dass ihr nicht Deichgraf seid! Zwei Augen hat man nur, und mit hundert soll man sehen. – - Nimm nur die Rechnungen über die Bestickungsarbeiten, Hauke, und sieh sie nach; die Kerls rechnen oft zu liederlich!“

Dann lehnte er sich wieder in seinem Stuhl zurück, ruckte den schweren Körper ein paarmal und überließ sich bald dem sorgenlosen Schlummer.

Dergleichen wiederholte sich an manchem Abend. Hauke hatte scharfe Augen und unterließ es nicht, wenn sie beisammensaßen, das eine oder andre von schädlichem Tun oder Unterlassen in Deichsachen dem Alten vor die Augen zu rücken; und da dieser sie nicht immer schließen konnte, so kam unversehens ein lebhafterer Geschäftsgang in die Verwaltung, und die, welche früher im alten Schlendrian fortgesündigt hatten und jetzt unerwartet ihre frevlen oder faulen Finger geklopft fühlten, sahen sich unwillig und verwundert um, woher die Schläge denn gekommen seien. Und Ole, der Großknecht, säumte nicht, möglichst weit die Offenbarung zu verbreiten und dadurch gegen Hauke und seinen Vater, der doch die Mitschuld tragen musste, in diesen Kreisen einen Widerwillen zu erregen; die andern aber, welche nicht getroffen waren oder denen es um die Sache selbst zu tun war, lachten und hatten ihre Freude, dass der Junge den Alten doch einmal etwas in Trab gebracht habe. „Schad nur“, sagten sie, „dass der Bengel nicht den gehörigen Klei unter den Füßen hat; das gäbe später sonst einmal wieder einen Deichgrafen, wie vordem sie dagewesen sind; aber die paar Demat seines Alten, die täten's denn doch nicht!“

Als im nächsten Herbst der Herr Amtmann und Oberdeichgraf

zur Schauung kam, sah er sich den alten Tede Volkerts von oben bis unten an, während dieser ihn zum Frühstück nötigte. „Wahrhaftig, Deichgraf", sagte er, „ich dacht's mir schon, Ihr seid in der Tat um ein Halbstieg Jahre jünger geworden; Ihr habt mir diesmal mit all Euern Vorschlägen warm gemacht, wenn wir mit alledem nur heute fertig werden!"

„Wird schon, wird schon, gestrenger Herr Oberdeichgraf", erwiderte der Alte schmunzelnd; „der Gansbraten da wird schon die Kräfte stärken! Ja, Gott sei Dank, ich bin noch allezeit frisch und munter!" Er sah sich in der Stube um, ob auch nicht etwa Hauke um die Wege sei; dann setzte er in würdevoller Ruhe noch hinzu: „So hoffe ich zu Gott, noch meines Amtes ein paar Jahre in Segen warten zu können."

„Und darauf, lieber Deichgraf", erwiderte sein Vorgesetzter, sich erhebend, „wollen wir dieses Glas zusammen trinken!"

Elke, die das Frühstück bestellt hatte, ging eben, während die Gläser aneinanderklangen, mit leisem Lachen aus der Stubentür. Dann holte sie eine Schüssel Abfall aus der Küche und ging durch den Stall, um es vor der Außentür dem Federvieh vorzuwerfen. Im Stall stand Hauke Haien und steckte den Kühen, die man der argen Witterung wegen schon jetzt hatte heraufnehmen müssen, mit der Furke Heu in ihre Raufen. Als er aber das Mädchen kommen sah, stieß er die Furke auf den Grund. „Nu, Elke!" sagte er.

Sie blieb stehen und nickte ihm zu: „Ja, Hauke; aber eben hättest du drinnen sein müssen!"

„Meinst du? Warum denn, Elke?"

„Der Herr Oberdeichgraf hat den Wirt gelobt!"

„Den Wirt? Was tut das mir?"

„Nein, ich mein, den Deichgrafen hat er gelobt!"

Ein dunkles Rot flog über das Gesicht des jungen Menschen. „Ich weiß wohl", sagte er, „wohin du damit segeln willst!"

„Werd nur nicht rot, Hauke, du warst es ja doch eigentlich, den der Oberdeichgraf lobte!"

Hauke sah sie mit halbem Lächeln an. „Auch du doch, Elke!" sagte er.

Aber sie schüttelte den Kopf. „Nein, Hauke; als ich allein der Helfer war, da wurden wir nicht gelobt. Ich kann ja auch nur rechnen; du aber siehst draußen alles, was der Deichgraf doch wohl selber sehen sollte; du hast mich ausgestochen!"

„Ich hab das nicht gewollt, dich am mindsten", sagte Hauke zaghaft, und er stieß den Kopf einer Kuh zur Seite. „Komm, Rotbunt, friss mir nicht die Furke auf, du sollst ja alles haben!"

„Denk nur nicht, dass mir's leid tut, Hauke", sagte nach kurzem Sinnen das Mädchen; „das ist ja Mannessache!"

Da streckte Hauke ihr den Arm entgegen: „Elke, gib mir die Hand darauf!"

Ein tiefes Rot schoss unter die dunkeln Brauen des Mädchens. „Warum? Ich lüg ja nicht!" rief sie.

Hauke wollte antworten; aber sie war schon zum Stall hinaus, und er stand mit seiner Furke in der Hand und hörte nur, wie draußen die Enten und Hühner um sie schnatterten und krähten.

Es war im Januar von Haukes drittem Dienstjahr, als ein Winterfest gehalten werden sollte, „Eisboseln" nennen sie es hier. Ein ständiger Frost hatte beim Ruhen der Küstenwinde alle Gräben zwischen den Fennen mit einer festen ebenen Kristallfläche belegt, so dass die zerschnittenen Landstücke nun eine weite Bahn für das Werfen der kleinen, mit Blei ausgegossenen Holzkugeln bildeten, womit das Ziel erreicht werden sollte. Tagaus, tagein wehte ein leichter Nordost: alles war schon in Ordnung; die Geestleute in dem zu Osten über der Marsch belegenen Kirchdorf, die im vorigen Jahre gesiegt hatten, waren zum Wettkampf gefordert und hatten angenommen, von jeder Seite waren neun Werfer aufgestellt; auch der Obmann und die Kretler waren gewählt. Zu letzteren, die bei Streitfällen über einen zweifelhaften Wurf miteinander zu verhandeln hatten, wurden allezeit Leute genommen, die ihre Sache ins beste Licht zu rücken verstanden, am liebsten Burschen, die außer gesundem Menschenverstand auch noch ein lustig Mundwerk hatten. Dazu gehörte vor allen Ole Peters, der Großknecht des Deichgrafen. „Werft nur wie die Teufel", sagte er; „das Schwatzen tu ich schon umsonst!"

Es war gegen Abend vor dem Festtag; in der Nebenstube des Kirchspielskruges droben auf der Geest war eine Anzahl von den Werfern erschienen, um über die Aufnahme einiger zuletzt noch Angemeldeten zu beschließen. Hauke Haien war auch unter diesen; er hatte erst nicht wollen, obschon er seiner wurfgeübten Arme sich wohl bewusst war, aber er fürchtete, durch Ole Peters, der einen Ehrenposten in dem Spiel bekleidete, zurückgewiesen zu werden; die Niederlage wollte er sich sparen. Aber Elke hatte ihm noch in der elften Stunde den Sinn gewandt. „Er wird's nicht wagen, Hauke", hatte sie gesagt; „er ist ein Tagelöhnersohn; dein Vater hat Kuh und Pferd und ist dazu der klügste Mann im Dorf!"

„Aber, wenn er's dennoch fertigbringt?"

Sie sah ihn halb lächelnd aus ihren dunkeln Augen an. „Dann", sagte sie, „soll er sich den Mund wischen, wenn er abends mit seines Wirts Tochter zu tanzen denkt!“ – Da hatte Hauke ihr mutig zugenickt.

Nun standen die jungen Leute, die noch in das Spiel hineinwollten, frierend und fußtrampelnd vor dem Kirchspielskrug und sahen nach der Spitze des aus Felsblöcken gebauten Kirchturms hinauf, neben dem das Krughaus lag. Des Pastors Tauben, die sich im Sommer auf den Feldern des Dorfes nährten, kamen eben von den Höfen und Scheuern der Bauern zurück, wo sie sich jetzt ihre Körner gesucht hatten, und verschwanden unter den Schindeln des Turmes, hinter welchen sie ihre Nester hatten; im Westen über dem Haff stand ein glühendes Abendrot.

„Wird gut Wetter morgen!“ sagte der eine der jungen Burschen und begann heftig auf und ab zu wandern; „aber kalt! kalt!“ Ein zweiter, als er keine Taube mehr fliegen sah, ging in das Haus und stellte sich horchend neben die Tür der Stube, aus der jetzt ein lebhaftes Durcheinanderreden herausscholl; auch des Deichgrafen Kleinknecht war neben ihn getreten. „Hör, Hauke“, sagte er zu diesem; „nun schreien sie um dich!“ Und deutlich hörte man von drinnen Ole Peters' knarrende Stimme: „Kleinknechte und Jungens gehören nicht dazu!“

„Komm“, flüsterte der andre und suchte Hauke am Rockärmel an die Stubentür zu ziehen, „hier kannst du lernen, wie hoch sie dich taxieren!“

Aber Hauke riss sich los und ging wieder vor das Haus. „Sie haben uns nicht ausgesperrt, damit wir's hören sollen!“ rief er zurück.

Vor dem Hause stand der dritte der Angemeldeten. „Ich fürcht, mit mir hat's einen Haken“, rief er ihm entgegen; „ich hab kaum achtzehn Jahre; wenn sie nur den Taufschein nicht verlangen! Dich, Hauke, wird dein Großknecht schon herauskreteln!“

„Ja, heraus!“ brummte Hauke und schleuderte mit dem Fuße einen Stein über den Weg; „nur nicht hinein!“

Der Lärm in der Stube wurde stärker; dann allmählich trat eine Stille ein; die draußen hörten wieder den leisen Nordost, der sich oben an der Kirchturmspitze brach. Der Horcher trat wieder zu ihnen. „Wen hatten sie da drinnen?“ frug der Achtzehnjährige.

„Den da!“ sagte jener und wies auf Hauke, „Ole Peters wollte ihn zum Jungen machen; aber alle schrien dagegen. ‚Und sein Vater hat Vieh und Land‘, sagte Jeß Hansen. ‚Ja, Land‘, rief Ole Peters, ‚das man auf dreizehn Karren wegfahren kann!‘ – Zuletzt kam Ole Hensen. ‚Still da!‘ schrie er; ‚ich will's euch lehren: sagt nur, wer ist der erste Mann im Dorf?‘ Da schwiegen sie erst und schienen sich zu besinnen; dann sagte eine Stimme: ‚Das ist doch wohl der Deichgraf!' Und alle anderen riefen: ‚Nun ja, unserthalb der Deichgraf!' – ‚Und wer ist denn der Deichgraf?' rief Ole Hensen wieder; ‚aber nun bedenkt euch recht!' – – Da begann einer leis zu lachen, und dann wieder einer, bis zuletzt nichts in der Stube war als lauter Lachen. ‚Nun, so ruft ihn', sagte Ole Hensen; ‚ihr wollt doch nicht den Deichgrafen von der Tür stoßen!' Ich glaub, sie lachen noch; aber Ole Peters' Stimme war nicht mehr zu hören!" schloss der Bursche seinen Bericht.

Fast in demselben Augenblicke wurde drinnen im Hause die Stubentür aufgerissen, und: „Hauke! Hauke Haien!" rief es laut und fröhlich in die Nacht hinaus.

Da trabte Hauke in das Haus und hörte nicht mehr, wer denn der Deichgraf sei; was in seinem Kopfe brütete, hat indessen niemand wohl erfahren.

– – Als er nach einer Weile sich dem Hause seiner Herrschaft nahte, sah er Elke drunten am Heck der Auffahrt stehen, das Mondlicht schimmerte über die unermessliche weißbereifte Weidefläche. „Stehst du hier, Elke?" frug er.

Sie nickte nur. „Was ist geworden?" sagte sie; „hat er's gewagt?"

– „Was sollt er nicht!"

„Nun, und?"

– „Ja, Elke; ich darf es morgen doch versuchen!"

„Gute Nacht, Hauke!" Und sie lief flüchtig die Werfte hinan und verschwand im Hause.

Langsam folgte er ihr.

Auf der weiten Weidefläche, die sich zu Osten an der Landseite des Deiches entlangzog, sah man am Nachmittag darauf eine dunkle Menschenmasse bald unbeweglich stillestehen, bald, nachdem zweimal eine hölzerne Kugel aus derselben über den durch die Tagessonne jetzt von Reif befreiten Boden hingeflogen war, abwärts von den hinter ihr liegenden langen und niedrigen Häusern allmählich weiterrücken; die Parteien der Eisbosler in der Mitte, umgeben von alt und jung, was mit ihnen, sei es in jenen Häusern oder in denen droben auf der Geest, Wohnung oder Verbleib hatte; die älteren Männer in langen Röcken, bedächtig aus kurzen Pfeifen rauchend, die Weiber in Tüchern und Jacken, auch wohl Kinder an den Händen ziehend oder auf den Armen tragend. Aus den gefrorenen Gräben, welche allmählich überschritten wurden, funkelte durch die scharfen Schilfspitzen der bleiche Schein der Nachmittagssonne; es fror mächtig, aber das Spiel ging unablässig vorwärts, und aller Augen verfolgten immer wieder die fliegende Kugel, denn an ihr hing heute für das ganze Dorf die Ehre des Tages. Der Kretler der Parteien trug hier einen weißen, bei den Geestleuten einen schwarzen Stab mit eiserner Spitze; wo die Kugel ihren Lauf geendet hatte, wurde dieser, je nachdem, unter schweigender Anerkennung oder dem Hohngelächter der Gegenpartei in den gefrorenen Boden eingeschlagen, und wessen Kugel zuerst das Ziel erreichte, der hatte für seine Partei das Spiel gewonnen.

Gesprochen wurde von all den Menschen wenig; nur wenn ein Kapitalwurf geschah, hörte man wohl einen Ruf der jungen Männer oder Weiber; oder von den Alten einer nahm seine Pfeife aus dem Mund und klopfte damit unter ein paar guten Worten den Werfer auf die Schulter: „Das war ein Wurf, sagte Zacharies und warf sein Weib aus der Luke!“ oder: „So warf dein Vater auch; Gott tröst ihn in der Ewigkeit!“ oder was sie sonst für Gutes sagten.

Bei seinem ersten Wurfe war das Glück nicht mit Hauke gewesen: als er eben den Arm hinten ausschwang, um die Kugel fortzuschleudern, war eine Wolke von der Sonne fortgezogen, die sie vorhin bedeckt hatte, und diese traf mit ihrem vollen Strahl in seine Augen; der Wurf wurde zu kurz, die Kugel fiel auf einen Graben und blieb im Bummeis stecken.

„Gilt nicht! Gilt nicht! Hauke, noch einmal“, riefen seine Partner.

Aber der Kretler der Geestleute sprang dagegen auf: „Muss wohl gelten; geworfen ist geworfen!“

„Ole! Ole Peters!“ schrie die Marschjugend. „Wo ist Ole? Wo, zum Teufel, steckt er?“

Aber er war schon da. „Schreit nur nicht so! Soll Hauke wo geflickt werden! Ich dacht’s mir schon.“

– „Ei was! Hauke muss noch einmal werfen; nun zeig, dass du das Maul am rechten Fleck hast!“

„Das hab ich schon!“ rief Ole und trat dem Geestkretler gegenüber und redete einen Haufen Galimathias aufeinander. Aber die Spitzen und Schärfen, die sonst aus seinen Worten blitzten, waren diesmal nicht dabei. Ihm zur Seite stand das Mädchen mit den Rätselbrauen und sah scharf aus zornigen Augen auf ihn hin; aber reden durfte sie nicht, denn die Frauen hatten keine Stimme in dem Spiel.

„Du leierst Unsinn“, rief der andere Kretler, „weil dir der Sinn nicht dienen kann! Sonne, Mond und Sterne sind für uns alle gleich und allezeit am Himmel; der Wurf war ungeschickt, und alle ungeschickten Würfe gelten!“

So redeten sie noch eine Weile gegeneinander; aber das Ende war, dass nach Bescheid des Obmanns Hauke seinen Wurf nicht wiederholen durfte.

„Vorwärts!" riefen die Geestleute, und ihr Kretler zog den schwarzen Stab aus dem Boden, und der Werfer trat auf seinen Nummerruf dort an und schleuderte die Kugel vorwärts. Als der Großknecht des Deichgrafen dem Wurfe zusehen wollte, hatte er an Elke Volkerts vorbeimüssen. „Wem zuliebe ließest du heut deinen Verstand zu Hause?" raunte sie ihm zu.

Da sah er sie fast grimmig an, und aller Spaß war aus seinem breiten Gesichte verschwunden. „Dir zulieb!" sagte er, „denn du hast deinen auch vergessen!"

„Geh nur; ich kenne dich, Ole Peters!" erwiderte das Mädchen, sich hoch aufrichtend; er aber kehrte den Kopf ab und tat, als habe er das nicht gehört.

Und das Spiel und der schwarze und weiße Stab gingen weiter. Als Hauke wieder am Wurf war, flog seine Kugel schon so weit, dass das Ziel, die große weißgekalkte Tonne, klar in Sicht kam. Er war jetzt ein fester junger Kerl, und Mathematik und Wurfkunst hatte er täglich während seiner Knabenzeit getrieben. „Oho, Hauke!" rief es aus dem Haufen; „das war ja, als habe der Erzengel Michael selbst geworfen!" Eine alte Frau mit Kuchen und Branntwein drängte sich durch den Haufen zu ihm; sie schenkte ein Glas voll und bot es ihm. „Komm", sagte sie, „wir wollen uns vertragen: das heut ist besser, als da du mir die Katze totschlugst!" Als er sie ansah, erkannte er, dass es Trin' Jans war. „Ich dank dir, Alte", sagte er; „aber ich trink das nicht." Er griff in seine Tasche und drückte ihr ein frischgeprägtes Markstück in die Hand. „Nimm das und trink selber das Glas aus, Trin'; so haben wir uns vertragen!"

„Hast recht, Hauke!" erwiderte die Alte, indem sie seiner Anweisung folgte; „hast recht; das ist auch besser für ein altes Weib wie ich!"

„Wie geht's mit deinen Enten?" rief er ihr noch nach, als sie sich schon mit ihrem Korbe fortmachte; aber sie schüttelte nur den Kopf, ohne sich umzuwenden, und patschte mit ihren alten Händen in die Luft. „Nichts, nichts, Hauke; da sind zu viele Ratten in euren Gräben; Gott tröst mich; man muss sich anders nähren!" Und somit drängte sie sich in den Menschenhaufen und bot wieder ihren Schnaps und ihre Honigkuchen an.

Die Sonne war endlich schon hinter den Deich hinabgesunken; statt ihrer glimmte ein rotvioletter Schimmer empor; mitunter flogen schwarze Krähen vorüber und waren auf Augenblicke wie vergoldet, es wurde Abend. Auf den Fennen aber rückte der dunkle Menschentrupp noch immer weiter von den schwarzen, schon fern liegenden Häusern nach der Tonne zu; ein besonders tüchtiger Wurf musste sie jetzt erreichen können. Die Marschleute waren an der Reihe; Hauke sollte werfen.

Die kreidige Tonne zeichnete sich weiß in dem breiten Abendschatten, der jetzt von dem Deiche über die Fläche fiel. „Die werdet ihr uns diesmal wohl noch lassen!“ rief einer von den Geestleuten, denn es ging scharf her; sie waren um mindestens ein Halbstieg Fuß im Vorteil.

Die hagere Gestalt des Genannten trat eben aus der Menge; die grauen Augen sahen aus dem langen Friesengesicht vorwärts nach der Tonne; in der herabhängenden Hand lag die Kugel.

„Der Vogel ist dir wohl zu groß“, hörte er in diesem Augenblick Ole Peters’ Knarrstimme dicht vor seinen Ohren; „sollen wir ihn um einen grauen Topf vertauschen?“

Hauke wandte sich und blickte ihn mit festen Augen an. „Ich werfe für die Marsch!“ sagte er. „Wohin gehörst denn du?“

„Ich denke, auch dahin, du wirfst doch wohl für Elke Volkerts!“

„Beiseit!“ schrie Hauke und stellte sich wieder in Positur. Aber Ole drängte mit dem Kopf noch näher auf ihn zu. Da plötzlich, bevor noch Hauke selber etwas dagegen unternehmen konnte, packte den Zudringlichen eine Hand und riss ihn rückwärts, dass der Bursche gegen seine lachenden Kameraden taumelte. Es war keine große Hand gewesen, die das getan hatte; denn als Hauke flüchtig den Kopf wandte, sah er neben sich Elke Volkerts ihren Ärmel zurechtzupfen, und die dunkeln Brauen standen ihr wie zornig in dem heißen Antlitz.

Da flog es wie eine Stahlkraft in Haukes Arm; er neigte sich ein wenig, er wiegte die Kugel ein paarmal in der Hand; dann holte er aus, und eine Todesstille war auf beiden Seiten; alle Augen folgten der fliegenden Kugel, man hörte ihr Sausen, wie sie die Luft durchschnitt; plötzlich, schon weit vom Wurfplatz, verdeckten sie die Flügel einer Silbermöwe, die, ihren Schrei ausstoßend, vom Deich herüberkam; zugleich aber hörte man es in der Ferne an die Tonne klatschen. „Hurra für Hauke!“ riefen die Marschleute, und lärmend ging es durch die Menge: „Hauke! Hauke Haien hat das Spiel gewonnen!“

Der aber, da ihn alle dicht umdrängten, hatte seitwärts nur nach einer Hand gegriffen; auch da sie wieder riefen: „Was stehst du, Hauke? Die Kugel liegt ja in der Tonne!“, nickte er nur und ging nicht von der Stelle; erst als er fühlte, dass sich die kleine Hand fest an die seine schloss, sagte er: „Ihr mögt schon recht haben; ich glaube auch, ich hab gewonnen!“

Dann strömte der ganze Trupp zurück, und Elke und Hauke wurden getrennt und von der Menge auf den Weg zum Kruge fortgerissen, der an des Deichgrafen Werfte nach der Geest hinaufbog. Hier aber entschlüpften beide dem Gedränge, und während Elke auf ihre Kammer ging, stand Hauke hinten vor der Stalltür auf der Werfte und sah, wie der dunkle Menschentrupp allmählich nach dort hinaufwanderte, wo im Kirchspielskrug ein Raum für die Tanzenden bereitstand. Das Dunkel breitete sich allmählich über die weite Gegend; es wurde immer stiller um ihn her, nur hinter ihm im Stalle regte sich das Vieh, oben von der Geest her glaubte er schon das Pfeifen der Klarinetten aus dem Kruge zu vernehmen. Da hörte er um die Ecke des Hauses das Rauschen eines Kleides, und kleine feste Schritte gingen den Fußsteig hinab, der durch die Fennen nach der Geest hinaufführte. Nun sah er auch im Dämmer die Gestalt dahinschreiten und sah, dass es Elke war; sie ging auch zum Tanze nach dem Krug. Das Blut schoss ihm in den Hals hinauf, sollte er ihr nicht nachlaufen und mit ihr gehen? Aber Hauke war kein Held den Frauen gegenüber; mit dieser Frage sich beschäftigend, blieb er stehen, bis sie im Dunkel seinem Blick entschwunden war.

Dann, als die Gefahr, sie einzuholen, vorüber war, ging auch er denselben Weg, bis er droben den Krug bei der Kirche erreicht hatte und das Schwatzen und Schreien der vor dem Hause und auf dem Flur sich Drängenden und das Schrillen der Geigen und Klarinetten betäubend ihn umrauschte. Unbeachtet drückte er sich in den „Gildesaal“; er war nicht groß und so voll, dass man kaum einen Schritt weit vor sich hin sehen konnte. Schweigend stellte er sich an den Türpfosten und blickte in das unruhige Gewimmel; die Menschen kamen ihm wie Narren vor; er hatte auch nicht zu sorgen, dass jemand noch an den Kampf des Nachmittags dachte und wer vor einer Stunde erst das Spiel gewonnen hatte; jeder sah nur auf seine Dirne und drehte sich mit ihr im Kreis herum. Seine Augen suchten nur die eine, und endlich – dort! Sie tanzte mit ihrem Vetter, dem jungen Deichgevollmächtigten; aber schon sah er sie nicht mehr, nur andere Dirnen aus Marsch und Geest, die ihn nicht kümmerten. Dann schnappten Violinen und Klarinetten plötzlich ab, und der Tanz war zu Ende; aber gleich begann auch schon ein anderer. Hauke flog es durch den Kopf, ob denn Elke ihm auch Wort halten, ob sie nicht mit Ole Peters ihm vorbeitanzen werde. Fast hätte er einen Schrei bei dem Gedanken ausgestoßen; dann – – ja, was wollte er dann? Aber sie schien bei diesem Tanze gar nicht mitzuhalten, und endlich ging auch der zu Ende, und ein anderer, ein Zweitritt, der eben erst hier in die Mode gekommen war, folgte. Wie rasend setzte die Musik ein, die jungen Kerle stürzten zu den Dirnen, die Lichter an den Wänden flirrten. Hauke reckte sich fast den Hals aus, um die Tanzenden zu erkennen; und dort, im dritten Paare, das war Ole Peters; aber wer war die Tänzerin? Ein breiter Marschbursche stand vor ihr und deckte ihr Gesicht! Doch der Tanz raste weiter, und Ole mit seiner Partnerin drehte sich heraus. „Vollina! Vollina Harders!" rief Hauke fast laut und seufzte dann gleich wieder erleichtert auf. Aber wo blieb Elke? Hatte sie keinen Tänzer, oder hatte sie alle ausgeschlagen, weil sie nicht mit Ole hatte tanzen wollen? – Und die Musik setzte wieder ab, und ein neuer Tanz begann; aber wieder sah er Elke nicht! Doch dort kam Ole, noch immer die dicke Vollina in den Armen! „Nun, nun", sagte Hauke; „da wird Jeß Harders mit seinen fünfundzwanzig Demat auch wohl bald aufs Altenteil müssen! – Aber wo ist Elke?"

Er verließ seinen Türpfosten und drängte sich weiter in den Saal hinein; da stand er plötzlich vor ihr, die mit einer älteren Freundin in einer Ecke saß. „Hauke!" rief sie, mit ihrem schmalen Antlitz zu ihm aufblickend; „bist du hier? Ich sah dich doch nicht tanzen!"

„Ich tanze auch nicht", erwiderte er.

– „Weshalb nicht, Hauke?" Und sich halb erhebend, setzte sie hinzu: „Willst du mit mir tanzen? Ich hab es Ole Peters nicht gegönnt; der kommt nicht wieder!"

Aber Hauke machte keine Anstalt. „Ich danke, Elke", sagte er; „ich verstehe das nicht gut genug; sie könnten über dich lachen; und dann ..." Er stockte plötzlich und sah sie nur aus seinen grauen Augen herzlich an, als ob er's ihnen überlassen müsse, das übrige zu sagen.

„Was meinst du, Hauke?" frug sie leise.

– „Ich mein, Elke, es kann ja doch der Tag nicht schöner für mich ausgehn, als er's schon getan hat."

„Ja", sagte sie, „du hast das Spiel gewonnen."

„Elke!" mahnte er kaum hörbar.

Da schlug ihr eine heiße Lohe in das Angesicht. „Geh!" sagte sie; „was willst du?" und schlug die Augen nieder.

Als aber die Freundin jetzt von einem Burschen zum Tanze fortgezogen wurde, sagte Hauke lauter: „Ich dachte, Elke, ich hätt was Besseres gewonnen!"

Noch ein paar Augenblicke suchten ihre Augen auf dem Boden;

dann hob sie sie langsam, und ein Blick, mit der stillen Kraft ihres Wesens, traf in die seinen, der ihn wie Sommerluft durchströmte. „Tu, wie dir ums Herz ist, Hauke!“ sprach sie; „wir sollten uns wohl kennen!“

Elke tanzte an diesem Abend nicht mehr, und als beide dann nach Hause gingen, hatten sie sich Hand in Hand gefasst; aus der Himmelshöhe funkelten die Sterne über der schweigenden Marsch; ein leichter Ostwind wehte und brachte strenge Kälte; die beiden aber gingen, ohne viel Tücher und Umhang, dahin, als sei es plötzlich Frühling geworden.

Hauke hatte sich auf ein Ding besonnen, dessen passende Verwendung zwar in ungewisser Zukunft lag, mit dem er sich aber eine stille Feier zu bereiten gedachte. Deshalb ging er am nächsten Sonntag in die Stadt zum alten Goldschmied Andersen und bestellte einen starken Goldring. „Streckt den Finger her, damit wir messen!“ sagte der Alte und fasste ihm nach dem Goldfinger. „Nun“, meinte er, „der ist nicht gar so dick, wie sie bei euch Leuten sonst zu sein pflegen!“ Aber Hauke sagte: „Messet lieber am kleinen Finger!“ und hielt ihm den entgegen.

Der Goldschmied sah ihn etwas verdutzt an; aber was kümmerten ihn die Einfälle der jungen Bauernburschen. „Da werden wir schon so einen unter den Mädchenringen haben!“ sagte er, und Hauke schoss das Blut durch beide Wangen. Aber der kleine Goldring passte auf seinen kleinen Finger, und er nahm ihn hastig und bezahlte ihn mit blankem Silber; dann steckte er ihn unter lautem Herzklopfen, und als ob er einen feierlichen Akt begehe, in die Westentasche. Dort trug er ihn seitdem an jedem Tage mit Unruhe und doch mit Stolz, als sei die Westentasche nur dazu da, um einen Ring darin zu tragen.

Er trug ihn so über Jahr und Tag, ja der Ring musste sogar aus dieser noch in eine neue Westentasche wandern; die Gelegenheit zu seiner Befreiung hatte sich noch immer nicht ergeben wollen. Wohl war's ihm durch den Kopf geflogen, nur graden Wegs vor seinen Wirt hinzutreten; sein Vater war ja doch auch ein Eingesessener! Aber wenn er ruhiger wurde, dann wusste er wohl, der alte Deichgraf würde seinen Kleinknecht ausgelacht haben. Und so lebten er und des Deichgrafen Tochter nebeneinander hin; auch sie in mädchenhaftem Schweigen, und beide doch, als ob sie allzeit Hand in Hand gingen.

Ein Jahr nach jenem Winterfesttag hatte Ole Peters seinen Dienst gekündigt und mit Vollina Harders Hochzeit gemacht; Hauke hatte recht gehabt: der Alte war auf Altenteil gegangen, und statt der dicken Tochter ritt nun der muntere Schwiegersohn die gelbe Stute in die Fenne und, wie es hieß, rückwärts allzeit gegen den Deich hinan. Hauke war Großknecht geworden und ein Jüngerer an seine Stelle getreten; wohl hatte der Deichgraf ihn erst nicht wollen aufrücken lassen. „Kleinknecht ist besser!" hatte er gebrummt; „Ich brauch ihn hier bei meinen Büchern!" Aber Elke hatte ihm vorgehalten: „Dann geht auch Hauke, Vater!" Da war dem Alten bange geworden, und Hauke war zum Großknecht aufgerückt, hatte aber trotz dessen nach wie vor auch an der Deichgrafschaft mitgeholfen.

Nach einem andern Jahr aber begann er gegen Elke davon zu reden, sein Vater werde kümmerlich, und die paar Tage, die der Wirt ihn im Sommer in dessen Wirtschaft lasse, täten's nun nicht mehr; der Alte quäle sich, er dürfe das nicht länger ansehn. – Es war ein Sommerabend; die beiden standen im Dämmerschein unter der großen Esche vor der Haustür. Das Mädchen sah eine Weile stumm in die Zweige des Baumes hinauf; dann entgegnete sie: „Ich hab's nicht sagen wollen, Hauke; ich dachte, du würdest selber wohl das Rechte treffen."

„Ich muss dann fort aus eurem Hause", sagte er, „und kann nicht wiederkommen."

Sie schwiegen eine Weile und sahen in das Abendrot, das drüben hinteren Deiche in das Meer versank. „Du musst es wissen", sagte sie; „ich war heut morgen noch bei deinem Vater und fand ihn in seinem Lehnstuhl eingeschlafen; die Reißfeder in der Hand, das Reißbrett mit einer halben Zeichnung lag vor ihm auf dem Tisch; – und da er erwacht war und mühsam ein Viertelstündchen mit mir geplaudert hatte und ich nun gehen wollte, da hielt er mich so angstvoll an der Hand zurück, als fürchte er, es sei zum letzten Mal; aber …"

„Was aber, Elke?" frug Hauke, da sie fortzufahren zögerte.

Ein paar Tränen rannen über die Wangen des Mädchens. „Ich dachte nur an meinen Vater", sagte sie; „glaub mir, es wird ihm schwer ankommen, dich zu missen." Und als ob sie zu dem Worte sich ermannen müsse, fügte sie hinzu: „Mir ist es oft, als ob er auf seine Totenkammer rüste."

Hauke antwortete nicht; ihm war es plötzlich, als rühre sich der Ring in seiner Tasche; aber noch bevor er seinen Unmut über diese unwillkürliche Lebensregung unterdrückt hatte, fuhr Elke fort: „Nein, zürn nicht, Hauke! Ich trau, du wirst auch so uns nicht verlassen!"

Da ergriff er eifrig ihre Hand, und sie entzog sie ihm nicht. Noch eine Weile standen die jungen Menschen in dem sinkenden Dunkel beieinander, bis ihre Hände auseinanderglitten und jedes seine Wege ging. – Ein Windstoß fuhr empor und rauschte durch die Eschenblätter und machte die Läden klappern, die an der Vorderseite des Hauses waren; allmählich aber kam die Nacht, und Stille lag über der ungeheueren Ebene.

Durch Elkes Zutun war Hauke von dem alten Deichgrafen seines Dienstes entlassen worden, obgleich er ihm rechtzeitig nicht gekündigt hatte, und zwei neue Knechte waren jetzt im Hause. – Noch ein paar Monate weiter, dann starb Tede Haien; aber bevor er starb, rief er den Sohn an seine Lagerstatt. „Setz dich zu mir, mein Kind“, sagte der Alte mit matter Stimme, „dicht zu mir! Du brauchst dich nicht zu fürchten; wer bei mir ist, das ist nur der dunkle Engel des Herrn, der mich zu rufen kommt.“

Und der erschütterte Sohn setzte sich dicht an das dunkle Wandbett. „Sprecht, Vater, was Ihr noch zu sagen habt!“

„Ja, mein Sohn, noch etwas“, sagte der Alte und streckte seine Hände über das Deckbett. „Als du, noch ein halber Junge, zu dem Deichgrafen in Dienst gingst, da lag's in deinem Kopf, das selbst einmal zu werden. Das hatte mich angesteckt, und ich dachte auch allmählich, du seiest der rechte Mann dazu. Aber dein Erbe war für solch ein Amt zu klein – ich habe während deiner Dienstzeit knapp gelebt – ich dacht es zu vermehren.“

Hauke fasste heftig seines Vaters Hände, und der Alte suchte sich aufzurichten, dass er ihn sehen könne. „Ja, ja, mein Sohn“, sagte er, „dort in der obersten Schublade der Schatulle liegt das Dokument. Du weißt, die alte Antje Wohlers hat eine Fenne von fünf und einem halben Demat; aber sie konnte mit dem Mietgelde allein in ihrem krüppelhaften Alter nicht mehr durchfinden; da habe ich allzeit um Martini eine bestimmte Summe, und auch mehr, wenn ich es hatte, dem armen Mensch gegeben; und dafür hat sie die Fenne mir übertragen; es ist alles gerichtlich fertig. – – Nun liegt auch sie am Tode: die Krankheit unserer Marschen, der Krebs, hat sie befallen; du wirst nicht mehr zu zahlen brauchen!“

Eine Weile schloss er die Augen; dann sagte er noch: „Es ist nicht viel; doch hast du mehr dann, als du bei mir gewohnt warst. Mög es dir zu deinem Erdenleben dienen!“

Unter den Dankesworten des Sohnes schlief der Alte ein. Er hatte nichts mehr zu besorgen; und schon nach einigen Tagen hatte der dunkle Engel des Herrn ihm seine Augen für immer zugedrückt, und Hauke trat sein väterliches Erbe an.

– – Am Tage nach dem Begräbnis kam Elke in dessen Haus. „Dank, dass du eineguckst, Elke!“ rief Hauke ihr als Gruß entgegen.

Aber sie erwiderte: „Ich guck nicht ein; ich will bei dir ein wenig Ordnung schaffen, damit du ordentlich in deinem Hause wohnen kannst! Dein Vater hat vor seinen Zahlen und Rissen nicht viel um sich gesehen, und auch der Tod schafft Wirrsal; ich will's dir wieder ein wenig lebig machen!“

Er sah aus seinen grauen Augen voll Vertrauen auf sie hin. „So schaff nur Ordnung!“ sagte er; „ich hab's auch lieber.“

Und dann begann sie aufzuräumen: das Reißbrett, das noch dalag, wurde abgestaubt und auf den Boden getragen, Reißfedern und Bleistift und Kreide sorgfältig in einer Schatullenschublade weggeschlossen; dann wurde die junge Dienstmagd zur Hülfe hereingerufen und mit ihr das Gerät der ganzen Stube in eine andere und bessere Stellung gebracht, so dass es anschien, als sei dieselbe nun heller und größer geworden. Lächelnd sagte Elke: „Das können nur wir Frauen!“ Und Hauke, trotz seiner Trauer um den Vater, hatte mit glücklichen Augen zugesehen, auch wohl selber, wo es nötig war, geholfen.

Und als gegen die Dämmerung – es war zu Anfang des Septembers – alles war, wie sie es für ihn wollte, fasste sie seine Hand und nickte ihm mit ihren dunkeln Augen zu: „Nun komm und iss bei uns zu Abend; denn meinem Vater hab ich's versprechen müssen, dich mitzubringen; wenn du dann heimgehst, kannst du ruhig in dein Haus treten!“

Als sie dann in die geräumige Wohnstube des Deichgrafen traten, wo bei verschlossenen Läden schon die beiden Lichter auf dem Tische brannten, wollte dieser aus seinem Lehnstuhl in die Höhe, aber mit seinem schweren Körper zurücksinkend, rief er nur seinem früheren Knecht entgegen: „Recht, recht, Hauke, dass du deine alten Freunde aufsuchst! Komm nur näher, immer näher!“ Und als Hauke an seinen Stuhl getreten war, fasste er dessen Hand mit seinen beiden runden Händen. „Nun, nun, mein Junge“, sagte er, „sei nur ruhig jetzt, denn sterben müssen wir alle, und dein Vater war keiner von den Schlechtsten! – Aber, Elke, nun sorg, dass du den Braten auf den Tisch kriegst; wir müssen uns stärken! Es gibt viel Arbeit für uns, Hauke! Die Herbstschau ist in Anmarsch; Deich- und Sielrechnungen haushoch; der neuliche Deichschaden am Westerkoog – ich weiß nicht, wo mir der Kopf steht, aber deiner, gottlob, ist um ein gut Stück jünger; du bist ein braver Junge, Hauke!“

Und nach dieser langen Rede, womit der Alte sein ganzes Herz dargelegt hatte, ließ er sich in seinen Stuhl zurückfallen und blinzelte sehnsüchtig nach der Tür, durch welche Elke eben mit der Bratenschüssel hereintrat. Hauke stand lächelnd neben ihm. „Nun setz dich", sagte der Deichgraf, „damit wir nicht unnötig Zeit verspillen; kalt schmeckt das nicht!"

Und Hauke setzte sich; es schien ihm Selbstverstand, die Arbeit von Elkes Vater mitzutun. Und als die Herbstschau dann gekommen war und ein paar Monde mehr ins Jahr gingen, da hatte er freilich auch den besten Teil daran getan."

Der Erzähler hielt inne und blickte um sich. Ein Möwenschrei war gegen das Fenster geschlagen, und draußen vom Hausflur aus wurde ein Trampeln hörbar, als ob einer den Klei von seinen schweren Stiefeln abtrete.

Deichgraf und Gevollmächtigte wandten die Köpfe gegen die Stubentür. „Was ist?" rief der erstere.

Ein starker Mann, den Südwester auf dem Kopf, war eingetreten. „Herr", sagte er, „wir beide haben es gesehen, Hans Nickels und ich: der Schimmelreiter hat sich in den Bruch gestürzt!"

„Wo saht Ihr das?" frug der Deichgraf.

– „Es ist ja nur die eine Wehle; in Jansens Fenne, wo der Hauke-Haien-Koog beginnt."

„Saht Ihr's nur einmal?"

– „Nur einmal; es war auch nur wie Schatten, aber es braucht drum nicht das erste Mal gewesen zu sein."

Der Deichgraf war aufgestanden. „Sie wollen entschuldigen", sagte er, sich zu mir wendend, „wir müssen draußen nachsehn, wo das Unheil hin will!" Dann ging er mit dem Boten zur Tür hinaus; aber auch die übrige Gesellschaft brach auf und folgte ihm.

Ich blieb mit dem Schullehrer allein in dem großen öden Zimmer; durch die unverhangenen Fenster, welche nun nicht mehr durch die Rücken der davorsitzenden Gäste verdeckt wurden, sah man frei hinaus und wie der Sturm die dunklen Wolken über den Himmel jagte.

Der Alte saß noch auf seinem Platze, ein überlegenes, fast mitleidiges Lächeln auf seinen Lippen. „Es ist hier zu leer geworden", sagte er; „darf ich Sie zu mir auf mein Zimmer laden? Ich wohne hier im Hause; und glauben Sie mir, ich kenne die Wetter hier am Deich; für uns ist nichts zu fürchten."

Ich nahm das dankend an, denn auch mich wollte hier zu frösteln anfangen, und wir stiegen unter Mitnahme eines Lichtes die Stiegen zu einer Giebelstube hinauf, die zwar gleichfalls gegen

Westen hinauslag, deren Fenster aber jetzt mit dunklen Wollteppichen verhangen waren. In einem Bücherregal sah ich eine kleine Bibliothek, daneben die Porträte zweier alter Professoren; vor einem Tische stand ein großer Ohrenlehnstuhl. „Machen Sie sich's bequem!" sagte mein freundlicher Wirt und warf einige Torf in den noch glimmenden kleinen Ofen, der oben von einem Blechkessel gekrönt war. „Nur noch ein Weilchen! Er wird bald sausen; dann brau ich uns ein Gläschen Grog, das hält Sie munter!"

„Dessen bedarf es nicht", sagte ich; „ich werd nicht schläfrig, wenn ich Ihren Hauke auf seinem Lebensweg begleite!"

– „Meinen Sie?" Und er nickte mit seinen klugen Augen zu mir herüber, nachdem ich behaglich in seinem Lehnstuhl untergebracht war. „Nun, wo blieben wir denn? – – Ja, ja; ich weiß schon! Also:

Hauke hatte sein väterliches Erbe angetreten, und da die alte Antje Wohlers auch ihrem Leiden erlegen war, so hatte deren Fenne es vermehrt. Aber seit dem Tode oder, richtiger, seit den letzten Worten seines Vaters war in ihm etwas aufgewachsen, dessen Keim er schon seit seiner Knabenzeit in sich getragen hatte; er wiederholte es sich mehr als zu oft, er sei der rechte Mann, wenn's einen neuen Deichgrafen geben müsse. Das war es; sein Vater, der es verstehen musste, der ja der klügste Mann im Dorf gewesen war, hatte ihm dieses Wort wie eine letzte Gabe seinem Erbe beigelegt; die Wohlerssche Fenne, die er ihm auch verdankte, sollte den ersten Trittstein zu dieser Höhe bilden! Denn, freilich, auch mit dieser – ein Deichgraf musste noch einen andern Grundbesitz aufweisen können! – Aber sein Vater hatte sich einsame Jahre knapp beholfen, und mit dem, was er sich entzogen hatte, war er des neuen Besitzes Herr geworden; das konnte er auch, er konnte noch mehr; denn seines Vaters Kraft war schon verbraucht gewesen, er aber konnte noch jahrelang die schwerste Arbeit tun! – – Freilich, wenn er es dadurch nach dieser Seite hin erzwang, durch die Schärfen und Spitzen, die er der Verwaltung seines alten Dienstherrn zugesetzt hatte, war ihm eben keine Freundschaft im Dorf zuwege gebracht worden, und Ole Peters, sein alter Widersacher, hatte jüngsthin eine Erbschaft getan und begann ein wohlhabender Mann zu werden! Eine Reihe von Gesichtern ging vor seinem innern Blick vorüber, und sie sahen ihn alle mit bösen Augen an; da fasste ihn ein Groll gegen diese Menschen: er streckte die Arme aus, als griffe er nach ihnen, denn sie wollten ihn vom Amte drängen, zu dem von allen nur er berufen war. – Und die Gedanken ließen ihn nicht; sie waren immer wieder da, und so wuchsen in seinem jungen Herzen neben der Ehrenhaftigkeit und Liebe auch die Ehrsucht und der Hass. Aber diese beiden verschloss er tief in seinem Innern; selbst Elke ahnte nichts davon.

– Als das neue Jahr gekommen war, gab es eine Hochzeit; die Braut war eine Verwandte von Haiens, und Hauke und Elke waren beide dort geladene Gäste; ja, bei dem Hochzeitessen traf es sich durch das Ausbleiben eines näheren Verwandten, dass sie ihre Plätze nebeneinander fanden. Nur ein Lächeln, das über beider Antlitz glitt, verriet ihre Freude darüber. Aber Elke saß heute teilnahmlos in dem Geräusche des Plauderns und Gläserklirrens.

„Fehlt dir etwas?" frug Hauke.

– „Oh, eigentlich nichts; es sind mir nur zu viele Menschen hier."

„Aber du siehst so traurig aus!"

Sie schüttelte den Kopf; dann sprachen sie wieder nicht.

Da stieg es über ihr Schweigen wie Eifersucht in ihm auf, und heimlich unter dem überhängenden Tischtuch ergriff er ihre Hand; aber sie zuckte nicht, sie schloss sich wie vertrauensvoll um seine. Hatte ein Gefühl der Verlassenheit sie befallen, da ihre Augen täglich auf der hinfälligen Gestalt des Vaters haften mussten? – Hauke dachte nicht daran, sich so zu fragen; aber ihm stand der Atem still, als er jetzt seinen Goldring aus der Tasche zog. „Lässt du ihn sitzen?" frug er zitternd, während er den Ring auf den Goldfinger der schmalen Hand schob.

Gegenüber am Tische saß die Frau Pastorin; sie legte plötzlich ihre Gabel hin und wandte sich zu ihrem Nachbar. „Mein Gott, das Mädchen!" rief sie; „sie wird ja totenblass!"

Aber das Blut kehrte schon zurück in Elkes Antlitz. „Kannst du warten, Hauke?" frug sie leise.

Der kluge Friese besann sich doch noch ein paar Augenblicke. „Auf was?" sagte er dann.

– „Du weißt das wohl; ich brauch dir's nicht zu sagen."

„Du hast recht", sagte er; „Ja, Elke, ich kann warten wenn's nur ein menschlich Absehen hat!"

„O Gott, ich fürchte, ein nahes! Sprich nicht so, Hauke; du sprichst von meines Vaters Tod!" Sie legte die andere Hand auf ihre Brust. „Bis dahin", sagte sie, „trag ich den Goldring hier; du sollst nicht fürchten, dass du bei meiner Lebzeit ihn zurückbekommst!"

Da lächelten sie beide, und ihre Hände pressten sich ineinander, dass bei anderer Gelegenheit das Mädchen wohl laut aufgeschrien hätte.

Die Frau Pastorin hatte indessen unablässig nach Elkes Augen hingesehen, die jetzt unter dem Spitzenstrich des goldbrokatenen Käppchens wie in dunklem Feuer brannten. Bei dem zunehmenden Getöse am Tische aber hatte sie nichts verstanden; auch an ihren Nachbar wandte sie sich nicht wieder, denn keimende Ehen – und um eine solche schien es ihr sich denn doch hier zu handeln –, schon um des daneben keimenden Traupfennigs für ihren Mann, den Pastor, pflegte sie nicht zu stören.

Elkes Vorahnung war in Erfüllung gegangen; eines Morgens nach Ostern hatte man den Deichgrafen Tede Volkerts tot in seinem Bett gefunden; man sah's an seinem Antlitz, ein ruhiges Ende war darauf geschrieben. Er hatte auch mehrfach in den letzten Monden Lebensüberdruss geäußert; sein Leibgericht, der Ofenbraten, selbst seine Enten hatten ihm nicht mehr schmecken wollen.

Und nun gab es eine große Leiche im Dorf. Droben auf der Geest auf dem Begräbnisplatz um die Kirche war zu Westen eine mit Schmiedegitter umhegte Grabstätte; ein breiter blauer Grabstein stand jetzt aufgehoben gegen eine Traueresche, auf welchem das Bild des Todes mit stark gezahnten Kiefern ausgehauen war; darunter in großen Buchstaben:

Dat is de Dod, de allens fritt,
Nimmt Kunst un Wetenschop di mit;
De kloke Mann is nu vergahn –
Gott gäw' ein selig Uperstahn!

Es war die Begräbnisstätte des früheren Deichgrafen Volkert Tedsen; nun war eine frische Grube gegraben, wohinein dessen Sohn, der jetzt verstorbene Deichgraf Tede Volkerts, begraben werden sollte. Und schon kam unten aus der Marsch der Leichenzug heran, eine Menge Wagen aus allen Kirchspielsdörfern; auf dem vordersten stand der schwere Sarg, die beiden blanken Rappen des deichgräflichen Stalles zogen ihn schon den sandigen Anberg zur Geest hinauf; Schweife und Mähnen der Pferde wehten in dem scharfen Frühjahrswind. Der Gottesacker um die Kirche war bis an die Wälle mit Menschen angefüllt, selbst auf dem gemauerten Tore huckten Buben mit kleinen Kindern in den Armen; sie wollten alle das Begraben ansehn.

Im Hause drunten in der Marsch hatte Elke in Pesel und Wohngelass das Leichenmahl gerüstet; alter Wein wurde bei den Gedecken hingestellt; an den Platz des Oberdeichgrafen – denn auch er war heut nicht ausgeblieben – und an den des Pastors je eine Flasche Langkork. Als alles besorgt war, ging sie durch den Stall vor die Hoftür; sie traf niemanden auf ihrem Wege; die Knechte waren mit zwei Gespannen in der Leichenfuhr. Hier blieb sie stehen und sah, während ihre Trauerkleider im Frühlingswinde flatterten, wie drüben an dem Dorfe jetzt die letzten Wagen zur Kirche hinauffuhren. Nach einer Weile entstand dort ein Gewühl, dem eine Totenstille zu folgen schien. Elke faltete die Hände; sie senkten wohl den Sarg jetzt in die Grube. „Und zur Erde wieder sollst du werden!“ Unwillkürlich, leise, als hätte sie von dort es hören können, sprach sie die Worte nach; dann füllten ihre Augen sich mit Tränen, ihre über der Brust gefalteten Hände sanken in den Schoß. „Vater unser, der du bist im Himmel!“ betete sie voll Inbrunst. Und als das Gebet des Herrn zu Ende war, stand sie noch lange unbeweglich, sie, die jetzige Herrin dieses großen Marschhofes; und Gedanken des Todes und des Lebens begannen sich in ihr zu streiten.

Ein fernes Rollen weckte sie. Als sie die Augen öffnete, sah sie schon wieder einen Wagen um den anderen in rascher Fahrt von der Marsch herab und gegen ihren Hof herankommen. Sie richtete sich auf, blickte noch einmal scharf hinaus und ging dann, wie sie gekommen war, durch den Stall in die feierlich hergestellten Wohnräume zurück. Auch hier war niemand; nur durch die Mauer hörte sie das Rumoren der Mägde in der Küche. Die Festtafel stand so still und einsam; der Spiegel zwischen den Fenstern war mit weißen Tüchern zugesteckt und ebenso die Messingknöpfe an dem Beilegerofen; es blinkte nichts mehr in der Stube. Elke sah die Türen vor dem Wandbett, in dem ihr Vater seinen letzten Schlaf getan hatte, offenstehen und ging hinzu und schob sie fest zusammen; wie gedankenlos las sie den Sinnspruch, der zwischen Rosen und Nelken mit goldenen Buchstaben darauf geschrieben stand:

Hest du din Dagwark richtig dan,
Da kummt de Slap von sülvst heran.

Das war noch von dem Großvater! – Einen Blick warf sie auf den Wandschrank; er war fast leer, aber durch die Glastüren sah sie noch den geschliffenen Pokal darin, der ihrem Vater, wie er gern erzählt hatte, einst bei einem Ringreiten in seiner Jugend als Preis zuteil geworden war. Sie nahm ihn heraus und setzte ihn bei dem Gedeck des Oberdeichgrafen. Dann ging sie ans Fenster, denn schon hörte sie die Wagen an der Werfte heraufrollen; einer um den andern hielt vor dem Hause, und munterer, als sie gekommen waren, sprangen jetzt die Gäste von ihren Sitzen auf den Boden. Händereibend und plaudernd drängte sich alles in die Stube; nicht lange, so setzte man sich an die festliche Tafel, auf der die wohlbereiteten Speisen dampften, im Pesel der Oberdeichgraf mit dem Pastor; und Lärm und lautes Schwatzen lief den Tisch entlang, als ob hier nimmer der Tod seine furchtbare Stille ausgebreitet hätte. Stumm, das Auge auf ihre Gäste, ging Elke mit den Mägden an den Tischen herum, dass an dem Leichenmahle nichts versehen werde. Auch Hauke Haien saß im Wohnzimmer neben Ole Peters und anderen kleineren Besitzern.

Nachdem das Mahl beendet war, wurden die weißen Tonpfeifen aus der Ecke geholt und angebrannt, und Elke war wiederum geschäftig, die gefüllten Kaffeetassen den Gästen anzubieten; denn auch der wurde heute nicht gespart. Im Wohnzimmer an dem Pulte des eben Begrabenen stand der Oberdeichgraf im Gespräche mit dem Pastor und dem weißhaarigen Deichgevollmächtigten Jewe Manners. „Alles gut, ihr Herren“, sagte der erste, „den alten Deichgrafen haben wir mit Ehren beigesetzt; aber woher nehmen wir den neuen? Ich denke, Manners, Ihr werdet Euch dieser Würde unterziehen müssen!“

Der alte Manners hob lächelnd das schwarze Sammetkäppchen von seinen weißen Haaren. „Herr Oberdeichgraf“, sagte er, „das Spiel würde zu kurz werden; als der verstorbene Tede Volkerts Deichgraf, da wurde ich Gevollmächtigter und bin es nun schon vierzig Jahre!“

„Das ist kein Mangel, Manners; so kennt Ihr die Geschäfte um so besser und werdet nicht Not mit ihnen haben!“

Aber der Alte schüttelte den Kopf „Nein, nein, Euer Gnaden, lasset mich, wo ich bin, so laufe ich wohl noch ein paar Jahre mit!“

Der Pastor stand ihm bei. „Weshalb“, sagte er, „nicht den ins Amt nehmen, der es tatsächlich in den letzten Jahren doch geführt hat?“

Der Oberdeichgraf sah ihn an: „Ich verstehe nicht, Herr Pastor!“

Aber der Pastor wies mit dem Finger in den Pesel, wo Hauke in langsam ernster Weise zwei älteren Leuten etwas zu erklären schien. „Dort steht er“, sagte er, „die lange Friesengestalt mit den klugen grauen Augen neben der hageren Nase und den zwei Schädelwölbungen darüber! Er war des Alten Knecht und sitzt jetzt auf seiner eigenen kleinen Stelle; er ist zwar etwas jung!“

„Es scheint ein Dreißiger", sagte der Oberdeichgraf, den ihm so Vorgestellten musternd.

„Er ist kaum vierundzwanzig", bemerkte der Gevollmächtigte Manners; „aber der Pastor hat recht: was in den letzten Jahren Gutes für Deiche und Siele und dergleichen vom Deichgrafenamt in Vorschlag kam, das war von ihm; mit dem Alten war's doch zuletzt nichts mehr."

„So, so?" machte der Oberdeichgraf; „und Ihr meinet, er wäre nun auch der Mann, um in das Amt seines alten Herrn einzurücken?"

„Der Mann wäre es schon", entgegnete Jewe Manners; „aber ihm fehlt das, was man hier ‚Klei unter den Füßen' nennt; sein Vater hatte so um fünfzehn, er mag gut zwanzig Demat haben, aber damit ist bis jetzt hier niemand Deichgraf geworden."

Der Pastor tat schon den Mund auf, als wolle er etwas einwenden, da trat Elke Volkerts, die eine Weile schon im Zimmer gewesen, plötzlich zu ihnen. „Wollen Euer Gnaden mir ein Wort erlauben?" sprach sie zu dem Oberbeamten; „es ist nur, damit aus einem Irrtum nicht ein Unrecht werde!"

„So sprecht, Jungfer Elke!" entgegnete dieser; „Weisheit von hübschen Mädchenlippen hört sich allzeit gut!"

– „Es ist nicht Weisheit, Euer Gnaden; ich will nur die Wahrheit sagen."

„Auch die muss man ja hören können, Jungfer Elke!"

Das Mädchen ließ ihre dunklen Augen noch einmal zur Seite gehen, als ob sie wegen überflüssiger Ohren sich versichern wolle. „Euer Gnaden", begann sie dann, und ihre Brust hob sich in stärkerer Bewegung, „mein Pate, Jewe Manners, sagte Ihnen, dass Hauke Haien nur etwa zwanzig Demat im Besitz habe; das ist im Augenblick auch richtig, aber sobald es sein muss, wird Hauke noch um soviel mehr sein eigen nennen, als dieser, meines Vaters, jetzt mein Hof an Dematzahl beträgt; für einen Deichgrafen wird das zusammen denn wohl reichen."

Der alte Manners reckte den weißen Kopf gegen sie, als müsse er erst sehen, wer denn eigentlich da rede. „Was ist das?" sagte er; „Kind, was sprichst du da?"

Aber Elke zog an einem schwarzen Bändchen einen blinkenden Goldring aus ihrem Mieder. „Ich bin verlobt, Pate Manners", sagte sie; „hier ist der Ring, und Hauke Haien ist mein Bräutigam."

– „Und wann – ich darf's wohl fragen, da ich dich aus der Taufe hob, Elke Volkerts wann ist denn das passiert?"

– „Das war schon vor geraumer Zeit; doch war ich mündig, Pate

Manners", sagte sie; „mein Vater war schon hinfällig worden, und da ich ihn kannte, so wollt ich ihn nicht mehr damit beunruhigen; itzt, da er bei Gott ist, wird er einsehen, dass sein Kind bei diesem Manne wohl geborgen ist. Ich hätte es auch das Trauerjahr hindurch schon ausgeschwiegen; jetzt aber, um Haukes und um des Kooges willen, hab ich reden müssen." Und zum Oberdeichgrafen gewandt, setzte sie hinzu: „Euer Gnaden wollen mir das verzeihen!"

Die drei Männer sahen sich an; der Pastor lachte, der alte Gevollmächtigte ließ es bei einem „Hm, hm!" bewenden, während der Oberdeichgraf wie vor einer wichtigen Entscheidung sich die Stirn rieb. „Ja, liebe Jungfer", sagte er endlich, „aber wie steht es denn hier im Kooge mit den ehelichen Güterrechten? Ich muss gestehen, ich bin augenblicklich nicht recht kapitelfest in diesem Wirrsal!"

„Das brauchen Euer Gnaden auch nicht", entgegnete des Deichgrafen Tochter, „ich werde vor der Hochzeit meinem Bräutigam die Güter übertragen. Ich habe auch meinen kleinen Stolz", setzte sie lächelnd hinzu; „ich will den reichsten Mann im Dorfe heiraten!"

„Nun, Manners", meinte der Pastor, „ich denke, Sie werden auch als Pate nichts dagegen haben, wenn ich den jungen Deichgrafen mit des alten Tochter zusammengebe!"

Der Alte schüttelte leis den Kopf „Unser Herrgott gebe seinen Segen!" sagte er andächtig.

Der Oberdeichgraf aber reichte dem Mädchen seine Hand: „Wahr und weise habt Ihr gesprochen, Elke Volkerts; ich danke Euch für so kräftige Erläuterungen und hoffe auch in Zukunft, und bei freundlicheren Gelegenheiten als heute, der Gast Eures Hauses zu sein; aber dass ein Deichgraf von solch junger Jungfer gemacht wurde, das ist das Wunderbare an der Sache!"

„Euer Gnaden", erwiderte Elke und sah den gütigen Oberbeamten noch einmal mit ihren ernsten Augen an, „einem rechten Manne wird auch die Frau wohl helfen dürfen!" Dann ging sie in den anstoßenden Pesel und legte schweigend ihre Hand in Hauke Haiens.

Es war um mehrere Jahre später: In dem kleinen Hause Tede Haiens wohnte jetzt ein rüstiger Arbeiter mit Frau und Kind, der junge Deichgraf Hauke Haien saß mit seinem Weibe Elke Volkerts auf deren väterlicher Hofstelle. Im Sommer rauschte die gewaltige Esche nach wie vor am Hause; aber auf der Bank, die jetzt darunterstand, sah man abends meist nur die junge Frau, einsam mit einer häuslichen Arbeit in den Händen; noch immer fehlte ein Kind in dieser Ehe; der Mann aber hatte anderes zu tun, als Feierabend vor der Tür zu halten, denn trotz seiner früheren Mithülfe lagen aus des Alten Amtsführung eine Menge unerledigter Dinge, an die auch er derzeit zu rühren nicht für gut gefunden hatte; jetzt aber musste allmählich alles aus dem Wege; er fegte mit einem scharfen Besen. Dazu kam die Bewirtschaftung der durch seinen eigenen Landbesitz vergrößerten Stelle, bei der er gleichwohl den Kleinknecht noch zu sparen suchte; so sahen sich die beiden Eheleute, außer am Sonntag, wo Kirchgang gehalten wurde, meist nur bei dem von Hauke eilig besorgten Mittagessen und beim Auf- und Niedergang des Tages; es war ein Leben fortgesetzter Arbeit, doch gleichwohl ein zufriedenes.

Dann kam ein störendes Wort in Umlauf. – Als von den jüngeren Besitzern der Marsch- und Geestgemeinde eines Sonntags nach der Kirche ein etwas unruhiger Trupp im Kruge droben am Trunke festgeblieben war, redeten sie beim vierten oder fünften Glase zwar nicht über König und Regierung – so hoch wurde damals noch nicht gegriffen –, wohl aber über Kommunal- und Oberbeamte, vor allem über Gemeindeabgaben und -lasten, und je länger sie redeten, desto weniger fand davon Gnade vor ihren Augen, insonders nicht die neuen Deichlasten; alle Siele und Schleusen, die sonst immer gehalten hätten, seien jetzt reparaturbedürftig; am Deiche fänden sich immer neue Stellen, die Hunderte von Karren Erde nötig hätten; der Teufel möchte die Geschichte holen!

„Das kommt von eurem klugen Deichgrafen“, rief einer von den Geestleuten, „der immer grübeln geht und seine Finger dann in alles steckt!“

„Ja, Marten“, sagte Ole Peters, der dem Sprecher gegenübersaß; „recht hast du, er ist hinterspinnig und sucht beim Oberdeichgraf sich 'nen weißen Fuß zu machen; aber wir haben ihn nun einmal!“

„Warum habt ihr ihn euch aufhucken lassen?“ sagte der andre; „nun müsst ihr's bar bezahlen.“

Ole Peters lachte. „Ja, Marten Fedders, das ist nun so bei uns, und davon ist nichts abzukratzen; der alte wurde Deichgraf von seines Vaters, der neue von seines Weibes wegen.“ Das Gelächter, das jetzt um den Tisch lief, zeigte, welchen Beifall das geprägte Wort gefunden hatte.

Aber es war an öffentlicher Wirtstafel gesprochen worden, es blieb nicht da, es lief bald um im Geest- und unten in dem Marschdorf, so kam es auch an Hauke. Und wieder ging vor seinem inneren Auge die Reihe übelwollender Gesichter vorüber, und noch höhnischer, als es gewesen war, hörte er das Gelächter an dem Wirtshaustische. „Hunde!“ schrie er, und seine Augen sahen grimmig zur Seite, als wolle er sie peitschen lassen.

Da legte Elke ihre Hand auf seinen Arm. „Lass sie; die wären alle gern, was du bist!“

– „Das ist es eben!“ entgegnete er grollend.

„Und“, fuhr sie fort, „hat denn Ole Peters sich nicht selber eingefreit?“

„Das hat er, Elke; aber was er mit Vollina freite, das reichte nicht zum Deichgrafen!“

– „Sag es lieber: *er* reichte nicht dazu!“ Und Elke drehte ihren Mann, so dass er sich im Spiegel sehen musste, denn sie standen zwischen den Fenstern in ihrem Zimmer. „Da steht der Deichgraf!“ sagte sie; „nun sieh ihn an; nur wer ein Amt regieren kann, der hat es!“

„Du hast nicht unrecht“, entgegnete er sinnend, „und doch … Nun, Elke; ich muss zur Osterschleuse, die Türen schließen wieder nicht!“

Sie drückte ihm die Hand: „Komm, sieh mich erst einmal an! Was hast du, deine Augen sehen so ins Weite?“

„Nichts, Elke, du hast ja recht.“

Er ging; aber nicht lange war er gegangen, so war die Schleusenreparatur vergessen. Ein anderer Gedanke, den er halb nur ausgedacht und seit Jahren mit sich umhergetragen hatte, der aber vor den drängenden Amtsgeschäften ganz zurückgetreten war, bemächtigte sich seiner jetzt aufs neue und mächtiger als je zuvor, als seien plötzlich die Flügel ihm gewachsen.

Kaum dass er es selber wusste, befand er sich oben auf dem Haffdeich, schon eine weite Strecke südwärts nach der Stadt zu; das Dorf, das nach dieser Seite hinauslag, war ihm zur Linken längst verschwunden; noch immer schritt er weiter, seine Augen unablässig nach der Seeseite auf das breite Vorland gerichtet; wäre jemand neben ihm gegangen, er hätte es sehen müssen, welche eindringliche Geistesarbeit hinter diesen Augen vorging. Endlich blieb er stehen: das Vorland schwand hier zu einem schmalen Streifen an dem Deich zusammen. ‚Es muss gehen!‘ sprach er bei sich selbst. ‚Sieben Jahr im Amt; sie sollen nicht mehr sagen, dass ich nur Deichgraf bin von meines Weibes wegen!‘

Noch immer stand er, und seine Blicke schweiften scharf und bedächtig nach allen Seiten über das grüne Vorland; dann ging er zurück, bis wo auch hier ein schmaler Streifen grünen Weidelands die vor ihm liegende breite Landfläche ablöste. Hart an dem Deiche aber schoss ein starker Meeresstrom durch diese, der fast das ganze Vorland von dem Festlande trennte und zu einer Hallig machte; eine rohe Holzbrücke führte nach dort hinüber, damit man mit Vieh und Heu- und Getreidewagen hinüber und wieder zurück gelangen könne. Jetzt war es Ebbzeit, und die goldene Septembersonne glitzerte auf dem etwa hundert Schritte breiten Schlickstreifen und auf dem tiefen Priel in seiner Mitte, durch den auch jetzt das Meer noch seine Wasser trieb. ‚Das lässt sich dämmen!' sprach Hauke bei sich selber, nachdem er diesem Spiele eine Zeitlang zugesehen; dann blickte er auf, und von dem Deiche, auf dem er stand, über den Priel hinweg, zog er in Gedanken eine Linie längs dem Rande des abgetrennten Landes, nach Süden herum und ostwärts wiederum zurück über die dortige Fortsetzung des Prieles und an den Deich heran. Die Linie aber, welche er unsichtbar gezogen hatte, war ein neuer Deich, neu auch in der Konstruktion seines Profiles, welches bis jetzt nur noch in seinem Kopf vorhanden war.

‚Das gäbe einen Koog von zirka tausend Demat', sprach er lächelnd zu sich selber; ‚nicht groß just; aber ...'

Eine andere Kalkulation überkam ihn: das Vorland gehörte hier der Gemeinde, ihren einzelnen Mitgliedern eine Zahl von Anteilen, je nach der Größe ihres Besitzes im Gemeindebezirk oder nach sonst zu Recht bestehender Erwerbung; er begann zusammenzuzählen, wieviel Anteile er von seinem, wie viele er von Elkes Vater überkommen und was an solchen er während seiner Ehe schon selbst gekauft hatte, teils in dem dunklen Gefühle eines künftigen Vorteils, teils bei Vermehrung seiner Schafzucht. Es war schon eine ansehnliche Menge; denn auch von Ole Peters hatte er dessen sämtliche Teile angekauft, da es diesem zum Verdruss geschlagen war, als bei einer teilweisen Überströmung ihm sein bester Schafbock ertrunken war. Aber das war ein seltsamer Unfall gewesen, denn so weit Haukes Gedächtnis reichte, waren selbst bei hohen Fluten dort nur die Ränder überströmt worden. Welch treffliches Weide- und Kornland musste es geben und von welchem Werte, wenn das alles von seinem neuen Deich umgeben war! Wie ein Rausch stieg es ihm ins Gehirn; aber er presste die Nägel in seine Handflächen und zwang seine Augen, klar und nüchtern zu sehen, was dort vor ihm lag: eine große deichlose Fläche, wer wusst es, welchen Stürmen und Fluten schon in den nächsten Jahren preisgegeben, an deren äußerstem Rande jetzt ein Trupp von schmutzigen Schafen langsam grasend entlangwanderte, dazu für ihn ein Haufen Arbeit, Kampf und Ärger! Trotz alledem, als er vom Deich hinab- und den Fußsteig über die Fennen auf seine Werfte zuging, ihm war's, als brächte er einen großen Schatz mit sich nach Hause.

Auf dem Flur trat Elke ihm entgegen. „Wie war es mit der Schleuse?" frug sie.

Er sah mit geheimnisvollem Lächeln auf sie nieder. „Wir werden bald eine andere Schleuse brauchen", sagte er; „und Sielen und einen neuen Deich!"

„Ich versteh dich nicht", entgegnete Elke, während sie in das Zimmer gingen; „was willst du, Hauke?"

„Ich will", sagte er langsam und hielt dann einen Augenblick inne, „ich will, dass das große Vorland, das unserer Hofstatt gegenüber beginnt und dann nach Westen ausgeht, zu einem festen Kooge eingedeicht werde: die hohen Fluten haben fast ein Menschenalter uns in Ruh gelassen; wenn aber eine von den schlimmen wiederkommt und den Anwachs stört, so kann mit einem Mal die ganze Herrlichkeit zu Ende sein; nur der alte Schlendrian hat das bis heut so lassen können!"

Sie sah ihn voll Erstaunen an. „So schiltst du dich ja selber!" sagte sie.

– „Das tu ich, Elke; aber es war bisher auch soviel anderes zu beschaffen!"

„Ja, Hauke; gewiss, du hast genug getan!"

Er hatte sich in den Lehnstuhl des alten Deichgrafen gesetzt, und seine Hände griffen fest um beide Lehnen.

„Hast du denn guten Mut dazu?" frug ihn sein Weib.

„Das hab ich, Elke!" sprach er hastig.

„Sei nicht zu rasch, Hauke; das ist ein Werk auf Tod und Leben; und fast alle werden dir entgegen sein, man wird dir deine Müh und Sorg nicht danken!"

Er nickte. „Ich weiß!" sagte er.

„Und wenn es nun nicht gelänge!" rief sie wieder, „von Kindesbeinen an hab ich gehört, der Priel sei nicht zu stopfen, und darum dürfe nicht daran gerührt werden."

„Das war ein Vorwand für die Faulen!" sagte Hauke; „weshalb denn sollte man den Priel nicht stopfen können?"

– „Das hört ich nicht; vielleicht, weil er gerade durchgeht; die Spülung ist zu stark." – Eine Erinnerung überkam sie, und ein fast schelmisches Lächeln brach aus ihren ernsten Augen. „Als ich Kind war", sprach sie, „hörte ich einmal die Knechte darüber reden; sie meinten, wenn ein Damm dort halten solle, müsse was Lebigs da hineingeworfen und mit verdämmt werden; bei einem Deichbau auf der andern Seite, vor wohl hundert Jahren, sei ein Zigeunerkind verdämmet worden, das sie um schweres Geld der Mutter abgehandelt hätten; jetzt aber würde wohl keine ihr Kind verkaufen!"

Hauke schüttelte den Kopf „Da ist es gut, dass wir keins haben, sie würden es sonst noch schier von uns verlangen!"

„Sie sollten's nicht bekommen!" sagte Elke und schlug wie in Angst die Arme über ihren Leib.

Und Hauke lächelte; doch sie frug noch einmal: „Und die ungeheuren Kosten? Hast du das bedacht?"

– „Das hab ich, Elke; was wir dort herausbringen, wird sie bei weitem überholen, auch die Erhaltungskosten des alten Deiches gehen für ein gut Stück in dem neuen unter; wir arbeiten ja selbst und haben über achtzig Gespanne in der Gemeinde, und an jungen Fäusten ist hier auch kein Mangel. Du sollst mich wenigstens nicht umsonst zum Deichgrafen gemacht haben, Elke; ich will ihnen zeigen, dass ich einer bin!"

Sie hatte sich vor ihm niedergehuckt und ihn sorgvoll angeblickt; nun erhob sie sich mit einem Seufzer. „Ich muss weiter zu meinem Tagewerk", sagte sie, und ihre Hand strich langsam über seine Wange; „tu du das deine, Hauke!"

„Amen, Elke!" sprach er mit ernstem Lächeln; „Arbeit ist für uns beide da!"

– – Und es war Arbeit genug für beide, die schwerste Last aber fiel jetzt auf des Mannes Schulter. An Sonntagnachmittagen, oft auch nach Feierabend, saß Hauke mit einem tüchtigen Feldmesser zusammen, vertieft in Rechenaufgaben, Zeichnungen und Rissen; war er allein, dann ging es ebenso und endete oft weit nach Mitternacht. Dann schlich er in die gemeinsame Schlafkammer – denn die dumpfen Wandbetten im Wohngemach wurden in Haukes Wirtschaft nicht mehr gebraucht –, und sein Weib, damit er endlich nur zur Ruhe komme, lag wie schlafend mit geschlossenen Augen, obgleich sie mit klopfendem Herzen nur auf ihn gewartet hatte; dann küsste er mitunter ihre Stirn und sprach ein leises Liebeswort dabei, und legte sich selbst zum Schlafe, der ihm oft nur beim ersten Hahnenkraht zu Willen war. Im Wintersturm lief er auf den Deich hinaus, mit Bleistift und Papier in der Hand, und stand und zeichnete und notierte, während ein Windstoß ihm die Mütze vom Kopf riss und das lange, fahle Haar ihm um sein heißes Antlitz flog; bald fuhr er, solange nur das Eis ihm nicht den

Weg versperrte, mit einem Knecht zu Boot ins Wattenmeer hinaus und maß dort mit Lot und Stange die Tiefen der Ströme, über die er noch nicht sicher war. Elke zitterte oft genug für ihn; aber war er wieder da, so hätte er das nur aus ihrem festen Händedruck oder dem leuchtenden Blitz aus ihren sonst so stillen Augen merken können. „Geduld, Elke“, sagte er, da ihm einmal war, als ob sein Weib ihn nicht lassen könne; „ich muss erst selbst im reinen sein, bevor ich meinen Antrag stelle!“ Da nickte sie und ließ ihn gehen. Der Ritte in die Stadt zum Oberdeichgrafen wurden auch nicht wenige, und allem diesen und den Mühen in Haus- und Landwirtschaft folgten immer wieder die Arbeiten in die Nacht hinein. Sein Verkehr mit anderen Menschen außer in Arbeit und Geschäft verschwand fast ganz; selbst der mit seinem Weibe wurde immer weniger. ‚Es sind schlimme Zeiten, und sie werden noch lange dauern', sprach Elke bei sich selber und ging an ihre Arbeit.

Endlich, Sonne und Frühlingswinde hatten schon überall das Eis gebrochen, war auch die letzte Vorarbeit getan; die Eingabe an den Oberdeichgrafen zu Befürwortung an höherem Orte, enthaltend den Vorschlag einer Bedeichung des erwähnten Vorlandes, zur Förderung des öffentlichen Besten, insonders des Kooges wie nicht weniger der Herrschaftlichen Kasse, da höchstderselben in kurzen Jahren die Abgabe von zirka tausend Demat daraus erwachsen würden – war sauber abgeschrieben und nebst anliegenden Rissen und Zeichnungen aller Lokalitäten, jetzt und künftig, der Schleusen und Siele und was noch sonst dazu gehörte, in ein festes Konvolut gepackt und mit dem deichgräflichen Amtssiegel versehen worden.

„Da ist es, Elke“, sagte der junge Deichgraf, „nun gib ihm deinen Segen!“

Elke legte ihre Hand in seine. „Wir wollen fest zusammenhalten“, sagte sie.

– „Das wollen wir.“

Dann wurde die Eingabe durch einen reitenden Boten in die Stadt gesandt.

Sie wollen bemerken, lieber Herr“, unterbrach der Schulmeister seine Erzählung, mich freundlich mit seinen feinen Augen fixierend, „dass ich das bisher Berichtete während meiner fast vierzigjährigen Wirksamkeit in diesem Kooge aus den Überlieferungen verständiger Leute oder aus Erzählungen der Enkel und Urenkel solcher zusammengefunden habe; was ich, damit Sie dieses mit dem endlichen Verlauf in Einklang zu bringen vermögen, Ihnen jetzt vorzutragen habe, das war derzeit und ist auch jetzt noch das

Geschwätz des ganzen Marschdorfes, sobald nur um Allerheiligen die Spinnräder an zu schnurren fangen.

Von der Hofstelle des Deichgrafen, etwa fünf- bis sechshundert Schritte weiter nordwärts, sah man derzeit, wenn man auf dem Deiche stand, ein paar tausend Schritt ins Wattenmeer hinaus und etwas weiter von dem gegenüberliegenden Marschufer entfernt eine kleine Hallig, die sie ‚Jeverssand', auch ‚Jevershallig' nannten. Von den derzeitigen Großvätern war sie noch zur Schafweide benutzt worden, denn Gras war damals noch darauf gewachsen; aber auch das hatte aufgehört, weil die niedrige Hallig ein paarmal, und just im Hochsommer, unter Seewasser gekommen und der Graswuchs dadurch verkümmert und auch zur Schafweide unnutzbar geworden war. So kam es denn, dass außer von Möwen und den andern Vögeln, die am Strande fliegen, und etwa einmal von einem Fischadler, dort kein Besuch mehr stattfand; und an mondhellen Abenden sah man vom Deiche aus nur die Nebeldünste leichter oder schwerer darüber hinziehen. Ein paar weißgebleichte Knochengerüste ertrunkener Schafe und das Gerippe eines Pferdes, von dem freilich niemand begriff, wie es dort hingekommen sei, wollte man, wenn der Mond von Osten auf die Hallig schien, dort auch erkennen können.

Es war zu Ende März, als an dieser Stelle nach Feierabend der Tagelöhner aus dem Tede Haienschen Hause und Iven Johns, der Knecht des jungen Deichgrafen, nebeneinanderstanden und unbeweglich nach der im trüben Mondduft kaum erkennbaren Hallig hinüberstarrten; etwas Auffälliges schien sie dort so festzuhalten. Der Tagelöhner steckte die Hände in die Tasche und schüttelte sich. „Komm, Iven", sagte er, „das ist nichts Gutes; lass uns nach Haus gehen!"

Der andere lachte, wenn auch ein Grauen bei ihm hindurchklang: „Ei was, es ist eine lebige Kreatur, eine große! Wer, zum Teufel, hat sie nach dem Schlickstück hinaufgejagt! Sieh nur, nun reckt's den Hals zu uns hinüber! Nein, es senkt den Kopf, es frisst! Ich dächt, es wär dort nichts zu fressen! Was es nur sein mag?"

„Was geht das uns an!" entgegnete der andere. „Gute Nacht, Iven, wenn du nicht mitwillst; ich gehe nach Haus!"

– „Ja, ja; du hast ein Weib, du kommst ins warme Bett! Bei mir ist auch in meiner Kammer lauter Märzenluft!"

„Gut Nacht denn!" rief der Tagelöhner zurück, während er auf dem Deich nach Hause trabte. Der Knecht sah sich ein paarmal nach dem Fortlaufenden um; aber die Begier, Unheimliches zu schauen, hielt ihn noch fest. Da kam eine untersetzte, dunkle Gestalt auf dem Deich vom Dorf her gegen ihn heran; es war der Dienstjunge des Deichgrafen. „Was willst du, Carsten?“ rief ihm der Knecht entgegen.

„Ich? – nichts“, sagte der Junge; „aber unser Wirt will dich sprechen, Iven Johns!“

Der Knecht hatte die Augen schon wieder nach der Hallig. „Gleich; ich komme gleich!“ sagte er.

„Wonach guckst du denn so?“ frug der junge.

Der Knecht hob den Arm und wies stumm nach der Hallig. „Oha!“ flüsterte der Junge; „da geht ein Pferd – ein Schimmel – das muss der Teufel reiten – wie kommt ein Pferd nach Jevershallig?“

– „Weiß nicht, Carsten, wenn's nur ein richtiges Pferd ist!“

„Ja, ja, Iven; sieh nur, es frisst ganz wie ein Pferd! Aber wer hat's dahin gebracht; wir haben im Dorf so große Böte gar nicht! Vielleicht auch ist es nur ein Schaf; Peter Ohm sagt, im Mondschein wird aus zehn Torfringeln ein ganzes Dorf. Nein, sieh! Nun springt es – es muss doch ein Pferd sein!“

Beide standen eine Weile schweigend, die Augen nur nach dem gerichtet, was sie drüben undeutlich vor sich gehen sahen. Der Mond stand hoch am Himmel und beschien das weite Wattenmeer, das eben in der steigenden Flut seine Wasser über die glitzernden Schlickflächen zu spülen begann. Nur das leise Geräusch des Wassers, keine Tierstimme war in der ungeheueren Weite hier zu hören; auch in der Marsch, hinter dem Deiche, war es leer; Kühe und Rinder waren alle noch in den Ställen. Nichts regte sich; nur was sie für ein Pferd, einen Schimmel, hielten, schien dort auf Jevershallig noch beweglich. „Es wird heller“, unterbrach der Knecht die Stille, „ich sehe deutlich die weißen Schafgerippe schimmern!“

„Ich auch“, sagte der Junge und reckte den Hals, dann aber, als komme es ihm plötzlich, zupfte er den Knecht am Ärmel. „Iven“, raunte er, „das Pferdsgerippe, das sonst dabeilag, wo ist es? Ich kann's nicht sehen!“

„Ich seh es auch nicht! Seltsam!“ sagte der Knecht.

– „Nicht so seltsam, Iven! Mitunter, ich weiß nicht, in welchen Nächten, sollen die Knochen sich erheben und tun, als ob sie lebig wären!“

„So?“ machte der Knecht; „das ist ja Altweiberglaube!“

„Kann sein, Iven“, meinte der Junge.

„Aber, ich mein, du sollst mich holen; komm, wir müssen nach Haus! Es bleibt hier immer doch dasselbe.“

Der Junge war nicht fortzubringen, bis der Knecht ihn mit Gewalt herumgedreht und auf den Weg gebracht hatte. „Hör, Carsten", sagte dieser, als die gespensterhafte Hallig ihnen schon ein gut Stück im Rücken lag, „du giltst ja für einen Allerweltsbengel; ich glaub, du möchtest das am liebsten selber untersuchen!"

„Ja", entgegnete Carsten, nachträglich noch ein wenig schaudernd, „ja, das möcht ich, Iven!"

„Ist das dein Ernst? – dann", sagte der Knecht, nachdem der Junge ihm nachdrücklich darauf die Hand geboten hatte, „lösen wir morgen abend unser Boot; du fährst nach Jeverssand; ich bleib so lange auf dem Deiche stehen."

„Ja", erwiderte der Junge, „das geht! Ich nehme meine Peitsche mit!"

„Tu das!"

Schweigend kamen sie an das Haus ihrer Herrschaft, zu dem sie langsam die hohe Werft hinanstiegen.

Um dieselbe Zeit des folgenden Abends saß der Knecht auf dem großen Steine vor der Stalltür, als der Junge, mit seiner Peitsche knallend, zu ihm kam. „Das pfeift ja wunderlich!" sagte jener.

„Freilich, nimm dich in acht", entgegnete der Junge; „ich hab auch Nägel in die Schnur geflochten."

„So komm!" sagte der andere.

Der Mond stand, wie gestern, am Osthimmel und schien klar aus seiner Höhe. Bald waren beide wieder draußen auf dem Deich und sahen hinüber nach Jevershallig, die wie ein Nebelfleck im Wasser stand. „Da geht es wieder", sagte der Knecht; „nach Mittag war ich hier, da war's nicht da; aber ich sah deutlich das weiße Pferdsgerippe liegen!"

Der Junge reckte den Hals. „Das ist jetzt nicht da, Iven", flüsterte er.

„Nun, Carsten, wie ist's?" sagte der Knecht. „Juckt's dich noch, hinüberzufahren?"

Carsten besann sich einen Augenblick; dann klatschte er mit seiner Peitsche in die Luft. „Mach nur das Boot los, Iven!"

Drüben aber war es, als hebe, was dorten ging, den Hals und recke gegen das Festland hin den Kopf Sie sahen es nicht mehr; sie gingen schon den Deich hinab und bis zur Stelle, wo das Boot gelegen war. „Nun, steig nur ein!" sagte der Knecht, nachdem er es losgebunden hatte. „Ich bleib, bis du zurück bist! Zu Osten musst du anlegen; da hat man immer landen können!" Und der Junge nickte schweigend und fuhr mit seiner Peitsche in die Mondnacht hinaus; der Knecht wanderte unterm Deich zurück und bestieg ihn wieder an der Stelle, wo sie vorhin gestanden hatten. Bald sah er, wie drüben bei einer schroffen, dunkeln Stelle, an die ein breiter Priel hinanführte, das Boot sich beilegte und eine untersetzte Gestalt daraus ans Land sprang. – War's nicht, als klatschte der Junge mit seiner Peitsche? Aber es konnte auch das Geräusch der steigenden Flut sein. Mehrere hundert Schritte nordwärts sah er, was sie für einen Schimmel angesehen hatten; und jetzt! – ja, die Gestalt des Jungen kam gerade darauf zugegangen. Nun hob es den Kopf, als ob es stutze; und der Junge – es war deutlich jetzt zu hören – klatschte mit der Peitsche. Aber – was fiel ihm ein? Er kehrte um, er ging den Weg zurück, den er gekommen war. Das drüben schien unablässig fortzuweiden, kein Wiehern war von dort zu hören gewesen; wie weiße Wasserstreifen schien es mitunter über die Erscheinung hinzuziehen. Der Knecht sah wie gebannt hinüber.

Da hörte er das Anlegen des Bootes am diesseitigen Ufer, und bald sah er aus der Dämmerung den Jungen gegen sich am Deich heraufsteigen. „Nun, Carsten", frug er, „was war es?"

Der Junge schüttelte den Kopf „Nichts war es!" sagte er. „Noch kurz vom Boot aus hatt ich es gesehen; dann aber, als ich auf der Hallig war – weiß der Henker, wo sich das Tier verkrochen hatte, der Mond schien doch hell genug; aber als ich an die Stelle kam, war nichts da als die bleichen Knochen von einem halben Dutzend Schafen, und etwas weiter lag auch das Pferdsgerippe mit seinem weißen, langen Schädel und ließ den Mond in seine leeren Augenhöhlen scheinen!"

„Hm!" meinte der Knecht; „hast auch recht zugesehen?"

„Ja, Iven, ich stand dabei; ein gottvergessener Kiewiet, der hinter dem Gerippe sich zur Nachtruh hingeduckt hatte, flog schreiend auf, dass ich erschrak und ein paarmal mit der Peitsche hintennach klatschte."

„Und das war alles?"

„Ja, Iven; ich weiß nicht mehr."

„Es ist auch genug", sagte der Knecht, zog den Jungen am Arm zu sich heran und wies hinüber nach der Hallig. „Dort, siehst du etwas, Carsten?"

– „Wahrhaftig, da geht's ja wieder!"

„Wieder?" sagte der Knecht; „ich hab die ganze Zeit hinübergeschaut, aber es ist gar nicht fortgewesen; du gingst ja gerade auf das Unwesen los!"

Der Junge starrte ihn an; ein Entsetzen lag plötzlich auf seinem sonst so kecken Angesicht, das auch dem Knechte nicht entging. „Komm!“ sagte dieser, „wir wollen nach Haus: von hier aus geht’s wie lebig, und drüben liegen nur die Knochen – das ist mehr, als du und ich begreifen können. Schweig aber still davon, man darf dergleichen nicht verreden!“

So wandten sie sich, und der Junge trabte neben ihm; sie sprachen nicht, und die Marsch lag in lautlosem Schweigen an ihrer Seite.

– – Nachdem aber der Mond zurückgegangen und die Nächte dunkel geworden waren, geschah ein anderes.

Hauke Haien war zur Zeit des Pferdemarktes in die Stadt geritten, ohne jedoch mit diesem dort zu tun zu haben. Gleichwohl, da er gegen Abend heimkam, brachte er ein zweites Pferd mit sich nach Hause; aber es war rauhhaarig und mager, dass man jede Rippe zählen konnte, und die Augen lagen ihm matt und eingefallen in den Schädelhöhlen. Elke war vor die Haustür getreten, um ihren Eheliebsten zu empfangen. „Hilf Himmel!“ rief sie, „was soll uns der alte Schimmel?“ Denn da Hauke mit ihm vor das Haus geritten kam und unter der Esche hielt, hatte sie gesehen, dass die arme Kreatur auch lahme.

Der junge Deichgraf aber sprang lachend von seinem braunen Wallach: „Lass nur, Elke; es kostet auch nicht viel!“

Die kluge Frau erwiderte: „Du weißt doch, das Wohlfeilste ist auch meist das Teuerste.“

– „Aber nicht immer, Elke; das Tier ist höchstens vier Jahr alt; sieh es dir nur genauer an! Es ist verhungert und misshandelt; da soll ihm unser Hafer guttun; ich werd es selbst versorgen, damit sie mir’s nicht überfüttern.“

Das Tier stand indessen mit gesenktem Kopf, die Mähnen hingen lang am Hals herunter. Frau Elke, während ihr Mann nach den Knechten rief, ging betrachtend um dasselbe herum; aber sie schüttelte den Kopf: „So eins ist noch nie in unserm Stall gewesen!“

Als jetzt der Dienstjunge um die Hausecke kam, blieb er plötzlich mit erschrocknen Augen stehen. „Nun, Carsten“, rief der Deichgraf, „was fährt dir in die Knochen? Gefällt dir mein Schimmel nicht?“

„Ja – o ja, uns’ Weert, warum denn nicht!“

– „So bring die Tiere in den Stall, gib ihnen kein Futter; ich komme gleich selber hin!“

Der Junge fasste mit Vorsicht den Halfter des Schimmels und griff dann hastig, wie zum Schutze, nach dem Zügel des ihm ebenfalls vertrauten Wallachs. Hauke aber ging mit seinem Weibe in das Zimmer; ein Warmbier hatte sie für ihn bereit, und Brot und Butter waren auch zur Stelle.

Er war bald gesättigt; dann stand er auf und ging mit seiner Frau im Zimmer auf und ab. „Lass dir erzählen, Elke“, sagte er, während der Abendschein auf den Kacheln an den Wänden spielte, „wie ich zu dem Tier gekommen bin: Ich war wohl eine Stunde beim Oberdeichgrafen gewesen; er hatte gute Kunde für mich – es wird wohl dies und jenes anders werden als in meinen Rissen; aber die Hauptsache, mein Profil, ist akzeptiert, und schon in den nächsten Tagen kann der Befehl zum neuen Deichbau dasein!“

Elke seufzte unwillkürlich. „Also doch?“ sagte sie sorgenvoll.

„Ja, Frau“, entgegnete Hauke; „hart wird's hergehen; aber dazu, denk ich, hat der Herrgott uns zusammengebracht! Unsere Wirtschaft ist jetzt so gut in Ordnung; ein groß Teil kannst du schon auf deine Schultern nehmen; denk nur um zehn Jahr weiter – dann stehen wir vor einem andern Besitz.“

Sie hatte bei seinen ersten Worten die Hand ihres Mannes versichernd in die ihrigen gepresst; seine letzten Worte konnten sie nicht erfreuen. „Für wen soll der Besitz?“ sagte sie. „Du müsstest denn ein ander Weib nehmen; ich bring dir keine Kinder.“

Tränen schossen ihr in die Augen; aber er zog sie fest in seine Arme. „Das überlassen wir dem Herrgott“, sagte er; „Jetzt aber und auch dann noch sind wir jung genug, um uns der Früchte unserer Arbeit selbst zu freuen.“

Sie sah ihn lange, während er sie hielt, aus ihren dunkeln Augen an. „Verzeih, Hauke“, sprach sie; „ich bin mitunter ein verzagt Weib!“

Er neigte sich zu ihrem Antlitz und küsste sie: „Du bist mein Weib und ich dein Mann, Elke! Und anders wird es nun nicht mehr.“

Da legte sie die Arme fest um seinen Nacken: „Du hast recht, Hauke, und was kommt, kommt für uns beide.“ Dann löste sie sich errötend von ihm. „Du wolltest von dem Schimmel mir erzählen“, sagte sie leise.

„Das wollt ich, Elke. Ich sagte dir schon, mir war Kopf und Herz voll Freude über die gute Nachricht, die der Oberdeichgraf mir gegeben hatte; so ritt ich eben wieder aus der Stadt hinaus, da, auf dem Damm, hinter dem Hafen, begegnet' mir ein ruppiger Kerl; ich wusst nicht, war's ein Vagabund, ein Kesselflicker oder was denn sonst. Der Kerl zog den Schimmel am Halfter hinter sich; das Tier aber hob den Kopf und sah mich aus blöden Augen an; mir war's, als ob es mich um etwas bitten wolle; ich war ja auch in diesem Augenblicke reich genug. ‚He, Landsmann!‘ rief ich, ‚wo wollt Ihr mit der Kracke hin?‘

Der Kerl blieb stehen und der Schimmel auch. ‚Verkaufen!‘ sagte jener und nickte mir listig zu.

‚Nur nicht an mich!‘ rief ich lustig.

‚Ich denke doch!‘ sagte er; ‚das ist ein wacker Pferd und unter hundert Talern nicht bezahlt.‘

Ich lachte ihm ins Gesicht.

‚Nun‘, sagte er, ‚lacht nicht so hart; Ihr sollt's mir ja nicht zahlen! Aber ich kann's nicht brauchen, bei mir verkommt's; es würd bei Euch bald ander Ansehen haben!‘

Da sprang ich von meinem Wallach und sah dem Schimmel ins Maul und sah wohl, es war noch ein junges Tier. ‚Was soll's denn kosten?‘ rief ich, da auch das Pferd mich wiederum wie bittend ansah.

‚Herr, nehmt's für dreißig Taler!‘ sagte der Kerl, ‚und den Halfter geb ich Euch darein!‘

Und da, Frau, hab ich dem Burschen in die dargebotne braune Hand, die fast wie eine Klaue aussah, eingeschlagen. So haben wir den Schimmel, und ich denk auch, wohlfeil genug! Wunderlich nur war es, als ich mit den Pferden wegritt, hört ich bald hinter mir ein Lachen, und als ich den Kopf wandte, sah ich den Slowaken, der stand noch sperrbeinig, die Arme auf dem Rücken, und lachte wie ein Teufel hinter mir drein."

„Pfui", rief Elke, „wenn der Schimmel nur nichts von seinem alten Herrn dir zubringt! Mög er dir gedeihen, Hauke!"

„Er selber soll es wenigstens, soweit ich's leisten kann!" Und der Deichgraf ging in den Stall, wie er vorhin dem Jungen es gesagt hatte.

– – Aber nicht allein an jenem Abend fütterte er den Schimmel, er tat es fortan immer selbst und ließ kein Auge von dem Tiere; er wollte zeigen, dass er einen Priesterhandel gemacht habe; jedenfalls sollte nichts versehen werden. – Und schon nach wenig Wochen hob sich die Haltung des Tieres; allmählich verschwanden die rauhen Haare; ein blankes, blaugeapfeltes Fell kam zum Vorschein, und da er es eines Tages auf der Hofstatt umherführte, schritt es schlank auf seinen festen Beinen. Hauke dachte des abenteuerlichen Verkäufers. ‚Der Kerl war ein Narr oder ein Schuft, der es gestohlen hatte!‘ murmelte er bei sich selber. – Bald auch, wenn das Pferd im Stall nur seine Schritte hörte, warf es den Kopf herum und wieherte ihm entgegen; nun sah er auch, es hatte, was die Araber verlangen, ein fleischlos Angesicht; draus blitzten ein Paar feurige braune Augen. Dann führte er es aus dem Stall und legte ihm einen leichten Sattel auf; aber kaum saß er droben, so fuhr dem Tier ein Wiehern wie ein Lustschrei aus der Kehle; es flog mit ihm davon, die Werfte hinab auf den Weg und dann dem Deiche zu; doch der Reiter saß fest, und als sie oben waren, ging es ruhiger, leicht, wie tanzend, und warf den Kopf dem Meere zu. Er klopfte und streichelte ihm den blanken Hals, aber es bedurfte dieser Liebkosung schon nicht mehr; das Pferd schien völlig eins mit seinem Reiter, und nachdem er eine Strecke nordwärts den Deich hinausgeritten war, wandte er es leicht und gelangte wieder an die Hofstatt.

Die Knechte standen unten an der Auffahrt und warteten der Rückkunft ihres Wirtes. „So, John“, rief dieser, indem er von seinem Pferde sprang, „nun reite du es in die Fenne zu den andern; es trägt dich wie in einer Wiege!“

Der Schimmel schüttelte den Kopf und wieherte laut in die sonnige Marschlandschaft hinaus, während ihm der Knecht den Sattel abschnallte und der Junge damit zur Geschirrkammer lief; dann legte er den Kopf auf seines Herrn Schulter und duldete behaglich dessen Liebkosung. Als aber der Knecht sich jetzt auf seinen Rücken schwingen wollte, sprang er mit einem jähen Satz zur Seite und stand dann wieder unbeweglich, die schönen Augen auf seinen Herrn gerichtet. „Hoho, Iven“, rief dieser, „hat er dir Leids getan?“ und suchte seinem Knecht vom Boden aufzuhelfen.

Der rieb sich eifrig an der Hüfte. „Nein, Herr, es geht noch; aber den Schimmel reit der Teufel!“

„Und ich!“ setzte Hauke lachend hinzu. „So bring ihn am Zügel in die Fenne!“

Und als der Knecht etwas beschämt gehorchte, ließ sich der Schimmel ruhig von ihm führen.

– – Einige Abende später standen Knecht und Junge miteinander vor der Stalltür; hinterm Deiche war das Abendrot erloschen, innerhalb desselben war schon der Koog von tiefer Dämmerung überwallt; nur selten kam aus der Ferne das Gebrüll eines aufgestörten Rindes oder der Schrei einer Lerche, deren Leben unter dem Überfall eines Wiesels oder einer Wasserratte endete. Der Knecht lehnte gegen den Türpfosten und rauchte aus einer kurzen Pfeife, deren Rauch er schon nicht mehr sehen konnte; gesprochen hatten er und der Junge noch nicht zusammen. Dem letzteren aber drückte etwas auf die Seele, er wusste nur nicht, wie er dem schweigsamen Knechte ankommen sollte. „Du,

Iven!“ sagte er endlich, „weißt du, das Pferdsgeripp auf Jeverssand!“

„Was ist damit?“ frug der Knecht.

„Ja, Iven, was ist damit? Es ist gar nicht mehr da; weder Tages noch bei Mondschein; wohl zwanzigmal bin ich auf den Deich hinausgelaufen!“

„Die alten Knochen sind wohl zusammengepoltert?“ sagte Iven und rauchte ruhig weiter.

„Aber ich war auch bei Mondschein draußen, es geht auch drüben nichts auf Jeverssand!“

„Ja“, sagte der Knecht, „sind die Knochen auseinandergefallen, so wird's wohl nicht mehr aufstehen können!“

„Mach keinen Spaß, Iven! Ich weiß jetzt; ich kann dir sagen, wo es ist!“

Der Knecht drehte sich jäh zu ihm. „Nun, wo ist es denn?“

„Wo?“ wiederholte der Junge nachdrücklich. „Es steht in unserem Stall; da steht's, seit es nicht mehr auf der Hallig ist. Es ist auch nicht umsonst, dass der Wirt es allzeit selber füttert; ich weiß Bescheid, Iven!“

Der Knecht paffte eine Weile heftig in die Nacht hinaus. „Du bist nicht klug, Carsten“, sagte er dann; „unser Schimmel? Wenn je ein Pferd ein lebigs war, so ist es der! Wie kann so ein Allerweltsjunge wie du in solch Altem-Weiber-Glauben sitzen!“

– – Aber der Junge war nicht zu bekehren: wenn der Teufel in dem Schimmel steckte, warum sollte er dann nicht lebendig sein? Im Gegenteil, um desto schlimmer! – Er fuhr jedesmal erschreckt zusammen, wenn er gegen Abend den Stall betrat, in dem auch sommers das Tier mitunter eingestellt wurde, und es dann den feurigen Kopf so jäh nach ihm herumwarf. „Hol's der Teufel!“ brummte er dann; „wir bleiben auch nicht lange mehr zusammen!“

So tat er sich denn heimlich nach einem neuen Dienste um, kündigte und trat um Allerheiligen als Knecht bei Ole Peters ein. Hier fand er andächtige Zuhörer für seine Geschichte von dem Teufelspferd des Deichgrafen; die dicke Frau Vollina und deren geistesstumpfer Vater, der frühere Deichgevollmächtigte Jeß Harders, hörten in behaglichem Gruseln zu und erzählten sie später allen, die gegen den Deichgrafen einen Groll im Herzen oder die an derart Dingen ihr Gefallen hatten.

Inzwischen war schon Ende März durch die Oberdeichgrafschaft der Befehl zur neuen Eindeichung eingetroffen. Hauke berief zunächst die Deichgevollmächtigten zusammen, und im Kruge oben bei der Kirche waren eines Tages alle erschienen und hörten zu, wie er ihnen die Hauptpunkte aus den bisher erwachsenen Schriftstücken vorlas: aus seinem Antrage, aus dem Bericht des Oberdeichgrafen, zuletzt den schließlichen Bescheid, worin vor allem auch die Annahme des von ihm vorgeschlagenen Profiles enthalten war und der neue Deich nicht steil wie früher, sondern allmählich verlaufend nach der Seeseite abfallen sollte; aber mit heiteren oder auch nur zufriedenen Gesichtern hörten sie nicht.

„Ja, ja", sagte ein alter Gevollmächtigter, „da haben wir nun die Bescherung, und Proteste werden nicht helfen, da der Oberdeichgraf unserm Deichgrafen den Daumen hält!"

„Hast wohl recht, Detlev Wiens", setzte ein zweiter hinzu; „die Frühlingsarbeit steht vor der Tür, und nun soll auch ein millionenlanger Deich gemacht werden – da muss ja alles liegenbleiben."

„Das könnt ihr dies Jahr noch zu Ende bringen", sagte Hauke; „so rasch wird der Stecken nicht vom Zaun gebrochen!"

Das wollten wenige zugeben. „Aber dein Profil!" sprach ein dritter, was Neues auf die Bahn bringend; „der Deich wird ja auch an der Außenseite nach dem Wasser so breit, wie Lawrenz sein Kind nicht lang war! Wo soll das Material herkommen? Wann soll die Arbeit fertig werden?"

„Wenn nicht in diesem, so im nächsten Jahre; das wird am meisten von uns selber abhängen!" sagte Hauke.

Ein ärgerliches Lachen ging durch die Gesellschaft. „Aber wozu die unnütze Arbeit; der Deich soll ja nicht höher werden als der alte", rief eine neue Stimme; „und ich mein, der steht schon über dreißig Jahre!"

„Da sagt Ihr recht", sprach Hauke, „vor dreißig Jahren ist der alte Deich gebrochen; dann rückwärts vor fünfunddreißig, und wiederum vor fünfundvierzig Jahren; seitdem aber, obgleich er noch immer steil und unvernünftig dasteht, haben die höchsten Fluten uns verschont. Der neue Deich aber soll trotz solcher hundert und aber hundert Jahre stehen; denn er wird nicht durchbrochen werden, weil der milde Abfall nach der Seeseite den Wellen keinen Angriffspunkt entgegenstellt, und so werdet ihr für euch und euere Kinder ein sicheres Land gewinnen, und das ist es, weshalb die Herrschaft und der Oberdeichgraf mir den Daumen halten; das ist es auch, was ihr zu eurem eigenen Vorteil einsehen solltet!"

Als die Versammelten hierauf nicht sogleich zu antworten bereit waren, erhob sich ein alter weißhaariger Mann mühsam von seinem Stuhle; es war Frau Elkes Pate, Jewe Manners, der auf Haukes Bitten noch immer in seinem Gevollmächtigtenamt verblieben war. „Deichgraf Hauke Haien", sprach er, „du machst uns viel Unruhe und Kosten, und ich wollte, du hättest damit gewartet, bis mich der Herrgott hätt zur Ruhe gehen lassen; aber – recht hast du, das kann nur die Unvernunft bestreiten. Wir haben Gott mit jedem Tag zu danken, dass er uns trotz unserer Trägheit das kostbare Stück Vorland gegen Sturm und Wasserdrang erhalten hat; jetzt aber ist es wohl die elfte Stunde, in der wir selbst die Hand anlegen müssen, es auch nach all unserm Wissen und Können selber uns zu wahren und auf Gottes Langmut weiter nicht zu trotzen. Ich, meine Freunde, bin ein Greis; ich habe Deiche bauen und brechen sehen; aber den Deich, den Hauke Haien nach ihm von Gott verliehener Einsicht projektiert und bei der Herrschaft für euch durchgesetzt hat, den wird niemand von euch Lebenden brechen sehen, und wolltet ihr ihm selbst nicht danken, eure Enkel werden ihm den Ehrenkranz doch einstens nicht versagen können!" Jewe Manners setzte sich wieder, er nahm sein blaues Schnupftuch aus der Tasche und wischte sich ein paar Tropfen von der Stirn. Der Greis war noch immer als ein Mann von Tüchtigkeit und unantastbarer Rechtschaffenheit bekannt, und da die Versammlung eben nicht geneigt war, ihm zuzustimmen, so schwieg sie weiter. Aber Hauke Haien nahm das Wort; doch sahen alle, dass er bleich geworden. „Ich danke Euch, Jewe Manners", sprach er, „dass Ihr noch hier seid und dass Ihr das Wort gesprochen habt; ihr andern Herren Gevollmächtigten wollet den neuen Deichbau, der freilich mir zur Last fällt, zum mindesten ansehen als ein Ding, das nun nicht mehr zu ändern steht, und lasset uns demgemäß beschließen, was nun not ist!"

„Sprechet!" sagte einer der Gevollmächtigten. Und Hauke breitete die Karte des neuen Deiches auf dem Tische aus. „Es hat vorhin einer gefragt", begann er, „Woher die viele Erde nehmen? – Ihr seht, soweit das Vorland in die Watten hinausgeht, ist außerhalb der Deichlinie ein Streifen Landes frei gelassen; daher und von dem Vorlande, das nach Nord und Süd von dem neuen Kooge an dem Deiche hinläuft, können wir die Erde nehmen; haben wir an den Wasserseiten nur eine tüchtige Lage Klei, nach innen oder in der Mitte kann auch Sand genommen werden! – Nun aber ist zunächst ein Feldmesser zu berufen, der die Linie des neuen Deiches auf dem Vorland absteckt! Der mir bei Ausarbeitung des Planes behülflich gewesen, wird wohl am besten dazu passen. Ferner werden wir zur Heranholung des Kleis oder sonstigen Materials die Anfertigung einspänniger Sturzkarren mit Gabeldeichsel bei einigen Stellmachern verdingen müssen; wir werden für die Durchdämmung des Prieles und nach den Binnenseiten, wo wir etwa mit Sand fürliebnehmen müssen, ich kann jetzt nicht sagen, wieviel hundert Fuder Stroh zur Bestickung des Deiches gebrauchen, vielleicht mehr, als in der Marsch hier wird entbehrlich sein! – Lasset uns denn beraten, wie zunächst dies alles zu beschaffen und einzurichten ist, auch die neue Schleuse hier an der Westseite gegen das Wasser zu ist später einem tüchtigen Zimmermann zur Herstellung zu übergeben."

Die Versammelten hatten sich um den Tisch gestellt, betrachteten mit halbem Aug die Karte und begannen allgemach zu sprechen; doch war's, als geschähe es, damit nur überhaupt etwas gesprochen werde. Als es sich um Zuziehung des Feldmessers handelte, meinte einer der Jüngeren: „Ihr habt es ausgesonnen, Deichgraf; Ihr müsset selbst am besten wissen, wer dazu taugen mag."

Aber Hauke entgegnete: „Da ihr Geschworene seid, so müsset ihr aus eigener, nicht aus meiner Meinung sprechen, Jakob Meyen; und wenn ihr's dann besser sagt, so werd ich meinen Vorschlag fallenlassen!"

„Nun ja, es wird schon recht sein", sagte Jakob Meyen.

Aber einem der Älteren war es doch nicht völlig recht; er hatte einen Bruderssohn: so einer im Feldmessen sollte hier in der Marsch noch nicht gewesen sein, der sollte noch über des Deichgrafen Vater, den seligen Tede Haien, gehen!

So wurde denn über die beiden Feldmesser verhandelt und endlich beschlossen, ihnen gemeinschaftlich das Werk zu übertragen. Ähnlich ging es bei den Sturzkarren, bei der Strohlieferung und allem andern, und Hauke kam spät und fast erschöpft auf seinem Wallach, den er noch derzeit ritt, zu Hause an. Aber als er in dem alten Lehnstuhl saß, der noch von seinem gewichtigen, aber leichter lebenden Vorgänger stammte, war auch sein Weib ihm schon zur Seite. „Du siehst so müd aus, Hauke", sprach sie und strich mit ihrer schmalen Hand das Haar ihm von der Stirn.

„Ein wenig wohl!" erwiderte er.

– „Und geht es denn?"

„Es geht schon", sagte er mit bitterem Lächeln; „aber ich selber muss die Räder schieben und froh sein, wenn sie nicht zurückgehalten werden!"

– „Aber doch nicht von allen?"

„Nein, Elke; dein Pate, Jewe Manners, ist ein guter Mann; ich wollt, er wär um dreißig Jahre jünger."

Als nach einigen Wochen die Deichlinie abgesteckt und der größte Teil der Sturzkarren geliefert war, waren sämtliche Anteilbesitzer des einzudeichenden Kooges, angleichen die Besitzer der hinter dem alten Deich belegenen Ländereien, durch den Deichgrafen im Kirchspielskrug versammelt worden; es galt, ihnen einen Plan über die Verteilung der Arbeit und Kosten vorzulegen und ihre etwaigen Einwendungen zu vernehmen; denn auch die letzteren hatten, sofern der neue Deich und die neuen Siele die Unterhaltungskosten der älteren Werke verminderten, ihren Teil zu schaffen und zu tragen. Dieser Plan war für Hauke ein schwer Stück Arbeit gewesen, und wenn ihm durch Vermittelung des Oberdeichgrafen neben einem Deichboten nicht auch noch ein Deichschreiber wäre zugeordnet worden, er würde es so bald nicht fertiggebracht haben, obwohl auch jetzt wieder an jedem neuen Tage in die Nacht hinein gearbeitet war. Wenn er dann todmüde sein Lager suchte, so hatte nicht wie vordem sein Weib in nur verstelltem Schlafe seiner gewartet; auch sie hatte so vollgemessen ihre tägliche Arbeit, dass sie nachts wie am Grunde eines tiefen Brunnens in unstörbarem Schlafe lag.

Als Hauke jetzt seinen Plan verlesen und die Papiere, die freilich schon drei Tage hier im Kruge zur Einsicht ausgelegen hatten, wieder auf den Tisch breitete, waren zwar ernste Männer zugegen, die mit Ehrerbietung diesen gewissenhaften Fleiß betrachteten und sich nach ruhiger Überlegung den billigen Ansätzen ihres Deichgrafen unterwarfen; andere aber, deren Anteile an dem neuen Lande von ihnen selbst oder ihren Vätern oder sonstigen Vorbesitzern waren veräußert worden, beschwerten sich, dass sie zu den Kosten des neuen Kooges hinzugezogen seien, dessen Land sie nichts mehr angehe, uneingedenk, dass durch die neuen Arbeiten auch ihre alten Ländereien nach und nach entbürdet würden; und wieder andere, die mit Anteilen in dem neuen Koog gesegnet waren, schrien, man möge ihnen doch dieselben abnehmen, sie sollten um ein Geringes feil sein; denn wegen der unbilligen Leistungen, die ihnen dafür aufgebürdet würden, könnten sie nicht damit bestehen. Ole Peters aber, der mit grimmigem Gesicht am Türpfosten lehnte, rief dazwischen: „Besinnt euch erst und dann vertrauet unserm Deichgrafen! Der versteht zu rechnen; er hatte schon die meisten Anteile, da wusste er auch mir die meinen abzuhandeln, und als er sie hatte, beschloss er, diesen neuen Koog zu deichen!"

Es war nach diesen Worten einen Augenblick totenstill in der Versammlung. Der Deichgraf stand an dem Tisch, auf dem er zuvor seine Papiere gebreitet hatte, er hob seinen Kopf und sah nach Ole Peters hinüber. „Du weißt wohl, Ole Peters", sprach er, „dass du mich verleumdest; du tust es dennoch, weil du überdies auch weißt, dass doch ein gut Teil des Schmutzes, womit du mich bewirfst, an mir wird hängenbleiben! Die Wahrheit ist, dass du deine Anteile los sein wolltest und dass ich ihrer derzeit für meine Schafzucht bedurfte; und willst du Weiteres wissen, das ungewaschene Wort, das dir im Krug vom Mund gefahren, ich sei nur Deichgraf meines Weibes wegen, das hat mich aufgerüttelt, und ich hab euch zeigen wollen, dass ich wohl um meiner selbst willen Deichgraf sein könne; und somit, Ole Peters, hab ich getan, was schon der Deichgraf vor mir hätte tun sollen. Trägst du mir aber Groll, dass derzeit deine Anteile die meinen geworden sind – du hörst es ja, es sind genug, die jetzt die ihrigen um ein billiges feilbieten, nur weil die Arbeit ihnen jetzt zuviel ist!"

Von einem kleinen Teil der versammelten Männer ging ein Beifallsmurmeln aus, und der alte Jewe Manners, der dazwischenstand, rief laut: „Bravo, Hauke Haien! Unser Herrgott wird dir dein Werk gelingen lassen!"

Aber man kam doch nicht zu Ende, obgleich Ole Peters schwieg und die Leute erst zum Abendbrote auseinandergingen; erst in einer zweiten Versammlung wurde alles geordnet; aber auch nur, nachdem Hauke statt der ihm zukommenden drei Gespanne für den nächsten Monat deren vier auf sich genommen hatte.

Endlich, als schon die Pfingstglocken durch das Land läuteten, hatte die Arbeit begonnen. Unablässig fuhren die Sturzkarren von dem Vorlande an die Deichlinie, um den geholten Klei dort abzustürzen, und gleicherweise war dieselbe Anzahl schon wieder auf der Rückfahrt, um auf dem Vorland neuen aufzuladen; an der Deichlinie selber standen Männer mit Schaufeln und Spaten, um das Abgeworfene an seinen Platz zu bringen und zu ebnen; ungeheuere Fuder Stroh wurden angefahren und abgeladen; nicht nur zur Bedeckung des leichteren Materials, wie Sand und lose Erde, dessen man an den Binnenseiten sich bediente, wurde das Stroh benutzt; allmählich wurden einzelne Strecken des Deiches fertig, und die Grassoden, womit man sie belegt hatte, wurden stellenweis zum Schutz gegen die nagenden Wellen mit fester Strohbestickung überzogen. Bestellte Aufseher gingen hin und her, und wenn es stürmte, standen sie mit aufgerissenen Mäulern und schrien ihre Befehle durch Wind und Wetter; dazwischen ritt der

Deichgraf auf seinem Schimmel, den er jetzt ausschließlich in Gebrauch hatte, und das Tier flog mit dem Reiter hin und wider, wenn er rasch und trocken seine Anordnungen machte, wenn er die Arbeiter lobte oder, wie es wohl geschah, einen Faulen oder Ungeschickten ohn Erbarmen aus der Arbeit wies. „Das hilft nicht!“ rief er dann; „um deine Faulheit darf uns nicht der Deich verderben!“ Schon von weitem, wenn er unten aus dem Koog heraufkam, hörten sie das Schnauben seines Rosses, und alle Hände fassten fester in die Arbeit: „Frisch zu! Der Schimmelreiter kommt!“

War es um die Frühstückszeit, wo die Arbeiter mit ihrem Morgenbrot haufenweis beisammen auf der Erde lagen, dann ritt Hauke an den verlassenen Werken entlang, und seine Augen waren scharf, wo liederliche Hände den Spaten geführt hatten. Wenn er aber zu den Leuten ritt und ihnen auseinandersetzte, wie die Arbeit müsse beschafft werden, sahen sie wohl zu ihm auf und kauten geduldig an ihrem Brote weiter; aber eine Zustimmung oder auch nur eine Äußerung hörte er nicht von ihnen. Einmal zu solcher Tageszeit, es war schon spät, da er an einer Deichstelle die Arbeit in besonderer Ordnung gefunden hatte, ritt er zu dem nächsten Haufen der Frühstückenden, sprang von seinem Schimmel und frug heiter, wer dort so sauberes Tagewerk verrichtet hätte, aber sie sahen ihn nur scheu und düster an, und nur langsam und wie widerwillig wurden ein paar Namen genannt. Der Mensch, dem er sein Pferd gegeben hatte, das ruhig wie ein Lamm stand, hielt es mit beiden Händen und blickte wie angstvoll nach den schönen Augen des Tieres, die es, wie gewöhnlich, auf seinen Herrn gerichtet hielt.

„Nun, Marten!“ rief Hauke; „was stehst du, als ob dir der Donner in die Beine gefahren sei?“

– „Herr, Euer Pferd, es ist so ruhig, als ob es Böses vorhabe!“

Hauke lachte und nahm das Pferd selbst am Zügel, das sogleich liebkosend den Kopf an seiner Schulter rieb. Von den Arbeitern sahen einige scheu zu Ross und Reiter hinüber, andere, als ob das alles sie nicht kümmere, aßen schweigend ihre Frühkost, dann und wann den Möwen einen Brocken hinaufwerfend, die sich den Futterplatz gemerkt hatten und mit ihren schlanken Flügeln sich fast auf ihre Köpfe senkten.

Der Deichgraf blickte eine Weile wie gedankenlos auf die bettelnden Vögel und wie sie die zugeworfenen Bissen mit ihren Schnäbeln haschten; dann sprang er in den Sattel und ritt, ohne sich nach den Leuten umzusehen, davon; einige Worte, die jetzt unter ihnen laut wurden, klangen ihm fast wie Hohn. ‚Was ist das?' sprach er bei sich selber. ‚Hatte denn Elke recht, dass sie alle gegen mich sind? Auch diese Knechte und kleinen Leute, von denen vielen durch meinen neuen Deich doch eine Wohlhabenheit ins Haus wächst?'

Er gab seinem Pferde die Sporen, dass es wie toll in den Koog hinabflog. Von dem unheimlichen Glanze freilich, mit dem sein früherer Dienstjunge den Schimmelreiter bekleidet hatte, wusste er selber nichts; aber die Leute hätten ihn jetzt nur sehen sollen, wie aus seinem hageren Gesicht die Augen starrten, wie sein Mantel flog und wie der Schimmel sprühte!

– – So war der Sommer und der Herbst vergangen; noch bis gegen Ende November war gearbeitet worden, dann geboten Frost und Schnee dem Werke Halt; man war nicht fertig geworden und beschloss, den Koog offen liegenzulassen. Acht Fuß ragte der Deich aus der Fläche hervor; nur wo westwärts gegen das Wasser hin die Schleuse gelegt werden sollte, hatte man eine Lücke gelassen; auch oben vor dem alten Deiche war der Priel noch unberührt. So konnte die Flut, wie in den letzten dreißig Jahren, in den Koog hineindringen, ohne dort oder an dem neuen Deiche großen Schaden anzurichten. Und so überließ man dem großen Gott das Werk der Menschenhände und stellte es in seinen Schutz, bis die Frühlingssonne die Vollendung würde möglich machen.

– – Inzwischen hatte im Hause des Deichgrafen sich ein frohes Ereignis vorbereitet: im neunten Ehejahr war noch ein Kind geboren worden. Es war rot und hutzelig und wog seine sieben Pfund, wie es für neugeborene Kinder sich gebührt, wenn sie, wie dies, dem weiblichen Geschlechte angehören; nur sein Geschrei war wunderlich verhohlen und hatte der Wehmutter nicht gefallen wollen. Das Schlimmste war: am dritten Tage lag Elke im hellen Kindbettfieber, redete Irrsal und kannte weder ihren Mann noch ihre alte Helferin. Die unbändige Freude, die Hauke beim Anblick seines Kindes ergriffen hatte, war zu Trübsal geworden; der Arzt aus der Stadt war geholt, er saß am Bett und fühlte den Puls und verschrieb und sah ratlos um sich her. Hauke schüttelte den Kopf. „Der hilft nicht; nur Gott kann helfen!“ Er hatte sich sein eigen Christentum zurechtgerechnet, aber es war etwas, das sein Gebet zurückhielt. Als der alte Doktor davongefahren war, stand er am Fenster, in den winterlichen Tag hinausstarrend, und während die Kranke aus ihren Phantasien aufschrie, schränkte er die Hände zusammen; er wusste selber nicht, war es aus Andacht oder war es nur, um in der ungeheueren Angst sich selbst nicht zu verlieren.

„Wasser! Das Wasser!“ wimmerte die Kranke. „Halt mich!“ schrie sie; „halt mich, Hauke!“ Dann sank die Stimme; es klang, als ob sie weine: „In See, ins Haff hinaus? O lieber Gott, ich seh ihn nimmer wieder!“

Da wandte er sich und schob die Wärterin von ihrem Bette; er fiel auf seine Knie, umfasste sein Weib und riss sie an sich: „Elke! Elke, so kenn mich doch, ich bin ja bei dir!“

Aber sie öffnete nur die fieberglühenden Augen weit und sah wie rettungslos verloren um sich.

Er legte sie zurück auf ihre Kissen; dann krampfte er die Hände ineinander. „Herr, mein Gott“, schrie er; „nimm sie mir nicht! Du weißt, ich kann sie nicht entbehren!“ Dann war's, als ob er sich besinne, und leiser setzte er hinzu: „Ich weiß ja wohl, du kannst nicht allezeit, wie du willst, auch du nicht; du bist allweise; du musst nach deiner Weisheit tun – o Herr, sprich nur durch einen Hauch zu mir!“

Es war, als ob plötzlich eine Stille eingetreten sei; er hörte nur ein leises Atmen; als er sich zum Bette kehrte, lag sein Weib in ruhigem Schlaf, nur die Wärterin sah mit entsetzten Augen auf ihn. Er hörte die Tür gehen. „Wer war das?“ frug er.

„Herr, die Magd Ann Grete ging hinaus; sie hatte den Warmkorb hereingebracht.“

– „Was sieht Sie mich denn so verfahren an, Frau Levke?“

„Ich? Ich hab mich ob Eurem Gebet erschrocken; damit betet Ihr keinen vom Tode los!“

Hauke sah sie mit seinen durchdringenden Augen an: „Besucht Sie denn auch, wie unsere Ann Grete, die Konventikel bei dem holländischen Flickschneider Jantje?“

„Ja, Herr; wir haben beide den lebendigen Glauben!“

Hauke antwortete ihr nicht. Das damals stark im Schwange gehende separatistische Konventikelwesen hatte auch unter den Friesen seine Blüten getrieben; heruntergekommene Handwerker oder wegen Trunkes abgesetzte Schulmeister spielten darin die Hauptrolle, und Dirnen, junge und alte Weiber, Faulenzer und einsame Menschen liefen eifrig in die heimlichen Versammlungen, in denen jeder den Priester spielen konnte. Aus des Deichgrafen Hause brachten Ann Grete und der in sie verliebte Dienstjunge ihre freien Abende dort zu. Freilich hatte Elke ihre Bedenken darüber gegen Hauke nicht zurückgehalten; aber er hatte gemeint, in Glaubenssachen solle man keinem dreinreden: das schade niemandem, und besser dort doch als im Schnapskrug!

So war es dabei geblieben, und so hatte er auch jetzt geschwiegen. Aber freilich über ihn schwieg man nicht; seine Gebetsworte liefen um von Haus zu Haus: er hatte Gottes Allmacht bestritten; was war ein Gott denn ohne Allmacht? Er war ein Gottesleugner; die Sache mit dem Teufelspferde mochte auch am Ende richtig sein!

Hauke erfuhr nichts davon; er hatte in diesen Tagen nur Ohren und Augen für sein Weib, selbst das Kind war für ihn nicht mehr auf der Welt.

Der alte Arzt kam wieder, kam jeden Tag, mitunter zweimal, blieb dann eine ganze Nacht, schrieb wieder ein Rezept, und der Knecht Iven Johns ritt damit im Flug zur Apotheke. Dann aber wurde sein Gesicht freundlicher, er nickte dem Deichgrafen vertraulich zu: „Es geht! Es geht! Mit Gottes Hülfe!“ Und eines Tags – hatte nun seine Kunst die Krankheit besiegt, oder hatte auf Haukes Gebet der liebe Gott doch noch einen Ausweg finden können –, als der Doktor mit der Kranken allein war, sprach er zu ihr, und seine alten Augen lachten: „Frau, jetzt kann ich's getrost Euch sagen: heut hat der Doktor seinen Festtag; es stand schlimm um Euch, aber nun gehöret Ihr wieder zu uns, zu den Lebendigen!“

Da brach es wie ein Strahlenmeer aus ihren dunklen Augen. „Hauke! Hauke, wo bist du?“ rief sie, und als er auf den hellen Ruf ins Zimmer und an ihr Bett stürzte, schlug sie die Arme um seinen Nacken. „Hauke, mein Mann, gerettet! Ich bleibe bei dir!“

Da zog der alte Doktor sein seiden Schnupftuch aus der Tasche, fuhr sich damit über Stirn und Wangen und ging kopfnickend aus dem Zimmer.

– – Am dritten Abend nach diesem Tage sprach ein frommer Redner – es war ein vom Deichgrafen aus der Arbeit gejagter Pantoffelmacher – im Konventikel bei dem holländischen Schneider, da er seinen Zuhörern die Eigenschaften Gottes auseinandersetzte: „Wer aber Gottes Allmacht widerstreitet, wer da sagt: ich weiß, du kannst nicht, was du willst – wir kennen den Unglückseligen ja alle; er lastet gleich einem Stein auf der Gemeinde –, der ist von Gott gefallen und suchet den Feind Gottes, den Freund der Sünde, zu seinem Tröster; denn nach irgendeinem Stabe muss die Hand des Menschen greifen. Ihr aber, hütet euch vor dem, der also betet; sein Gebet ist Fluch!“

– – Auch das lief um von Haus zu Haus. Was läuft nicht um in einer kleinen Gemeinde? Und auch zu Haukes Ohren kam es. Er sprach kein Wort darüber, nicht einmal zu seinem Weibe; nur mitunter konnte er sie heftig umfassen und an sich ziehen: „Bleib mir treu, Elke! Bleib mir treu!“ – Dann sahen ihre Augen voll Staunen zu ihm auf. „Dir treu? Wem sollte ich denn anders treu sein?“ –

Nach einer kurzen Weile aber hatte sie sein Wort verstanden. „Ja, Hauke, wir sind uns treu; nicht nur, weil wir uns brauchen." Und dann ging jedes seinen Arbeitsweg.

Das wäre soweit gut gewesen; aber es war doch trotz aller lebendigen Arbeit eine Einsamkeit um ihn, und in seinem Herzen nistete sich ein Trotz und abgeschlossenes Wesen gegen andere Menschen ein; nur gegen sein Weib blieb er allezeit der gleiche, und an der Wiege seines Kindes lag er abends und morgens auf den Knien, als sei dort die Stätte seines ewigen Heils. Gegen Gesinde und Arbeiter aber wurde er strenger; die Ungeschickten und Fahrlässigen, die er früher durch ruhigen Tadel zurechtgewiesen hatte, wurden jetzt durch hartes Anfahren aufgeschreckt, und Elke ging mitunter leise bessern.

Als der Frühling nahte, begannen wieder die Deicharbeiten; mit einem Kajedeich wurde zum Schutz der jetzt aufzubauenden neuen Schleuse die Lücke in der westlichen Deichlinie geschlossen, halbmondförmig nach innen und ebenso nach außen; und gleich der Schleuse wuchs allmählich auch der Hauptdeich zu seiner immer rascher herzustellenden Höhe empor. Leichter wurde dem leitenden Deichgrafen seine Arbeit nicht, denn an Stelle des im Winter verstorbenen Jewe Manners war Ole Peters als Deichgevollmächtigter eingetreten. Hauke hatte nicht versuchen wollen, es zu hindern; aber anstatt der ermutigenden Worte und der dazugehörigen zutunlichen Schläge auf seine linke Schulter, die er so oft von dem alten Paten seines Weibes einkassiert hatte, kamen ihm jetzt von dem Nachfolger ein heimliches Widerhalten und unnötige Einwände und waren mit unnötigen Gründen zu bekämpfen; denn Ole gehörte zwar zu den Wichtigen, aber in Deichsachen nicht zu den Klugen; auch war von früher her der „Schreiberknecht" ihm immer noch im Wege.

Der glänzendste Himmel breitete sich wieder über Meer und Marsch, und der Koog wurde wieder bunt von starken Rindern, deren Gebrüll von Zeit zu Zeit die weite Stille unterbrach; unablässig sangen in hoher Himmelsluft die Lerchen, aber man hörte es erst, wenn einmal auf eines Atemzuges Länge der Gesang verstummt war. Kein Unwetter störte die Arbeit, und die Schleuse stand schon mit ihrem ungestrichenen Balkengefüge, ohne dass auch nur in einer Nacht sie eines Schutzes von dem Interimsdeich bedurft hätte; der Herrgott schien seine Gunst dem neuen Werke zuzuwenden. Auch Frau Elkes Augen lachten ihrem Manne zu, wenn er auf seinem Schimmel draußen von dem Deich nach Hause kam. „Bist doch ein braves Tier geworden!" sagte sie dann und klopfte den blanken Hals des Pferdes. Hauke aber, wenn sie das Kind am Halse hatte, sprang herab und ließ das winzige Dinglein auf seinen Armen tanzen; wenn dann der Schimmel seine braunen Augen auf das Kind gerichtet hielt, dann sprach er wohl: „Komm her; sollst auch die Ehre haben!" Und er setzte die kleine Wienke – denn so war sie getauft worden – auf seinen Sattel und führte den Schimmel auf der Werft im Kreise herum. Auch der alte Eschenbaum hatte mitunter die Ehre; er setzte das Kind auf einen schwanken Ast und ließ es schaukeln. Die Mutter stand mit lachenden Augen in der Haustür; das Kind aber lachte nicht, seine Augen, zwischen denen ein feines Näschen stand, schauten ein wenig stumpf ins Weite, und die kleinen Hände griffen nicht nach dem Stöckchen, das der Vater ihr hinhielt. Hauke achtete nicht darauf, er wusste auch nichts von so kleinen Kindern; nur Elke, wenn sie das helläugige Mädchen auf dem Arm ihrer Arbeitsfrau erblickte, die mit ihr zugleich das Wochenbett bestanden hatte, sagte mitunter schmerzlich: „Das Meine ist noch nicht so weit wie deines, Stina!" Und die Frau, ihren dicken Jungen, den sie an der Hand hatte, mit derber Liebe schüttelnd, rief dann wohl: „Ja, Frau, die Kinder sind verschieden; der da, der stahl mir schon die Äpfel aus der Kammer, bevor er übers zweite Jahr hinaus war!" Und Elke strich dem dicken Buben sein Kraushaar aus den Augen und drückte dann heimlich ihr stilles Kind ans Herz.

– – Als es in den Oktober hineinging, stand an der Westseite die neue Schleuse schon fest in dem von beiden Seiten schließenden Hauptdeich, der bis auf die Lücken bei dem Priele nun mit seinem sanften Profile ringsum nach den Wasserseiten abfiel und um fünfzehn Fuß die ordinäre Flut überragte. Von seiner Nordwestecke sah man an Jevershallig vorbei ungehindert in das Wattenmeer hinaus; aber freilich auch die Winde fassten hier schärfer; die Haare flogen, und wer hier ausschauen wollte, der musste die Mütze fest auf dem Kopf haben.

Zu Ende November, wo Sturm und Regen eingefallen waren, blieb nur noch hart am alten Deich die Schlucht zu schließen, auf deren Grund an der Nordseite das Meerwasser durch den Priel in den neuen Koog hineinschoss. Zu beiden Seiten standen die Wände des Deiches; der Abgrund zwischen ihnen musste jetzt verschwinden. Ein trocken Sommerwetter hätte die Arbeit wohl erleichtert; aber auch so musste sie getan werden, denn ein aufbrechender Sturm konnte das ganze Werk gefährden. Und Hauke setzte alles daran, um jetzt den Schluss herbeizuführen.

Der Regen strömte, der Wind pfiff, aber seine hagere Gestalt auf dem feurigen Schimmel tauchte bald hier, bald dort aus den schwarzen Menschenmassen empor, die oben wie unten an der Nordseite des Deiches neben der Schlucht beschäftigt waren. Jetzt sah man ihn unten bei den Sturzkarren, die schon weither die Kleierde aus dem Vorlande holen mussten und von denen eben ein gedrängter Haufen bei dem Priele anlangte und seine Last dort abzuwerfen suchte. Durch das Geklatsch des Regens und das Brausen des Windes klangen von Zeit zu Zeit die scharfen Befehlsworte des Deichgrafen, der heute hier allein gebieten wollte; er rief die Karren nach den Nummern vor und wies die Drängenden zurück; ein „Halt!“ schon von seinem Munde, dann ruhte unten die Arbeit; „Stroh! ein Fuder Stroh hinab!“ rief er denen droben zu, und von einem der oben haltenden Fuder stürzte es auf den nassen Klei hinunter. Unten sprangen Männer dazwischen und zerrten es auseinander und schrien nach oben, sie nur nicht zu begraben. Und wieder kamen neue Karren, und Hauke war schon wieder oben und sah von seinem Schimmel in die Schlucht hinab und wie sie dort schaufelten und stürzten; dann warf er seine Augen nach dem Haff hinaus. Es wehte scharf, und er sah, wie mehr und mehr der Wassersaum am Deich hinaufklimmte und wie die Wellen sich noch höher hoben; er sah auch, wie die Leute trieften und kaum atmen konnten in der schweren Arbeit vor dem Winde, der ihnen die Luft am Munde abschnitt, und vor dem kalten Regen, der sie überströmte. „Ausgehalten, Leute! Ausgehalten!“ schrie er zu ihnen hinab. „Nur einen Fuß noch höher; dann ist’s genug für diese Flut!“ Und durch alles Getöse des Wetters hörte man das Geräusch der Arbeiter; das Klatschen der hineingestürzten Kleimassen, das Rasseln der Karren und das Rauschen des von oben hinabgelassenen Strohes ging unaufhaltsam vorwärts; dazwischen war mitunter das Winseln eines gelben Hundes laut geworden, der frierend und wie verloren zwischen Menschen und Fuhrwerken herumgestoßen wurde; plötzlich aber scholl ein jammervoller Schrei des kleinen Tieres von unten aus der Schlucht herauf. Hauke blickte hinab; er hatte es von oben hinunterschleudern sehen; eine jähe Zornröte stieg ihm ins Gesicht. „Halt! Haltet ein!“ schrie er zu den Karren hinunter; denn der nasse Klei wurde unaufhaltsam aufgeschüttet.

„Warum?“ schrie eine rauhe Stimme von unten herauf; „doch um die elende Hundekreatur nicht?“

„Halt! sag ich“, schrie Hauke wieder; „bringt mir den Hund! Bei unserm Werke soll kein Frevel sein!“

Aber es rührte sich keine Hand; nur ein paar Spaten zähen Kleis flogen noch neben das schreiende Tier. Da gab er seinem Schimmel die Sporen, dass das Tier einen Schrei ausstieß, und stürmte den Deich hinab, und alles wich vor ihm zurück. „Den Hund!" schrie er; „ich will den Hund!"

Eine Hand schlug sanft auf seine Schulter, als wäre es die Hand des alten Jewe Manners; doch als er umsah, war es nur ein Freund des Alten. „Nehmt Euch in acht, Deichgraf!" raunte der ihm zu, „Ihr habt nicht Freunde unter diesen Leuten; lasst es mit dem Hunde gehen!"

Der Wind pfiff, der Regen klatschte; die Leute hatten die Spaten in den Grund gesteckt, einige sie fortgeworfen. Hauke neigte sich zu dem Alten. „Wollt ihr meinen Schimmel halten, Harke Jens?" frug er; und als jener noch kaum den Zügel in der Hand hatte, war Hauke schon in die Kluft gesprungen und hielt das kleine winselnde Tier in seinem Arm; und fast im selben Augenblick saß er auch wieder hoch im Sattel und sprengte auf den Deich zurück. Seine Augen flogen über die Männer, die bei den Wagen standen. „Wer war es?" rief er. „Wer hat die Kreatur hinabgeworfen?"

Einen Augenblick schwieg alles, denn aus dem hageren Gesicht des Deichgrafen sprühte der Zorn, und sie hatten abergläubische Furcht vor ihm. Da trat von einem Fuhrwerk ein stiernackiger Kerl vor ihn hin. „Ich tat es nicht, Deichgraf", sagte er und biss von einer Rolle Kautabak ein Endchen ab, das er sich erst ruhig in den Mund schob; „aber der es tat, hat recht getan; soll Euer Deich sich halten, so muss was Lebiges hinein!"

– „Was Lebiges? Aus welchem Katechismus hast du das gelernt?"

„Aus keinem, Herr!" entgegnete der Kerl, und aus seiner Kehle stieß ein freches Lachen; „das haben unsere Großväter schon gewusst, die sich mit Euch im Christentum wohl messen durften! Ein Kind ist besser noch; wenn das nicht da ist, tut's auch ein Hund!"

„Schweig du mit deinen Heidenlehren", schrie ihn Hauke an, „es stopfte besser, wenn man dich hineinwürfe."

„Oho!" erscholl es; aus einem Dutzend Kehlen war der Laut gekommen, und der Deichgraf gewahrte ringsum grimmige Gesichter und geballte Fäuste; er sah wohl, dass das keine Freunde waren; der Gedanke an seinen Deich überfiel ihn wie ein Schrecken: was sollte werden, wenn jetzt alle ihre Spaten hinwürfen? – Und als er nun den Blick nach unten richtete, sah er wieder den Freund des alten Jewe Manners; der ging dort zwischen den Arbeitern, sprach zu dem und jenem, lachte hier einem zu, klopfte dort mit freundlichem Gesicht einem auf die Schulter, und einer nach dem anderen fasste wieder seinen Spaten; noch einige Augenblicke, und die Arbeit war wieder in vollem Gange. – Was wollte er denn noch? Der Priel musste geschlossen werden, und den Hund barg er sicher genug in den Falten seines Mantels. Mit plötzlichem Entschluss wandte er seinen Schimmel gegen des nächsten Wagen. „Stroh auf die Kante!“ rief er herrisch, und wie mechanisch gehorchte ihm der Fuhrknecht; bald rauschte es hinab in die Tiefe, und von allen Seiten regte es sich aufs neue und mit allen Armen.

Eine Stunde wurde noch so gearbeitet; es war nach sechs Uhr, und schon brach tiefe Dämmerung herein, der Regen hatte aufgehört, da rief Hauke die Aufseher an sein Pferd. „Morgen früh vier Uhr“, sagte er, „ist alles wieder auf dem Platz; der Mond wird noch am Himmel sein; da machen wir mit Gott den Schluss! Und dann noch eines!“ rief er, als sie gehen wollten; „kennt ihr den Hund?“, und er nahm das zitternde Tier aus seinem Mantel.

Sie verneinten das; nur einer sagte: „Der hat sich taglang schon im Dorf herumgebettelt; der gehört gar keinem!“

„Dann ist er mein!“ entgegnete der Deichgraf. „Vergesset nicht: morgen früh vier Uhr!“ und ritt davon.

Als er heimkam, trat Ann Grete aus der Tür: sie hatte saubere Kleidung an, und es fuhr ihm durch den Kopf, sie gehe jetzt zum Konventikelschneider. „Halt die Schürze auf!“ rief er ihr zu, und da sie es unwillkürlich tat, warf er das kleibeschmutzte Hündlein ihr hinein. „Bring ihn der kleinen Wienke; er soll ihr Spielkamerad werden! Aber wasch und wärm ihn zuvor; so tust du auch ein gottgefällig Werk, denn die Kreatur ist schier verklommen.“

Und Ann Grete konnte nicht lassen, ihrem Wirt Gehorsam zu leisten, und kam deshalb heute nicht in den Konventikel.

Und am andern Tage wurde der letzte Spatenstich am neuen Deich getan; der Wind hatte sich gelegt; in anmutigem Fluge schwebten Möwen und Avosetten über Land und Wasser hin und wider; von Jevershallig tönte das tausendstimmige Geknorr der Rottgänse, die sich's noch heute an der Küste der Nordsee wohl sein ließen, und aus den weißen Morgennebeln, welche die weite Marsch bedeckten, stieg allmählich ein goldner Herbsttag und beleuchtete das neue Werk der Menschenhände.

Nach einigen Wochen kamen mit dem Oberdeichgrafen die herrschaftlichen Kommissäre zur Besichtigung desselben; ein großes Festmahl, das erste nach dem Leichenmahl des alten Tede Volkerts, wurde im deichgräflichen Hause gehalten; alle Deichgevollmächtigten und die größten Interessenten waren dazu geladen. Nach Tische wurden sämtliche Wagen der Gäste und des Deichgrafen angespannt; Frau Elke wurde von dem Oberdeichgrafen in die Karriole gehoben, vor der der braune Wallach mit seinen Hufen stampfte; dann sprang er selber hintennach und nahm die Zügel in die Hand; er wollte die gescheite Frau seines Deichgrafen selber fahren. So ging es munter von der Werfte und in den Weg hinaus, den Akt zum neuen Deich hinan und auf demselben um den jungen Koog herum. Es war inmittelst ein leichter Nordwestwind aufgekommen, und an der Nord- und Westseite des neuen Deiches wurde die Flut hinaufgetrieben; aber es war unverkennbar, der sanfte Abfall bedingte einen sanfteren Anschlag; aus dem Munde der herrschaftlichen Kommissäre strömte das Lob des Deichgrafen, dass die Bedenken, welche hie und da von den Gevollmächtigten dagegen langsam vorgebracht wurden, gar bald darin erstickten.

– Auch das ging vorüber; aber noch eine Genugtuung empfing der Deichgraf eines Tages, da er in stillem, selbstbewusstem Sinnen auf dem neuen Deich entlangritt. Es mochte ihm wohl die Frage kommen, weshalb der Koog, der ohne ihn nicht da wäre, in dem sein Schweiß und seine Nachtwachen steckten, nun schließlich nach einer der herrschaftlichen Prinzessinnen „der neue Karolinenkoog“ getauft sei; aber es war doch so: auf allen dahin gehörigen Schriftstücken stand der Name, auf einigen sogar in roter Frakturschrift. Da, als er aufblickte, sah er zwei Arbeiter mit ihren Feldgerätschaften, der eine etwa zwanzig Schritte hinter dem andern, sich entgegenkommen. „So wart doch!“ hörte er den Nachfolgenden rufen; der andere aber – er stand eben an einem Akt, der in den Koog hinunterführte rief ihm entgegen: „Ein andermal, Jens! Es ist schon spät; ich soll hier Klei schlagen!“

– „Wo denn?“

„Nun hier, im Hauke-Haien-Koog!“

Er rief es laut, indem er den Akt hinabtrabte, als solle die ganze Marsch es hören, die darunterlag. Hauke aber war es, als höre er seinen Ruhm verkünden; er hob sich im Sattel, gab seinem Schimmel die Sporen und sah mit festen Augen über die weite Landschaft hin, die zu seiner Linken lag. „Hauke-Haien-Koog!“ wiederholte er leis; das klang, als könnt es alle Zeit nicht anders heißen! Mochten sie trotzen, wie sie wollten, um seinen Namen war doch nicht herumzukommen; der Prinzessinnen-Name – würde er nicht bald nur noch in alten Schriften modern? – Der Schimmel ging in stolzem Galopp; vor seinen Ohren aber summte es: „Hauke-Haien-Koog! Hauke-Haien-Koog!"In seinem Gedanken wuchs fast der neue Deich zu einem achten Weltwunder; in ganz Friesland war nicht seinesgleichen! Und er ließ den Schimmel tanzen; ihm war, er stünde inmitten aller Friesen; er überragte sie um Kopfeshöhe, und seine Blicke flogen scharf und mitleidig über sie hin.

– – Allmählich waren drei Jahre seit der Eindeichung hingegangen; das neue Werk hatte sich bewährt, die Reparaturkosten waren nur gering gewesen; im Kooge aber blühte jetzt fast überall der weiße Klee, und ging man über die geschützten Weiden, so trug der Sommerwind einem ganze Wolken süßen Dufts entgegen. Da war die Zeit gekommen, die bisher nur idealen Anteile in wirkliche zu verwandeln und allen Teilnehmern ihre bestimmten Stücke für immer eigentümlich zuzusetzen. Hauke war nicht müßig gewesen, vorher noch einige neue zu erwerben; Ole Peters hatte sich verbissen zurückgehalten, ihm gehörte nichts im neuen Kooge. Ohne Verdruss und Streit hatte auch so die Teilung nicht abgehen können, aber fertig war er gleichwohl geworden; auch dieser Tag lag hinter dem Deichgrafen.

Fortan lebte er einsam seinen Pflichten als Hofwirt wie als Deichgraf und denen, die ihm am nächsten angehörten; die alten Freunde waren nicht mehr in der Zeitlichkeit, neue zu erwerben, war er nicht geeignet. Aber unter seinem Dach war Frieden, den auch das stille Kind nicht störte; es sprach wenig, das stete Fragen, was den aufgeweckten Kindern eigen ist, kam selten und meist so, dass dem Gefragten die Antwort darauf schwer wurde; aber ihr liebes, einfältiges Gesichtlein trug fast immer den Ausdruck der Zufriedenheit. Zwei Spielkameraden hatte sie, die waren ihr genug: wenn sie über die Werfte wanderte, sprang das gerettete gelbe Hündlein stets um sie herum, und wenn der Hund sich zeigte, war auch klein Wienke nicht mehr fern. Der zweite Kamerad war eine Lachmöwe, und wie der Hund „Perle", so hieß die Möwe „Klaus".

Klaus war durch ein greises Menschenkind auf dem Hofe installiert worden: die achtzigjährige Trin' Jans hatte in ihrer Kate auf dem Außendeich sich nicht mehr durchbringen können; da hatte Frau Elke gemeint, die verlebte Dienstmagd ihres Großvaters könnte bei ihnen noch ein paar stille Abendstunden und eine gute Sterbekammer finden, und so, halb mit Gewalt, war sie von ihr und Hauke nach dem Hofe geholt und in dem Nordweststübchen der neuen Scheuer untergebracht worden, die der Deichgraf vor einigen Jahren neben dem Haupthause bei der Vergrößerung seiner Wirtschaft hatte bauen müssen. Ein paar der Mägde hatten daneben ihre Kammer erhalten und konnten der Greisin nachts zur Hand gehen. Rings an den Wänden hatte sie ihr altes Hausgerät: eine Schatulle von Zuckerkistenholz, darüber zwei bunte Bilder vom verlorenen Sohn, ein längst zur Ruhe gestelltes Spinnrad und ein sehr sauberes Gardinenbett, vor dem ein ungefüger, mit dem weißen Fell des weiland Angorakaters überzogener Schemel stand. Aber auch was Lebiges hatte sie noch um sich gehabt und mit hierher gebracht: das war die Möwe Klaus, die sich schon jahrelang zu ihr gehalten hatte und von ihr gefüttert worden war; freilich, wenn es Winter wurde, flog sie mit den andern Möwen südwärts und kam erst wieder, wenn am Strand der Wermut duftete.

Die Scheuer lag etwas tiefer an der Werfte; die Alte konnte hinausblicken. „Du hast mich hier als wie gefangen, Deichgraf!" murrte sie eines Tages, als Hauke zu ihr eintrat, und wies mit ihrem verkrümmten Finger nach den Fennen hinaus, die sich dort unten breiteten. „Wo ist denn Jeverssand? Da über den roten oder über den schwarzen Ochsen hinaus?"

„Was will Sie denn mit Jeverssand?" frug Hauke.

– „Ach was, Jeverssand!" brummte die Alte. „Aber ich will doch sehen, wo mein Jung mir derzeit ist zu Gott gegangen!"

– „Wenn Sie das sehen will", entgegnete Hauke, „so muss Sie sich oben unter den Eschenbaum setzen, da sieht Sie das ganze Haff!"

„Ja", sagte die Alte; „ja, wenn ich deine jungen Beine hätte, Deichgraf!"

Dergleichen blieb lange der Dank für die Hülfe, die ihr die Deichgrafsleute angedeihen ließen; dann aber wurde es auf einmal anders. Der kleine Kindskopf Wienkes guckte eines Morgens durch die halbgeöffnete Tür zu ihr herein. „Na", rief die Alte, welche mit den Händen ineinander auf ihrem Holzstuhl saß, „was hast du denn zu bestellen?"

Aber das Kind kam schweigend näher und sah sie mit ihren gleichgültigen Augen unablässig an.

„Bist du das Deichgrafskind?" frug sie Trin' Jans, und da das Kind wie nickend das Köpfchen senkte, fuhr sie fort: „So setz dich hier auf meinen Schemel! Ein Angorakater ist's gewesen – so groß! Aber dein Vater hat ihn totgeschlagen. Wenn er noch lebig wäre, so könntest du auf ihm reiten."

Wienke richtete stumm ihre Augen auf das weiße Fell; dann kniete sie nieder und begann es mit ihren kleinen Händen zu streicheln, wie Kinder es bei einer lebenden Katze oder einem Hunde zu machen pflegen. „Armer Kater!" sagte sie dann und fuhr wieder in ihren Liebkosungen fort.

„So!“ rief nach einer Weile die Alte; „jetzt ist es genug; und sitzen kannst du auch noch heut auf ihm; vielleicht hat dein Vater ihn auch nur um deshalb totgeschlagen!“ Dann hob sie das Kind an beiden Armen in die Höhe und setzte es derb auf den Schemel nieder. Da es aber stumm und unbeweglich sitzen blieb und sie nur immer ansah, begann sie mit dem Kopfe zu schütteln. „Du strafst ihn, Gott der Herr! Ja, ja, du strafst ihn!“ murmelte sie; aber ein Erbarmen mit dem Kinde schien sie doch zu überkommen; ihre knöcherne Hand strich über das dürftige Haar desselben, und aus den Augen der Kleinen kam es, als ob ihr damit wohl geschehe.

Von nun an kam Wienke täglich zu der Alten in die Kammer; sie setzte sich bald von selbst auf den Angoraschemel, und Trin' Jans gab ihr kleine Fleisch- und Brotstückchen in ihre Händchen, welche sie allezeit in Vorrat hatte, und ließ sie diese auf den Fußboden werfen, dann kam mit Gekreisch und ausgespreizten Flügeln die Möwe aus irgendeinem Winkel hervorgeschossen und machte sich darüber her. Erst erschrak das Kind und schrie auf vor dem großen stürmenden Vogel; bald aber war es wie ein eingelerntes Spiel, und wenn sie nur ihr Köpfchen durch den Türspalt steckte, schoss schon der Vogel auf sie zu und setzte sich ihr auf Kopf oder Schulter, bis die Alte ihr zu Hülfe kam und die Fütterung beginnen konnte. Trin' Jans, die es sonst nicht hatte leiden können, dass einer auch nur die Hand nach ihrem „Klaus“ ausstreckte, sah jetzt geduldig zu, wie das Kind allmählich ihr den Vogel völlig abgewann. Er ließ sich willig von ihr haschen; sie trug ihn umher und wickelte ihn in ihre Schürze, und wenn dann auf der Werfte etwa das gelbe Hündlein um sie herum und eifersüchtig gegen den Vogel aufsprang, dann rief sie wohl: „Nicht du, nicht du, Perle!“ und hob mit ihren Ärmchen die Möwe so hoch, dass diese, sich selbst befreiend, schreiend über die Werfte hinflog und statt ihrer nun der Hund durch Schmeicheln und Springen den Platz auf ihren Armen zu erobern suchte.

Fielen zufällig Haukes und Elkes Augen auf dies wunderliche Vierblatt, das nur durch einen gleichen Mangel am selben Stengel festgehalten wurde, dann flog wohl ein zärtlicher Blick auf ihr Kind; hatten sie sich gewandt, so blieb nur noch ein Schmerz auf ihrem Antlitz, den jedes einsam mit sich von dannen trug, denn das erlösende Wort war zwischen ihnen noch nicht gesprochen worden. Da eines Sommervormittags, als Wienke mit der Alten und den beiden Tieren auf den großen Steinen vor der Scheuntür saß, gingen ihre beiden Eltern, der Deichgraf seinen Schimmel hinter sich, die Zügel über dem Arme, hier vorüber; er wollte auf den Deich hinaus und hatte das Pferd sich selber von der Fenne heraufgeholt; sein Weib hatte auf der Werfte sich an seinen Arm gehängt. Die Sonne schien warm hernieder; es war fast schwül, und mitunter kam ein Windstoß aus Südsüdost. Dem Kinde mochte es auf dem Platze unbehaglich werden. „Wienke will mit!“ rief sie, schüttelte die Möwe von ihrem Schoß und griff nach der Hand des Vaters.

„So komm!“ sagte dieser.

– Frau Elke aber rief. „In dem Wind? Sie fliegt dir weg!“

„Ich halt sie schon; und heut haben wir warme Luft und lustig Wasser, da kann sie's tanzen sehen.“

Und Elke lief ins Haus und holte noch ein Tüchlein und ein Käppchen für ihr Kind. „Aber es gibt ein Wetter“, sagte sie; „macht, dass ihr fortkommt, und seid bald wieder hier!“

Hauke lachte: „Das soll uns nicht zu fassen kriegen!“ und hob das Kind zu sich auf den Sattel. Frau Elke blieb noch eine Weile auf der Werfte und sah, mit der Hand ihre Augen beschattend, die beiden auf den Weg und nach dem Deich hinübertraben; Trin' Jans saß auf dem Stein und murmelte Unverständliches mit ihren welken Lippen.

Das Kind lag regungslos im Arm des Vaters; es war, als atme es beklommen unter dem Druck der Gewitterluft; er neigte den Kopf zu ihr. „Nun, Wienke?“ frug er.

Das Kind sah ihn eine Weile an. „Vater“, sagte es, „du kannst das doch! Kannst du nicht alles?“

„Was soll ich können, Wienke?“

Aber sie schwieg; sie schien die eigene Frage nicht verstanden zu haben.

Es war Hochflut; als sie auf den Deich hinaufkamen, schlug der Widerschein der Sonne von dem weiten Wasser ihr in die Augen, ein Wirbelwind trieb die Wellen strudelnd in die Höhe, und neue kamen heran und schlugen klatschend gegen den Strand; da klammerte sie ihre Händchen angstvoll um die Faust ihres Vaters, die den Zügel führte, dass der Schimmel mit einem Satz zur Seite fuhr. Die blassblauen Augen sahen in wirrem Schreck zu Hauke auf „Das Wasser, Vater! das Wasser!“ rief sie.

Aber er löste sich sanft und sagte: „Still, Kind, du bist bei deinem Vater; das Wasser tut dir nichts!“

Sie strich sich das fahlblonde Haar aus der Stirn und wagte es wieder, auf die See hinauszusehen. „Es tut mir nichts“, sagte sie zitternd; „nein, sag, dass es uns nichts tun soll; du kannst das, und dann tut es uns auch nichts!“

„Nicht ich kann das, Kind“, entgegnete Hauke ernst: „aber der

Deich, auf dem wir reiten, der schützt uns, und den hat dein Vater ausgedacht und bauen lassen."

Ihre Augen gingen wider ihn, als ob sie das nicht ganz verstünde, dann barg sie ihr auffallend kleines Köpfchen in dem weiten Rocke ihres Vaters.

„Warum versteckst du dich, Wienke?" raunte der ihr zu; „ist dir noch immer bange?" Und ein zitterndes Stimmchen kam aus den Falten des Rockes: „Wienke will lieber nicht sehen; aber du kannst doch alles, Vater?"

Ein ferner Donner rollte gegen den Wind herauf „Hoho?" rief Hauke, „da kommt es!" und wandte sein Pferd zur Rückkehr. „Nun wollen wir heim zur Mutter!"

Das Kind tat einen tiefen Atemzug; aber erst als sie die Werfte und das Haus erreicht hatten, hob es das Köpfchen von seines Vaters Brust. Als dann Frau Elke ihr im Zimmer das Tüchelchen und die Kapuze abgenommen hatte, blieb sie wie ein kleiner stummer Kegel vor der Mutter stehen. „Nun, Wienke", sagte diese und schüttelte sie leise, „magst du das große Wasser leiden?"

Aber das Kind riss die Augen auf „Es spricht", sagte sie; „Wienke ist bange!"

– „Es spricht nicht; es rauscht und toset nur!"

Das Kind sah ins Weite. „Hat es Beine?" frug es wieder; „kann es über den Deich kommen?"

– „Nein, Wienke; dafür passt dein Vater auf, er ist der Deichgraf"

„Ja", sagte das Kind und klatschte mit blödem Lächeln in seine Händchen; „Vater kann alles – alles!" Dann plötzlich, sich von der Mutter abwendend, rief sie: „Lass Wienke zu Trin' Jans, die hat rote Äpfel!"

Und Elke öffnete die Tür und ließ das Kind hinaus. Als sie dieselbe wieder geschlossen hatte, schlug sie mit einem Ausdruck des tiefsten Grams die Augen zu ihrem Manne auf, aus denen ihm sonst nur Trost und Mut zu Hülfe gekommen war.

Er reichte ihr die Hand und drückte sie, als ob es zwischen ihnen keines weiteren Wortes bedürfe; sie aber sagte leis: „Nein, Hauke, lass mich sprechen: das Kind, das ich nach Jahren dir geboren habe, es wird für immer ein Kind bleiben. O lieber Gott! es ist schwachsinnig; ich muss es einmal vor dir sagen."

„Ich wusste es längst", sagte Hauke und hielt die Hand seines Weibes fest, die sie ihm entziehen wollte.

„So sind wir denn doch allein geblieben", sprach sie wieder.

Aber Hauke schüttelte den Kopf. „Ich hab sie lieb, und sie

schlägt ihre Ärmchen um mich und drückt sich fest an meine Brust; um alle Schätze wollt ich das nicht missen!"

Die Frau sah finster vor sich hin. „Aber warum?" sprach sie; „was hab ich arme Mutter denn verschuldet?"

– „Ja, Elke, das hab ich freilich auch gefragt, den, der allein es wissen kann, aber du weißt ja auch, der Allmächtige gibt den Menschen keine Antwort – vielleicht, weil wir sie nicht begreifen würden."

Er hatte auch die andere Hand seines Weibes gefasst und zog sie sanft zu sich heran. „Lass dich nicht irren, dein Kind, wie du es tust, zu lieben; sei sicher, das versteht es!"

Da warf sich Elke an ihres Mannes Brust und weinte sich satt und war mit ihrem Leid nicht mehr allein. Dann plötzlich lächelte sie ihn an; nach einem heftigen Händedruck lief sie hinaus und holte sich ihr Kind aus der Kammer der alten Trin' Jans und nahm es auf ihren Schoß und hätschelte und küsste es, bis es stammelnd sagte: „Mutter, mein liebe Mutter!"

So lebten die Menschen auf dem Deichgrafshofe still beisammen; wäre das Kind nicht dagewesen, es hätte viel gefehlt.

Allmählich verfloss der Sommer; die Zugvögel waren durchgezogen, die Luft wurde leer vom Gesang der Lerchen; nur vor den Scheunen, wo sie beim Dreschen Körner pickten, hörte man hie und da einige kreischend davonfliegen; schon war alles hart gefroren. In der Küche des Haupthauses saß eines Nachmittags die alte Trin' Jans auf der Holzstufe einer Treppe, die neben dem Feuerherd nach dem Boden lief. Es war in den letzten Wochen, als sei sie aufgelebt; sie kam jetzt gern einmal in die Küche und sah Frau Elke hier hantieren; es war keine Rede mehr davon, dass ihre Beine sie nicht hätten dahin tragen können, seit eines Tages klein Wienke sie an der Schürze hier heraufgezogen hatte. Jetzt kniete das Kind an ihrer Seite und sah mit seinen stillen Augen in die Flammen, die aus dem Herdloch aufflackerten; ihr eines Händchen klammerte sich an den Ärmel der Alten, das andere lag in ihrem eigenen fahlblonden Haar. Trin' Jans erzählte. „Du weißt", sagte sie, „ich stand in Dienst bei deinem Urgroßvater, als Hausmagd, und dann musst ich die Schweine füttern; der war klüger als sie alle – da war es, es ist grausam lange her, aber eines Abends, der Mond schien, da ließen sie die Haffschleuse schließen, und sie konnte nicht wieder zurück in See. Oh, wie sie schrie und mit ihren Fischhänden sich ihre harten struppigen Haare griff! Ja, Kind, ich sah es und hörte sie selber schreien! Die Gräben zwischen den Fennen waren alle voll Wasser, und der Mond schien darauf, dass sie wie Silber glänzten, und sie schwamm aus einem Graben in den andren und hob die Arme und schlug, was ihre Hände waren, aneinander, dass man es weither klatschen hörte, als wenn sie beten wollte; aber, Kind, beten können diese Kreaturen nicht. Ich saß vor der Haustür auf ein paar Balken, die zum Bauen angefahren waren, und sah weithin über die Fennen; und das Wasserweib schwamm noch immer in den Gräben, und wenn sie die Arme aufhob, so glitzerten auch die wie Silber und Demanten. Zuletzt sah ich sie nicht mehr, und die Wildgäns' und Möwen, die ich all die Zeit nicht gehört hatte, zogen wieder mit Pfeifen und Schnattern durch die Luft."

Die Alte schwieg; das Kind hatte ein Wort sich aufgefangen. „Konnte sie beten?" frug sie. „Was sagst du? Wer war es?"

„Kind", sagte die Alte; „die Wasserfrau war es; das sind Undinger, die nicht selig werden können."

„Nicht selig!" wiederholte das Kind, und ein tiefer Seufzer, als habe sie das verstanden, hob die kleine Brust.

– „Trin' Jans!" kam eine tiefe Stimme von der Küchentür, und die Alte zuckte leicht zusammen. Es war der Deichgraf Hauke Haien, der dort am Ständer lehnte. „Was redet Sie dem Kinde vor? Hab ich Ihr nicht geboten, Ihre Mären für sich zu behalten oder sie den Gäns' und Hühnern zu erzählen?"

Die Alte sah ihn mit einem bösen Blick an und schob die Kleine von sich fort. „Das sind keine Mären", murmelte sie in sich hinein, „das hat mein Großohm mir erzählt."

– „Ihr Großohm, Trin'? Sie wollte es ja eben selbst erlebt haben."

„Das ist egal", sagte die Alte; „aber Ihr glaubt nicht, Hauke Haien; Ihr wollt wohl meinen Großohm noch zum Lügner machen!" Dann rückte sie näher an den Herd und streckte die Hände über die Flammen des Feuerlochs.

Der Deichgraf warf einen Blick gegen das Fenster; draußen dämmerte es noch kaum. „Komm, Wienke!" sagte er und zog sein schwachsinniges Kind zu sich heran; „komm mit mir, ich will dir draußen vom Deich aus etwas zeigen! Nur müssen wir zu Fuß gehen; der Schimmel ist beim Schmied." Dann ging er mit ihr in die Stube, und Elke band dem Kinde dicke wollene Tücher um Hals und Schultern; und bald danach ging der Vater mit ihr auf dem alten Deiche nach Nordwest hinauf, Jeverssand vorbei, bis wo die Watten breit, fast unübersehbar wurden.

Bald hatte er sie getragen, bald ging sie an seiner Hand; die Dämmerung wuchs allmählich; in der Ferne verschwand alles im Dunst und Duft. Aber dort, wohin noch das Auge reichte, hatten die unsichtbar schwellenden Wattströme das Eis zerrissen, und, wie Hauke Haien es in seiner Jugend einst gesehen hatte, aus den Spalten stiegen wie damals die rauchenden Nebel, und daran entlang waren wiederum die unheimlichen närrischen Gestalten und hüpften gegeneinander und dienerten und dehnten sich plötzlich schreckhaft in die Breite.

Das Kind klammerte sich angstvoll an seinen Vater und deckte dessen Hand über sein Gesichtlein. „Die Seeteufel!“ raunte es zitternd zwischen seine Finger; „die Seeteufel!“

Er schüttelte den Kopf. „Nein, Wienke, weder Wasserweiber noch Seeteufel; so etwas gibt es nicht; wer hat dir davon gesagt?“

Sie sah mit stumpfem Blicke zu ihm herauf, aber sie antwortete nicht. Er strich ihr zärtlich über die Wangen. „Sieh nur wieder hin!“ sagte er, „das sind nur arme hungrige Vögel! Sieh nur, wie jetzt der große seine Flügel breitet, die holen sich die Fische, die in die rauchenden Spalten kommen.“

„Fische“, wiederholte Wienke.

„Ja, Kind, das alles ist lebig, so wie wir; es gibt nichts anderes; aber der liebe Gott ist überall!“

Klein Wienke hatte ihre Augen fest auf den Boden gerichtet und hielt den Atem an; es war, als sähe sie erschrocken in einen Abgrund. Es war vielleicht nur so; der Vater blickte lange auf sie hin, er bückte sich und sah in ihr Gesichtlein; aber keine Regung der verschlossenen Seele wurde darin kund. Er hob sie auf den Arm und steckte ihre verklommenen Händchen in einen seiner dicken Wollhandschuhe. „So, mein Wienke“ – und das Kind vernahm wohl nicht den Ton von heftiger Innigkeit in seinen Worten –, „so, wärm dich bei mir! Du bist doch mein Kind, unser einziges. Du hast uns lieb …!“ Die Stimme brach dem Manne; aber die Kleine drückte zärtlich ihr Köpfchen in seinen rauhen Bart.

So gingen sie friedlich heimwärts.

Nach Neujahr war wieder einmal die Sorge in das Haus getreten; ein Marschfieber hatte den Deichgrafen ergriffen; auch mit ihm ging es nah am Rand der Grube her, und als er unter Frau Elkes Pfleg und Sorge wieder erstanden war, schien er kaum derselbe Mann. Die Mattigkeit des Körpers lag auch auf seinem Geiste, und Elke sah mit Besorgnis, wie er allzeit leicht zufrieden war. Dennoch, gegen Ende des März, drängte es ihn, seinen Schimmel zu besteigen und zum ersten Male wieder auf seinem Deich entlangzureiten; es war an einem Nachmittage, und die Sonne, die zuvor geschienen hatte, lag längst schon wieder hinter trübem Duft.

Im Winter hatte es ein paarmal Hochwasser gegeben; aber es war nicht von Belang gewesen; nur drüben am andern Ufer war auf einer Hallig eine Herde Schafe ertrunken und ein Stück vom Vorland abgerissen worden; hier an dieser Seite und am neuen Kooge war ein nennenswerter Schaden nicht geschehen. Aber in der letzten Nacht hatte ein stärkerer Sturm getobt, jetzt musste der Deichgraf selbst hinaus und alles mit eigenem Aug besichtigen. Schon war er unten von der Südostecke aus auf dem neuen Deich herumgeritten, und es war alles wohl erhalten; als er aber an die Nordostecke gekommen war, dort, wo der neue Deich auf den alten stößt, war zwar der erstere unversehrt, aber wo früher der Priel den alten erreicht hatte und an ihm entlanggeflossen war, sah er in großer Breite die Grasnarbe zerstört und fortgerissen und in dem Körper des Deiches eine von der Flut gewühlte Höhlung, durch welche überdies ein Gewirr von Mäusegängen bloßgelegt war. Hauke stieg vom Pferde und besichtigte den Schaden in der Nähe: das Mäuseunheil schien unverkennbar noch unsichtbar weiter fortzulaufen.

Er erschrak heftig; gegen alles dieses hätte schon beim Bau des neuen Deiches Obacht genommen werden müssen; da es damals übersehen worden, so musste es jetzt geschehen! – Das Vieh war noch nicht auf den Fennen, das Gras war ungewohnt zurückgeblieben; wohin er blickte, es sah ihn leer und öde an. Er bestieg wieder sein Pferd und ritt am Ufer hin und her: es war Ebbe, und er gewahrte wohl, wie der Strom von außen her sich wieder ein neues Bett im Schlick gewühlt hatte und jetzt von Nordwesten auf den alten Deich gestoßen war; der neue aber, soweit es ihn traf, hatte mit seinem sanfteren Profile dem Anprall widerstehen können.

Ein Haufen neuer Plag und Arbeit erhob sich vor der Seele des Deichgrafen; nicht nur der alte Deich musste hier verstärkt, auch dessen Profil dem des neuen angenähert werden; vor allem aber musste der als gefährlich wieder aufgetretene Priel durch neuzulegende Dämme oder Lahnungen abgeleitet werden. Noch einmal ritt er auf dem neuen Deich bis an die äußerste Nordwestecke, dann wieder rückwärts, die Augen unablässig auf das neugewühlte Bett des Priel heftend, der ihm zur Seite sich deutlich genug in dem bloßgelegten Schlickgrund abzeichnete. Der Schimmel drängte vorwärts und schnob und schlug mit den Vorderhufen; aber der Reiter drückte ihn zurück, er wollte langsam reiten, er wollte auch die innere Unruhe bändigen, die immer wilder in ihm aufgor.

Wenn eine Sturmflut wiederkäme – eine wie 1655 dagewesen, wo Gut und Menschen ungezählt verschlungen wurden –, wenn sie wiederkäme, wie sie schon mehrmals einst gekommen war! – Ein heißer Schauer überrieselte den Reiter – der alte Deich, er würde den Stoß nicht aushalten, der gegen ihn heraufschösse! Was dann, was sollte dann geschehen? – Nur eines, ein einziges Mittel würde es geben, um vielleicht den alten Koog und Gut und Leben darin zu retten. Hauke fühlte sein Herz stillstehen, sein sonst so fester Kopf schwindelte; er sprach es nicht aus, aber in ihm sprach es stark genug: Dein Koog, der Hauke-Haien-Koog müsste preisgegeben und der neue Deich durchstochen werden!

Schon sah er im Geist die stürzende Hochflut hereinbrechen und Gras und Klee mit ihrem salzen schäumenden Gischt bedecken. Ein Sporenstich fuhr in die Weichen des Schimmels, und einen Schrei ausstoßend, flog er auf dem Deich entlang und dann den Akt hinab, der deichgräflichen Werfte zu.

Den Kopf voll von innerem Schrecknis und ungeordneten Plänen, kam er nach Hause. Er warf sich in seinen Lehnstuhl, und als Elke mit der Tochter in das Zimmer trat, stand er wieder auf und hob das Kind zu sich empor und küsste es; dann jagte er das gelbe Hündlein mit ein paar leichten Schlägen von sich. „Ich muss noch einmal droben nach dem Krug!“ sagte er und nahm seine Mütze vom Türhaken, wohin er sie eben erst gehängt hatte.

Seine Frau sah ihn sorgvoll an: „Was willst du dort? Es wird schon Abend, Hauke!“

„Deichgeschichten!“ murmelte er vor sich hin, „ich treffe von den Gevollmächtigten dort.“

Sie ging ihm nach und drückte ihm die Hand, denn er war mit diesen Worten schon zur Tür hinaus. Hauke Haien, der sonst alles bei sich selber abgeschlossen hatte, drängte es jetzt, ein Wort von jenen zu erhalten, die er sonst kaum eines Anteils wert gehalten hatte. Im Gastzimmer traf er Ole Peters mit zweien der Gevollmächtigten und einem Koogseinwohner am Kartentisch.

„Du kommst wohl von draußen, Deichgraf?“ sagte der erstere, nahm die halb ausgeteilten Karten auf und warf sie wieder hin.

„Ja, Ole“, erwiderte Hauke; „ich war dort; es sieht übel aus.“

„Übel? – Nun, ein paar hundert Soden und eine Bestickung wird’s wohl kosten; ich war dort am Nachmittag.“

„So wohlfeil wird’s nicht abgehen, Ole“, erwiderte der Deichgraf, „der Priel ist wieder da, und wenn er jetzt auch nicht von Norden auf den alten Deich stößt, so tut er’s doch von Nordwesten!“

„Du hättest ihn lassen sollen, wo du ihn fandest!“ sagte Ole trocken.

„Das heißt“, entgegnete Hauke, „der neue Koog geht dich nichts an; und darum sollte er nicht existieren. Das ist deine eigne Schuld! Aber wenn wir Lahnungen legen müssen, um den alten Deich zu schützen, der grüne Klee hinter dem neuen bringt das übermäßig ein!“

„Was sagt Ihr, Deichgraf?“ riefen die Gevollmächtigten; „Lahnungen? Wie viele denn? Ihr liebt es, alles beim teuersten Ende anzufassen!“

Die Karten lagen unberührt auf dem Tisch. „Ich will’s dir sagen, Deichgraf“, sagte Ole Peters und stemmte beide Arme auf, „dein neuer Koog ist ein fressend Werk, was du uns gestiftet hast! Noch laboriert alles an den schweren Kosten deiner breiten Deiche; nun frisst er uns auch den alten Deich, und wir sollen ihn verneuen! – Zum Glück ist’s nicht so schlimm; er hat diesmal gehalten und wird es auch noch ferner tun! Steig nur morgen wieder auf deinen Schimmel und sieh es dir noch einmal an!“

Hauke war aus dem Frieden seines Hauses hieher gekommen, hinter den immerhin noch gemäßigten Worten, die er eben hörte, lag – er konnte es nicht verkennen – ein zäher Widerstand; ihm war, als fehle ihm dagegen noch die alte Kraft. „Ich will tun, wie du rätst, Ole“, sprach er; „nur fürcht ich, ich werd es finden, wie ich es heut gesehen habe.“

Eine unruhige Nacht folgte diesem Tage; Hauke wälzte sich schlaflos in seinen Kissen. „Was ist dir?“ frug ihn Elke, welche die Sorge um ihren Mann wach hielt; „drückt dich etwas, so sprich es von dir; wir haben’s ja immer so gehalten!“

„Es hat nichts auf sich, Elke!“ erwiderte er, „am Deiche, an den Schleusen ist was zu reparieren; du weißt, dass ich das allzeit nachts in mir zu verarbeiten habe.“ Weiter sagte er nichts; er wollte sich die Freiheit seines Handelns vorbehalten; ihm unbewusst, war die klare Einsicht und der kräftige Geist seines Weibes ihm in seiner augenblicklichen Schwäche ein Hindernis, dem er unwillkürlich auswich.

– – Am folgenden Vormittag, als er wieder auf den Deich hinauskam, war die Welt eine andere, als wie er sie tags zuvor gefunden hatte; zwar war wieder hohl Ebbe, aber der Tag war noch im Steigen, und eine lichte Frühlingssonne ließ ihre Strahlen fast senkrecht auf die unabsehbaren Watten fallen; die weißen Möwen schwebten ruhig hin und wider, und unsichtbar über ihnen, hoch unter dem azurblauen Himmel, sangen die Lerchen ihre ewige

Melodie. Hauke, der nicht wusste, wie uns die Natur mit ihrem Reiz betrügen kann, stand auf der Nordwestecke des Deiches und suchte nach dem neuen Bett des Priels, das ihn gestern so erschreckt hatte; aber bei dem vom Zenit herabschießenden Sonnenlicht fand er es anfänglich nicht einmal. Erst da er gegen die blendenden Strahlen seine Augen mit der Hand beschattete, konnte er es nicht verkennen; aber dennoch, die Schatten in der gestrigen Dämmerung mussten ihn getäuscht haben: es kennzeichnete sich jetzt nur schwach; die bloßgelegte Mäusewirtschaft musste mehr als die Flut den Schaden in dem Deich veranlasst haben. Freilich, Wandel musste hier geschafft werden, aber durch sorgfältiges Aufgraben und, wie Ole Peters gesagt hatte, durch frische Soden und einige Ruten Strohbestickung war der Schaden auszuheilen.

‚Es war so schlimm nicht', sprach er erleichtert zu sich selber, ‚du bist gestern doch dein eigner Narr gewesen!' – Er berief die Gevollmächtigten, und die Arbeiten wurden ohne Widerspruch beschlossen, was bisher noch nie geschehen war. Der Deichgraf meinte eine stärkende Ruhe in seinem noch geschwächten Körper sich verbreiten zu fühlen, und nach einigen Wochen war alles sauber ausgeführt.

Das Jahr ging weiter, aber je weiter es ging und je ungestörter die neugelegten Rasen durch die Strohdecke grünten, um so unruhiger ging oder ritt Hauke an dieser Stelle vorüber, er wandte die Augen ab, er ritt hart an der Binnenseite des Deiches, ein paarmal, wo er dort hätte vorübermüssen, ließ er sein schon gesatteltes Pferd wieder in den Stall zurückführen; dann wieder, wo er nichts dort zu tun hatte, wanderte er, um nur rasch und ungesehen von seiner Werfte fortzukommen, plötzlich und zu Fuß dahin; manchmal auch war er umgekehrt, er hatte es sich nicht zumuten können, die unheimliche Stelle aufs neue zu betrachten; und endlich, mit den Händen hätte er alles wieder aufreißen mögen, denn wie ein Gewissensbiss, der außer ihm Gestalt gewonnen hatte, lag dies Stück des Deiches ihm vor Augen. Und doch, seine Hand konnte nicht mehr daran rühren; und niemandem, selbst nicht seinem Weibe, durfte er davon reden. So war der September gekommen; nachts hatte ein mäßiger Sturm getobt und war zuletzt nach Nordwest umgesprungen. An trübem Vormittag danach, zur Ebbezeit, ritt Hauke auf den Deich hinaus, und es durchfuhr ihn, als er seine Augen über die Watten schweifen ließ; dort, von Nordwest herauf, sah er plötzlich wieder, und schärfer und tiefer ausgewühlt, das gespenstische neue Bett des Prieles; so sehr er seine Augen anstrengte, es wollte nicht mehr weichen.

Als er nach Hause kam, ergriff Elke seine Hand. „Was hast du,

Hauke?“ sprach sie, als sie in sein düstres Antlitz sah; „es ist doch kein neues Unheil? Wir sind jetzt so glücklich; mir ist, du hast nun Frieden mit ihnen allen!“

Diesen Worten gegenüber vermochte er seine verworrene Furcht nicht in Worten kundzugeben.

„Nein, Elke“, sagte er, „mich feindet niemand an; es ist nur ein verantwortlich Amt, die Gemeinde vor unseres Herrgotts Meer zu schützen.“

Er machte sich los, um weiteren Fragen des geliebten Weibes auszuweichen. Er ging in Stall und Scheuer, als ob er alles revidieren müsse; aber er sah nichts um sich her; er war nur beflissen, seinen Gewissensbiss zur Ruhe, ihn sich selber als eine krankhaft übertriebene Angst zur Überzeugung zu bringen.

– – Das Jahr, von dem ich Ihnen erzähle“, sagte nach einer Weile mein Gastfreund, der Schulmeister, „war das Jahr 1756, das in dieser Gegend nie vergessen wird; im Hause Hauke Haiens brachte es eine Tote. Zu Ende des Septembers war in der Kammer, welche ihr in der Scheune eingeräumt war, die fast neunzigjährige Trin’ Jans am Sterben. Man hatte sie nach ihrem Wunsche in den Kissen aufgerichtet, und ihre Augen gingen durch die kleinen bleigefassten Scheiben in die Ferne; es musste dort am Himmel eine dünnere Luftschicht über einer dichteren liegen, denn es war hohe Kimmung, und die Spiegelung hob in diesem Augenblick das Meer wie einen flimmernden Silberstreifen über den Rand des Deiches, so dass es blendend in die Kammer schimmerte; auch die Südspitze von Jeverssand war sichtbar.

Am Fußende des Bettes kauerte die kleine Wienke und hielt mit der einen Hand sich fest an der ihres Vaters, der daneben stand. In das Antlitz der Sterbenden grub eben der Tod das hippokratische Gesicht, und das Kind starrte atemlos auf die unheimliche, ihr unverständliche Verwandlung des unschönen, aber ihr vertrauten Angesichts.

„Was macht sie? Was ist das, Vater?“ flüsterte sie angstvoll und grub die Fingernägel in ihres Vaters Hand.

„Sie stirbt!“ sagte der Deichgraf.

„Stirbt!“ wiederholte das Kind und schien in verworrenes Sinnen zu verfallen.

Aber die Alte rührte noch einmal ihre Lippen: „Jins! Jins!“ Und kreischend, wie ein Notschrei, brach es hervor, und ihre knöchernen Arme streckten sich gegen die draußen flimmernde Meeresspiegelung. „Hölp mi! Hölp mi! Du bist ja bawen Water … Gott gnad de annern!“

Ihre Arme sanken, ein leises Krachen der Bettstatt wurde hörbar; sie hatte aufgehört zu leben.

Das Kind tat einen tiefen Seufzer und warf die blassen Augen zu ihrem Vater auf „Stirbt sie noch immer?“ frug es.

„Sie hat es vollbracht!“ sagte der Deichgraf und nahm das Kind auf seinen Arm. „Sie ist nun weit von uns, beim lieben Gott.“

„Beim lieben Gott!“ wiederholte das Kind und schwieg eine Weile, als müsse es den Worten nachsinnen. „Ist das gut, beim lieben Gott?“

„Ja, das ist das Beste.“ – In Haukes Innerm aber klang schwer die letzte Rede der Sterbenden. ‚Gott gnad de annern!’ sprach es leise in ihm. ‚Was wollte die alte Hexe? Sind denn die Sterbenden Propheten – – ?’

– – Bald nachdem Trin’ Jans oben bei der Kirche eingegraben war, begann man immer lauter von allerlei Unheil und seltsamem Geschmeiß zu reden, das die Menschen in Nordfriesland erschreckt haben sollte; und sicher war es: am Sonntage Lätare war droben von der Turmspitze der goldne Hahn durch einen Wirbelwind herabgeworfen worden; auch das war richtig: im Hochsommer fiel, wie ein Schnee, ein groß Geschmeiß vom Himmel, dass man die Augen davor nicht auftun konnte und es hernach fast handhoch auf den Fennen lag, und hatte niemand je so was gesehen. Als aber nach Ende September der Großknecht mit Korn und die Magd Ann Grete mit Butter in die Stadt zu Markt gefahren waren, kletterten sie bei ihrer Rückkunft mit schreckensbleichen Gesichtern von ihrem Wagen. „Was ist? Was habt ihr?“ riefen die andern Dirnen, die hinausgelaufen waren, da sie den Wagen rollen hörten.

Ann Grete in ihrem Reiseanzug trat atemlos in die geräumige Küche. „Nun, so erzähl doch!“ riefen die Dirnen wieder, „wo ist das Unglück los?“

„Ach, unser lieber Jesus wolle uns behüten!“ rief Ann Grete. „Ihr wisst, von drüben, überm Wasser, das alt Mariken vom Ziegelhof, wir stehen mit unserer Butter ja allzeit zusammen an der Apothekerecke, die hat es mir erzählt, und Iven Johns sagte auch, ‚das gibt ein Unglück!‘ sagte er; ‚ein Unglück über ganz Nordfriesland; glaub mir’s, Ann Gret!‘ Und“ – sie dämpfte ihre Stimme – „mit des Deichgrafs Schimmel ist’s am Ende auch nicht richtig!“

„Scht! scht!“ machten die andern Dirnen.

– „Ja, ja; was kümmert’s mich! Aber drüben, an der andern Seite, geht’s noch schlimmer als bei uns! Nicht bloß Fliegen und Geschmeiß, auch Blut ist wie Regen vom Himmel gefallen; und da am Sonntagmorgen danach der Pastor sein Waschbecken vorgenommen hat, sind fünf Totenköpfe, wie Erbsen groß, darin gewesen, und alle sind gekommen, um das zu sehen; im Monat Augusti sind grausige rotköpfige Raupenwürmer über das Land gezogen und haben Korn und Mehl und Brote, was sie fanden, weggefressen, und hat kein Feuer sie vertilgen können!"

Die Erzählerin verstummte plötzlich; keine der Mägde hatte bemerkt, dass die Hausfrau in die Küche getreten war. „Was redet ihr da?" sprach diese. „Lasst das den Wirt nicht hören!" Und da sie alle jetzt erzählen wollten: „Es tut nicht not; ich habe genug davon vernommen; geht an eure Arbeit, das bringt euch besseren Segen!" Dann nahm sie Ann Gret mit sich in die Stube und hielt mit dieser Abrechnung über ihre Marktgeschäfte.

So fand im Hause des Deichgrafen das abergläubische Geschwätz bei der Herrschaft keinen Anhalt; aber in die übrigen Häuser, und je länger die Abende wurden, um desto leichter, drang es mehr und mehr hinein. Wie schwere Luft lag es auf allen, und heimlich sagte man es sich, ein Unheil, ein schweres, würde über Nordfriesland kommen.

Es war vor Allerheiligen, im Oktober. Tagüber hatte es stark aus Südwest gestürmt; abends stand ein halber Mond am Himmel, dunkelbraune Wolken jagten überhin, und Schatten und trübes Licht flogen auf der Erde durcheinander; der Sturm war im Wachsen. Im Zimmer des Deichgrafen stand noch der geleerte Abendtisch; die Knechte waren in den Stall gewiesen, um dort des Viehes zu achten; die Mägde mussten im Hause und auf den Böden nachsehen, ob Türen und Luken wohlverschlossen seien, dass nicht der Sturm hineinfasse und Unheil anrichte. Drinnen stand Hauke neben seiner Frau am Fenster; er hatte eben sein Abendbrot hinabgeschlungen; er war draußen auf dem Deich gewesen. Zu Fuße war er hinausgetrabt, schon früh am Nachmittag; spitze Pfähle und Säcke voll Klei oder Erde hatte er hie und dort, wo der Deich eine Schwäche zu verraten schien, zusammentragen lassen; überall hatte er Leute angestellt, um die Pfähle einzurammen und mit den Säcken vorzudämmen, sobald die Flut den Deich zu schädigen beginne; an dem Winkel zu Nordwesten, wo der alte und der neue Deich zusammenstießen, hatte er die meisten Menschen hingestellt, nur im Notfall durften sie von den angewiesenen Plätzen weichen. Das hatte er zurückgelassen; dann, vor kaum einer Viertelstunde, nass, zerzaust, war er in seinem Hause angekommen, und jetzt, das Ohr nach den Windböen, welche die in Blei gefassten Scheiben rasseln machten, blickte er wie gedankenlos in die wüste Nacht hinaus; die Wanduhr hinter ihrer

Glasscheibe schlug eben acht. Das Kind, das neben der Mutter stand, fuhr zusammen und barg den Kopf in deren Kleider. „Klaus!“ rief sie weinend; „wo ist mein Klaus?“

Sie konnte wohl so fragen, denn die Möwe hatte, wie schon im vorigen Jahre, so auch jetzt ihre Winterreise nicht mehr angetreten. Der Vater überhörte die Frage; die Mutter aber nahm das Kind auf den Arm. „Dein Klaus ist in der Scheune“, sagte sie; „da sitzt er warm.“

„Warum?“ sagte Wienke; „ist das gut?“

„Ja, das ist gut.“

Der Hausherr stand noch am Fenster. „Es geht nicht länger, Elke!“ sagte er, „ruf eine von den Dirnen; der Sturm drückt uns die Scheiben ein, die Luken müssen angeschroben werden!“

Auf das Wort der Hausfrau war die Magd hinausgelaufen; man sah vom Zimmer aus, wie ihr die Röcke flogen; aber als sie die Klammern gelöst hatte, riss ihr der Sturm den Laden aus der Hand und warf ihn gegen die Fenster, dass ein paar Scheiben zersplittert in die Stube flogen und eins der Lichter qualmend auslosch. Hauke musste selbst hinaus, zu helfen, und nur mit Not kamen allmählich die Luken vor die Fenster. Als sie beim Wiedereintritt in das Haus die Tür aufrissen, fuhr eine Böe hintendrein, dass Glas und Silber im Wandschrank durcheinanderklirrten; oben im Hause über ihren Köpfen zitterten und krachten die Balken, als wolle der Sturm das Dach von den Mauern reißen. Aber Hauke kam nicht wieder in das Zimmer; Elke hörte, wie er durch die Tenne nach dem Stalle schritt. „Den Schimmel! Den Schimmel, John! Rasch!“ hörte sie ihn rufen; dann kam er wieder in die Stube, das Haar zerzaust, aber die grauen Augen leuchtend. „Der Wind ist umgesprungen!“ rief er – „nach Nordwest, auf halber Springflut! Kein Wind; – wir haben solchen Sturm noch nicht erlebt!“

Elke war totenblass geworden. „Und du musst noch einmal hinaus?“

Er ergriff ihre beiden Hände und drückte sie wie im Krampfe in die seinen. „Das muss ich, Elke.“

Sie erhob langsam ihre dunkeln Augen zu ihm, und ein paar Sekunden lang sahen sie sich an; doch war's wie eine Ewigkeit. „Ja, Hauke“, sagte das Weib; „ich weiß es wohl, du musst!“

Da trabte es draußen vor der Haustür. Sie fiel ihm um den Hals, und einen Augenblick war's, als könne sie ihn nicht lassen; aber auch das war nur ein Augenblick. „Das ist *unser* Kampf!“ sprach Hauke; „ihr seid hier sicher; an dies Haus ist noch keine Flut gestiegen. Und bete zu Gott, dass er auch mit mir sei!“

Hauke hüllte sich in seinen Mantel, und Elke nahm ein Tuch und wickelte es ihm sorgsam um den Hals; sie wollte ein Wort sprechen, aber die zitternden Lippen versagten es ihr.

Draußen wieherte der Schimmel, dass es wie Trompetenschall in das Heulen des Sturmes hineinklang. Elke war mit ihrem Mann hinausgegangen; die alte Esche knarrte, als ob sie auseinanderstürzen solle. „Steigt auf, Herr!" rief der Knecht, „der Schimmel ist wie toll; die Zügel könnten reißen." Hauke schlug die Arme um sein Weib. „Bei Sonnenaufgang bin ich wieder da!"

Schon war er auf sein Pferd gesprungen; das Tier stieg mit den Vorderhufen in die Höhe, dann, gleich einem Streithengst, der sich in die Schlacht stürzt, jagte es mit seinem Reiter die Werfte hinunter, in Nacht und Sturmgeheul hinaus. „Vater, mein Vater!" schrie eine klägliche Kinderstimme hinter ihm darein; „mein lieber Vater!"

Wienke war im Dunkeln hinter dem Fortjagenden hergelaufen; aber schon nach hundert Schritten strauchelte sie über einen Erdhaufen und fiel zu Boden.

Der Knecht Iven Johns brachte das weinende Kind der Mutter zurück; die lehnte am Stamme der Esche, deren Zweige über ihr die Luft peitschten, und starrte wie abwesend in die Nacht hinaus, in der ihr Mann verschwunden war; wenn das Brüllen des Sturmes und das ferne Klatschen des Meeres einen Augenblick aussetzten, fuhr sie wie in Schreck zusammen; ihr war jetzt, als suche alles nur ihn zu verderben und werde jäh verstummen, wenn es ihn gefasst habe. ihre Knie zitterten, ihre Haare hatte der Sturm gelöst und trieb damit sein Spiel. „Hier ist das Kind, Frau!" schrie John ihr zu; „haltet es fest!" und drückte die Kleine der Mutter in den Arm.

„Das Kind? – Ich hatte dich vergessen, Wienke!" rief sie; „Gott verzeih mir's." Dann hob sie es an ihre Brust, so fest nur Liebe fassen kann, und stürzte mit ihr in die Knie. „Herr Gott und du mein Jesus, lass uns nicht Witwe und Waise werden! Schütz ihn, o lieber Gott; nur du und ich, wir kennen ihn allein!" Und der Sturm setzte nicht mehr aus; es tönte und donnerte, als solle die ganze Welt in ungeheuerem Hall und Schall zugrunde gehen.

„Geht in das Haus, Frau!" sagte John; „kommt!" Und er half ihnen auf und leitete die beiden in das Haus und in die Stube.

– – Der Deichgraf Hauke Haien jagte auf seinem Schimmel dem Deiche zu. Der schmale Weg war grundlos, denn die Tage vorher war unermesslicher Regen gefallen; aber der nasse saugende Klei schien gleichwohl die Hufen des Tieres nicht zu halten, es war, als hätte es festen Sommerboden unter sich. Wie eine wilde Jagd trieben die Wolken am Himmel; unten lag die weite Marsch wie eine unerkennbare, von unruhigen Schatten erfüllte Wüste; von dem Wasser hinter dem Deiche, immer ungeheurer, kam ein dumpfes Tosen, als müsse es alles andere verschlingen. „Vorwärts, Schimmel!“ rief Hauke; „wir reiten unseren schlimmsten Ritt!“

Da klang es wie ein Todesschrei unter den Hufen seines Rosses. Er riss den Zügel zurück; er sah sich um: ihm zur Seite dicht über dem Boden, halb fliegend, halb vom Sturme geschleudert, zog eine Schar von weißen Möwen, ein höhnisches Gegacker ausstoßend; sie suchten Schutz im Lande. Eine von ihnen – der Mond schien flüchtig durch die Wolken – lag am Weg zertreten: dem Reiter war's, als flattere ein rotes Band an ihrem Halse. „Klaus!“ rief er. „Armer Klaus!“

War es der Vogel seines Kindes? Hatte er Ross und Reiter erkannt und sich bei ihnen bergen wollen? – Der Reiter wusste es nicht. „Vorwärts!“ rief er wieder, und schon hob der Schimmel zu neuem Rennen seine Hufen; da setzte der Sturm plötzlich aus, eine Totenstille trat an seine Stelle; nur eine Sekunde lang, dann kam er mit erneuter Wut zurück; aber Menschenstimmen und verlorenes Hundegebell waren inzwischen an des Reiters Ohr geschlagen, und als er rückwärts nach seinem Dorf den Kopf wandte, erkannte er in dem Mondlicht, das hervorbrach, auf den Werften und vor den Häusern Menschen an hochbeladenen Wagen umherhantierend; er sah, wie im Fluge, noch andere Wagen eilend nach der Geest hinauffahren; Gebrüll von Rindern traf sein Ohr, die aus den warmen Ställen nach dort hinaufgetrieben wurden. ‚Gott Dank! sie sind dabei, sich und ihr Vieh zu retten!‘ rief es in ihm; und dann mit einem Angstschrei: „Mein Weib! Mein Kind! – Nein, nein; auf unsere Werfte steigt das Wasser nicht!“

Aber nur ein Augenblick war es; nur wie eine Vision flog alles an ihm vorbei.

Eine furchtbare Böe kam brüllend vom Meer herüber, und ihr entgegen stürmten Ross und Reiter den schmalen Akt zum Deich hinan. Als sie oben waren, stoppte Hauke mit Gewalt sein Pferd. Aber wo war das Meer? Wo Jeverssand? Wo blieb das Ufer drüben? – Nur Berge von Wasser sah er vor sich, die dräuend gegen den nächtlichen Himmel stiegen, die in der furchtbaren Dämmerung sich übereinanderzutürmen suchten und übereinander gegen das feste Land schlugen. Mit weißen Kronen kamen sie daher, heulend, als sei in ihnen der Schrei alles furchtbaren Raubgetiers der Wildnis. Der Schimmel schlug mit den Vorderhufen und schnob mit seinen Nüstern in den Lärm hinaus; den Reiter aber wollte es überfallen, als sei hier alle Menschenmacht zu Ende; als müsse jetzt die Nacht, der Tod, das Nichts hereinbrechen.

Doch er besann sich: es war ja Sturmflut; nur hatte er sie selbst noch nimmer so gesehen; sein Weib, sein Kind, sie saßen sicher auf der hohen Werfte, in dem festen Hause; sein Deich aber – und wie ein Stolz flog es ihm durch die Brust –, der Hauke-Haien-Deich, wie ihn die Leute nannten, der mochte jetzt beweisen, wie man Deiche bauen müsse!

Aber – was war das? – Er hielt an dem Winkel zwischen beiden Deichen; wo waren die Leute, die er hierher gestellt, die hier die Wacht zu halten hatten? – Er blickte nach Norden den alten Deich hinauf, denn auch dorthin hatte er einzelne beordert. Weder hier noch dort vermochte er einen Menschen zu erblicken; er ritt ein Stück hinaus, aber er blieb allein; nur das Wehen des Sturmes und das Brausen des Meeres bis aus unermessener Ferne schlug betäubend an sein Ohr. Er wandte das Pferd zurück: er kam wieder zu der verlassenen Ecke und ließ seine Augen längs der Linie des neuen Deiches gleiten; er erkannte deutlich: langsamer, weniger gewaltig rollten hier die Wellen heran; fast schien's, als wäre dort ein ander Wasser. „Der soll schon stehen!" murmelte er, und wie ein Lachen stieg es in ihm herauf

Aber das Lachen verging ihm, als seine Blicke weiter an der Linie seines Deiches entlangglitten: an der Nordwestecke – was war das dort? Ein dunkler Haufen wimmelte durcheinander; er sah, wie es sich emsig rührte und drängte – kein Zweifel, es waren Menschen! Was wollten, was arbeiteten die jetzt an seinem Deich? – Und schon saßen seine Sporen dem Schimmel in den Weichen, und das Tier flog mit ihm dahin; der Sturm kam von der Breitseite; mitunter drängten die Böen so gewaltig, dass sie fast vom Deiche in den neuen Koog hinabgeschleudert wären; aber Ross und Reiter wussten, wo sie ritten. Schon gewahrte Hauke, dass wohl ein paar Dutzend Menschen in eifriger Arbeit dort beisammen seien, und schon sah er deutlich, dass eine Rinne quer durch den neuen Deich gegraben war. Gewaltsam stoppte er sein Pferd. „Halt!" schrie er; „halt! Was treibt ihr hier für Teufelsunfug?"

Sie hatten in Schreck die Spaten ruhen lassen, als sie auf einmal den Deichgraf unter sich gewahrten; seine Worte hatte der Sturm ihnen zugetragen, und er sah wohl, dass mehrere ihm zu antworten strebten; aber er gewahrte nur ihre heftigen Gebärden, denn sie standen alle ihm zur Linken, und was sie sprachen, nahm der Sturm hinweg, der hier draußen jetzt die Menschen mitunter wie im Taumel gegeneinanderwarf, so dass sie sich dicht zusammenscharten. Hauke maß mit seinen raschen Augen die gegrabene Rinne und den Stand des Wassers, das, trotz des neuen Profiles, fast an die Höhe des Deichs hinaufklatschte und Ross und Reiter überspritzte. Nur noch zehn Minuten Arbeit – er sah es wohl –, dann brach die Hochflut durch die Rinne, und der Hauke-Haien-Koog wurde vom Meer begraben!

Der Deichgraf winkte einem der Arbeiter an die andere Seite seines Pferdes. „Nun, so sprich!“ schrie er, „was treibt ihr hier, was soll das heißen?“

Und der Mensch schrie dagegen: „Wir sollen den neuen Deich durchstechen, Herr, damit der alte Deich nicht bricht!“

„Was sollt ihr?“

– „Den neuen Deich durchstechen!“

„Und den Koog verschütten? – Welcher Teufel hat euch das befohlen?“

„Nein, Herr, kein Teufel; der Gevollmächtigte Ole Peters ist hier gewesen, der hat’s befohlen!“

Der Zorn stieg dem Reiter in die Augen. „Kennt ihr mich?“ schrie er. „Wo ich bin, hat Ole Peters nichts zu ordinieren! Fort mit euch! An eure Plätze, wo ich euch hingestellt!“

Und da sie zögerten, sprengte er mit seinem Schimmel zwischen sie: „Fort, zu euerer oder des Teufels Großmutter!“

„Herr, hütet Euch!“ rief einer aus dem Haufen und stieß mit seinem Spaten gegen das wie rasend sich gebärdende Tier; ein anderer stürzte zu Boden. Da plötzlich erhob sich ein Schrei aus dem übrigen Haufen, ein Schrei, wie ihn nur die Todesangst einer Menschenkehle zu entreißen pflegt; einen Augenblick war alles, auch der Deichgraf und der Schimmel, wie gelähmt; nur ein Arbeiter hatte gleich einem Wegweiser seinen Arm gestreckt; der wies nach der Nordwestecke der beiden Deiche, dort wo der neue auf den alten stieß. Nur das Tosen des Sturmes und das Rauschen des Wassers war zu hören. Hauke drehte sich im Sattel: was gab das dort? Seine Augen wurden groß. „Herr Gott! Ein Bruch! Ein Bruch im alten Deich!“

„Eure Schuld, Deichgraf!“ schrie eine Stimme aus dem Haufen. „Eure Schuld! Nehmt’s mit vor Gottes Thron!“

Haukes zornrotes Antlitz war totenbleich geworden; der Mond, der es beschien, konnte es nicht bleicher machen; seine Arme hingen schlaff, er wusste kaum, dass er den Zügel hielt. Aber auch das war nur ein Augenblick; schon richtete er sich auf, ein hartes Stöhnen brach aus seinem Munde, dann wandte er stumm sein

Pferd, und der Schimmel schnob und raste ostwärts auf dem Deich mit ihm dahin. Des Reiters Augen flogen scharf nach allen Seiten; in seinem Kopfe wühlten die Gedanken: Was hatte er für Schuld vor Gottes Thron zu tragen? – Der Durchstich des neuen Deichs – vielleicht, sie hätten's fertiggebracht, wenn er sein Halt nicht gerufen hätte; aber – es war noch eins, und es schoss ihm heiß zu Herzen, er wusste es nur zu gut – im vorigen Sommer, hätte damals Ole Peters' böses Maul ihn nicht zurückgehalten – da lag's! Er allein hatte die Schwäche des alten Deichs erkannt; er hätte trotz alledem das neue Werk betreiben müssen. „Herr Gott, ja, ich bekenn es", rief er plötzlich laut in den Sturm hinaus, „ich habe meines Amtes schlecht gewaltet!"

Zu seiner Linken, dicht an des Pferdes Hufen, tobte das Meer; vor ihm, und jetzt in voller Finsternis, lag der alte Koog mit seinen Werften und heimatlichen Häusern; das bleiche Himmelslicht war völlig ausgetan; nur von einer Stelle brach ein Lichtschein durch das Dunkel. Und wie ein Trost kam es an des Mannes Herz; es musste von seinem Haus herüberscheinen, es war ihm wie ein Gruß von Weib und Kind. Gottlob, sie saßen sicher auf der hohen Werfte! Die andern, gewiss, sie waren schon im Geestdorf droben; von dorther schimmerte soviel Lichtschein, wie er niemals noch gesehen hatte; ja selbst hoch oben aus der Luft, es mochte wohl vom Kirchturm sein, brach solcher in die Nacht hinaus. ‚Sie werden alle fort sein, alle!' sprach Hauke bei sich selber; ‚freilich auf mancher Werfte wird ein Haus in Trümmern liegen, schlechte Jahre werden für die überschwemmten Fennen kommen, Siele und Schleusen zu reparieren sein! Wir müssen's tragen, und ich will helfen, auch denen, die mir Leids getan; nur, Herr, mein Gott, sei gnädig mit uns Menschen!'

Da warf er seine Augen seitwärts nach dem neuen Koog; um ihn schäumte das Meer; aber in ihm lag es wie nächtlicher Friede. Ein unwillkürliches Jauchzen brach aus des Reiters Brust: „Der Hauke-Haien-Deich, er soll schon halten, er wird es noch nach hundert Jahren tun!"

Ein donnerartiges Rauschen zu seinen Füßen weckte ihn aus diesen Träumen; der Schimmel wollte nicht mehr vorwärts. Was war das? – Das Pferd sprang zurück, und er fühlte es, ein Deichstück stürzte vor ihm in die Tiefe. Er riss die Augen auf und schüttelte alles Sinnen von sich: er hielt am alten Deich, der Schimmel hatte mit den Vorderhufen schon darauf gestanden. Unwillkürlich riss er das Pferd zurück; da flog der letzte Wolkenmantel von dem Mond, und das milde Gestirn beleuchtete den Graus, der schäumend, zischend vor ihm in die Tiefe stürzte, in den alten Koog hinab.

Wie sinnlos starrte Hauke darauf hin; eine Sündflut war's, um Tier und Menschen zu verschlingen. Da blinkte wieder ihm der Lichtschein in die Augen; es war derselbe, den er vorhin gewahrt hatte; noch immer brannte der auf seiner Werfte; und als er jetzt ermutigt in den Koog hinabsah, gewahrte er wohl, dass hinter dem sinnverwirrenden Strudel, der tosend vor ihm hinabstürzte, nur noch eine Breite von etwa hundert Schritten überflutet war; dahinter konnte er deutlich den Weg erkennen, der vom Koog heranführte. Er sah noch mehr: ein Wagen, nein, eine zweiräderige Karriole kam wie toll gegen den Deich herangefahren; ein Weib, ja auch ein Kind saßen darin. Und jetzt – war das nicht das kreischende Gebell eines kleinen Hundes, das im Sturm vorüberflog? Allmächtiger Gott! Sein Weib, sein Kind waren es; schon kamen sie dicht heran, und die schäumende Wassermasse drängte auf sie zu. Ein Schrei, ein Verzweiflungsschrei brach aus der Brust des Reiters. „Elke!" schrie er; „Elke! Zurück! Zurück!"

Aber Sturm und Meer waren nicht barmherzig, ihr Toben zerwehte seine Worte; nur seinen Mantel hatte der Sturm erfasst, es hätte ihn bald vom Pferd herabgerissen; und das Fuhrwerk flog ohne Aufenthalt der stürzenden Flut entgegen. Da sah er, dass das Weib wie gegen ihn hinauf die Arme streckte: Hatte sie ihn erkannt? Hatte die Sehnsucht, die Todesangst um ihn sie aus dem sicheren Haus getrieben? Und jetzt – rief sie ein letztes Wort ihm zu? – Die Fragen fuhren durch sein Hirn; sie blieben ohne Antwort: von ihr zu ihm, von ihm zu ihr waren die Worte all verloren: nur ein Brausen wie vom Weltenuntergang füllte ihre Ohren und ließ keinen andern Laut hinein.

„Mein Kind! O Elke, o getreue Elke!" schrie Hauke in den Sturm hinaus. Da sank aufs neu ein großes Stück des Deiches vor ihm in die Tiefe, und donnernd stürzte das Meer sich hintendrein; noch einmal sah er drunten den Kopf des Pferdes, die Räder des Gefährtes aus dem wüsten Greuel emportauchen und dann quirlend darin untergehen. Die starren Augen des Reiters, der so einsam auf dem Deiche hielt, sahen weiter nichts. „Das Ende!" sprach er leise vor sich hin; dann ritt er an den Abgrund, wo unter ihm die Wasser, unheimlich rauschend, sein Heimatsdorf zu überfluten begannen; noch immer sah er das Licht von seinem Hause schimmern; es war ihm wie entseelt. Er richtete sich hoch auf und stieß dem Schimmel die Sporen in die Weichen; das Tier bäumte sich, es hätte sich fast überschlagen; aber die Kraft des Mannes drückte es herunter. „Vorwärts!" rief er noch einmal, wie er es so oft zum festen Ritt gerufen hatte. „Herr Gott, nimm mich; verschon die andern!"

Noch ein Sporenstich; ein Schrei des Schimmels, der Sturm und Wellenbrausen überschrie; dann unten aus dem hinabstürzenden Strom ein dumpfer Schall, ein kurzer Kampf.

Der Mond sah leuchtend aus der Höhe; aber unten auf dem Deiche war kein Leben mehr als nur die wilden Wasser, die bald den alten Koog fast völlig überflutet hatten. Noch immer aber ragte die Werfte von Hauke Haiens Hofstatt aus dem Schwall hervor, noch schimmerte von dort der Lichtschein, und von der Geest her, wo die Häuser allmählich dunkel wurden, warf noch die einsame Leuchte aus dem Kirchturm ihre zitternden Lichtfunken über die schäumenden Wellen."

Der Erzähler schwieg; ich griff nach dem gefüllten Glase, das seit lange vor mir stand; aber ich führte es nicht zum Munde; meine Hand blieb auf dem Tische ruhen.

„Das ist die Geschichte von Hauke Haien", begann mein Wirt noch einmal, „wie ich sie nach bestem Wissen nur berichten konnte. Freilich, die Wirtschafterin unseres Deichgrafen würde sie Ihnen anders erzählt haben; denn auch das weiß man zu berichten: jenes weiße Pferdsgerippe ist nach der Flut wiederum, wie vormals, im Mondschein auf Jevershallig zu sehen gewesen; das ganze Dorf will es gesehen haben. – Soviel ist sicher: Hauke Haien mit Weib und Kind ging unter in dieser Flut; nicht einmal ihre Grabstätte hab ich droben auf dem Kirchhof finden können; die toten Körper werden von dem abströmenden Wasser durch den Bruch ins Meer hinausgetrieben und auf dessen Grunde allmählich in ihre Urbestandteile aufgelöst sein – so haben sie Ruhe vor den Menschen gehabt. Aber der Hauke-Haien-Deich steht noch jetzt nach hundert Jahren, und wenn Sie morgen nach der Stadt reiten und die halbe Stunde Umweg nicht scheuen wollen, so werden Sie ihn unter den Hufen Ihres Pferdes haben.

Der Dank, den einstmals Jewe Manners bei den Enkeln seinem Erbauer versprochen hatte, ist, wie Sie gesehen haben, ausgeblieben; denn so ist es, Herr: dem Sokrates gaben sie ein Gift zu trinken, und unsern Herrn Christus schlugen sie an das Kreuz! Das geht in den letzten Zeiten nicht mehr so leicht; aber – einen Gewaltsmenschen oder einen bösen stiernackigen Pfaffen zum Heiligen oder einen tüchtigen Kerl, nur weil er uns um Kopfeslänge überwachsen war, zum Spuk und Nachtgespenst zu machen – das geht noch alle Tage."

Als das ernsthafte Männlein das gesagt hatte, stand es auf und horchte nach draußen. „Es ist dort etwas anders worden", sagte er und zog die Wolldecke vom Fenster; es war heller Mondschein. „Seht nur", fuhr er fort, „dort kommen die Gevollmächtigten zurück; aber sie zerstreuen sich, sie gehen nach Hause; – drüben am andern Ufer muss ein Bruch geschehen sein; das Wasser ist gefallen."

Ich blickte neben ihm hinaus; die Fenster hier oben lagen über dem Rand des Deiches; es war, wie er gesagt hatte. Ich nahm mein Glas und trank den Rest. „Haben Sie Dank für diesen Abend!" sagte ich; „ich denk, wir können ruhig schlafen!"

„Das können wir", entgegnete der kleine Herr; „ich wünsche von Herzen eine wohlschlafende Nacht!"

– – Beim Hinabgehen traf ich unten auf dem Flur den Deichgrafen; er wollte noch eine Karte, die er in der Schenkstube gelassen hatte, mit nach Hause nehmen. „Alles vorüber!" sagte er. „Aber unser Schulmeister hat Ihnen wohl schön was weisgemacht; er gehört zu den Aufklärern!"

– „Er scheint ein verständiger Mann!"

„Ja, ja, gewiss; aber Sie können Ihren eigenen Augen doch nicht misstrauen; und drüben an der andern Seite, ich sagte es ja voraus, ist der Deich gebrochen!"

Ich zuckte die Achseln: „Das muss beschlafen werden! Gute Nacht, Herr Deichgraf!"

Er lachte: „Gute Nacht!"

– – Am andern Morgen, beim goldensten Sonnenlichte, das über einer weiten Verwüstung aufgegangen war, ritt ich über den Hauke-Haien-Deich zur Stadt hinunter.